Frederick William Faber

Der Fuß des Kreuzes

oder die Schmerzen Mariens

Frederick William Faber

Der Fuß des Kreuzes
oder die Schmerzen Mariens

ISBN/EAN: 9783741125195

Hergestellt in Europa, USA, Kanada, Australien, Japan

Cover: Foto ©Andreas Hilbeck / pixelio.de

Manufactured and distributed by brebook publishing software
(www.brebook.com)

Frederick William Faber

Der Fuß des Kreuzes

Der Fuß des Kreuzes,

ober

die Schmerzen Mariens.

Von

P. Frederick William Faber,

Doktor der Theologie und Superior des Oratoriums zu London.

Mit Genehmigung des Verfassers nach dem englischen
Originale deutsch bearbeitet

von

Carl B. Reiching.

„Tanto dolore compassa est Virgo, ut inexplicabile
sit linguae angelicae, et Jesus solus dicere potuit,
qui solus potuit maternos penetrare dolores.“
Ett. Bernardin von Siena.

Dritte, verbefferte Auflage.

Mit einem Stahlstiche.

Regensburg.
Druck und Verlag von G. Joseph Manz.
1869.

Wohin wandte sich dein Geliebter? suchen wollen wir
Ihn mit dir. Hohes Lied 5, 17.

Eigenthum u. Verlag von G. J. Manz in Regensburg

Vorwort des Ueberſetzers.

———

Die Andacht zu den Schmerzen Mariens iſt immer
eine Lieblingsandacht der Gläubigen geweſen, aber
wahrſcheinlich haben ſchon Manche von uns empfunden, daß ſie unter allen Volksandachten am
wenigſten richtig verſtanden wird. Wir wünſchten
darüber gewiß zu ſein, ob wir ein klares Verſtänd-
niß von dieſem Geheimniſſe haben, ſo weit wir überhaupt von einem Verſtändniſſe der Geheimniſſe des
Glaubens reden können. Unterdeſſen haben wir, wie
der Verfaſſer des vorliegenden Buches ſelbſt ſagt,
die liebenden Ausbrücke der Heiligen in unſere Gebete aufgenommen; aber gerade während wir ſie gebrauchten, ſtieg manchmal ein Zweifel in uns auf,
in wie weit dieſe Ausbrücke durch die theologiſche
Wiſſenſchaft vollſtändig gerechtfertigt werden könnten,
und während der Gedanke uns ſchmerzlich war, weil
wir Unſere gebenedeite Mutter nicht zu zärtlich und
zu feurig lieben konnten, ſehnten wir uns doch nach
einer genauern Kenntniß des Gegenſtandes. Es iſt
ja der Charakterzug aller Liebe, daß ſie, je tiefer

sie ist, um so mehr auf der Wahrheit und Giltigkeit ihres Grundes besteht; je leidenschaftlicher ihre Ueberzeugung ist, daß sie auf einen Felsen gebaut ist, um so mehr will sie die Festigkeit dieses Felsens bewiesen sehen.

Jenes Bedürfniß wird nun durch ein anderes jener kostbaren Werke des P. Faber befriedigt, von denen jedes einzelne eine Aera in der reißend schnell zunehmenden theologischen Literatur des katholischen Englands bildet, und was noch mehr von Bedeutung ist, auf die eine oder andere Weise eine Epoche in dem geistlichen Leben eines jeden seiner Leser bilden muß. Denn es ist unmöglich, daß irgend ein intelligenter Leser irgend ein Werk des ehrwürdigen P. Faber lesen kann, ohne einen starken Impuls, einen unauslöschlichen Eindruck zu empfangen, der auf sein ganzes übriges geistliches Leben Einfluß üben muß. Das vorliegende Buch steht keinem seiner Vorgänger nach an Tiefe des Gedankens, an Schönheit der Sprache, an Klarheit der Diktion und an Genauigkeit der theologischen Behauptungen. Es gleicht einem großen heiligen Gedichte, das sich zu den Höhen der göttlichen Wahrheit emporschwingt, und uns mit seinem süßen Pathos fortreißt, indem es unsern Herzen bald Thränen der Zerknirschung entlockt, bald uns mit liebender Bewunderung erfüllt, bald uns zurückschreckt durch den Schatten der unendlichen Schmerzen der Mutter Gottes, und uns endlich (jeden und alle, wie wir hoffen) mit einer tieferen, zärtlicheren und verständigeren Liebe zu ihr durchdringt, die sowol die „Mater dolorosa" ist, als die „Consolatrix Afflictorum."

Keines der frühern Werke des Verfassers, „die Werke und Wege Gottes oder das heilige Sakrament" vielleicht ausgenommen, ist so darauf berechnet, der Gefährte unserer Betrachtungen, und ein wahres Handbuch unserer Andachtsübungen zu werden. Jedes Kapitel könnte den Stoff zu zahllosen Stunden der Betrachtung bieten. Jedesmal, so oft er die äußern Umstände der Schmerzen Unserer gebenedeiten Mutter berührt, rollt er eine Reihe Gemälde von so köstlicher Schönheit vor uns auf, daß sie die Seele sogleich zum Gebete stimmen. Nur auf unsern Knieen sollen wir sie beschauen, und nur mit Augen, getrübt von Thränen, können wir sie liebend betrachten.

Wir unwürdige Kinder Mariens! Lasset uns wenigstens lernen, mit Maria zu weinen und mit ihr unter dem Kreuze zu stehen, bis wir wie sie im Herzen gekreuzigt sind. Ach wir reden so viel von der Liebe des Kreuzes, und doch ist unsere Liebe ein gar zweifelhaftes Ding, wenn wir uns scheuen, ihm zu nahen. Theure Mutter! gib uns Muth, daß wir unsere Arme um dasselbe schlingen, ohne die rauhen Splitter zu achten, die unsere Hände zerreißen. Und wenn endlich der Augenblick kommt, wo wir an das Kreuz genagelt werden müssen, dann stehe du uns bei, vereinige unsere Leiden mit den deinigen und bringe sie beide zugleich unserm gekreuzigten Herrn und Meister zum Opfer dar!

Vorrede des Verfassers.

Diese Abhandlung wurde zum erstenmale im Sommer 1847 vor mehr als zehn Jahren zu St. Wilfrid entworfen, aber mehrmals wieder durchgesehen und mehr als einmal ganz umgegossen. Ihr gegenwärtige feste Gestalt nahm sie jedoch erst im Frühlinge 1855 an; denn erst dann war der Verfasser mit der Stellung vollkommen zufrieden, welche Maria im Buche einnahm, und welche den Anforderungen der scholastischen Theologie angemessen war. Der Verfasser behielt die Abhandlung einige Zeit bei sich, da die Vorbereitungsstufe, auf welcher seine Materialien zu einem Werke über die Passion waren, es für ihn nothwendig machte, darüber im Reinen zu sein, wieviel von jenem Boden die Schmerzen einnehmen dürften, und in welcher Weise, und es schien besser, die gegenwärtige Abhandlung zu verfassen, und sogar für die Presse fertig zu machen, ehe er mit den Vorbereitungen zu seinem Buche über die Passion weiter ging, damit am Ende die Harmonie zwischen den beiden um so vollständiger sein möchte. Da aber

die Zeit zur Herausgabe der Schmerzen nach dem
Platze, welcher dem Buche in der Reihe der Schriften,
die der Verfasser herauszugeben im Sinne hat, vor-
herbestimmt wurde, noch nicht gekommen war, so
wurde es bei Seite gelegt, bis die Reihe an dasselbe kommen würde. Es sind nun zwölf Jahre, seitdem der Verfasser ein Tertiarier des alten Ordens
der Serviten und so verpflichtet wurde, so viel an
ihm lag, die Andacht zu den sieben Schmerzen zu
fördern, und er hat sich immer zu der Verpflichtung
bekannt.

Als das Oratorium zu London im Jahre 1849
gegründet wurde, nahm man den Rosenkranz zu den
sieben Schmerzen als eine seiner öffentlichen und charakteristischen Uebungen an und ergriff mit Erfolg andere Maßregeln, um die Andacht auszubreiten. Auch
scheint der Glaube ein berechtigter zu sein, daß Gnaden und Segnungen dieses demüthige Apostolat jener
Uebung begleitet haben, die Unserer gebenedeiten
Mutter so theuer ist.

Das Buch wird nun mit vieler Schüchternheit
Jenen vorgelegt, welche die Ehre Mariens und die
Ausbreitung aller Andachten zu ihr lieben, mit der
Hoffnung, daß sie sich weniger in ihrer Erwartung
getäuscht fühlen möchten, wenn sie das Buch lesen,
als der Verfasser, während er es schrieb; und daß
sie nicht, wie er immer, von einem Ideale verfolgt
werden möchten, das er nicht erreichen konnte, und
von dem peinlichen Gedanken, daß, wenn er auch

alles, was er konnte, in der bestmöglichsten Weise gesagt, es doch immer so wenig von Maria gesagt scheinen möchte, daß es ihm beinahe vorkam, wie wenn es besser gewesen wäre, gar nichts zu sagen. Der Gedanke an die Liebe, die den Versuch eingab, ist jedoch einziger Ersatz für das unvollkommene Gelingen desselben.

Inhalt.

Der Fuß des Kreuzes.

Erstes Kapitel.

Das Martyrthum Mariens.

Die Schönheit Jesu ist unerschöpflich. Gleich der Anschauung Gottes im Himmel ist sie mannigfaltig, aber dennoch immer dieselbe, immer so willkommen, wie eine alte dem Herzen vertraute Freude, aber dennoch überrascht und erfrischt sie den Geist stets wieder, da sie in Wahrheit ewig neu ist. Er ist allezeit schön, schön überall, in der Entstaltung des Leidens, wie im Glanze der Auferstehung, mitten unter den Schrecken der Geißlung, wie in der unbeschreiblichen Anmuth seines Lebens zu Bethlehem. Aber vor Allem ist Unser Herr schön in seiner Mutter. Wenn wir ihn lieben, müssen wir sie lieben; wir müssen sie kennen lernen, um ihn kennen zu lernen. Wie es keine wahre Andacht zu seiner heiligen Kindheit gibt, wenn sie seiner Gottheit vergißt, so gibt es keine angemessene Liebe zum Sohne, die ihn von seiner Mutter trennt und sie bei Seite legt als ein bloßes Werkzeug, das Gott erwählte, wie er etwa ein seelenloses Ding erwählen konnte ohne Rücksicht auf seine Heiligkeit oder moralische Tauglichkeit. Nun aber ist es unsere tägliche Aufgabe, Jesus mehr und mehr zu lieben. Jahre folgen auf Jahre, der alte Festkreis kommt immer wieder, das christliche Jahr mit seinen wohlbekannten Abtheilungen tritt an uns heran, macht seinen Eindruck auf uns und geht weiter. Wie viele Weihnachten und heilige Wochen und Pfingsten haben wir schon erlebt, und in jeder dieser Festzeiten lag etwas, was macht, daß sie wie geschichtliche Thatsachen in unserer Seele aufbewahrt sind. Wir haben einige derselben an diesem Orte zugebracht und einige an einem andern, einige unter diesen Umständen, andere unter jenen. Einige davon waren, Gott sei Dank! durch merkwürdige Aenderungen in unserem inneren Leben ausgezeichnet, so daß sie unsere Andacht änderten oder erhöhten und auf unsere geheimen Beziehungen zu Gott einen wesentlichen Einfluß übten. Die Grundlagen mancher Gebäude, die sich erst lange nachher vom Boden erhoben, wurden fast unbewußt in jenen Zeiten gelegt. Dennoch, was immer die Veränderungen sein mochten, welche diese Feste gebracht oder gesehen, — sie fanden uns immer mit einem und demselben Werke beschäftigt, — mit dem Versuche, Gott mehr und mehr zu lieben, und bei allen diesen Veränderungen und bei all dieser Beharrlichkeit in unserem einen Werke hat uns die Erfahrung die untrügliche Wahrheit geoffenbart, daß wir nie schneller vorankommen in der Liebe zum Sohne, als wenn wir an der Seite der Mutter wandeln, und daß, was wir in Jesus am festesten erbauten, mit Hülfe Mariens erbaut worden ist. Wir verlieren keine Zeit, ihn zu suchen, wenn wir sogleich zu Maria gehen; denn da ist er immer daheim. Die Dunkelheit in seinen Geheimnissen wird Licht, wenn wir sie an ihr Licht halten, welches eben so gut sein Licht ist. Sie ist der kürzeste Weg zu ihm; sie ist die große Eingangspforte zu ihm sie ist seine Esther, und schnell und vollständig erfolgen die Erhörungen auf die Bitten, die ihre Hand ihm darreicht.

Allein Maria ist eine Welt, die wir nicht ganz auf einen Blick in uns aufnehmen können. Wir müssen uns besonderen Geheimnissen widmen, wir müssen gewisse Regionen dieser Gnadenwelt bei Seite legen und uns ganz ihrer Erforschung hingeben. Wir müssen gleichsam eine genaue Karte davon entwerfen, ehe wir zu anderen Regionen übergehen, und dann werden wir viel lernen, was ein allgemeiner Ueberblick nicht bemerkt hätte, und in unseren Seelen geistliche Schätze aufhäufen — Schätze sowohl der Erkenntniß, als der Liebe, die uns immer mehr in eine innigere Verbindung mit Unserm theuersten Herrn bringen werden. So lange es Gottes heiliger Wille ist, uns das Leben zu schenken und für seine gnädigen Absichten uns mitten in dieser kalten, traurigen Welt und unter diesen niederschlagenden Möglichkeiten zu sündigen, zu erhalten, wollen wir wenigstens den Entschluß fassen, uns mit nichts anderm zu beschäftigen, als mit Gott; denn wir haben schon längst erfahren, daß es in Wahrheit keine andere Beschäftigung gibt, die unseres Aufenthaltes hienieden werth wäre. Er hat noch tausend Eden bereit, sogar auf dieser rauhen Salzsteppe der Welt, wo wir arbeiten können beim Schalle rauschender Wasser, nicht ohne Zwiegespräche mit Ihm in der kühlen Abendzeit, und wir können von einem Eden zum andern wandern, wie entweder die Schwäche oder die Stärke unserer Liebe uns antreibt. Für jetzt wollen wir uns einschließen in dem Garten der Schmerzen Mariens. Er ist eines von den auserwähltesten Eden Gottes und wir können da nicht anders wirken, als unter dem Schatten seiner Gegenwart, noch ohne daß die Liebe zu Jesus von unsern Seelen wunderbar Besitz nimmt. Denn die Liebe Jesu offenbart sich sogar an dem Orte, der keine Aussicht bietet, in dem Dufte des frischgepflügten Bodens, in dem Wohlgeruche der Blumen, in dem Rauschen der Blätter, in dem Sange der Vögel, im Glanze des Sonnenscheins, in den ruhigen Tönen des Wasserfalls, wenn er die felsigen Klippen hinabstürzt. Hier wollen wir uns

eine Weile aus Liebe zu Unserm Herrn einschließen, wie
in ein stilles Klösterlein, und die Welt, in der wir von
keiner großen Wichtigkeit sind und die sogar weniger Wichtigkeit für uns hat, als wir für sie, mag uns eine Zeit
lang auf unserm Posten vermissen.

Das Gesetz der Menschwerdung ist ein Gesetz des
Leidens. Unser Herr war der Mann der Schmerzen und
durch Leiden erlöste er die Welt. Sein heiliges Leiden
war nicht ein von seinem übrigen Leben abgesondertes Geheimniß, sondern nur das passende und damit übereinstimmende Ende desselben. Der Kalvarienberg war Bethlehem
und Nazareth nicht unähnlich. Er übertraf dieselben dem
Grade nach und unterschied sich nicht von ihnen in der
Art. Das Ganze der 33 Jahre wurde unter beständigem
Leiden zugebracht, obwohl es von verschiedener Art war,
und nicht immer gleich an Stärke. Dieses nämliche Gesetz des Leidens, welches Jesu gehört, berührt alle, die ihm
nahe kommen, zieht sie nach dem Maße ihrer Heiligkeit
an sich und nimmt sie ganz für sich in Anspruch. Die
heiligen unschuldigen Kinder waren nach den Rathschlüssen
Gottes bloß die Zeitgenossen unsers Herrn, aber diese
Aehnlichkeit reicht hin, um sie in ein Meer von Leiden zu
versenken, und um seinetwillen muß ihr frisches Leben in
den Armen ihrer verzweifelnden Mütter verbluten, damit
ewige Kronen und Palmen folgen, — ein glücklicher Tausch,
ein unermeßliches Glück, schnell gemacht, und dann so
wunderbar gesichert! Das nämliche Gesetz umschlang jeden
der Apostel, auf welche die unbeschreiblich beseligende Wahl
des fleischgewordenen Wortes gefallen war. Es war ein
Kreuz für Petrus und seinen Bruder, ein Schwert für
Paulus, harte Steine für Jakobus, für Bartholomäus das
Messer, das ihm die Haut abzog, und das siedende Oel
und die langen Jahre traurigen Aufenthaltes auf Erden
für Johannes. Aber in was immer für einer Gestalt es

äußerlich kam, inwendig war es stets ein Leiden. Es ging mit ihnen in alle Lande, es überschattete sie in allen Wechselfällen des Lebens, es wandelte mit ihnen die Römerstraßen entlang, als ob es ihr Schutzengel wäre, und verließ sie nicht auf ihren unbequemen Fahrten auf den stürmischen Fluthen des Mittelmeeres. Sie waren Apostel, sie mußten ihrem Herrn ähnlich werden, sie mußten eingehen in die Wolke, und die Dunkelheit der Sonnenfinsterniß mußte auf sie fallen auf der Spitze irgend eines Kalvarienberges, von Rom bis nach Baktria, von Spanien bis nach Hindostan. Das nämliche Gesetz hat die Martyrer aller Zeiten getroffen. Ihre Leiden waren lebendige Schatten von dem großen Leiden Unsers Herrn, und das Blut, das sie vergossen, mischte seine verwandten Ströme mit dem kostbaren Blute ihres Erlösers, des Königs der Martyrer. So ist es auch mit den Heiligen. Mochten sie Bischöfe oder Kirchenlehrer, Jungfrauen oder Matronen, Welt- oder Ordensleute sein, — ungewöhnliche Liebe und ungewöhnliche Gnade haben sie immer in der Gestalt ungewöhnlicher Trübsal und ungewöhnlichen Leidens erreicht. Auch sie müssen in die Wolke hineingezogen werden, und sie werden aus ihr hervorkommen mit glänzendem Angesichte, weil sie das Antlitz des Gekreuzigten gesehen und in der Nähe gesehen haben. So ist es in seiner Art mit allen Auserwählten; sie müssen wenigstens innerhalb des Saumes der dunkeln Wolke stehen, oder sie muß im Vorübergehen sie überschatten, vielleicht mehr als einmal, um das Heil ihrer Seelen dadurch zu sichern, daß sie ihrem Herrn wenigstens einigermaßen ähnlich werden. Was müssen wir also von seiner Mutter denken, die ihm am allernächsten kam?

Es kann offenbar kein Wunder sein, wenn sie mehr leiden soll, als irgend jemand außer ihm selbst. Die Unermeßlichkeit ihrer Schmerzen wird uns weder betrüben noch überraschen, sondern sie wird eher als der natürliche Schluß aus allem erscheinen, was wir von dem erhabenen Geheimnisse der Menschwerdung wissen. Der Umfang seiner Leiden wird die Größe seiner Liebe zu ihr anzeigen. Die Tiefe ihrer Peinen wird am geeignetsten sein, den Abgrund ihrer Liebe zu ihm zu ergründen. Das Meer ihrer Schmerzen wird der Maßstab für die Größe ihrer Heiligkeit sein. Die Erhabenheit ihrer göttlichen Mutterschaft wird ihre Schmerzen seinem gnadenreichen Leiden ganz nahe bringen. Ihre Sündlosigkeit wird sie in das nämliche belebende Gesetz der Sühne fast einzuschließen scheinen. Ihre Vereinigung mit ihm wird ihr Mitleiden unzertrennlich machen von seinem Leiden, während es doch aus tausend Gründen so offenbar davon unterschieden ist. Das Weib bekleidet mit der Sonne wird ringsum eingehüllt werden von der helldunkeln Wolke jenes nämlichen schrecklichen Looses, welches er als das große Gesetz seiner Menschwerdung zuerst festsetzen und dann annehmen wollte. Wir müssen uns darauf gefaßt machen, die Schmerzen Mariens größer zu finden, als wir sie uns einbilden oder sie beschreiben können. Wir können bloß auf sie hinblicken mit solchen Werkzeugen, wie Glaube und Liebe uns darbieten, und die Schönheit und Seltsamkeit vieler Phänomene bemerken, die wir nur unvollkommen zu begreifen vermögen. Insbesondere können wir auf diese Weise unsere Andacht zu dem bittern Leiden Unsers Herrn vermehren; denn viele unbekannte Regionen desselben werden für den Augenblick für uns aufgehellt durch die Berührung mit ihren Schmerzen, gerade wie bei der Bedeckung des Jupiter der glänzende Planet, wenn er die dunkle Seite des Mondes berührt, eine momentane Lichtlinie auf den unsichtbaren Rand wirft, und dann durch das Verschwinden desselben die Wirklichkeit dessen beweist, was wir nicht sehen können.

Ehe wir aber den heiligen Evangelisten Johannes bitten, uns bei der Hand zu nehmen, und mit uns in die Tiefen jenes gebrochenen Herzens hinabzusteigen, das er, der Heilige des heiligen Herzens, besser kannte, als Andere, müssen wir einen allgemeinen Ueberblick über die Schmerzen unserer göttlichen Mutter nehmen, gerade wie wir uns mit den allgemeinen Umrissen der Geographie eines Landes vertraut machen, ehe wir die Einzelheiten derselben uns anzueignen suchen. Es sind sieben Punkte, womit wir nothwendig einigermaßen bekannt sein müssen, ehe wir die einzelnen Geheimnisse ihres unübertroffenen Leidens mit Nutzen betrachten können. Wir müssen, soweit es wenigstens in unserer Macht liegt, die Unermeßlichkeit ihrer Schmerzen kennen lernen; ferner, warum Gott sie zuließ, was die Quellen derselben waren und was ihre Merkmale, wie es kam, daß sie sich daran freuen konnte, in welcher Weise die Kirche uns dieselben vorstellt, und was der Geist unserer Andacht zu ihnen sein sollte. Dieß sind Fragen, die einer Antwort bedürfen, und die Antworten auf dieselben, so unvollkommen sie sein mögen, werden doch gleichsam zur Einleitung in den Gegenstand dienen.

§. 1.

Die Unermeßlichkeit der Schmerzen Mariens.

Wenn wir darüber nachdenken, wie wir die Schmerzen unserer göttlichen Mutter am besten beschreiben können, so kommen wir allmählig zur Einsicht, daß sie in der That unbeschreiblich sind. Wir sehen nur die Außenseite davon, und es gibt keine vollständig angemessenen Bilder, durch die wir auch nur diese darstellen könnten. Wer über den weiten atlantischen Ocean hinblickt, sieht eine Wasserwüste mit einem weißen Horizonte auf allen Seiten, aber diese Wasserwüste sagt nichts von dem mannigfaltigen

Leben, das sie in ihrem Schooße birgt, oder von den feenhaften Oceangärten, voll bunter Gesträuche, von den phantastischen Felsengrotten mit buschigen, palmenähnlichen gelben Bäumen, die sie überhangen, und mit dem blauen Wasser, das sie rings umfließt, oder von den meilenweit ausgedehnten, rosenfarbigen Wäldern in der Tiefe, die von einem wunderbaren Leben wimmeln, wovon wir uns bisher keine Vorstellung machten. So ist es mit dem Schmerzenmeere, welches über die geheimen Tiefen des unbefleckten Herzens der Mutter Gottes hinfluthet. Was wir sehen, ist zum Erstaunen, aber es deutet kaum an, was in der Tiefe drunten ist. Wie also sollen wir sagen, womit ihr Weh zu vergleichen ist? Heilige Menschen haben dieß versucht, und sie thaten es, indem sie ihr den Namen Miterlöserin der Welt gaben und von ihren Schmerzen sprachen als innig verkittet mit dem kostbaren Blute, und indem sie sagten, daß die beiden nur Ein Opfer ausmachten für die Sünden der Welt. Es liegt eine tiefe Wahrheit, und eine höchst wesentliche, unter diesen großen Worten verborgen, und doch können sie leicht in einem Sinne verstanden werden, in welchem sie nicht wahr sein würden. Es sind die Ausdrücke einer vortrefflichen Andacht, welche der Schwäche unseres Verstandes zu einem wahren Begriffe von den Herrlichkeiten Mariens zu verhelfen sucht. Diese Ausdrücke sind genau richtig und nicht übertrieben; dennoch bedürfen sie vorsichtiger Worte und sorgfältiger Erklärung. Wir werden sie im neunten Kapitel betrachten und in der übrigen Abhandlung einen andern Weg einschlagen, um zu unserem Ende zu gelangen, nicht nur, weil wir es nicht wagen, uns einer solchen Methode des Verfahrens anzuvertrauen, sondern auch, weil es gegen unsere Gewohnheiten und gegen unsere Vorliebe ist, und in Sachen der Andacht bringt, was nicht natürlich kommt, keine Ueberzeugung hervor. Wir werden es daher lieber vorziehen,

unserm Gegenstande so nahe als möglich zu kommen, wenn
wir ihn auch ohne Zweifel nicht erreichen, als über das
Ziel hinauszuschießen, indem wir die Dinge durch ein zu
starkes Licht undeutlich machen und andere durch ein Gefühl der Nichtwirklichkeit unbefriedigt lassen, wie es ein
ungeschickter Maler mit einem Sonnenuntergange macht.
Wir werden zuletzt zu demselben Ende kommen in einer
Weise, die nicht nur unserer Schwäche überaus angemessen,
sondern auch ganz darauf berechnet ist, das Zutrauen unserer Leser zu gewinnen.

Das Erste also, was uns an den Schmerzen unserer
göttlichen Mutter auffällt, ist ihre Unermeßlichkeit, nicht
in buchstäblicher Bedeutung, sondern in dem Sinne, in
welchem wir gewöhnlich das Wort in Bezug auf erschaffene Dinge gebrauchen. Auf ihre Schmerzen wendet die
Kirche jene Worte des Jeremias [1]) an: „O ihr Alle, die
ihr vorübergehet am Wege, gebet Acht und schauet, ob ein
Schmerz sei gleich meinem Schmerze! Mit wem soll ich
dich vergleichen? oder wen soll ich dir gleichhalten, Tochter
Jerusalems? denn groß ist, wie das Meer, dein Elend;
wer kann dich heilen?" Von der Liebe Mariens wird gesprochen, als von einer solchen, die viele Wasser nicht
löschen könnten. In gleicher Weise haben sich die Heiligen
und Lehrer der Kirche über ihre Schmerzen geäußert. Der
heilige Anselm sagt [2]): „Alle Grausamkeit, die an den Leibern der Martyrer verübt wurde, war gering, oder vielmehr wie nichts im Vergleich mit der Grausamkeit des Leidens Mariens." Der heilige Bernhardin von Siena sagt [3]):
„So groß sei der Schmerz der seligsten Jungfrau gewesen,

---

[1]) Lament. 1. II.
[2]) De excell. Virg. cap. 5.
[3]) Apud Novatum I. 395. Auch Siniscalchi in der Vorrede zu
seinen Dolori di Maria p. 20.

daß, wenn derselbe auch unter alle leidensfähigen Geschöpfe vertheilt würde, sie sogleich sterben müßten." Ein Engel offenbarte der heiligen Brigitta [1]), wenn Unser Herr seine Mutter nicht wunderbarlich unterstützt hätte, so würde sie ihr Martyrthum unmöglich überlebt haben. Es wäre leicht noch eine Menge ähnlicher Stellen anzuführen, sowohl aus den Offenbarungen der Heiligen, als aus den Schriften der Kirchenlehrer.

Allein die Unermeßlichkeit der Schmerzen Mariens zeigt sich insbesondere darin, daß sie alle Martern übertrafen. Nicht nur gab es niemals einen Martyrer, so lange dauernd und mannigfaltig seine Qualen gewesen sein mögen, der ihr im Leiden gleich kam, sondern die Leiden aller Martyrer mit einander, wenn wir die Mannigfaltigkeit und Heftigkeit derselben ganz in Rechnung bringen, kamen der Pein ihres Martyrthums nicht nahe. Kein denkender Mensch wird jemals leichtfertig von dem Geheimnisse leiblichen Schmerzes reden; vielleicht hat seine eigene Erfahrung in dieser Hinsicht ihn beschämt und zur Einsicht gebracht. Durch leiblichen Schmerz wurde die Welt großentheils erlöst, und werden wir nicht selbst noch bis auf diese Stunde hauptsächlich durch dasselbe Verfahren geheiliget? Es ist die untrügliche Gerechtigkeit Gottes, welche auf das Haupt der Martyrer jene eigenthümliche Krone setzt, die Jenen gehört, welche in dem Heroismusphysischen Leidens ihr Leben für Christus gelassen haben. Aber sogar in Hinsicht der körperlichen Schmerzen übertraf Maria die Martyrer. Ihr ganzes Wesen wurde mit Bitterkeit getränkt; die Schwerter in ihrer Seele durchdrangen jeden Nerv und jede Fiber ihres Körpers, und wir können kaum zweifeln, daß ihr sündloser Leib mit seinen herrlichen Vollkommenheiten vor allen andern zum Leiden zart gebildet

---

[1]) In sermone angelico ap. Revelat. S. Brigittae c. 17.

war, ausgenommen den ihres Sohnes. Was ferner die
Martyrer betrifft, so hatten sie schon längst ihr Fleisch als
ihren Feind angesehen und als ein Hinderniß auf ihrem
Wege zum Himmel. Sie hatten ihn gestraft, abgetödtet,
grausam darniedergehalten, bis sie es dahin brachten, ihn
mit einer Art heiligen Hasses zu betrachten. Der ihrige
war ohne Sünde. Es war die reinste, erhabenste Materie,
welche die Welt kannte, woraus Unser Herr sein heiliges
Fleisch und sein kostbares Blut angenommen hatte, und
sie konnte nichts von jenem frohlockenden Rachegefühle
wissen, womit die heroische Heiligkeit in den Leiden des
Fleisches triumphirt. Was ist aber die große Stütze der
Martyrer in ihren Qualen? Daß ihr Geist voll innern
Lichtes ist; daß ihr inneres Auge auf Jesus gerichtet ist,
durch dessen Schönheit und Glorie sie gestärkt werden.
Dies ist's, was die Flammen auslöscht, oder sie so lieblich
macht, wie das Wehen des lauen Windes im Frühling.
Dies macht, daß die Ruthenstreiche so sanft und weich
auffallen und daß die Geißel das Herz erfreut, wie köst-
licher Wein. Dies macht die Schärfe des Stahls so stumpf
für das zertheilte Fleisch und die verwundeten Fibern.
Was in ihnen ist, ist stärker, als was außer ihnen ist.
Nicht als ob ihre Schmerzen keine wirklichen wären, sondern
sie werden durch den Beistand gemäßigt, gelindert, beinahe
umgewandelt, welchen ihre Seele ihnen gibt vermöge des
Einflusses der Gnade und Liebe, womit ihr edelmüthiger
Herr und Meister sie in diesem Augenblicke bis zum Ueberfließen erfüllt. Aber wohin soll Maria mit ihrem Seelenauge nach Trost blicken? Ja, ihr Seelenauge muß gerade
dahin schauen, wohin ihr Leibesauge bereits gerichtet ist.
Es ist auf Jesus gerichtet und gerade dieser Anblick ist
ihr Qual. Sie sieht seine menschliche Natur, und sie ist
die Mutter, die Mutter über alle andern Mütter, liebend,
wie nie eine Mutter zuvor geliebt, wie alle Mütter mit

einander nicht lieben könnten, wenn sie alle ihre tausend-
fache Liebe in einen einzigen namenlosen Liebesakt zu vereinigen vermöchten. Er ist ihr Sohn und solch ein Sohn,
und in so wunderbarer Weise ihr Sohn. Er ist ihr Schatz
und ihr Alles. Was für ein tiefes, Mark und Bein
durchdringendes Elend lag in diesem Anblicke! Und doch
sah sie weit mehr als das, sie sah auch seine göttliche
Natur.

Wir sprechen von Müttern, die ihre Söhne zum Abgott machen, d. h. sie anbeten, sie von Geschöpfen in
Schöpfer verwandeln, sie wirklich als ihr letztes Ziel und
Ende und als ihre wahre Seligkeit ansehen, indem sie ihr
Herz so an sie hängen, wie sie mit Recht es an Niemand
als an Gott hingeben sollten. Dies konnte Maria nicht
thun, und mochte es doch in einem andern Sinne wohl
thun. Denn Jesus konnte kein Abgott sein und mußte
dennoch nothwendig als der ewige Gott angebetet werden.
Niemand sah dies, wie Maria; kein Engel betete ihn mit
so tiefer und zugleich erhabener Demuth an, wie sie; kein
Heiliger, nicht einmal die büßende Magdalena neigte sich
jemals mit so süßem Verlangen, mit so menschlicher Zärtlichkeit über seine Füße. Ja, er ist Gott, — sie sah dies
durch die Dunkelheit hindurch, welche die göttliche Sonne
verfinsterte. Aber dann das Blut, das Anspeien, die
blauen Male, die Schrammen, die vielen Striemen mit
Blut unterlaufen, — was bedeutete all dies an einer Person, die einzig und ewig göttlich ist? Es ist vergebens,
einem solchen Elende einen Namen geben zu wollen, wie
es damals ihre Seele überfluthete. Jesus, die Freude der
Martyrer, verursacht seiner Mutter die schwerste Qual.
Zweimal, um das wenigste zu sagen, wenn nicht noch ein
drittesmal kreuzigte er sie, einmal durch seine menschliche
Natur und dann durch seine göttliche, wenn Leib und Seele
nicht zwei Kreuzigungen ausmachten von der menschlichen

Natur allein. Kein Martyrthum war jemals diesem ähnlich. Keine Zahl von Martern kommt einer Vergleichung damit nahe. Es ist eine Summe von Schmerzen, welche durch Zahlen, wenn auch noch so viele zusammengezählt, wenn sie auch noch so oft vermehrt würden, sich nicht darstellen ließe. Es handelt sich sowohl von der Art als dem Grade, und der ihrige war eine Art von Schmerz, der nur gewisse Aehnlichkeiten hat mit andern Arten von Schmerzen und einfach namenlos ist, wenn wir nicht den Namen ausnehmen, welchen die Kinder der Kirche ihm geben, indem sie von den Schmerzen Mariens reden.

Ihre Schmerzen können auch unermeßlich heißen wegen der Verhältnisse, die sie zu andern Dingen in ihr hatten; denn sogar die Unermeßlichkeit muß in ihrer Art Verhältnisse haben. Wenn sie vollkommen Schmerz empfinden, wenn sie nach Jesus und wegen Jesus einen Vorzug der Schmerzen haben sollte, dann mußten ihre Schmerzen ihrer Größe angemessen sein. Aber sie war die Mutter Gottes! Wer will die Höhe dieser Größe erfassen? Der heilige Thomas versuchte es und sagte, die Allmacht selbst könnte eine größere Größe nicht erfinden. Sie hatte ihr Höchstes gethan, obwohl sie kein Höchstes kennt, als sie die Würde der göttlichen Mutterschaft beschlossen und ausgeführt hatte. Was sind wir gegen einen Heiligen, oder ein Heiliger gegen den höchsten Engel, oder der höchste Engel gegen Maria? Vielleicht stehen wir näher, — und es ist zu vermuthen, daß wir viel näher stehen — dem Erzengel Michael oder Raphael, als sie der Jungfrau Maria; dennoch ist es sogar für einen starken Geist ermüdend, darüber nachzudenken, wie weit wir von jenen erhabenen Geistern mit unbegreiflicher Heiligkeit entfernt sind. Und doch kann ein Schmerz, der unserer Empfänglichkeit angemessen und sogar für unsere Gnade mit Nachsicht berechnet ist, etwas so Schreckliches sein, daß der Gedanke uns schwindelig

macht, was Gott wohl mit uns vorhabe. Was können
ferner jene Geister ertragen, ohne dabei zu Grunde zu
gehen, welche die Welt mit Unrecht verlassen haben und
aus der Zeit hinausgefallen sind, da die Ewigkeit noch keine
Wurzel in ihnen geschlagen hatte? Ihre Kräfte sind nun
beladen in ihrem hoffnungslosen Aufenthalte, aber doch
nicht überladen, und wer denkt nicht an ihre Bürde, ohne
seine Gedanken sogleich in Gott zu bergen, daß ihm nicht
etwas begegnen möchte, er weiß nicht was? Aber Mariens
Seele war ebenso unsterblich und unzerstörbar, wie ihre
Geister und weit stärker, und ihr Leib wurde wunderbarlich unterstützt durch die nämliche Allmacht, die eine un-
vergängliche Auferstehung verleiht. Ja, es war vielleicht
das nämliche heiligste Sakrament, das unverzehrt in ihr
lebte, und in uns Allen der Same einer glorreichen Auferstehung ist, welches das Wunder war, das sie am Fuße
des blutenden Kreuzes aufrecht und am Leben erhielt. Was
also muß jener Schmerz gewesen sein, der ihrer Größe,
der Größe der Mutter Gottes, ihrer ungeheuren Kraft
zu tragen, ihrer mannigfaltigen Fähigkeit zu leiden angemessen war? Wenn wir dabei stille stehen und darüber
nachdenken, so werden wir sehen, wie wenig bei unserm
Denken herauskommt.

Aber ihre Schmerzen müssen auch ihrer Heiligkeit angemessen gewesen sein. Die Trübsale der Heiligen haben
stets eine Analogie mit ihrer Heiligkeit, und kommen ihr
dem Grade nach gleich, wie sie sich ihr der Art nach an-
passen. Wenn Mariens Schmerzen das Werk Gottes waren
und für ihn wirken sollten, wenn sie verdienstlich waren,
wenn sie denen Unsers Herrn genau glichen und obwohl
geringer, doch von den seinigen unzertrennlich waren, wenn
sie von übernatürlichen Akten überflossen und ihre Gnaden
vermehrten, dann müssen sie den Vorzügen ihrer Seele
und ihrer Heiligkeit angemessen gewesen sein. Allein diese

Berechnung der Verdienste Mariens war lange eine Frage, die in Verwirrung setzte, nicht weil ein Schatten von Zweifel darüber schwebt, sondern weil es an Ziffern fehlt, um sie niederzuschreiben, an Faktoren, womit die riesenhafte Vermehrung auszuführen wäre. Die Heiligkeit der Mutter Gottes war nicht absolut unbegrenzbar, und dies ist das niedrigste, was darüber gesagt werden kann. Wenn wir also auch nur einen ganz oberflächlichen Blick über die Zahl ihrer Gnaden werfen, der Art und dem Grade nach, wenn wir bei der unbefleckten Empfängniß beginnen und eine Art Berechnung anstellen bis hinauf zur Menschwerdung, indem wir Engelszahlen gebrauchen, weil die menschlichen uns schon längst gefehlt haben, und wenn wir dann auch nur kurz darüber nachdenken, wie bei dem Momente der Menschwerdung unsere Zahlen in das Unendliche hinüberfielen, und wenn wir hierauf die Schnelligkeit der unbeschreiblichen Gnaden während dreiunddreißig Jahren betrachten, die alle mit unendlichen Geheimnissen dicht bestreut sind, dann können wir uns einigermaßen einen Begriff bilden nicht von dem Maße der Heiligkeit, das bereit war, ein angemessenes Maß von Schmerzen am Fuße des Kreuzes zu tragen, sondern von der Unmöglichkeit uns einen klaren Begriff von einer solchen Heiligkeit überhaupt zu bilden. Wir müssen uns daher von diesem Gedanken abwenden, mit dem überwältigenden Eindrucke (der aber einem Glauben gleichkommt), von dem ungeheuren Gewichte des Leidens, das eine solche Heiligkeit erforderte, um ihr gleich zu kommen, um sie zu beschleunigen, zu vervollständigen, zu krönen und mit einer andern Unendlichkeit zu vermehren. Auch können wir nicht zweifeln, daß ihre Schmerzen ihrer Erleuchtung angemessen waren. Die Kenntniß gibt dem Kummer immer einen Stachel und die Empfindlichkeit vermehrt seine Schärfe. Wenn wir leiden, kennen wir meistens unser wirkliches Unglück kaum zur Hälfte, weil wir

schwerlich mehr als die Hälfte davon verstehen. Auch sind
wir in der Regel nicht ganz im Besitze unserer selbst.
Irgend ein Theil von uns ist durch den Schlag, der uns
getroffen hat, abgestumpft, und dieser Theil unserer Seele
ist für uns eine Zuflucht vor der Empfindlichkeit und Wachsamkeit des übrigen. Ein Kind weint, wenn seine Mutter stirbt; aber ach! wie manches Jahr erfordert es, bis
der Knabe und der Mann einsieht, was der Verlust einer
Mutter wirklich bedeutet! Nun aber war das ganze Wesen
unserer göttlichen Mutter mit Licht überfluthet. Nicht nur
erleuchtete die vollkommenste Erkenntniß jede Fähigkeit ihrer
Seele, so daß sie dieselbe in der größten Vollkommenheit
üben konnte, sondern sie lebte in sich selbst in einer wahren Atmosphäre übernatürlicher Luft und übernatürlichen
Lichtes. In ihren Schmerzen war dies Licht eine Qual
für sie. Wir können wohl annehmen, daß Niemand, Unser Herr ausgenommen, jemals seine Leiden vollkommen
verstand, oder alle seine Schrecken in ihrer furchtbaren
Vollständigkeit erfaßte; aber Mariens Kenntniß davon ist
die einzige, die der seinigen überhaupt nahe kam und zwar
bloß wegen des Uebermaßes himmlischen Lichtes, das im-
merwährend auf ihre sündlose Seele schien. Wir haben
nur beschränkte Vorstellungen von dem Lichte, das Gott
in die erhabenen Geister der Engel ausgießen kann; viel
weniger können wir einsehen, was er in die große Seele
seiner gebenedeiten Mutter ausgoß. Daher finden wir die
theologische Lehre von der beseligenden Anschauung so auffallend schwierig. Was die Blindheit für den Blinden
und die Taubheit für den Tauben, das ist die Unwissenheit für uns. Wir können das Gegentheil davon nicht
begreifen, wir stellen Vermuthungen an und machen uns
die irrigsten Vorstellungen. Unser Weg führt durch die
Dunkelheit, und das Dämmerlicht ist das höchste, was unser schwaches Gesicht ertragen kann. Das Licht ist peinlich

für uns, es betäubt uns, verwirrt unsere Gedanken und macht uns fallen. Selbst auf die Heiligen wirkt das Licht, das plötzlich auf sie eingelassen wird, wie auf uns und blendet sie theilweise, bis sie die starken, ekstatischen Wirkungen der Gnade ertragen lernen. Es fällt uns da ein, was ein frommer Schriftsteller über das Leiden Christi, von Unserm Herrn, sagte, indem er wahrscheinlich einer Offenbarung folgte. Nachdem er von dem Panzerhandschuh des Soldaten heftig in das Gesicht geschlagen worden, seien seine Augen so leidend gewesen, daß er das Licht nicht ertragen konnte, so daß der Sonnenschein ihm außerordentlichen Schmerz verursachte, und er von Schmach zu Schmach, von Gewaltthat zu Gewaltthat durch die Straßen ging, wie ein Geblendeter, der seinen Weg nur unvollkommen sehen kann. Die Unwissenheit ist so vollständig unsere Atmosphäre, daß wir ein Uebermaß geistlichen Lichtes weniger begreifen können, als sonst etwas. So können wir hier den Umfang der Schmerzen unserer göttlichen Mutter nicht fassen, da wir kein Mittel haben, die übernatürliche Erleuchtung zu ermessen, welcher sie angemessen waren.

Die Menge ihrer Schmerzen vermögen wir gleichfalls nicht zu ermessen. Jeder Blick auf Jesus trieb die Schwerter tiefer in ihre Seele; jeder Ton seiner theuren Stimme brachte, während er sie auf den Schwingen mütterlichen Entzückens emporhob, seine eigene Bitterkeit mit sich, die um so tiefer eindrang wegen der Freude, die damit verbunden war. Jede Handlung von ihm brachte ihr eine Menge von Schmerzen, in welchen die Vergangenheit und Zukunft sich in eine einzige schreckliche Voraussicht verband, die immer ihrer Seele vorschwebte. Jeder übernatürliche Akt, der in ihrer Seele aufstieg (und solche Akte stiegen da immer auf), war ein neuer Schmerz; denn entweder lehrte er sie etwas Neues von Jesus, oder er war eine

Erwiederung auf irgend eine frische Liebe von ihm, oder ein Wachsthum einer neuen Liebe in ihr, oder er brachte sie in eine innigere Verbindung mit ihm, oder erleuchtete ihren Verstand, oder entzückte ihr Gemüth und erhöhte ihre Anbetung, und je theuerer und kostbarer Unser Herr ihr in allen diesen Dingen wurde, um so unaussprechlicher war für sie das herzzerreißende Weh seines grausamen und schmachvollen Leidens. So voll daher ihr Leben von großen Ereignissen war, die schnell auf einander folgten, ebenso schwoll die Menge ihrer Schmerzen mit jeder Stunde an bloß durch das verborgene Gnadenleben in ihrem Her=zen. Sie kamen zugleich mit einander, wie die Ströme Volkes in einer ungeheuren Stadt, die die Menge von allen Seiten anschwellen und da und dorthin treiben. Sie waren unabhängig von äußern Ereignissen, deren noth=wendige Nacheinanderfolge, mit der Zeit und dem Raume, den sie einnehmen, die unerträgliche Fülle des menschlichen Lebens in gewissen Grenzen hält. Es war mehr, wie eine beständige Schöpfung. Sie schufen sich selbst, nur war es nicht aus Nichts, sondern sie gingen aus der außer=ordentlichen Heiligkeit Mariens selbst hervor und noch mehr aus dem Uebermaße der Schönheit ihres Sohnes. Wenn wir die Zahl ihrer Schmerzen nicht zählen können, was muß ihr Druck gewesen sein, als sie sich wie eine einzige Last auf einen einzigen Punkt ihrer Neigungen legten, sich dann über ihre ganze Seele verbreiteten und ein allge=meines Leiden hervorriefen, das wir uns nicht leicht vor=stellen können? Wir dürfen nicht für sie fürchten. Sie, die in dem Momente der Menschwerdung so ruhig war, als ob sie göttlich gewesen wäre, kann ihren Frieden sonst wegen nichts mehr verlieren; aber ach! wie bitter muß ihr Friede gewesen sein. In pace amaritudo mea amarissima!

Es gibt auch noch eine andere sehr wahre Bedeu-

tung, in welcher die Schmerzen Mariens unermeßlich
waren, weil sie nämlich die Kraft menschlicher Ausdauer
überstiegen. Sie gingen über das Maß der natürlichen
Lebensstärke hinaus. Es ist das einstimmige Urtheil der
ascetischen Schriftsteller über die seligste Jungfrau, das
sich auf die Offenbarungen der Heiligen stützt und wirklich darin begründet ist, daß sie unter dem Drucke ihrer
unerträglichen Leiden, wunderbarlich am Leben erhalten
wurde. In diesem Stücke wie in so vielen andern nahm
sie an den Gaben Unsers Herrn während seines Leidens
Theil. Allein dies ist von unserer göttlichen Mutter wahr,
nicht nur während der Schrecken des Kalvarienberges,
sondern in ihrem ganzen Leben. Ihre Voraussicht aller
ihrer Schmerzen, wenigstens von dem Augenblicke der
Prophezeiung Simeons an war so lebendig und wirklich,
daß ohne einen besonderen Beistand der Allmacht Gottes
ihre Seele und ihr Leib hätten getrennt werden müssen.
Sie hätte nicht leben können unter einem so dichten
Schatten; sie hätte nicht athmen können in einer so dichten
Finsterniß; sie hätte in den tiefen Fluthen ersticken müssen,
in welchen ihre Seele beständig untersank. Es war an
einem so vollkommenen Geschöpfe unmöglich, daß ihre
Vernunft getrübt würde; es war unmöglich, daß der
Friede jemals aus einem Herzen weichen sollte, das in
so inniger Vereinigung mit Gott lebte. Aber ihr schönes
Leben würde durch das Uebermaß der Leiden erloschen sein,
wenn nicht Gott ein beständiges Wunder gewirkt hätte,
um dieß zu verhindern, gerade wie sie ihr ganzes Leben
stets auf dem Punkte stand, vor dem Uebermaße der Liebe
zu sterben, und als der von ihm bestimmte Augenblick
kam und er seinen außerordentlichen Beistand zurückzog,
starb sie in der That einfach aus Liebe. Was muß also
das für ein Schmerz gewesen sein, der ein stehendes
Wunder erforderte, um nicht Seele und Leib gewaltsam

2*

zu scheiden, und dies zumal in einer sündlosen Seele, wohin niemals ein Gewissensbiß dringen konnte, wo nie ein
Zweifel das Urtheil beunruhigte (außer vielleicht einmal
während der drei Tage, da der Jesus-Knabe verloren
ging) und wo beständiger Frieden herrschte mitten unter
der Ruhe und Unterordnung aller Leidenschaften?

Die Schmerzen unsrer jungfräulichen Mutter überstiegen auch nach ihrer Wirklichkeit alles, was das menschliche Leben in seiner nakten Wirklichkeit erfahren läßt, und
zwar sowohl in Bezug auf den Geist als auf die Sinne.
In unsern Schmerzen ist in der Regel ein großer Theil
Uebertreibung. Wir bilden uns beinahe noch mehr ein
als wir wirklich zu ertragen haben. Wenn unser Leiden von
Andern herkommt, sehen wir darin Zeichen von Lieblosig-
keit, die nie verhanden waren. Wir schieben ihnen Motive unter, welche denjenigen nie in den Sinn kommen,
denen wir sie zuschreiben. Wir legen unbilliger Weise
ein starkes Gewicht auf kleine unbedeutende Umstände, die
wahrscheinlich mit der Sache gar nicht zusammenhängen.
Oder wenn es irgend ein Verlust ist, den wir erfahren,
so malen wir uns die Folgen weiter greller aus, als es der
nüchternen Wahrheit angemessen ist, und die wirklichen
Nachtheile, die unser Verlust mit sich bringt, sehen wir
in einer eben so großen Gestalt, wie ein Knabe mit einer
Laterne den wunderbar hohen Schatten ansieht, den er
im Gehen unbewußt auf die gegenüberliegende Wand
wirft. Die Schwäche zugleich mit der Thätigkeit unsrer
Einbildungskraft hüllt unsern Schmerz in eine Wolke von
Dingen ein, die in der Wirklichkeit nicht existiren, und
diese düstere Wolke wird noch vermehrt durch einen gewissen
thörichten Eigensinn, der uns verleitet, jeden Trost zurück-
zuweisen und gegen die Vernunft taub zu sein, uns einem
sündhaften schläfrigen Hinbrüten zu ergeben und die Erfüllung unsrer gewöhnlichen Pflichten und Obliegenheiten

zu unterbrechen. Nun aber ist mit all diesem Eigensinne und mit dieser Schwäche eine Art Vergnügen verbunden, welches das Leiden weit leichter ertragen läßt. Allein bei unsrer jungfräulichen Mutter war Alles durchaus wahr. Ihre Schmerzen erreichten erhabene Regionen, von denen wir uns nur den unbestimmtesten Begriff bilden können, und sie gingen ebenso hinab in die tiefsten Tiefen der Seele, die wir nicht erforschen können, weil in uns nichts damit zu vergleichen ist. Sie wurden erhöht durch die unschätzbare Vollkommenheit ihrer Natur, durch das Uebermaß ihrer Gnade, durch die ausnehmende Schönheit Jesu und vor Allem durch seine Gottheit. Jede solche Erhöhung ihrer Leiden macht sie unsichtbar für unsern beschränkten Gesichtskreis. Aber für sie war bei der klarsten innern Sammlung ihres Geistes alles vollkommen wirklich; sie begriff alles nach seinen Beziehungen und umfaßte heldenmüthig mit allem Verständniß die ganze Wirklichkeit oder was daraus folgte. Ihre physische Natur, frei von aller Zerrüttung, welche die Folge der Sünde ist, besaß eine außerordentliche Zartheit und Empfindlichkeit, und war mit einer erstaunlichen Fähigkeit zu leiden begabt. Daher empfand sie im Geiste sowohl als in den Sinnen jeden Schlag, der sie traf, auf's tiefste. Die Gewohnheit und die Fortdauer machte ihre Schmerzen nicht erträglicher. Nicht einer derselben war bloß örtlich; sie wurden alle mit einer Schärfe empfunden, die weder einen Theil ihres Leibes oder ihrer Seele ausnahm, noch dieses oder jenes besondere Vermögen auch nur vorübergehend unberührt ließ. Obwohl selbst unaussprechlich ruhig, hatte sie doch keine Ruhe in ihren Schmerzen. Sie verließen sie niemals, sie schliefen nimmer und gaben ihr keinen Waffenstillstand. Tag und Nacht fielen brennende Pfeile auf sie, und es war nicht ein einziger, von dem auch nur das Geringste an ihr verloren ging. Sie ver-

mißte keine der Bitterkeiten, sie kannte ihre volle Bedeutung und hatte keine von jenen Ueberraschungen, die uns
zuweilen plötzlich über große Trübsale hinüberhelfen, wir
wissen kaum wie. Es fand keine Aufeinanderfolge in
ihnen statt; denn sie stacken alle in ihr wie Sebastians
Pfeile, und ihre vergifteten Spitzen brannten alle zumal
in ihr. Es ist etwas Schreckliches um diese Wirklichkeit
der Schmerzen Mariens, und sie bilden einen Charakterzug derselben, den wir nicht vergessen dürfen, wenn wir
aufhören davon zu sprechen, sonst werden wir das Folgende nur sehr unvollkommen verstehen.

Allein diese ihre Schmerzen hatten gewissermaf-
fen einen Antheil an der Erlösung der Welt, und das
verleiht ihnen für sich allein eine eigenthümliche Unermeßlichkeit. Dies ist jedoch ein Gegenstand, der später
und ausführlicher untersucht werden soll. Es ist also hinreichend, wenn wir jetzt sagen, daß durch die Anordnung
Gottes Maria mit dem Leiden Unsers Herrn in der engsten Verbindung stand, daß ihre Schmerzen die Qualen
Unsers Herrn erhöhten, nicht ohne Absicht, sondern wie
es bei allen göttlichen Dingen der Fall ist, mit einer geheimnißvollen und ganz wirklichen Absicht, und daß, wie
die Mutter und der Sohn in keiner Weise auf irgend
einem andern Punkte in den dreiunddreißig Jahren getrennt werden können, sie am allerwenigsten auf dem
Kalvarienberge getrennt werden können, wo Gott sie so
auffallend und fast unerwartet verbunden hat.

Von der mannigfaltigen romantischen und künstleri-
schen Schönheit der Schmerzen Mariens brauchen wir
nicht zu sprechen. Dergleichen Dinge sind mit Recht allen
göttlichen Werken eigen. Ihr Mitleiden machte einen
Theil von dem großen Epos der Schöpfung aus und
die Erhabenheit ihrer Schmerzen läßt sich von dem
erhabenen und zugleich schrecklichen Leiden des fleischge-

wordenen Wortes nicht trennen. Aber es ist nicht rührende Poesie, was wir hier suchen, sondern vielmehr eine
aufrichtige Frömmigkeit und ·einfache Vermehrung der
Liebe zu Maria und zu ihrem Sohne. Wenn es ein
Gebiet der praktischen Religion gibt, aus welchem wir die
bloße Sentimentalität und das bloße Gefühl ewig verbannt wünschten, so ist es das Gebiet, welches Maria
umfaßt. Das Gefühl ist so gerne geneigt, die Wesenheit
in bloße Phantome zu verwandeln, und die Außenseite
der Dinge so zu überkleiden, daß wir beinahe zweifeln,
ob überhaupt etwas inwendig ist. Möge also die ausnehmende Schönheit des Martyrthums Mariens uns finden, wenn sie will, uns erheben, uns süße Thränen ab-
locken, und die Unruhe unsers mitfühlenden Herzens stillen; aber suchen wollen wir sie nicht, noch den Weg verlassen, den uns die Andacht und die Lehre der Kirche
vorgezeichnet hat. Indessen wenn Gebilde der Kunst irgendwie unsere ächte Liebe zu Gott erhöhen können, dann
sollen auch sie willkommen sein.

§. 2.
Warum Gott die Schmerzen der jungfräulichen Mutter zuließ?

Aber können wir nun fragen, warum ließ Gott diese
Schmerzen Mariens zu? Verträgt es sich mit der Ehrfurcht gegen Gott eine solche Untersuchung anzustellen?
Alle Dinge sind der Ehrfurcht gegen ihn gemäß, die aus
Liebe zu ihm gethan werden. Wir fragen nicht, weil wir
im Zweifel sind, oder wie wenn wir Gott zur Rechenschaft
fordern wollten, oder wie wenn wir ein Recht hätten es
zu wissen, sondern wir fragen, um neue Kenntnisse zu
erlangen und daraus neue Liebe zu schöpfen. Vielleicht
gibt es nicht ein einziges Werk Gottes, von dem wir alle

Gründe einzusehen im Stande sind, oder sie verstehen
könnten, wenn er sie uns sagen wollte. Die Dinge, die
Gott thut, kommen aus unendlichen Tiefen; aber wir
finden, daß wir, je mehr wir erkennen um so mehr lieben, und deßhalb untersuchen wir viele Dinge, wo die
Liebe uns allein das Recht gibt zu fragen und auch den
Muth dazu. Warum ließ Gott die Schmerzen seiner
Mutter zu, die er so unaussprechlich liebte, die sündlos
war und durch Buße nichts in sich zu sühnen hatte, und
deren Thränen keineswegs für das kostbare Blut nothwendig waren, welches für sich allein die Erlösung der
Welt ausmachte? Solche Gründe, wie wir sie auf der
Oberfläche sehen, sind folgende: Es geschah, wegen seiner Liebe zu ihr. Was kann die Liebe geben, das besser
wäre als das eigene Ich? Aber bei ihm war das Leben
gleich dem Leiden. Selbst wenn wir die irdische Größe
betrachten, sehen wir, daß eine hohe Bestimmung oft ein
Loos der Leiden und mehr als gewöhnlicher Trübsal ist.
Und wie menschlich und irdisch, selbst wo es ganz himmlisch ist, erscheint alles in den dreiunddreißig Jahren!
Das nämliche Gesetz, das ihn umschlingt, muß auch sie
umschlingen. Sie konnte keinen sehnsüchtigeren Wunsch
als diesen in ihrer Seele haben. Aber das Gesetz ist ein
Gesetz des Leidens, des Opfers, der Sühnung, der Schmach,
der Erniedrigung, die fast an Vernichtung grenzt. Sie
würde eher ein bloßes Werkzeug als eine Mutter gewesen
sein, wenn sie von all' dem getrennt worden wäre, oder
wenn sie wie eine im Sonnenschein ruhig daliegende Landschaft fern gewesen wäre von der in Sturmwolken gehüllten
Glorie jener Höhen des Kalvarienberges, die weit schrecklicher waren als die schauerlichen Felsen des alten Sinai.
Zeigt sich nicht noch jetzt sogar jenen, die weit von ihm
entfernt sind im Vergleich mit der Nähe seiner Mutter,
seine Liebe gewöhnlich in Kreuz und Leiden? Er verließ

den Himmel, weil der Schmerz ein solches Paradies für
ihn war, und es war ein ausschließlich irdisches Paradies, und wenn er das Leiden so liebte, so darf er wohl
erwarten, daß jene, die ihn lieben, es auch lieben werden.
Wie die Bergketten durch das unterirdische Feuer empor-
gehoben wurden, so sind große Gnaden die Folgen großer
Leiden. Jedes Martyrthum hat eine Krone, die ihm mit
Recht gehört. Sollte Maria ohne eine solche Krone bleiben? Sollte nicht das Uebermaß seiner Liebe zu ihr
ebenfalls ein Uebermaß von Leiden herbeiführen? Aber
wozu viele Worte verschwenden, wo es genügt, sich an
unsere eigenen christlichen Gefühle zu wenden? Was würde
eine Maria ohne Leiden sein? Der Gedanke schließt nichts
geringeres in sich als das Verschwinden der Madonna aus
der Kirche. Eine Menschwerdung ohne Leiden würde eine
Mutter ohne Leiden in ihrem Gefolge gehabt haben, aber
das leidensfähige Kindlein von Bethlehem umschlang seine
Mutter mit denselben Banden des Leidens, die ihn umgaben. Die Heftigkeit ihres Martyrthums zeigt die Vollkommenheit seiner kindlichen Liebe.

Die Vermehrung ihrer Verdienste ist ferner ein Grund
ihrer Schmerzen; denn nirgends vermehren sich die Verdienste so schnell als im Leiden. Daß sie die Mutter
Gottes ist, wird sie nicht hoch in den Himmel erheben
ohne die heiligmachende Gnade, welche der Würde der
göttlichen Mutterschaft vorangeht und nachfolgt. Die
Größe ihrer Würde ist uns ein Beweis für die Größe
ihrer Gnade, weil in den Absichten Gottes die beiden
Dinge unzertrennlich sind, und daher ist die Würde, die
wir sehen, für uns ein Anzeichen von der Gnade, die
wir nicht sehen. Ihre Erhöhung muß von ihren Ver-
diensten abhängen, und ihre Verdienste müssen durch ein
lebenslanges Leiden erworben werden. Ach! wer kann die
namenlosen Entzücken zählen, welche unsere gebenedeite

Mutter an diesem Tage in ihrer Seele im Himmel ge=
nießt, und welche sie als die Belohnung für jedes be=
sondere Leiden, als die besondere Krone eines jeden übernatürlichen Aktes erkennt? In all dem sieht sie deutlich
einen angemessenen Lohn für die erduldeten Schmerzen.
Denn Gnade ist nicht etwas Verschiedenes von Glorie; sie
ist nur Glorie im Exile, während Glorie nur Gnade ist
im himmlischen Vaterlande. Die Gnade ist der wahre
Schatz, die Glorie ist bloß das Frohlocken über den Erfolg derselben. So sind jene unermeßlichen Schmerzen
Mariens für sie zur Glorie geworden nach den gewöhn=
lichen Gesetzen des Himmelreiches. Drei und sechzig
Jahre ekstatischer Freuden würden niemals unter der ge-
gegenwärtigen Einrichtung der Dinge jenen mütterlichen
Thron in eine so außerordentliche Nähe zu Gott erhoben
haben. Die Himmelskönigin mußte nothwendig zu einer
Königin erzogen werden, um ihren Thron um so recht=
mäßiger einzunehmen, als der Tag ihrer Erhebung kam.
Die Freude der Aufnahme in den Himmel war nur die
verdiente Folge für die Bitterkeit ihres Mitleidens.

Eine hohe Bestimmung hienieden hat immer etwas
Grausames an sich. Das Glück zieht seine Günstlinge
mitten durch gezogene Schwerter hindurch. Mariens hohe
Bestimmung hat auch dieses Kennzeichen der Grausam=
keit an sich und was so grausam scheint, ist die göttliche
Natur ihres Sohnes. Es ist die Folge der unendlichen
Vollkommenheit Gottes, daß er nothwendig sich selbst su=
chen, und sein eigenes Ziel und Ende sein muß. So ist
er das letzte Ziel aller Geschöpfe und es gibt kein wahres
Ziel in der Welt, als ihn selbst. Daher macht es einen
Theil seiner Herrlichkeit, einen Theil seiner tiefen Liebe
aus, daß alle Dinge für ihn geschaffen wurden und daß
seine Verherrlichung höher steht, als alles übrige. Seine
größte Barmherzigkeit gegen seine Geschöpfe besteht darin,

daß er sie zu seiner Glorie beitragen, und daß er sie dies
thun läßt mit Verstand und freiem Willen. Die Sache
im rechten Lichte betrachtet, kann das Geschöpf keine so
große Beseligung empfinden, als die, die Verherrlichung
seines Schöpfers zu vermehren. Dies ist die einzig wahre
Befriedigung seines Verstandes und seines Willens, das
einzige, was ihm eine ewig dauernde Ruhe gewähren kann.
Hier haben wir also wieder einen Grund, warum Gott
die Schmerzen der seligsten Jungfrau zuließ. Sie wurden zugelassen, damit Gott von ihr mehr Verherrlichung
empfangen könnte, als von irgend einem andern Geschöpfe
oder von allen Geschöpfen mit einander, aber stets mit
Ausnahme der erschaffenen Natur Unsers Herrn. Sie
wurden zugelassen, damit sie das alles übertreffende Vorrecht hätte, für sich selbst der ganzen Schöpfung gleich zu
sein, ja dieselbe durchaus und unbedingt zu übertreffen im
Lobe und Preise, in der Verherrlichung und Anbetung,
die sie dem Schöpfer zollte. So schrecklich die Höhen
waren, die sie zu erklimmen hatte, und die alles Mitgefühl und alles Verständniß der Heiligen weit überstiegen;
so tief die Ströme des Blutes und der Thränen waren,
durch deren felsige Rinnsale sie ihren Weg nehmen mußte;
so groß der Druck der mächtigen Gnaden war, die eine
so wunderbare Mitwirkung erforderten, so gab es doch
keine Gabe, die ihr Gott jemals verlieh, welche sie so
hoch schätzte, als ihren grausamen Schmerz des Mitleidens. O nicht um eine Welt hätte sie einen einzigen,
auch den geringsten erschwerenden Umstand ihrer Schmerzen entbehren mögen! Gerade in dem Uebermaße ihrer
unerträglichsten Leiden freute sie sich im Geiste tiefer Anbetung über die unerbittliche Allmacht Gottes. Es war
Gott, der am Kreuze hing. Ihr Sohn war Gott. Es
war der Gekreuzigte, blaß und ohnmächtig und schwach
und verblutend, dessen Herrlichkeit unbegränzter war als

der die Welt umgürtende Ocean, und der sich mit einem
Wohlgefallen, wovon sich keine Vorstellung machen läßt,
an den Strömen der übernatürlichen Schönheit und vollendeten Heiligkeit ersättigte, welche die tief eindringenden
Schwerter ihres Kummers ihrem unbefleckten Herzen entlockten. Sie ersetzte gleichsam alles, was die Heiligen ihm
für seine Leiden schuldeten aber nicht bezahlen konnten.
Am Fuße des Kreuzes vertrat sie die Anbetung der Welt;
denn was sonst in der Welt betete ihn an in seiner Erniedrigung zu jener Stunde? Und alle diese Grausamkeit,
womit Gott seine Verherrlichung sucht, dieser sein uner-
sättlicher Durst nach seinen Geschöpfen, war für sie die
vollkommenste Wonne, die höchste Ausübung ihrer königlichen Würde, während sie von Seiten ihres göttlichen
Sohnes bei weitem der unbegreiflichste Erguß seiner Liebe
war, den sie seit jener Mitternacht der Menschwerdung
empfangen hatte. Die Kirche würde etwas ganz anderes
sein, als was sie ist, wenn die unermeßliche Anbetung,
die Maria Gott in ihren Schmerzen darbrachte, nicht
einen Theil ihrer Schönheit, ihrer Schätze und ihrer
Macht vor Gott bildeten. Wir können mit weniger Un-
behagen und Kleinmuth an das unvergoltene Leiden Unseres theuersten Herrn denken, wenn wir uns an die
Schmerzen erinnern, denen nur die seinigen gleich kamen,
und welche ihm seine Mutter als Opfer der Anbetung
darbrachte.

Auch wir gehören hieher. Sie muß um unsertwillen
ebenso gut leiden, als um seinetwillen. Denn soll sie
nicht die Mutter des Trostes, der Trost der Betrübten
sein? Zu diesem Ende muß sie in die Tiefen jedes
Schmerzes hinabsteigen, den das Menschenherz empfinden
kann. So weit es für ein einfaches Geschöpf möglich ist,
muß sie dieselben alle erschöpfen und an sich selbst erfahren, selbst den Schmerz über die Sünde nicht ausge-

nommen, obwohl es nicht über ihre eigene Sünde sein
kann, sondern in der That über die unsrigen. Es muß
für sie gleichsam zu einer Wissenschaft werden, das Maß
des Trostes zu kennen, welches unsere schwachen Herzen
in ihren verschiedenen Prüfungen nöthig haben, und was
unsere Leiden in allen ihren mannigfaltigen, ungleichen
und unähnlichen Umständen mildert und erleichtert. Unser
Herr erlöste uns nicht von unsern Sünden durch eine
goldene Erscheinung am Himmel, durch eine vorübergehende
Vision des Kreuzes, die sich von der grünen Bergkuppe
des Tabor aus bei der Verklärung zeigte, oder durch eine
Absolution, die ein für allemal über das weit ausgebrei-
tete Abendland ausgesprochen wurde vom Karmel aus, der
nach dem Meere schaut. Es war nicht sein Wille, daß
die Erlösung so leicht sein sollte, so leicht wenigstens für
ihn; denn für uns ist die Leichtigkeit noch wunderbar genug. Er vollbrachte unsere Erlösung in langen Jahren
mit unendlichen Mühen und Leiden, unter Schmach und
Schande, durch die Vergießung seines Blutes und mit
unaussprechlicher Bitterkeit der Seele. Er verdiente sie,
kämpfte dafür und erlangte sie nur durch die Wunder seines heiligen Leidens. Alles dieses wäre nicht nöthig gewesen. Ein Wort, eine Thräne, ein Blick hätte es auch
gethan, ja ein Akt des Willens mit oder ohne eine Menschwerdung. Aber es war nicht sein Wohlgefallen, daß es so
sein sollte. In seiner unendlichen Weisheit wollte er sich
nicht auf seine unendliche Macht allein stützen, sondern
schlug einen andern Weg ein. Ebenso ist es mit Maria.
Sie wird nicht auf einmal zur Mutter der Betrübten,
wie durch ein plötzliches Adelspatent. Sie wird nicht der
Trost der Trauernden durch eine bloße Bestimmung, die
von dem Willen der göttlichen Majestät ausgeht. Es hätte
so sein können, aber es ist nicht so. Ihr Dienst als unsere Mutter ist eine langsame und schmerzenreiche Folge

ihrer göttlichen Mutterschaft. Sie hat sich dafür abge=
müht, dafür gelitten, herkulische Lasten von Schmerzen ge=
tragen, um sie zu verdienen und hat sie endlich auf Kal=
varia errungen. Ich will damit nicht sagen, daß sie eine
solche Würde streng genommen verdienen konnte, wie Jesus
die Erlösung der Welt verdiente; im Gegentheil, daß sie
unsere Mutter wurde, war die Folge der Erlösung, die
er verdiente. Aber demungeachtet kam sie, soweit es für
ein Geschöpf möglich ist, dem Punkte nahe, diese Mutter=
schaft zu verdienen, und begegnete den Schritten, die Gott
von freien Stücken ihr entgegen machte. Wie nothwendig
also war es für uns, daß Gott ihre Schmerzen zuließ!
Was wäre das Meer der menschlichen Schmerzen, wenn
nicht Mariens Mondlicht darauf schiene? Der Ocean mit
den schwarzen schweren Wolken, die darüber hängen, unter=
scheidet sich nicht mehr von der Silberfläche grün und weiß
funkelnder Gewässer, die sich des Sonnenlichts erfreuen,
als der beschwerliche Weg der unaufhörlichen Sorgen des
Lebens ohne das sänftigende und beinahe bezaubernde Licht,
das durch Mariens Liebe darauf fällt, sich von dem Leben
unterscheidet, wie es jetzt vor uns liegt unter ihrem müt=
terlichen Throne. Wie manche Thräne hat sie nicht schon
von unsern Augen getrocknet? Wie viele bittern Zähren
hat sie nicht versüßt, während wir sie vergoßen! Das
Alter kommt und Krankheit und Tod und der Kreis un=
serer Lieben wird jährlich kleiner; — wie oft müssen wir
uns dann an die Schätze des Trostes wenden, die in ihrem
sündlosen Herzen aufbewahrt sind? O es war gut für
uns und ganz nach ihres Herzens Wunsch, daß Gott ihre
Schmerzen zuließ, damit sie um so wirklicher die Mutter
der Betrübten sein könnte; denn die Schwere ihrer Schmer=
zen ist täglich die Erleichterung der unserigen, und wie
wenig ist, was wir tragen können, aber wie groß die Last,
die sie tragen konnte, und mit welchem königlichen Muthe

trug sie dieselbe! Unser Herr war zugleich unser Sühnopfer und unser Vorbild. Er erlöste die Welt einzig durch
sein kostbares Blut. Durch seine Verdienste allein werden
wir gerettet. Seine Vorrechte als unser Erlöser werden
mit Niemanden getheilt. Seine Mutter mußte ebensogut
erlöst werden, als die übrigen aus uns, obwohl in einer
verschiedenen und weit höhern Weise, — durch Verhütung,
nicht durch Wiederherstellung, durch die unvergleichliche
Gnade der unbefleckten Empfängniß, nicht durch Wiedergeburt, nicht durch die Aufrichtung aus einem gefallenen
Zustande. Dennoch war es sein Wille, daß seine Mutter, ihr Dienst, ihre Zustimmung, ihre Gnaden, ihre Leiden mit dem Plane der Erlösung so innig verknüpft sein
sollten, daß wir sie nicht davon trennen können. Es war
seine Anordnung, daß ihr Mitleiden ganz enge bei seinem
Leiden liegen sollte, und daß sein Leiden ohne ihr Mitleiden ein ganz anderes Leiden sein würde, als es wirklich
war. So scheint er sie beinahe in dasselbe Gesetz der
Sühne hineinzuziehen, das ihn selbst umgab, so daß man
mit Wahrheit in mannigfachem Sinne von ihr sagen kann,
sie habe an der Erlösung der Welt Theil genommen. Aber
wenn dies wahr ist von Christus als unserm Sühnopfer,
wo die Verbindung der göttlichen Natur mit der menschlichen nothwendig war zur unendlichen Genugthuung des
Werkes, so ist es noch viel mehr wahr von Christus als
unserm Vorbild. Dies war ein Dienst, den sie durch seine
Gnade eher mit ihm theilen konnte, und den die Thatsache, daß sie bloß ein Geschöpf ist und ein ganz menschliches, nur tiefer empfinden lassen sollte. So dürfen wir
vielleicht die Annahme wagen, daß Gott die Schmerzen
Mariens zuließ, damit sie für uns ein um so vortrefflicheres
Vorbild sein möchte. Der Schmerz ist mehr oder weniger
dem ganzen menschlichen Leben eigen; während derselbe
aber uns besonders zur Vereinigung mit Gott fähig macht,

stört und trübt er auch unsere Beziehungen zu ihm mehr als sonst etwas. Er greift unser Vertrauen auf ihn an, und das Vertrauen ist die einzig wahre Anbetung. Er erzeugt Versuchungen gegen den Glauben, oder findet in denselben, wenn sie kommen, etwas Natürliches. Er verleitet zu einem gewissen grämlichen und trotzigen Wesen gegen Gott, das gerade den Tiefen unserer Natur entstammt, denselben Tiefen, wie die Liebe und Anbetung, und dem es oft gelingt, beide zu zerstören und ihre leeren Plätze einzunehmen, während es insgeheim diesen beiden Gefühlen feind ist. Daß dieser übermüthige Trotz ein wahres Phänomen der Natur des Geschöpfes ist, sehen wir aus der überraschenden Weise, wie Gott die Keckheit Jobs rechtfertigt, und eine Sünde, die der Sühnung bedurfte, in der Kritik seiner Freunde über ihn findet, während er, der Herzensgründer, in Jobs kühnen Klagen nichts entdeckt, was seine Geduld im geringsten beeinträchtigt, sondern vieles, was mit der Ehrfurcht und Liebe im Einklange steht. Die Ertragung des Schmerzes ist vielleicht die höchste und schwierigste Aufgabe, die wir zu erfüllen haben, und es ist meistentheils Gottes Anordnung, daß der Grad der zu ertragenden Schmerzen mit dem Grade der Heiligkeit zunehmen sollte, die uns in den Stand setzt, dieselben zu ertragen. Wir müssen sie auf natürliche Weise ertragen, selbst während wir sie mit übernatürlicher Kraft aushalten. Es gibt keine Heiligkeit bei Gefühllosigkeit oder bei Stumpfsinn der Seele, selbst wenn religiöse Interessen sie durch höhere Einflüsse abgestumpft haben. Das geistliche Leben hindert uns allerdings, manche Schmerzen zu empfinden, und Niemand wird behaupten, daß eine solche Gleichgültigkeit nicht in mancher Hinsicht ein vorzügliches Gut sei, aber sie darf nicht mit einer heldenmüthigen Ertragung der Schmerzen verwechselt werden. Um in dieser Hinsicht heldenmüthig zu sein, muß das Herz im Innersten die Pfeile fühlen, womit wir verwundet werden, und die göttliche Liebe muß dieselben um so grausamer schärfen und um so tiefer hineintreiben. Nun aber ist in all diesem Maria unser Vorbild und zwar ein rein menschliches Vorbild, überdies ein solches, das thatsächlich solche Resultate einer ausnehmenden Heiligkeit und übernatürlichen Gnadenfülle in der Kirche hervorbrachte, daß wir wohl die Vermuthung wagen dürfen, es sei einer der Gründe gewesen, weßhalb Gott ihr unübertreffliches Martyrthum zuließ.

Es gibt jedoch noch einen andern Grund, den wir vielleicht anführen dürfen, um die Zulassung ihrer Schmerzen zu erklären. Wie die heilige Schrift eine ausgesprochene Offenbarung ist, so ist im gewissen Sinne Maria eine sinnbildliche Offenbarung. Gott gebraucht sie als ein Werkzeug, um damit manche Dinge klar zu machen, die sonst im Dunkel geblieben wären. Es ist eine den Gottesgelehrten gewöhnliche Ansicht, sie gewissermaßen als ein Abbild der heiligsten Dreifaltigkeit zu betrachten. Als die Tochter des Vaters, als die Mutter des Sohnes und die Braut des heiligen Geistes spiegel sie an sich selbst, — natürlich schwach, weil sie ein Geschöpf ist, aber dennoch getreu, — die Beziehungen der drei göttlichen Personen zu einander ab. Sie gleicht einem stillen, durchsichtigen See, in dessen Schooß wunderbare Eigenschaften Gottes und weitentfernte himmlische Höhen sich getreu und deutlich abspiegeln. Wir wissen mehr von Gottes Barmherzigkeit, von seiner Herablassung, von seiner innigen Vertrautheit mit seinen Geschöpfen, von seinen charakteristischen Wegen wegen dem Lichte, das er auf Maria scheinen ließ, als wir sonst erfahren hätten, und wir sind dadurch auch zu einem bessern Verständnisse dessen gekommen, was wir entweder auf andere Weise kennen lernten oder vielleicht kennen gelernt hätten. Gottes Vollkommenheiten in ihm

selbst, sein Verfahren mit seinen Geschöpfen und die Art
seiner erlösenden Gnade, die Möglichkeiten, zur Heiligkeit
zu gelangen, die Erfindsamkeit der göttlichen Liebe, seine
Heranbildung der Heiligen, seine Führung der Kirche, sein
innerer Verkehr mit den Seelen, die ihn suchen, — alle
diese Dinge sind wie hieroglyphische Inschriften auf Maria
geschrieben, die sich durch das Licht des Glaubens und die
verständigen Muthmaßungen der Andacht leicht entziffern
lassen. So hat er durch ihre Schmerzen eine beständige
Offenbarung des großen Geheimnisses an ihr aufgestellt,
welches im Leiden liegt. Er hat an ihr jene hochwichtige
Lehre deutlich gezeigt, daß das Leiden da, wo es himmlische Dinge betrifft, der einzig wahre Schluß ist, welchen
man aus der Liebe ziehen soll. Sie hatte selbst keine
Sünde, um dafür zu leiden; sie hatte keine Schuld zu
bezahlen für den Fall Evas. Sie war nicht eingeschlossen
in das Gesetz der Sünde. Sie war nach den Absichten
des Himmels vorgesehen vor dem Rathschluße, welcher die
Sünde zuließ. Sie hatte auch keine Welt zu erlösen.
Alles ihr theueres Blut, der süße Born und Ursprung
des kostbaren Blutes Jesu, hätte nicht eine einzige läßliche
Sünde hinwegwaschen oder die Seele eines einzigen neugebornen Kindleins erlösen können, welches überhaupt keine
wirkliche Sünde zu sühnen hatte. Sie wurde einfach in
ein unaussprechliches Meer der Liebe versenkt und daher
überströmte eine Fluth von Schmerzen ihre Seele und
drang in sie ein, und zwar mit Recht, gerade wie die
großen Ströme mit ihren trüben Wellen ungehindert in
die See sich ergießen. Ihre Leiden schließen für immer
den Klagen den Mund. Mit süßem Zwange und unwider-
legbarer Ueberzeugung legen sie allen leidenden Kindern
unsers himmlischen Vaters Stillschweigen auf. Die Heiligen können nicht länger daran zweifeln, daß das Leiden
die einzige große Aehnlichkeit mit Christus ist. Auch wir

in unserer äußerften Niedrigfeit, deren Gebuld fo dünn
gewoben ift, daß man beinahe die Fäden fah, als fie noch
neu war, lernen baraus, nicht nur fchweigfam zu fein,
fondern mit Sanftmuth zu tragen und fogar ernfthaft
baran zu denken, daß die Zeit kommen möchte, wo wir
wirklich jenes Leiden lieben werden, bas die goldene Münze
zu fein fcheint, womit die Liebe unfere Liebe bezahlt.

§. 3.
Die Quellen der Schmerzen Marias.

Wir können nun zu unferer dritten Frage übergehen:
Was waren die Quellen der Schmerzen der feligften Jungfrau? Unter Quellen verftehen wir nicht gerade Urfachen,
fondern vielmehr die eigenthümlichen Gemüthsftimmungen,
die ihren Schmerzen ihre befondere Bitterfeit verliehen.
Wenn eine Mutter ihren einzigen Sohn verliert, fo ift
der Verluft an fich felbft bitter genug. Aber demfelben
wird noch eine befondere Empfinblichkeit gegeben durch Umftände, die eigenthümliche Gefühle in ihrer Bruft erwecken.
Entweder war er fo fchön, daß der Verluft um fo unerträglicher erfcheint, oder fein Gemüth, oder fein Verftand
berechtigte zu fo herrlichen Hoffnungen, oder er wurde fo
jung hinweggerafft, oder es war etwas da, was, menfch-
lich gefprochen, bei der wirklichen Urfache feines Todes fo
leicht hätte verhindert werden können, oder es vereinigten
fich befondere Familienverhältniffe, die gerade damals feinen Tod zu einem härteren Schlage machten, als es fonft
der Fall gewefen fein würde; diefe und ähnliche Dinge,
die ins Unendliche vervielfältigt werden könnten, bilden
Mittelpunkte einer befondern Bitterfeit, um die fich der
Schmerz anfetzt und immer größer, tiefer und bitterer
wird, weit mehr als es dem wirklichen Unglücke angemeffen
ift. Aber alle diefe Dinge find für den Trauernden die

3 *

grausamste Wirklichkeit und keineswegs eine eingebildete oder bloß sentimentale Uebertreibung. Bei unserer seligsten Gottesmutter konnte nichts die wirkliche Trübsal übersteigen wegen ihm, dessen Leiden die Ursachen der ihrigen waren. Im Gegentheil, kein menschlicher Schmerz, selbst nicht Marias Schmerzen konnten der wirklichen Ursache des Kummers gleichkommen. Dennoch gab es auch in ihrem Herzen Mittelpunkte, um die sich ihre Schmerzen dichter ansammelten und grausamer quälten und heftiger pochten, als sonstwo. Diese Mittelpunkte müssen wir nun betrachten, diese besonderen Quellen beständiger Bitterkeit, indem wir dabei vorausschicken, daß natürlich die Vollkommenheiten des Herzens Marias unsern Verstand soweit übersteigen, daß es ohne Zweifel viele Quellen heftiger Leiden für sie gab, die wir nicht würdigen können, uns vielleicht nicht einmal vorzustellen vermögen, und daß wir, während wir das uns bekannte Feld durchwandeln, alle die Regionen nicht vergessen dürfen, die jenseits desselben noch unentdeckt liegen und deren Erforschung vielleicht eine der vielen wonnigen Beschäftigungen sein mag, die für den Himmel aufgespart sind.

Die erste dieser Quellen lag in dem Gedanken, daß sie nicht mit Jesus sterben konnte. Es gibt schwerlich eine Mutter, die sich unter solchen Umständen nicht gesehnt hätte, zu sterben. Sterben ist besser, als Leben für ein gebrochenes Herz, und wo der Tod nicht eine Trennung ist, sondern ein ununterbrochenes Beieinandersein, nur ein Beieinandersein, das uns von der verödeten Erde in den Schooß unsers himmlischen Vaters versetzt, — für welche tief betrübte Mutter wäre er nicht eine unaussprechliche Wohlthat gewesen? Wie vielmehr für Maria! Nie war ein Sohn einer irdischen Mutter so viel, als Jesus ihr war, nie war ein Sohn ein so guter und schöner und theurer Sohn, nie einer so sehr ein Sohn. Die Rechte des Vaters und der Mutter vereinigten sich in dem einzigen Herzen der jungfräulichen Mutter, so daß er zweimal ihr Sohn war, doppelt ihr Sohn. Wer kann die Reize seiner heiligen Menschheit schildern, oder wie die Liebe zu ihm Wurzel faßte in jenem tiefen Mutterherzen? Sodann war er überdies Gott und hatte dreiunddreißig Jahre lang im Gehorsam gegen sie gelebt, in einer so überschwenglichen Liebesgemeinschaft, daß es ihr tausendmal das Leben gekostet haben würde, wenn er es nicht verhindert hätte, und zwar nicht dadurch, daß er den süßen Drang der Liebe mäßigte, sondern ihr Herz mit seiner Allmacht stärkte. Er sollte nun zum Vater gehen, seine Sonne war im Begriff in ein rothes Blutmeer hinabzusinken mitten unter den wildesten Wolken der Schmach. Sie konnte das nie vergessen; der Kalvarienberg sollte immer ihrem Herzen eingeprägt bleiben. Er sollte eine jener Erinnerungen bilden, welche die Zeit nie verwischen kann, einen jener Schrecken, die immer entsetzlicher werden aus der Ferne angesehen, wo wir sie in uns aufnehmen können, ohne durch die Gegenwart ihres Uebermaßes verwirrt zu werden. Aber selbst, wenn es nicht so wäre, würde Jesus hingegangen sein, und warum sollte sie dann noch leben? Wozu sollte sie leben? Der Sonnenschein war ausgelöscht; es war für sie mehr ein Ende, als das Ende der Welt sein könnte. Es war eine unbegreifliche Finsterniß, ja, es mochte gerade eine Unmöglichkeit scheinen; denn wie sollte die Welt fortbestehen ohne Jesus? Als er seine Augen schloß, mochte es ihr vorkommen, wie wenn der Erde aller Segen entzogen wäre und ein kalter frostiger Schatten allen ihren Sonnenschein bedeckte. Wenn seine süße Stimme nicht mehr gehört würde, so würde, mochte es ihr dünken, gewiß die ganze Natur ein ununterbrochenes Stillschweigen beobachten; nur jenes entsetzliche Geschrei des wahnsinnigen Pöbels sollte fortfahren, sich zu vermehren und immer und

überall wiederhallen. Die Erde sollte Petrus haben, Maria
den Johannes. Der eine sollte der Apostel der Welt sein,
der andere der Apostel der Mutter, aber Jesus sollte von
hinnen gehen.

Allein die Frage ist nicht nur, warum sollte sie leben,
sondern wie konnte sie leben? Gab es eine Möglichkeit,
ohne Jesus zu leben? Keine, theuerste Mutter, außer mit
der Hülfe seiner Allmacht! O wie wunderbar muß ihre
Liebe gewesen sein, daß sie seinen Willen auf dem Kalvarienberge annahm, seinen Willen, daß sie sich trennen
sollten, seinen Willen, daß sie noch fünfzehn Jahre eines
ununterbrochenen Martyrthums auf Erden zubringen sollte.
Sie verlangte einst nach Wasser, damit es in Wein verwandelt würde, und er sagte, seine Zeit sei noch nicht gekommen; demungeachtet wurde nach ihrem Willen das Wunder gewirkt, ohne daß sie zweimal bitten durfte. Sie konnte
das auf dem Kalvarienberge kaum vergessen haben. Diese
fünfzehn Jahre waren sein Wille; aber wie, wenn sie nur
einen Augenblick ihren Willen zeigt, daß es nicht so sein
solle, wird wohl die Mutter lang bei dem sterbenden Sohne
zu bitten haben? Ein Wort, ein Blick hätte vielleicht hingereicht. Wie kommt es, daß sie stille schweigt? Liebt sie
ihn etwa jetzt besser, als zu Kana in Galiläa, und ist es
eine höhere Liebe, zu bleiben und seinen Willen zu thun,
als mit ihm hinzugehen und sich seiner Schönheit zu erfreuen? Ist sie jetzt heiliger, als sie damals war? Denn
in dem Grade, als die Heiligkeit zunimmt, verliert sie
mehr und mehr ihren eigenen Willen und derselbe geht in
den Willen Gottes auf. Beides ist ohne Zweifel wahr
und beides verdankt sie in nicht geringem Maße ihren
Schmerzen. Wie ihr Sohn ist sie in die Tiefen des Leidens eingedrungen und davon gleichsam bezaubert worden,
und wie er nach mehr Leiden dürstet, nicht einmal zufrieden mit dem Uebermaße desselben auf dem Kalvarienberge,

so dürstet auch sie darnach, mehr zu leiden, und er gibt
ihr, was sein Vater ihm selbst nicht gewährt, ein anderes
Leiden von 180 ab- und zunehmenden Monden. Wir dürfen auch nicht vergessen, daß es für die seligste Jungfrau
einen besondern Schmerz gab, nicht mit Jesus sterben zu
können, den wir aber nicht gehörig würdigen, sondern nur
von Ferne betrachten können. Die Vereinigung mit Jesus
war ihr so sehr zur andern Natur geworden, daß sie ihr
eigentliches Leben ausmachte, und nun in dem allerwichtig-
sten Akte sollte sie nicht mit ihm vereinigt, sollte von ihm
verschieden sein, wo sie sich am meisten sehnte, ihm zu
gleichen. Wer kann beurtheilen, was diese Trennung von
ihm für sie war? Dennoch hatte ihre Liebe dieses Vorrecht, länger als unser Herr zu leiden und ihn beinahe
die Hälfte seines Lebens im Leiden zu überleben. Wenn
wir die Tiefen der Heiligkeit durchforschen, dann finden
wir allerdings, daß sie wohl nie inniger mit ihm vereinigt
war, als damals, da sie ihn hingehen ließ ohne sie.

Eine andere Quelle, welche die Bitterkeit der Schmerzen Mariens erhöhte, war die Erkenntniß, daß ihre Schmerzen die Leiden Jesu vermehrten, ja, daß sie wirklich unter
die größten Peinen gehörten, die er zu erdulden hatte.
Es gab nicht einen einzigen Schmerz, den zu erleichtern
sie nicht Welten hingegeben hätte. Nicht eine einzige neue
Schmach wurde ihm angethan, die nicht ihre Seele durchdrang und sie innerlich bluten machte. Als Schläge und
Gotteslästerungen, Hohn und Spott und rohe Mißhandlung sich vervielfältigten, schien es bei jeder neuen Gewaltthat, als ob sie es nicht mehr ertragen könnte, als ob
das Meer der Schmerzen nur noch einen Tropfen bedürfte,
um auszubrechen und ihren Lebensquell wegzuschwemmen.
Und dennoch mußte sie fühlen, daß der Anblick ihres gebrochenen Herzens, der ihm immer vorschwebte, für Unsern
Herrn fürchterlicher war, als die Geißlung, die Krönung,

das Anspeien, oder die Faustschläge. Sie wurde gleichsam zum ersten Peiniger ihres eigenen geliebten Sohnes gemacht. Je zärtlicher sie ihn liebte, je inniger sie an ihm hing, je williger sie ihre Schmerzen ertrug, um so tiefer drang das Eisen derselben in die Seele Jesu ein. Sie wußte all dies und dennoch konnte sie ihr Herzeleid nicht bemeistern. Gerade ihre Heiligkeit vermehrte es tausendfältig; vergeblich suchte sie dasselbe zu unterdrücken. Schon die Anstrengung war eine Pein und weder die Ruhe des Gesichtes, noch die feste Haltung des Leibes, oder die thränenlosen Augen hätten vor Jesus die geheimen Abgründe ihres unbefleckten Herzens verbergen können. Wer möchte die Qual von all dem für ihre uneigennützige Hingebung schildern? O die scheinbare Grausamkeit jener übergroßen Liebe, die wirklich darauf bestanden hatte, daß sie einen wesentlichen und hervorragenden Theil seines bittern Leidens bilden sollte! Wie gut kannte er die Fülle der Gnade, die in ihr war! Wie sehr vertraute er auf ihre unermeßliche Heiligkeit! Das Leben war für ihn nicht ohne Freuden gewesen, nicht einmal ohne irdische Freuden. Seine Mutter war für den Mann der Schmerzen eine ganze Welt der Süßigkeit gewesen, und jetzt verwandelt er in seiner Liebe zu Gott, in seiner Liebe zu ihr, in seiner Liebe zu uns alle jene süßen Wasser in einen Ocean der herbsten Bitterkeit für sich selbst, und fährt fort, daraus stets seinen Durst zu löschen in allen den verschiedenen Geheimnissen seines entsetzlichen Leidens. Er kannte ihre Liebe so gut und berechnete ihre Stärke so wahr, daß er nicht zögerte, ihr ein Kreuz aufzulegen, beinahe ebenso schwer, als sein eigenes. Aber was alles dieses war, trotz der Bereitwilligkeit ihres Herzens, sich ihm gleichförmig zu machen, was für ein tiefes Elend, was für ein unvergleichliches Weh es mit sich brachte, das läßt sich nicht mit Worten sagen.

Aber soll sie denn blos passiv sein? Wenn es sein Wille ist, daß sie ein Theil seines Leidens sein soll, kann sie nicht denken, daß die Innigkeit ihrer Liebe wirklich eine Erleichterung für seine Schmerzen sein wird? Sie ist dem eingefleischten Worte zu nahe getreten, um nicht jene seltsame Verbindung des tiefsten Schmerzes mit der innigsten Freude zu begreifen, die der Normalzustand seiner gebenedeiten Seele auf Erden war, und tief unten, tiefer als die Quellen des Kummers lagen, mochte da nicht ihre Liebe ein Born der Freudigkeit in seinem Herzen sein? Die heldenmüthige Hingebung der Mutter mußte gewiß eine höchst rührende Freude für den Sohn sein. Dennoch wagen wir zu glauben, daß es nicht so war. Die Analogien des Leidens Unsers Herrn scheinen alle auf etwas anderes hinzudeuten. Er schloß von seiner niedrigen Natur die fühlbare Seligkeit der ununterbrochenen Anschauung Gottes aus; er beraubte sich gänzlich alles dessen, was ihn hätte trösten können. Die Verlassenheit von seinem Vater war ein Abgrund, in den er hinabzusteigen beschloß. Er kann sich schwerlich erlaubt haben, daß die Liebe seiner Mutter ein Trost und eine Stütze für ihn war, oder daß die größte irdische Freude, die seine heilige Menschheit je kennen gelernt hatte, die Dunkelheit seines Leidens erleuchtet.

Es stünde nicht im Einklang mit jener vollständigen Verlassenheit, die ihn, den sündlosen Erlöser, grausiger umgab, als die Erde mit allen ihren gespenstischen schreckhaften Schatten dem blutbefleckten, unbußfertigen und doch von Gewissensbissen geplagten Kain erschien, da er ohne Heimath auf ihr umherirrte. Nein, Maria konnte nicht denken, daß in jener Stunde ihre Liebe sein heiliges Herz zu trösten vermochte. Aber gab es keine mütterlichen Pflichten, die sie gegen ihn erfüllen konnte? Ach, nur eine solche Pflicht, wie die Mutter der Macchabäer vor Alters erfüllt hatte. Langsam und beläſtigend träufelte das Blut von den Dornen in ſeine Augen, aber ſie konnte nicht hinauflangen, um das Blut von ihm abzuwiſchen, der von allen Augen für immer die Thränen trocknen ſollte. Seine Lippen ſind vor Durſt vertrocknet, blaß und blutlos, aber ſie kann ſie nicht einen einzigen Augenblick mit ihrem thränenfeuchten Schleier benetzen, obwohl ſein Blut von nun an täglich die Flammen des Fegfeuers für Tauſende von Seelen dämpfen ſoll. Sein armes Haupt ohne Ruhekiſſen, jenes ſchöne Haupt, für ſie das ſchönſte der erſchaffenen Dinge! Wenn er es zurücklehnt, ſo werden die Dornen hineingetrieben, wenn er ſich vorwärts beugt, ſo will ſein ganzer Leib aus den Nägeln reißen. Darf ſie es nicht in ihren mütterlichen Händen halten und ihn ſo eine Weile ruhen laſſen, bis er ſtirbt? Nein, weder für ihn noch für ſie gibt es irgend eine Erleichterung. O Mutter, raub ihm nicht einen einzigen Edelſtein ſeines vollkommenen Leidens; denn ſiehe, wie hochherzig er für dich in jeder Stunde die Grenzen deines großen Meeres von Schmerzen erweitert! Dies alſo iſt eine dritte Quelle ihres Kummers, daß ſie das Leiden ihres Sohnes nicht erleichtern kann.

Es war noch eine andere Quelle eines beſondern Schmerzes für ſie, daß ſie das Leiden unſers Herrn mit eigenen Augen anſehen mußte. Wir erfahren aus den Offenbarungen der Heiligen, daß ſie, obwohl dem Leibe nach abweſend, im Geiſte bei den Leiden auf Gethſemane gegenwärtig war und ſogar in ihrer Seele mit geheimnißvoller und übernatürlicher Theilnahme den verſchiedenen Stufen der Todesangſt unſers Erlöſers folgte. Sie war leiblich gegenwärtig bei der Geißlung, bei dem Ecce Homo, auf dem Kreuzwege und die ganze Zeit auf dem Kalvarienberg. Es ſcheint höchſt wahrſcheinlich, daß ſie in dem Hauſe des Annas und Kaiphas nicht war, aber daß ſie

an den Thüren stand und nicht nur die Schimpfworte
hörte, sondern sogar die Schläge, die Jesu gegeben wurden, und daß sie eine besondere Qual empfand, in diesen
Augenblicken von ihm getrennt zu sein. Dennoch war es
etwas Fürchterliches für eine Mutter, namentlich für eine
Mutter von so feiner Empfindsamkeit und tiefer Liebe, wie
Maria, ihrem einzigen Kinde auf allen Schritten jenes
blutigen Dramas folgen zu müssen. Es wäre ein schreckliches Martyrthum gewesen, wenn sie jene Stunden in
dem Frauengemache eines orientalischen Hauses einsam
zugebracht hätte, das ferne Geschrei der rasenden Menge
hörend, oder auf die traurigen Botschaften horchend, die
man ihr von Zeit zu Zeit gebracht hätte. Dennoch hätte
sie sich hier besser sammeln können, um in Ruhe und
Frieden zu leiden. Andere wenigstens hätten die Zeit um
so ungestörter im Gebete zubringen können. Aber bei ihr
war es nicht so. Ihr Sohn war Gott; es war besser,
ihm nahe zu sein. Je näher Gott, desto besser ist es immer für uns alle, aber für Gottes Mutter am allerbesten.
So ununterbrochen ihre Vereinigung mit dem unsichtbaren
Gotte zu allen Zeiten und an allen Orten war, so pflegte
sie doch besser zu beten, wenn sie Jesus sah. Ueberdies
hatte sie nicht die tröstende Zerstreuung, die christliche
Frauen in ihren Trübsalen haben. Sie war nicht getheilt
zwischen dem theuren Kinde, das ihr entrissen werden sollte
und dem allerheiligsten Gott, der ihr diesen Schlag versetzte. Ihr Kummer und ihre Religion fielen in Eins zusammen; das leidende Kind und der allheilige Gott waren
einer und derselbe. Darin bestand die überwältigende Einheit ihrer Schmerzen. Sie muß daher den Fußstapfen
Jesu folgen und ihre Füße mit dem Blut benetzen, das
er hinterließ. Sie muß auf das grausame Zischen der
Geißeln horchen, während sie die Luft durchschneiden; sie
muß die Streiche zählen und den entsetzlichen Schall in

ihr Herz aufnehmen, den sie machten, als sie diesen oder jenen Theil seines heiligen Leibes trafen. Sie muß den Spottkönig der Juden und Heiden sehen, als Pilatus halb aus werthlosem Mitleid und halb aus unbarmherzigem Hohne ihn vor der Volksmenge ausstellte, und sie allein betete seine königliche Majestät an, während sie durch die Gewalt der Schmerzen beinahe vernichtet war. Sie muß die Hammerschläge hören, womit man ihn ans Kreuz nagelt, und dieser Schall durch das sanfte Fleisch seiner Füße und Hände gedämpft durchdrang ihre ganze Seele. Sie muß auf die sieben schönen Worte am Kreuze horchen, wie wenn er selbst sein eigenes Todtenlied sänge mit so traurig kla- genden Tönen, daß ihre Seele aus ihrem schwachen, ab- gematteten und von Schmerzen gepeinigten Leibe hätte ge- zogen werden können. All dies war schrecklich; aber sie war eine wahre Mutter; nicht einen einzigen Augenblick hätte sie eingewilligt, es anders zu haben. Darin zeigte sich die Hoheit ihres Herzens; demungeachtet war es eine unaussprechliche Erschwerung ihres Leidens. Allerdings war es ganz vor ihr gelegen in der klarsten Voraussicht, wenigstens seit der Stunde, da Simeon seinen weissagen- den Mund öffnete. Aber die Empfindung ist etwas mehr, als die Voraussicht, etwas ganz anderes. Die Sinne ver- eiteln den Beistand, welchen die Vernunft gibt. Sie un- terbrechen jene innere Ruhe, wo die Seele die düstersten Visionen schauen kann, ohne dadurch beunruhigt zu werden. Der Anblick stört jene innere Sammlung, die unsere Stärke ist, um innere Schmerzen auszuhalten. Die Seele ver- liert dadurch ihre Wachsamkeit, oder sie wird zu einer schmerzlichen Anstrengung ihrer Kraft veranlaßt, ihre Wach- samkeit zu bewahren. Dieser Anblick des Leidens Unsers Herrn mit eigenen Augen machte, daß Marias Martyr- thum sowohl ein leibliches, als ein geistiges war; es war etwas mehr, als die schmerzhafte physische Erschöpfung, in die eine übermäßige geistige Anstrengung den Leib versetzt; denn jedes Glied wurde bei ihr auf die Folter gespannt und jeder Pulsschlag zu einem Werkzeuge der Pein.

Eine andere Quelle ihrer Schmerzen finden wir in ihrer klaren Einsicht in das Wesen der Sünde. Wir können nicht zweifeln, daß, abgesehen von ihrer eigenen Sündelosigkeit und von der Höhe ihrer Vernunft, Unser Herr sie in gewissem Grade an jener übernatürlichen Erkenntniß der Sünde, ihrer ausgezeichneten Bosheit und des anbetungswürdigen Hasses, den Gott gegen sie hegt, Theil nehmen ließ, die ihn selbst auszeichnete und den Leiden der Passion wirklich ihren besondern Charakter gab. Es war der Anblick der Sünde, der seine Seele im Garten von Gethsemane kreuzigte; es war das Gewicht der Sünde, das ihn auf den Boden niederdrückte, es war der Kelch des Zornes seines Vaters, von dem er mit so kläglicher Stimme wünschte, daß er vorübergehen möchte. Wir lesen von der heiligen Katharina von Genua, daß sie ohnmächtig wurde, als es Gott gefiel, ihr in einer Vision den wirklichen Gräuel sogar einer läßlichen Sünde zu zeigen. Bei Maria konnte es keine Ohnmacht geben; sie war zu stark, zu vollkommen für Schwächen solcher Art. Ihr Vernunftgebrauch, der in dem Momente ihrer unbefleckten Empfängniß begonnen hatte und seitdem nicht einen einzigen Augenblick unterbrochen worden war, konnte nicht wohl durch eine Bewußtlosigkeit oder eine Ohnmacht aufgehoben werden. Aber wir müssen nothwendig annehmen, daß, was immer für eine übernatürliche Gabe der Einsicht in die Sünde der heiligen Katharina von Genua oder andern Heiligen verliehen wurde, die Gabe der seligsten Jungfrau in dieser Hinsicht die ihrige unaussprechlich übertroffen haben muß. In der That, wenn wir auf der einen Seite die Rolle betrachten, welche sein tiefer Blick in die Sünde bei dem Leiden unsers Erlösers spielte, und auf der andern Seite „die Mit=

theilung der Attribute", so zu sagen, die zwischen seinem Leiden und ihrem Mitleiden stattfand, so können wir nicht umhin, zu glauben, daß Maria mit keinem unbeträchtlichen Antheile seiner erstaunlichen und überwältigenden Einsicht in die Sünde begabt war. Niemand schätzte wie sie die fleckenlose Unschuld des Opfers; niemand würdigte so wahrhaft die Schönheit und Erhabenheit seiner Güte; niemand ermaß so tief die Undankbarkeit jener, die er unterrichtet, gespeist, geheilt und getröstet mit so uneigennütziger Geduld und so sorgsamer Liebe. Niemand fühlte tiefer die Grausamkeiten jener Stunden in der Nacht des Donnerstages und am Freitag Morgens. Wenn alle diese Gedanken sich in einen einzigen vereinigten, was für ein Anblick that sich ihr da auf von der Masse, Mannigfaltigkeit, Stärke und Bosheit der Sünde, die sich in der Passion offenbarte. Aber sie sah mehr als dies; sie sah — eine häßliche, entsetzliche Vision! — die Sünden der ganzen Welt, wie einen Berg auf den gebeugten Schultern ihres Sohnes liegen. Noch mehr, sie blickte auf zu den Höhen seiner Gottheit; sie sah, daß es wahrhaft Gott war, den alle diese Sünde erreicht, angriff, mit Schmach bedeckte und mordete, und dann fiel ein solches Licht wie aus einer andern göttlicheren Welt auf die Sünde der Passion, daß niemand als Jesus und sie selbst es hätte ertragen und aushalten können. O daß wir besser sagen könnten, wem dieser Schmerz des scharfen Lichtes ähnlich war! Aber wir vermögen das bei weitem nicht. Könnten wir leben, wenn Gott uns zeigte, wie wir wirklich sind? Wir haben nöthig unsterblich zu sein, bevor die Stunde unseres Gerichtes kommt. Aber die Sünde der ganzen Welt, die concentrirte Sünde der Passion — Maria sah sie ganz und starb tausendmal innerlich in den Schmerzen, die sie deßhalb ertragen mußte.

Es ist nicht leicht zu sagen, was der höchste Punkt

in der Paſſion war oder was die tiefſte Wunde machte.
Die Werkzeuge der Paſſion waren nicht bloß materielle.
Es waren unſichtbare Lanzen und Nägel, Hämmer und
Dornen und Geißelſtreiche. Sie waren intellectuelle und
moraliſche, wie phyſiſche. Und in allen dieſen drei Gebieten
waren die Werkzeuge der Marter ebenſo zahlreich als
mannigfaltig. Jedes derſelben ging bis aufs Mark; keines
verdient als untergeordnet oder geringer angeſehen zu
werden. Jedes hatte in ſeiner Weiſe ſeinen eigenen Vor=
zug. Alle ſtiegen höher, als unſer Auge ihnen folgen
kann. Allein es iſt ſchwer zu ſagen, welches derſelben,
wenn je eines, größere Höhen in ihm erreichte, als andere.
Die Paſſion war ein Uebermaß des Uebermaßes. Alles,
was zu ihr gehörte, war im Uebermaße vorhanden. Dies
verhindert großentheils, daß ſie zu einem bloßen Epos menſch-
lichen Leidens erniedrigt wird, ſogar abgeſehen von der
Erwägung ſeiner Gottheit. Allein es gibt einige Dinge,
die wir uns als ſchärfer denken können, als andere, oder
an zarteren Orten verwundend. Es gibt eines derſelben,
wo ſich uns die ſechſte Quelle der Schmerzen Mariens eröffnen wird. Es iſt die vorhergeſehene Undankbarkeit der
Gläubigen für das Leiden unſers Herrn. Die Mutter
der Kirche, die Königin der Apoſtel ſieht dies alles in
ihrem Herzen. Vor ihren Augen entrollt ſich ein ſolches
Bild von Gleichgiltigkeit über vergebene Sünden, von
Rückfällen in die Todſünde, von erſtaunlichen furchtbaren
Schaaren läßlicher Sünden, die hordenweiſe über die Seele
hinſchwärmen und jenes Paradies Gottes zur Wüſte machen, von kaltherzigen Nachläſſigkeiten, von unziemlichen
Unvollkommenheiten, von einem wiſſentlich unabgetödteten Leben, von Ekel an geiſtlichen Dingen, von
leichtſinniger Vertraulichkeit mit den erhabenen Sakramenten, die ihrem Sohne ſo viel koſteten, von eng-
herziger, eiferſüchtiger, argwöhniſcher Gemüthsart, von

eingeblideter menschlicher Klugheit und von jener unendlich traurigen Kleinmüthigkeit, aus welcher hie und da
ein Heiliger aufsteht, aber nur halb erkennbar, wie eine
Palme in dem Sandnebel der Wüste. Auch war es nicht
ganz eine Vision der Zukunft. Wo war Petrus? Weinte er
in einer Höhle außerhalb der Mauern in der Fülle seiner
neugefundenen Gnade? Wo war Andreas, der das Vorbild aller Liebhaber des Kreuzes sein sollte? Wo Jakobus,
in dessen Diöcese sein Meister in jenem Augenblicke gekreuzigt wurde? Die liebende Magdalena war da und
das schöne Herz des Johannes und sie selber, um die Welt
auf dem Kalvarienberge zu vertreten. Ach, wenn von jenem
Tage an jede getaufte Seele ein so hoher Heiliger sein
sollte, wie ein Apostel, wie fürchterlich würde die Passion gewesen sein und auch wie traurig unvergolten; aber wenn
dies nicht sein sollte, so sollten gewiß jene, die Jesum lieben, ihn recht lieben. Alle Erlösten sollten Heilige werden, Heilige, ehe sie den Himmel erreichen, Heilige, die
keinen Auszug durch das Feuermeer hindurch unter der
Erde bedürfen, Heilige schon auf Erden. Halbherzige
Geschöpfe, die Gott anhängen hie und da durch den Em-
pfang der heiligen Sakramente, die sich an die Kirche anklammern bei einem Jubiläum, die in einfältiger Unent-
schiedenheit, wie störrische, stumpfsinnige Thiere, zwischen
dem Hirten und dem Miethling schwanken, die ihre Liebe
der Liebe der Welt schenken und dann und wann ihre
Liebe der Furcht Gott, wenn er donnert; die Leben und
Zeit und Erde ungebührlich genießen und auf dem Todbette nach der Ewigkeit und dem Himmel greifen, — soll
der Gekreuzigte der eigene Vater für solche sein? Ach für
das edle, heldenmüthige Herz Marias war dies ein Anblick, der selbst einer ganzen Passion gleich kam! Sie sah,
wie das theuere Herz unter jener blassen, blutumsäumten
Seite am Kreuze sich mit Ekel von jener Vision ab-

wandte, und ihr Herz verweilte dabei ebenfalls mit unbe-
schreiblicher Bangigkeit und Widerwillen.

Allein was sollen wir von dem Anblicke jener sagen,
die verloren gehen sollten? Denket an den Werth eines
jeden Tropfen Blutes! Aber warum von Tropfen reden?
Es ist ganz über ihre Hände geträufelt, als sie den Kreu-
zesstamm umfaßte. Es liegt wie ein rother Streifen
zwischen dem Fuße des Kreuzes und der Säule der Geißlung. Die knorrigen Wurzeln der Oelbäume auf Gethsemane sind davon an mehr als einer Stelle geröthet. Blicket
auf zu den zahllosen Sternen, die wie Lichtpunkte in der
Nacht am Himmelsgewölbe ausgestreut sind. Ein einziger
Geißelstreich würde sie alle erlöst haben, wenn alle tausendmal gefallen wären. Und wenn es sechs tausend Streiche
waren! Was für eine Berechnung der Unendlichkeiten der
Erlösung! Und alles jenes Blut und alle jene Streiche
für jede Seele gegeben! Jede Seele soll für sich allein,
ungetheilt, alle jene unendlichen Erlösungen besitzen und
dennoch ewig verloren sein! Christus soll jenes Lösegeld
bezahlen und dann um den Werth desselben betrogen werden! Wenn eine einzige Seele, für die die ganze Passion
absichtlich ertragen worden ist, und dann mit solchen Feier-
lichkeiten, wie sie die Schöpfung nie vorher sah, und mit
einem so unbegreiflichen Priesteramte, von Gott Gott aufgeopfert wurde, — wenn, sage ich, eine einzige Seele ewig
zu Grunde gehen, durch ihre Schuld über die Liebe ihres
Erlösers triumphiren und die Oceane seines Blutes durch
die feurigen Flammen der Hölle austrocknen sollte, was
für eine Pein für das heilige Herz Jesu! Es hätte ihm
einen kläglicheren Schrei auspressen können, als dem gebrochenen Herzen Jakob's entfuhr, da der bunte Rock
Joseph's mit Blut befleckt ihm vor Augen gehalten wurde.
Aber wenn nicht nur eine einzige Seele, sondern Millionen
und millionenmal Millionen verloren gehen sollten, was

dann? Ja, wenn es zu bezweifeln sein sollte, worüber wir nicht einmal sicher sein könnten, wenn wir es glaubten, ob so viele erwachsene Gläubige gerettet werden, als verloren gehen, was dann? Dennoch reuete ihn das Kreuz nicht, als er daran hing. Dies ist alles, was wir sagen können. Aber er hatte noch eine andere Kreuzigung, die unsichtbar war, weit schmerzlicher, als die am Holze mit den Nägeln und dem rothen Blute und dem Spotttitel, die wir sehen. Es war die Kreuzigung eines bereits gekreuzigten Herzens wegen dem Gedanken an die zahllosen Schaaren, die von ihm abfallen und verloren gehen und keine Glieder mehr von ihm sein, sondern sich auf ewig von ihm abwenden würden durch den triumphirenden Neid und die Wuth Satans. „Sie brachen seine Beine nicht,“ aber die Beine seiner Seele wurden alle gebrochen durch diese grausame innerliche Passion. Und an diesen schweren Leiden, an diesem besondern Kelche hatte auch Maria ihren Antheil, und wenn sie in jenem Momente unterscheiden konnte zwischen dem, was dieser Gedanke ihr Leiden verursachte, weil sie Jesus so sehr liebte, und was er ihr Leiden machte, weil sie die Seelen so liebte, dann sah sie zwei abgesonderte Abgründe, in die sie halb erstickt vor Angst, eingehen mußte, mit Beben aber doch ohne sich zu sträuben.

Dies waren die sieben Quellen der Schmerzen Marias, welchen allen eine große Mutterquelle zu Grunde lag, nämlich die unvergleichliche, göttliche Schönheit Unsers Herrn. Dies gab jeder Pein ihre besondere Schärfe und Lebhaftigkeit; dies erschwerte alles. Sogar sie kannte jene Schönheit nicht ganz; sie war an sich selbst unbegreiflich, aber was sie davon erkannte, ist uns unbegreiflich und liegt weit über unsrer Fassungskraft. Dennoch können wir von der Schönheit unsers Erlösers Großes sagen und darüber Gedanken fassen, weit größer als alle Worte, und wenn sogar die Gedanken fehlen, dann können wir weinen, Thränen weinen himmlischer Rührung. Wir können von Liebe zu seiner Schönheit verzehrt werden und sterben, aber obwohl wir dadurch in Marias Heimath kommen, werden wir doch nicht ihre Erkenntniß der ausnehmenden Liebenswürdigkeit Jesu erreichen.

§. 4.

Die Merkmale der Schmerzen der seligsten Jungfrau.

Die Merkmale der Schmerzen Mariens sind, wie sich erwarten läßt, mit den Quellen enge verknüpft, aus welchen sie entspringen, und diese müssen nun der Gegenstand unserer Untersuchung sein. Obwohl sie sich klar und deutlich darstellen werden, wenn wir die verschiedenen Schmerzen nach einander betrachten, so ist doch ein allgemeiner Ueberblick derselben nothwendig zu einem wahren Begriffe von ihrem Martyrthume als ein Ganzes. Wenn wir es einmal als eine Einheit betrachtet haben, so werden wir die wunderbaren Einzelnheiten besser verstehen, die eine nähere Einsicht uns aufschließen wird. Das erste Merkmal ihrer Schmerzen war, daß sie lebenslang dauerten oder beinahe. Es wird allgemein angenommen, daß die seligste Jungfrau vor dem Momente der Menschwerdung des Wortes nicht wußte, daß sie die Mutter Gottes werden sollte. Bis zu jener Zeit konnte sie daher wohl eine solche Gabe der Weissagung gehabt haben, um unklar vorauszusehen, daß ihr Leben ein Leben großer Schmerzen und heldenmüthiger Ausdauer sein sollte, aber ihre besondern Schmerzen konnten ihr nicht deutlich vorschweben. Als sie aber wirklich das ewige Wort, das Fleisch geworden, in sich trug, muß in dieser Hinsicht eine große Veränderung über sie gekommen sein. Sie war in

4*

einer so unaussprechlichen Verbindung mit Gott und verstand so tief und wahrhaft das Geheimniß der Menschwerdung, und auf die dunkeln Weissagungen der Hebräer
wurde für sie ein solches Licht ausgegossen, daß es unmöglich ist, nicht zu glauben, daß das Leiden Jesu ihr
klar vorschwebte mit allen den drei und dreißig Jahren
der Armuth, der Mühsal und Erniedrigung und folglich
mit ihrem eigenen Mitleiden wenigstens in seinen Haupt-
umrissen. Dies ist das geringste, was wir darüber denken können, aber in Wahrheit denken wir weit mehr. Wir
können nicht mit jenen Schriftstellern übereinstimmen, die
annehmen, daß ihre Schmerzen mit der Prophezeiung Simeons beginnen. Allerdings mag es Gott in jenem Momente gefallen haben, ihr die ganze sorgenvolle Zukunft
deutlicher vorzustellen und die Vision in lebhafteren Farben zu malen. Daß Simeons Worte göttliche Werkzeuge
waren, um eine Veränderung in ihrer Seele hervorzubringen, ist mehr als wahrscheinlich; aber es scheint kaum
ehrenvoll für sie, zu denken, daß sie während der neun
Monate ihrer innigen Vereinigung mit dem incarnirten
Worte seine Mission des Leidens und Sterbens oder die
Gesetze der Sühnung und erlösenden Gnade oder die Gewißheit nicht erkannt haben sollte, daß auch sie aus demselben Becher mit ihm zu trinken haben werde. Jedenfalls waren von der Zeit der Weissagung Simeons an,
wo nicht von dem ersten Momente der Menschwerdung
an, ihre Schmerzen lebenslange. Wie die Schmerzen Jesu
schwebten sie ihr immer vor. Sie hatte keine sonnigen
Zwischenzeiten der Freude, über welche das drohende Uebel
keine düstern Schatten warf. Ihr Pfad war beständig
mit Dornen bezeichnet. Die schwersten Geschicke der Menschen sind ungleich und in dieser Ungleichheit liegt ein
Trost. Der Schmerz, welcher am härtesten drückt, läßt
zuweilen nach. Die Wolken weichen dann und wann vor

den starken Strahlen der Sonne, wenn auch nur für eine
Weile. Das Mißgeschick, welches einen Mann durch sein
ganzes Leben verfolgt, scheint zu Zeiten müde zu werden,
auf ihn Jagd zu machen und wendet sich ab, als ob es
seine Beute losgelassen hätte oder ihr wenigstens Zeit
gönnen wollte, um Athem zu schöpfen. Aber Maria
war Schmerzen unterworfen, die sie wie mit eisernen
Banden einschlossen. Sie gaben nie nach und wurden
nie milder. Es wurde ihr keine Frist zur Erholung gegeben. Sie waren in ihr Leben verwachsen und nur, als
sie ihr Leben aufgab, konnte sie sich von ihrer unzertrenn-
lichen Begleitung losmachen. Die Passion war nicht ein
finsteres Ende eines hellen, freudigen Lebens, oder ein
dunkler Sonnenuntergang nach einem mit Licht und Schatten gemischten Tage oder ein einzeln bastehendes Trauer-
spiel in drei und sechszig Jahren eines Lebens voll gewöhnlicher menschlicher Wechselfälle. Es war ein Theil
eines Ganzen, mit zusammenhängenden Vorgängen, aller-
bings eine Verdichtung der Finsterniß, aber ein Theil
einer lebenslänglichen Dunkelheit, die seit Jahren in dieser Hinsicht wenigstens kein Licht gekannt hatte. Wir
dürfen dies durchaus nicht vergessen, wenn wir ihre
Schmerzen recht verstehen wollen. Sie waren nicht so
fast abgesonderte Ereignisse, sie gingen aus ihrem Leben hervor, welches der Himmel einem besondern Gesetze der Schmerzen unterworfen hatte; nur fiel ein stär-
keres Licht auf einige seiner Abgründe als auf andere.

Aber ihre Schmerzen dauerten nicht bloß lebenslang;
sie waren beständig im Zunehmen. Je vertrauter sie mit
der Vision derselben wurde, um so mehr verwirklichte sie
auch dieselben und um so schrecklicher schienen sie. Diese
Zunahme derselben scheint nicht unvereinbar mit ihrer
unermeßlichen Erkenntniß, noch machen sie ihr eine Un-
ehre. Sie stellten ihrer beständigen Meditation neue Züge,

neue Peinen, neue Tiefen, neue Möglichkeiten dar, gerade
wie sie es in einem weit geringern Grade noch für uns
thun. Je mehr wir unsern Geist mit den Geheimnissen
der Menschwerdung beschäftigen, um so mehr lernen wir
davon. Der Gesichtskreis erweitert sich je höher wir hinan-
klimmen. Je mehr unser Auge an die eigenthümliche,
milde Dunkelheit gewöhnt wird, um so mehr erkennen wir
die unergründliche Tiefe des Abgrundes. Was also muß
all dies für sie gewesen sein, deren durchbringender, fester
Blick unsrer oberflächlichen zerstreuten Betrachtung so unähnlich war, deren Meditation Jahre lang ununterbrochen
dauerte, und deren Herz an dem Gegenstande ein so tiefes
Interesse hatte? Ueberdies wurden die Schmerzen je näher
sie kamen, natürlich um so schrecklicher; sie warfen einen
tiefern Schatten und flößten größere Furcht ein. Die
ersten Stöße des Sturmes fingen an, kalt ihrem Herzen
entgegen zu wehen. Sie klammerte sich an Jesus an.
Er schien schöner als jemals, aber sie hatte keine Hoffnung, das weite Meer umgab sie ohne einen Hafen. Sie
hatte keine Heimath, als die große Tiefe. Es war so der
Wille Gottes. Indessen wuchs Jesus von Tag zu Tag
schöner heran. Die ersten zwölf Jahre verflossen und
hinterließen Erfolge himmlischer Liebenswürdigkeit und
Liebe, die wir nicht berechnen können. In den nächsten
achtzehn Jahren sodann war jedes Wort und jeder Blick
und jede sanftmüthige Unterwerfung voll von himmlischen
Geheimnissen. Ihr Leben wahr beinahe aus ihr heraus
in ihn übergegangen, so sehr war er ihr Licht und Leben
und Liebe und Alles geworden. Dann kamen die drei
Jahre seines Predigtamtes und es schien als ob das Kindlein von Bethlehem oder der Knabe von Nazareth nichts
gewesen wäre gegen den Prediger der Liebe, dessen Worte
und Werke und Wunder die Welt mit mehr übernatürlicher
Schönheit zu erfüllen schienen, als sie ertragen konnte,

so daß die Menschen wie wahnsinnig aufstanden, um das
Licht auszulöschen, das ihnen durch seinen starken Glanz
wehe that. Wie diese Liebenswürdigkeit zunahm, so nahm
ihre Liebe zu und mit ihrer Liebe ihr Schmerz, und alle
drei wuchsen beständig mit Majestät und mit Schnelligkeit. Die übernatürliche Schönheit des dreijährigen Lehramtes schien es ihr unmöglich zu machen, die Passion
auszuhalten, und schien es nicht zu beweisen, wie wenn
durch die Schönheit seiner Predigt allein, durch seine
menschlichen Thränen, seine Nachtwachen auf den Bergen, seine mühsamen Reisen, durch seinen Hunger und
Durst, seine freundliche Geduld, durch die Ueberzeugungs-
kraft seiner Wunder und durch die bezaubernde Weisheit
seiner Parabeln, die Welt erlöst und der Kalvarienberg
erspart werden könnte? Es ist ein kurzes Wort, aber es
enthält mehr als ein ganzes Buch: „Jesus war ihr zur
Gewohnheit geworden;" konnte er ihr entrissen werden
und sie dann noch leben? So entsprang ein Motiv aus
einem andern, ein Gedanke rief einen andern hervor und
eine Neigung erhöhte eine andere. Daher wuchsen ihre
Schmerzen schneller, als die Kürbisse im Sommer wachsen, und um so schneller, je näher die Zeit herbeikam.

Es war auch ein Charakterzug ihrer Schmerzen, daß
sie eher in ihrer Seele waren, als in ihrem Leibe; nicht
als ob ihr Leib ohne eigene und fürchterliche Leiden gewesen wäre. Wir haben das bereits gesehen, aber sie
waren nichts gegen die Schmerzen ihrer Seele. Die einen
standen in keinem Verhältniß zu den andern. Physischer
Schmerz ist schwer zu ertragen, so schwer, daß er, wenn
er einen gewissen Grad erreicht, unerträglich scheint. Er
legt Hand an unser Leben, welches bei der Berührung
zurückbebt. Niemand kann von körperlichen Leiden eine
geringe Meinung haben. Aber wie leicht sind sie
im Vergleich mit geistigen Leiden! Selbst für uns sind die

Schmerzen der Seele weit fürchterlicher, als die Qualen
des Leibes. Doch wir sind roh und materiell im Vergleich mit der seligsten Jungfrau, fast als ob wir Geschöpfe einer andern Gattung wären. Je feiner und zarter die Seele, um so quälender ist ihr Schmerz. Was
müssen also die Leiden einer Seele gewesen sein, die ein
so unbeflecktes Gefäß der Gnade war, wie die ihrige? Wir
haben keinen Maßstab, um damit zu messen, was sie empfand. Ihre Fähigkeiten zu leiden sind für uns unbegreiflich. Alles, was wir wissen, ist, daß sie alle menschliche
Erfahrung übertrafen, und daß die beiden Herzen Jesu
und Mariä in eine eigene Welt des Leidens erhoben wurden, wohin keine andern Herzen von Fleisch ihnen folgen
können. Ihre Peinen waren ein umgekehrtes Martyrthum; denn der Sitz des Leidens war in der Seele und
floß auf das mitleidende Fleisch über, während bei den
Martyrern die Seele einen süßen Balsam in das verwundete Fleisch ausgoß, und der Himmel innerhalb heller
brannte als der angezündete Holzstoß oder das Auge des
wilden Thieres außen. Auch darin unterschied sie sich in gewisser Hinsicht sogar von Jesus. Seine Seele wurde in
Gethsemane gekreuzigt, sein Leib auf dem Kalvarienberge.
Ihrem Leibe wurde keine Wunde zugefügt, ihren Adern
nicht ein Tropfen Blut entzogen. Sein Leib und sein
Blut war von dem ihrigen gekommen und es war genug,
daß das seinige leiden sollte für sie beide. Dieser vollkommen innerliche Charakter ihrer Schmerzen, welcher so
oft unabhängig von äußern Umständen ist und zu seiner ge-
hörigen Würdigung eine geistige Unterscheidung erfordert,
darf nicht aus den Augen verloren werden als eines ihrer
auffallendsten Merkmale.

Wenn wir einen Augenblick so kühn sein dürfen,
daran zu denken, was die Theologie die Circumincessio
der drei göttlichen Personen nennt, und an die Art, wie

jebe im Schooße der andern liegt, so wird dieser Gedanke
uns weit über alle Vorrechte Mariens hinausführen, so
daß ein unendlicher Zwischenraum zwischen dem Schöpfer
und Geschöpfe statt findet. Demungeachtet wird die
Idee jener erhabenen Einheit uns unseren niedrigen Gedanken entreißen und uns mehr zu einer richtigen Wür-
bigung der Verbindung zwischen Jesus und seiner Mutter bringen. Das Herz eines jeden schien in dem Herzen
des andern zu liegen; dies war besonders von Maria
wahr. Seine Schönheit zog sie aus sich selbst heraus,
sie lebte eher in seinem Herzen, als in ihrem eigenen.
Seine Interessen waren die ihrigen, seine Meinungen
wurden die ihrigen. Sie dachte mit ihm, fühlte mit ihm
und war, so weit es sein konnte, mit ihm eins. Sie lebte
nur für ihn; ihr Leben war sein Werkzeug und er konnte
damit thun, was er wollte. In dieser Vereinigung war
sie zuweilen die Mutter, goß ihr ganzes Herz vor ihrem
Sohne aus und freute sich an allem, was sie war, an
allem, was sie hatte und thun oder leiden konnte, bloß
insofern sie für ihn das Material zum Opfer war. Zuweilen war es beinahe, wie wenn sie das Kind wäre und
er der Vater, so sehr stützte sie sich auf ihn, gehorchte ihm
und hatte nicht einen Gedanken, der nicht sein war, kaum
einen Gedanken sogar für ihn. An ihm war es, zu denken und anzuordnen; sie wollte ihm folgen, ihm dienen,
mit ihm übereinstimmen, ihn anbeten mit ihrer Liebe.
Wir lesen wunderbare Dinge von den Heiligen und von
ihrer Vereinigung mit Gott, aber es gab nie eine, die
sich mit dieser Verbindung Jesu und Mariens vergleichen
ließe. Sie stand einzig da dem Grabe, einzig der Art
nach. Sie war keiner andern Verbindung ähnlich, als
jener, die sie entfernt und doch so sanft und so wahr ab-
bildete, — der Einheit der allerheiligsten Dreifaltigkeit.
Sie lebte aber weit mehr in diesem äußern Leben, als

in ihrem innern Leben, oder um richtiger zu sprechen, dies
äußere Leben, dies Leben in Jesus war mehr innerlich,
mehr ihr eigenes Leben, als das andere, und es war
einer von den Charakterzügen ihrer Schmerzen, daß sie
nicht so sehr in ihr selbst waren, als in ihm, den sie weit
mehr liebte, als sich selbst. Es gibt einige menschliche
Schmerzen, die sich schwach damit vergleichen lassen. Einen
Schatten davon hat das Herz mancher Mutter, die Wittwe
ist, empfunden, als ihr Erstgeborner in der Fülle der
Kraft auf der Schwelle des Mannesalters stand und der
Tod sein Lebenslicht auslöschte und ihn in die Grube
hinunterzog; aber keine hat wie Maria empfunden, denn
keine lebte in solcher Vereinigung mit dem Gegenstand
ihrer Liebe, und keine hatte einen solchen Gegenstand, der
zugleich göttlich und menschlich und ihr eigen war und
den sie so zu lieben wagen durfte, daß ihre Liebe von
wirklicher Anbetung sich nicht unterschied.

Ein anderer charakteristischer Zug der Schmerzen
Mariens ist, daß sie nicht nur sehr mannigfaltig, sondern
auch innerlich sind, das heißt an einem einzigen Orte, in
ihrem Herzen miteinander empfunden wurden. Dies folgt
in der That aus dem Umstande, daß sie innerlich sind,
und ist die Ursache einer ganz eigenthümlichen Art von
Leiden. Wenn die Werkzeuge der Qual von einem Gliede
des Martyrers zum andern gingen, so lag in der Abwechslung beinahe eine Erleichterung. Die meisten von
uns wissen, was der concentrirte Druck eines Schmerzes
auf einen einzigen Nerven heißen will, besonders wenn
jener Druck Stunden oder Tage ja Wochen lang anhält.
Es ist ein ganz anderes Leiden, als flüchtige Schmerzen,
die den Ort verändern, und sogar als die brennenden
Gichtschmerzen, die so hart zu ertragen sind. Wenn wir
aber diesen gleichförmigen Druck von einem Gliede oder
Nerven auf das Herz übertragen, so muß das Resultat

des Leidens unberechenbar sein. Die Mannigfaltigkeit
ihrer Schmerzen war beinahe unendlich. Seine beiden
Naturen, die menschliche und die göttliche verursachten
zahllose Arten von Kummer, vervielfältigten seine Motive,
erhöhten seine Bitterkeit. Die körperlichen Schmerzen der
Passion, die geistigen Leiden, die tiefe Erniedrigung, das
Geschrei, die Gesichter, ja die sichtbaren Gedanken der
Volksschaaren, die sie umgaben, waren für sie eben so
viele Arten der Pein. Die vollständige Einheit ihrer
ungetheilten Neigungen vermehrte sodann dieselbe unendlich. Sie liebte nur Einen. Die Ursachen ihres Martyrthums vereinigten sich alle in einer einzigen. Es war
kein anderer Gegenstand in ihrem Herzen, der einen Theil
ihres Kummers in Anspruch nahm und ihn von seinem
festen Ziele ablenkte. Wie süß ist des Kindes Weinen für
das Herz der noch neuen Wittwe! Was für eine beredte
Zerstreuung, besser als wenn ein Engel spräche! O jenes
Weinen kommt einer großen Gnade vom Himmel gleich
und stärkt die Schultern, um eine so schwere Last zu
tragen. Aber Maria hatte nichts, was sie von ihren
Schmerzen ablenkte. So unzählig sie waren, so liefen
sie doch alle in eine einzige übernatürliche Spitze zusammen und drangen mit aller Macht gerade in den Mittelpunkt ihres Lebens, in das schöne Heiligthum ihres liebenden Herzens.

Aber dies war nicht alles. Nicht nur war sie
ohne andere Gegenstände, ohne andere Pflichten, ohne
eine andere Liebe, um sie in ihrem Elende zu zerstreuen, sondern was wirklich naturgemäß ihre Schmerzen hätte erleichtern sollen, verbitterte und vergiftete
nur dieselben. Was Licht hätte sein sollen, war ärger
als die ägyptische Finsterniß; was Leben hätte geben
sollen, reichte bei ihr hin, um zu tödten. Die Güte Unsers Herrn gab jedem Pfeile, der ihr Herz durchdrang,

eine besondere Spitze. Es war seine Heiligkeit, die seinen Tod so entsetzlich machte. Seine Liebe zu ihr, die
ihrer Natur nach für sie mehr als ein Trost, ja eigentlich ihr Leben war, machte die große Grausamkeit ihres
Mitleidens aus. Hätte sie ihn weniger geliebt oder hätte
er sie weniger geliebt, so würden ihre Schmerzen alles
menschliche Beispiel nicht so weit überstiegen haben. Das
Ausgesuchte jeder Qual lag gerade in ihrer Liebe. Aber
seine Gottheit! Die geheime Glorie seiner glänzenden
impassiblen Natur! — Konnte sie nicht ihr müdes Haupt
darauf legen, wie auf ein Ruhekissen? O theuerstes aller
Dogmen des Glaubens! Wie manches schwer gedrückte
Herz, wie manche von Stürmen verfolgte Seele hat, wenn
alles rings um sie scheitern ging, sich auf dein sanftes
und willkommenes Bett niedergelegt und Frieden gekostet,
wenn alles unten und oben, innen und außen voll Unruhe war! Für wieviel Tausende ist jene Lehre wie der
Besuch eines Engels gewesen, der die Stürme schweigen
hieß und sogar das Todbett sanft machte! Und soll das
nichts für sie sein, die mehr damit zu schaffen hat, als
jedes andere Geschöpf Gottes? O nein, es soll für sie
ein neuer bisher unbekannter Abgrund menschlicher Schmerzen sein, in die sie wie in unmeßbare Tiefen hinabsinken
und doch kein Ende finden soll. Es soll sie so in Leiden
verwickeln, daß sie allem Anscheine nach hilflos daliegen
wird auf einem ungeheuren Meere von Schmerzen. Alles
in ihrem Martyrthum hatte die entgegengesetzte Wirkung.
Gerade die Dinge, die an sich selbst ihre Last erleichtern
sollten, waren wie mörderische Hände, die sie mit grausamer Gewalt unter die dunkeln Wasser niederhielten, und
weil sie zu stark war, um zu ersticken, so litt sie um so
schrecklicher.

Ein Schmerz ohne Theilnahme zu finden, ist eine
seltene Erscheinung, sogar auf dieser unfreundlichen Erde.

Aber wo soll sie Theilnahme finden mit dem ihrigen? Es gibt nur Einen in der ganzen Welt, der sie verstehen kann und es ist derjenige, der durch sein Leiden ihr alle diese Schmerzen zufügt. Sie will lieber ihm alle ihre Theilnahme schenken, als sie von ihm suchen. Sie muß in der Stille tragen. Der heilige Joseph kannte sie wohl, aber er lernte sie nie vollständig kennen. Ihr Herz ist ein Geheimniß sogar für den heiligen Johannes, obwohl er in die Geheimnisse des heiligen Herzens Jesu eingeweiht worden war. Und jener theure Apostel selbst bedarf ihrer Liebe, um sich unter dem Kreuze seines Meisters aufrecht zu erhalten. Sogar in den achtzehn Jahren läßt sich nicht leicht denken, daß Jesus und Maria viel von ihren Schmerzen sprachen oder in ihrer gegenseitigen Liebe ein Mitgefühl dafür suchten. Mir scheint es wahrscheinlicher, daß sie überhaupt nie von der Sache sprachen. Ueberhaupt war ihre Theilnahme für ihn einfache Anbetung; es war allerdings Liebe, wahre zärtliche Mutterliebe, aber es war auch Anbetung und unähnlich aller gewöhnlichen Theilnahme für Kummer. Als sie am Freitag Nachts langsam vom Grabe im Garten wegging, trat sie wieder in eine Welt ein, wo nicht eine einzige Seele sie verstehen konnte, nicht einmal die heilige, innigliebende Magdalena. Es war eine Finsterniß ohne einen einzigen Lichtschimmer, eine Wüste voll Schrecken, ein Leben ohne einen einzigen Anziehungspunkt, ohne ein einziges Ruheplätzchen für ihr gebrochenes Herz. Sie schloß ihre Schmerzen in sich selbst ein, ertrug sie in der Stille ihres zartfühlenden Herzens und es war Niemand, der die schmerzliche Leere jenes Mutterherzens mehr als ahnen konnte.

Dies waren die Charakterzüge ihrer Schmerzen, und was ist jedes Wort, das gesagt worden, anders als ein dichter Schatten für das dunkle Gemälde? Was sollen wir erst denken von jenem letzten Merkmale ihrer Schmer-

zen, das den heiligen Bernhard so in Erstaunen setzte, von
der Mäßigung, womit sie dieselben ertrug? Wer ist je
im Stande, wenn er über die seligste Jungfrau und Mutter Gottes nachdenkt, die himmlische Ruhe ihrer Worte
bei der Verkündigung zu vergessen: „Siehe, ich bin die
Magd des Herrn?" Und dieselbe Ruhe dauert ununterbrochen fort, sogar als ihr Herz unter dem Kreuze bricht.
Außer im Falle einer sehr hohen Heiligkeit, und selbst da
gilt die Ausnahme nicht immer, würde Mäßigung im
Schmerze etwas wie Kälte und Unempfindlichkeit verrathen.
Wir würden schwerlich Jemand sehr zärtlich lieben, dessen
Gleichmuth ein schweres Unglück nicht stören könnte. Bei
den Heiligen wirkt die Liebe zu Gott als ein Gegenzauber
gegen die Betäubung der Schmerzen. Sie zerstreut zugleich und gibt Ersatz und macht so die Ausdauer leichter;
aber bei Maria bestand gerade in ihrer Liebe zu Gott die
außerordentliche Bitterkeit ihrer Schmerzen. Wenn wir
uns also das mannigfache Elend, die enorme Last der
Schmerzen und auch die übernatürliche Erschwerung derselben vorstellen, die sie zu ertragen hatte, und dann die
Art, wie sie mit so widerstandloser Macht ihr einsames
Herz niederdrückten, so ist es zum Erstaunen, zu sehen,
daß sie alle auf ihre Ruhe hereinbrechen, wie eine Woge
sich mit leerem Schaume an einem gewaltigen Vorgebirge
bricht, das zwar in seiner Grundfeste erbebt, während es
die wilden Fluthen zurückschleudert, aber dennoch fest stehen
bleibt. So war es bei ihr. Sie war nicht unempfindlich,
wie der kalte Granit; im Gegentheil, der Sturm durchdrang sie, er suchte jeden Winkel ihres weiten Herzens
auf, erfüllte dasselbe mit allen möglichen Leiden und tränkte
jedes Gefühl und jede Neigung desselben mit Bitterkeit.
Dennoch litt ihre Ruhe nicht im geringsten darunter. Ihr
innerer Friede blieb ungestört, wie die Tiefen des Oceans,
wenn seine Oberfläche im Sturme wild hin- und herwogt.

Demungeachtet war diese Ruhe kein Schutz für sie gegen
die Heftigkeit der Schmerzen; sie setzte sie vielmehr in den
Stand, noch mehr zu leiden, und ließ den Kummer mit
weniger Widerstand in jeden Theil von ihr eindringen.
Da hörte man keine lauten Seufzer, kein Schluchzen, keine
ausgesprochenen Worte der Klage. Noch weniger sah man,
— der Gedanke würde nie einem verständigen Liebhaber
Mariens in den Sinn gekommen sein, wenn nicht unvor-
sichtige Gemälde, die der katholischen Lehre widersprechen,
denselben so vielen aus uns nahe gebracht hätten, — noch
weniger, sage ich, sah man da eine Stellung heftigen
Schmerzes, eine Verzerrung der ehrwürdigen Schönheit
ihres Antlitzes, ein weibisches Händeringen, fliegende Haare,
ein Niederliegen auf den Boden, wie wenn man von tödt-
licher Angst überwunden ist. Am allerwenigsten trat eine
Ohnmacht ein, oder das Bedürfniß eines stützenden Armes,
z. B. des Johannes, oder der Magdalena; ebensowenig
wurde jene glorreiche Vernunft aufgehoben, welche nicht
einmal der Schlaf in ihrer herrlichen Thätigkeit unterbrochen hatte, seit dem ersten Augenblicke der unbefleckten
Empfängniß. Lasset uns mit Entrüstung diese unverstän-
digen, schmählichen Darstellungen den Flammen übergeben
und aus unserm Kopfe die gehäßigen Bilder hinaustreiben,
die ihre Schönheit in unserm Geiste zurückgelassen haben
mag. Maria „stand" unter dem Kreuze; dies ist die
einfache Größe des Bildes der heiligen Schrift, welches
die wirkliche Wahrheit darstellte, und dessen Künstler ihr
eigener Bräutigam, der heilige Geist, war. Auf das Bild
jenes ruhig dastehenden Weibes blickte ihr zärtliches Kind,
der heilige Bernhard, mit bewundernder Liebe. Dies macht
auch den Reiz der Erscheinungen der seligsten Jungfrau in
den Offenbarungen der Maria von Agreda aus, im Vergleich mit ihrem Bilde in den Visionen der Schwester
Emmerich. Die Vorstellungen der spanischen Klosterfrau

waren der Wahrheit mehr getreu, als die der ekstatischen
deutschen. Nie also dürfen wir den Gedanken an diese
Mäßigung Mariens in ihren Schmerzen bei Seite legen.
Es zeigte sich da nichts Ungeordnetes, nichts Dramatisches,
nichts Leidenschaftliches, nichts Uebertriebenes; sondern sie
stand in der ruhigsten, königlichsten Würde da, still und
ruhig, nicht wie eine liebliche Abendlandschaft, oder ein
See an einem Sommernachmittag, oder wie ein grüner
Wald bei der Dämmerung, oder eine vom Mond beleuchtete Bergspitze, oder wie sonst ein poetisches Naturbild,
sondern ruhig, nach ihrem Maße und in ihrem Grade,
wie die göttliche Natur Unsers Herrn, während der wilde
Lärm bei seinem heiligen Leiden seine menschliche Natur
mit Füßen trat. Ihre Ruhe war das Bild jener Ruhe.
Es war eine der vielen Gaben, die Jesus ihr in jenen
dunkeln Stunden aus dem Seinigen mittheilte.

§. 5.

Wie Maria sich an ihren Schmerzen freuen konnte.

Nachdem wir so die Charakterzüge der Schmerzen
Mariens betrachtet haben, müssen wir jetzt zu einer Eigenthümlichkeit derselben übergehen, an die wir uns immer
erinnern müssen, daß sie nämlich mit der innigsten Freude
verbunden waren. Daß ihre Schmerzen stets von einer
Fülle himmlischer Freude begleitet waren, hat sie selbst
der heiligen Brigitta geoffenbart. Aber es konnte auch
nicht anders sein. Können wir die Möglichkeit annehmen,
daß ein sündloses vernünftiges Geschöpf sich jemals in
einen andern Zustande befinden könne, als in einem Uebermaße der Freude? Seligkeit ist das Leben Gottes, und
aus jenem Leben ergießen sich Ströme von Freudigkeit
über seine ganze Schöpfung. Nur die Sünde ist es, die

Schmerz bringt, und wenn die Sünden anderer die Sündlosen betrüben können, so können sie doch niemals jene
bleibende Freudigkeit in der Tiefe der Seele stören, welche
die Verbindung mit Gott nothwendig hervorbringen muß.
Ueberdies gibt es kein Verdienst, wo keine Liebe ist.
Wenn die Schmerzen der seligsten Jungfrau nicht aus
ihrer Liebe entsprungen und von ihr beseelt gewesen wären,
so würden sie nicht verdienstlich gewesen sein. Aber in
Wahrheit war die Liebe die wahre Ursache derselben. Aus
dem Uebermaß der Liebe kam das Uebermaß des Schmerzes. Nun aber ist es unleugbar, daß die Liebe nicht
existiren kann ohne Freude. Liebe ist an sich wesentlich
eine Freude, und im Verhältnisse zu dem hohen Grade
der Liebe unserer Mutter muß auch ihre himmlische Freude
stehen. Schmerz und Freude zugleich empfinden, ist sogar
für uns möglich, deren inneres Leben die Sünde zerstreute
und unregelmäßig und unzusammenhängend machte. Wir
alle haben das schon empfunden, wenn gleich unsere sinnliche Natur ein Schlachtfeld ist, wo die Kämpfe schnell
vorüber sind und die eine oder die andere der streitenden
Leidenschaften Herr des Feldes bleibt. Aber in Jesus
und Maria hat diese vollkommene Verbindung der äußersten Freude und des tiefsten Schmerzes stattgefunden und
ist ein bleibender, lebenslanger Normalzustand gewesen.
Es ist dies eine der merkwürdigsten Erscheinungen der
Menschwerdung, und schien in der niedrigeren Natur unsers Herrn eine Art von Abschattung seiner Verbindung
von zwei Naturen in einer einzigen Person zu sein. Es
ist auch eines seiner Merkmale, woran er seine Mutter
reichlich Theil nehmen ließ. In seinem Leiden hielt er
seine Gottheit zurück und ließ sie nicht seine menschliche
Natur mit ihrem Lichte und ihrer Glorie fühlbar durchdringen. Ja, er hielt sogar jene beseligende Anschauung

ferne, die seiner heiligen Menschheit gebührte, und die von
dem ersten Augenblicke seiner Menschwerdung an unumwölkt vor seiner Seele schwebte, und er wollte in ihre
Sphäre der Freudigkeit seine sinnliche Natur nicht einschließen, damit sie seine Leiden nicht schwäche und das
Feuer seines Todeskampfes nicht lösche. So wurde die
seligste Jungfrau in ihrer Weise in den Tiefen ihrer Seele
mit Freudigkeit erfüllt, wegen ihrer innigen Vereinigung
mit Gott, und dennoch hatte die Freudigkeit ihren eigenen
Kreis, den sie nicht überschreiten durfte, wenigstens nicht
so, daß dadurch aller Schmerz aus dem Herzen verbannt
worden wäre. Wie schon gesagt, ihre Freude linderte ihr
Leiden so wenig, daß es wahrscheinlich dadurch noch erhöht
wurde. Aber wir müssen uns noch einmal daran erinnern,
daß es bei ihr nicht war, wie bei den Martyrern. Diese
sangen mitten in den Flammen und frohlockten unter den
Panthern, weil ihre Seele ganz heil und gesund und freudig war, während ihr Fleisch zerrissen und ihre Gebeine
gebrochen wurden. Aber bei ihr war die Seele der erste
leidende Theil, und Freude und Schmerz theilten sie und
wandten sich gegen sie selbst. Dies kam einem Geheimnisse ziemlich nahe, ja, es war eine wahre Theilnahme an
den Charakterzügen Jesu, eine Zerspaltung der Seele, ohne
ihre Einfachheit zu stören, eine Trennung ohne Aufruhr,
eine Wunde, die ein neues Leben, ein Kampf, während
alles Harmonie und Frieden war. O Mutter, wir können nicht sagen, wie es war, nur, daß es so war! Du
warst lauter Freude, und wie konntest du, Gott so nahe,
anders sein? Du warst lauter Schmerz, und was sonst
konntest du sein in jenen dunkeln Abgründen der Passion?
Dein Schmerz hatte keine Macht über deine Freude, aber
deine Freude hatte Macht über deinen Schmerz, und gab
ihm eine größere Schärfe, eine durchdringendere Bitterkeit.
Der Schmerz zermalmte dich und dann legte sich eine

himmlische Freude auf deine Bürde, und machte sie zehn-
fältig schwerer zu tragen!

Allein wir lassen schwerlich ihren Schmerzen volle
Gerechtigkeit widerfahren, wenn wir sagen, daß sie keinen Einfluß auf ihre Freuden hatten. Ohne Zweifel erhöhten sie dieselben und waren für sie die Quellen neuer
Freuden, die sie nie vorher empfunden, oder neuer Grade
von alten gewohnten Freuden. Es ist nicht, als ob ihre
Freude und ihr Schmerz zwei Oceane in ihrer Seele gewesen wären, die keinen gegenseitigen Zugang hatten, sich
nicht mit einander vermischten, oder sympathetisch auf- und
abwogten. Nein, wir könnten vielmehr in einem gewissen
Sinne sagen, daß ihr Schmerz und ihre Freude beinahe
identisch waren; denn ihre Freuden waren Schmerzen und
ihre Schmerzen Freuden. Sie konnten das eine oder das
andere sein, gemäß dem doppelten Leben, das in ihnen
war. In ihren Schmerzen lagen wahrlich viele Ursachen
zur Freude, wie der größte und glückseligste Erzengel des
Himmels sie nicht in sich hat. Wenn wir lange auf die
Finsterniß des Kalvarienberges blicken, dann bricht ein
schönes Licht aus seinem düstersten Mittelpunkte hervor.
Was ist das Ganze anders, als eine herrliche Wiederherstellung der göttlichen Ehre? Nicht einmal Michael freute
sich so über die Ehre Gottes, als er von triumphirender
Heiligkeit glühend den Rebellen Lucifer aus dem Himmel
vertrieb, wie Maria es that. Sie, die das Wesen der
Sünde so tief hatte ergründen dürfen, und die im Geiste
von Gethsemane etwas von dem Zorne des Vaters gekostet,
konnte frohlocken über die Genugthuung seiner Gerechtigkeit, wie kein Engel oder Heiliger es vermochte. Sie, die
dreiunddreißig Jahre lang mit Jesus gelebt und von ihm seinen
leidenschaftlichen Eifer für die Ehre seines Vaters empfangen
hatte, konnte die seligste Freude an der Wiederherstellung
jener Ehre finden, die alle Geschöpfe mit einander nicht

5*

empfinden konnten. Zuweilen ist schon ein ganz kleiner
Tropfen jener Freude in unserm Herzen gewesen und wir
wissen, wie er schmeckte, aber könnten es nicht sagen, selbst
wenn wir wollten. O jenes selige Land, wo diese Freude
eine ewige ununterbrochene Gewohnheit sein wird!

Freude empfand sie auch durch die unermeßliche Weis-
heit, womit Gott sie ausgestattet hatte, weil ihr im ganzen
Plane unserer Erlösung die göttliche Weisheit in hellem
Lichte erschien. Es gab nicht eine einzige Schmach des
heiligen Leidens, die nicht durch mehrere der göttlichen
Vollkommenheiten erleuchtet wurde, die einen wunderschönen
Glanz darüber ausgossen. Es gab in der Passion keinen
physischen Schrecken, vor welchem ein Glauben, der nicht
liebt, in gemeiner Feigheit zurückbebt, der nicht aus den
Schätzen des göttlichen Geistes und Willens mit einer seltsamen Liebenswürdigkeit umkleidet gewesen wäre. Die
Erkenntniß der Incarnation stellte sich sogar ihr mit allen
ihren Gründen, Möglichkeiten und Angemessenheiten nie
in einer so erstaunlichen, bezaubernden Klarheit dar, als
es in ihrem Mitleiden der Fall war. Der Anblick, den
sie sah, würde hingereicht haben, um der Anbetung der
neun Chöre der Engel auf ewig Nahrung zu geben.

Eine Quelle der Freude hatte sie auch in der Voraussicht der Erhöhung Jesu. Sie sah ihn bereits zur
rechten Hand des Vaters, seine heilige Menschheit dort
thronend als ein Gegenstand der höchsten Anbetung für
immer. In ihren Augen waren die glänzenden Wolken
des Himmelfahrttags mit der Dunkelheit der Finsterniß
auf dem Kalvarienberge seltsam vermischt. Sie sah die
Füße, die Blut tropften, wie wenn sie sich eben in die
sonnige Luft erheben wollten, ein jeder mit seinem glorreichen Wundmale gleich einer rosenfarbigen Sonne strahlend.
Sie sah fast die Engel in ihren glänzendweißen Gewändern mitten unter den Rossen jener grausamen Centurionen

hin- und hergehen. Die Dunkelheit der Tiefe hob den
Glanz der Erhöhung hervor. Sie empfand auch Freude
über die damalige Theilnahme an der innern Freude Jesu.
Denn jenes am Kreuz schmachtende Herz hatte einen ganzen Ocean von Freude in sich, eine Freudigkeit, die niemand
auf Erden kannte als seine Mutter, eine Freudigkeit, die sonst
niemand theilen konnte, weil sonst niemand sie zu verstehen
vermochte. Es war auch eine Freude besonderer Art, ihn
dann und wann für die glorreichen Vorrechte bezahlen zu
sehen, die er ihr verliehen. Als das Blut ihre schneeweißen
Hände befeuchtete und befleckte, erkannte sie es als den Preis
ihrer unbefleckten Empfängniß und betete es an. Konnte sie
dies sehen, ohne ihn zehntausendmal mehr zu lieben, als
sie es bisher gethan? Und mit dem Ungestüm der Liebe
mußte nothwendig auch eine ungestüme Freude kommen.

Es ist ferner unmöglich, sich an den Wirkungen der
Gnade in unsern Seelen nicht zu freuen. Jede Erhöhung der
Gnade ist eine Sendung einer göttlichen Person, eine Berührung mit Gott, eine innigere und köstlichere Verbindung
mit ihm. Wenn wir langsamer, ernster, weniger beschäftigt, und nicht so voreilig wären in unserm geistlichen Leben,
so würden wir dies mehr empfinden, als es der Fall ist.
Wie sehr muß sie also sich gefreut haben an den herrlichen
übernatürlichen Akten, die ihre Schmerzen ihr immerfort
entlockten! Solcher Glaube, solche Hoffnung, solcher Starkmuth, solche Gleichförmigkeit, solche Liebe zum Leiden, ein
solcher Geist des Opfers, eine so verständige Anbetung,
eine so unvergleichliche Vereinigung! Millionen Heilige
hätten aus jeder dieser königlichen Tugenden gemacht werden können, und sie würden doch diese Schätze nicht erschöpft haben. Es lag auch eine Freude für sie in dem
Gedanken, daß ihr Mitleiden ein so reiches Gut für uns
sein, daß es uns so manche Gnaden gewinnen, uns so
viele Beispiele geben, so große Andacht erregen, uns so

eine befondere Spitze. Es war feine Heiligkeit, die feinen Tod fo entfetzlich machte. Seine Liebe zu ihr, die ihrer Natur nach für fie mehr als ein Troft, ja eigentlich ihr Leben war, machte die große Graufamkeit ihres Mitleidens aus. Hätte fie ihn weniger geliebt oder hätte er fie weniger geliebt, fo würden ihre Schmerzen alles menfchliche Beifpiel nicht fo weit überftiegen haben. Das Ausgefuchte jeder Qual lag gerade in ihrer Liebe. Aber feine Gottheit! Die geheime Glorie feiner glänzenden impaffiblen Natur! — Konnte fie nicht ihr müdes Haupt darauf legen, wie auf ein Ruhekiffen? O theuerftes aller Dogmen des Glaubens! Wie manches fchwer gedrückte Herz, wie manche von Stürmen verfolgte Seele hat, wenn alles rings um fie fcheitern ging, fich auf dein fanftes und willkommenes Bett niedergelegt und Frieden gekoftet, wenn alles unten und oben, innen und außen voll Unruhe war! Für wieviel Taufende ift jene Lehre wie der Befuch eines Engels gewefen, der die Stürme fchweigen hieß und fogar das Todbett fanft machte! Und foll das nichts für fie fein, die mehr damit zu fchaffen hat, als jedes andere Gefchöpf Gottes? O nein, es foll für fie ein neuer bisher unbekannter Abgrund menfchlicher Schmerzen fein, in die fie wie in unmeßbare Tiefen hinabfinken und doch kein Ende finden foll. Es foll fie fo in Leiden verwickeln, daß fie allem Anfcheine nach hilflos daliegen wird auf einem ungeheuren Meere von Schmerzen. Alles in ihrem Martyrthum hatte die entgegengefetzte Wirkung. Gerade die Dinge, die an fich felbft ihre Laft erleichtern follten, waren wie mörderifche Hände, die fie mit graufamer Gewalt unter die dunkeln Waffer niederhielten, und weil fie zu ftark war, um zu erfticken, fo litt fie um fo fchrecklicher.

Ein Schmerz ohne Theilnahme zu finden, ift eine feltene Erfcheinung, fogar auf diefer unfreundlichen Erde.

Aber wo soll sie Theilnahme finden mit dem ihrigen?
Es gibt nur Einen in der ganzen Welt, der sie verstehen kann und es ist derjenige, der durch sein Leiden ihr
alle diese Schmerzen zufügt. Sie will lieber ihm alle ihre
Theilnahme schenken, als sie von ihm suchen. Sie muß
in der Stille tragen. Der heilige Joseph kannte sie wohl,
aber er lernte sie nie vollständig kennen. Ihr Herz ist ein
Geheimniß sogar für den heiligen Johannes, obwohl er
in die Geheimnisse des heiligen Herzens Jesu eingeweiht
worden war. Und jener theure Apostel selbst bedarf ihrer
Liebe, um sich unter dem Kreuze seines Meisters aufrecht
zu erhalten. Sogar in den achtzehn Jahren läßt sich nicht
leicht denken, daß Jesus und Maria viel von ihren Schmerzen sprachen oder in ihrer gegenseitigen Liebe ein Mitgefühl dafür suchten. Mir scheint es wahrscheinlicher, daß
sie überhaupt nie von der Sache sprachen. Ueberhaupt
war ihre Theilnahme für ihn einfache Anbetung; es war
allerdings Liebe, wahre zärtliche Mutterliebe, aber es war
auch Anbetung und unähnlich aller gewöhnlichen Theilnahme für Kummer. Als sie am Freitag Nachts langsam vom Grabe im Garten wegging, trat sie wieder in
eine Welt ein, wo nicht eine einzige Seele sie verstehen
konnte, nicht einmal die heilige, inniglebende Magdalena.
Es war eine Finsterniß ohne einen einzigen Lichtschimmer, eine Wüste voll Schrecken, ein Leben ohne einen
einzigen Anziehungspunkt, ohne ein einziges Ruheplätzchen
für ihr gebrochenes Herz. Sie schloß ihre Schmerzen in
sich selbst ein, ertrug sie in der Stille ihres zartfühlenden
Herzens und es war Niemand, der die schmerzliche Leere
jenes Mutterherzens mehr als ahnen konnte.

Dies waren die Charakterzüge ihrer Schmerzen, und
was ist jedes Wort, das gesagt worden, anders als ein
dichter Schatten für das dunkle Gemälde? Was sollen
wir erst denken von jenem letzten Merkmale ihrer Schmer-

zen, daß den heiligen Bernhard so in Erstaunen setzte, von der Mäßigung, womit sie dieselben ertrug? Wer ist je im Stande, wenn er über die seligste Jungfrau und Mutter Gottes nachdenkt, die himmlische Ruhe ihrer Worte bei der Verkündigung zu vergessen: „Siehe, ich bin die Magd des Herrn?" Und dieselbe Ruhe dauert ununterbrochen fort, sogar als ihr Herz unter dem Kreuze bricht. Außer im Falle einer sehr hohen Heiligkeit, und selbst da gilt die Ausnahme nicht immer, würde Mäßigung im Schmerze etwas wie Kälte und Unempfindlichkeit verrathen. Wir würden schwerlich Jemand sehr zärtlich lieben, dessen Gleichmuth ein schweres Unglück nicht stören könnte. Bei den Heiligen wirkt die Liebe zu Gott als ein Gegenzauber gegen die Betäubung der Schmerzen. Sie zerstreut zugleich und gibt Ersatz und macht so die Ausdauer leichter; aber bei Maria bestand gerade in ihrer Liebe zu Gott die außerordentliche Bitterkeit ihrer Schmerzen. Wenn wir uns also das mannigfache Elend, die enorme Last der Schmerzen und auch die übernatürliche Erschwerung derselben vorstellen, die sie zu ertragen hatte, und dann die Art, wie sie mit so widerstandloser Macht ihr einsames Herz niederdrückten, so ist es zum Erstaunen, zu sehen, daß sie alle auf ihre Ruhe hereinbrechen, wie eine Woge sich mit leerem Schaume an einem gewaltigen Vorgebirge bricht, das zwar in seiner Grundfeste erbebt, während es die wilden Fluthen zurückschleudert, aber dennoch fest stehen bleibt. So war es bei ihr. Sie war nicht unempfindlich, wie der kalte Granit; im Gegentheil, der Sturm durchdrang sie, er suchte jeden Winkel ihres weiten Herzens auf, erfüllte dasselbe mit allen möglichen Leiden und tränkte jedes Gefühl und jede Neigung desselben mit Bitterkeit. Dennoch litt ihre Ruhe nicht im geringsten darunter. Ihr innerer Friede blieb ungestört, wie die Tiefen des Oceans, wenn seine Oberfläche im Sturme wild hin- und herwogt.

Demungeachtet war diese Ruhe kein Schutz für sie gegen
die Heftigkeit der Schmerzen; sie setzte sie vielmehr in den
Stand, noch mehr zu leiden, und ließ den Kummer mit
weniger Widerstand in jeden Theil von ihr eindringen.
Da hörte man keine lauten Seufzer, kein Schluchzen, keine
ausgesprochenen Worte der Klage. Noch weniger sah man,
— der Gedanke würde nie einem verständigen Liebhaber
Mariens in den Sinn gekommen sein, wenn nicht unvor-
sichtige Gemälde, die der katholischen Lehre widersprechen,
denselben so vielen aus uns nahe gebracht hätten, — noch
weniger, sage ich, sah man da eine Stellung heftigen
Schmerzes, eine Verzerrung der ehrwürdigen Schönheit
ihres Antlitzes, ein weibisches Händeringen, fliegende Haare,
ein Niederliegen auf den Boden, wie wenn man von tödt-
licher Angst überwunden ist. Am allerwenigsten trat eine
Ohnmacht ein, oder das Bedürfniß eines stützenden Armes,
z. B. des Johannes, oder der Magdalena; ebensowenig
wurde jene glorreiche Vernunft aufgehoben, welche nicht
einmal der Schlaf in ihrer herrlichen Thätigkeit unterbrochen hatte, seit dem ersten Augenblicke der unbefleckten
Empfängniß. Lasset uns mit Entrüstung diese unverstän-
digen, schmählichen Darstellungen den Flammen übergeben
und aus unserm Kopfe die gehäßigen Bilder hinaustreiben,
die ihre Schönheit in unserm Geiste zurückgelassen haben
mag. Maria „stand" unter dem Kreuze; dies ist die
einfache Größe des Bildes der heiligen Schrift, welches
die wirkliche Wahrheit darstellte, und dessen Künstler ihr
eigener Bräutigam, der heilige Geist, war. Auf das Bild
jenes ruhig dastehenden Weibes blickte ihr zärtliches Kind,
der heilige Bernhard, mit bewundernder Liebe. Dies macht
auch den Reiz der Erscheinungen der seligsten Jungfrau in
den Offenbarungen der Maria von Agreda aus, im Vergleich mit ihrem Bilde in den Visionen der Schwester
Emmerich. Die Vorstellungen der spanischen Klosterfrau

waren der Wahrheit mehr getreu, als die der ekstatischen deutschen. Nie also dürfen wir den Gedanken an diese Mäßigung Mariens in ihren Schmerzen bei Seite legen. Es zeigte sich da nichts Ungeordnetes, nichts Dramatisches, nichts Leidenschaftliches, nichts Uebertriebenes; sondern sie stand in der ruhigsten, königlichsten Würde da, still und ruhig, nicht wie eine liebliche Abendlandschaft, oder ein See an einem Sommernachmittag, oder wie ein grüner Wald bei der Dämmerung, oder eine vom Mond beleuchtete Bergspitze, oder wie sonst ein poetisches Naturbild, sondern ruhig, nach ihrem Maße und in ihrem Grade, wie die göttliche Natur Unsers Herrn, während der wilde Lärm bei seinem heiligen Leiden seine menschliche Natur mit Füßen trat. Ihre Ruhe war das Bild jener Ruhe. Es war eine der vielen Gaben, die Jesus ihr in jenen dunkeln Stunden aus dem Seinigen mittheilte.

§. 5.

Wie Maria sich an ihren Schmerzen freuen konnte.

Nachdem wir so die Charakterzüge der Schmerzen Mariens betrachtet haben, müssen wir jetzt zu einer Eigenthümlichkeit derselben übergehen, an die wir uns immer erinnern müssen, daß sie nämlich mit der innigsten Freude verbunden waren. Daß ihre Schmerzen stets von einer Fülle himmlischer Freude begleitet waren, hat sie selbst der heiligen Brigitta geoffenbart. Aber es konnte auch nicht anders sein. Können wir die Möglichkeit annehmen, daß ein sündloses vernünftiges Geschöpf sich jemals in einen andern Zustande befinden könne, als in einem Uebermaße der Freude? Seligkeit ist das Leben Gottes, und aus jenem Leben ergießen sich Ströme von Freudigkeit über seine ganze Schöpfung. Nur die Sünde ist es, die

Schmerz bringt, und wenn die Sünden anderer die Sündlosen betrüben können, so können sie doch niemals jene
bleibende Freudigkeit in der Tiefe der Seele stören, welche
die Verbindung mit Gott nothwendig hervorbringen muß.
Ueberdies gibt es kein Verdienst, wo keine Liebe ist.
Wenn die Schmerzen der seligsten Jungfrau nicht aus
ihrer Liebe entsprungen und von ihr beseelt gewesen wären,
so würden sie nicht verdienstlich gewesen sein. Aber in
Wahrheit war die Liebe die wahre Ursache derselben. Aus
dem Uebermaß der Liebe kam das Uebermaß des Schmerzes. Nun aber ist es unleugbar, daß die Liebe nicht
existiren kann ohne Freude. Liebe ist an sich wesentlich
eine Freude, und im Verhältnisse zu dem hohen Grade
der Liebe unserer Mutter muß auch ihre himmlische Freude
stehen. Schmerz und Freude zugleich empfinden, ist sogar
für uns möglich, deren inneres Leben die Sünde zerstreute
und unregelmäßig und unzusammenhängend machte. Wir
alle haben das schon empfunden, wenn gleich unsere sinnliche Natur ein Schlachtfeld ist, wo die Kämpfe schnell
vorüber sind und die eine oder die andere der streitenden
Leidenschaften Herr des Feldes bleibt. Aber in Jesus
und Maria hat diese vollkommene Verbindung der äußersten Freude und des tiefsten Schmerzes stattgefunden und
ist ein bleibender, lebenslanger Normalzustand gewesen.
Es ist dies eine der merkwürdigsten Erscheinungen der
Menschwerdung, und schien in der niedrigeren Natur unsers Herrn eine Art von Abschattung seiner Verbindung
von zwei Naturen in einer einzigen Person zu sein. Es
ist auch eines seiner Merkmale, woran er seine Mutter
reichlich Theil nehmen ließ. In seinem Leiden hielt er
seine Gottheit zurück und ließ sie nicht seine menschliche
Natur mit ihrem Lichte und ihrer Glorie fühlbar durchdringen. Ja, er hielt sogar jene beseligende Anschauung

ferne, die seiner heiligen Menschheit gebührte, und die von dem ersten Augenblicke seiner Menschwerdung an unumwölkt vor seiner Seele schwebte, und er wollte in ihre Sphäre der Freudigkeit seine sinnliche Natur nicht einschließen, damit sie seine Leiden nicht schwäche und das Feuer seines Todeskampfes nicht lösche. So wurde die seligste Jungfrau in ihrer Weise in den Tiefen ihrer Seele mit Freudigkeit erfüllt, wegen ihrer innigen Vereinigung mit Gott, und dennoch hatte die Freudigkeit ihren eigenen Kreis, den sie nicht überschreiten durfte, wenigstens nicht so, daß dadurch aller Schmerz aus dem Herzen verbannt worden wäre. Wie schon gesagt, ihre Freude linderte ihr Leiden so wenig, daß es wahrscheinlich dadurch noch erhöht wurde. Aber wir müssen uns noch einmal daran erinnern, daß es bei ihr nicht war, wie bei den Martyrern. Diese sangen mitten in den Flammen und frohlockten unter den Panthern, weil ihre Seele ganz heil und gesund und freudig war, während ihr Fleisch zerrissen und ihre Gebeine gebrochen wurden. Aber bei ihr war die Seele der erste leidende Theil, und Freude und Schmerz theilten sie und wandten sich gegen sie selbst. Dies kam einem Geheimnisse ziemlich nahe, ja, es war eine wahre Theilnahme an den Charakterzügen Jesu, eine Zerspaltung der Seele, ohne ihre Einfachheit zu stören, eine Trennung ohne Aufruhr, eine Wunde, die ein neues Leben, ein Kampf, während alles Harmonie und Frieden war. O Mutter, wir können nicht sagen, wie es war, nur, daß es so war! Du warst lauter Freude, und wie konntest du, Gott so nahe, anders sein? Du warst lauter Schmerz, und was sonst konntest du sein in jenen dunkeln Abgründen der Passion? Dein Schmerz hatte keine Macht über deine Freude, aber deine Freude hatte Macht über deinen Schmerz, und gab ihm eine größere Schärfe, eine durchdringendere Bitterkeit. Der Schmerz zermalmte dich und dann legte sich eine

himmlische Freude auf deine Bürde, und machte sie zehn=
fältig schwerer zu tragen!

Allein wir lassen schwerlich ihren Schmerzen volle
Gerechtigkeit widerfahren, wenn wir sagen, daß sie kei=
nen Einfluß auf ihre Freuden hatten. Ohne Zweifel er=
höhten sie dieselben und waren für sie die Quellen neuer
Freuden, die sie nie vorher empfunden, oder neuer Grade
von alten gewohnten Freuden. Es ist nicht, als ob ihre
Freude und ihr Schmerz zwei Oceane in ihrer Seele ge=
wesen wären, die keinen gegenseitigen Zugang hatten, sich
nicht mit einander vermischten, oder sympathetisch auf= und
abwogten. Nein, wir könnten vielmehr in einem gewissen
Sinne sagen, daß ihr Schmerz und ihre Freude beinahe
identisch waren; denn ihre Freuden waren Schmerzen und
ihre Schmerzen Freuden. Sie konnten das eine oder das
andere sein, gemäß dem doppelten Leben, das in ihnen
war. In ihren Schmerzen lagen wahrlich viele Ursachen
zur Freude, wie der größte und glückseligste Erzengel des
Himmels sie nicht in sich hat. Wenn wir lange auf die
Finsterniß des Kalvarienberges blicken, dann bricht ein
schönes Licht aus seinem düstersten Mittelpunkte hervor.
Was ist das Ganze anders, als eine herrliche Wiederher=
stellung der göttlichen Ehre? Nicht einmal Michael freute
sich so über die Ehre Gottes, als er von triumphirender
Heiligkeit glühend den Rebellen Lucifer aus dem Himmel
vertrieb, wie Maria es that. Sie, die das Wesen der
Sünde so tief hatte ergründen dürfen, und die im Geiste
von Gethsemane etwas von dem Zorne des Vaters gekostet,
konnte frohlocken über die Genugthuung seiner Gerechtig=
keit, wie kein Engel oder Heiliger es vermochte. Sie, die
dreiunddreißig Jahre lang mit Jesus gelebt und von ihm seinen
leidenschaftlichen Eifer für die Ehre seines Vaters empfangen
hatte, konnte die seligste Freude an der Wiederherstellung
jener Ehre finden, die alle Geschöpfe mit einander nicht

empfinden konnten. Zuweilen ist schon ein ganz kleiner Tropfen jener Freude in unserm Herzen gewesen und wir wissen, wie er schmeckte, aber könnten es nicht sagen, selbst wenn wir wollten. O jenes selige Land, wo diese Freude eine ewige ununterbrochene Gewohnheit sein wird!

Freude empfand sie auch durch die unermeßliche Weisheit, womit Gott sie ausgestattet hatte, weil ihr im ganzen Plane unserer Erlösung die göttliche Weisheit in hellem Lichte erschien. Es gab nicht eine einzige Schmach des heiligen Leidens, die nicht durch mehrere der göttlichen Vollkommenheiten erleuchtet wurde, die einen wunderschönen Glanz darüber ausgossen. Es gab in der Passion keinen physischen Schrecken, vor welchem ein Glauben, der nicht liebt, in gemeiner Feigheit zurückbebt, der nicht aus den Schätzen des göttlichen Geistes und Willens mit einer seltsamen Liebenswürdigkeit umkleidet gewesen wäre. Die Erkenntniß der Incarnation stellte sich sogar ihr mit allen ihren Gründen, Möglichkeiten und Angemessenheiten nie in einer so erstaunlichen, bezaubernden Klarheit dar, als es in ihrem Mitleiden der Fall war. Der Anblick, den sie sah, würde hingereicht haben, um der Anbetung der neun Chöre der Engel auf ewig Nahrung zu geben.

Eine Quelle der Freude hatte sie auch in der Voraussicht der Erhöhung Jesu. Sie sah ihn bereits zur rechten Hand des Vaters, seine heilige Menschheit dort thronend als ein Gegenstand der höchsten Anbetung für immer. In ihren Augen waren die glänzenden Wolken des Himmelfahrttags mit der Dunkelheit der Finsterniß auf dem Kalvarienberge seltsam vermischt. Sie sah die Füße, die Blut tropften, wie wenn sie sich eben in die sonnige Luft erheben wollten, ein jeder mit seinem glorreichen Wundmale gleich einer rosenfarbigen Sonne strahlend. Sie sah fast die Engel in ihren glänzendweißen Gewändern mitten unter den Rossen jener grausamen Centurionen

hin- und hergehen. Die Dunkelheit der Tiefe hob den
Glanz der Erhöhung hervor. Sie empfand auch Freude
über die damalige Theilnahme an der innern Freude Jesu.
Denn jenes am Kreuz schmachtende Herz hatte einen ganzen Ocean von Freude in sich, eine Freudigkeit, die niemand
auf Erden kannte als seine Mutter, eine Freudigkeit, die sonst
niemand theilen konnte, weil sonst niemand sie zu verstehen
vermochte. Es war auch eine Freude besonderer Art, ihn
dann und wann für die glorreichen Vorrechte bezahlen zu
sehen, die er ihr verliehen. Als das Blut ihre schneeweißen
Hände befeuchtete und befleckte, erkannte sie es als den Preis
ihrer unbefleckten Empfängniß und betete es an. Konnte sie
dies sehen, ohne ihn zehntausendmal mehr zu lieben, als
sie es bisher gethan? Und mit dem Ungestüm der Liebe
mußte nothwendig auch eine ungestüme Freude kommen.

Es ist ferner unmöglich, sich an den Wirkungen der
Gnade in unsern Seelen nicht zu freuen. Jede Erhöhung der
Gnade ist eine Sendung einer göttlichen Person, eine Berührung mit Gott, eine innigere und köstlichere Verbindung
mit ihm. Wenn wir langsamer, ernster, weniger beschäftigt, und nicht so voreilig wären in unserm geistlichen Leben,
so würden wir dies mehr empfinden, als es der Fall ist.
Wie sehr muß sie also sich gefreut haben an den herrlichen
übernatürlichen Akten, die ihre Schmerzen ihr immerfort
entlockten! Solcher Glaube, solche Hoffnung, solcher Starkmuth, solche Gleichförmigkeit, solche Liebe zum Leiden, ein
solcher Geist des Opfers, eine so verständige Anbetung,
eine so unvergleichliche Vereinigung! Millionen Heilige
hätten aus jeder dieser königlichen Tugenden gemacht werden können, und sie würden doch diese Schätze nicht erschöpft haben. Es lag auch eine Freude für sie in dem
Gedanken, daß ihr Mitleiden ein so reiches Gut für uns
sein, daß es uns so manche Gnaden gewinnen, uns so
viele Beispiele geben, so große Andacht erregen, uns so

viel näher zu Jesus führen und uns mit einem weisern
Geiste einer tiefern Anbetung erfüllen sollte. Hier haben
wir sieben Freuden, die gerade aus ihren Schmerzen entsprangen. Dieselben könnten in's Unendliche vervielfältigt
werden; aber diese reichen für unsere Liebe hin und sind
mehr als genug, um sie in ihrer Fülle zu begreifen.

§. 6.
Die Art, wie die Kirche uns die Schmerzen
Mariens vorstellt.

Dies ist eine Beschreibung der Schmerzen Mariens
im allgemeinen. Die Kirche stellt uns dieselben vor als
einen Theil des Evangeliums, als eine der Thatsachen des
Evangeliums und als einen Gegenstand besonderer Andacht. Marchese in seinem Diario di Maria erwähnt eine
alte Sage, welche die Andacht zu den Schmerzen der Mutter Gottes auf die apostolischen Zeiten zurückführen würde.
Einige Jahre nach ihrem Tode, während der heilige Johannes, der Evangelist, noch über seinen Verlust trauerte und
sich sehnte, ihr Angesicht noch einmal zu sehen, gefiel es
unserm Herrn, ihm in einer Vision in Begleitung seiner
Mutter zu erscheinen. Die Schmerzen Mariens zugleich
mit ihren häufigen Besuchen der heiligen Stätten der Passion waren natürlich ein beständiger Gegenstand frommer
Betrachtung für den Evangelisten, welcher die letzten fünfzehn
Jahre ihres Lebens überwacht hatte, und wie zur Vergeltung für diese beständigen Meditationen hörte er sie Jesum
bitten, jenen eine besondere Gnade zu gewähren, welche
ihre Schmerzen im Gedächtnisse behalten würden. Unser
Herr erwiederte, er wolle allen denen, welche diese Andacht
üben würden, vier besondere Gnaden verleihen. Die erste
war eine vollkommene Reue über alle ihre Sünden einige
Zeit vor dem Tode; die zweite war ein besonderer Schutz

in der Todesstunde; die dritte sollte darin bestehen, die
Geheimnisse der Passion tief der Seele eingeprägt zu haben,
und die vierte sollte eine besondere Macht der Fürbitten
Mariens sein zu ihren Gunsten. Die heilige Brigitta erzählt in dem 7ten Buche ihrer Offenbarungen, daß sie in
einer Vision in der Kirche von St. Maria Maggiore zu
Rom den unermeßlichen Werth sah, den man im Himmel
auf die Schmerzen Mariens legte. Der gottseligen Dominikanerin Benvenuta war es verliehen, in ihrer Seele
den Schmerz zu empfinden, den Maria in den drei Tagen
litt, als sie den Knaben Jesus verloren hatte. Die gottselige Veronika von Binasco hatte mehrere Offenbarungen
in Betreff dieser Andacht. In einer derselben sagte unser
Herr, wie die Bollandisten erzählen, daß Thränen, über
die Schmerzen seiner Mutter vergossen, ihm angenehmer
seien, als die, welche über sein eigenes Leiden vergossen
werden. In gleicher Weise berichtet Gianius in seiner
Geschichte der Serviten, daß er, als Innocenz IV. auf
den apostolischen Stuhl erhoben wurde, einige Unruhe
fühlte wegen des neuen Ordens der Serviten Mariens.
Es gab mehrere falsche und unächte Orden, welche die
Kirche damals beunruhigt hatten, z. B. die Armen von
Lyon, die sogenannten apostolischen Menschen, die Flagel-
lanten und die Anhänger des Wilhelm von St. Amour,
und dem Papste lag sehr daran, sich zu versichern, ob die
unlängst in der Nähe von Florenz eingeführten Serviten
nicht von derselben Art wären, wie diese. Er beauftragte
daher den heiligen Petrus Martyr, einen Dominikaner, die
Sache zu untersuchen. Die seligste Jungfrau erschien dem
Inquisitor in einer Vision. Er sah einen hohen Berg mit
Blumen bedeckt und im Lichtglanze schwimmend, und auf
der Spitze desselben saß die Mutter Gottes wie auf einem
Throne, während Engel ihr Blumenkränze darboten. Nachher brachten sie ihr sieben Lilien von außerordentlicher Weiße,

die sie einen Augenblick in ihren Busen steckte, und dann
wie ein Diadem um ihr Haupt flocht. Diese sieben Lilien
waren, wie sie die Vision dem Petrus erklärte, die sieben
Stifter der Serviten, denen sie es selbst eingegeben hatte,
den neuen Orden zu Ehren der Schmerzen zu stiften, die
sie bei dem Leiden und Tode Jesu litt. Als die heilige
Katharina von Bologna einst bitterlich über die Schmerzen
unserer Mutter weinte, sah sie plötzlich sieben Engel in
ihrer Nähe auch weinen und ihre Thränen mit den ihrigen
mischen. Es wäre nicht schwer, ein ganzes Buch von
Visionen und Offenbarungen über die Schmerzen Mariens
zusammenzutragen. Der Leser wird eine Menge derselben
namentlich in zwei Büchern finden, die man sich beide
leicht verschaffen kann, nämlich in Marchese's „Diario di
Maria" und in Sinischalchi's „Martyrium des Herzens
Mariä"; der erstere war ein Oratorianer und der andere
ein Jesuit.

Diese Andacht hat die höchste Gutheißung der Kirche
empfangen; denn sie hat sowol in das Missale als in das
Brevier Eingang gefunden. Zwei besondere Feste sind zu
Ehren dieser Schmerzen bestimmt; das eine fällt in den
September und das andere auf den Freitag vor der Char-
woche. Der Rosenkranz der sieben Schmerzen, sowie mehrere andere Andachten sind reichlich mit Ablässen versehen.
Unter diesen Andachten verdient Erwähnung: Die Hymne
Stabat Mater, ferner eine Stunde, die zu irgend einer Zeit
des Jahres mit der Betrachtung über die Schmerzen zugebracht wird, eine Andachtsübung zu Ehren ihres schmerzhaften Herzens, sieben Ave mit dem „Sancta Mater istud
agas", eine andere Andacht für die letzten zehn Tage des
Karneval und ein Gebet von einer oder einer halben Stunde
am Charfreitag und an andern Freitagen. Es fehlt also
der Genehmigung dieser Andacht nichts, und die Kirche hat
keine Mittel gespart, ihre Kinder zu derselben anzulocken.

Sie hat jedoch namentlich sieben von den Schmerzen
Mariens für unsere besondere Andacht auserwählt. Sie
hat dieselben mittelst Antiphonen in das Brevier eingefügt
und sie zu den sieben Geheimnissen des schmerzhaften Rosen-
kranzes gemacht. Es sind folgende: Simeons Weissagung,
die Flucht nach Aegypten, der Verlust des Knaben Jesus
in den drei Tagen, die Begegnung Jesu mit dem Kreuze,
die Kreuzigung, die Abnahme vom Kreuze, das Begräbniß
Jesu. So gehören nach der einen Art, sie einzutheilen,
drei der Kindheit Unsers Herrn an und vier seinem Leiden;
oder ein einziger Schmerz betrifft sein ganzes Leben, zwei
seine Kindheit und vier sein Leiden; oder ferner einer stellt
uns alle die dreiunddreißig Jahre vor, zwei das Jesuskind,
zwei den leidenden Jesus und zwei den gestorbenen Jesus.
Diese sieben sind geheimnißvolle Beispiele ihrer vielen andern Schmerzen, und wir werden vielleicht finden, daß sie
Vorbilder aller menschlichen Schmerzen sind. Die sieben
folgenden Kapitel werden daher nach einander diese sieben
Schmerzen betrachten und bei der Untersuchung von ihnen
allen die nämliche einfache und leichte Methode beobachten.
Jeder Schmerz wird unserer Betrachtung vier Punkte darbieten: 1. Die Umstände des Geheimnisses selbst; 2. seine
Eigenthümlichkeiten; 3. die Gemüthsstimmungen Mariens
in demselben und 4. die Lehren, die sich für uns daraus
ergeben. Ein neuntes Kapitel wird noch hinzu kommen
über das Mitleiden Mariens, um das Verhältniß zu erklären, in welchem es zu dem Leiden Jesu steht, ob es
einen Antheil an der Erlösung der Welt hatte und was
die wahre Bedeutung jener erstaunlichen Ausdrücke einer
Miterlöserin u. dgl. ist, die man zuweilen in approbirten
Schriftstellern über die Herrlichkeiten Mariens findet.

§. 7.

Der Geist der Andacht zu den Schmerzen Mariens.

Ehe wir jedoch dieses einleitende Kapitel schließen, scheint es nothwendig, etwas über den Geist dieser schönen und beim Volke beliebten Andacht zu sagen. Sie bringt in unserer Seele eine außerordentlich zarte Liebe zu Unserm Herrn hervor, verbunden mit der tiefsten Ehrfucht. Jesus verlangt von uns unsere Anbetung als Gott. Er spricht unsern unzweifelhaften Glauben an, an seine Güte und an den Ueberfluß seiner erlösenden Gnade. Er erwartet von uns eine vernünftige Ueberzeugung, daß unser ganzes Vertrauen auf Ihn gesetzt ist, und daß wir folglich unsere Pflichten gegen Ihn erfüllen und seinen Geboten gehorchen sollen; aber Er verlangt noch weit mehr als dieses; es liegt Ihm etwas noch viel näher am Herzen. Er sehnt sich nach unserer zärtlichen Liebe; Er wünscht uns allezeit mit den Herzen in den Händen vor Ihm zu sehen. Er möchte uns für sich gewinnen und uns mit Ihm durch die Bande der vertraulichsten und innigsten Zuneigung verbinden. Er will, daß wir unsere Interessen mit den seinigen und alle unsere Neigungen in Ihm vereinigen. Der Gedanke an Ihn sollte unsere Augen mit Thränen füllen und unsere Herzen mit Liebe entzünden. Sein Name sollte die süßeste Musik sein, die wir kennen, seine Worte die Gesetze unsers ganzen Lebens. Er wünscht, daß wir den genauen Betrag unserer wirklichen Verpflichtungen gegen Ihn gleichsam vergessen. In der That, wozu uns daran erinnern, wenn wir wissen, daß es unsere Macht übersteigt, sie zu erfüllen? Er will, daß wir Ihm bereitwillig, edelmüthig und im Ueberflusse die Triebe der Liebe zuwenden, und nicht, wie wenn das Leben des Glaubens ein Geist des Handels, die Wage der Gerechtigkeit, der Zoll der Dankbarkeit oder die weise Berechnung des Eigennutzes wäre. Wir sollten uns an Ihn anklammern, wie ein Kind sich an seine Mutter schmiegt. Wir sollten Ihm anhängen, wie einem Freund, dessen Abwesenheit wir nicht ertragen können. Wir sollten Ihn zärtlich in unsern Gedanken behalten, wie es manche zuweilen mit einem süßen Kummer machen, der für sie das sanfte und zur Ruhe einladende Licht ihres ganzen Lebens geworden ist. Die Art aber, wie die Schmerzen Mariens uns seine Leiden beständig vorhalten, hat eine besondere Kraft, diese zärtliche Liebe in uns hervorzubringen. Wir lieben Ihn, der in jeder Hinsicht unendlich zu lieben ist, in einer eigenthümlichen Weise, wenn Er sich im Herzen seiner Mutter abspiegelt, und obwol es durchaus nothwendig für uns ist, beständig seine Passion in all' der Blöße ihrer herzzerreißenden Umstände und in ihrer empörenden Schmach zu betrachten, — denn sonst werden wir nie einen wahren Begriff von der Gräßlichkeit der Sünde bekommen, — so liegt doch etwas in dem Leiden Jesu, wenn wir es durch Maria hindurch betrachten, was macht, daß wir uns selbst vergessen, und was in uns die größte Zärtlichkeit und die liebevollste Theilnahme für Unsern Herrn erregt. Die Gefühle, die durch die Passion an sich selbst erweckt werden, sind mannigfaltig und aufregend, während durch die Betrachtung der Schmerzen Mariens der Geist zärtlicher Liebe einzig und ausschließlich in uns herrschend wird.

Allein aus dieser zärtlichen Liebe entspringt auch ein großer Haß gegen die Sünde. Wenn Gott uns die Wahl ließe, welche von den großen und außerordentlichen Gaben, die Er seinen Heiligen verliehen, uns selbst mitgetheilt werden sollte, so könnten wir nichts Besseres thun, als um jenen tiefen Haß gegen die Sünde bitten, den sie besessen

haben. Es ist eine Gabe, die aller Vollkommenheit zu
Grunde liegt, und die übernatürliche Triebfeder aller Beharrlichkeit. Es ist zugleich die sicherste und die wirksamste
aller besondern Gnaden. Die Andacht zu den Schmerzen
unserer göttlichen Mutter ist ein großes Hülfsmittel, um
den Haß gegen die Sünde zur Gewohnheit zu machen,
und auch um ihn als eine Gnade zu verdienen. Die
Trübsal, welche durch die Sünde im Herzen der sündlosen
Mutter bewirkt wurde, und der Gedanke, daß ihre Schmerzen, nicht wie die Jesu, die Erlösung der Welt waren,
erfüllen uns mit Abscheu, mit Mitleid, mit Unwillen
und Vorwürfen gegen uns selbst. Nichts kann uns von
diesem Gedanken abziehen, wie es bei dem Opfer Unsers
Herrn der Fall ist, der auf diese Weise sein eigenes großes Werk vollführt, der Gerechtigkeit seines Vaters genug-
thut, die Erhöhung seiner heiligen Menschheit verdient und
selbst der Vater einer zahllosen Menge von Auserwählten
wird. Das Herz der Mutter blutet einfach deßhalb, weil
sie seine Mutter ist, und unsere Sünden sind es, die dasselbe so grausam bluten machen. Wir sind selbst ein Theil
des Schattens jener finstern Wolke, die so dunkel über
ihr makelloses Leben hinzieht. Wir können niemals umhin, an die Sünde zu denken, so lange wir jene sieben
Schwerter wie einen schrecklichen Bündel aus dem innersten Heiligthum ihres gebrochenen Herzens hervorsprin-
gen sehen.

Doch liegt auch etwas in den Schmerzen und sogar
in diesem Abscheu vor der Sünde, was macht, daß wir
uns selbst vergessen, ohne dadurch unsere Demuth im geringsten zu gefährden. Wir erheben uns von der Betrachtung derselben mit einem sehnlichen Verlangen nach der
Bekehrung der Sünder. Weil die Königin der Apostel
die Sünder unter Schmerzen zum Leben gebar, erfüllen
sie unsere Seele ganz mit apostolischen Trieben. Mag

dies eine verborgene Gnade fein, die fie mittheilen, oder
folgt es naturgemäß aus dem Gegenstande der Betrachtung, fo viel ift ausgemacht, daß es eine Lieblingsandacht
ift für alle Seelen, welchen die Bekehrung der Sünder
am Herzen liegt. Die Furcht, Jefum zu verlieren, der
unerträgliche Schmerz einer auch noch fo kurzen Trennung von Ihm, die Dunkelheit und der tiefe Kummer,
die fich einftellen, wo Er nicht ift, dies find die hervorragenden Charakterzüge an jedem jener fieben geheimnißvollen Schmerzen. Wie fern von Jefus ftehen Sünder, Ungläubige, Heiden! Wie ferne vom Anblicke des Kalvarienbergs find fie in der Irre umhergewandelt! Wie zahlreich
und wie fo theuer in mancher Hinficht find die verirrten
Wanderer! Was für ein unergründliches Elend ift die
Sünde! Und was für ein Kummer find für uns jene
luftigen Stimmen und heitern Geficter, die fich nicht um
diefes Elend bekümmern, fondern fingend ihres Weges
gehen, einer dunkeln Ewigkeit zu, als ob es zur Hochzeit
ginge! Wer kann ein fo großes Elend fehen und follte
nicht verlangen, es zu heilen? Die Sünde verurfachte
ferner all' jenes Leiden Unfers Herrn, alle diefe Schmerzen. Vielleicht vergißt fich eine Seele in der Hitze der Liebe
und denkt für den Augenblick, daß fie durch Verhinderung
einer Sünde Unferm theuerften Herrn eine Pein erfpa-
ren kann. Ift dies aber fo ganz ein Irrthum, ift es nur
eine Einbildung? Jedenfalls wird fie fich mit der Genugthuung befchäftigen, und es geht keine Genugthuung über
die Bekehrung eines Sünders. Die verlornen Schafe
werden zu Mariens Füßen gelegt werden, und fie wird fie
fanft aufheben und in die ausgeftreckten Arme des glücklichen Schäfers legen. Und wir werden niederfitzen und
weinen vor Freude, daß wir für Jefus und Maria etwas
thun durften; wir werden um keine Gnaden für uns felbft
bitten, fondern nur Ruhm, Preis und Liebe für fie fuchen.

dies eine verborgene Gnade sein, die sie mittheilen, oder
folgt es naturgemäß aus dem Gegenstande der Betrachtung, so viel ist ausgemacht, daß es eine Lieblingsandacht
ist für alle Seelen, welchen die Bekehrung der Sünder
am Herzen liegt. Die Furcht, Jesum zu verlieren, der
unerträgliche Schmerz einer auch noch so kurzen Trennung von Ihm, die Dunkelheit und der tiefe Kummer,
die sich einstellen, wo Er nicht ist, dies sind die hervorragenden Charakterzüge an jedem jener sieben geheimnißvollen Schmerzen. Wie fern von Jesus stehen Sünder, Ungläubige, Heiden! Wie ferne vom Anblicke des Kalvarienbergs sind sie in der Irre umhergewandelt! Wie zahlreich
und wie so theuer in mancher Hinsicht sind die verirrten
Wanderer! Was für ein unergründliches Elend ist die
Sünde! Und was für ein Kummer sind für uns jene
lustigen Stimmen und heitern Gesichter, die sich nicht um
dieses Elend bekümmern, sondern singend ihres Weges
gehen, einer dunkeln Ewigkeit zu, als ob es zur Hochzeit
ginge! Wer kann ein so großes Elend sehen und sollte
nicht verlangen, es zu heilen? Die Sünde verursachte
ferner all' jenes Leiden Unsers Herrn, alle diese Schmerzen. Vielleicht vergißt sich eine Seele in der Hitze der Liebe
und denkt für den Augenblick, daß sie durch Verhinderung
einer Sünde Unserm theuersten Herrn eine Pein ersparen kann. Ist dies aber so ganz ein Irrthum, ist es nur
eine Einbildung? Jedenfalls wird sie sich mit der Genugthuung beschäftigen, und es geht keine Genugthuung über
die Bekehrung eines Sünders. Die verlornen Schafe
werden zu Mariens Füßen gelegt werden, und sie wird sie
sanft aufheben und in die ausgestreckten Arme des glücklichen Schäfers legen. Und wir werden niedersitzen und
weinen vor Freude, daß wir für Jesus und Maria etwas
thun durften; wir werden um keine Gnaden für uns selbst
bitten, sondern nur Ruhm, Preis und Liebe für sie suchen.

Wer an Andacht zur Mutter Gottes zunimmt, nimmt an allem Guten zu. Seine Zeit kann nicht besser verwendet, seine Ewigkeit nicht unfehlbarer gesichert werden. Aber Andacht ist im ganzen mehr ein Wachsthum an Liebe, als an Verehrung, obwol sie nie von Verehrung getrennt ist, und es ist nichts an unserer göttlichen Mutter, was unsere Liebe wirksamer anspornt, als ihre Schmerzen. Voll Freude und Furcht schlagen wir unsere Augen nieder, wenn das helle Licht ihrer unbefleckten Empfängniß in seinem himmlischen Glanze sich über uns ergießt. Wir ermessen mit Ehrfurcht und Bewunderung die Tiefen ihrer göttlichen Mutterschaft. Ihre umfassende Erkenntniß, ihre erhabene Heiligkeit, ihre außerordentlichen Vorrechte erfüllen uns mit freudiger Bewunderung und zugleich mit ehrerbietiger Furcht. Es ist ein Jubel für uns, daß alle diese Dinge unserer eigenen Mutter gehören, deren Zärtlichkeit für uns keine Gränzen kennt. Aber manchmal werden wir müde, immer in das glänzende Angesicht des Himmels zu schauen. Selbst die Silberstreifen der Wolken thun unsern Augen wehe und sie blicken abwärts, um auszuruhen, und finden diese Ruhe im Grün der Erde. Der Mond ist schön, wenn er mit rosigem Golde seinen Kreis am Himmel beleuchtet, aber sein Licht kommt unsern heimwehkranken Herzen schöner vor, wenn es sich über Feld und Baum und rauschende Ströme und über den großen wogenden Ocean ergießt. Denn die Erde ist am Ende doch ein Aufenthalt, nach welchem man das Heimweh bekommen kann. Daher fühlt unsere Andacht, wenn die Theologie uns die Herrlichkeiten unserer Mutter in jenen erhabenen Geheimnissen kennen gelernt hat, gerade wegen ihrer Schwäche eine gewisse Anstrengung. O wie strömt nach einer langen Betrachtung über die unbefleckte Empfängniß die Liebe aus allen Poren unserer Herzen, wenn wir an jene beinahe mehr als sterbliche Königin denken, die

mit gebrochenem Herzen und mit blutbefleckten Händen
unter dem Kreuze steht! O Mutter, wir sehnten uns nach
mehr menschlichen Gedanken über dich, wir wünschten, dich
uns näher zu fühlen: wir können weinen vor Freude über
die Größe deines Throns, aber es sind keine solche Thränen, wie wir sie mit dir auf dem Kalvarienberge vergießen; sie bringen uns keine solche Ruhe. Aber wenn wir
wieder dein süßes betrübtes Angesicht, auf dem sich der
Kummer der Mutter spiegelt, wenn wir die Thränen deine
Wangen herablaufen, die Ruhe deines großen Wehes und
den blauen Mantel sehen, den wir schon so lange kennen,
dann scheint es, als ob wir dich gefunden, nachdem wir
dich verloren, und wie wenn du eine andere Maria wä-
rest, als jenes glorreiche Wunder im Himmel, oder wenigstens eine passendere Mutter für uns auf dem niedrigen
Gipfel des Kalvarienberges, als wenn wir jene unnahbaren Berghöhen des Himmels ersteigen! Siehe, wie die
zärtlichen Gefühle der Kinder mit neuer Liebe aus noch
unentdeckten Tiefen ihrer Herzen hervorbrechen, und ihre
nun einsam stehende Mutter mit einem Strom umfließen,
wie wenn sie dieselbe mit einer unerschöpflichen Quelle von
Thränen versehen und sie durch eine große breite Gränze,
welche die Liebe gezogen, vor dem Angriffe jeder neuen
Trübsal schützen wollten. Die Behausung des Schmerzes
ist immer eine Behausung der Liebe. Dies findet bei
uns statt hinsichtlich der Schmerzen Mariens. Einer von
den tausend Zwecken der Menschwerdung war Gottes Herablassung, um der Schwäche der Menschheit zu begegnen,
daß sie nicht immer wieder in Götzendienst verfiele, weil es
so schwer war, immer aufwärts zu blicken, stets unver-
wandt in den unnahbaren Glanz des Lichtes zu schauen.
So verhalten sich die Schmerzen Mariens zu ihren Herrlichkeiten. Die neue Kraft des Glaubens und der Andacht,
die wir durch Betrachtung ihrer himmlischen Größe gewonnen

gibt uns neue Fähigkeiten, zu lieben und alle unsere
Liebe, die alte wie die neue, sammelt sich um sie in ihrem
Leidenskampfe am Fuße des Kreuzes Jesu. Die Liebe zu
ihr wächst da am schnellsten. Es ist unsere Geburtsstätte.
Wir wurden hier ihre Kinder. Sie litt dies alles wegen
uns. Die Sündlosigkeit theilen wir nicht mit unserer
Mutter, aber den Schmerz; er ist das einzige, was wir
mit ihr theilen, das einzige, was wir miteinander gemein-
schaftlich haben. Wir wollen daher mit ihr niedersitzen
und mit ihr trauern; dann werden wir immer mehr zunehmen an Liebe, ohne dabei ihre Größe zu vergessen, —
o gewiß niemals! — Aber die Erinnerung an ihr unaussprechliches Martyrthum wollen wir mit der zärtlichsten
Vorliebe unserem Herzen einprägen!

Worin besteht das weise Leben anders, als darin,
die dreiunddreißig Jahre Jesu immer im Geiste wieder
durchzuleben? Was ist alles sonst anders als eine Zeitverschwendung, wo man sich nur um die Welt bekümmert
und sich auf Erden breit macht, wozu der Mensch kein
Recht hat? Wir sollten immer mit einem oder dem andern der Geheimnisse Jesu beschäftigt sein, unsere Gedanken darauf richten, im Geiste desselben handeln. Die
innern Stimmungen Unseres Herrn sind die große praktische Lebensweisheit und die einzige Wissenschaft, die allein,
was wir in der Zeit hervorbringen, in der Ewigkeit einen
Werth gibt. Die Art, wie wir diese Wissenschaft sowol
lernen als üben sollen, besteht darin, die Geheimnisse Jesu
zu erwägen oder vielmehr bei ihnen im Geiste Mariens
durch den Glauben persönlich gegenwärtig zu sein. Diese
Nachahmung Mariens muß das Geschäft des Christen
sein, so lang er lebt. Sie las immerfort in dem heiligsten Herzen Unseres Herrn; sah beständig wie in einem
Spiegel alle seine innern Gedanken und Gefühle, mochten
sie seinen Vater, sie selbst oder uns betreffen. Es gab

Zeiten, wo Er einen Schleier darüber zog, aber in der Regel schwebte ihr jene Vision beständig vor. So sagen die Offenbarungen der Maria von Agreda. Aber selbst wenn dies nicht so wäre, wer kann zweifeln, daß Maria Jesum verstand, wie es sonst niemand konnte, und daß sie enger und wahrer mit Ihm in Verbindung stand, als es irgend ein Heiliger vermochte? Daher zweifelt Niemand, daß ihre Theilnahme für Ihn in allen seinen Geheimnissen von der vollkommensten Art und mit ihrer vollendeten Heiligkeit im Einklange war. Wir müssen daher ihr Herz kennen lernen; wir müssen in ihre Gemüthsstimmungen eingehen suchen. Ein inneres Leben, nach dem ihrigen entworfen, ist, so schwach und entstellt auch die Copie im besten Falle sein muß, das einzige, was uns vor mannigfaltiger Täuschung bewahren kann. Aber nirgends können wir so tief in ihr Herz eindringen oder unserer Entdeckungen so gewiß sein, als durch die Betrachtung ihrer Schmerzen. Ueberdies ist das Feld zur Theilnahme an dem Geiste Jesu, das sie uns öffnen, weiter; denn so unermeßlich, ja sogar beständig beseligend seine Freude war, so zeichnete sich sein Leben doch mehr durch Schmerz als durch Freude aus. Der Schmerz war Ihm, so zu sagen, vertrauter als die Freude. Die Freude war die Begleiterin der dreiunddreißig Jahre; der Schmerz war ihr Charakter, ihr Werkzeug, ihr Fund dessen, was sie suchen sollten. So ist eine Theilnahme an dem Geiste Jesu durch den Geist Mariens der Geist der wahren Andacht zu den Schmerzen Unserer göttlichen Mutter. Diejenigen, welche einige Jahre ruhig unter ihrem Schatten gelebt, können sagen, wie sie beinahe an sich selbst eine Offenbarung sind.

Aber wenn wir von dem Geiste dieser Andacht sprechen, dürfen wir nicht unterlassen, auch von ihrer Macht zu sprechen. Wir dürfen nicht ausschließlich bei den geistlichen Wirkungen verweilen, die sie auf uns hervorbringt, ohne uns an ihre wirkliche Macht bei Gott zu erinnern. In dieser Hinsicht kann eine Andacht von einer andern verschieden sein. Die eine kann Gott angenehmer sein, sogar wo alle angenehm sind. Er kann der einen besondere Gnaden verheißen, die er einer andern nicht verheißen hat. Nun aber gibt es wenige Andachten, welchen Unser Herr mehr verheißen hat als dieser. Es ruht eine wahre Wolfe von Visionen und Offenbarungen auf derselben und folglich auch von Beispielen der Heiligen. Ueberdieß liegen Gründe dafür, daß es so ist, in der Natur der Andacht selbst. Wir wissen, was für ein mächtiges Gnadenmittel unsere gebenedeite Mutter ist und unsere Andacht zu ihr muß größtentheils ihre Gestalt entweder von ihren Schmerzen oder von ihren Freuden annehmen. In ihren Freuden aber ist, wie der heilige Sophronius sagt, Maria einfach ein Schuldner ihres Sohnes, während in ihren Schmerzen Er im gewissen Sinne ihr Schuldner ist. Der heilige Martyrer Methodius stellt dieselbe Lehre auf. Daher hat sie, wenn wir die Worte gebrauchen dürfen, welche heilige Schriftsteller schon vor uns angewandt haben, durch ihre Schmerzen Unserm Herrn gleichsam eine Verpflichtung auferlegt, die ihr ein Recht und eine Macht gibt, zu erlangen, um was sie bittet. Dennoch können wir, wenn wir an das heilige Herz Jesu denken, an die Unermeßlichkeit seiner Liebe zu Maria und an den großen Theil der Passion, den Er darüber empfand, daß Er sie so leiden sah, keinen Augenblick, ohne daß wir an eine Verpflichtung denken, den außerordentlichen Einfluß bezweifeln, den die Andacht zu ihren Schmerzen auf Ihn hat, eine Andacht, die Er selbst begann, eine Andacht, die wirklich einen besondern Theil seines ewig gebenedeiten Leidens bildete. Wir ziehen Ihn zu uns hin, sobald wir anfangen, an die Schmerzen seiner Mutter zu denken. Er kommt, wie der heilige Anselm sagt, jenen zuvor, die die Schmerzen seiner Mutter andächtig betrachten. Und bedürfen wir keine Macht im Himmel? Was für eine große Aufgabe haben wir an unserer Seele zu erfüllen, und wie wenig davon ist bereits geschehen! Wie gering ist der Eindruck, den wir auf unsere herrschende Leidenschaft, auf unsere Lieblingsünde gemacht haben! Wie oberflächlich ist unser Geist des Gebets, wie kindisch furchtsam unser Geist der Buße, wie vorübergehend sind unsere Augenblicke der Vereinigung mit Gott! Wir bedürfen der Kraft, der Entschiedenheit, der Standhaftigkeit, der Festigkeit und eines kühneren Strebens nach dem Himmlischen; kurz unser geistiges Leben bedarf einer Macht. Und hier ist eine Andacht, so kernhaft und wirksam, daß sie im höchsten Grade darauf berechnet ist, uns diese Macht zu verleihen, sowol durch die männlichen Entschlüsse, die sie in der Seele hervorbringt, als durch den wirklichen Einfluß auf das Herz Unsers Erlösers. Wer, der die Heiligen wohl betrachtet und sieht, was diese Andacht für sie gethan, wird nicht sein Möglichstes thun, um sie in sich selbst zu pflegen?

In den Angelegenheiten dieser Welt kommt die Beständigkeit mit dem Alter; aber wer hat nicht empfunden, daß es in geistlichen Dingen nicht so ist? Ach, hier ist die Inbrunst Beständigkeit und diese dauert zu oft nur eine Weile; wenn wir einige Jahre unsern Weg eingehalten haben, so werden wir immer müder; die Vertraulichkeit bringt die Neigung mit sich, sich selbst manches nachzusehen. Unsere Gewohnheiten werden locker, wie wenn die Zähne eines Rades abgenützt sind und nicht mehr eingreifen wollen. Unser Leben wird ungleich und unwahr, wie eine Maschine, die nicht mehr in der Ordnung ist. So finden wir, daß wir, je länger wir beharren, um so mehr der Standhaftigkeit bedürfen. Denn siehe! während wir fest auf das Sprichwort von der Gewohnheit vertrauten

und träumten, das Alter werde ganz natürlich die männ-
liche Reife mit sich bringen, ist gerade das Gegentheil der
Fall gewesen. Wenn es leicht erreichbare geringe Dinge
betrifft und unwürdige Zugeständnisse, wo man sich leicht
selbst vieles nachsieht, mit einem Worte, in allen Dingen,
die den zweiten Rang einnehmen, da ist die Macht der
Gewohnheit stark genug, ja man kann sich ganz darauf
verlassen; aber in dem, was das Beste ist, in der Anstrengung, im Kämpfen, im Ausdauern, im Beharren, scheinen
wir immer unzuverlässiger, launenhafter, unregelmäßiger
und schwächer zu werden, als wir vorher waren. Eine
schlimmere Schwäche, als die der Jugend, überfällt uns
wieder; ich sage schlimmer, weil sie weniger Hoffnung gibt;
schlimmer, weil die Zeit die alte Schwäche geheilt haben
sollte, und nun bringt die Zeit diese Schwäche wieder;
schlimmer, weil sie uns sorgloser macht; denn wir haben
uns an den Gedanken gewöhnt, daß wir zuviel versuchten,
als wir jung waren, und daß die Klugheit auf eine nied-
rige Höhe hinweise, wo die Luft milder ist und besser zum
Athmen. Fühlen ferner nicht einige von uns, daß die
Welt für uns anziehender wird, je älter wir werden? Es
sollte nicht so sein, aber es ist so! Dieß kommt von der
Lauigkeit. Das Alter verlernt viele Dinge, aber wehe,
wenn es die Thatkraft verlernt, wenn es die Hoffnung
verlernt! Ruhe ist viel werth; es ist das große Bedürfniß des Alters, aber wir dürfen uns nicht niederlegen, ehe
unsere Zeit gekommen ist. Ach wie oft hat die glühende
Jugend die Welt in der Mitte des Leben zu ihrem Bette
gemacht, und wenn endlich die Welt unter ihr wegschlüpfte,
wohin ist sie gefallen? Wenn wir nur in dem entnerven-
den Kreise häuslicher Liebe oder gar im Wirbel der Welt
leben, dann müssen wir mit Jesus im Geiste Mariens
leben, oder wir sind verloren. Lasset uns dies in der
zunehmenden Andacht zu ihren Schmerzen lernen. Wenn

wir niederliegen, um zu ruhen, so überreden wir uns, daß es nur für einen Augenblick sei und daß wir nicht einschlafen werden. Aber wenn nur dieses rührendste Ereigniß, welches die Geschicke der Menschheit jemals den Menschen vorgestellt haben, in unsern Ohren ertönt und an die Thüren unsers Herzens klopft, dann wird es in uns eine beständig fließende Quelle werden, die uns am besten von aller Anhänglichkeit an die Welt reinigt. Erschlaffung wird unmöglich werden, Vergessenheit übernatürlicher Dinge wird uns unbekannt sein; wir werden fühlen, daß die Ruhe eine Weile angenehm wäre, aber wir werden die Versuchung mit Verachtung zurückweisen. Maria wird uns lehren, unter dem Kreuze zu stehen.

Zweites Kapitel.

Der erste Schmerz. Die Weissagung des heiligen Simeon.

Nirgends im alten Testamente scheinen wir Gott so nahe zu kommen, als im Buche Job. Nirgends ist Er furchtbarer in's Geheimniß gehüllt oder schrecklicher in seinen Rathschlüssen in Betreff der Menschenkinder, und doch ist Er nirgends offenbarer oder zärtlicher unser Vater. Dieß kommt daher, weil das Geheimniß des Leidens darin geschildert ist. Weil alles so menschlich ist, scheint es uns so weit in das Göttliche hineinzuführen. Weil es die äußerste Prüfung des Geschöpfes ist, wirft es sich um so vollständiger in die Arme des Schöpfers. Die Leiden Jobs sind im alten Testamente, was die Passion Unsers Herrn im neuen, und das eine war eine absichtliche Vorbedeutung des andern. Wenn wir auf die Schmerzen unserer göttlichen Mutter zu sprechen kommen, so erinnern wir uns an das rührende Bild der Freunde Jobs, als sie von seinem Unglück hörten und kamen, ihn zu besuchen. „Als

sie ihre Augen erhoben, kannten sie ihn nicht, und riefen
laut auf und weinten und zerrissen ihre Kleider und streu-
ten Staub über ihr Haupt gen Himmel. Und sie saßen
mit ihm auf der Erde sieben Tage und sieben Nächte und
keiner sagte ein Wort zu ihm; denn sie sahen, daß der
Schmerz sehr groß war." Sie wußten, daß Stillschweigen
der beste Trost sei. Es gab nichts, was das Herz des
Trauernden so rühren konnte, als der Umstand, daß seine
Freunde das Uebermaß seiner Trübsal zu würdigen verstanden. Als sie endlich sprachen, reizten sie ihn zum
Aerger. Der Zauber ihrer tröstlichen stillen Gegenwart
war dahin. Das Mitgefühl artete in einen Streit aus,
und ein Streit, der nicht überzeugte, konnte nur mit Vorwürfen endigen. Sie mehr als Job selbst „verhüllten den
Rathschluß mit ungeschickten Reden". Aber noch wunderbarer als dies Schweigen der Freunde Jobs, war das
Schweigen Jesu am Kreuze, welcher ein eigenes inneres
Martyrthum tief empfand wegen der Schmerzen seiner
Mutter. Er sprach kein Wort zu ihr, als das einzige,
womit Er sie dem heiligen Johannes übergab. Keine Rede
voll himmlischer Weisheit, kein Ausdruck kindlicher Zärtlichkeit, keine Anerkennung, daß Er ihre Leiden sah und
fühlte, kein Segen voll Gnade und Stärkung traf ihr Ohr,
als Er am Kreuze hing. In Wahrheit bedurfte sie nichts
von all' dem. Sie sah sein Herz, sie verstand ihren Sohn.
Sie war zu dieser Zeit wunderber an die Wege Gottes
gewohnt. Schweigen war seine Andacht zu ihren Schmerzen, gerade wie Schweigen die Herrlichkeit ihres Leidens
war. Das Stillschweigen war in der That etwas Wunderbares bei Jesus und Maria, ja es war beinahe das
Zwiegespräch, das sie dreiundbreißig Jahre lang mit einander gehalten hatten. Aber sein Schweigen war das Schweigen eines vollen Herzens, und um etwas von jener Fülle
müssen wir Ihn bitten, wenn wir die Schmerzen seiner

Mutter betrachten. Wir können uns von ihnen keinen
rechten Begriff machen, wenn Er uns nicht zu der Wahrheit verhelfen will, alles, was wir verlangen, ist ein einziger Funke dessen, was in jenen stillen Stunden in Ihm
brannte; ein einziger Funke würde hinreichen, um unser
Herz in Flammen zu setzen und uns für den Rest des
sterblichen Lebens mit der heftigsten Liebe zu verzehren.
Er muß unser Vorbild in der Theilnahme für Maria sein,
wie Er es sonst in allen Dingen ist. Wie alle übrige
Heiligkeit lehrte Er selbst uns die Andacht zur heiligen
Mutter, sowol durch Wort, als durch Beispiel.

Vierzig Tage waren verflossen, seitdem die Engel um
Mitternacht sangen. Maria und Joseph waren unterdessen
tief in göttliche Geheimnisse eingeführt worden. Die Hirten hatten das neugeborene Kindlein angebetet, die drei
Könige ihre mystischen Gaben Ihm zu Füßen gelegt, und
der neue Stern war im Dunkel des nächtlichen Himmels
verschwunden. Die Welt ging ihren Gang, wie gewöhnlich. Jeden Morgen gab es politische Neuigkeiten in Rom,
jeden Morgen philosophische Disputationen in den Schulen
Athens. Die Karavanen zogen aus den Thoren des weißen Damaskus aus und ein, und die Sonne schien auf
den in Krümmungen dahinfließenden Orontes zu Antiochien
wie sonst. Die kaiserlichen Beamten fertigten ihre Bücher
und Listen zu Jerusalem, und Joseph und Maria waren
Posten in der Berechnung der Besteuerung des Landes.
Nach dem gewöhnlichen Laufe der Dinge und gemäß dem
Gesetze hatte am ersten Januar Jesus zum ersten Mal
sein Blut vergossen. Wie viel war seit dem 25. December vorgegangen! Seit jenem Tage war der Schöpfer in
seiner eigenen Schöpfung sichtbar gewesen, obwol beinahe
unter der Erde, in einer Art Höhle oder einem natürlichen
Stalle für das Vieh. Nun war der zweite Februar gekommen. Joseph und Maria verlassen mit dem Kinde den

Ort, wo jene vierzig Tage so schnell verflossen sind wie
eine himmlische Vision. Sie gehen am Rande des schmalen Hügels hin, auf den die Stadt erbaut ist. Die aus-
geputzten Weingärten an den Abhängen haben noch kaum
begonnen, ihre Frühlingsthränen zu weinen, wo das Reb-
messer sie verwundet hat, aber die Kornfelder, wo Ruth
Aehren las, sind grün und der klare Sonnenschein des
jungen Frühlings spielt um die grauen Felsen bei Rachels
Grab. Die Dächer der heiligen Stadt sind sichtbar und
der glorreiche Tempel glänzt vor allem hervor. Nach jenem
Tempel, seinem eigenen Tempel, ging Gott jetzt sichtbar
als ein Kind.

Maria hatte zwölf Jahre ihres von Sünde unbefleckten Lebens in den Vorhöfen des Tempels zugebracht. Da
hatte sie äußerlich ihre Jungfrauschaft Gott geweiht, die
sie in dem ersten Momente ihrer unbefleckten Empfängniß
gelobt. Da dachte sie über die alten heiligen Schriften
nach und lernte die Geheimnisse vom Messias kennen. Sie
kehrte jetzt wieder dahin zurück noch als Jungfrau, aber
— o Geheimniß der Gnade! — auch als Mutter mit
einem Kinde. Sie kam, um gereinigt zu werden, sie, die
reiner war, als der frischgefallene Schnee des Libanon.
Sie kam, um ihr Kind Gott darzubringen und that für
den Schöpfer, was kein Geschöpf, als sie selbst vermochte,
— sie gab Ihm eine Gabe, die vollkommen Ihm selbst
gleich war. Als der zweite Tempel gebaut wurde, erhoben die Aeltesten des Volkes ihre Stimmen und weinten,
weil seine Herrlichkeit der Herrlichkeit des ersten nicht gleich
war; aber der erste Tempel hatte nie einen solchen Tag
gesehen, wie jener war, der jetzt über dem Tempel des
Herodes aufging. Die Glorie des Allerheiligsten war nur
ein Sinnbild der wirklichen Glorie, die Maria jetzt auf
ihren Armen dahintrug. Sie hatte aber zwei Opfer bei
sich. Sie trug das eine und Joseph das andere, sie trug

ihr Kind und er das Paar Turteltauben oder zwei junge
Tauben für ihre Reinigung. Manche sahen sie vorübergehen, aber es war nichts Auffallendes an ihnen, nichts
besonders Anziehendes für die Augen der Beschauer. So
ist es immer, wo Gott ist. Nur da Er sichtbar ist, ist Er
in Wahrheit gerade so unsichtbar, wie Er es immer war,
nur nicht für den Glauben und für die Liebe.

Andere zogen auch dem Tempel zu zum Morgenopfer,
unter ihnen der greise Simeon. Die Blüthen des Grabes waren dicht auf sein Haupt gestreut. Er hatte seine
eigene Zeit überlebt mit ihren Menschen und Dingen,
ihren Sympathien und Verbindungen. Er war nicht mit
dem Zeitgeiste verwachsen, er stand über seiner Politik und
hielt sich von den Streitigkeiten der Pharisäer und Saddu-
zäer ferne. Die Welt schien ihm immer unerträglicher
böse zu werden und immer weniger ein Platz für ihn,
immer weniger ein Aufenthalt für lebensmüde Seelen zu
sein. Aber Eines zu sehen, hatte er sehnlichst verlangt.
Er wollte lieber den Himmel aufgeschoben wissen, wenn
er nur jenen Anblick auf Erden sehen dürfte, — den Christus! Gott hatte ihm versprochen, daß es so sein sollte.
„Er hatte eine Antwort von dem heiligen Geiste empfangen,
daß er den Tod nicht sehen sollte, ehe er den Gesalbten
des Herrn gesehen." Er kam an jenem Tage zum Morgenopfer; ob hellsehend oder mit einer Vorahnung oder einem
ungewohnten Feuer in seinem Herzen, wer kann das sagen?
Es war auch an jenem Morgen noch eine andere Person
im Tempel, eine Wittwe von vierundachtzig Jahren, die
Tochter Phanuel's, vom Stamme Aser, aus der mit Oli-
ven bepflanzten Ebene von Acre, an welcher das westliche
Meer da und dort sanfte Krümmungen bildet. Der Geist
der Weissagung ruhte auf ihr. Sie brauchte nicht zum
Tempel zu kommen, denn sie trennte sich nie von demselben, indem sie Gott Tag und Nacht diente mit Fasten

und Gebet. Und nun sind Maria und Joseph mit dem
Kinde eingetreten. Was für Vorbereitungen hat Gott nicht
in seiner Barmherzigkeit gemacht für jene hohe Feier im
Tempel am zweiten Februar? Wie viele Gnaden haben
den greisen Simeon heiligen müssen! Was für lange Jahre
der Abtödtung und was für große Höhen des Gebets sind
der Seele Anna's bekannt? Mehr Arbeit wurde auf die
Seele Josephs verwendet, als auf die Schöpfung der Welt.
Maria ist die auserlesene Trophäe der göttlichen Herrlichkeit. Ganze Bände sind über ihre Gaben, ihre Gnaden
und ihre innern Schönheiten geschrieben worden, und doch
wie wenig wissen wir davon! Ferner ist das Wort da, das
Fleisch geworden, das die schweigenden Engel des Tempels
mit bebender Ehrfurcht anbeten, als es die Schwelle seines irdischen Hauses überschreitet. Sah man das Auge
des Kindes aufleuchten, als es von seinem Tempel Besitz
nahm? Gingen die Lichter im Allerheiligsten aus, nun
da der Allerheiligste außerhalb des Vorhangs ist, thronend
auf den Armen einer sterblichen Mutter?

Maria brachte ihr Opfer dar, und „verrichtete alle
Dinge nach dem Gesetze des Herrn". Denn der Geist
Jesu war ein Geist des Gehorsams und obwol der Glanz
englischer Unschuld matt war neben ihrer fleckenlosen Reinigkeit, gehorchte sie doch dem Gesetze Gottes in der Ceremonie ihrer Reinigung um so bereitwilliger, da es in der
That eine Verheimlichung ihrer Gnaden war. Aber sie
trug auch in ihren Armen ihre wahre Turteltaube, um
für Ihn gleichfalls zu thun, was nach dem Gesetze Gewohnheit war. Sie legte Ihn in die Arme des greisen Priesters Simeon, wie sie es seitdem in der Vission so vielen
Heiligen gethan, und das volle Licht brach über Simeon's
Seele herein. Mit seinen altersschwachen Armen umschlang
er seinen Gott. Er trug das ganze Gewicht seines Schöpfers und stand doch aufrecht da. Der Anblick jenes kind-

lichen Antlitzes war nichts Geringeres, als die Glorie des
Himmels. Der heilige Geist hatte sein Versprechen gehalten. Simeon hatte den Gesalbten des Herrn gesehen, ja
er hielt Ihn in jenen Augenblicken in den Händen. O
glückseliger Priester, abgezehrt von Alter, müde der langen Jahre des Wartens auf den Trost Israels, noch am
Leben erhalten in Tagen, die mit deinem Geiste nicht im
Einklange standen, gerade wie es dem heiligen Evangelisten
Johannes nach dir erging! Er, der dich schuf, der dich
bald richten wird, den du jetzt so zärtlich in deinen Armen
hältst, muß die Stärke seiner Allmacht in dein Herz gesandt
haben, sonst würdest du nie im Stande gewesen sein, die
Fluth der starken Freude zu ertragen, die in jenem Augenblicke deinen Geist durchwogte. Betrachte Ihn noch einmal, siehe jene rothen Lippen, die so bald dein Urtheil
ewigen Lebens sprechen sollen. Entzünde dein Herz an
dem Feuer jener kleinen Augen. Es ist der Christus!
O wie viele Weissagungen sind erfüllt! Die Geschichte der
Welt findet nun ihren Abschluß. Der Schöpfung wird
nun die Krone aufgesetzt. Die lange Sehnsucht von Patriarchen, von Königen und Propheten war Jahrhunderte
hindurch auf die Schönheit jenes kindlichen Antlitzes gerichtet. Du hast den Christus gesehen. Alles ist in jenem
Worte enthalten. Der Anblick war der Himmel, die Erde
hat nichts mehr mit dir zu schaffen. Es wäre am besten,
wenn sie sich so schnell als möglich unter deinen Füßen
aufthun würde, und dich hinabsinken ließe in den unendlichen Schooß deines Vaters; die Schönheit seines Sohnes
kann dich vielleicht tödten und du stirbst des sanftesten und
schönsten Todes.

Es ist hart für ihn, sich von jener süßen Bürde auf
seinen Armen zu trennen. In jenem hohen Greisenalter
haben die Schleußen des Gesanges sich in seiner Seele
eröffnet und in der Stille des Tempels singt er sein Nunc

dimittis, gerade wie Zacharias sein Benediktus sang und
Maria ihr Magnificat. Ein Jahrhundert um das andere
wird den Gesang aufnehmen. Alle Poesie der christlichen
Lebensmüdigkeit liegt in ihm. Er verleiht der himmlischen
Losschälung von der Welt, wie zahllose Heilige sie empfunden, einen Ausdruck. Er ist des Herzens Abendlicht nach
den Arbeitsstunden des Tags für Millionen und Millionen von Gläubigen. Selbst die letzte Complet, welche die
Kirche singen wird vor der Mitternacht, wenn das letzte
Gericht beginnt und der Herr vom leuchtenden Aufgange
her über die Finsterniß hereinbricht, wird von der melodischen Lieblichkeit des rührenden Gesanges Simeon's über-
fließen. Joseph war sogar damals von einer Extase heiliger Bewunderung ergriffen. Selbst Maria „wunderte
sich" über die so tiefen, so schönen und so wahren Worte;
denn sie wußte, wie sonst niemand, wie wunderbar ihr
Knäblein in der That das Licht der ganzen Welt war.
Und als sie in ihrer Demuth niederkniete, um den Segen
des greisen Priesters zu empfangen, hatte er Jesum noch
in seinen Armen, als er sie segnete und machte er mit
dem Kinde über sie das Zeichen des Kreuzes, wie bei einer
christlichen Benediktion, oder hatte sie Jesum auf den
Armen und hielt Ihn vor die Füße seines eigenen Geschöpfes, um einen Segen zu erlangen? In jedem Falle,
wie wunderbar das Geheimniß! Aber was für ein seltsamer Segen für dich, glückliche, sündlose Mutter! Es ist
eine andere Poesie in Simeon, als jene Lichtstrahlen, die
erst vor kurzem noch von Ihm ausgingen. Eine andere
Musik erklingt nun in Mariens Ohren, die schreckliche
Musik der finstern Weissagung, welche der heilige Geist aus
seinem Heiligthum im Herzen des betagten Priesters er-
tönen läßt, und wir möchten gerne glauben, daß Simeon
Jesum in seinen Armen hielt, als er sie aussprach, weil
er mit den Worten beginnt: „Siehe, dieses Kind ist gesetzt

zum Falle und zur Auferstehung vieler in Israel, und zu einem Zeichen, dem man widersprechen wird. Und deine Seele wird ein Schwert durchdringen, damit die Gedanken vieler Herzen offenbar werden."

Simeon schwieg, aber in der Seele Mariens ging eine unerklärbare Veränderung vor. Vielleicht erfuhr sie jetzt, was sie früher nicht gewußt hatte; aber wahrscheinlicher wurde sie damals nur auf eine andere Weise damit bekannt. Dennoch war es eine Veränderung, eine Gnadenwirkung, eine neue Heiligung, ein unermeßliches Werk Gottes. Eine klare Vision aller ihrer Schmerzen, namentlich der ganzen Passion prägte sich mit ihren geringsten Einzelnheiten augenblicklich ihrer Seele ein, und ihr unbeflecktes Herz wurde von einem Meer von Schmerzen überfluthet, die sowol der Art, als der Heftigkeit nach übernatürlich waren. Es schien, als ob die Vision gerade von dem Angesichte Jesu herkäme, als ob seine Augen dieselbe in sie hineinspiegelten und sie daselbst eingruben. Sie sah sein Herz ganz entschleiert mit allen seinen innern Gedanken und Gefühlen. Es war, wie wenn die Inkarnation wieder über sie gekommen wäre, aber in einer andern Weise. Sie wurde zu neuen Höhen der Heiligkeit erhoben, sie betrat eine andere unermeßliche Region ihres Antheils als die Mutter Gottes. Sie war dieselbe Maria und doch eine andere, als jene, die erst vor kurzem in den Tempel eingetreten war. Aber sie zeigte keine Ueberraschung über diese wunderbare Veränderung, kein schwaches Zittern, keine Unruhe des Geistes. Ihr unerschütterter Friede wurde noch stärker wegen der Welt voll Bitterkeit, die in ihn eingedrungen war. Das Licht der Welt hatte aufgeflammt auf den Armen Simeon's, in Simeon's Gesang, und dann folgte eine Dunkelheit, tiefer, dichter und handgreiflicher, als die Aegyptens. Plötzlich fand sie sich aus dem Sonnenscheine Bethlehems mitten in die Finsterniß auf Golgatha versetzt,

und sie war so ruhig, wie vorher, mit einer Würde, die
sich nicht in Erstaunen setzen ließ, mit der Ruhe unaussprechlicher Liebe, mit der Kraft der göttlichsten Vereinigung und mit dem Schwerte, das gerade durch ihr gebrochenes Herz hindurch ging und da bleiben sollte achtundvier-
zig Jahre lang, und wenn dann Jesus es aus der Wunde
zieht, wird sie zu Tod bluten vor Liebe.

Sie hörte Anna in den Tempel kommen und Jesum
als ihren Gott anerkennen. Sie vernahm die Worte,
welche die hochbetagte Prophetin über Ihn zu jenen sprach,
„die auf die Erlösung Israels warteten." Sie war sorgfältig darauf bedacht, daß die geringsten Dinge, welche das
Gesetz verordnete, gehorsam erfüllt würden, und dann kehrte
sie mit Joseph und dem Kinde zurück nach dem grünen
Thale von Galiläa, nach den steilen, abschüssigen Straßen
des abgelegenen Nazareth, mit dem Schwerte, jenem scharfen Schwerte des heiligen Geistes in ihrem Herzen. Seit
sie im December ihre Heimath verlassen, wieviel hat sich
zugetragen! Aber die untergehende Sonne blickt auf Nazareth, seine weißen Hütten vergoldend, wie wenn sich gar
nichts verändert hätte. O wie grausam erscheint die unwandelbare Natur einem Herzen, mit dem auf einmal
ohne sein Zuthun eine solche Veränderung vorgegangen ist!

Dies ist das Geheimniß des ersten Schmerzes unserer
Mutter. Wir wollen nun zur Betrachtung seiner Eigenthümlichkeiten übergehen. Die Zeit, zu welcher er kam,
die Handlung, mit welcher er sie beschäftigt fand, sind
merkwürdig. Sie hatte gerade Gott eine Gabe gegeben,
die Ihm selbst gleich war. Nie war Ihm ein solches
Opfer dargebracht worden, seitdem die Schöpfung begann;
nie kann es wieder ein solches geben, nur Wiederholungen
des nämlichen. Sie hatte auf diese Art alle Anbetung
der Engel übertroffen und mußte wohl, daß sie, indem sie
Jesum Gott zurückgab, Ihn von sich selbst wegab. Ihre

Belohnung folgte augenblicklich; es war ein unaussprechlicher, lebenslänglicher Schmerz. So ist die Weise Gottes. Dieser erste Schmerz enthüllt uns einen der allge-
meinsten, übernatürlichen Grundsätze, welche sein Verfahren gegen seine Heiligen kennzeichnen. Irdische Schmerzen
sind die Wurzeln himmlischer Freuden. Ein Kreuz ist
eine angefangene Krone; Leiden sind den Heiligen lieber,
als irdische Wohlfahrt; denn sie sind Christo ähnlich geworden. Sie haben seinen Geschmack, seine Neigungen, sie
dürsten nach Leiden, weil in ihnen etwas liegt, was die
Vereinigung mit Gott befördert. Sie löschen die trügeri-
schen Lichter der Welt aus und Dunkelheit ist das Licht,
wodurch wir Gott am besten unterscheiden können. Ueberdies zeigt die Unermeßlichkeit des Schmerzes und die augenblickliche Schnelligkeit, womit er auf ihre Opfergabe folgte,
die außerordentliche Heiligkeit unserer gebenedeiten Mutter.
Gott legte ihr ein Kreuz auf, wie sie es tragen konnte;
auch war kein Grund da zur Zögerung; sie bedurfte keiner Vorbereitung, keiner allmähligen Wirkung innerer Gnaden, keiner aufsteigenden Leiter von kleinern Kreuzen. Eine
ganze Welt der Schmerzen konnte sogleich auf sie herein-
fallen. Sie war dazu bereit und stand unerschütterlicher,
als die Hügel, die Jerusalem rings umgaben. O wer
hätte es sich jemals träumen lassen, daß menschlicher Starkmuth der göttlichen Allmacht so ähnlich sein könnte!

Hinfort wurde jede Handlung ein Leiden, jede Quelle
der Freude ein Brunnen der Bitterkeit. Es gab keinen
verborgenen Winkel in ihrer Seele, wohin die Bitterkeit
nicht drang. Jeder Blick auf Jesus, jede Bewegung, die
er machte, jedes Wort, das er aussprach, — alles erregte,
verstärkte und verbreitete die Bitterkeit, die in ihr war.
Selbst der Verlauf der Zeit war Bitterkeit; denn sie sah
Gethsemane und den Kalvarienberg auf dem Strome derselben immer näher kommen. Jede Stellung und Haltung

des Leibes, in welcher sie ihren geliebten Sohn erblickte, gleichviel, wie natürlich oder, wie wir sagen würden, wie zufällig sie war, hatte etwas Auffallendes an sich, was in der Passion vorkommen sollte. Er war für sie ein beständiges Studium für die Passion, ein Modell, das sie immer vor sich hatte. Wenn ein Zimmermannsgeräthe seine flache Hand drückte, sah sie die Wunde der Nägel daselbst. Die weiße Stirne des Knaben kam ihr oft vor, wie wenn sie einen Kranz von rosigen Punkten um sich hätte, wo einst die Dornen sein sollten. Die stachlichen Gesträuche, womit die Bewohner Nazareth's Gartenhecken machten, erinnerten sie stets an die Dornenkrone. Das Leiden Unseres Herrn war für sie eine unvermeidliche Vision geworden, die ihr immer vor Augen schwebte, und von der sie nicht wegsehen konnte. Sie konnte weder zur Rechten noch zur Linken jener Erscheinung blicken, die wie ein blutrother Sonnenuntergang ihr ganzes Gesichtsfeld einnahm. Nie gab es eine so seltsame Alchemie des Lebens. Alles in ihr verwandelte sich in Bitterkeit. Die hellsten Freuden wurden für sie die herbsten Leiden und dies war besonders der Fall, wenn die Sonne am glänzendsten schien und das Herz der Mutter sich ihrem heitern Lichte und ihrer wohlthätigen Wärme öffnete. Wir könnten nicht fünf Minuten das Leiden ertragen, das sie damals aushielt, und das ihrige dauerte Lebenslang. Sie gehörte dem Schmerze an; er hatte ihr Leben unter seine dunkeln Fluthen hinabgezogen. Ihr Leben war verborgen im Herzen Jesu mitten unter düstern Gestalten und entsetzlichen Schatten. Sie sah hinein in die fürchterlichen Abgründe der Sünde mitten unter dem Donner und Blitz des göttlichen Zornes. Sie sah die Wuth verworfener Dämonen, das Uebermaß menschlicher Grausamkeit, und die Werkzeuge der Passion Unsers Herrn schwebten ihr immer lebhaft vor Augen.

Aber das gewöhnliche Leben ging seinen Gang fort,

die gewöhnlichen Pflichten mußten noch immer erfüllt werden. Es war ihr kein Waffenstillstand gegönnt, keine Erholung. Es ist nicht oft der Fall, daß die äußerste Armuth auch dem äußersten Schmerze eine Erholung gewähren kann, und in ihrem Leben erreichten die Mühsale der Armuth den höchsten Grad. Demungeachtet ging sie, wenn sie etwas erspart hatte, sogleich damit zu den Armen. Joseph und sie selbst hatten ihr tägliches Brod zu verdienen und Jesus muß an der Arbeit Theil nehmen, wenn Er alt genug ist. Lasset uns nun an das Folgende denken. Wenn der Schmerz kam und seine Bürde auf unserm Rücken befestigte, und der Todte mit seinem blassen Angesichte in einer stillen Kammer droben liegt, haben wir es versucht, uns wie gewöhnlich im Hause zu bewegen, unsere Befehle zu geben und, wenn auch nur scheinbar, ein Interesse an mancherlei Dingen zu nehmen, und uns ruhig zu zeigen. Und ist es gelungen? War es nicht gerade das herzbrechendste von allem? Ach ja, wir hätten ausruhen sollen. Der Planet hätte in seinem östlichen Laufe eine Weile innehalten und alle Pflichten der Welt hätten still stehen sollen, bis wir uns niedergelegt und geweint hätten und dann wieder aufgestanden wären, um an unser Werk zu gehen. Dennoch fühlten wir nie mehr als die Berührung mit Gottes kleinem Finger, während seine beiden Hände schwerer als tausend Welten Maria in den Staub niedergedrückt hielten. Demungeachtet erfüllte sie alle ihre Pflichten; kein gewöhnliches Geschäft entbehrte denselben Eifer und dieselbe Aufmerksamkeit, welche das größte erfordern konnte. Sie schien überall beschäftigt, von allem in Anspruch genommen, mit einem Geiste, der ganz frei war und ihr immer zur Verfügung stand. Sie ging hin und schöpfte Wasser aus dem Brunnen, sie reinigte das Haus, bereitete die Speise, spann den Flachs. Alles geschah zu seiner rechten Zeit und war an seinem geeigneten Platze,

während das Schwert ihr mitten im Herzen stack. Es
bewegte sich bei jedem Schritte, bis es jeden Nerven und
ihr ganzes Wesen mit Schmerzen durchdrang. Und dies
dauert nicht eine Woche, bis ihr Todter begraben lag,
und das grüne Gras des Grabhügels darüber webte und
die Zeit mit ihren Schwingen der Seele Kühlung zufä-
chelte, welche die Schmerzen verdorrt und vertrocknet hatten.
O nein, ihr Todter wurde nie begraben, er war ihr immer
gegenwärtig, lebte vor ihren Augen und gerade sein Leben
war ihr beständiger Tod. Was für ein Leben! — zu
arbeiten, thätig, innerlich gesammelt zu sein, nicht an sich
selber zu denken unter einer so überwältigenden Bürde!
Ihr Kummer war ganz innerlich; sie durfte ihn nicht einmal herauslassen. Sie hätte außer sich geschienen und
würde darnach behandelt worden sein, wenn sie ihn hätte
blicken lassen. Selbst ihre Gedanken waren von Wer-
muth verbittert, aber sie durfte nicht sprechen. Wer hätte
sie verstanden, wenn sie gesprochen hätte? Sie durfte nicht
weinen oder nur insgeheim und in der Stille der Nacht;
denn warum sollte sie weinen ohne sichtbare Ursache dazu?
Sie hatte Nahrung, Kleidung, sie hatte Joseph zum Ehe-
mann und Jesus zum Sohn. Der Sommer kam und
erfüllte das tiefe Thal mit frischem Grün und mit Ueberfluß. Fern von den großen Straßen herrschte Friede und
Ruhe rings um Nazareth. Warum sollte sie trauern?
Nie hatte die Erde einen Gram gesehen wie diesen, nie
einen Gram, der ihm an Größe gleich und demselben ähnlich war.

Die Zeit brachte keinen Trost. Die Vision war immer
da mit schrecklicher Treue, und es war auch immer die
nämliche Vision. Sie hatte nicht einmal den traurigen
Trost einer Abwechslung der Schmerzen. Es war der
Größe ihrer Seele eigen, daß sie jeden Augenblick alle Eindrücke sich zurückrufen konnte, die jemals auf sie gemacht

worben waren, daß dieselben ihrem innern Auge beständig
gegenwärtig waren, und daß in ihr so wenig eine Aufeinanderfolge von Ideen stattfand, als es sich mit der Unvollkommenheit eines erschaffenen Geistes verträgt. So war die
Vergangenheit für sie eine Gegenwart und die Zukunft war
eine zweite Gegenwart und die Gegenwart war eine dritte
Gegenwart. Die Größe ihrer Erkenntniß verwandelte sich einfach in eine unberechenbare Macht des Leidens. Die Klarheit
ihrer Vorstellungen wirkte wie ein Messer im Fleisch und in
der Seele. Es lag etwas Furchtbares in der Unveränderlichkeit der Vision, überdies auch etwas Unendliches; denn die
Gewohnheit machte sie ihr nicht vertraut, im Gegentheil,
sie wurde immer frischer, ihre Schneide wurde schärfer
und sie drang immer tiefer ein. Es war beständig etwas
Neues an ihren einförmigen Bildern. Tiefen von Bedeut-
samkeit öffneten sich in ihr, wie die Schichten einer schweren Wetterwolke sich aufrollen, und jede dieser Tiefen trieb
die Gränzen der Möglichkeit des Leidens für sie weiter
hinaus, als sie vorher waren. Wer kann an eine Erleichterung denken, die sie hätte haben können? Kann die Einbildungskraft sich eine vorstellen? O nein! Die Schönheit Jesu trieb Simeon's Schwert stündlich tiefer hinein.
Es war ein Hammer, der auf und nieder ging, fast mit
jedem Pulse, der in Seinen Adern schlug. Das Licht der
Welt ging stets im Hause aus und ein, aber sonderbar!
Er warf schreckliche Schatten auf sie, die Er am allermeisten erleuchtete, und je mehr sie sich freute, um so unerträglicher litt sie. So verflossen ihre Tage im Städtchen
Nazareth und mitten unter den Kaufgewölben von Heliopolis.

Es war Beschäftigung genug für sie, ihrer Schmerzen zu warten. Es war eine grausame Zerstreuung, ihre
gewöhnlichen Geschäfte und die Pflichten des häuslichen
Lebens täglich durchmachen zu müssen. Haben wir es nicht
an uns selbst schon erfahren, daß beinahe alle Zerstreuungen

7*

grausam sind, selbst wenn sie herzlich gemeint sind? Wir wollten lieber weinen als getröstet sein. Wir werden den Schmerz schneller vergessen, wenn jene, die uns lieben, uns eine Weile über demselben brüten lassen. Aber Maria hatte andere Schmerzen zu betrachten als ihre eigenen, Schmerzen, die nicht nur die ihrigen verursachten, sondern sie wieder verzehrten und sie so vergessen machten, daß sie sich kaum daran erinnerte, nämlich die Schmerzen Jesu. Allein dies war keine Erleichterung für ihr lebenslanges Weh, im Gegentheil, es war eine Erschwerung, es schärfte jeden derselben von neuem mit einer doppelten Spitze. So war jeder Schmerz doppelt und fand in zwei Herzen einen Wiederhall. Was sie in dem Herzen Jesu litt, war weit ärger, als was sie in ihrem eigenen duldete, und so ging es insgeheim und in Verborgenheit Jahre lang fort. Sie suchte keine Theilnahme, sie ließ keine Klage hören, sie war so ruhig wie der Himmel, wenn seine Gesänge ver= stummt sind.

Ein Leben mit einem gebrochenen Herzen fast vom Anfange an! Dies war der Antheil der Mutter Gottes und kam daher, daß sie so innig mit Jesus verbunden war. Ein Leben mit einem gebrochenen Herzen! Und was ist das Leben, was bedeutet das Wort? Ach so mannigfache Erfahrungen, so viele Reihen von Gedanken, von verwi= ckelten Handlungen, eine so mühselige Ausdauer, eine so schnelle Langsamkeit der Zeit, indem alles so langsam im Kommen ist, und dann kommt vor seiner Zeit! Für ihre Seelenkräfte war das Leben um so breiter, um so tiefer, um so länger, um so lebenskräftiger! Und ihr Leben war ein Leben mit gebrochenem Herzen. Was ist ein gebro= chenes Herz? Herzen brechen nicht oft, aber wir können sagen, was ein von Wehe erfülltes oder ein verwundetes Herz ist. Wir lebten fort, wenn unser Herz einmal zu= sammengepreßt wurde. Es war nur ein vorübergehender

Druck, das Lebensrad ging darüber hin, dann war es vorbei; dennoch schien das Ueberleben ein Wunder. Aber was ist ein gebrochenes Herz? Und dann ein Leben mit einem immerfort gebrochenen Herzen beinahe vom Beginne an! O Maria, du warst die Mutter Gottes und deßhalb weißt du es! Wenn wir aber diesen ersten Schmerz aufmerksam betrachten, so werden wir sehen, daß er fünf verschiedene Schmerzen, fünf besondere Wunden für sich allein enthält. Zuvörderst hatte sie in dem Opfer, das sie Gott darbrachte, Jesum mit ihrem eigenen freien Willen dem Tode geopfert. Sonderbare Frucht der Größe einer Mutterliebe! Dennoch geschah es aus Liebe, daß sie das Opfer brachte, aus der heiligsten, reinsten, uneigennützigsten Liebe Gottes. Denn Er, der ihr Sohn war, war auch Gott, und Er, der Gott war, war gleichfalls das Opfer. Aber konnte sie all' das vorausgesehen haben, was dieses Verhältniß in sich schloß? O ja, alles, nichts war ihr entgangen, nichts konnte mit so klarer Einsicht, mit so reifer Ueberlegung geschehen, als das Opfer, das sie brachte. Und als lange Jahre drückender Schmerzen kamen und auch ihre Last auf ihr gebrochenes Herz legten, würde schon der Gedanke, sich zurückzuziehen, ihr schrecklicher geschienen haben, als der Kalvarienberg; denn es wäre eine Untreue gegen Ihn gewesen, den sie so liebend anbetete. Aber sie hatte Ihn weggegeben, sie hatte Ihn dem Tode überliefert. Neun Monate hatte sie Ihn im Besitze gehabt. Nie war ein Geschöpf so reich, nie so überschwenglich beseligt. Selbst damals war beinahe ihr erster Gedanke gewesen, Ihn über das Hügelland Juda zu Elisabeth und Johannes zu tragen. Immerfort hatte sie sich gesehnt, sein Angesicht zu sehen, das Licht in seinen Augen zu betrachten, den Ton seiner kindlichen Stimme zu hören, ihre Arme um Ihn zu schlingen und Ihn, ihren Schatz, den Schatz der Welt, den Schatz des Vaters an ihren Busen zu

drücken. Sie war seine menschliche Mutter, und ihr Herz
war menschlich, überaus menschlich. Sie erwachte aus
ihrer Entzückung, und Er lag in der Christnacht auf ihrem
Schooße, seine kleinen Hände ihr entgegenstreckend, wie
wenn ihre Arme seine Heimath wären, wie sie es auch
waren. Sie hatte Ihn nur vierzig Tage gehabt, ihre
mütterliche Liebe hatte kaum begonnen, sich zu befriedigen,
obwol sie sich unterdessen an seinen Vollkommenheiten geweidet hatte. Ja sie wurde weniger befriedigt, als da sie
Ihn zum ersten Mal sah. Vierzig Tage, nicht tausend
Stunden! — Und nun gab sie Ihn weg, übergab Ihn
dem Tode und das Schwert Simeon's war tief in ihr
Herz gedrungen, um ihr zu zeigen, was für ein Abgrund
von nun an zwischen Ihm und ihr liege. Sie konnte Ihn
nicht mehr ruhig besitzen. Sie konnte seine Leiden nicht
verhindern. Er gehörte den Sündern, Er gehörte dem
Zorne seines Vaters. Er war ein Opfer, das sie zu bewachen hatte, bis die Stunde des Opfers gekommen war.
Was für eine Aufgabe für eine Mutter! Und dies kam
daher, daß sie die Mutter Gottes war!

Aber wenn sie Ihn auf diese Art der Grausamkeit
seines göttlichen Berufs überliefert hatte, so konnte sie um
so weniger die Widersprüche anderer gegen seine Ehre,
sein Glück oder seine Lehre ertragen. Simeon hatte von
Widersprüchen gesprochen. Wie, wird nicht die ganze Welt
sich Ihm zu Füßen legen? Selbst wenn er sterben sollte,
weil es nach der göttlichen Anordnung ohne Blutvergießen
keinen Nachlaß der Sünden gibt, so werden doch gewiß
bis dahin die Menschen an seinen Lippen hängen, werden
Ihm überall hin folgen, wohin Er geht, um sich von seinen himmlischen Worten zu nähren. Die Sünder werden überall bekehrt werden, die Tage der Heiligen werden
wieder zurückkehren für das auserwählte Volk und das
gelobte Land. Und wenn Er am Kreuze gestorben ist, wird

die ganze Welt sich beeilen, seine königliche Würde anzu-
erkennen und wird sich in die Kirche drängen, die Er gestiftet. Aber nein, es sollte nicht so sein. Sie wußte,
daß es nicht so sein sollte. Doch was war an Ihm aus-
zusetzen? Er war die Schönheit, Er war die Wahrheit,
die Liebe, die Milde selbst. Wer konnte roh gegen Ihn
sein, wer der Wahrheit, der ewigen Wahrheit widersprechen? Allein sie sah, wie alles kommen sollte, Er zeigte
es ihr in sich selbst, als Er ihr die Geheimnisse seiner
Seele enthüllte. Nicht ein finsterer Blick wurde jemals
auf sein ehrwürdiges Angesicht geworfen, es gab nicht ein
kaltes Wort oder ein boshaftes Mißverstehen, eine muth-
willige Beschuldigung, oder eine ungeziemende Freiheit,
einen unehrerbietigen Spott oder eine gräßliche Verwünschung oder Gotteslästerung von jener Stunde an bis zum
Tage des Gerichts, die nicht mit grausamer Qual ihr in's
Herz ging. Das Geheul und Geschrei jener Volksschaaren zu Jerusalem, die nach seinem Blute dürsteten, hallte
Tag und Nacht in ihrem mütterlichen Herzen wieder. Dies
also sollten die ersten Früchte jenes herrlichen Opfers sein,
und um es zu bringen, hatte die Gnade sie beinahe zu
himmlischen Höhen erhoben! Die Menschen würden, das
sah sie im Geiste voraus, ihr Opfer nicht gehörig würdigen, es mißverstehen, darüber spotten, Ihm widersprechen
und grausam dagegen sein. Niemand hat es bis jetzt je
verstanden, weder im Himmel noch auf Erden, als der
himmlische Vater, dem sie es brachte. Er allein kannte
den Werth dessen, was sie gab, den Werth Jesu, des inkarnirten Wortes. Kennen wir denselben? Unmöglich,
denn wenn es der Fall wäre, würde unser Leben nicht
sein, was es ist. Es gibt eine Kenntniß, die das Handeln darnach zur Folge hat; es ist die Kenntniß, wie die
Heiligkeit sie besitzt, nicht die bloße Kenntniß des Verstandes.
Ach arme Mutter! Ihr Herz ist voll Wunden, eine

geht in die andere, lebenslange Wunden, die wie die Wundmale der Heiligen bluten, aber nie vernarben. Wenigstens
werden jene, die Ihm widersprechen, am Ende die Größe
ihres Irrthums einsehen lernen, sie werden zu Ihm zurückkehren, wie verirrte Wanderer, sie werden dereinst selbst
Triumphe seiner erlösenden Gnade werden. Ihm entströmte Gnade und Süßigkeit, Anmuth und Heilung. Seine
Schönheit, endlich anerkannt, wird sich wie ein Zauber um
sie winden. So wird der Kummer über alle diese Widersprüche vielleicht erträglich werden. Aber nein, das Schwert
Simeons, gleich dem Schwerte der Cherubim, das den
Eingang in das irdische Paradies bewachte, „flammt und
wendet sich nach allen Seiten." „Positus in ruinam mul-
torum," gesetzt zum Falle vieler, zu ihrem gänzlichen Falle,
ihrem Untergange, ihrem unwiderruflichen Verderben! Soll
Jesus für immer einige seiner Geschöpfe verlieren, ja soll
Er sie sogar gerade durch den Glanz seines Lichtes, gerade
durch seine himmlische Schönheit von sich treiben? Soll
es Seelen geben, für die es besser gewesen sein würde,
wenn Er niemals gekommen wäre? O grausamer Gedanke,
der allergrausamste! Denn je mehr Maria über das Leiden Unsers Herrn nachsann, und je länger sie es vor
Augen hatte, um so eifriger verlangte sie nach Seelen,
um so mehr hungerte und dürstete sie nach der Aerndte
des heiligen Leidens und wurde die Mutter von Sündern,
weil sie die Mutter des Erlösers war, die Mutter, die
Ihn dem Tode hingab, als sie Ihn erst vierzig Tage in
Bethlehem besessen hatte. Die unzähligen Schaaren derjenigen, die erlöst werden sollten, kamen einer Erleichterung ihrer untröstlichen Schmerzen am nächsten; aber sogar
auf diesen Schein eines Trostes konnte sie sich nicht stützen.
O es war ein fürchterlicher Gedanke, von ihrem schönen
Kinde zu denken, daß es in einem gewissen Sinne ein
Vernichter sein sollte, nicht ganz ein Erlöser, sondern ein

Gesetz des Lebens, das für einige, ja für viele ein Todes-
urtheil wäre. Die Verhältnisse waren jetzt zwischen Gott
und seiner Welt sehr ernst geworden. Jesus sollte ein
Prüfstein sein; die Menschen mußten jetzt entschiedener
ihre Stellung einnehmen. Gott war ihrer Sünden müde,
müde auf ihre Rückkehr zu warten. Gerade die Größe
dieser letzten, lang prophezeiten Barmherzigkeit machte die
Zurückweisung derselben um so verderblicher und unheil-
voller. Die Rettung der Menschen sollte jetzt in gewissen
Hinsichten mehr derjenigen der Engel ähnlich sein. Ihre
Prüfung wurde göttlicher und daher entscheidender. Jesum
verwerfen hieß ewig verloren sein und doch war „der Ver-
worfene der Menschen" selbst einer der Namen, welche die
heilige Schrift Ihm gab. Wenn etwas für den Glauben
Maria's hätte hart sein können, so würde es der Umstand
gewesen sein, daß Jesus das Verderben vieler Seelen sein
sollte, und die heroische Annahme dieser anbetungswürdigen Wahrheit durch den Glauben machte nur die Schärfe
derselben schneidender und die Spitze schärfer, die in ihr
Herz eindrang.

Es gehört zu unserer Unvollkommenheit, daß ein Eindruck auf unsere Seele den andern schwächt. Wir können
nicht auf viele Dinge zugleich achten. Sogar die Schmerzen, wenn sie in großer Menge kommen, heben einander
gewissermaßen auf. Schwere Leiden nehmen uns ganz
ein, und wenn uns dann kleine treffen, so fühlen wir sie
kaum mehr, als die Tropfen eines Gewitterregens. Wir
sind uns derselben bewußt; aber das Leiden, das sie verursachen, ist kaum merkbar. So war es aber nicht bei
Unserer göttlichen Mutter, und bei den Vollkommenheiten
ihrer Natur, die nicht gefallen war. Die innere Sammlung ihres Geistes war vollständig und umfaßte alles; es
war keine Verwirrung in ihrer Seele, aus Mangel an
Gleichgewicht. Sie empfand jede, auch die geringste Erschwe-

rung irgend eines ihrer vielfachen Schmerzen nach ihrem
wahren Werthe. So war es jetzt. Der Fluch, dem sich
ihr Vaterland aussetzte wegen der Verwerfung Jesu war
für sie ein besonderer und bitterer Kummer. Alle Groß-
thaten seiner vergangenen Geschichte vom Auszug aus Aegypten an bis zu den Zeiten der Maccabäer herab standen
vor ihrer Seele. Ihr Herz schwoll bei den bald traurigen, bald glorreichen Geschicken ihres Volkes. Sie dachte
an die Gräber der Heiligen und Propheten, die da und
dort zwischen den Hügeln zerstreut waren. Ihr Auge durchwanderte die Schlachtfelder, wo das Schwert des Menschen
die Majestät Gottes so oft gerächt hatte. Es war das
so mannigfaltige, so schöne Land der Verheißung. Das
goldene Licht der geheimnißvollen Wahl Gottes ruhte auf
ihm, wie auf keinem andern Lande; es war das heilige
Morgenland, welches bis zum Strande des Meeres vor-
drang und jenem großen Abendlande gegenüber lag, das
von ihm zuerst belehrt, dann civilisirt und endlich verherrlicht werden sollte. Es war nicht bloß ein Gefühl des
Patriotismus, das sich in ihr regte. Jenes Land war die
irdische Heimath der himmlischen Wahrheit gewesen, als
die übrige Welt im kalten Schatten geistlicher Finsterniß
lag. Es war mehr, wie ein Heiligthum, als eine bloß
irdische Region. Es gab kaum einen Berg, der nicht ein
Wunder gesehen, kaum ein Thal, an das sich nicht eine
Verheißung knüpfte. Ueber den Ufern seines Flußes, und
den Küsten seines Binnenmeeres schwebten Wolken heiliger
Poesie. Ein wahres Netz von Weissagungen lag über das
ganze Land ausgebreitet, über alle Ortschaften der einzelnen Stämme. Ihre Tugenden und ihre Fehler knüpften
sich an die geographische Beschaffenheit der Gegenden, die
ihnen als Wohnort angewiesen waren. Die eigenthümliche Scenerie des Landes lieferte den heiligen Schriften
ihre Bilder, und es sollte bald eine höhere Bedeutung

bekommen wegen der Lehre ihres Sohnes. Sodann Jeru=
salem. Selbst der große Gott hatte jene Stadt, fast wie
wenn er ein Mensch wäre, mit menschlicher Zuneigung
geliebt. Er hatte sie in seinem Herzen geliebkost, so zärt=
lich und innig, wie irgend ein Hebräer, der unter den
Weiden bei den Bächen Babylons mit Sehnsucht daran
dachte. Jesus selbst weinte über die Stadt von der Höhe
des Oelbergs aus, wie wenn sein Herz brechen wollte.
Arme Stadt! Sie war die Trophäe so vieler Gnaden,
einer so göttlichen Zärtlichkeit, so vieler Siege der gött=
lichen Liebe. Sie war der Tabernakel der sichtbaren Herr=
lichkeit des Allerhöchsten. Der süße Wohlgeruch des Opfers
stieg immer von ihr empor. Und nun sollte das anbe=
tungswürdige Blut Jesu sie ganz wüste legen und das
Feuer der Römer und dann die Zerstörung der Zeiten
sollten beinahe die Spuren seiner heiligen Stätten vertil=
gen! Was Jesus Thränen auspreßte, was Ihn empfinden
ließ, wie eine Mutter, die ihre Jungen gerne unter ihre
Flügel bergen möchte, muß nothwendig für Maria der
tiefste Schmerz gewesen sein. Und Simeons Schwert hatte
nicht einmal dies vergessen! Süße Mutter, dein Sohn
und du selbst müssen den Untergang Juda's herbeiführen.
So gerne du für die Erde nichts anderes sein möchtest,
als der Freude spendende Kanal der Liebe Gottes, so mußt
du dich doch zufrieden geben, auch ein Werkzeug seines
Zornes zu sein. Auch du Mutter der Barmherzigkeit, bist
du nicht selbst, sogar bis auf diesen Tag, zum Falle vie=
ler gesetzt, sowohl im alten als im neuen Israel? Lieblich
ist der Wille Gottes, selbst wenn er schrecklich ist in sei=
nen Rathschlüssen über die Menschenkinder!

Dies war durchaus kein solches Gemälde von Jesus
und von den Folgen seiner Ankunft, wie einer Mutter
Herz es gewünscht hätte, wenn die Natur aufgefordert wor=
den wäre, es zu malen. Die Sonne hätte ohne Wolken

sein sollen. Der Schatten, welche die Landschaft verfin-
sterten, waren zu viele und zu schwere. Was sollte das
Jesuskind umgeben, als Licht und Freude, reine Barmherzigkeit und ununterbrochener Friede? Alle·Nacht und
die Ueberbleibsel der Nacht sollten verschwunden und glorreich verschmolzen sein in das Gold des Sonnenaufgangs.
Er kam einzig mit der Absicht der Liebe, und siehe, die
unmittelbare Folge seiner Ankunft ist Widerspruch, der
mit dem ewigen Verderben vieler Seelen, mit der Ver-
wüstung seiner irdischen Heimath und der Zerstreuung seines auserwählten Volkes endigte. Aber das Blut der heiligen unschuldigen Kinder würde für Maria eine Lehre
gewesen sein, wenn sie eine solche bedurft hätte, eine Lehre
dessen, was jene zu erwarten haben und in was für geheimnißvolle dunkle Gesetze diejenigen eingehüllt werden,
die Jesu sehr nahe kommen. Jetzt wenigstens wird, wenn
seine Ankunft den Preis und die Anbetung für das einzelne Attribut der göttlichen Barmherzigkeit nicht ausschließlich erhöhen soll, die Gerechtigkeit Gottes ihre Verherrlichung darin finden. Alle Dinge werden jedenfalls zur
großen, zur größeren und zur größten Ehre Gottes sein.
Ja, sie werden es in Wahrheit; aber nicht ganz so, wie
man es hätte erwarten können. Die Sendung Jesu war
eine unendliche Möglichkeit der Verherrlichung für Gott,
allein was in ihr unendlich war, beruhte auf der Möglichkeit. Gott sollte nicht ein Zehntel der Ehre haben, die
Ihm für die Sendung seines Sohnes gebührte. Dem
Willen der Menschen sollte es gelingen, dieselbe bei jeder
Gelegenheit zu vereiteln. Ihre Bosheit sollte einen solchen
Erfolg haben, daß es wirklich den Anschein hätte, als
ob der ganze Plan der Erlösung fehl geschlagen wäre. Es
sollte in künftiger Zeit für Gottesgelehrte möglich sein, zu
sprechen, wie wenn die Erlösung Maria's in der unbeflecktь
ten Empfängniß das große, beinahe hinreichende Werk der

erlösenden Gnade wäre. Gerade die Milde, Demuth und Verzeihung Jesu sollten gleichsam die Steine des Anstoßes sein, die der Verherrlichung seines Vaters im Wege lagen. Ja, gerade die Dinge, welche, weil sie so göttlich waren, die Ehre Gottes am meisten hätten befördern sollen, werden Gelegenheiten bieten zu einer größeren Beleidigung der göttlichen Majestät, als die Sünder ohne die Menschwerdung hätten haben können. Ach, welche dunkle Wolke zieht sich schon um die Wiege des Kindes zusammen! Weihnachten verbindet sich unnatürlich und unzeitig mit der Passionszeit. Arme Mutter! Hier sind fünf Wunden in einer einzigen. Du hast Ihn dem Tode geopfert; seine Erscheinung wird das Zeichen sein für zahllose Widersprüche, die sich gegen Ihn erheben; Er ist gesetzt zum Falle Vieler, wegen Ihm wird das Land und das Volk verflucht werden; Er wird es den Menschen möglich machen, Gottes Ehre mehr zu entweihen, als es alle Geschlechter vor Ihm gethan. Arme Mutter! wohin willst du blicken? Jesus selbst hat die Dornenkrone schon als Kind um sein Herz, die man einst auf seiner Stirne sehen wird, und ist sie weniger grausam auf dem Herzen als auf dem Haupte? Was die Sünder betrifft, so wird die Rettung derselben nicht so allgemein sein, daß sie einem Ersatze für all' diesen Kummer nahe käme. Was Gott betrifft, so kann seine Verherrlichung nichts weniger als einen freien Lauf nehmen; allerdings wird Er viel Ehre erlangen, aber dann wird auch eine unerhörte Gottlosigkeit eintreten und die Mittel und Wege dazu bietet das Uebermaß seiner väterlichen Liebe.

Dies waren die Eigenthümlichkeiten des ersten Schmerzes. Ueber ihre Gefühle in demselben braucht nicht viel gesagt zu werden. Theils ist davon schon großentheils die Rede gewesen, und theils stehen viele derselben soweit über unserer Fassungskraft und lassen sich in dem blendenden

Glanze der innern Schönheit „der Königstochter" so wenig erkennen, daß wir nicht wissen, was wir sagen sollen. Man könnte ein Buch schreiben über die innere Schönheit Maria's, und in unsern Tagen wäre eine solche Schrift sehr nothwendig. Indessen wollen wir ein wenig bei drei Gnaden verweilen, die Unsere göttliche Mutter in diesem ersten Schmerze in einem heroischen Grade ausübte. Die erste war ihre thatsächliche Anerkennung der unumschränkten Herrschaft Gottes. Es kann darüber kein Zweifel obwalten, daß dies die Grundidee aller Anbetung ist. Es lassen sich mit Gott keine Bedingungen machen. Die Verpflichtungen sind alle auf einer Seite. Unsere vollständige Unterwürfigkeit ist unsere vollkommene Freiheit. Gott ist der Herr. Es kann sich nicht von Gerechtigkeit oder von Güte handeln, wo es Ihn betrifft. Das Wesen der Heiligkeit liegt in der begeisterten Anerkennung dieser unumschränkten Herrschaft. Unser Vorrecht besteht in unserer Verantwortlichkeit; dadurch gelangen wir dahin, daß unsere Herzen gegen Gott voll Edelmuth sind. Es ist verhältnißmäßig leicht, dies zu sagen, wenn die Sonne scheint, und uns sogar einzubilden, daß wir es glauben. Aber wenn die Dunkelheit hereinbricht und die Schmerzen uns keine Ruhe gönnen, wenn die Thüren des Himmels dem Gebete verschlossen scheinen und menschliche Ungerechtigkeit uns zu ihrem Opfer macht, wenn menschliche Herzlosigkeit uns mit Füßen tritt, wenn wir gefallen sind, wenn menschliche Liebe uns verräth und Gottes Angesicht sich von uns wendet, dann ist es hart, mit vollherziger Aufrichtigkeit und königlichem Gleichmuthe die unumschränkte, unverantwortliche Oberherrschaft Gottes zu bekennen, ohne den Wunsch zu empfinden, den Schleier von seinen geheimnißvollen Gründen wegzuziehen, ohne einen Schatten von Verlangen, den Willen, der uns so grausam niederwirft, auch nur ein wenig auf die Seite zu wenden. Wir haben

Alles von Gott. Wer weiß das nicht? Alles Gute kommt
von Ihm, alles Gute muß zu Ihm gehen. Seine Glorie
ist die einzige Bedeutung alles Guten, sein Wille ist Gesetz und das einzige Gesetz. Alle Gesetze, die ewig sind,
sind es nur, weil Er ewig ist, von dem sie herkommen.
Es sind Offenbarungen von Ihm, nicht seine Verflich-
tungen. Es kann nicht anders sein; denn die Natur der
Dinge, wie wir sagen, was ist sie anders, als der Charakter Gottes? All' dieses ist ganz klar, wenn die Sonne
darauf scheint. Glücklich jene, deren Naturen so beschaffen sind, daß in ihrem ganzen Leben beständig ein Sonnenstrahl auf diese erhabene Wahrheit von der unumschränkten Herrschaft Gottes fällt. Aber horchet auf das Schmerz-
geschrei Job's, das an den Felsen Edom's immer wiederhallt, bis die ganze Welt es hört. Stellet neben seiner
herrlichen Geduld, die zum Sprüchworte geworden ist, die
stillschweigende Ausdauer der Mutter Gottes, ihr Herz
überwältigt, verherrlicht, beinahe beseligt, durch das froh-
lockende Gefühl der höchsten Herrschaft Gottes! Es kann
keinen Vorzug unter den Geschöpfen geben, welcher der
Vollkommenheit des Gehorsams gleich käme. Der mensch-
gewordene Gott liebte den Gehorsam so sehr, daß Er dreißig Jahre lang fest an ihm hielt und sich bloß drei gestat-
tete, um darin die Welt zu erlösen, und sogar, um dieses
zu thun, änderte Er bloß die äußere Form seines Gehorsams. Und diese alte, böse Welt, warum ist sie so un-
ruhig und wird ihrer selbst so müde, als weil es ihr an
jenem Geiste der Unterwürfigkeit fehlt, in welchem allein
die irdische Seligkeit besteht?

Ueberdies ging Unsere gebenedeite Mutter bei diesem
Schmerze vollkommen in alle Anordnungen Gottes über
Jesus, sich selbst und uns ein. Man sagt uns oft in
geistlichen Büchern, daß wir in die Anordnungen Gottes
über uns eingehen oder uns den innern Stimmungen Jesu

gleichförmig machen sollen. Seit dem siebenzehnten Jahrhunderte ist eine solche Sprache unter den ascetischen Schriftstellern allgemein geworden, die eine alte Wahrheit auf eine neue Art ausdrückte, welche der Veränderung angemessen war, die über den Geist der neueren Zeit gekommen ist. Wir wollen es versuchen, dieser Sprache eine feste Bedeutung zu geben. Jedermann hat eine gewisse Weise, die Dinge anzusehen, besonders solche, die ihn selbst betreffen. Er hat einen besondern Gesichtspunkt. Dies ist der Grund, warum die Menschen so selten über die gewöhnlichsten Dinge vollkommen übereinstimmen, ja kaum über ausgemachte Thatsachen und dies beweist, wie ganz eigen dem Menschen diese Privatansicht ist, wie viel von ihm selbst darin verwickelt ist und wie sie dazu hilft, seinen Charakter gleichsam stereotyp zu machen. Dieser Gesichtspunkt aber entspringt aus mancherlei Ursachen; aus der Anlage des Menschen, aus den Anlagen seiner Eltern, aus seinen frühzeitigen Verbindungen, aus den Umständen und Oertlichkeiten seiner Jugend und vor allem aus seiner Erziehung. Beinahe jede Familie und Haushaltung hat geistige Eigenthümlichkeiten, welche andere weit deutlicher erkennen und richtiger zu schätzen wissen, als sie selbst. Das nämliche gilt von Ordensgesellschaften, von großen Städten und endlich selbst von Völkern. Wir werden meistentheils finden, daß die schwachen Seiten unsers Charakters in dieser Eigenthümlichkeit wurzeln. In jedem besondern Geiste liegt nothwendig etwas Kleinliches, mag es ein Familiengeist sein oder ein Parteigeist, der Geist einer Gemeinde oder Nationalgeist. Bei dem Einzelnen artet derselbe nothwendig in Selbstsucht aus. Durch unsern eigenen Gesichtspunkt können wir eine großartige Ansicht von uns selbst gewinnen; dies ist es, was unserer Eitelkeit einen Halt gibt und was macht, daß sie vernünftig und wahr scheint; dies ist der Maßstab, womit wir

andere beurtheilen; dies ist es, woraus alle Mißverständnisse entspringen. Es ist daher klar, daß, wenn es sich
um das geistliche Leben handelt, diese Festung, wo nicht
zerstört — und Zerstörung ist ein seltenes Werk der Heiligkeit — wenigstens eingenommen, geplündert und mit
einer frischen Besatzung versehen werden muß. Wie soll
dies aber geschehen?

Wenden wir uns von uns selbst zu Gott. Gott hat
auch seinen Gesichtspunkt, aber den wesentlich wahren.
Er hat seine Ansicht von der Welt, von den Geschicken
der Kirche, von gewissen Lebensmaximen, von Berufungen,
Pflichten und Sünden. Er bestimmt jeden von uns für
ein besonderes Werk und gibt uns die Zahl und die Art
der Gnaden, die erforderlich sind, um uns für jenes Werk
auszustatten. Er gibt uns Licht bis zu einem gewissen
Grad und nicht weiter, Gnade in gewissem Maße und
nicht mehr, und von der einen Art und nicht von der
andern. Er hat gewisse Plane mit uns, sowol mit Rücksicht auf unsern natürlichen Charakter, als auf unsere
übernatürliche Mitwirkung mit seiner Gnade. Er hat gewisse Absichten hinsichtlich unserer Heiligkeit. Dies ist die
Grundlage, auf welcher alle geistliche Leitung beruht. Es
ist von ungemeiner Wichtigkeit für uns, zu wissen, was
Gottes besondere Absichten mit uns sind, und diese lassen
sich hauptsächlich an den Gnadenwirkungen in unsern Seelen
erkennen. Aber wir selbst können diese Wirkungen nicht
sehen, noch ein sicheres Urtheil über sie fällen, wenigstens
nicht in die Länge, wegen der Stärke der Eigenliebe, die
unsern Verstand trübt. Daher stellen wir uns unter die
Leitung von andern, von Männern, die eine besondere
Gabe haben wegen ihres priesterlichen Charakters, und
deren Gebete um Erleuchtung Gott ganz besonders erhören
wird zur Belohnung unseres Gehorsams, und um ihren
Verantwortlichkeiten zu Hülfe zu kommen.

Wenn wir dazu kommen, Gottes Absichten mit uns zu erkennen — und viele davon und zwar die wichtigsten kennen wir sogleich, weil sie allgemein sind und aus seinem Wesen als Gott folgen, — dann ist der nächste Schritt, in dieselben einzugehen, d. h. aus unserer Seele unsere eigenen entsprechenden Absichten zu verbannen und die seinigen an ihre Stelle zu setzen. Dies geschieht nicht auf einmal, sondern nach und nach. Allmählig, zuerst in einem Dinge, dann in einem andern, kommen wir dazu, Gottes Ansichten von den Dingen anzunehmen. Wir betrachten sie von seinem Gesichtspunkte und vergessen entweder oder verachten unsern eigenen. Es sind seine Interessen oder die übernatürlichen Grundsätze, die Er uns eingeflößt hat, oder die Enthüllungen, die Er uns über seinen Willen machte, welche diesen Gesichtspunkt regeln, und nicht unsere eigenen Neigungen und Abneigungen, unser natürlicher Geschmack oder der Charakter, den wir uns angeeignet haben. Dies befreit uns von dem kleinlichen Geiste der Familie oder Gemeinde oder des Landes, vor allem aber von der Engherzigkeit unseres eigenen Ich. Dieses Werk schließt nichts Geringeres in sich, als eine vollständige innere Revolution. Es macht den neuen Menschen, es ist die Aehnlichkeit mit Jesus, der mystische Tod unserer selbst. Allein es sind Zeiten fürchterlicher Kämpfe durchzumachen, ehe wir das Ziel erreichen. Es ist eine lange und schwierige Umwandlung mit vielen Seitenwendungen, mit manchen, absichtlichen, rückgängigen Bewegungen, mit manchen dummen Zeiten einfältiger Feigheit. Ueberaus peinliche Leiden sind auszuhalten, denn die ganze Operation berührt unsere Natur auf's empfindlichste.

In Maria war diese vergöttlichende Wirkung vollständig. Dies kam von ihren ungemeinen Gnaden her und auch von der beständigen Nähe Jesu. Die Weissagung des heiligen Simeon stellte ihr zur Annahme mannigfaltige

Absichten Gottes in Bezug auf Jesus, sie selbst und uns Sünder förmlich vor, obwol sie ihr dieselben zuerst nicht offen darlegte. Wie sie förmlich aufgefordert worden war, ihre Einwilligung zu der Menschwerdung zu geben, so wurde sie jetzt entschieden aufgefordert, in diese Absichten Gottes einzugehen, sie zu ihren eigenen zu machen und sich durch eine heroische Heiligkeit anzueignen. Wir haben bereits gesehen, daß diese Absichten keineswegs solche waren, wie das Herz der Mutter sie naturgemäß gewünscht hätte. Sie schloßen schreckliche Opfer in sich, sie erhoben sie zu Höhen, wo die bloße Menschheit kaum Athem schöpfen konnte, sie versenkten sie in ein Meer von übernatürlichen Leiden. In der That liegt in dem Leiden dieses ersten Schmerzes etwas, was wir beinahe unnatürlich nennen möchten, nicht nur wegen dem Verhältnisse, in welches es die Mutter zu dem Sohne brachte, sondern auch wegen dem freien Willen der Mutter in der Sache. In diese Absichten ging sie heldenmüthig ein, und zwar mit dem vollkommensten Verständnisse derselben, die ein Geschöpf haben konnte. Ein Schiff könnte nicht mit mehr Ruhe und Würde oder mit einer unwiderstehlicheren Anmuth in den Hafen segeln, als sie Natur, Erde und das eigene Ich vergaß und sich in den tiefen Schooß ihres himmlischen Vaters versenkte.

Die dritte Eigenschaft, die wir bemerken werden, ist ihre Großherzigkeit bei der Annahme dieses Schmerzes. Bei uns ist Großherzigkeit in geistlichen Dingen oft nach dem Grade des Kampfes und Widerstandes zu bemessen, durch welchen hindurch die Tugend sich ihren Weg bahnte; aber bei Unserer gebenedeiten Mutter war es nicht so. Es verhielt sich mit ihrer übernatürlichen Großherzigkeit, wie es sich mit unserer natürlichen verhält. Der Reiz derselben bestand in der Abwesenheit aller Anstrengung. Sie wurde ohne Geburtsschmerzen aus der Fülle ihres Herzens

8*

geboren und entwickelte sich von freien Stücken. Sie wartete nicht, um Berechnungen anzustellen, sie kämpfte keinen
Kampf. Womit hatte sie zu kämpfen in einer Natur, die
der Gnade in ihren innersten Falten so unterworfen war,
als die ihrige? Vermöge der Größe ihrer Gnade begegnete ihr das Uebernatürliche gerade so, wie uns das Natürliche begegnet, und in dieser augenblicklichen, beinahe
unbewußten Bereitwilligkeit besteht für uns das Anziehende
der Großherzigkeit. Leiden und Widerstand sind zwei verschiedene Begriffe. Sie litt tief, aber es war keine Empörung in ihrer niedrigern Natur; es war kein Streit in
ihrem Willen. Es hätte sein können, aber es war nicht
so; es vertrug sich nicht mit der Größe ihrer Vereinigung
mit Gott. Was in Unserm Herrn im Garten zu Gethsemane vorging, ließ sich nicht damit vergleichen, was in
seiner Mutter stattfand. Sie hatte keinen Kelch der Sünde
zu trinken, keinen Kelch des göttlichen Zornes, sondern
bloß einen Becher voll Bitterkeit, den Jesus ihr selbst
immer an die Lippen hielt. Konnte sie sich im geringsten
gegen Ihn sträuben? Konnte ihre Gleichförmigkeit mit seinem Willen im mindesten gestört werden, da Er selbst ihr
den Becher hinhielt? Bei der Todesangst im Garten,
müssen wir annehmen, daß die göttliche Natur Unseres
Herrn sich, soweit es viele ihrer Hauptwirkungen betraf,
von der menschlichen Natur geheimnißvoll absperrte, mit
welcher sie verbunden war; ja noch mehr als dies, wir
müssen eine wunderbare Verlassenheit des niedrigen Theils
seiner menschlichen Natur sogar von den höhern menschlichen Fähigkeiten annehmen, um zu jenem erstaunlichen
Streite in seiner allerheiligsten Seele zu gelangen, zu jenem
momentanen und sichtbaren, aber überaus geheimnißvollen
Aufstande seines untern Willens gegen seinen höhern. Dies
ist gewiß bei Ihm eine Besonderheit, und gehörte zur
Welterlösung. Es ist in Ihm eine Erhabenheit, deren sie

nicht fähig ist, ohne erniedrigt zu werden. Es hängt mit der Sünde zusammen und mit dem gerechten Zorne des Vaters. Es war die Empörung seiner Reinheit gegen die eckelhafte Sündenlast, die er auf sich nehmen sollte. Es war der Höhepunkt der Herrlichkeit seines Opfers. In Maria würde es bloß das vorübergehende Mißlingen ihrer vollendeten Heiligkeit sein ohne die Nothwendigkeit oder die Würde einer Erlösung. Wir können dies daher keinen Augenblick annehmen. Es würde ihre Ruhe unterbrochen und die Festigkeit ihrer vollkommenen Natur gelockert haben. Es hätte das weibliche Element in der erhöhten Mutter Gottes übertrieben, und sie auf eine niedrigere Stufe herab-gebracht. Es würde sie mehr einem der Heiligen ähnlich gemacht haben. Einen Augenblick war ihr Wille sichtbar in dem Geheimnisse der Verkündigung und dann sank er hinab in den tiefen Willen Gottes und wurde nicht mehr gesehen. Weit draußen in der ruhigen See erhebt sich eine Woge aus der schwellenden Wasserfläche, säumt ihren Rand mit einem Silberstreifen, spiegelt sich im Lichte und fällt dann wieder ganz geräuschlos zurück in die gewaltige Tiefe, ohne eine Spur zurückzulassen. So war es mit dem Willen Unserer göttlichen Mutter. Gott forderte ihn auf bei der Verkündigung. Er zeigte sich für den Augen-blick und zog sich wieder in den Seinigen zurück und wurde nicht mehr gesehen. Sie, die Gott oft sah, die so ver-einigt mit Ihm war, wie nie ein Engel oder Heiliger, die mehr Gnade hatte, als alle übrige Welt, die glorreicher war, als die Seligen in ihrer Glorie, welche keinen andern Willen haben, als den Willen Gottes, — konnte es bei ihr anders sein? Nein, die Großherzigkeit Unserer gebene-deiten Mutter bestand in der augenblicklichen Bereitwillig-keit und ungetrübten Ruhe ihrer Gleichförmigkeit mit dem süßen Willen Gottes. Sie, die ohne Kampf alles dahin-gegeben, was Gott von ihr in der Menschwerdung ver-

langte, gab auch ohne Widerstreben alles, was aus jener
erſten Einwilligung folgte.

Wir wollen aber nun die Lehren betrachten, welche
dieſer erſte Schmerz uns gibt. Es war ein lebenslanges
Elend. Das Elend iſt nicht ohne eine geheimnißvolle
Bedeutung, ſogar in der von Gott abgefallenen Welt. Von
Rechtswegen ſollte es gar kein Elend geben. Denn iſt
nicht die ganze Welt überall mit Gott erfüllt, und kann
man ſich unglücklich fühlen in der Nähe Gottes? Wie
viel Güte und Freundlichkeit zeigt ſich an jedem von uns,
wenn wir ſie nur ſelbſt mit freundlichem Auge betrachten!
Die Sünde wird denen leicht vergeben, welchen es mit
der Buße ernſt iſt. Die Gnade wird verſchwenderiſch mitgetheilt. Ein faſt unglaublicher Antheil von wirklichem
Genuſſe iſt Jedem geworden, und Schmerz und Leiden
ſelbſt werden ſchnell zur Heiligung verwendet. Demungeachtet iſt das Elend auf der Welt wirklich vorhanden. Faſt
jedes Herz auf Erden iſt ein Heiligthum eines geheimen
Leidens. Bei einigen iſt der Kummer neu, bei andern alt,
bei unzähligen dauert das Unglück buchſtäblich lebenslang,
und ſie können demſelben nicht anders entgehen, als durch
die einzige Thüre, welche der Tod ihnen öffnet. Bei
einigen entſteht es daraus, daß ſie gleich anfangs ein un-
paſſendes Loos im Leben gewählt haben; bei andern aus
der Unfreundlichkeit, aus der Mißleitung oder dem Miß-
verſtändniſſe derjenigen, die ſie lieben. In manchen Fällen haben die Menſchen zu leiden wegen ihrer Religion
und die Folgen davon ſollen durch die Grauſamkeit anderer dauern bis an's Ende ihrer Tage. Nicht ſelten ent-
ſpringt das Unglück aus dem Charakter der Menſchen oder
aus ihren Sünden oder aus eigenen Folgen derſelben.
Dann und wann iſt es die Bürde eines gebrochenen Herzens, eines Herzens, das überladen worden iſt und ſo ſeine
Schnellkraft und die Macht verloren hat, ſein Leiden

langte, gab auch ohne Widerstreben alles, was aus jener ersten Einwilligung folgte.

Wir wollen aber nun die Lehren betrachten, welche dieser erste Schmerz uns gibt. Es war ein lebenslanges Elend. Das Elend ist nicht ohne eine geheimnißvolle Bedeutung, sogar in der von Gott abgefallenen Welt. Von Rechtswegen sollte es gar kein Elend geben. Denn ist nicht die ganze Welt überall mit Gott erfüllt, und kann man sich unglücklich fühlen in der Nähe Gottes? Wie viel Güte und Freundlichkeit zeigt sich an jedem von uns, wenn wir sie nur selbst mit freundlichem Auge betrachten! Die Sünde wird denen leicht vergeben, welchen es mit der Buße ernst ist. Die Gnade wird verschwenderisch mitgetheilt. Ein fast unglaublicher Antheil von wirklichem Genusse ist Jedem geworden, und Schmerz und Leiden selbst werden schnell zur Heiligung verwendet. Demungeachtet ist das Elend auf der Welt wirklich vorhanden. Fast jedes Herz auf Erden ist ein Heiligthum eines geheimen Leidens. Bei einigen ist der Kummer neu, bei andern alt, bei unzähligen dauert das Unglück buchstäblich lebenslang, und sie können demselben nicht anders entgehen, als durch die einzige Thüre, welche der Tod ihnen öffnet. Bei einigen entsteht es daraus, daß sie gleich anfangs ein unpassendes Loos im Leben gewählt haben; bei andern aus der Unfreundlichkeit, aus der Mißleitung oder dem Mißverständnisse derjenigen, die sie lieben. In manchen Fällen haben die Menschen zu leiden wegen ihrer Religion und die Folgen davon sollen durch die Grausamkeit anderer dauern bis an's Ende ihrer Tage. Nicht selten entspringt das Unglück aus dem Charakter der Menschen oder aus ihren Sünden oder aus eigenen Folgen derselben. Dann und wann ist es die Bürde eines gebrochenen Herzens, eines Herzens, das überladen worden ist und so seine Schnellkraft und die Macht verloren hat, sein Leiden abzuwerfen. Für solches Leiden bringt die Zeit keine Heilung. Das gebrochene Herz liegt blutend in der Hand seines himmlischen Vaters. Er wird darnach schauen, sonst vermag es niemand. Es ist zum Erstaunen, wie schal aller menschliche Trost ist. Die Wasser glitzern so in der Sonne, wir sehen den sandigen Grund nicht, obwol er sich kaum unter der Oberfläche befindet. Wir glauben, das Wasser sei tief, bis wir einmal dasselbe schöpften und dann wußten wir alles; denn wir schöpften so viel Sand als Wasser.

Was ist nun mit diesem lebenslänglichen Leiden anzufangen? Unsere göttliche Mutter möge es uns aus den Tiefen ihres ersten Schmerzes lehren. Ihre Leiden dauerten, so lange sie lebte. Dies war das Kennzeichen, welches der erste Schmerz ihnen aufdrückte. Sie litt, ohne Trost zu suchen. Sie litt, ohne sich auf menschliche Theilnahme stützen zu müssen; sie litt in der Stille, sie litt mit Freuden. Wir wollen dies bei Seite legen, nicht als unnachahmlich; die Zeit wird kommen, wo wir im Stande sein werden, auch diese Dinge nachzuahmen, aber wir wollen sie bei Seite legen, weil es jetzt über unsere Kräfte geht. Sie hatte kein Leiden, das von dem Leiden Jesu getrennt war. Wir können unsere Leiden in gewissem Grade den ihrigen gleichmachen, wenn wir sie beständig mit den Leiden Unseres theuersten Herrn vereinigen. Wenn unser Schmerz aus der Sünde entspringt, so kann er natürlich dem Schmerze Mariens nicht ähnlich sein, aber er kann gerade so leicht, gerade so angenehm mit dem Leiden Unseres Herrn vereinigt werden. Er wird das Opfer nicht verachten. Der Umstand, daß unsere Leiden eine Folge der Sünde sind, darf nicht einmal das Maß unseres Kummers erhöhen. Glücklich die, und wahre Söhne, die Unser Vater in diesem Leben schon straft! Wie Maria müssen wir liebevoll, milde und geduldig gegen jene sein, die uns ein Leid verursachen. Und indem wir unser Haupt unter Thränen, die ohne Zwang fließen und sich nicht zu schämen brauchen, auf den Schooß Unseres Herrn legen, wollen wir ruhig an Gott und den Himmel denken. Es ist kein geringer Trost, für lebenslang Trauernde zu wissen, daß Unsere gebenedeite Mutter auch lebenslänglich trauerte. Lasset uns gutes Muthes sein und unserm großen Schmerze in's Angesicht schauen und zu ihm sagen: Du bist entschlossen, dich nicht von mir zu trennen, bis ich in's Grab hinabsteige; sei mir also ein zweiter Schutzengel, ein Schatten Gottes, der verhindert, daß die Hitze und Gluth der Welt die Quellen des Gebets in meinem Herzen austrocknen. Wir alle, auch wenn wir kein lebenslanges Leid haben, haben einen Schutzengel dieser Art. Unsere Leiden sind vielleicht nicht eines, sondern viele. Sie ziehen auf die Wache, wie Schildwachen, die einander ablösen, bis die Wacht dieser irdischen Nacht vorbei ist. Das Elend ist wie eine geheime unterirdische Welt. Wir wandeln beständig darüber hin, ohne es zu wissen und scheinen so untheilnehmend und rücksichtslos gegen einander, während wir es in unserem Herzen eigentlich nicht sind. Was für ein Trost also ist für uns der Gedanke, daß sowol das Leben Jesu als Mariens ein Leben unaufhörlicher geheimer Trübsal war! Mit Vertrauen können wir daher die Mutter der Schmerzen aufsuchen und sie bitten, auch die Mutter unseres Schmerzes zu sein. Jesus hat eine besondere Liebe für die Unglücklichen. Der längste Tag hat seinen Abend, die schwerste Arbeit ihr Ende und die schärfste Pein ihre ewig dauernde Ruhe.

Eine andere Lehre, die wir aus diesem ersten Schmerze Mariens ziehen, ist, daß die höchste Anwendung der Gaben Gottes darin besteht, sie Ihm wieder zurückzugeben. Nichts ist in Wirklichkeit unser eigen als unsere Sünde. Gott ist alles zuwider, was einem Eigenthumsgefühle ähnlich

ist, sogar in den Gaben der Natur, aber hinsichtlich der
Gnadengaben ist dieser Widerwille noch tausendmal größer.
Wir müssen Ihn zum Verwahrer seiner eigenen Gaben
machen, weil wir sie nicht recht zu gebrauchen wissen. Wir
müssen wie Kinder sein, die ihren Vater bitten, die kleinen
Schätze aufzubewahren, die er ihnen selbst gegeben hat.
So ist's mit den Gaben Gottes. Sie sind mehr unser,
wenn sie in seiner Bewahrung sind, als in der unsrigen.
Alles, was unser Gefühl der Abhängigkeit von Ihm erhöht,
ist lieblich und sicher und wahr und recht und das Beste.
Ueberdies ist Gott der Endzweck, für welchen alle Dinge
gegeben wurden. Nichts Gutes soll bei uns bleiben, es
würde sich nicht gut erhalten, sondern verderben. Jedes
Geschöpf ist ein Kanal, durch welchen die Dinge ihren
Weg zu Gott zurückfinden, so sicher, als das Blut durch
endlose Wendungen seinen Weg zum Herzen zurückfindet
und seine Aufgabe verrichtet, nicht indem es sich irgendwo
aufhält, was eine Krankheit verursachen würde, sondern
indem es schnell fortrollt, auf seinem Wege alles belebend
und erwärmend. Ueberdies ist unsere Demuth immer in
Gefahr, wenn wir eine Gabe Gottes zurückbehalten, selbst
wenn es nicht länger wäre, als um ihr in's Gesicht zu
sehen und sie zu lieben und dann mit Wohlgefallen daran
zu denken, wenn sie fort ist. Wir müssen alles auf Gott
beziehen; darin besteht das Geheimniß, heilig zu werden.
Die Gnade kommt und die Versuchungen weichen und
große Dinge werden gethan, und die Liebe ist voll Jubel
und dann beginnt die Eigenliebe wiederholt ihren Gesang
anzustimmen; aber wir machen einen solchen Lärm mit
der Lobpreisung Gottes, daß wir sie nicht hören und sie
wird verwundet und schweigt, und wir wissen nichts davon.
Könnten wir jenen schönen Lobgesang Gottes nicht immer
fortsetzen? O, ja; denn die Gnaden kommen immer, wie
die Leute auf den Straßen, sie haben kein Ende, zuweilen

sind sie seltener, aber nie unterbrochen. So könnten wir
allzeit Gott preisen, allzeit zu Ihm die Gnaden und Gaben zurücksenden, die Er uns geschickt hat, wenn wir sie
in Demuth geküßt haben. Ueberdies sind Gott und seine
Gaben zwei ganz verschiedene Dinge. Zuweilen stellt Er
sich, als ob Er uns irreführen wollte, um unsere Liebe zu
prüfen. Er sendet uns eine ganz himmlische Gabe, und
gibt dann Acht, um zu sehen, ob wir sie für Ihn selbst
nehmen und darin ruhen wollen, nicht als ob sie unser
eigen wäre, aber auch nicht, als ob sie Sein, sondern als
ob sie Er selbst wäre. Allein die Seele, die Gott wahrhaft liebt, kann nie in diesen Irrthum fallen. Sie denkt
ebenso wenig daran, sich auf eine der besten Gaben Gottes niederzulegen, um zu ruhen, als es uns einfiele, auf
die grünen Wogen des Meeres zu liegen, um zu schlafen.
Sie muß Gott erreichen, sonst nichts. Sie fährt fort,
Ihm seine Gaben zurückzugeben, wie um beständig laut
zu bekennen, daß sie, so nothwendig sie sind, nicht Er selbst
sind und nicht seine Stelle vertreten können.

Eine andere Lehre, die wir daraus ziehen können, ist,
daß in dieser Welt das Leiden die Belohnung der Heiligkeit ist. Es ist für die Auserwählten auf Erden, was die
beseligende Anschauung für die Heiligen im Himmel. Es
ist Gottes Gegenwart, die Offenbarung Seiner selbst, sein
unfehlbarer Lohn. Wir dürfen uns daher nicht wundern,
wenn neue Anstrengungen, Gott zu dienen, neue Leiden
im Gefolge haben. Nach den übernatürlichen Prinzipien
des geistlichen Lebens sollte es so sein. Wenn wir im
Stande sind, sie zu ertragen, werden diese Leiden sogleich
kommen. Jede Verzögerung ist nur das Anzeichen, daß
Gott unsere Schwäche berücksichtigt. Wir dürfen indeß
nicht fürchten, daß sie unsern Kräften nicht angemessen
sein werden. Gottes Schläge werden nicht blindlings ausgetheilt. Unsere Kreuze werden durch die göttliche Weis-

heit auf's genaueste abgewogen, und dann ebnet die göttliche Liebe dieselben, um sie zugleich gelinder und leichter
zu machen. Aber wir können keinen wahren Trost in der
Andacht haben, wenn wir ohne Prüfung sind. Wir haben
keinen Beweis, daß wir Gott angenehm sind, keine Sicherheit gegen Täuschung. Wir wissen, daß die Sterne an
ihrem alten Platze am Himmel stehen, aber in verschiedenen Zuständen der Atmosphäre scheinen sie viel weiter
entfernt, als zu andern Zeiten, oder auch viel näher, wie
die Sternschnuppen, wenn sie auf die Erde fallen. So
ist es mit Gott. Die Freude macht, daß Er ferne scheint,
während das Leid Ihn nahe bringt, beinahe in unsern
Busen. Wenn Leiden kommen, fühlen wir instinktmäßig
ihren Zusammenhang mit den Gnaden, die vorangegangen
sind, gerade wie Versuchungen so oft einen Geruch vergangener Siege an sich haben. Sie kommen eine nach der
andern und versetzen ihre verschiedenen Streiche unserm
armen Herzen mit einem so lieblichen, himmlischen Ausdrucke auf ihrem Gesichte, daß unter der dünnen Verklei-
dung leicht Engel zu erkennen sind. Wenn wir sie berühren, so fühlen wir, sogar während der Schmerz uns
durchbebt, daß wir unsere endliche Beharrlichkeit beinahe
in Händen haben, so stark sind die Beweise unserer Annahme an Kindesstatt, so voll handgreiflicher Gnaden sind
sie, wenn sie gegenwärtig sind und ein solches Vermächtniß
von Segnungen hinterlassen sie, wenn sie sich entfernen.
Ein Herz ohne Leiden gleicht einer Welt ohne Offenbarung;
es sieht Gott nur im Dämmerlichte.

Unser Leiden muß ferner unser eigen sein. Wir dürfen nicht erwarten, daß sonst jemand es verstehe. Es ist
eine der Bedingungen des wahren Leidens, daß es mißverstanden werden soll. Das Leiden ist das individuellste
Ding in der Welt. Wir dürfen daher nicht erwarten,
einer Theilnahme zu begegnen, die dem, was wir leiden,

ganz angemessen ist. Es wird schon viel sein, wenn sie,
wenn auch unvollkommen, unserm Leiden gemäß ist. Es
ist sehr traurig, sich auf Theilnahme gestützt und gefunden
zu haben, daß sie unsere Last nicht tragen wollte mit einer
solchen Bürde von Leiden auf unserm Rücken. Es ist sehr
schwierig, uns wieder aufzurichten. Das Herz sinkt muth-
los auf sich selbst zurück; es hat seine letzten übrigen
Kräfte angespannt, um den Ort zu erreichen, wo es ausruhen wollte und was ist ihm nun übrig geblieben, als
eine Schwäche, die alle Wunden von neuem öffnet, und
die traurige Ueberzeugung, daß der Kummer weniger erträglich ist, als er vorher war? Es ist daher am besten,
unsere Leiden so geheim zu halten, als wir können. Eine
Theilnahme, die nicht passend ist, ärgert uns und macht
uns sündigen. Eine unangemessene Theilnahme läßt das
lahme Glied hart auf den Boden fallen. Die Verweige-
rung der Theilnahme erregt beinahe Verzweiflung, die in
Klagen ausbricht. Gott weiß alles. In diesen Worten
sind ganze Bände von Trost enthalten. Gott lenkt alles:
aus dieser einfachen Wahrheit strömt Licht aus für jede
Finsterniß. Unsere Herzen sind voll von Engeln, wenn
sie voll Leiden sind. Wir wollen sie zu unsern Begleitern
nehmen und unsern Weg fortwandeln, stets freudigen Angesichtes und solche Anmuth um uns verbreitend, wie nur
Trauernde sie verbreiten dürfen, und Gott wird uns verstehen, wenn wir zu Ihm gehen. Wer kann so trösten,
wie jene, die auch trauern? — Wir müssen auch erwarten, daß es in gewissem Grade mit uns sein wird, wie
es mit Maria war; unsere Leiden werden sogar durch
unsere Freuden genährt werden. Gott sendet uns Freuden vor den Leiden, um unsere Herzen vorzubereiten; aber
die Freuden selbst enthalten Weissagungen der kommenden Leiden. Und was ist jene heilige Furcht, was sind
jene seltsamen Ahnungen, jene unbestimmten Erwartungen

herannahenden Uebels, wovon die Freuden so oft begleitet sind, anders, als die Schatten, die sie mit sich bringen? Aus dem hellen Glanze des Lebens kommt meistens seine Dunkelheit. Auf die sonderbarste Weise verwandeln sich Freuden in Leiden, zuweilen plötzlich, zuweilen nach und nach. Manchmal kommt, was als Freude erwartet wurde, in der Gestalt von Leiden. Manchmal verwandelt sich selbst der Genuß der Freude in Betrübniß, wie wenn ein Zauberstab darüber geschwungen worden wäre. Zuweilen dauert die Freude an, aber wenn sie fortgeht, hinterläßt sie einen Kummer, den sie unterdessen unter ihrem Mantel verborgen hielt und den wir nie vermutheten. Wenn ferner ein Leiden ruhig geworden, und sein neuer Stachel durch die Zeit, durch Ausdauer oder durch die Zerstreuung unserer Pflichten abgestumpft scheint, kommt eine Freude zu uns und macht uns lächeln, wenn sie in unsere Seele einzieht; aber wenn sie da ist, geht sie sogleich zur Leidensquelle, weckt die schlummernden Wasser auf, gräbt die Quelle tiefer und lockert die Erde ringsum auf, um die Wasser stärker in Fluß zu bringen. Es gibt wenige, welche diese Entzündung und ·Belebung des Kummers durch die Ankunft der Freude nicht erfahren haben. Aber in Wahrheit sind in einer Welt, wo wir sündigen können, in einem Streite, wo wir so oft Gott aus dem Auge verlieren, in einem Aufenthalte, der eher ein Verbannungsort ist, als eine Heimath, alle Freuden mit Leiden verwandt, ja, sie sind beinahe Leiden in feiertäglichem Gewande. Die Freude ist ein Leben, das aussieht, wie es nicht ist; der Schmerz ist ein Leben mit einem wahren Gesichte und gleicht dem, was es ist. Demungeachtet besteht die wahrste, die himmlischste aller Freuden im Leiden, weil es uns von der Welt losschält und uns mit so ruhiger, überzeugender und unwiderstehlicher Gewalt zu Gott hinzieht. Der Sonnenaufgang der Gnade in der Seele ist voll Wolken und

_gewiſſen Vorbedeutungen, ſogar mitten un-
_ceuchten des ſchönen Lichtes, das überall den
_en Himmel durchblitzt. Aber wenn das Geſtirn ſeine
Mittagshöhe erreicht hat, werden alle Wolken in's Blau
zerſchmolzen ſein, niemand weiß wie. Denn Freuden in
Leiden verwandeln, iſt die ſüße, ſichere Aufgabe der Erde;
Leiden in Freuden verwandeln, iſt das wahre Werk des
Himmels und jener Gnadenhöhe, die ſchon auf Erden der
Himmel iſt.

Es iſt noch eine andere Lehre daraus zu ſchöpfen.
Wir müſſen alle auf die eine oder andere Art im Leben
in dieſen Schmerz eingehen. Das Charakteriſtiſche an den
Leiden Mariens iſt, daß Jeſus ſie verurſachte. Allein dies
iſt ihren Schmerzen nicht eigenthümlich. Er wird für jeden
aus uns die Urſache eines beſeligenden Leidens ſein. Es
gibt ſehr viele irdiſche Güter, die wir für Ihn opfern
müſſen, oder wenn wir nicht das Herz dazu haben, ſo
wird Er in ſeiner Güte ſo grauſam ſein, ſie uns zu nehmen.
Verfolgung iſt ein Wort, das viele Bedeutungen hat, ein
Ding, das zahlloſe Geſtalten annimmt. Sie muß unfehlbar jeden treffen, der Unſern theuerſten Herrn liebt. Sie
kann durch die böſen Zungen der Weltgeſinnten kommen,
oder ſich in dem Verdachte und der Eiferſucht und in den
Urtheilen derjenigen zeigen, die wir lieben. Im Frieden
der Familienliebe und häuslichen Eintracht kommt ſie oft
von einer Hand, die es ſchwer macht, ſie auszuhalten,
und wegen der Religion herrſcht oft das tiefe Elend, wo
der zufällige Beſucher nichts ſieht, als die Erbauung gegen-
ſeitiger Liebe. Wem wurde jemals Ruhe gelaſſen, Jeſu
zu dienen, wie er wollte? Es iſt vergeblich, dieſes zu erwarten. Die Liebe des Ehemannes erhebt ſich dagegen
im Weibe. Die Mutter wird ihre Kinder aus den Armen
des Erlöſers reißen. Der Vater blickt mit Argwohn auf
die Anſprüche Gottes, und Eiferſucht auf den Schöpfer

wird ihn hart machen gegen ein Kind, das ihm sonst im Leben nie eine Stunde Kummer machte, und gegen welches er vorher nie hart gewesen. Der Bruder wird auf die brüderliche Zuneigung verzichten und die Bitterkeit der Urtheile der Welt in den geheiligten Kreis der Familie bringen, wenn Jesus es wagt, seine Schwester mit einem Finger anzurühren. O arme, arme Welt! Und es sind immer die Guten, die in dieser Hinsicht immer die Schlimmsten sind. Lasset uns dies wohl zu Herzen nehmen und erwägen! Von außen her wird Unser Herr, neben dieser unvermeidlichen Verfolgung, uns Prüfungen und Kreuze bringen, um sowohl unsere Gnade zu bewahren, als zu vermehren. Je mehr wir Ihn lieben, um so zahlreicher werden sie sein. Ja, unsere Liebe zu Ihm bringt uns oft in Leid, wir wissen kaum wie. Sie verleitet uns beinahe zu Fehlern, zu Unklugheiten, die wir bereuen müssen. Plötzlich, zumal, wenn wir inbrünstig sind, gibt der Boden unter unsern Füßen nach, und wir sinken in eine Grube und beim Rückblicke scheint unser Fall unentschuldbar, und doch, wie ist alles gekommen? Wie steht es auch innerhalb der Seele aus? Gibt es da nicht solche Dinge, wie die Schmerzen der Liebe? Sind sie nicht gewöhnlicher als ihre Freuden? Wir empfinden sodann die schlimmere Pein, daß wir unsere Liebe nicht fühlen, daß wir sie zu verlieren scheinen, daß sie uns für immer entgeht. Es gibt ferner innere Prüfungen, durch welche die Eigenliebe eines schmerzlichen Todes stirbt und unsere innerste Seele wie durch Feuer gereinigt wird, was ein außerordentlicher Schmerz ist. Es stellen sich auch Trübsale ein, in welche die Liebe zu Jesus uns verstrickt. Sie überredet uns, diese Welt aufzugeben, alle Lichter auszulöschen, womit die Erde unser Herz erfreute, alle Bande zu brechen, uns einem harten, mühseligen Leben zu übergeben und dann verläßt sie uns. Gott verbirgt sein Angesicht vor uns. Alle Aussicht auf die andere Welt ist uns verschlossen. Es ist gerade wie beim Untergang der Sonne; kaum ist der letzte Rand derselben unter den Horizont hinabgesunken, so steigt, wie durch einen Zauber hervorgerufen, vom Flusse her, von der Waldschlucht, von den Triften, wo die Heerden weiden, von den Wiesen, wo das Heu in Haufen liegt, ein kalter, weißer, blendender Nebel auf. Ebenso ist's in der Seele; kaum hat sich Gottes Angesicht abgewendet, so brechen vergangene Sünden wie Geistergestalten aus den Gräbern hervor, in welche die Absolution sie legte, und gegenwärtige Unvollkommenheiten, unbekannte Versuchungen und entmuthigende Gedanken an die Unmöglichkeit zu beharren, erheben sich mit einander und hüllen die Seele in die kälteste, dürfteste Trostlosigkeit, durch welche kein Stern dringen kann, und es ist viel, wenn ein schwacher, weißer Schein uns sagt, daß irgendwo der Mond verborgen ist. Wer kennt nicht diese Dinge? Wir brauchen nicht davor zu beben, sie gehen uns für jetzt nichts an, aber sie werden sicherlich wieder zurückkommen, wenn ihre Stunde schlägt. So ist Jesus in uns eine Ursache der Leiden, in uns ist Er ein Zeichen, dem man widersprechen wird, in uns ist Er gesetzt zur Auferstehung und zum Falle von Vielen.

Dies sind die Lehren, welche der erste Schmerz uns vorstellt, und es sind Lehren für unser ganzes Leben, wie seine Leiden waren. Wir wollen nun mit Maria heimgehen nach Nazareth. Engel begleiten ihre Schritte voll Erstaunen und Ehrfurcht über ihren Kummer. Vielleicht ist es ihre erste Lehre in der tiefen Wissenschaft des Leidens. So zog sie durch die Straßen Sions und über die Hügel und durch die Thäler an den Bächen dahin, bis sie zu der grünen Ebene von Nazareth kam, die Mutter mit ihrem Kinde! Sie waren einander alles in allem. Wer kann sagen, was für eine stumme Sprache sie redeten, als des Kindes Herz am Herzen der Mutter schlug in Leid und in Liebe? Jedes war dem andern theurer, als vorher, und auch wir vielleicht waren ihnen theurer, als vor einer Stunde; denn der Schatten des Kalvarienberges war bereits auf die Mutter und den Sohn gefallen, und sie liebten den Schatten und wir waren es, die ihn warfen.

Drittes Kapitel.

Der zweite Schmerz. Die Flucht nach Aegypten.

Die Flucht nach Aegypten ist immer eine Quelle gewesen, woraus die Poesie und Kunst in der Kirche in Fülle schöpfte, während sie auch eine Quelle der Thränen und reicher Betrachtung war für religiöse Seelen. Nicht nur ist das Geheimniß an sich selbst ausnehmend schön, sondern die Heiden haben es nach der Erscheinung Christi gerne als den Beginn des Verkehrs Unsers Herrn mit ihnen angesehen. Er flieht vor seinem eigenen Volke, um in einem Heidenlande Zuflucht zu suchen. Er heiligt durch seine Gegenwart gerade das Land, welches der große historische Feind des auserwählten Volkes gewesen, und welches gleichsam das eigentliche Vorbild aller heidnischen Finsterniß war. Mitten unter jenen umnachteten Heiden findet Er eine friedliche Heimath, wo keine Verfolgungen den gleichen Verlauf seines kindlichen Lebens stören. Die Götzen fallen aus ihren Nischen, wenn Er vorüber geht. Eine Macht geht aus in das fruchtbare Nilthal, ja, sie überströmt es und läuft weit hinein in den gelben Sand der Wüste, den ganzen großen Länderraum heiligend und bezeichnend als eine künftige Kirche, als eine blüthenreiche Wildniß, als ein ödes, mystisches Paradies, das von Heiligen bevölkert werden sollte. Die Väter der Wüste sollen im ganzen großen Abendlande zu einem christlichen Sprüchworte werden, zu einer Erscheinung, welche man zu bewundern nie aufhören wird, zu einer lebendigen Disciplin, zu einer fortdauernden Akademie, in welcher alle künftigen Geschlechter von katholischen Heiligen gebildet werden und ihre Grade empfangen sollten. Daher liebte es der heidnische Westen, über die Flucht nach Aegypten, den Aufenthalt daselbst und die Heimkehr eine Menge von Sagen aufzuhäufen.

Wenn es keinen Frieden in dem abgelegenen Nazareth gibt, wo sollen wir ihn finden? Kann das Auge einer eifersüchtigen Macht, durch den seinen Blick selbstsüchtiger Furcht geschärft, das heilige Kind mitten unter den vielen Kindern jenes abgelegenen Städtchens herausfinden? Der Böse wird dafür sorgen, davon dürfen wir überzeugt sein. Der Friede ist nicht das Erbtheil Jesu und Mariens. Allerdings ist Er der Fürst des Friedens, aber keines solchen Friedens, wie die Erde träumt. Maria hatte erst kürzlich ihre Heimath erreicht. Ihr Herz ist gebrochen, sie bedarf der Ruhe. Sie soll sie finden zur Zeit der Ruhe, aber anders, als man erwarten möchte. In der Stille der Nacht erschien der Herr im Schlafe dem Joseph, dem Verwahrer der besten Schätze des Himmels auf Erden, und gebot ihm, aufzustehen, das Kind und seine Mutter zu nehmen und nach Aegypten zu fliehen. Die drei Könige waren nach dem Morgenlande zurückgekehrt, ohne es Herodes wissen zu lassen, ob sie den neugebornen König gefunden hätten und wer er sei. Herodes hatte sie aufgefordert, zu ihm zurückzukehren, aber die heilige Schrift sagt uns nicht, daß sie es versprachen, oder wenn sie es thaten, so hob das Gebot Gottes, welches ihnen in einem Traume zukam, das gegebene Versprechen auf. Die Tyrannei ließ sich jedoch dadurch nicht irre machen, und damit sie ihr Ziel nicht verfehlte, erfüllte sie ganz Bethlehem mit Blut durch den Mord der unschuldigen Kinder. O Maria! sieh, was für eine grausame Schwester du für jene armen

Mütter Bethlehems gewesen bist, die dich am Abende vor
Weihnachten heimathlos durch ihre Straßen wandern sahen,
während sie vielleicht ihre Kleinen an der Hausthüre
zärtlich liebkosten! Was für Klagetöne stiegen zum Himmel auf von jener schmalen Hügelkuppe, während die Rin-
nen der steilen Straßen von Blut floßen! Es war das
Gesetz der Menschwerdung, das Gesetz, das den sanften
Jesus umgab, welches nun zu wirken begann. Theuerster
Herr! Seine große Liebe zu uns hatte bereits seiner Mutter das Herz gebrochen. Sie erfüllte jetzt die glücklichen
Hütten Bethlehems mit Trauer und befleckte seine ungast-
lichen Thürschwellen mit Blut. Und all dies, um Ihn für
den Kalvarienberg aufzubewahren, wo Er mit einem tausendmal grausameren Leiden sein kostbares Blut für uns
vergießen sollte!

Die Nacht lag finster und ruhig über dem kleinen
Städtchen Nazareth, als Joseph fortging. Kein Gebot
Gottes fand jemals eine solche Bereitwilligkeit in dem
höchsten Heiligen oder Engel, als dieses in Maria fand.
Sie hörte Joseph's Worte und lächelte ihn stillschweigend
an, als er sprach. Sie zeigte keine Verwirrung, keine
hastige Eile, obwol sie alle Furcht einer Mutter empfand.
Sie nahm ihren Schatz auf die Arme, als Er schlief und
zog mit Joseph hinaus in das kalte Sternenlicht; denn
die Armuth hat wenig Vorbereitungen zu machen. Sie
verließ die Heimath von neuem. Schrecken und Mühsal,
die Wüste und das Heidenland standen ihr bevor, und sie
sah allem mit der Ruhe eines bereits gebrochenen Herzens
entgegen. Hie und da rauschte der Nachtwind in den ent-
laubten Feigenbäumen, so daß ihre nackten Aeste zusam-
menschlugen, und dann und wann erhob ein Hofhund sein
Gebell, nicht weil er sie hörte, sondern bloß, weil die
nächtliche Unruhe das Thier antrieb. Aber wie Jesus als
Gott gekommen war, so ging Er als Gott, unbemerkt

9*

sind sie seltener, aber nie unterbrochen. So könnten wir allzeit Gott preisen, allzeit zu Ihm die Gnaden und Gaben zurücksenden, die Er uns geschickt hat, wenn wir sie in Demuth geküßt haben. Ueberdies sind Gott und seine Gaben zwei ganz verschiedene Dinge. Zuweilen stellt Er sich, als ob Er uns irreführen wollte, um unsere Liebe zu prüfen. Er sendet uns eine ganz himmlische Gabe, und gibt dann Acht, um zu sehen, ob wir sie für Ihn selbst nehmen und darin ruhen wollen, nicht als ob sie unser eigen wäre, aber auch nicht, als ob sie Sein, sondern als ob sie Er selbst wäre. Allein die Seele, die Gott wahrhaft liebt, kann nie in diesen Irrthum fallen. Sie denkt ebenso wenig daran, sich auf eine der besten Gaben Gottes niederzulegen, um zu ruhen, als es uns einfiele, auf die grünen Wogen des Meeres zu liegen, um zu schlafen. Sie muß Gott erreichen, sonst nichts. Sie fährt fort, Ihm seine Gaben zurückzugeben, wie um beständig laut zu bekennen, daß sie, so nothwendig sie sind, nicht Er selbst sind und nicht seine Stelle vertreten können.

Eine andere Lehre, die wir daraus ziehen können, ist, daß in dieser Welt das Leiden die Belohnung der Heiligkeit ist. Es ist für die Auserwählten auf Erden, was die beseligende Anschauung für die Heiligen im Himmel. Es ist Gottes Gegenwart, die Offenbarung Seiner selbst, sein unfehlbarer Lohn. Wir dürfen uns daher nicht wundern, wenn neue Anstrengungen, Gott zu dienen, neue Leiden im Gefolge haben. Nach den übernatürlichen Prinzipien des geistlichen Lebens sollte es so sein. Wenn wir im Stande sind, sie zu ertragen, werden diese Leiden sogleich kommen. Jede Verzögerung ist nur das Anzeichen, daß Gott unsere Schwäche berücksichtigt. Wir dürfen indeß nicht fürchten, daß sie unsern Kräften nicht angemessen sein werden. Gottes Schläge werden nicht blindlings ausgetheilt. Unsere Kreuze werden durch die göttliche Weis-

heit auf's genaueste abgewogen, und dann ebnet die göttliche Liebe dieselben, um sie zugleich gelinder und leichter
zu machen. Aber wir können keinen wahren Trost in der
Andacht haben, wenn wir ohne Prüfung sind. Wir haben
keinen Beweis, daß wir Gott angenehm sind, keine Sicherheit gegen Täuschung. Wir wissen, daß die Sterne an
ihrem alten Platze am Himmel stehen, aber in verschiedenen Zuständen der Atmosphäre scheinen sie viel weiter
entfernt, als zu andern Zeiten, oder auch viel näher, wie
die Sternschnuppen, wenn sie auf die Erde fallen. So
ist es mit Gott. Die Freude macht, daß Er ferne scheint,
während das Leid Ihn nahe bringt, beinahe in unsern
Busen. Wenn Leiden kommen, fühlen wir instinktmäßig
ihren Zusammenhang mit den Gnaden, die vorangegangen
sind, gerade wie Versuchungen so oft einen Geruch vergangener Siege an sich haben. Sie kommen eine nach der
andern und versetzen ihre verschiedenen Streiche unserm
armen Herzen mit einem so lieblichen, himmlischen Aus-
brucke auf ihrem Gesichte, daß unter der dünnen Verklei-
dung leicht Engel zu erkennen sind. Wenn wir sie berühren, so fühlen wir, sogar während der Schmerz uns
durchbebt, daß wir unsere endliche Beharrlichkeit beinahe
in Händen haben, so stark sind die Beweise unserer Annahme an Kindesstatt; so voll handgreiflicher Gnaden sind
sie, wenn sie gegenwärtig sind und ein solches Vermächtniß
von Segnungen hinterlassen sie, wenn sie sich entfernen.
Ein Herz ohne Leiden gleicht einer Welt ohne Offenbarung;
es sieht Gott nur im Dämmerlichte.

Unser Leiden muß ferner unser eigen sein. Wir dürfen nicht erwarten, daß sonst jemand es verstehe. Es ist
eine der Bedingungen des wahren Leidens, daß es mißverstanden werden soll. Das Leiden ist das individuellste
Ding in der Welt. Wir dürfen daher nicht erwarten,
einer Theilnahme zu begegnen, die dem, was wir leiden,

ganz angemessen ist. Es wird schon viel sein, wenn sie,
wenn auch unvollkommen, unserm Leiden gemäß ist. Es
ist sehr traurig, sich auf Theilnahme gestützt und gefunden
zu haben, daß sie unsere Last nicht tragen wollte mit einer
solchen Bürde von Leiden auf unserm Rücken. Es ist sehr
schwierig, uns wieder aufzurichten. Das Herz sinkt muth-
los auf sich selbst zurück; es hat seine letzten übrigen
Kräfte angespannt, um den Ort zu erreichen, wo es ausruhen wollte und was ist ihm nun übrig geblieben, als
eine Schwäche, die alle Wunden von neuem öffnet, und
die traurige Ueberzeugung, daß der Kummer weniger erträglich ist, als er vorher war? Es ist daher am besten,
unsere Leiden so geheim zu halten, als wir können. Eine
Theilnahme, die nicht passend ist, ärgert uns und macht
uns sündigen. Eine unangemessene Theilnahme läßt das
lahme Glied hart auf den Boden fallen. Die Verweige-
rung der Theilnahme erregt beinahe Verzweiflung, die in
Klagen ausbricht. Gott weiß alles. In diesen Worten
sind ganze Bände von Trost enthalten. Gott lenkt alles:
aus dieser einfachen Wahrheit strömt Licht aus für jede
Finsterniß. Unsere Herzen sind voll von Engeln, wenn
sie voll Leiden sind. Wir wollen sie zu unsern Begleitern
nehmen und unsern Weg fortwandeln, stets freudigen Angesichtes und solche Anmuth um uns verbreitend, wie nur
Trauernde sie verbreiten dürfen, und Gott wird uns verstehen, wenn wir zu Ihm gehen. Wer kann so trösten,
wie jene, die auch trauern? — Wir müssen auch erwarten, daß es in gewissem Grade mit uns sein wird, wie
es mit Maria war; unsere Leiden werden sogar durch
unsere Freuden genährt werden. Gott sendet uns Freuden vor den Leiden, um unsere Herzen vorzubereiten; aber
die Freuden selbst enthalten Weissagungen der kommenden Leiden. Und was ist jene heilige Furcht, was sind
jene seltsamen Ahnungen, jene unbestimmten Erwartungen

herannahenden Uebels, wovon die Freuden so oft begleitet sind, anders, als die Schatten, die sie mit sich bringen? Aus dem hellen Glanze des Lebens kommt meistens seine Dunkelheit. Auf die sonderbarste Weise verwandeln sich Freuden in Leiden, zuweilen plötzlich, zuweilen nach und nach. Manchmal kommt, was als Freude erwartet wurde, in der Gestalt von Leiden. Manchmal verwandelt sich selbst der Genuß der Freude in Betrübniß, wie wenn ein Zauberstab darüber geschwungen worden wäre. Zuweilen dauert die Freude an, aber wenn sie fortgeht, hinterläßt sie einen Kummer, den sie unterdessen unter ihrem Mantel verborgen hielt und den wir nie vermutheten. Wenn ferner ein Leiden ruhig geworden, und sein neuer Stachel durch die Zeit, durch Ausdauer oder durch die Zerstreuung unserer Pflichten abgestumpft scheint, kommt eine Freude zu uns und macht uns lächeln, wenn sie in unsere Seele einzieht; aber wenn sie da ist, geht sie sogleich zur Leidensquelle, weckt die schlummernden Wasser auf, gräbt die Quelle tiefer und lockert die Erde ringsum auf, um die Wasser stärker in Fluß zu bringen. Es gibt wenige, welche diese Entzündung und Belebung des Kummers durch die Ankunft der Freude nicht erfahren haben. Aber in Wahrheit sind in einer Welt, wo wir sündigen können, in einem Streite, wo wir so oft Gott aus dem Auge verlieren, in einem Aufenthalte, der eher ein Verbannungsort ist, als eine Heimath, alle Freuden mit Leiden verwandt, ja, sie sind beinahe Leiden in feiertäglichem Gewande. Die Freude ist ein Leben, das aussieht, wie es nicht ist; der Schmerz ist ein Leben mit einem wahren Gesichte und gleicht dem, was es ist. Demungeachtet besteht die wahrste, die himmlischste aller Freuden im Leiden, weil es uns von der Welt losschält und uns mit so ruhiger, überzeugender und unwiderstehlicher Gewalt zu Gott hinzieht. Der Sonnenaufgang der Gnade in der Seele ist voll Wolken und

Zweifel und ungewissen Vorbedeutungen, sogar mitten unter dem Leuchten des schönen Lichtes, das überall den trüben Himmel durchblitzt. Aber wenn das Gestirn seine Mittagshöhe erreicht hat, werden alle Wolken in's Blau zerschmolzen sein, niemand weiß wie. Denn Freuden in Leiden verwandeln, ist die süße, sichere Aufgabe der Erde; Leiden in Freuden verwandeln, ist das wahre Werk des Himmels und jener Gnadenhöhe, die schon auf Erden der Himmel ist.

Es ist noch eine andere Lehre daraus zu schöpfen. Wir müssen alle auf die eine oder andere Art im Leben in diesen Schmerz eingehen. Das Charakteristische an den Leiden Mariens ist, daß Jesus sie verursachte. Allein dies ist ihren Schmerzen nicht eigenthümlich. Er wird für jeden aus uns die Ursache eines beseligenden Leidens sein. Es gibt sehr viele irdische Güter, die wir für Ihn opfern müssen, oder wenn wir nicht das Herz dazu haben, so wird Er in seiner Güte so grausam sein, sie uns zu nehmen. Verfolgung ist ein Wort, das viele Bedeutungen hat, ein Ding, das zahllose Gestalten annimmt. Sie muß unfehlbar jeden treffen, der Unsern theuersten Herrn liebt. Sie kann durch die bösen Zungen der Weltgesinnten kommen, oder sich in dem Verdachte und der Eifersucht und in den Urtheilen derjenigen zeigen, die wir lieben. Im Frieden der Familienliebe und häuslichen Eintracht kommt sie oft von einer Hand, die es schwer macht, sie auszuhalten, und wegen der Religion herrscht oft das tiefe Elend, wo der zufällige Besucher nichts sieht, als die Erbauung gegenseitiger Liebe. Wem wurde jemals Ruhe gelassen, Jesu zu dienen, wie er wollte? Es ist vergeblich, dieses zu erwarten. Die Liebe des Ehemannes erhebt sich dagegen im Weibe. Die Mutter wird ihre Kinder aus den Armen des Erlösers reißen. Der Vater blickt mit Argwohn auf die Ansprüche Gottes, und Eifersucht auf den Schöpfer

wird ihn hart machen gegen ein Kind, das ihm sonst im
Leben nie eine Stunde Kummer machte, und gegen welches
er vorher nie hart gewesen. Der Bruder wird auf die
brüderliche Zuneigung verzichten und die Bitterkeit der Urtheile der Welt in den geheiligten Kreis der Familie bringen, wenn Jesus es wagt, seine Schwester mit einem
Finger anzurühren. O arme, arme Welt! Und es sind
immer die Guten, die in dieser Hinsicht immer die Schlimmsten sind. Lasset uns dies wohl zu Herzen nehmen und
erwägen! Von außen her wird Unser Herr, neben dieser
unvermeidlichen Verfolgung, uns Prüfungen und Kreuze
bringen, um sowohl unsere Gnade zu bewahren, als zu
vermehren. Je mehr wir Ihn lieben, um so zahlreicher
werden sie sein. Ja, unsere Liebe zu Ihm bringt uns oft
in Leid, wir wissen kaum wie. Sie verleitet uns beinahe
zu Fehlern, zu Unklugheiten, die wir bereuen müssen.
Plötzlich, zumal, wenn wir inbrünstig sind, gibt der Boden
unter unsern Füßen nach, und wir sinken in eine Grube
und beim Rückblicke scheint unser Fall unentschuldbar, und
doch, wie ist alles gekommen? Wie steht es auch innerhalb
der Seele aus? Gibt es da nicht solche Dinge, wie die
Schmerzen der Liebe? Sind sie nicht gewöhnlicher als ihre
Freuden? Wir empfinden sodann die schlimmere Pein, daß
wir unsere Liebe nicht fühlen, daß wir sie zu verlieren
scheinen, daß sie uns für immer entgeht. Es gibt ferner
innere Prüfungen, durch welche die Eigenliebe eines schmerzlichen Todes stirbt und unsere innerste Seele wie durch
Feuer gereinigt wird, was ein außerordentlicher Schmerz
ist. Es stellen sich auch Trübsale ein, in welche die Liebe
zu Jesus uns verstrickt. Sie überredet uns, diese Welt
aufzugeben, alle Lichter auszulöschen, womit die Erde unser
Herz erfreute, alle Bande zu brechen, uns einem harten,
mühseligen Leben zu übergeben und dann verläßt sie uns.
Gott verbirgt sein Angesicht vor uns. Alle Aussicht auf

die andere Welt ist uns verschlossen. Es ist gerade wie beim Untergang der Sonne; kaum ist der letzte Rand derselben unter den Horizont hinabgesunken, so steigt, wie durch einen Zauber hervorgerufen, vom Flusse her, von der Waldschlucht, von den Triften, wo die Heerden weiden, von den Wiesen, wo das Heu in Haufen liegt, ein kalter, weißer, blendender Nebel auf. Ebenso ist's in der Seele; kaum hat sich Gottes Angesicht abgewendet, so brechen vergangene Sünden wie Geistergestalten aus den Gräbern hervor, in welche die Absolution sie legte, und gegenwärtige Unvollkommenheiten, unbekannte Versuchungen und entmuthigende Gedanken an die Unmöglichkeit zu beharren, erheben sich mit einander und hüllen die Seele in die kälteste, dürsterste Trostlosigkeit, durch welche kein Stern bringen kann, und es ist viel, wenn ein schwacher, weißer Schein uns sagt, daß irgendwo der Mond verborgen ist. Wer kennt nicht diese Dinge? Wir brauchen nicht davor zu beben, sie gehen uns für jetzt nichts an, aber sie werden sicherlich wieder zurückkommen, wenn ihre Stunde schlägt. So ist Jesus in uns eine Ursache der Leiden, in uns ist Er ein Zeichen, dem man widersprechen wird, in uns ist Er gesetzt zur Auferstehung und zum Falle von Vielen.

Dies sind die Lehren, welche der erste Schmerz uns vorstellt, und es sind Lehren für unser ganzes Leben, wie seine Leiden waren. Wir wollen nun mit Maria heimgehen nach Nazareth. Engel begleiten ihre Schritte voll Erstaunen und Ehrfurcht über ihren Kummer. Vielleicht ist es ihre erste Lehre in der tiefen Wissenschaft des Leidens. So zog sie durch die Straßen Sions und über die Hügel und durch die Thäler an den Bächen dahin, bis sie zu der grünen Ebene von Nazareth kam, die Mutter mit ihrem Kinde! Sie waren einander alles in allem. Wer kann sagen, was für eine stumme Sprache sie redeten, als des Kindes Herz am Herzen der Mutter schlug in Leid und in Liebe? Jedes war dem andern theurer, als vorher, und auch wir vielleicht waren ihnen theurer, als vor einer Stunde; denn der Schatten des Kalvarienberges war breits auf die Mutter und den Sohn gefallen, und sie liebten den Schatten und wir waren es, die ihn warfen.

Drittes Kapitel.

Der zweite Schmerz. Die Flucht nach Aegypten.

Die Flucht nach Aegypten ist immer eine Quelle gewesen, woraus die Poesie und Kunst in der Kirche in Fülle schöpfte, während sie auch eine Quelle der Thränen und reicher Betrachtung war für religiöse Seelen. Nicht nur ist das Geheimniß an sich selbst ausnehmend schön, sondern die Heiden haben es nach der Erscheinung Christi gerne als den Beginn des Verkehrs Unsers Herrn mit ihnen angesehen. Er flieht vor seinem eigenen Volke, um in einem Heidenlande Zuflucht zu suchen. Er heiligt durch seine Gegenwart gerade das Land, welches der große historische Feind des auserwählten Volkes gewesen, und welches gleichsam das eigentliche Vorbild aller heidnischen Finsterniß war. Mitten unter jenen umnachteten Heiden findet Er eine friedliche Heimath, wo keine Verfolgungen den gleichen Verlauf seines kindlichen Lebens stören. Die Götzen fallen aus ihren Nischen, wenn Er vorüber geht. Eine Macht geht aus in das fruchtbare Nilthal, ja, sie überströmt es und läuft weit hinein in den gelben Sand der Wüste, den ganzen großen Länderraum heiligend und bezeichnend als eine künftige Kirche, als eine blüthenreiche Wildniß, als ein ödes, mystisches Paradies, das von Heiligen bevölkert werden sollte. Die Väter der Wüste sollen im ganzen großen Abendlande zu einem christlichen Sprüchworte werden, zu einer Erscheinung, welche man zu bewundern nie aufhören wird, zu einer lebendigen Disciplin, zu einer fortdauernden Akademie, in welcher alle künftigen Geschlechter von katholischen Heiligen gebildet werden und ihre Grade empfangen sollten. Daher liebte es der heidnische Westen, über die Flucht nach Aegypten, den Aufenthalt daselbst und die Heimkehr eine Menge von Sagen aufzuhäufen.

Wenn es keinen Frieden in dem abgelegenen Nazareth gibt, wo sollen wir ihn finden? Kann das Auge einer eifersüchtigen Macht, durch den seinen Blick selbstsüchtiger Furcht geschärft, das heilige Kind mitten unter den vielen Kindern jenes abgelegenen Städtchens herausfinden? Der Böse wird dafür sorgen, davon dürfen wir überzeugt sein. Der Friede ist nicht das Erbtheil Jesu und Mariens. Allerdings ist Er der Fürst des Friedens, aber keines solchen Friedens, wie die Erde träumt. Maria hatte erst kürzlich ihre Heimath erreicht. Ihr Herz ist gebrochen, sie bedarf der Ruhe. Sie soll sie finden zur Zeit der Ruhe, aber anders, als man erwarten möchte. In der Stille der Nacht erschien der Herr im Schlafe dem Joseph, dem Verwahrer der besten Schätze des Himmels auf Erden, und gebot ihm, aufzustehen, das Kind und seine Mutter zu nehmen und nach Aegypten zu fliehen. Die drei Könige waren nach dem Morgenlande zurückgekehrt, ohne es Herodes wissen zu lassen, ob sie den neugebornen König gefunden hätten und wer er sei. Herodes hatte sie aufgefordert, zu ihm zurückzukehren, aber die heilige Schrift sagt uns nicht, daß sie es versprachen, oder wenn sie es thaten, so hob das Gebot Gottes, welches ihnen in einem Traume zukam, das gegebene Versprechen auf. Die Tyrannei ließ sich jedoch dadurch nicht irre machen, und damit sie ihr Ziel nicht verfehlte, erfüllte sie ganz Bethlehem mit Blut durch den Mord der unschuldigen Kinder. O Maria! sieh, was für eine grausame Schwester du für jene armen

Mütter Bethlehems gewesen bist, die dich am Abende vor
Weihnachten heimathlos durch ihre Straßen wandern sahen,
während sie vielleicht ihre Kleinen an der Hausthüre
zärtlich liebkosten! Was für Klagetöne stiegen zum Himmel auf von jener schmalen Hügelkuppe, während die Rin-
nen der steilen Straßen von Blut floßen! Es war das
Gesetz der Menschwerdung, das Gesetz, das den sanften
Jesus umgab, welches nun zu wirken begann. Theuerster
Herr! Seine große Liebe zu uns hatte bereits seiner Mutter das Herz gebrochen. Sie erfüllte jetzt die glücklichen
Hütten Bethlehems mit Trauer und befleckte seine ungast-
lichen Thürschwellen mit Blut. Und all dies, um Ihn für
den Kalvarienberg aufzubewahren, wo Er mit einem tausendmal grausameren Leiden sein kostbares Blut für uns
vergießen sollte!

Die Nacht lag finster und ruhig über dem kleinen
Städtchen Nazareth, als Joseph fortging. Kein Gebot
Gottes fand jemals eine solche Bereitwilligkeit in dem
höchsten Heiligen oder Engel, als dieses in Maria fand.
Sie hörte Joseph's Worte und lächelte ihn stillschweigend
an, als er sprach. Sie zeigte keine Verwirrung, keine
hastige Eile, obwol sie alle Furcht einer Mutter empfand.
Sie nahm ihren Schatz auf die Arme, als Er schlief und
zog mit Joseph hinaus in das kalte Sternenlicht; denn
die Armuth hat wenig Vorbereitungen zu machen. Sie
verließ die Heimath von neuem. Schrecken und Mühsal,
die Wüste und das Heidenland standen ihr bevor, und sie
sah allem mit der Ruhe eines bereits gebrochenen Herzens
entgegen. Hie und da rauschte der Nachtwind in den ent-
laubten Feigenbäumen, so daß ihre nackten Aeste zusam-
menschlugen, und dann und wann erhob ein Hofhund sein
Gebell, nicht weil er sie hörte, sondern bloß, weil die
nächtliche Unruhe das Thier antrieb. Aber wie Jesus als
Gott gekommen war, so ging Er als Gott, unbemerkt

und unvermißt. Niemand wird jemals weniger auf Erden vermißt, als Er, von dem alles abhängt.

Der Pfad, den sie einschlugen, war nicht derjenige, den menschliche Klugheit ihnen angewiesen hätte. Sie kehrten auf der Straße zurück, die nach Jerusalem führte und die sie erst kürzlich betreten hatten, vermieden aber die heilige Stadt und gingen nahe an Bethlehem vorbei, wie wenn seine Nähe jenen bewußtlosen Säuglingen einen Segen geben sollte, die noch warm in den Armen ihrer Mütter ruhten. So kamen sie auf den Weg, der in die Wüste führt und, indem Joseph wie der Schatten des ewigen Vaters voranging, überschritten sie die Grenze des gelobten Landes und wanderten fort, bis sie den Augen entschwanden und auf dem Sande der Wüste wie Punkte erschienen. Zwei Geschöpfe hatten den Schöpfer in die Wüste gebracht und trugen da Sorge für Ihn, mitten unter dem steinigen Sande der wasserlosen Rinnsale. Der Aufgang und Untergang der Sonne, der glänzend helle Mittag und die dunkle Mitternacht, die runde Scheibe des Mondes und der dicke Nebel kamen zu ihnen in der Wüste so manchen Tag. Noch immer wanderten sie fort. Sie hatten Kälte zu ertragen bei Nacht, und eine Sonne, vor welcher sie sich nicht bergen konnten, bei Tag. Sie hatten dürftige Nahrung und häufigen Durst, und obwol sie wußten, wen sie trugen, erwarteten sie doch keine Wunder, um die Last zu erleichtern, die sie trugen.

Eine alte Sage erzählt, daß sie einst in der Nacht in der Höhle eines Räubers ruhten. Sie wurden daselbst mit rauher, aber herzlicher Gastlichkeit von dem Weibe des Hauptmanns der Bande aufgenommen. Vielleicht war es ihr Leiden, das sie freundlich stimmte; denn es ist oft so bei Frauen. Ihr Leid war ein großes. Sie hatte ein schönes Kind, das Leben ihrer Seele, das einzige sanfte, unbefleckte Wesen mitten unter dem gesetzlosen und

wilden Leben, das sie umgab. Ach es war leider weiß
von Aussatz, aber sie liebte es um so mehr und drückte
es um so zärtlicher an ihren Busen, wie Mütter zu thun
pflegen. Es war jetzt mehr als je ihr Leben und ihr
Licht wegen seinem Unglück. Maria und Jesus, des Räubers Weib und das aussätzige Kind beisammen in der
Höhle beim Anbruche der Nacht! Was für ein passender
Platz für den Erlöser! Was für ein liebliches Vorbild der
Kirche, die Er gestiftet! Maria verlangte nach Wasser,
damit sie Unsern Herrn waschen könnte, und das Weib
des Räubers brachte es ihr, und Jesus wurde darin ge-
waschen. Freundlichkeit, wenn sie das Herz öffnet, öffnet
auch die Augen des Geistes. Das Weib des Räubers
gewahrte etwas Merkwürdiges an ihren Gästen. Mochte
es sein, daß ein Lichtschimmer das Haupt Jesu umfloß,
oder daß der heilige Geist aus den Worten Mariens sprach,
oder daß schon die Nähe so vieler Heiligkeit einen seltsamen Eindruck auf sie machte, wir wissen es nicht; aber
aus vieler Liebe und mit einer Art von Glauben hatte
das Mutterherz eine Ahnung; die Erde kennt jene mütterliche Ahnung wol. Sie nahm das Wasser weg, das
Maria gebraucht hatte, um Jesus zu waschen und wusch
ihren kleinen aussätzigen Dimas darin, und sogleich wurde
sein Fleisch rosenfarbig und schön, wie das Auge der
Mutter nur wünschen konnte, es zu sehen. Lange Jahre
verstrichen. Das Kind entwuchs den Armen der Mutter
und verrichtete manche That knabenhaften Muthes auf den
sandigen Flächen der Wüste. Endlich war Dimas alt
genug, um in die Bande einzutreten, und obwol er wenigstens etwas von dem Herzen seiner Mutter an sich gehabt zu haben scheint, führte er doch ein Leben der Gewaltthat und des Verbrechens und endlich sah ihn Jerusalem als Gefangenen in seine Thore eingebracht. Als
er am Kreuze hing, brennend vor Fieberdurst, ausgedorrt

von den Qualen der Schmerzen, war er schlecht genug, Worte des Spottes zu dem harmlosen Dulder neben ihm zu sprechen. Der Dulder schwieg stille und Dimas blickte Ihn an. Er sah etwas Himmlisches an Ihm, etwas, was nicht einem Verbrecher glich, vielleicht so etwas, wie es seine Mutter vor dreiunddreißig Jahren in der Höhle gesehen. Es war das Kind, in dessen Badwasser sein Aussatz geheilt worden war. Armer Dimas! Du hast jetzt einen schlimmern Aussatz, der Blut bedarf anstatt des Wassers! Der Glaube wirkte schnell; vielleicht war sein Herz dem seiner Mutter ähnlich und der Glaube halb von Natur in ihm gewachsen. Er erwägt die Scene der Kreuzigung, die Mißhandlungen, die Gotteslästerungen, das Stillschweigen, das Gebet um Verzeihung, den sehnsüchtigen Blick, den der sterbende Jesus auf ihn richtete, und es ist genug. Dann und wann muß er seinen Glauben bekennen; denn die Gebete der Mutter steigen von unten zu ihm auf, und der Sünder wird in eine Wolke von Barmherzigkeit eingehüllt. Herr, gedenke meiner, wenn du in dein Reich kommst! Sehet, wie schnell er sogar einige der Apostel überholt hat. Er war an das Kreuz gebunden, um zu sterben, und wußte, daß es kein irdisches Reich war, wo man seiner gedenken konnte. Heute noch sollst du bei mir im Paradiese sein! Im Paradiese für die Gastlichkeit deiner Höhle, armer, junger Räuber! Und Jesus starb, und der Speer öffnete sein Herz, und der rothe Strom sprang wie eine frische Quelle über die Glieder des sterbenden Räubers und obwol seine Mutter aus der Höhle nicht da war, so stand doch seine neue Mutter unter dem Kreuze und sandte ihn ihrem Erstgeborenen nach in's Paradies, als den ersten jener zahllosen Familie von Söhnen, die durch jenes theuere Blut eingehen sollten in die Herrlichkeit.

Vor Jahrhunderten war das jüdische Volk nach seiner

Befreiung aus Aegypten über jene Wüste gewandert. Sein grauer Sand, seine röthlichen Felsen, seine steinigen Flächen, hie und da mit dürftigem Grün bestreut, seine Seeküste und seine bei den Hirten berühmten Brunnen waren die Schauplätze solcher Wunder gewesen, wie die Welt sie früher nicht gesehen. Nie hatte der Schöpfer so sichtbar oder so lange Zeit zu Gunsten seiner Geschöpfe seine mächtige Hand gezeigt. Das ganze Lager mit seiner Wolken- und Feuersäule, seinem kreuzförmigen Marsche, mit Ephraim, Benjamin und Manasse, welche die irdischen Ueberreste Joseph's trugen, mit seiner beweglichen durch die Beute Aegyptens verschönerten Kirche war ein stehendes Wunder. Auf Sinai hatte Gott von den Höhen herabgedonnert und durch jenes wandernde Hebräervolk über die ganze Welt das glorreiche Licht und den erhabenen Glauben an die Einheit Gottes ausgegossen, eine Lehre, die ganz passend aus der hehren Größe einer Wüste in die Welt kam. Hier waren jene Gebote einer himmlischen Moral gegeben worden, unter welchen wir bis auf den heutigen Tag leben und welche die Lebensregel der Menschen sein werden bis zum Tage des Gerichts, die Richtschnur, nach welcher der Richter über jeden aus uns das Urtheil fällt. In unserer Kindheit wanderten wir mit den Juden über jene stille Wüste und lernten da die Furcht Gottes. In ihrer Pilgerschaft haben wir ein Vorbild unserer eigenen gehabt. An ihren wechselvollen Schicksalen schienen wir selbst beinahe Theil zu nehmen. Schon die Namen der Brunnen und Haltplätze klingen wie alte Gesänge in unsern Ohren, — Gesänge, die wir so frühe lernten, daß sie nicht wieder vergessen werden können. Hier nun war der Schöpfer selbst, wirklich als menschliches Kind gegenwärtig und wanderte über jene historisch berühmte Wüste. Den Exodus verkehrend ging Er hin, um Aegypten zu seiner Heimath zu machen, nachdem Er

aus dem wonnigen Lande der alten Kananiter gerade durch
das Volk vertrieben worden war, welches Er durch eine
Feuersäule hieher geleitet, dessen Schlachten Er gefochten,
dessen Siege Er gewonnen und dessen Stämme Er eingesetzt hatte, jeden nach dem seinem Charakter angemessenen Loose. Maria war da mit ihrem Magnifikat, anstatt
Miriam und ihr glorreicher Sang am Strande des Meeres,
und ein anderer Joseph, weit größer und theurer, als
jener heiligmäßige Patriarch der alten Zeit, welcher das
Leben der Menschen gerettet hatte, indem er das Korn
Aegyptens aufbewahrte, während dieser enue Joseph in
demselben Aegypten das lebendige Brod des ewigen Lebens
bewahren sollte. Und gerade jene Wüste hatten beide
Joseph durchzogen.

Wie wunderbar müssen die Gedanken Jesu und Mariens gewesen sein, als sie über jene Schauplätze der früheren Gnaden, Gerichte und Herrlichkeiten Gottes hinwan-
derten! Wir können ihnen in unsern Betrachtungen voll
Ehrfurcht folgen, aber es wäre kaum ehrerbietig, unsere
Vermuthungen niederzuschreiben. Es war eine Reise voll
Mühsal und Anstrengung. Endlich erreichten sie die Küsten
des rothen Meeres und sahen die Fluthen, die zwischen
Aegypten und ihnen lagen. Wir können uns kaum denken,
daß sie nicht durch ihre Gegenwart gerade den Schauplatz
des Exodus wieder heiligten, wo er immer stattfinden
mochte. Demgemäß wäre es höchst wahrscheinlich, daß
sie der Küste folgten, rings um den Golf von Suez her-
umgingen und so nach Heliopolis kamen, das jetzt in
Wahrheit einige Jahre lang die Stadt der Sonne sein
sollte. Die Sage erzählt von Bäumen, die ihre belaub-
ten Häupter niederbeugten und ihre astlosen Stämme
neigten, um mit ihren fächerähnlichen Blättern die Mutter
und das Kind zu beschatten. Sie spricht auch von den
gräulichen Bildern der heidnischen Götter, die wie Dagon

von ihren Fußgestellen herabstürzten, als der wahre Gott vorüber ging. Hier an den Ufern jenes alten Flusses, wo Moses seine Wunder wirkte, mitten unter Schaaren von umnachteten Götzendienern, und in all' der Noth der Armuth weilten die hebräischen Fremdlinge sieben Jahre oder fünf Jahre oder zweieinhalb Jahre lang, wie verschiedene Schriftsteller behaupten. Joseph trieb sein Handwerk als Zimmermann und Maria trug ohne Zweifel zur Bestreitung der bescheidenen Haushaltung bei, während Jesus seine kindlichen Schönheiten Tag für Tag mehr entfaltete, und in seiner menschlichen Liebenswürdigkeit tausendmal lieblicher war, als die schönste, schneeweiße Lotusblume, die je auf dem Schooße des Nil sich wiegte.

In jenen Jahren war jene ägyptische Stadt der Mittelpunkt der Welt. Der Garten Eden's war nichts dagegen an Schönheit oder an Gaben. Hier waren die Engel in Schaaren versammelt, um zu staunen und anzubeten. Hieher wandten sich, obwol die Menschen es nicht wußten, alle Gebete der Welt, ihre Seufzer, ihre geheimen Erwartungen. Hier drangen auch die Stimmen des Leides und Schmerzes in Heliopolis selbst in Gottes Ohr und zwar in ein menschliches Ohr, in der nächsten Straße oder in demselben Hause. Uebernatürliche Handlungen von vollendeter Heiligkeit und von unendlichem Werthe strömten Tag und Nacht von der menschlichen Seele Jesu in reichlicherem Maße aus, als die Nilfluth auf ihrem höchsten Punkte, und sie verdienten Gnaden, welche über die ganze Wüste einer gefallenen Welt Fruchtbarkeit bringen sollten. Schön war auch das Herz Mariens in jenen Jahren. Ihre Heiligkeit stieg immer höher, ihre Vereinigung mit Gott, deren enges Band bereits alles übertraf, was irgend ein technischer Ausdruck in der mystischen Theologie bezeichnen kann, wurde immer inniger, so daß die Mutter beinahe mit dem Sohne gleichbedeutend geworden schien, ungeachtet jener ganzen Unendlichkeit, die immer zwischen ihnen lag, als dem Schöpfer und dem Geschöpfe. Ihre Leiden nahmen ebenso zu. In ihrem Herzen lebte noch das lebenslange Leiden des ersten Schmerzes, und zu diesem kamen noch die vielen neuen Leiden, welche dieser zweite Schmerz, diese Flucht nach Aegypten nothwendig mit sich brachte. Kannte Aegypten das große Licht, das jetzt an den Ufern seines berühmten Stromes leuchtete? Brachten die Priester wider ihren Willen der Sonne mit weniger Glauben Opfer dar, da Er nahe bei der Hand war, die Opfergerüche roch und den Lärm des wilden Kultus hörte, — Er, der die Sonne erfand, sie aus dem Nichts hervorrief, sie mit allen ihren geheimen Einflüssen begabte, sie als einen Herd aufstellte, an dem der goldene Aether sich mit Wärme und Licht erfüllen sollte, und sie zum Mittelpunkte von so ungeheuern Regionen des Lebens und so herrlichen weit ausgedehnten Erscheinungen machte, die sich über noch unentdeckte Planeten erstrecken — und all dies aus der Fülle seiner unbegreiflichen Weisheit? Regten sich keine Ahnungen in den Nachdenklicheren unter der Menge, wenn sie an der unwürdigen Feier ihres erniedrigenden Thierkultus Theil nahmen, nun da der Ewige eine erschaffene Natur angenommen hatte und in ihrem Lande gesehen und gehört werden sollte? Ein Strahl von Wahrheit, eine gewisse süße Unruhe muß sich sicherlich in manche Seelen eingeschlichen haben, und sie müssen von der Nähe Jesu und Mariens gleichsam angesteckt worden sein. Denn sind sie jemals nahe, ohne daß ein Segen daraus folgt? Aber alle diese Dinge, alle Geheimnisse dieses ägyptischen Lebens sind unter einem göttlichen Schleier verborgen.

So verflossen die bestimmten Jahre, und als Herodes todt war, erschien ein Engel des Herrn dem Joseph im Traume und sprach: Steh auf und nimm das Kind und seine Mutter und gehe in das Land Israel; denn die dem Kinde nach dem Leben strebten, sind todt. Joseph stand mit derselben Bereitwilligkeit auf, wie früher und zögerte nicht. Niemand in Heliopolis gab sich Mühe, sie zurückzuhalten; sie waren zu unbekannt, sie konnten frei kommen und gehen, wie es ihnen gefiel. Die Sterne der Nacht zitterten noch wie dünne Lichtpfeile auf der Fläche des Nilstromes, als sie ihre Wanderung heimwärts antraten. Noch einmal sahen sie die Fluthen des rothen Meeres. Noch einmal seufzte der müde Nachtwind der Wüste in ihrer Nähe, als sie niedersanken, um auf dem Sande zu ruhen. Noch einmal begrüßten ihre Augen die Hügel und die Weinbergmauern des südlichen Juda, das willkommene Land, welches Gott auserwählt hatte. Aber das Kreuz sollte nicht auf einmal entfernt werden. Der Tempel zu Jerusalem war der natürliche Punkt, der sie anzog. Aber Joseph kannte den Werth jenes Schatzes, den er zu bewahren hatte, und als er hörte, daß Archelaus anstatt seines Vaters regierte, fürchtete er sich dahin zu gehen. In seiner Furcht suchte er ohne Zweifel Erleuchtung im Gebet und noch einmal kam ihm eine übernatürliche Warnung im Schlafe und er wurde aufgefordert nach Galiläa zu ziehen. So wurde die lange Reise noch länger gemacht, bis endlich die alte Heimath zu Nazareth die Drei aufnahm.

Dieses war das Geheimniß des zweiten Schmerzes. Er dehnte sich über eine ungewisse Zeitlänge aus; denn wir dürfen den Schmerz nicht auf die Flucht allein beschränken. Epiphanius meinte, daß unser Herr zwei Jahre alt war, als er floh und daß er in Aegypten zwei Jahre blieb. Nicephorus setzte die Dauer des Aufenthalts auf drei Jahre fest. Barradius nimmt fünf oder sechs, Ammonius von Alexandrien sieben Jahre an. Maldonat setzt den Aufenthalt auf nicht mehr als sieben und auf nicht

weniger als vier Jahre fest. Baronius schließt aus mancherlei Erwägungen, daß Unser Herr in seinem erften Jahre
floh und in seinem neunten zurückkehrte, und gibt so dem
Aufenthalt in Aegypten wenigftens sieben volle Jahre; zu
dieser Ansicht neigt sich auch Suarez hin, obwol er sagt,
daß darüber nichts gewisses bestimmt werden kann. Sieben Jahre sind auch die gewöhnlichfte Zeit, die von den
Gläubigen angenommen wird. Dieser Schmerz stellt uns
drei verschiedene Gegenstände der Andacht dar: die Flucht
mit allen ihren Besorgnissen, ihren Mühsalen und Anftren-
gungen, den Aufenthalt mit seinem Gefühle der Verbannung und seinem Verkehre mit den Götzendienern, und die
Heimkehr mit jenen Besonderheiten, die aus der Zunahme
des Alters und der Geftalt Jesu folgten. Einige Schriftsteller verweilen bei dem einen oder andern dieser Punkte
mit Vorliebe. Die fromme Betrachtung kann je nach der
Gemüthsstimmung von dem einen zum andern übergehen.
Aber um den Schmerz in seiner Einheit zu begreifen, müssen wir ihn als ein Drama in drei Akten betrachten, nämlich die Flucht, den Aufenthalt und die Heimkehr, wodurch,
wie wir gleich sehen werden, der Schmerz ein doppelter wird.

Wir können daher nun von der Erzählung des Geheimnisses zur Betrachtung der Eigenthümlichkeiten dieses
Schmerzes übergehen.

Das erfte, was wir bemerken müssen, ist, daß gleichwie Simeon das Werkzeug des erften Schmerzes, so Joseph
das Werkzeug von diesem war. Dies war viel für das
liebende Herz Mariens. Es liegt ein gewisser Schein von
Grausamkeit darin, das Leid durch jene zu senden, die wir
lieben. Shakespeare sagt, daß der erfte Ueberbringer einer
unwillkommenen Nachricht nur einen nachtheiligen Dienft
zu versehen hat. So war es zugleich ein Leiden für
Joseph, Maria eine neue Trübsal zu bringen, und für

sie, dieselbe von ihm zu empfangen. Die Welt ist oft durch heroische Beispiele von Gattenliebe verherrlicht worden. Manche sind in der Geschichte als merkwürdige Erscheinungen aufgezeichnet, die für die Belehrung und den Trost der Menschheit zu kostbar waren, um vergessen zu werden. In den tiefern Tiefen des Privatlebens ist sie ein reines Feuer, das immer fort brennt. Aber niemals heiligte die Ehe eine so reine, so wahre, so innige Gattenliebe, als die, welche zwischen Joseph und Maria herrschte. Niemals sah man eine solche Einheit, eine solche Gleichförmigkeit, ein solches Leben für und in einander, wie in ihnen. Es war die wahre Vollkommenheit der natürlichen Liebe. Nebst ihrer natürlichen Liebe zu Jesus hat die Erde nie eine solche Liebe erblickt, wie zwischen Joseph und ihr, wenn wir nicht auch Joseph's Liebe für das heilige Kind dahin rechnen wollen. Allein zu dieser natürlichen Liebe kam so vieles, was übernatürlich war, und die übernatürliche Liebe ist nicht nur tiefer, sondern auch zarter, als die natürliche Liebe. Sie entwickelt die Fähigkeiten und Tiefen des menschlichen Herzens weit mehr, als natürliche Zuneigung es vermag. Joseph war für Maria der Schatten des ewigen Vaters, der Repräsentant ihres himmlischen Bräutigams, des heiligen Geistes. In ihm sah sie mit furchtbarer Klarheit und mit der ehrerbietigsten Zärtlichkeit zwei Personen der allerheiligsten Dreifaltigkeit. Wenn sie Jesum auf seinen Armen sah, war es für sie ein zu tiefes Geheimniß, um mit Worten ausgedrückt zu werden. Thränen allein konnten es ausdrücken. Sodann hatte sie die ausnehmende Heiligkeit Joseph's beständig vor Augen und war Theilnehmerin an den Gnadenwirkungen in seiner Seele, welche wahrscheinlich die eines jeden Heiligen übertrafen. Denn es waren die Gnaden desjenigen, welcher der Meister der göttlichen Familie war. Während es also eine Uebung des Gehorsams gegen ihn, als ihren bestimmten Herrn

war, war es auch keine geringe Erschwerung des Leidens
für Maria, daß es ihr dieses Mal durch Joseph zu Theil
werden sollte.

Es lag ferner eine Erschwerung in dem Umstande,
daß ihr Leiden nicht so unmittelbar von Gott zu kommen
schien, sondern mehr von der Bosheit der Menschen, als
es im ersten Schmerze der Fall war. Hier war es eine
Weissagung, Gottes Enthüllung der Zukunft und seine
Mittheilung einer lebhaften Vision derselben, die sie beständig
begleiten sollte. Aber nun lag die Hand des sündigen
Menschen wirklich auf ihr, sie kam in Berührung mit der
Gewaltthätigkeit, deren Opfer Jesus sein sollte. Hier trat
das erste Gefühl des Kalvarienberges ein und durchbebte
ihr ganzes Herz. In unserer eigenen beschränkten Sphäre.
der Ausdauer müssen wir gewiß alle empfunden haben,
daß es schwerer ist, ein Kreuz aufzunehmen, wenn es nicht
unmittelbar von Gott kommt, sondern durch die Hände
unserer Mitgeschöpfe. Allein es ist nicht nur schwerer,
es scheint oft die eigenthümliche Schwierigkeit zu sein. Wir
bilden uns ein, — wobei wir uns ohne Zweifel nicht selten
selbst täuschen, — daß wir ein Leiden geduldig und
heitern Muthes hätten ertragen können, wenn es sogleich
von Ihm gekommen wäre. In der Ueberlieferung des
Kreuzes durch die Hände anderer liegt etwas, was dasselbe
entehrt. So ist es eine Prüfung nicht bloß für unsere
Geduld, sondern auch für unsere Demuth. Es ist nichts
Erniedrigendes, wenn uns das Gewicht der Allmacht Gottes
einfach von Ihm selbst auferlegt wird nur vermittelst
lebloser, sekundärer Ursachen. Es liegt nichts Demüthigendes
in dem Tode eines theuern Kindes oder wenn eine
geliebte Schwester hinweggerafft, oder durch einen Todfall
eine Haushaltung aufgelöst, oder wenn eine Familie durch
irgend ein schreckliches Unglück in tiefe Trauer versetzt wird.
Demuth ist nicht gerade oder unmittelbar die Tugend,

welche göttliche Katastrophen in der Seele entwickeln. Aber
wenn Gott uns durch die Ungerechtigkeit der Menschen
straft, durch die gemeinen Ränke anderer, durch den unwürdigen Argwohn falscher Freunde, durch die Undankbarkeit derjenigen, denen wir Gutes gethan, oder durch uner-
wiederte Liebe irgend einer Art, dann werden die stärksten
Naturen zurückbeben und das Kreuz ablehnen, wenn sie
können. Allerdings sagt ihnen die Vernunft, daß Gott
eigentlich die Quelle der Leiden ist. Sie kommen von
Ihm, wenn sie uns auch durch andere zufließen; aber nichts
als eine ungewöhnliche Demuth wird dies Diktat der Vernunft zu einer praktischen Ueberzeugung machen. Selbst
bei leblosen Ursachen zeigt sich etwas von diesem Widerwillen, sich dem Leiden zu unterwerfen. Wenn eine Mutter von dem Tode ihres Sohnes hört, so ist ihre Seele
voll Bitterkeit, aber auch, wenn sie eine wahre Christin
ist, voll Ergebung. Allein es kommen nähere Nachrichten.
Es war ein bloßer Zufall, die geringste Aenderung in den
Umständen würde ihn gerettet haben. Wenn es nicht geschehen wäre, wann und wo es geschah, so hätte es gar
nicht geschehen können. Ohne eine kleine entschuldbare
Nachläßigkeit oder mit der geringsten gewöhnlichen Vorsicht
würde ihr Sohn noch in dieser Stunde in der Blüthe
der Jugend in ihren Armen liegen. Sein Tod war so
außerordentlich, daß sich selten Umstände vereinigen, wie
sie sich damals vereinigten. Sie scheinen sich wie ein Ver-
hängniß absichtlich vereinigt zu haben, um ihn zu vernich-
ten. Ach, ist dieser Schleier nicht dünn genug für ein
christliches Auge, um unsern himmlischen Vater durch denselben zu erkennen? Ist es für den Todfall kein süßer
Trost, daß er mit einer so offenbaren gütigen Absicht eintrat? Betrachtet jene christliche Mutter und sehet! Ihre
Resignation ist beinahe verschwunden. Der Glaube ist
alles, was ihr übrig bleibt, um sie in ihren Leiden auf-

recht zu halten. Die Thränen strömten von neuem, sie brach das Stillschweigen und jammerte laut. Sie rang die Hände und gab ihre Arbeit auf und sitzt nun weinend am Wege. Sie hat die Geschichte so oft erzählt, daß sie ihr in die Seele hineingewachsen ist. Jedes Mal, so oft sie dieselbe erzählt, floß die leiseste Färbung der Ueber-treibung mit hinein, bis jetzt der Tod ihres Sohnes für sie selbst ein schmerzliches Geheimniß geworden ist, eine unerklärbare Ungerechtigkeit, ein Schlag, der sich nicht er-tragen läßt, sondern offenbar nicht auszuhalten ist. So bitter, so dreifach bitter macht die Einwirkung der Geschöpfe die Quellen unserer Leiden.

Aber es liegt etwas mehr als dieses in unserer Un-geduld über die Einmischung der Geschöpfe in unsere Miß-geschicke. Es ist ein tiefliegendes Vertrauen auf die Ge-rechtigkeit Gottes, das tief unten in unseren Seelen wurzelt und die Grundlage von allem ist, was Mannhaftes in unserm Leben sich zeigt. Es scheint unsere Natur zu sein, Schläge von Ihm zu ertragen, ja es ist etwas Tröstliches in dem Gefühle seiner Nähe bei uns, welche der Akt der Strafe offenbart. Unser ganzes Wesen glaubt an die Un-fehlbarkeit seiner Liebe und ist so ruhig, selbst wenn es nicht zufrieden ist. Kein Gedanke an Grausamkeit trübt unsern Begriff von Gott, wenn wir gleich wissen, daß Er die Hölle erschaffen hat, aber jedes erschaffene Gesicht hat einen Schein von Grausamkeit an sich. Es liegt etwas in jedem Auge, was uns warnt, demselben nicht unendlich zu vertrauen; in hohem Grade dürfen wir ihm vielleicht vertrauen, aber nicht unbegrenzt. Es ist das Gefühl, die-ser Grausamkeit ausgesetzt zu sein, was uns beben macht vor Leiden, die gleichsam unmittelbar aus der Hand von Geschöpfen kommen. Unser Gefühl der Sicherheit ist da-hin. Wir wissen nicht, wie weit die Dinge gehen werden. Sonderbar! Es scheint, als ob wir alles wüßten, wenn

wir von der Hand des unerforschlichen Gottes erfaßt sind,
daß aber, wenn die Geschöpfe ihre Hand an uns gelegt
haben, erschreckliche Dinge im Hintergrunde sind, unentdeckte Welten von Unrecht, unterirdische Fallgruben, traurige
Möglichkeiten von Ungerechtigkeit, die sich wie Schatten
vergrößern und dem Anscheine nach unerschöpflich sind. Es
ist derselbe Unterschied zwischen unsern Gefühlen in einem
Unglück, das gerade von Gott herkommt, und einem Unglücke, das durch die Menschen kommt, wie zwischen den
Gefühlen eines beim Volke verhaßten Verbrechers, welcher
das wilde Geheul der Menge hört, die sein Blut sucht,
während er hinter den dicken Mauern seines Gefängnisses
sitzt, die er uneinnehmbar weiß, und zwischen seinem Schrecken, wenn er dem Pöbel auf der Straße ausgesetzt ist,
während sein wildes Auge auf ihn blitzt und er nur eine
schwache Wache hat, die beim ersten Angriffe weichen muß.
In dem einen Falle steht er der besonnenen Ruhe der
Gerechtigkeit gegenüber, im andern dem Angesichte der un-
bestimmbaren Grausamkeit von Wilden. Selbst David,
der ein Herz hatte nach dem Herzen Gottes, empfand dies
tief. Als Gott ihm die Wahl der Strafen läßt, nachdem
er das Volk gezählt hatte, antwortete er: „Ich bin in großer Noth, aber es ist besser, daß ich in die Hände des
Herrn falle, denn seine Barmherzigkeit ist vielfach, als in
die Hände der Menschen." Und so wählte er die Pest.
Wer fühlt nicht, daß der unwandelbare Gott leichter zu
bewegen ist, als die Herzen von Fleisch in unseren sündhaften Nebenmenschen? Er wird sein Vorhaben bälder
ändern, als ein Mensch. Wenn Gott zwischen uns und
der unfreundlichen Welt steht, haben wir ein Gefühl der
Sicherheit, unser Kummer ist ruhig und unser Haupt lehnt
sich an seine Füße, sogar während wir trostlos auf dem
Boden sitzen. Aber wenn die unbarmherzige Welt über
uns herfällt, dann findet sich kein geschorenes Schaf auf

der weiten, baumlosen Weide, über die der eisige Nord-
wind hinfegt, in einem bedauernswürdigeren Zustande als
wir. Dies war es, was Maria fühlte. Die Scheidewand
schwand allmählig, die Mauer war im Sinken, die zwischen
der wirklichen Rohheit der Welt und ihrem gebrochenen
Herzen stand. Ihr Martyrthum wird in dem Grade schmerzhafter, als es äußerlich bewegter wird, obwol der Strom
ihrer innern Ruhe noch sanft dahin fließt.

So viel von der Art, wie dieser Schmerz Maria traf,
aber der Antheil des heiligen Joseph daran ist damit keineswegs erschöpft. Er ist ein neues Ingredienz in allen den
Jahren, über welche dieses Leiden sich ausdehnt. Er war
alt und seine Jahre bedurften der Ruhe. Er lebte stets
in einer windstillen Atmosphäre, die seinen Gnaden am
besten angemessen schien, und in der sie sich frei entwickelten, wie der prachtvolle Pflanzenwuchs, von dem wir auf
fast windstillen Inseln lesen. Sein Leben war ein Leben
äußerer wie innerer Ruhe gewesen. Haß, Uebereilung
und Unbeständigkeit waren ihm fremd. Er verband eine
jungfräuliche Sanftmuth mit der feurigsten Liebe. Er war
einfältig wie Jakob, nachdenksam wie Isaak und lebte, weit
unter der Oberfläche, wo die Stürme der Seele hausen,
ein tiefes Leben des Glaubens wie Abraham. Er war,
wenigstens kommt uns der Gedanke natürlich, dem sanftmüthigen Adam ähnlich, der voll Heiligkeit und Vertraulichkeit mit Gott lebte, ehe er fiel. Er schien eher eine
Blume, die irgendwo außerhalb der Erde Blüthen treiben
oder ausgehoben und in jenes alte verborgene Eden verpflanzt werden sollte, wo der Mensch in Unschuld lebte.
O wie ergoß sich Mariens Herz in Liebe und Bewunderung auf diese Trophäe der süßesten und lieblichsten Gnaden Gottes! Aber sie sollte ihn aus der Ruhe heraus in
den Sturm hineinziehen. Sie sollte ihn hineinwerfen in
das rohe, geräuschvolle Gedränge des Lebens, und seinen

sanftmüthigen Geist verletzt, verwundet und durch den
Kampf entkräftet sehen. Wie wenig paßte in seinem Alter
die Kälte und Hitze, Wind und Nässe jener obdachlosen
Wüste! Wie schrack sein Auge zurück vor den wilden feurigen Gesichtern der Araber und vor den düstern Zügen
jener scharfblickenden Aegypter, und wie seltsam klang seine
Stimme, wenn sie sich mit der ihrigen mischte! Maria
fühlte in ihrem Herzen jedes einzelne dieser Dinge, und
viel mehr, viel schlimmere, wovon wir nichts wissen, aber
viel vermuthen können. Es war nur der Anblick Jesu,
nur der Gedanke an die Gefahr des Kindes, was sie in
den Stand setzte, es zu ertragen. Wie eine in ein neues
Klima verpflanzte Blume verbreitete damals Joseph ein
so neues Licht, einen so frischen Wohlgeruch, so verschiedene Blüthen, so verschiedene Früchte. Seine Seele war
schöner als je, und mit dem Glanze seiner Schönheit wuchs
die Innigkeit der Liebe Mariens und mit jener Liebe war
jede Trübsal, jeder Kummer, jede Unbeweglichkeit seines
anziehenden hohen Alters ein stärkerer Schmerz und ein
tieferes Leiden, als vorher.

Maria war eigentlich mit Gegenständen von Leiden
rings umgeben. Von Joseph blickte sie zu Jesus auf. Ihre
Nähe bei Ihm wurde eine übernatürliche Gewohnheit, die
für ihre Seele großartige Folgen hatte. Sie brachte ein
schnelles Wachsthum an Heiligkeit mit sich. Sie schmückte
sie mit außerordentlichen Vollkommenheiten. Sie war ein
beständiges Fortschreiten in dem, was die mystische Theologie eine gottähnliche Umwandlung nennt. Wir können
uns keinen rechten Begriff davon machen, was es war,
aber es gibt Augenblicke, wo wir vorübergehend in unserer
eigenen Seele sehen können, was die gewohnte Nähe des
allerheiligsten Sakraments für uns gethan. Wir gewah-
ren, daß es nicht bloß jede Tugend und Gnade vermehrte,
die uns Gott verliehen haben mag, sondern daß es uns

10 *

veränderte, daß es in unserer Natur etwas Großes her=
vorbrachte, daß es uns Gefühle und Instinkte einprägte,
die nicht von dieser Welt sind und daß es neue Fähig=
keiten hervorrief oder schuf, denen wir keine Namen geben
oder deren Dienste wir nicht genau bestimmen können.
Die Art, wie ein Priester sein Brevier betet, oder die
seltsame Schnelligkeit, wie er seine Messe liest, setzt die
in Erstaunen, welche außerhalb der Kirche stehen. Sie
sind gar nicht im Stande, die Ansicht von der wirklichen
Gegenwart Gottes, die ein Katholik von dem allerheiligsten
Sakramente hat, zu verstehen, und wie für ihn die Lang=
samkeit, das Manierirte und Effektvolle, sei es, daß es
auf andere Eindruck machen, oder die eigene Person her=
vorheben soll, in der That ein einfaches Vergessen Gottes
ist und die offenbare Furchtlosigkeit eines Geschöpfes, das
für den Augenblick Ihn und seine schreckliche Nähe auf
dem Altare vergessen hat. Aus dieser Erfahrung können
wir einen unklaren Begriff davon erlangen, was die Nähe
Jesu in Maria wirkte. Wie viel empfindlicher wurde sie
daher in Betreff seiner Leiden! Die Aenderung, welche
seine Gegenwart in ihr bewirkte, machte ihre Leiden täg=
lich fühlbarer. Sie sah Prüfungen für Ihn in kleinen
Dingen, die sie gestern vielleicht kaum bemerkt hatte. Denn
wenn ihre Liebe zunahm, so muß auch ihre Erleuchtung
zugenommen haben; in göttlichen Dingen sind Licht und
Liebe gleichbedeutend und unzertrennlich. Gerade wie bei
uns im Kleinen unser Zartgefühl und unsere Empfindlich=
keit in Betreff der beleidigten Majestät Gottes in dem
Maße zunimmt, als wir an Heiligkeit voranschreiten und
als unser Gewissen empfindlicher wird, so wurde in einem
erstaunlichen Grade die Wunde täglich größer, welche Maria
wegen Jesus fühlte.

Aber dieß war nicht alles. Es fand eine Aenderung
in Ihm statt, ebenso gut, als in ihr, und auch sie wurde

wie diese eine andere Quelle, welche den Strom ihrer
Leiden speiste. Es war nicht eine stillstehende Vision, gerade wie wir alle wissen, daß das allerheiligste Sakrament
keine stillstehende Gegenwart ist, sondern eine solche, die
lebt, wirkt, zunimmt, Reize verbreitet und Offenbarungen
macht, und ebenso unwandelbar und dabei voll Abwechslung
ist, wie die Anbetung im Himmel, die sogar die erhabensten Geister der Engel nie ermüdet. So zeigte das heilige
Kind beständig neues Licht und neue Schönheit. Es war
ein unerschöpflicher Schatz übernatürlicher Liebenswürdigkeit. Es schien immer, wie wenn sie Jesum auf einmal
so wohl kennte, und doch fing sie eben erst an, Ihn überhaupt zu kennen. Es war eine Mischung von Gewohnheit und Verwunderung in ihrer Liebe zu Ihm, die keiner
irdischen Zuneigung ähnlich war. Denn während sie instinktmäßig fühlte, daß sie prophezeien könnte, wie Er unter
gegebenen Umständen handeln würde, war sie doch ganz
überzeugt, daß in der Handlung, wenn sie einträte, etwas
neues Göttliches sich zeigen würde, was ihr unerwartet
käme. So mischte sich die Freude der Verwunderung stets
mit der Freude der Gewohnheit. Ihre Beobachtungsgabe
und die Vollkommenheit ihrer Einsicht muß auch durch die
Schnelligkeit und Ausdehnung ihrer Liebe verstärkt worden
sein. Nichts entging ihr, nichts war ohne seine Bedeutung.
Wenn es unergründliche Tiefen gab, so wurde sie wenigstens immer mehr erfahren, sie zu ergründen. Jesus war
eine Offenbarung und beförderte daher sowol die Erkenntniß, als den Glauben. Selbst für uns ist es etwas
ganz anderes, Unsern Herrn kennen zu lernen, als an
Ihn zu glauben. Es ist dies ein solcher Unterricht —
während Er selbst der Lehrer ist, der ihn gibt, — daß er
sich in tausend Wissenschaften theilt, daß die Ewigkeit die
Hochschule ist, wo man ihn erlernt und wo die Besten
von uns nie ihren Kursus vollenden, nie ihre Grade em-

pfangen werden. Maria erlernte diese Wissenschaft, wie selbst die Engel im Himmel sie nicht erlernen können. So unendlich war der Werth der Gnade, die Unser Herr offenbarte, so unendlich die Bedeutung seiner mannigfachen täglichen Handlungen, so unendlich die Genugthuung eines jeden seiner geringsten Leiden, daß Maria in diesem einzigen Schmerze hatte, was man bei so vielen Unendlichkeiten wol drei Ewigkeiten nennen kann, in welchen sie seine Liebenswürdigkeit kennen lernen und ihre eigene Liebe zur Höhe ihrer Erkenntniß erheben sollte. Zuerst war die Wüste da und dann Aegypten und dann wieder die Wüste. Alles dies gehäufte Licht, diese Schönheiten, Gnaden, Reize, diese Zunahme der Liebe waren nur ebenso viele neue Spitzen am Schwerte Simeon's, und die Folge von allen, das Ergebniß ihrer Verbindung war einfach ein unermeßliches Leiden.

Es gibt zwei Arten, den Kummer zu bekämpfen; einmal in der Stille des Privatlebens, in der Verborgenheit unseres leidenden Herzens, während die Gegenwart Gottes ungestört uns umgibt. Aber unter den günstigsten Umständen ist dies keine leichte Aufgabe. Die gewöhnliche Erfüllung der häuslichen Pflichten fällt uns dann schwer und lästig, und wenn auch das Leiden seine eigenen Nebenumstände hätte wählen können, es würde doch nicht erträglicher geworden sein. Das Kreuz scheint immer, wie wenn es nicht paßte, wie wenn in unserm Falle besondere erschwerende Umstände da wären, um wenigstens einige, Ungeduld zu rechtfertigen. Aber der Kampf ist viel härter, wenn wir hinausgehen müssen, um dem Feinde zu begegnen, nicht bloß vor das Angesicht und unter den Lärm der Menschen in eine schonungslose Oeffentlichkeit, sondern um unser Leiden aus ihren Händen zu empfangen und den Druck ihrer Unfreundlichkeit auf uns zu fühlen. In diesem Falle ist die äußere Thätigkeit nicht eine unwillkommene Zerstreuung für unser Leiden; der Kummer gibt uns nicht bloß ein Gefühl des Rechts, von der wirklichen Anstrengung der Arbeit entbunden zu werden, sondern gerade unsere äußere Thätigkeit ist unser Leiden. Wir gehen hinaus nach dem Leiden. Wir verlassen das schützende Obdach des Hauses absichtlich, um unserm Kummer zu begegnen. Wir thun unser Bestes, daß das Leiden uns in einer unvortheilhaften Stellung antrifft, wo wir nicht auf der Hut sind, mitten unter mancherlei Dingen, die wir zu thun haben. Auch ist dies nicht unsere eigene Wahl, es ist einfache Nothwendigkeit. Von den zwei Kämpfen mit den Leiden ist dies bei weitem der härteste, den wir auszufechten haben und wo der Sieg am unwahrscheinlichsten ist. Beim Uebergange von dem ersten Schmerz in den zweiten gingen die Leiden Unserer göttlichen Mutter von dem leichtern zu dem schwerern Kampf über, wenn Kampf das rechte Wort ist bei einer so erhabenen Ruhe, wie die ihrige war. Ihr neues Leiden erforderte einen wirklichen äußern Gehorsam, nicht die bloße Zustimmung einer innern hochherzigen Gesinnung. Sie hatte früher in dem Heiligthum ihrer Seele gelitten, jetzt kam persönliche Mühsal, äußere Entbehrung, rauhe Arbeit zu ihrem Leiden hinzu. Die, welche die Schüchternheit der höchsten Heiligkeit richtig zu beurtheilen wissen, werden einen Begriff davon haben, was diese Veränderung an sich selbst und abgesehen von andern erschwerenden Umständen der zarten Natur Unserer gebenedeiten Mutter auflegte.

Es ist nicht selten der Fall, daß Personen, die Anfänger im geistlichen Leben sind, beinahe wider Willen eine Art Mißachtung empfinden gegen die äußern Gebräuche der Religion. Sie sind vielleicht zu gut unterrichtet, um in eine irrige Meinung in Betreff des Gegenstandes zu fallen. Allein demungeachtet haben sie das Gefühl und dasselbe wird sich eine Zeitlang in manchen Kleinigkeiten

äußern. Die Gewohnheiten der innern Frömmigkeit sind
ihnen verhältnißmäßig neu und bei dem frischen Gefühle,
wie wenig äußere Andacht werth ist ohne innere, übertreiben sie die Wichtigkeit der innern Dinge und sehen dieselben in einem allzu ausschließlichen Lichte an. Es liegt
etwas so köstliches, — es gibt kein anderes Wort dafür
— in den ersten Erfahrungen, mit Unserm Herrn in der
Tiefe unseres Herzens zu verkehren, daß der Glaube aus
Mangel an Uebung Ihn nicht, wie es einst der Fall sein
wird, in den gewöhnlichsten Anordnungen und Ceremonien
der Kirche sieht. Wenn aber die Seele an Heiligkeit zunimmt, dann geht ein umgekehrter Prozeß an. Das münd-
liche Gebet bekommt wieder seine gehörige Wichtigkeit;
man sieht ein, daß die Sakramente innerliche Dinge sind,
der Kalender der Kirche hinterläßt einen tiefern Eindruck
auf unsere Frömmigkeit; Rosenkränze, Scapuliere, Abläße
und Bruderschaften wirken ascetisch in unsern Seelen;
und es ist dies eine tiefe innere Wirkung. Einer hohen
Heiligkeit sind am Ende äußere Dinge einfach die zum
Ueberfließen vollen Gefäße, in welchen Jesus das Wasser
in Wein verwandelte und aus welchen Er ihn beständig
in die Seele eingießt. Für einen Heiligen hat eine einzige Rubrik Leben genug in sich, um ihn in eine Extase
zu versetzen, oder ihn durch eine einzige Berührung in
einen höhern Heiligen zu verwandeln, als er jetzt ist [1]).
Für einen unerfahrenen Anfänger ist an der heiligen Theresia
vielleicht nichts weniger verständlich, als ihre fromme Liebe
zum Weihwasser. Sie können ihre Lehre über das Gebet
um Ruhe leichter verstehen, als ihre beständige Bezug-
nahme auf das Weihwasser und die großen Dinge, die sie
darüber sagt. Aus all diesem folgt, daß es eine Eigen-

---

[1]) Wir können das Betragen des heiligen Andreas Avellino
in der heiligen Woche als Beispiel nehmen.

thümlichkeit dieses Schmerzes Unserer göttlichen Mutter
gab, in die niemand vollständig eingehen kann, als ein
Heiliger, ja nicht einmal ein Heiliger vollständig; denn
wir müssen uns erinnern, daß es Maria ist, von welcher
wir sprechen. Es war dies die Beraubung der geistlichen
Vortheile in der Wüste und in Aegypten. Es war kein
Tempel da, wahrscheinlich keine Synagoge. Es gab kein
Opfer, als solche, die für ihre Seele ein Gräuel und Abscheu waren. Es umgab sie nicht die namenlose Atmosphäre
der wahren Religion, sondern im Gegentheil die abstoßende
Finsterniß und das niederschlagende Schauspiel des ver-
worfensten Aberglaubens und des entehrendsten Thierkultus.
Für sie war dies eine fürchterliche Trostlosigkeit. Ihre
hohe Heiligkeit verleitete sie nicht dazu, die gewöhnlichsten
Gnadenmittel zu vernachlässigen, sondern im Gegentheil
sie hing an ihnen um so mehr, weil sie dieselben richtig
zu schätzen wußte. Ihre Heiligkeit lehrte sie nicht, sich
bloß nach äußern Satzungen zu richten, sondern sie stützte
vielmehr ihr ganzes Gewicht mehr als je auf dieselben.
Sie fühlte sich weniger fähig, sich von kleinen Dingen frei
zu sprechen, weil sie mit großen so reichlich ausgestattet war.
Sie hatte jene erhabene Ansicht frommer Gemüther erreicht, — und für sie war sie erhabener und deutlicher, —
daß in geistlichen Dingen eine Gnade nicht die andere
überflüssig mache, nie die Aufgabe einer andern erfülle,
nie die Stelle einer andern vertrete. Eine minder ein-
sichtsvolle Frömmigkeit glaubt irrig, die darauffolgende
Gnade mache die vorhergehende überflüssig, und büßte so
an Ehrerbietigkeit ein, während sie das göttliche Ziel verfehlt. Wie die erhabenste Beschauung ihren Weg durch
die aufgehäuften Schätze der Meditation hindurch beinahe
bis zur Einfalt des ersten Gebets, das das knieende Kind
stammelt, wieder zurücknimmt, so ist es auch in allen
übrigen Dingen wunderbar anzusehen, wie die Heiligen

in ihrer Erhabenheit immer wieder zur Weisheit der Kleinen und zu den kindlichen Gemeinplätzen ihrer ersten Anfänge zurückkehren. Die Verlegenheiten im geistlichen Leben
sind nur die Symptome der Unvollkommenheit. Wir durch-
waten den Strom, um Kanaan zu erreichen. Das Wasser ist anfangs seicht; es wird tiefer, je mehr wir vorankommen; aber es wird wieder seicht nahe am andern Ufer,
das ganz sanft zu dem himmlischen Strande hinanführt.
Daher war es ohne Zweifel ein tiefes Leiden für Maria,
der äußeren Satzungen ihrer Religion beraubt zu sein.
Ihr Geist sehnte sich nach den Vorhöfen des Tempels mit
seinen Schaaren von Anbetern, nach den alten Festen, wie
sie auf einander folgten, nach dem ergreifenden und tröstlichen Schauspiele der Ceremonien des Gesetzes, und nach
den Worten der alten heiligen Schriften der Hebräer, die
vom Pulte des Vorlesers in der Synagoge erschallten.
Die Gegenwart Jesu, anstatt ihr diese Dinge zu ersetzen
und überflüssig zu machen, machte sie nur um so sehn-
süchtiger nach allen jenen geheiligten Dingen, die Er viele
Jahre vorher, ehe Er ihr Säugling wurde, selbst angeordnet und vom Sinai aus befohlen hatte. Wir können
diesen eigenthümlichen Schmerz von ihr nicht gehörig würdigen, aber wir dürfen ihn nicht vergessen. Wir können
ihn nicht recht würdigen, weil wir keine so feine Empfindlichkeit, keinen so außerordentlichen Hunger nach den Dingen Gottes, keine so sichtbare Gegenwart Jesu haben, um
jene Sehnsucht in einen wirklichen Hunger zu verwandeln.

Es begegnete einst einem Reisenden, der lange in
Asien gelebt, und in dessen Ohren die musikalischen, weh-
klagenden Töne der Stimme des Muezzin, welche von der
Galerie des Minarets aus in der stillen Nacht oder im
Geräusche des Tags über die Stadt hin erscholl, die Erinnerung an die christlichen Glocken beinahe ausgelöscht
hatten, daß er vom schwarzen Meere aus die Donau hin-

auf fuhr und nirgends landete, bis er die Grenze von
Siebenbürgen erreichte. Da landete er in einem zerstreut
liegenden Dorfe und hörte die Glocken zusammenläuten,
deren Schall ihm seltsam und doch so bekannt vorkam.
Er sah einen Kleriker mit einem Crucifixe, das in der
Sonne glitzerte; darauf folgten einige einfache Fahnen und
Mädchen in weißen Kleidern mit brennenden Kerzen, und
eine liebliche Schaar von Knaben mit christlichen Gesichtern, die Zweige von Hagdorn oder sonst einem weiß-
blüthigen Baume in den Händen trugen. Auf sie kam
sodann ein Priester im ärmlichsten Chorrocke und unter
dem bescheidensten Baldachin, der Jesum mit sich trug,
um die Straßen des Dorfes am Frohnleichnamsfeste zu
segnen. Da kam ein Licht und ein Gefühl, eine Aufregung und ein tiefer, aber zugleich süßer Schmerz in das
Herz des Reisenden, der ihm eine Ahnung gab, die frei-
lich weit unter der wirklichen Wahrheit stand, aber doch
eine Ahnung von dem, was Maria in Aegypten empfand.
Einen solchen Eindruck machte auf ihn der erste Anblick
heiliger Dinge am Thore der Christenheit, als er sich dem
Einflusse der seltsamen Bilder des mohamedanischen Kultus entwunden hatte. Er sah nur, was er verloren hatte;
sie empfand wirklich, was sie verlor.

Allein es waren nicht bloß ihre eigenen religiösen
Gefühle, die durch den falschen und häßlichen Kultus, der
sie umgab, verwundet wurden. Sie trauerte um die Seelen, die derselbe zu Grunde richtete, um Seelen, die keine
bessere Weisheit kannten, — und so war ihre Unwissenheit wenigstens unverschuldet — in denen er aber das
moralische Gefühl tödtete, das Gewissen verschlechterte,
seine Urtheile verfälschte und seine Reinheit befleckte. Es
war wie ein wilder Zauber, der jenes uralte Volk gleichsam in einem Netze gefangen hielt und es in seinen Schlech-
tigkeiten verstrickte, so daß sie nicht entrinnen konnten. Es

war eine vollständige, nationale Einrichtung. Sie schwammen auf dem stillen Strome derselben in die ewige Finsterniß hinab, ebenso unwiderstehlich, wie ein Log den Nil hinabschwimmt. O wie viel herrlicher Verstand blitzte aus den dunkeln Gesichtern von manchen derselben! Was für eine verborgene Anmuth, Milde und Güte ließ sich in den Stimmen von so vielen erkennen! Und unterdessen hielt sie Jesum auf ihren Armen am Ufer des Flusses, den Erlöser der Welt, den zärtlichsten Liebhaber der Seelen, der so sehr nach ihnen dürstete! Warum predigte Er ihnen nicht sogleich, Er, dessen Geist kein Wachsthum kannte, als durch Erwerbung von Kenntnissen, die er sonst schon vorher wußte? Warum ließ er sein Licht nicht sogleich auf sie scheinen? Lag nicht etwas grausames in dem Aufschube, etwas, was den Geist irre macht, wie die Langsamkeit der Kirche in Bekehrung der Heiden? Und es waren nicht bloß alle jene Seelen der Aegypter, die ihr auf dem Herzen lagen, wie wir einen schweren Druck im Traume fühlen, sondern es war auch die Ehre Gottes. Ein einziges Wort von Jesus konnte sie ganz wieder herstellen, aber jenes Wort wurde nicht gesprochen. Es war nicht hart für sie zu tragen, gerade, weil es ein so sonderbarer Wille Gottes war. Sie hatte zu oft die viertausend Dezember angebetet, in welchen Jesus nicht gekommen war, um das Geheimniß der Zögerungen Gottes nicht zu begreifen. Aber es war schwer zu ertragen wegen des Schicksales jenes Landes, das von Seelen wimmelte, und dessen zahlreiche Bevölkerung der Nilschlamm für ein so unsicheres Ende nährte.

Große Dinge erscheinen klein neben solchen, die ungewöhnlich größer sind, als sie selbst; so ist es mit manchen Zügen in den Leiden Mariens. Dinge, von denen jedes einzelne in dem gewöhnlichen Loose der Menschen einen wahren Roman von Unglücksfällen bilden würde, sammeln sich in fast unbegreiflicher Anzahl um jene hohen Schmerzen Unserer gebenedeiten Mutter, welche die Sturm= wolken durchdringen und unsern Augen entschwinden. Sie dürfen aber nicht vergessen werden; wir müssen sie sich anhäufen lassen, gerade wie sie sich in dem wirklichen Ge= heimnisse anhäuften. Es gibt viele Leiden in der Ver= bannung, bei welchen wir hier nicht verweilen dürfen. Es sind Leiden, die das Herz ganz krank machen und ihm eine Bürde auflegen, die mit jedem Jahre schwerer wird, das seine Last den vorangegangenen hinzufügt. Man wird nicht an die Verbannung gewöhnt, sie wird mit jedem Tage unerträglicher. Das Eisen steckt immer in der Seele, es ist immer heiß, immer brennend. Es macht schreckliche Wunden, die nicht vernarben können und nicht heilen wer= den. Armuth ist überall hart zu ertragen, aber am aller= schwersten im fremden Lande, wo wir keine Rechte haben, kaum das Recht auf Theilnahme. Das Land trägt uns, weil wir unsern Fuß darauf setzen und darauf treten. Aber dies ist alles, was es thut. Es trägt uns, wie ein Kameel seine Last trägt, weil es ihm mehr Mühe macht, sie abzuwerfen, als zu tragen. Nur weil der Boden barm= herziger ist, als die Menschen, schleudert das fremde Land den Fremdling und den Bettler nicht voll Ungeduld von seinen Kornfeldern hinweg. Es war auch etwas unaus= sprechlich Trauriges in der gänzlichen Verlassenheit Mariens mitten unter ihrem eigenen Geschlechte. Sie fühlte sich weit mehr einsam im dichten Volksgedränge von Heliopolis, als die büßende Thais oder Maria von Aegypten in der wildesten Einöde der lautlosen thebaischen Wüste sich ge= fühlt haben konnte. Und sie war zudem so schwächlich, so hilflos, so unbekannt, eine so mädchenhafte Mutter, eine so zarte Blume, die der rauhe Wind kaum anwehen durfte. Es ist fürchterlich, daran zu denken. Aber Gott war bei ihr. Ja, aber blicket Ihn an, der weniger ist, als seine

junge Mutter, hilfloser sogar, als sie selbst! Und Joseph,
so alt, so schwach, so gottergeben! Seine Sanftmuth selbst
war gegen ihn. Was für einen Schutz konnte er bieten
gegen den Druck jener wilden Aegypter? Der Prophet
weinte über den Weinberg Sions, weil seine Umzäunung
abgebrochen war; aber was für Eden waren diese, die so
schutzlos gelassen wurden in Aegypten?

Doch wir müssen zu wichtigeren Dingen übergehen.
Es scheint den Vollkommenheiten Unserer gebenedeiten Mut=
ter nicht entgegen zu sein, wenn wir annehmen, daß in
diesem Schmerze die Furcht, die der menschlichen Natur
eigen ist und die sogar Unser Herr in seiner allerheiligsten
Seele empfand, eine Herrschaft über sie ausüben durfte.
Wenn dies nicht der Fall wäre, so müßten wir sie uns
als ein besonderes Geschöpf vorstellen, das auf der einen
Seite nicht zu der Engelsfamilie gehörte und nicht zur
menschlichen Familie auf der andern, sondern als eine
Glorie Gottes, nicht bloß einzig in ihrer Art, wie sie es
nach ihrem Amte und nach ihrer Heiligkeit in Wahrheit
ist, sondern auch der Sphäre der Menschheit entrückt. Wir
müßten uns einbilden, daß ihre Gaben für sie thaten, was
seine göttliche Natur nicht einmal für Unsern Herrn that,
daß sie nämlich dadurch aufhörte, ein Weib zu sein, wäh=
rend er ein wahrhafter Mensch blieb. Sie würde dann
kein Beispiel für uns sein, und der Gedanke an Schmer=
zen in ihr wäre etwas so Seltsames und Ungehöriges,
daß es erdichtet und unwahr, eine bloße symbolische Lehre,
oder eine schöne Allegorie der Menschwerdung scheinen
würde. Es kann daher kaum ein Zweifel sein, daß die
Furcht eines der Hauptleiden dieser Flucht nach Aegypten
war. Es gibt vielleicht kaum ein Gefühl, das eine grau=
samere Herrschaft über die Seele ausübt, als die Furcht,
oder einen geistigen Eindruck, der enger mit physischem
Schmerze verwandt wäre. Die Furcht kommt über uns

wie ein Geist von außen her, indem sie uns aus irgend
einer unerwarteten Höhle überfällt, wir wissen nicht, wo
oder wie. Wir können uns auf ihre Ankunft nicht vor-
bereiten, denn wir wissen nicht, wann wir sie zu erwarten
haben. Wir können ihr nicht widerstehen, wenn sie kommt;
denn ihre Berührung ist schon Besitznahme und ihre bloße
Ankunft bereits der Sieg. Sie bringt einen Schatten
über einen Himmel, wo keine Wolken sind, und verwandelt selbst den Sonnenschein in frostige Strahlen. Sie
durchdringt uns, wie ein scharfer Wind, sucht überall nach
und schlägt unsere innersten Lebenskräfte nieder. Sie lähmt
beinahe unsere Thatkraft, so daß wir Menschen gleichen,
die sehen und hören können, ohne im Stande zu sein, zu
sprechen oder sich zu bewegen. Wenn sie nicht so sehr
ein vorübergehendes Gefühl wäre, das nach dem Gesetze
seiner eigenen Rastlosigkeit immer dahin fließt, so würden
wir zuerst die Freiheit unsers Willens verlieren und dann
das Licht unserer Vernunft. Unterdessen wird ihre Gegenwart in der Seele bald von einer Unruhe begleitet, die
schlimmer ist, als Leiden, und deren Fortdauer, wie es
uns scheint, mit dem Leben unverträglich sein würde, und
bald von einer Schärfe der Angst, die stets auf dem Punkte
steht, buchstäblich unerträglich zu sein. Es ist kein Schmerz,
es ist eine Marter. Wie selten haben wir jemals die
Wirklichkeit eines Uebels so unerträglich gefunden, als die
fürchterliche Erwartung, die ihm voranging? Die Erde
erzeugt keinen Schmerz, die menschliche Gerechtigkeit hat
keine Strafe ersonnen, von welcher dies nicht wahr ist.

Nun müssen wir uns die Wirkung dieses Gefühls
bei der unbeschreiblichen Empfindlichkeit der Seele Unserer
göttlichen Mutter und bei ihrer unvergleichlichen Heiligkeit
vorstellen. Die Vereinigung mit Gott ist immer ununterbrochen, die Ruhe, die aus jener Vereinigung kommt, immer ungestört. Das Heiligthum wird angegriffen, aber

nicht entweiht. Die Furcht weilt innerhalb der Vorhöfe, aber das Innere wird nicht eingenommen. Sie wußte ganz wohl, daß der Kalvarienberg kommen sollte, und sie wußte, wie weit er noch entfernt war. Daher konnte sie keinen Zweifel haben, daß ihr Kind durch die Hand des Herodes jetzt nicht zu Grunde gehen sollte. Allein die Furcht konnte, ohne ihr geistiges Gesicht zu verdunkeln, ihr Gefühl der Sicherheit aufheben. Denn Gedanken während der Furcht können wohl an sich selbst richtig und vernünftig sein, aber sie bleiben allein, sind unfruchtbar und führen zu keinen Schlüssen. Ist dies nicht gerade, was das Buch der Weisheit von der Furcht sagt: „Die Furcht ist nichts anderes, als eine Verrätherin, daß man sich hilflos denkt, und je weniger man im Innern Hoffnung hat, desto mehr wächst die unbekannte Ursache an, durch die man leidet [1].“ Ueberdieß hat vielleicht Unser Herr sein Herz damals vor ihr verschleiert. Allerdings sollte Er nicht sterben, aber was für andere Abgründe des Elends konnten nicht unsichtbar zu ihren Füßen gähnen? Es gibt viele Dinge, die gerade nicht der Tod sind, die aber schlimmer sind, als der Tod. Mögliche Leiden sind unerschöpflich, selbst innerhalb des begränzten Looses des Menschen. Sie konnte von Ihm getrennt werden. Herodes konnte Ihn einer andern zum Auferziehen geben, unter seinen eigenen Augen. Was für eine ägyptische Finsterniß würde dieser gleich kommen? Die Finsterniß auf dem Kalvarienberg wäre ein Trost und Sonnenschein im Angesichte einer so schmerzlichen Trennung, wie diese. Ihre Voraussicht bedeckte nicht alles mit ihrem weiten Gesichtsfelde, oder wenn sie es that, so konnte sie nicht gewiß sein, daß es der Fall war. Es konnte Tiefen geben, auf die sie unvermerkt stoßen sollte, wie bei dem dreitägigen Verluste des Knaben. Konnte sie nicht jetzt auf einige stoßen?

[1] Kap. 17.

Was waren die Grenzen, bis zu welchen eine Heiligkeit, wie die ihrige, den Schrecken aushalten konnte? Ent-
setzte sie sich über die Gestalten von Räubern, die sie in
der Ferne in der Wüste umherschweifen sah? Wenn der
lästige Nachtwind plötzlich in den rauschenden Wipfeln der
Palme erwachte, oder in den herabhängenden Blättern der
schlanken Akazie sich regte, gleich einem unverständlichen
menschlichen Geflüster, wurde sie da erschreckt? Flößten
die dunkeln Augen der Aegypter ihr Schrecken ein, wenn
ihr Blick forschend auf dem Kinde ruhte? Beschleunigte
die Furcht ihre Schritte, täuschte sie ihr Augenlicht, oder
spielte sie grausam mit ihrem argwöhnischen Gehöre? Umschlang sie dann und wann ihren Säugling vor Angst fester
mit den Armen und gelobte sie sich innerlich, sich nie von
ihm zu trennen, ohne ihr Leben zu lassen? Tönten die
Ohren ihres Geistes von den Wehklagen der Mütter
Bethlehems, oder ereilte das herzzerreißende Geschrei der
Kleinen sie auf den Flügeln des Windes in der Wüste?
Du weißt es, Mutter! Wir dürfen uns nicht darüber aussprechen. Aber wer kann zweifeln, daß die Furcht ihr die
entsetzlichsten Leiden verursachte und sowol die Wüste als
Aegypten zu einem jahrelangen Gethsemane machte? Wahrhaftig, es war der Schatten einer ägyptischen Finsterniß,
der auf sie fiel, und wiewol wir auf sie nicht buchstäblich anwenden können, was die heilige Schrift von jener alten ägyptischen Finsterniß sagt, so liegt doch viel darin, was uns zu
einer solchen vagen und unbestimmten Ansicht dessen verhelfen wird, was unsere göttliche Mutter litt, wie sie allein
wünschenswerth oder der Ehrfurcht gemäß ist. „Diejenigen,
die in jener wirklich hilflosen Nacht, die aus dem tiefsten
Abgrunde der Hölle heraufkam, einen ebenso hilflosen Schlaf
schliefen, wurden bald durch furchtbare Gespenster beunruhigt, bald von Ohnmacht befallen; denn eine plötzliche
unerwartete Furcht kam über sie. Ferner wenn einer von

ihnen zu Boden fiel, war er gleichwie in einem Kerker verwahrt und verschlossen, auch ohne Fessel. War einer ein Bauer, oder ein Hirt, oder ein Arbeiter auf dem Felde, so ward er überfallen und mußte der unvermeidlichen Noth unterliegen; denn mit Einer Fessel der Finsterniß waren alle gefesselt. Wo dann ein Wind säuselte, oder der Vögel süßer Gesang unter den dichten Zweigen der Bäume, oder des Wasserfalls heftiges Rauschen, oder ein starkes Krachen einstürzender Felsen, oder der ungesehene Lauf scherzender Thiere, oder die mächtige Stimme brüllender Thiere, oder der von den höchsten Bergen kommende Wiederhall gehört wurde, — da ward alles vor Schrecken entseelt. Der ganze Erdkreis war mit hellem Lichte beleuchtet, und jeder trieb ungehindert sein Werk; aber über jenen allein lag eine drückende Nacht, das Vorbild der Finsterniß, die über sie hereinbrechen sollte, und sie waren sich selbst unerträglicher, als die Finsterniß ¹).“

Allein der empfindlichste Theil dieses Schmerzes bleibt noch zur Beschreibung übrig, und es gibt niemand, der ihn schildern kann, wie er geschildert werden sollte. Wir würden es verstehen, wenn wir eine Offenbarung von Mariens Herzen hätten, aber selbst dann könnten wir es nicht in Worte übertragen. Es war eine Mischung der schärfsten Pein und des verwundeten Gefühls, eine Qual so groß, daß sie unerwartet schien, ein Entsetzen, das gerne nicht geglaubt hätte, was es sah, ein grausames Zusammendrücken aller Liebe ihres unbefleckten Herzens. Dieses Gefühl entsprang aus dem Anblick des Hasses der Menschen gegen Jesus, der in diesem Schmerze sichtbar wurde. Das schöne Kind! Wie wunderbar verbarg es die großen Herrlichkeiten der Gottheit unter der Hülle des Fleisches eines wahren Kindes! Gab es je etwas so Anziehendes,

---

¹) Buch der Weisheit Kap. 17, 13—20.

etwas so wenig Haſſenswürdiges, als jenes gebenedeite
Kind? Warum ſollten die Menſchen ſich ſo gegen das-
ſelbe kehren? Warum ſollten die Augen der Könige den
dichten Schleier ſeiner unſchädlichen Dunkelheit durchdringen, wie wilde Luchſe, und warum nach dem kleinen
ſchwachen Strome ſeines Blutes dürſten, wie wenn Er
eine reizende Beute für wilde Naturen wäre? Er iſt ſo
harmlos, ſo hilflos, ſo ſtille, ſo unſchuldig und ſchön!
Und die Menſchen vertreiben Ihn aus ihrer Nähe, wie
wenn Er ein herzloſes, tyranniſches, blutbeflecktes Unge-
heuer und wie wenn all das Abſtoßende einer großen Un-
that und eines ſchwarzen geheimen Verbrechens an Ihm
wäre! Sie wußte, wie ſchön Er war, und wie unaus-
ſprechlich war daher der Frevel jener grauſamen Verbannung, jener mörderiſchen Verfolgung, die nur in der Verbannung endigte, weil Gott ſie nicht weiter gehen ließ
und die Grauſamkeit der Verfolger irre führte. Sie wußte
auch, daß Er Gott war, der Schöpfer, der zu ſeinen Geſchöpfen kam, und wenn Er gleich bis jetzt noch nicht mit
ihnen verkehrte, nicht einmal mit ihnen ſprach, ſondern ſie
nur anblickte mit ſeinem ſüßen Angeſichte, ſo werden ſie
doch von Unruhe gepeinigt und fühlen Ihn als eine Bürde,
obſchon ſie, die Ihn ganz über die Wüſte hintrug, bezeugen
kann, daß Er leichter iſt, als eine Feder, oder ihrer mütterlichen Liebe wenigſtens ſo erſcheint, und endlich treiben
ſie Ihn in die Flucht, ſogar, bevor Er gehen kann. Dies
war der Willkomm, den Gott nun ſeit dieſen viertauſend
Jahren erwartete! Barmherziger Himmel! Iſt nicht die
göttliche Liebe einfach etwas Unglaubliches?

Alle Liebe ihres Herzens wurde zuſammengepreßt.
Jeſus wurde gehaßt. Hätten die Menſchen Ihn einfach
vermieden und wären Ihm aus dem Wege gegangen, es
würde ein unerträglicher Schmerz geweſen ſein. Wären
ſie gleichgültig an Ihm vorübergegangen, wie wenn Er ſie

Nichts anginge, wie wenn Er eben ein lebendiges Wesen
wäre, wie die Sinne ihnen sagten, das die Bevölkerung
der Welt um eines vermehrte, aber sonst armselig und gemein war, selbst das wäre der herbste Schmerz gewesen.
Denn daß die Menschen Jesum nicht kannten, mißverstanden und mißachteten, würde ein lebenslanger Dorn in
ihrem Herzen gewesen sein, den nichts hätte herausziehen
können. Aber Er wurde gehaßt und floh nun, wie ein
kleiner Punkt über die Wüste hin, aus den Augen des
Volkes, das Er am meisten unter allen liebte, die Er zu
erlösen kam. Sie liebte Ihn mit mannigfacher Liebe, weil
sie viele Rechte und viele Ansprüche darauf hatte. Sie
wurde besonders und bitterlich in jeder einzelnen Art dieser Liebe verwundet. Sie war sein Geschöpf und seine
Mutter. Sie liebte Ihn mit der innigsten natürlichen
Zuneigung, da sie Ihn geboren. Ihre Liebe war wunderbar gewachsen mit seiner wachsenden Schönheit und ihrer
zunehmenden Kenntniß von Ihm. Sie liebte Ihn mit
einer übernatürlichen Liebe, wegen seiner Heiligkeit und
ihrer eigenen, die von der seinigen angezogen wurde. Sie
liebte Ihn als den Heiland und Erlöser der Welt. Sie
liebte mit vollkommener Anbetung seine göttliche Natur
und die Person des ewigen Wortes. Konnte die Liebe
noch weiter gehen? Wohin konnte sie noch reichen? Aber
sie liebte auch und zwar mit einer Begeisterung, die für
sie gleichsam ein zweites Leben war, die Verherrlichung
Gottes, seine Erhöhung durch seine Geschöpfe und die Ehre
der göttlichen Majestät. Sie liebte die allerheiligste Dreifaltigkeit mit all der Liebe, welche die Heiligen jemals
kannten, mit der Liebe des Wohlgefallens, der Beglück-
wünschung, des Verlangens, des Mitleidens, der Nachahmung und Hochschätzung. Nun aber war Jesus der
eigentliche Endzweck, auf welchen alle diese Verherrlichung
Gottes abzielte, das Denkmal, an welchem alle diese Herr-

lichkeiten aufgehangen wurden, die Quelle, woraus sie alle
kamen, die Nahrung, wodurch sie allein alle gesättigt wur=
den, das Lösegeld, das ihrem Werthe gleich kam, das Mit=
tel, das einzige Mittel, wodurch Maria sie lieben konnte,
wie sie wünschte. Es gab nicht ein einziges Ding, woran
Gott zärtlich hängt, das nicht mißhandelt und verwundet
wurde in diesem Versuche auf das Leben Jesu, in diesem
Hasse seines Sohnes, den Er gesendet, und wie sich die
Wundmale den Heiligen, so prägten sich der glühenden
Liebe Mariens die vielen Wunden des ewigen Gegenstan=
des ihrer Liebe fürchterlich ein.

Dies war nicht alles. Sie liebte die Menschen. Ihre
eigenen Frauen und Mütter liebten sie nie so, wie sie es
that. Kein Missionär dürstete je nach Seelen, wie sie.
Es lagen ihr alle Interessen derselben am Herzen und die
Interessen eines jeden einzelnen von ihnen. Sie würde
gestorben sein, um den geringsten von ihnen zu retten,
wenn das beschränkte Opfer eines bloßen Geschöpfes ihre
Erlösung hätte verdienen können. Sie würde Martern
erduldet haben, um irgend einen von ihnen an einer ein=
zigen Sünde zu hindern, sowol um ihretwillen, als um
Gottes willen. Doch wozu noch mehr Worte? Sie war
im Begriff, ihnen Jesus zu übergeben. Sie hatte sich
dazu fest entschlossen, ja virtuell hatte sie es bereits ge=
than. Ach, wie verwundeten die Menschen sie nun in
dieser Liebe, die unerwiedert blieb, verschmäht, und gleich=
sam auf sie zurückgeworfen wurde! Sie schauderte über die
Abgründe der Finsterniß, über die Möglichkeiten einer
Trennung von Gott, die dieser Haß Jesu enthielt, und
eine Art heiliger Schauer überkam sie, wenn sie darin eine
so fürchterliche Offenbarung der Macht und Bosheit der
bösen Geister gewahrte. Sie wußten noch nicht, daß Jesus
Gott war, aber ihre Instinkte zogen sie zu seiner Gnade
und Heiligkeit hin durch einen gewissen Zauber, den sie

nicht verstanden, der sie aber dennoch wüthend machte. Und die Menschen, deren Natur das Wort angenommen hatte, die Menschen, für die Jesus sterben sollte, die Menschen, deren Mutter sie werden sollte, selbst die auserwählten Stämme Israels waren beinahe besessen von diesen bösen Geistern, folgten ihrer Leitung, thaten, was sie geboten, ohne zu erkennen, wie schrecklich die Dinge waren, die sie thaten. Auch können wir uns nicht denken, wie aus der Fülle des gebrochensten aller gebrochenen Herzen die Mutter der Barmherzigkeit jenem süßen allmächtigen Gebete ihres Kindes vorgreifen wollte: „Vater, vergib ihnen, denn sie wissen nicht, was sie thun"?

Dieser zweite Schmerz war, wie bereits gesagt worden, nicht ein vorübergehendes Geheimniß. Er war nicht eine vollendete Thatsache, die einmal geschehen und dann vorbei ist. Er breitete sich über eine lange Zeit aus und dauerte Jahre lang. In allen jenen Jahren hatte Maria alle diese Schmerzen zu leiden. Abgesehen von dem siebenjährigen Aufenthalte in Aegypten, welcher die Wunde in dem verbannten Herzen Tag für Tag erweiterte, war dieser Schmerz ein doppelter Schmerz. Er fand einen Wiederhall; denn die Heimkehr war gewissermaßen das Echo der Flucht. Es war der nämliche ermüdende Weg zu durchwandern, dieselben Mühseligkeiten, dieselben Entbehrungen und viele der nämlichen Gefahren mußten erstanden werden. Die Furcht jedoch war geringer, oder sie war vielmehr in der Angst um den großen Gegenstand ihrer Liebe, um das Leben des Kindes, untergegangen, obwol sie nebenbei noch mehrere geringere Gegenstände hatte. Es waren aber einige erschwerende Umstände in der Heimkehr, wodurch sie sich vor der Flucht auszeichnete. Das Alter Jesu bot ihrer Armuth eine besondere Schwierigkeit dar. Er war in seinem achten Jahre, zu jung, um zu Fuß zu gehen, zu alt und schwer für die Arme seiner

Mutter. Entweder mußte dies ihnen den Aufwand für ein Lastthier verursachen, was auch die Beschwerden des heiligen Josephs in der Wüste vermehren mußte, oder sie müssen ihre kostbare Bürde abwechselnd getragen haben, wenn Er zuließ, daß die natürlichen Folgen der Ermüdung, oder der durch den brennenden Sand und die stechenden Sandpflanzen verursachte Schmerz auf Ihn einwirkten, und es Ihm unmöglich machten, weiter zu gehen. Das vorangeschrittene Alter des heiligen Joseph war auch ein Zug in dem Bilde der Heimkehr, den Maria nie eine einzige Stunde vergaß: Die Arbeit hatte ihn gebeugt und namentlich die Jahre des neuern unruhigen Lebens hatten ihre Furchen auf seinem heiligen Angesichte zurückgelassen. Er wurde leicht ermüdet; denn seine Kräfte waren bald erschöpft, und Jesus hilft denen mit ihren Kreuzen weniger, die Ihm nahe sind, als jenen, die Ihm ferner stehen. Das Alter Jesu brachte auch zu Maria wie gewöhnlich neue Gründe, Ihn zu lieben, wodurch die alte Liebe unaufhörlich vermehrt wurde, und all dieses erhöhte die Peinen, welche sie ertragen mußte. Ueberdies waren sie und Er jetzt auf dem Wege nach dem Kalvarienberg, ihr Gesicht gerade dorthin gewendet. Kann jener Gedanke sie jemals auf dem Heimwege verlassen haben? Und an den Grenzen des heiligen Landes begegnete ihnen wieder die Furcht, wandte sie abwegs von Sion und schickte sie zurück zu dem abgelegenen Nazareth. Die heilige Schrift sagt: „Es gibt keinen Frieden für die Bösen." Ach, wenn wir auf die Welt sehen, sind wir versucht, auszurufen, daß es eher für die Guten keinen Frieden gibt!

Von diesen Eigenthümlichkeiten des zweiten Schmerzes können wir nun übergehen zu den Gemüthsstimmungen, mit welchen unsere gebenedeite Mutter denselben ertrug. Viel kann schon daraus abgenommen werden, was bereits gesagt worden ist. Aber es gibt noch drei Punkte, auf

die wir unsere Aufmerksamkeit besonders richten müssen.
Zuerst ihre sich selbst vergessende Theilnahme an den Leiden anderer. Es ist, wie wenn ihr Herz sich in die Herzen anderer versetzte, um zu fühlen, zu lieben, um zu leiden und gemartert zu werden. Wenn wir die Nebenumstände dieses Schmerzes durchgehen, fällt es uns nie einen
Augenblick ein, zu denken, was für Kälte, was für Hunger sie auszustehen hatte, wie sie vom feurigen Winde der
Wüste verbrannt wurde, wie schlaflos, wie fußwund sie
war, wie geplagt im Geiste, wie groß ihre leiblichen Mühsale waren, als ob dies die eigentlichen Bestandtheile ihrer
Leiden wären. Es waren Leiden, die wir, ihre Söhne,
nicht vergessen, und als Leiden waren sie ein Theil dessen.
was sie auszustehen hatte. Aber wir würden fühlen, daß
wir sie entehrten, wenn wir dieselben in Rechnung bräch-
ten als Gegenstände, bei denen sie verweilte oder die sie
beklagte, oder denen sie viel Aufmerksamkeit schenkte. Ihr
schmerzhaftes Mitgefühl war ganz nach außen gerichtet; es
wurde Joseph verschwenderisch zu Theil oder vereinigte sich
in Jesus. Es umfaßte die ganze Majestät Gottes mit ihrem
demüthigsten Mitleiden oder es strömte wie eine Fluth
über die ganze Erde aus, alle Seelen der Menschen in
jeder Generation mit ihrem zarten Erbarmen und ihrem
wirksamen Mitleid umfassend. Es war überallhin, nur nicht
auf ihr eigenes Elend gerichtet; es war für Jedermann,
nur nicht für sich selbst. Es schien ihr keine Anstrengung
zu kosten, es war so ihre Weise, es kam ihr natürlich,
weil die Gnade ihr eigentlich zur Natur geworden war.
Wie der Mond das Licht der Sonne abspiegelt, ohne die
geringste Mühe für ihn selbst, und die Erde ohne irgend
eine Anstrengung verschönert, so spiegelt Maria Gott ab und
gibt Licht und glänzt ohne Anstrengung, fast unbewußt, wie
wenn es einfach ihr Geschäft wäre, in schönem Licht zu
leuchten, und wie wenn daran gar nichts zu wundern wäre.

Eine andere Gemüthsstimmung in diesem Schmerze
war ihre tiefe Empfindlichkeit in Betreff der Interessen,
um die Gott durch die Sünde betrogen wurde. Dies ist
der neue Sinn, der durch die Heiligkeit in der Seele aufgeht, und je mehr wir an Heiligkeit wachsen, um so feiner
wird dieser Sinn. Das Gesichtsfeld desselben erweitert
sich, während zu gleicher Zeit seine Wahrnehmungen genauer werden und mehr in's Einzelne gehen. Seine Gluth
nimmt zu mit der Zunahme der Gnade, und als natürliche Folge nehmen seine Fähigkeiten, uns Leiden zu verursachen, gleichfalls zu. Bei sehr großen Heiligen wird
er vollständig zur Leidenschaft und bemächtigt sich endlich
des ganzen Lebens. Es kann jedoch kaum eine Vergleichung Statt finden zwischen dieser Empfindsamkeit, wie sie
sich in den höchsten Heiligen entwickelte, und demselben
Gefühle, wie es in der Mutter Gottes vorhanden war.
Sie fühlte sich in einen göttlichen Kreis hineingezogen,
und lebte ein göttliches Leben. Sie bildete gewissermaf-
sen eine Einheit mit der göttlichen Majestät, eine geistliche
Einheit, die ihr ein Recht gab, an den Interessen Gottes
Theil zu nehmen, ein Recht, sich einzig dafür zu interessi-
ren, gleichsam eine wirkliche Theilnahme an dem feinen
Gefühle seiner Ehre, wie kein anderes Geschöpf es besitzen
kann. Sie gehört zur göttlichen Familie und fühlt daher
ganz anders, als Jemand, der außerhalb steht, ein so lieber Freund, ein so naher Nachbar er auch sein mag. Ihr
Gebet ist nicht bloße Fürbitte; es liegt darin eine zuge-
standene Herrschaft über das heilige Herz Jesu und den
Willen Gottes, was es zu etwas anderm macht, als die
Fürbitte der Heiligen ist. Alle Auserwählten wirken mit
Jesus zusammen, um die Früchte seines heiligen Leidens
zu vermehren, aber ihr ist eine unbeschreibliche Mitwirkung an der Erlösung der Welt gestattet, zu welcher die
Mitwirkung der Heiligen in demselben Verhältniß steht,

wie ihr Mitgefühl mit dem Leiden Unfers Herrn zu dem Mitleiden Unferer göttlichen Mutter. Wenn die Leiden des heiligen Paulus in feinem Fleifche das erfeßen, was an den Leiden Chrifti für feinen Leib, welcher die Kirche ift, mangelt,[1] was müffen wir von den Schmerzen Mariens fagen? Diefe Erwägungen werden, wenn fie unferer geift- lichen Stumpfheit zu einem angemeffenen Begriffe von der Empfindlichkeit Unferer göttlichen Mutter für die Ehre Gottes nicht verhelfen können, uns wenigftens in den Stand feßen, im Fall wir über die Erhabenheit diefes Inftinktes in den Heiligen erftaunt find, nicht zu vergeffen, daß der ihrige um fo viel höher war, daß jener daneben ganz verfchwindet.

Selbft für uns in den tiefen Thälern, wo die barm- herzige Nachforfchung der Gnade uns gefunden hat, liegt etwas unausfprechlich Betrübendes in der Art, wie Gott von feiner eigenen Schöpfung ausgefchloffen wird. Wir betrachten nun das Geheimniß der Flucht des Schöpfers vor feinen Gefchöpfen. Liegt nicht auch etwas ebenfo Ent- feßliches in der Flucht der Gefchöpfe vor ihrem Schöpfer, die wir noch alle Tage vor fich gehen fehen? Wenn der Glaube unfere Augen geöffnet hat, was für ein Schau- fpiel bietet die Welt dar! Ueberall verfolgt Gott mit fei- ner allgegenwärtigen Liebe feine Gefchöpfe, feine mit Schuld behafteten Gefchöpfe; aber es gefchieht, um fie zu retten, nicht um fie zu ftrafen. Es gibt keinen Winkel in der Welt, keine einfame Hütte der Armuth, keine Höhle der Sünde und des Lafters, keinen Ort, wenn er auch noch fo unpaffend fcheint für eine fo unendliche Majeftät, wo Er nicht feinen Gefchöpfen nachfolgt und ihnen feine gro- ßen Gaben beinahe aufzuzwingen fucht. Schneller als der Blitz, ftärker als der Ocean, allgemeiner verbreitet als die Luft, ergießt fich fein glorreiches, mannigfaltiges Mit-

---

[1] Koloff. 1, 24.

leid über die Welt hin, die Er geschaffen. Ueberall fliehen die Menschen vor dieser edelmüthigen, barmherzigen und zärtlichen Verfolgung. Es ist, als ob der Hauptzweck ihres Lebens darin bestünde, Gott zu vermeiden, als ob die Zeit eine Frist wäre vor der Nothwendigkeit der Gegenwart Gottes in der Ewigkeit, welche zu schmälern von Ihm unbillig sei; als ob der Raum ein ausdrückliches, für die Geschöpfe angeordnetes bequemes Mittel wäre, ihrem Schöpfer aus dem Weg zu gehen. Kleine Knaben sogar fliehen vor Ihm mit aller Macht, wie wenn sie die Bedeutung der Sache gerade so gut verstünden, wie erwachsene Männer und ihren Entschluß ebenso fest gefaßt hätten. Gott spricht, bittet, fleht, ruft laut, aber sie laufen dennoch fort. Er läßt seine Sonnenstrahlen doppelt auf sie fallen, um ihre Herzen durch das Uebermaß seiner väterlichen Nachsicht zu gewinnen, aber sie laufen fort. Er wirft Schatten und Finsterniß auf sie, um sie nüchtern und weise zu machen, aber sie laufen fort. Er will sie haben. Große Gnaden treffen ihre Seelen, wie schnell geschwungene Steine aus einer Schleuder und sie fallen; aber sie sind im Augenblicke wieder auf und setzen ihre Flucht fort. Oder wenn Er sie einholt, weil sie zu stark verletzt sind, um sogleich wieder aufzustehen, so lassen sie Ihn bloß das Blut und die Erde von ihrer Wunde abwischen und sie zärtlich auf die Stirne küssen, und sind dann wieder auf und davon. Er will seinen Zweck nicht vereiteln lassen. Er will sich in dem Wasser eines Sakraments verbergen und voll Liebe kleine Kinder erbeuten, ehe sie den Gebrauch der Vernunft erreicht haben. Er kann es thun, aber dann muß Er sie auch schlagen, wenn Er sie behalten will, denn fast ehe sie gehen können, werden sie Ihm davon laufen. Und was ist dies Gemälde im Vergleich mit der Vision, die Unserer gebenedeiten Mutter stets vor Augen war?

Aber wir wollen die Welt eine Weile still stehen lassen und sehen, wie sie aussieht. Wenn unsere gewöhnliche
Liebe zu Gott, die so armselig ist, durch den Anblick geär-
gert wird, was muß Maria gelitten haben? Denn was
der Aerger für unsere Schwäche ist, muß für sie der tiefste
und ungemessenste Schmerz gewesen sein. Gott kommt in
seine Schöpfung. Sie regt sich nicht, sie kann nicht, sie
liegt in der Tiefe unter Ihm und kann nicht entrinnen.
Er kommt in der Schönheit einer Erbarmung, die beinahe
unglaublich ist, weil so schön. Aber scheinbar zieht sie die
Welt nicht an. Er kommt näher. Die Schöpfung muß
jetzt etwas thun. Sie zeigt sich eiskalt vor seinen Augen.
Er kann andere Welten haben, die fruchtbarer und für
Ihn mehr zugänglich sind, als diese. In der geistlichen
Zone, wo die Engel weilen, kann Er vielleicht willkommen
sein, aber nicht hier. Dies ist der Nordpol seines Uni-
versums. Er vergoß sein Blut über denselben und er
wollte nicht aufthauen. Er ist unhandlich, unschiffbar und
unbewohnbar für Ihn. Er kann überhaupt nichts mit ihm
anfangen, als seine Sonne bunte Lichter auf die Eisberge
werfen lassen, oder dem Monde gebieten mit matterem
Glanze, als sonstwo zu leuchten, oder die langen Nächte
mit den feurigen Streifen der Aurora erfüllen, die zu sehen
nicht einmal der Eskimo, welcher in seiner Hütte begraben
liegt, herausgehen will. Der einzige Unterschied ist, daß
der materielle Pol sein Geschäft versteht, welches darin
besteht, Eis zu machen in allen möglichen Gestalten, während wir Menschen an unsere Kälte so gewohnt sind, daß
wir nicht wissen, wie kalt wir sind, und uns einbilden,
die gemäßigte Zone der Schöpfung Gottes zu sein.
Wenn Gott in seine Welt einzieht, stehen die Sachen
nicht viel besser. Es ist traurig zu denken, — wollte Gott,
es wäre auch unglaublich! — wie viel von der Welt von
Ihm losgebunden wird, so daß beinahe ein Wunder nöthig

ist, um die Gnade in die Seele einströmen zu lassen. Betrachtet ganze Regionen von schönen Anfängen, von guten Wünschen, heiligen Begierden, von ernstlichem Kampfe und wirklicher Sehnsucht, und sehet, wie tyrannisch die Verhältnisse des Lebens mit allen diesen Interessen Gottes verfahren. Hier werden Seelen von Gott losgebunden durch Familieneinrichtungen; sie müssen ferne von den Gnadenmitteln leben oder sie werden unter böse Beispiele hineingeworfen oder zu unpassender Zerstreuung genöthigt, oder es wird ihnen die Alternative gestellt, entweder ihre Eltern zu verurtheilen oder ihre Ansichten von Gott zu unterdrücken, oder sie werden in unangemessene Ehen verwickelt oder in die ehrgeizigen Versuchungen einer weltlichen Stellung hineingezwängt, oder ihre religiöse Berufung wird vereitelt. Gott soll nicht seine eigenen Wege mit ihnen gehen dürfen, und Er will sie nicht gehen. Er seinerseits will keine Wunder wirken, und die Seelen sind verloren. Wie viel ferner wird durch Geldangelegenheiten verhindert! Die Religion der Waisen wird gefährdet durch Testamentsvollstrecker, die nicht den Glauben haben. Vermögen wird hinterlassen unter Bedingungen, die ohne heldenmüthige Gnade jede Bekehrung ausschließen. Der Aufenthaltsort wird durch beschränkte Umstände diktirt und so kommt es, daß geistliche Nachtheile damit verbunden sind. Die Frage wegen der Erziehung wird aus pekuniären Gründen ungünstig entschieden, ebenso die Wahl des Berufs. Mangel an Geld ist eine Schranke für die Freiheit vieler Seelen, die, soweit wir urtheilen können, jene Freiheit für Gott gebrauchen würden. Sogar örtliche Einrichtungen entfremden manche Seelen von Gott. Es tritt die Nothwendigkeit ein, einen Theil des Jahrs da zu leben, wo der regelmäßige Besuch der Sakramente nicht möglich ist, oder wo man sehr viel mit Leuten eines andern Glaubens verkehren oder sich um politischen Einfluß bewerben muß, oder wo junge Leute die Gewohnheiten, Werke der Barmherzigkeit zu üben, abbrechen müssen, die sich nur unvollkommen in der großen Hauptstadt gebildet haben, welche am Ende eher ein wahres Heiligthum Gottes ist, als das unschuldig scheinende Leben auf dem Lande mit seinen grünen Wiesen und Auen. Wie viele werden auch ohne eigenes Verschulden oder ohne irgend Jemands Verschulden von Gott losgetrennt durch die zeitlichen Folgen eines Unglücks! Haushaltungen werden aufgelöst. Seelen werden zu unpassenden Geschäften verurtheilt, an ungünstigen Orten, und eine Schaar von religiösen Nachtheilen ist die Folge, aus denen buchstäblich kein Entrinnen möglich ist. Man kann sagen, daß am Ende doch der Vorzug der Religion innerlich ist. Aber wie vielen ist dieser innere Geist gegeben? Gewiß ist er nicht eine der gewöhnlichen Gnaden Gottes. Und wie wenige, wirklich innerliche Menschen gibt es, die nicht sichtbar verschlimmert werden, wenn ihre öffentlichen Gebete um Gnaden sich verringern! Andere sodann werden Gott entfremdet durch irgend einen unabänderlichen Schritt, den sie selbst mit eigener Schuld oder ohne Verschulden gethan haben. Es ist, als ob eine ewige Bestimmung ihren Einfluß auf irgend eine zeitliche Entscheidung gezeigt hätte. Und nun sind die Seelen hülflos, sie können nicht alles für Gott sein, wenn sie wollten, außer Er theilt ihnen einige von den außerordentlichen Gnaden mit, wie wir sie in dem mystischen Leben der Heiligen sehen. Wir müssen uns hier oft zu unserm Troste daran erinnern, daß, wenn auch ein Schritt sich nicht mehr zurückthun läßt, doch nichts im geistlichen Leben unverbesserlich ist. Wer könnte an die entgegengesetzte Lehre glauben, und dann leben? Es ist fürchterlich, was für eine Macht die Menschen haben, ihre Nebenmenschen von Gott loszutrennen. Was für eine Uebung ist es für ein heißblütiges Temperament, mit einem

tiefen Gefühl der Ungerechtigkeit und einer aufrichtigen
herzlichen Liebe zu Gott und den Seelen, unter dem Drucke
des staatlichen Systems und der Einrichtungen eines Landes, das den Glauben nicht hat, für Seelen wirken zu
müssen! Eine Seele beobachten, die am Rande des Abgrundes schwebt, wo es sich um das Ewige handelt, und
deutlich sehen, daß die gewöhnlichste Billigkeit oder die
geringste Freundlichkeit sie retten würde, und nicht im
Stande sein, zu helfen, — das bringt Einem wie Messer
in's Fleisch und schmerzt unerträglich. Wir haben kein
Recht, die Billigkeit zu verlangen, ja die Billigkeit ist vielleicht nur sichtbar von unserm eigenen Gesichtspunkte aus.
Wir werden wahrscheinlicher Gerechtigkeit erlangen, wenn
wir darum nachsuchen unter dem Titel eines Privilegiums
und unter dem Namen einer Gefälligkeit. Um der Armen
Christi willen lasset uns darum anhalten, daß Gott unsere Geduld vermehren und verlängern möge!

So wird in der ganzen Welt — in allen Klassen der
Gesellschaft, namentlich in den höhern Klassen die Schöpfung gleichsam von Gott losgebunden, und seine Güte hat
kein freies Spiel mit ihr, außer Er will seine eigenen
Gesetze brechen und sich einfach auf seine Allmacht verlassen. Es gibt eine Tyrannei der Umstände, die beinahe
eine Nothwendigkeit zu sein scheint, zu sündigen. Es bedarf einer bestimmten Erklärung des Glaubens, um uns
zu versichern, daß eine solche Nothwendigkeit zum Glück
eine Unmöglichkeit ist. Wir fühlen dies alles und es geht
uns bis in's Mark. Bald macht es uns niedergeschlagen,
bald reizt es uns zum Zorne, je nachdem es auf die Ungleichheiten unsers kleinen Maßes von Gnade wirkt. Vermehret dies Gefühl, bis die Summe sich nicht mehr in
Zahlen darstellen läßt, vergrößert es, bis seine Masse den
Raum erfüllt und darüber hinausgeht, und dann werdet
ihr einen Begriff von der Empfindlichkeit Unsrer gött-

lichen Mutter in Betreff der Ehre der Majestät Gottes haben.

Es ist noch ein anderes Gefühl in Unserer göttlichen Mutter, das unsere Aufmerksamkeit erfordert. Ihre Liebe zu den Sündern stand genau im Verhältniß zu ihrem Abscheu vor der Sünde. Während sie auf der einen Seite über die vernachläßigte Liebe Gottes und die dürftige Ernte seiner Ehre trauerte, kannte sie kein Gefühl der Bitterkeit gegen die Sünder. Sie war nicht zornig über ihre Schuld, sondern fühlte sich unglücklich um ihretwillen wegen der Folgen ihrer Schuld. Ihr Herz konnte sie nicht verdammen, bloß bemitleiden. Ihren Augen stellte sich die Sünde klar und häßlich dar, wenn sie dieselbe als einen Angriff auf die Ehre Gottes betrachtete, aber wenn sie dieselbe im Sünder sah, dann ging der Abscheu unter in der Fülle ihres Mitleids. Ihr Eifer war nicht darauf bedacht, die Beleidigung der göttlichen Majestät durch entsetzliche Gerichte und angemessene Strafen zu rächen; er suchte vielmehr die Beleidigung durch die Bekehrung des Sünders wieder gut zu machen. Sie dachte die Interessen der Gerechtigkeit Gottes am besten dadurch zu wahren, daß sie seine Barmherzigkeit anrief. Wir sind in der That den Sündern eine gewisse Achtung schuldig, wenn wir sie ansehen, nicht als in ihren Sünden befangen, sondern bloß als solche, die gesündigt haben und der Gegenstand eines göttlichen Verlangens sind. Es ist die Offenbarung dieses Gefühls in apostolischen Männern, was die Sünder zu ihnen hinzieht und so zu ihrer Bekehrung führt. Die Liebe Unseres Herrn zu den Sündern verpflanzt ein eigenthümliches Gefühl in die Herzen seiner Diener. Und wenn die Sünder zur Reue kommen, so ist das Merkmal der göttlichen Vorliebe, das sich in der großen Gnade zeigt, die sie damit empfangen, etwas, was wir mehr bewundern, verehren und lieben müssen, als die Sünde in Verbindung

mit dem Sünder etwas Hassenswürdiges ist. In allen Bes=
serungsanstalten ist der Mangel einer aus religiösem Ge=
fühle hervorgehenden Achtung gegen die Sünde die Ursache,
wenn sie ihren Zweck verfehlen, das Vorhandensein dersel=
ben aber ist der Grund, warum sie gedeihen. Wenn Unser
Herr zu belehren suchte, so geschah es immer durch freund=
liche Blicke, durch liebevolle Worte und durch eine Nach=
sicht, die an zu große Güte zu gränzen schien. Er belehrte
nicht durch Verweise. Er wies den Herodes und die Phari=
säer gerade deßhalb zurecht, weil Er sie nicht zu belehren
versuchen wollte. Weil Er sie gehen ließ, deßhalb sprach
Er scharf mit ihnen. So waren die Gefühle Unserer gebe=
nedeiten Mutter im Hinblicke auf die Sünden, die ihr
diesen Schmerz brachten. Sie war nicht zornig auf die
Menschen, sie liebte dieselben und bemitleidete sie so in
ihrem Herzen, daß sie ihr Loos eher für ein hartes als
für ein verschuldetes zu halten schien. Ihre Liebe zu ih=
nen stieg mit dem Maße ihrer Sünden, gerade wie die
Fülle der Zeit Unseres Herrn das volle Maß der Schlech=
tigkeit der Welt gewesen zu sein scheint. So sehr auch
der Kreis ihrer Sünden sich erweiterte, ihre Liebe wurde
immer weiter. Es gibt kaum etwas, worin sich die In=
stinkte der Heiligkeit eigenthümlicher zeigen, als die Ansicht,
welche ein heiliges Herz von den Sündern hat. Sie
bezeugt unfehlbarer als sonst etwas die geheime Verbin=
dung mit Jesus, die tiefe zärtliche Vereinigung mit Gott
und die richtige Einsicht in das heilige Herz Jesu, sowie
die beseligende Ansteckung damit. Es sind immer die be=
schaulichen Heiligen, welche die Sünder am besten geliebt
haben, sogar mehr als die Heiligen, die im Leben thätig
waren und dasselbe daransetzten, sie zu belehren. Ist dies
der Grund, warum das contemplative Element ein wesent=
licher Bestandtheil eines vollständigen Apostels ist?

Dieser Schmerz enthält indessen auch viele Lehren

für uns selbst. In der That ist der Aufenthalt in Aegypten ein vollständiges Bild der Art und Weise, wie Gott,
Unser Herr Jesus Christus, das hochheilige Sakrament,
der Glaube und die Heiligen in der Welt sind. Hier
sehen wir das gewöhnliche Leben wunderbar gemacht durch
einen innerlichen Geist. Hier ist die Gesellschaft Maria's
und Joseph's. Hier sind die drei evangelischen Schwestern, die Arbeit, die Armuth und die Losschälung von
der Welt. Hier ist die geheimnißvolle Verborgenheit und
es ist anscheinend nichts, was darunter zu verbergen wäre.
Hier ist das Exil und ein ägyptisches Exil. Hier ist die
Liebe Gottes in voller Alleinherrschaft. Endlich ist hier
Unser Herr in der Welt als ein kleines Kind, und eben
so ist der unsichtbare Gott in seiner eigenen Schöpfung
trotz dem Glanze seiner Vollkommenheiten; ebenso ist Unser Herr noch immer in seiner Kirche und auf dem heiligen Stuhle, ungeachtet aller ihrer Triumphe; ebenso ist
es das hochheilige Sakrament ungeachtet aller lichtvollen
Theologie, die darüber geschrieben worden ist, und so ist
es der Glaube unter den sich drängenden Interessen der
modernen Civilisation, trotz seiner alten historischen Erober-
ungen und seiner gegenwärtigen täglichen Verbreitung,
und ebenso sind es die Heiligen in den Tiefen des Lebens,
wo die Oeffentlichkeit sie nicht finden kann, ungeachtet der
Wunder, die sie wirken. Sie sind alle in der Welt, wie
kleine Kinder. Auch wir bilden einen Theil des Gemäl-
des. Da ist der mächtige Nil, der durch das uralte stille
Aegypten hinströmt wie ein Traum. Da sind die Pyra-
miden, die Denkmäler heidnischer Größe; da die sandigen
Wüsten, die fruchtbaren Lehmfelder, welche die Ueber-
schwemmung jährlich erneuert, die Palmenhaine und das
buntfarbige Leben des orientalischen Bazar's, und irgendwo
Jesus, Maria und Joseph. Die Allegorie ist vollständig.
So ist die Welt, so unser Geburtsland für uns. Gott

ist darin verborgen. Alles ist uns fremd, obwol es heimisch ist; denn die Gnade hat auf eine sonderbare Weise
Fremblinge aus uns gemacht. Geduldig warten wir, Gottes Werk zu thun und zählen die Jahre. Eines wird
kommen, welches das letzte sein wird; es wird uns in die
Heimath tragen und uns zu seinen Füßen niederlegen, und
wie wir in unserem Exile alles für Gott gewesen sind, so
wird Gott alles für uns sein in unsrer ewigen Heimath.
Gepriesen sei seine Barmherzigkeit! Es war nicht liebevoll, jene Worte zu sagen; denn ist Er nicht jetzt schon
alles für uns?

Aber außer der Lehre, welche die Allegorie selbst enthält, gibt es noch andere, die wir uns zu Herzen nehmen
müssen. Wir müssen vor allem mit Jesus sympathisiren
lernen, namentlich in den Leiden, die wir selbst Ihm verursacht haben. Die Religion ist eine persönliche Liebe
Gottes, deren Aufrichtigkeit durch unsern Gehorsam bezeugt
wird. Die Liebe ist die Seele, der Werth, die Bedeutung
von allem. Um wahrhaft religiös zu sein, müssen unsere
Seelen in einer eigenthümlichen Atmosphäre leben, in einer
bezauberten Atmosphäre, welche die Welt nicht einathmen
und daher nicht durchbrechen kann. Wir müssen unfähig
sein, außerhalb einer Atmosphäre des Gebets zu athmen.
Die Seele muß ihre eigene Welt von Hoffnungen und
Besorgnissen haben, ihre eigene Gattung von Neigungen
und Sympathien, von Instinkten und Ahnungen, von Dingen, die sie anziehen oder abstoßen. Es reicht nicht hin,
bloß eine Anzahl von Lehren zu glauben oder gewisse Gebote zu halten. Diese Dinge sind wesentlich, aber sie
machen nicht das Ganze aus. Sie sind das Fleisch und
Blut, aber die Seele ist die Liebe. Das Hauptmittel
aber, wodurch wir diese bezauberte Atmosphäre um uns
hervorbringen, besteht in der Andacht zu den Geheimnissen
Unseres Herrn. Maria heiligte sich in diesem Schmerze

wie ihr Mitgefühl mit dem Leiden Unsers Herrn zu dem Mitleiden Unserer göttlichen Mutter. Wenn die Leiden des heiligen Paulus in seinem Fleische das ersetzen, was an den Leiden Christi für seinen Leib, welcher die Kirche ist, mangelt,[1] was müssen wir von den Schmerzen Mariens sagen? Diese Erwägungen werden, wenn sie unserer geistlichen Stumpfheit zu einem angemessenen Begriffe von der Empfindlichkeit Unserer göttlichen Mutter für die Ehre Gottes nicht verhelfen können, uns wenigstens in den Stand setzen, im Fall wir über die Erhabenheit dieses Instinktes in den Heiligen erstaunt sind, nicht zu vergessen, daß der ihrige um so viel höher war, daß jener daneben ganz verschwindet.

Selbst für uns in den tiefen Thälern, wo die barmherzige Nachforschung der Gnade uns gefunden hat, liegt etwas unaussprechlich Betrübendes in der Art, wie Gott von seiner eigenen Schöpfung ausgeschlossen wird. Wir betrachten nun das Geheimniß der Flucht des Schöpfers vor seinen Geschöpfen. Liegt nicht auch etwas ebenso Entsetzliches in der Flucht der Geschöpfe vor ihrem Schöpfer, die wir noch alle Tage vor sich gehen sehen? Wenn der Glaube unsere Augen geöffnet hat, was für ein Schauspiel bietet die Welt dar! Ueberall verfolgt Gott mit seiner allgegenwärtigen Liebe seine Geschöpfe, seine mit Schuld behafteten Geschöpfe; aber es geschieht, um sie zu retten, nicht um sie zu strafen. Es gibt keinen Winkel in der Welt, keine einsame Hütte der Armuth, keine Höhle der Sünde und des Lasters, keinen Ort, wenn er auch noch so unpassend scheint für eine so unendliche Majestät, wo Er nicht seinen Geschöpfen nachfolgt und ihnen seine großen Gaben beinahe aufzuzwingen sucht. Schneller als der Blitz, stärker als der Ocean, allgemeiner verbreitet als die Luft, ergießt sich sein glorreiches, mannigfaltiges Mit=

---

[1] Koloss. 1, 24.

leib über die Welt hin, die Er geschaffen. Ueberall fliehen die Menschen vor dieser edelmüthigen, barmherzigen und zärtlichen Verfolgung. Es ist, als ob der Hauptzweck ihres Lebens darin bestünde, Gott zu vermeiden, als ob die Zeit eine Frist wäre vor der Nothwendigkeit der Gegenwart Gottes in der Ewigkeit, welche zu schmälern von Ihm unbillig sei; als ob der Raum ein ausdrückliches, für die Geschöpfe angeordnetes bequemes Mittel wäre, ihrem Schöpfer aus dem Weg zu gehen. Kleine Knaben sogar fliehen vor Ihm mit aller Macht, wie wenn sie die Bedeutung der Sache gerade so gut verstünden, wie erwachsene Männer und ihren Entschluß ebenso fest gefaßt hätten. Gott spricht, bittet, fleht, ruft laut, aber sie laufen dennoch fort. Er läßt seine Sonnenstrahlen doppelt auf sie fallen, um ihre Herzen durch das Uebermaß seiner väterlichen Nachsicht zu gewinnen, aber sie laufen fort. Er wirft Schatten und Finsterniß auf sie, um sie nüchtern und weise zu machen, aber sie laufen fort. Er will sie haben. Große Gnaden treffen ihre Seelen, wie schnell geschwungene Steine aus einer Schleuder und sie fallen; aber sie sind im Augenblicke wieder auf und setzen ihre Flucht fort. Oder wenn Er sie einholt, weil sie zu stark verletzt sind, um sogleich wieder aufzustehen, so lassen sie Ihn bloß das Blut und die Erde von ihrer Wunde abwischen und sie zärtlich auf die Stirne küssen, und sind dann wieder auf und davon. Er will seinen Zweck nicht vereiteln lassen. Er will sich in dem Wasser eines Sakraments verbergen und voll Liebe kleine Kinder erbeuten, ehe sie den Gebrauch der Vernunft erreicht haben. Er kann es thun, aber dann muß Er sie auch schlagen, wenn Er sie behalten will, denn fast ehe sie gehen können, werden sie Ihm davon laufen. Und was ist dies Gemälde im Vergleich mit der Vision, die Unserer gebenedeiten Mutter stets vor Augen war?

Aber wir wollen die Welt eine Weile still stehen lassen und sehen, wie sie aussieht. Wenn unsere gewöhnliche
Liebe zu Gott, die so armselig ist, durch den Anblick geär-
gert wird, was muß Maria gelitten haben? Denn was
der Aerger für unsere Schwäche ist, muß für sie der tiefste
und ungemessenste Schmerz gewesen sein. Gott kommt in
seine Schöpfung. Sie regt sich nicht, sie kann nicht, sie
liegt in der Tiefe unter Ihm und kann nicht entrinnen.
Er kommt in der Schönheit einer Erbarmung, die beinahe
unglaublich ist, weil so schön. Aber scheinbar zieht sie die
Welt nicht an. Er kommt näher. Die Schöpfung muß
jetzt etwas thun. Sie zeigt sich eiskalt vor seinen Augen.
Er kann andere Welten haben, die fruchtbarer und für
Ihn mehr zugänglich sind, als diese. In der geistlichen
Zone, wo die Engel weilen, kann Er vielleicht willkommen
sein, aber nicht hier. Dies ist der Nordpol seines Uni-
versums. Er vergoß sein Blut über denselben und er
wollte nicht aufthauen. Er ist unhandlich, unschiffbar und
unbewohnbar für Ihn. Er kann überhaupt nichts mit ihm
anfangen, als seine Sonne bunte Lichter auf die Eisberge
werfen lassen, oder dem Monde gebieten mit matterem
Glanze, als sonstwo zu leuchten, oder die langen Nächte
mit den feurigen Streifen der Aurora erfüllen, die zu sehen
nicht einmal der Eskimo, welcher in seiner Hütte begraben
liegt, herausgehen will. Der einzige Unterschied ist, daß
der materielle Pol sein Geschäft versteht, welches darin
besteht, Eis zu machen in allen möglichen Gestalten, während wir Menschen an unsere Kälte so gewohnt sind, daß
wir nicht wissen, wie kalt wir sind, und uns einbilden,
die gemäßigte Zone der Schöpfung Gottes zu sein.

Wenn Gott in seine Welt einzieht, stehen die Sachen
nicht viel besser. Es ist traurig zu denken, — wollte Gott,
es wäre auch unglaublich! — wie viel von der Welt von
Ihm losgebunden wird, so daß beinahe ein Wunder nöthig

ist, um die Gnade in die Seele einströmen zu lassen.
Betrachtet ganze Regionen von schönen Anfängen, von
guten Wünschen, heiligen Begierden, von ernstlichem Kampfe
und wirklicher Sehnsucht, und sehet, wie tyrannisch die
Verhältnisse des Lebens mit allen diesen Interessen Gottes
verfahren. Hier werden Seelen von Gott losgebunden
durch Familieneinrichtungen; sie müssen ferne von den
Gnadenmitteln leben oder sie werden unter böse Beispiele
hineingeworfen oder zu unpassender Zerstreuung genöthigt,
oder es wird ihnen die Alternative gestellt, entweder ihre
Eltern zu verurtheilen oder ihre Ansichten von Gott zu
unterdrücken, oder sie werden in unangemessene Ehen verwickelt oder in die ehrgeizigen Versuchungen einer weltlichen
Stellung hineingezwängt, oder ihre religiöse Berufung
wird vereitelt. Gott soll nicht seine eigenen Wege mit
ihnen gehen dürfen, und Er will sie nicht gehen. Er seinerseits will keine Wunder wirken, und die Seelen sind
verloren. Wie viel ferner wird durch Geldangelegenheiten
verhindert! Die Religion der Waisen wird gefährdet durch
Testamentsvollstrecker, die nicht den Glauben haben. Vermögen wird hinterlassen unter Bedingungen, die ohne heldenmüthige Gnade jede Bekehrung ausschließen. Der Aufenthaltsort wird durch beschränkte Umstände diktirt und so
kommt es, daß geistliche Nachtheile damit verbunden sind.
Die Frage wegen der Erziehung wird aus pekuniären
Gründen ungünstig entschieden, ebenso die Wahl des Berufs. Mangel an Geld ist eine Schranke für die Freiheit
vieler Seelen, die, soweit wir urtheilen können, jene Freiheit für Gott gebrauchen würden. Sogar örtliche Einrichtungen entfremden manche Seelen von Gott. Es tritt
die Nothwendigkeit ein, einen Theil des Jahrs da zu leben,
wo der regelmäßige Besuch der Sakramente nicht möglich
ist, oder wo man sehr viel mit Leuten eines andern Glaubens verkehren oder sich um politischen Einfluß bewerben

muß, oder wo junge Leute die Gewohnheiten, Werke der
Barmherzigkeit zu üben, abbrechen müssen, die sich nur
unvollkommen in der großen Hauptstadt gebildet haben,
welche am Ende eher ein wahres Heiligthum Gottes ist,
als das unschuldig scheinende Leben auf dem Lande mit
seinen grünen Wiesen und Auen. Wie viele werden auch
ohne eigenes Verschulden oder ohne irgend Jemands Verschulden von Gott losgetrennt durch die zeitlichen Folgen
eines Unglücks! Haushaltungen werden aufgelöst. Seelen
werden zu unpassenden Geschäften verurtheilt, an ungünstigen Orten, und eine Schaar von religiösen Nachtheilen
ist die Folge, aus denen buchstäblich kein Entrinnen möglich ist. Man kann sagen, daß am Ende doch der Vorzug
der Religion innerlich ist. Aber wie vielen ist dieser innere Geist gegeben? Gewiß ist er nicht eine der gewöhnlichen Gnaden Gottes. Und wie wenige, wirklich innerliche Menschen gibt es, die nicht sichtbar verschlimmert
werden, wenn ihre öffentlichen Gebete um Gnaden sich
verringern! Andere sodann werden Gott entfremdet durch
irgend einen unabänderlichen Schritt, den sie selbst mit
eigener Schuld oder ohne Verschulden gethan haben. Es
ist, als ob eine ewige Bestimmung ihren Einfluß auf
irgend eine zeitliche Entscheidung gezeigt hätte. Und nun
sind die Seelen hülflos, sie können nicht alles für Gott
sein, wenn sie wollten, außer Er theilt ihnen einige von
den außerordentlichen Gnaden mit, wie wir sie in dem
mystischen Leben der Heiligen sehen. Wir müssen uns
hier oft zu unserm Troste daran erinnern, daß, wenn auch
ein Schritt sich nicht mehr zurückthun läßt, doch nichts im
geistlichen Leben unverbesserlich ist. Wer könnte an die
entgegengesetzte Lehre glauben, und dann leben? Es ist
fürchterlich, was für eine Macht die Menschen haben, ihre
Nebenmenschen von Gott loszutrennen. Was für eine
Uebung ist es für ein heißblütiges Temperament, mit einem

tiefen Gefühl der Ungerechtigkeit und einer aufrichtigen, herzlichen Liebe zu Gott und den Seelen, unter dem Drucke des staatlichen Systems und der Einrichtungen eines Landes, das den Glauben nicht hat, für Seelen wirken zu müssen! Eine Seele beobachten, die am Rande des Abgrundes schwebt, wo es sich um das Ewige handelt, und deutlich sehen, daß die gewöhnlichste Billigkeit oder die geringste Freundlichkeit sie retten würde, und nicht im Stande sein, zu helfen, — das bringt Einem wie Messer in's Fleisch und schmerzt unerträglich. Wir haben kein Recht, die Billigkeit zu verlangen, ja die Billigkeit ist vielleicht nur sichtbar von unserm eigenen Gesichtspunkte aus. Wir werden wahrscheinlicher Gerechtigkeit erlangen, wenn wir darum nachsuchen unter dem Titel eines Privilegiums und unter dem Namen einer Gefälligkeit. Um der Armen Christi willen lasset uns darum anhalten, daß Gott unsere Geduld vermehren und verlängern möge!

So wird in der ganzen Welt — in allen Klassen der Gesellschaft, namentlich in den höhern Klassen die Schöpfung gleichsam von Gott losgebunden, und seine Güte hat kein freies Spiel mit ihr, außer Er will seine eigenen Gesetze brechen und sich einfach auf seine Allmacht verlassen. Es gibt eine Tyrannei der Umstände, die beinahe eine Nothwendigkeit zu sein scheint, zu sündigen. Es bedarf einer bestimmten Erklärung des Glaubens, um uns zu versichern, daß eine solche Nothwendigkeit zum Glück eine Unmöglichkeit ist. Wir fühlen dies alles und es geht uns bis in's Mark. Bald macht es uns niedergeschlagen, bald reizt es uns zum Zorne, je nachdem es auf die Ungleichheiten unsers kleinen Maßes von Gnade wirkt. Vermehret dies Gefühl, bis die Summe sich nicht mehr in Zahlen darstellen läßt, vergrößert es, bis seine Masse den Raum erfüllt und darüber hinausgeht, und dann werdet ihr einen Begriff von der Empfindlichkeit Unsrer göttlichen Mutter in Betreff der Ehre der Majestät Gottes haben.

Es ist noch ein anderes Gefühl in Unserer göttlichen Mutter, das unsere Aufmerksamkeit erfordert. Ihre Liebe zu den Sündern stand genau im Verhältniß zu ihrem Abscheu vor der Sünde. Während sie auf der einen Seite über die vernachläßigte Liebe Gottes und die dürftige Ernte seiner Ehre trauerte, kannte sie kein Gefühl der Bitterkeit gegen die Sünder. Sie war nicht zornig über ihre Schuld, sondern fühlte sich unglücklich um ihretwillen wegen der Folgen ihrer Schuld. Ihr Herz konnte sie nicht verdammen, bloß bemitleiden. Ihren Augen stellte sich die Sünde klar und häßlich dar, wenn sie dieselbe als einen Angriff auf die Ehre Gottes betrachtete, aber wenn sie dieselbe im Sünder sah, dann ging der Abscheu unter in der Fülle ihres Mitleids. Ihr Eifer war nicht darauf bedacht, die Beleidigung der göttlichen Majestät durch entsetzliche Gerichte und angemessene Strafen zu rächen; er suchte vielmehr die Beleidigung durch die Bekehrung des Sünders wieder gut zu machen. Sie dachte die Interessen der Gerechtigkeit Gottes am besten dadurch zu wahren, daß sie seine Barmherzigkeit anrief. Wir sind in der That den Sündern eine gewisse Achtung schuldig, wenn wir sie ansehen, nicht als in ihren Sünden befangen, sondern bloß als solche, die gesündigt haben und der Gegenstand eines göttlichen Verlangens sind. Es ist die Offenbarung dieses Gefühls in apostolischen Männern, was die Sünder zu ihnen hinzieht und so zu ihrer Bekehrung führt. Die Liebe Unseres Herrn zu den Sündern verpflanzt ein eigenthümliches Gefühl in die Herzen seiner Diener. Und wenn die Sünder zur Reue kommen, so ist das Merkmal der göttlichen Vorliebe, das sich in der großen Gnade zeigt, die sie damit empfangen, etwas, was wir mehr bewundern, verehren und lieben müssen, als die Sünde in Verbindung

mit dem Sünder etwas Hassenswürdiges ist. In allen Bes-
serungsanstalten ist der Mangel einer aus religiösem Gefühle hervorgehenden Achtung gegen die Sünde die Ursache,
wenn sie ihren Zweck verfehlen, das Vorhandensein derselben aber ist der Grund, warum sie gedeihen. Wenn Unser
Herr zu bekehren suchte, so geschah es immer durch freundliche Blicke, durch liebevolle Worte und durch eine Nachsicht, die an zu große Güte zu gränzen schien. Er bekehrte
nicht durch Verweise. Er wies den Herodes und die Pharisäer gerade deßhalb zurecht, weil Er sie nicht zu bekehren
versuchen wollte. Weil Er sie gehen ließ, deßhalb sprach
Er scharf mit ihnen. So waren die Gefühle Unserer gebenedeiten Mutter im Hinblicke auf die Sünden, die ihr
diesen Schmerz brachten. Sie war nicht zornig auf die
Menschen, sie liebte dieselben und bemitleidete sie so in
ihrem Herzen, daß sie ihr Loos eher für ein hartes als
für ein verschuldetes zu halten schien. Ihre Liebe zu ihnen stieg mit dem Maße ihrer Sünden, gerade wie die
Fülle der Zeit Unseres Herrn das volle Maß der Schlech-
tigkeit der Welt gewesen zu sein scheint. So sehr auch
der Kreis ihrer Sünden sich erweiterte, ihre Liebe wurde
immer weiter. Es gibt kaum etwas, worin sich die Instinkte der Heiligkeit eigenthümlicher zeigen, als die Ansicht,
welche ein heiliges Herz von den Sündern hat. Sie
bezeugt unfehlbarer als sonst etwas die geheime Verbindung mit Jesus, die tiefe zärtliche Vereinigung mit Gott
und die richtige Einsicht in das heilige Herz Jesu, sowie
die beseligende Ansteckung damit. Es sind immer die beschaulichen Heiligen, welche die Sünder am besten geliebt
haben, sogar mehr als die Heiligen, die im Leben thätig
waren und dasselbe daransetzten, sie zu bekehren. Ist dies
der Grund, warum das contemplative Element ein wesent-
licher Bestandtheil eines vollständigen Apostels ist?

Dieser Schmerz enthält indessen auch viele Lehren

für uns selbst. In der That ist der Aufenthalt in Aegyp=
ten ein vollständiges Bild der Art und Weise, wie Gott.
Unser Herr Jesus Christus, das hochheilige Sakrament,
der Glaube und die Heiligen in der Welt sind. Hier
sehen wir das gewöhnliche Leben wunderbar gemacht durch
einen innerlichen Geist. Hier ist die Gesellschaft Maria's
und Joseph's. Hier sind die drei evangelischen Schwe=
stern, die Arbeit, die Armuth und die Losschälung von
der Welt. Hier ist die geheimnißvolle Verborgenheit und
es ist anscheinend nichts, was darunter zu verbergen wäre.
Hier ist das Exil und ein ägyptisches Exil. Hier ist die
Liebe Gottes in voller Alleinherrschaft. Endlich ist hier
Unser Herr in der Welt als ein kleines Kind, und eben
so ist der unsichtbare Gott in seiner eigenen Schöpfung
trotz dem Glanze seiner Vollkommenheiten; ebenso ist Un=
ser Herr noch immer in seiner Kirche und auf dem heili=
gen Stuhle, ungeachtet aller ihrer Triumphe; ebenso ist
es das hochheilige Sakrament ungeachtet aller lichtvollen
Theologie, die darüber geschrieben worden ist, und so ist
es der Glaube unter den sich drängenden Interessen der
modernen Civilisation, trotz seiner alten historischen Erober=
ungen und seiner gegenwärtigen täglichen Verbreitung,
und ebenso sind es die Heiligen in den Tiefen des Lebens,
wo die Oeffentlichkeit sie nicht finden kann, ungeachtet der
Wunder, die sie wirken. Sie sind alle in der Welt, wie
kleine Kinder. Auch wir bilden einen Theil des Gemäl=
des. Da ist der mächtige Nil, der durch das uralte stille
Aegypten hinströmt wie ein Traum. Da sind die Pyra=
miden, die Denkmäler heidnischer Größe; da die sandigen
Wüsten, die fruchtbaren Lehmfelder, welche die Ueber=
schwemmung jährlich erneuert, die Palmenhaine und das
buntfarbige Leben des orientalischen Bazar's, und irgendwo
Jesus, Maria und Joseph. Die Allegorie ist vollständig.
So ist die Welt, so unser Geburtsland für uns. Gott

ist darin verborgen. Alles ist uns fremd, obwol es heimisch ist; denn die Gnade hat auf eine sonderbare Weise Fremdlinge aus uns gemacht. Geduldig warten wir, Gottes Werk zu thun und zählen die Jahre. Eines wird kommen, welches das letzte sein wird; es wird uns in die Heimath tragen und uns zu seinen Füßen niederlegen, und wie wir in unserem Exile alles für Gott gewesen sind, so wird Gott alles für uns sein in unsrer ewigen Heimath. Gepriesen sei seine Barmherzigkeit! Es war nicht liebevoll, jene Worte zu sagen; denn ist Er nicht jetzt schon alles für uns?

Aber außer der Lehre, welche die Allegorie selbst enthält, gibt es noch andere, die wir uns zu Herzen nehmen müssen. Wir müssen vor allem mit Jesus sympathisiren lernen, namentlich in den Leiden, die wir selbst Ihm verursacht haben. Die Religion ist eine persönliche Liebe Gottes, deren Aufrichtigkeit durch unsern Gehorsam bezeugt wird. Die Liebe ist die Seele, der Werth, die Bedeutung von allem. Um wahrhaft religiös zu sein, müssen unsere Seelen in einer eigenthümlichen Atmosphäre leben, in einer bezauberten Atmosphäre, welche die Welt nicht einathmen und daher nicht durchbrechen kann. Wir müssen unfähig sein, außerhalb einer Atmosphäre des Gebets zu athmen. Die Seele muß ihre eigene Welt von Hoffnungen und Besorgnissen haben, ihre eigene Gattung von Neigungen und Sympathien, von Instinkten und Ahnungen, von Dingen, die sie anziehen oder abstoßen. Es reicht nicht hin, bloß eine Anzahl von Lehren zu glauben oder gewisse Gebote zu halten. Diese Dinge sind wesentlich, aber sie machen nicht das Ganze aus. Sie sind das Fleisch und Blut, aber die Seele ist die Liebe. Das Hauptmittel aber, wodurch wir diese bezauberte Atmosphäre um uns hervorbringen, besteht in der Andacht zu den Geheimnissen Unseres Herrn. Maria heiligte sich in diesem Schmerze durch ihr Mitleiden mit Jesus. Die ehrwürdige Johanna von Jesus und Maria, eine Franziskanerin hörte, während sie die Flucht Unseres Herrn nach Aegypten fromm betrachtete, plötzlich ein großes Geräusch, wie das Laufen und Klirren bewaffneter Männer, die Jemand verfolgen, und alsbald sah sie ein schönes Knäblein vor Anstrengung keuchend, in voller Eile auf sie zuspringen, und es rief aus: „O Johanna, hilf mir und verbirg mich. Ich bin Jesus von Nazareth und fliehe vor den Sündern, die mich tödten wollen und die mich verfolgen, wie Herodes. Ich bitte dich, rette mich!" Die Hauptsache, wornach wir streben müssen, ist, es dahin zu bringen, daß die Geheimnisse Unseres Herrn, namentlich sein heiliges Leiden und seine Kindheit unsere Gedanken beständig beschäftigen. Sie sollten nicht im geringsten einer vergangenen Geschichte gleichen, über die wir poetische oder sentimentale Gefühle oder Lieblingsansichten haben können, sondern sie sollten gleichsam ein lebendiges Schauspiel sein, das beständig vor unsern Augen aufgeführt wird und worin wir selbst eine Rolle spielen. Dies ist der Unterschied zwischen den Geheimnissen des inkarnirten Wortes im neuen Testamente und den glorreichen Offenbarungen Gottes im alten Testament. Diese letztern sind unsere Lehren, die erstern sind unser Leben. Sie bleiben nicht einfach daselbst geschrieben und leuchten, sondern sie leben, ziehen uns an, verleihen Macht, enthalten Gnaden und wandeln den Menschen um. Die Lebenskraft der Menschwerdung ist in sie eingegangen. Hier haben wir die geheime Ursache des Vorzugs, welcher von den Irrgläubigen dem alten Testament vor dem neuen gegeben wird und ihrer Natur so angemessen ist. Sie, die kein Altarsfakrament haben, und Maria entthronten, haben die Bedeutung der Menschwerdung verloren. Die Evangelien sind ihnen schöne Geschichten und sonst weiter nicht viel. Aber der Auszug aus Aegypten ist weit roman-

tischer, aufregender, glorreicher, und ebenso die Eroberung
von Kanaan, die Regierung David's und die hohe Vater-
landsliebe der Propheten. Die Begeisterung, welche die
Katholiken für die Ereignisse des Evangeliums empfinden,
fühlen deshalb die Irrgläubigen bei den alttestamentlichen
Geschichten. Aber bei den erstern ist es mehr als Begeisterung; es ist das Leben ihrer Religion, der Athem ihrer
Heiligkeit, die endlose Gegenwart und Anschauung ihres
Geliebten. So müssen wir durch anhaltende Betrachtung,
durch leidvolle oder freudvolle Liebe uns den Weg in die
Geheimnisse Jesu bahnen, sie uns gleichsam assimiliren,
in ihnen leben, mit ihnen fühlen, bis ihr bloß historischer
Charakter sich für uns zu einer wirklichen Anbetung stei-
gert und sein Herz gleichsam in dem unsrigen schlägt, wie
ein zweites, besseres und übernatürliches Leben.

Eine weitere Lehre, welche dieser Schmerz uns gibt,
besteht darin, daß das Leiden, wenn es Gottes Wille ist,
besser ist, als äußerliche, geistliche Genüsse. Die gottselige
Veronika von Binasco, eine Augustinerin, durfte im Geiste
Jesus und Maria auf ihrer Flucht begleiten und als sie
vorüber war, sagte Unser Herr zu ihr: „Meine Tochter,
du hast gesehen, durch was für Mühseligkeiten wir dieses
Land erreichten. Lerne daraus, daß niemand Gnaden
empfängt, außer er leidet." Dieses können wir besser verstehen; aber wenn das Leiden den Gnadenmitteln feindlich
gegenübersteht, wenn seine Gegenwart den Verlust unserer
äußerlichen, geistlichen Genüsse in sich schließt, dann mag
es uns anders erscheinen. Sich mit Freudigkeit unter diesen Umständen dem Leiden unterwerfen, schließt etwas mehr
in sich, als gewöhnliche Unterwürfigkeit. Glauben, daß
das Leiden, weil es der Wille Unseres Herrn ist, besser
für uns ist, als selbst die Fortdauer jener Genüsse, das
erfordert eine große Uebung des Glaubens. Religiös sein
heißt, unser ewiges Heil sichern. Die Erfahrung hat

uns deutlich gezeigt, wie viel von der Regelmäßigkeit in unsern geistlichen Uebungen abhängt. Was ist ein Tag für Gott anders, als der rechtmäßige Schluß eines Morgens, den wir mit Gott zubrachten? Mancher stützt sein ganzes Leben auf seine tägliche Messe und diese Stütze trägt ihn bis an's Ende. Gibt es ein hilfloseres Wesen auf Erden, als die Seele, die seit lange an häufige Communionen gewöhnt ist und dann plötzlich auf lange Zeit derselben braubt wird? Ueberdies wie viele sehen wir, die durch das Leiden besser geworden sind? Verhärtet es nicht manche? Guilloré sagt, daß die Krankheit der Heiligung mehr schade, als sie uns heilige. Dies ist ein hartes Wort, und wenn wir es auch mildern, so bleibt doch noch genug Wahrheit darin, um uns überaus traurig zu stimmen. Indem der Kardinal de Berülle von den innern Leiden und Prüfungen des Geistes spricht, sagt er, er habe viele ausgezeichnete Seelen in denselben kennen gelernt, aber nur eine einzige gesehen, die unter ihrem Einflüsse keine Rückschritte gemacht habe, und er war nicht der Mann, welcher übertrieb. Dennoch, trotz allen diesen schrecklichen Aussprüchen und Erfahrungen, sollen wir ein Leiden, das von Gott kommt, als etwas Besseres willkommen heißen, als stundenlanges Gebet oder die täglichen Opfer oder die himmlischen Sakramente. Wir dürfen wol sehnsüchtig auf jene Dinge zurückblicken, aber nicht mit unangemessenem Schmerze. Es ist eine harte Lehre, die wir da lernen sollen. Wer erinnert sich nicht an das erste Mal, wo er sie zu lernen hatte? Wie beunruhigend schien sie? Gewöhnliche Dinge schienen unverständlich; das Gewissen mußte in Betreff einer großen Anzahl von Fragen wieder mit sich selbst in's Reine kommen. Nie wurde die geistliche Leitung mehr vermißt, als jetzt, wo sie am wenigsten zu haben war. Gesetzt, unser Leiden war eine Krankheit. Von wie viel dispensirte uns der Schmerz, und was für ein Schmerz war groß genug, um uns von etwas zu dispensiren? Es gab mehr Prüfungen, mehr Forderungen an uns wegen unseres Leidens, und augenscheinlich weniger Gnadenmittel, um uns innerlich aufrecht zu erhalten. Gar viele Dinge, die in der Gesundheit schön und stark erschienen waren, wurden nun in uns auf mannigfaltige Weise geprüft und erprobt, und nicht wenige derselben brachen gänzlich zusammen. Es war eine harte Zeit. Die Leiden brechen stets über einen sorgenvollen Menschen herein, wie feige Raubthiere, die ihre Beute nicht anzugreifen wagen, bis sie verwundet ist. So hatten wir damals mehr zu tragen, wo wir weniger Kraft dazu hatten. Es war eine peinliche Lehre, gelernt unter Furcht und in Unsicherheit, reich an Qualen und Thränen. Aber mit der Zeit wurde sie gelernt, und wenn die Erinnerung jetzt ganz verwischt und ausgelöscht ist durch die leidigen läßlichen Sünden, die uns ganz entstellen, so wurde dennoch das Mißtrauen auf uns selbst verstärkt, wir kamen Gott näher, wir hatten am innern Menschen zugenommen, und waren uns einer erhöhten Kraft bewußt, weil die Gnade mehr in uns daheim war.

Das Betragen Unserer göttlichen Mutter in diesem Schmerze gibt uns die weitere Lehre, daß wir am meisten nach dem Mitleiden gegen andere streben müssen, wenn wir selbst am meisten leiden. Dies ist der Weg, um die eigenthümlichen Gnaden des Leidens zu gewinnen. Die Natur und die Gnade haben fast immer Absichten, die einander durchkreuzen. Weil Moses das heftigste Temperament hatte, wurde er der sanftmüthigste der Menschen. So schließt das Leiden uns naturgemäß in uns selbst ein und concentrirt uns auf uns selbst, während die Gnade uns nöthigt, bedachtsamer zu werden, weil wir leiden, aus uns selbst herauszugehen und über andere, wie ein Trankopfer vor Gott, alles jenes zarte Mitleid zu ergießen, das

die Natur an uns selbst verschwinden würde. Darin, daß
wir uns von uns selbst abwenden, wenn wir einen Kummer haben, liegt etwas, was die besondere Wirkung hat,
das Herz zu erweitern und unsern ganzen Charakter zu
erheben, und es ist auch etwas Gott so Wohlgefälliges,
daß Er, wenn es aus einem übernatürlichen Beweggrunde
und als Nachahmung Unsres Herrn geschieht, es sogleich
durch die herrlichsten Gnaden zu belohnen scheint. Neben
dem Bette eines armen Kranken sitzen, wenn wir selbst
innerlich durch Krankheit niedergeschlagen sind, wenn unsere Pulse fieberhaft pochen und uns der Kopf schwindelt,
— oder auf die Klagen eines bekümmerten Herzens horchen, während wir selbst insgeheim unter einer schweren
Last seufzen — oder durch freundliche Blicke und Worte
über einen Kreis, der von uns abhängt, Freude und Heiterkeit verbreiten, wenn lästige Sorgen insgeheim an unsern
Herzen nagen und trostlose Aussichten und trübe Ahnungen uns gleich Gespenstern schrecken — damit können wir
die größten Gnaden gewinnen; dies bringt die Schiffe aus
dem himmlischen Indien sicher in den Hafen mit unsäg-
lichen Schätzen und fremden Seltenheiten. Eine einzige
Stunde eines solchen Werkes ist oft ein monatlanges Gebet werth, und wer kennt nicht den unermeßlichen Werth
eines monatlangen Gebetes? Ueberdies ist es der Mangel an dieser das eigene Ich vergessenden Gesinnung, was
gewöhnlich die Leiden viel weniger fruchtbar macht, als
wir nach den christlichen Grundsätzen erwarten dürften.
Wir sehen die Leiden beinahe als eine Dispens an von
der Nächstenliebe. Wir halten sie für eine Zeit, wo wir
uns selbst rechtmäßig lieben dürfen. Schon durch die Berührung mit der Trübsal entzieht uns Gott, wie wir meinen, eine Weile den Ansprüchen unserer brüderlichen Liebe,
die uns auf allen Seiten umringen. Wir sollen jetzt eher
empfangen als geben. Aber in der Wirklichkeit gibt es

keine Zeit, wo wir uns selbst rechtmäßig lieben dürsten; denn wie der heilige Paulus sagt: „Christus that nicht, was Ihm selbst gefiel." Wenn es einen Augenblick gibt, wo es erlaubt sein könnte, keine Liebe für andere zu empfinden, so wäre es der Akt des Sterbens, weil in jenem Momente alle unsere Liebe Gott gebührt. Das eigene Ich findet in der Liebe nirgends Platz. Wenn die Liebe uns selbst betrifft, so wird sie entweder eine Pflicht oder ist eine Unwürdigkeit. Es ist auch wahr, daß die Leiden uns in die Einsamkeit ziehen, aber nicht in eine lieblose, selbstsüchtige Einsamkeit. Sie leiten uns sanft hinweg von der Welt als einem Schauplatze der Weltlichkeit, aber nicht von der Welt als dem Felde gegenseitiger, sich selbst aufopfernder Liebe. Wenn die Heiligen ihre Leiden geheim halten, so geschieht es ohne Zweifel hauptsächlich deßhalb, weil die Liebe die Geheimnisse gern hat, welche niemand als ihr Gegenstand und sie selbst kennen soll, und die göttliche Liebe ist die schüchternste aller Liebe, die am meisten das Geheimniß liebt. Die Heiligen fürchten, daß Gott nicht schätzen möchte, was andere wissen, wegen seiner Eifersucht, und daß das Mitleid Anderer jenen himmlischen Duft hinwegnehmen würde, den ein Leiden nur so lange behält, als es andern nicht mitgetheilt wird. Allein abgesehen davon, dürfen wir überzeugt sein, daß die sich selbst vergessende Gesinnung ein anderer Grund ihrer Heimlichkeit war. Sie wollten die Leiden in der Welt nicht verbreiten; es war schon zu viel darin. Sie wollten die Ansteckung nicht vermehren. Wenn das Leiden härter zu ertragen war, wenn sie es nicht mittheilten, als wenn sie es andern erzählten, waren sie da nicht begierig, das Leiden zu lieben? Wie dem sein mag, wo möglich sollte ihr besonderer Kummer nie ein einziges Lächeln von einem Gesichte auf Erden verscheuchen. Der ermüdete Fußgänger seufzt, wenn er einen steilen und rauhen Hügel sieht, den er zu ersteigen hat, und er ist beinahe der Ohnmacht nahe aus Müdigkeit; ebenso verhält es sich mit dem armen Trauernden, der unter seiner Bürde gebeugt ist, wenn man ihm Jesus und Maria in ihren Schmerzen zeigt und ihm sagt, daß er eben so trauern müsse, wie sie trauerten. Aber wie kann es anders sein? Unsere Leiden müssen nach unsrem Mitleiden mit andern bemessen werden. Unsere thätigen, freudigen, ruhigen, unaufbringlichen Dienste gegen andere müssen der unabänderliche Anzeiger der Heftigkeit unsres Martyrthums sein.

Wir lernen auch aus der Flucht nach Aegypten, daß wir die Wege Gottes nicht erforschen dürfen, weder in unsern eigenen Leiden noch in den Trübsalen derjenigen, die wir lieben. Gott hätte Maria auf mancherlei Weise schonen können. Fast jeder Umstand dieses Schmerzes scheint unnöthig erschwert. Wie viele Erleichterungen hätten selbst ohne Wunder gewährt werden können! Aber abgesehen davon, würde es uns überrascht haben, wenn die Allmacht eingeschritten wäre, um in einem solchen Falle Wunder zu wirken? Wir finden etwas nicht Ungewöhnliches an religiösen Leuten, was sehr schwer näher zu bezeichnen ist, was aber wie Unehrerbietigkeit aussieht. Natürlich ist es nicht so. Aber Personen, die die Gewohnheiten des Gebetes haben und nicht mit hinreichender Genauigkeit und innerer Sammlung jene Gewohnheiten auf die Handlungen des übrigen Tags ausdehnen und sie mit dem Geiste des Gebets durchdringen, erlangen unabsichtlich eine gewisse Vertraulichkeit mit Gott, die nicht ganz respektvoll gegen Ihn ist. Sie meinen, daß sie, wenn sie mehr zu Gott beten als andere, nothwendig mehr von Gott wissen müssen, als andere. Dies ist jedoch keineswegs der Fall. Das Gebet ist nicht das ganze geistliche Leben, noch ist es an sich selbst der kernhafteste Theil der Andacht. Es braucht noch weitere Processe, um es kernhaft

zu machen. Es gibt manche gute Menschen, in welchen
das Gebet eigentlich der am wenigsten solide Theil ihres
geistlichen Lebens ist. Es gibt noch höhere geistliche
Uebungen, als das Gebet, in welchen die Seele mehr von
Gott lernt und es schneller lernt. Ich meine damit nicht,
daß diese Dinge ohne Gebete vorhanden sein können oder
fortdauern werden, wenn es aufhört; nur sind sie nicht
das Gebet. Sodann stellen sich diese Menschen, deren
fast ausschließlich geistliche Uebung das Gebet ist, auf einen
ganz vertrauten Fuß mit Gott, und namentlich wenn ihr
Gebet ein Gefühlsgebet ist, so gewöhnen sie sich an Gott
und sich selbst zu denken, nicht an Gott allein — eher an
Gott in ihnen als an Gott an sich selbst. Die Folgen
davon verrathen sich in Zeiten der Leiden und besonders
der innern Trübsale. Die Unterwürfigkeit solcher Menschen ist nicht augenblicklich. Sie möchten gerne mit Gott
darüber sprechen, und wenn sie ihn nicht überzeugen können, so soll Er sie wenigstens überzeugen. Bis auf diesen
Grad muß Er ihnen schmeicheln. Sie wollen das Kreuz
unmittelbar von Gott annehmen und stimmen damit überein, es ihnen aufzulegen, aber nicht, wenn es sein Akt ist
und geschieht, ohne sie um Rath zu fragen. Oder wenigstens wollen sie die Natur befriedigen, indem sie sich voll
Würde bei Gott darüber beklagen, was Er gethan hat und
etwas frei und ohne Scheu auf weitern Gnaden bestehen,
wodurch Er sie für diese neue Bürde entschädigen soll.
Kurz, sie erforschen die Wege Gottes und verlieren so den
kindlichen Geist der Heiligkeit. Die Menschen dürfen Gott
nicht angreifen, selbst nicht mit dem Ungestüm ihres
Gebetes; ihre Aufgabe ist, anzubeten, sonst geht die Schönheit der Unterwürfigkeit verloren und das Recht auf eine
innigere Vereinigung mit Gott wird verscherzt. Das Wasser der Gnade in ihrer Seele wird seicht und ihr Geist
des Gebets launenhaft und klagsüchtig. Alles dies kommt

daher, weil sie die Gewohnheit hatten, etwas vor Gott sein zu wollen, anstatt Nichts. Es ist ein trauriger Anblick, wie sehr dem geistlichen Leben ergebene Personen geneigt sind, sich ungebührlich gegen Gott zu benehmen. Vielleicht ist gerade die geringe Anzahl der Heiligen diesem Umstande zuzuschreiben.

Aber es gibt Trost sogar hier. Gott kennt unsere Schwäche. Wir glauben, niemand könne in dieselbe eingehen, wie wir es thun, aber Er versteht es unendlich besser. Er übt die unglaublichste Nachsicht gegen uns, Er gewährt uns Freiheiten, die wir uns kaum vorstellen können. Wehe uns, wenn wir es wagen sollten, uns selbst zu entschuldigen, und wäre es auch nur der tausendste Theil der Entschuldigungen, die Er für uns macht! Allein wir haben auch noch eine andere Lehre daraus zu ziehen. Wir bringen den größten Theil unseres Lebens im heiligen Lande zu in Ruhe und fühlen uns daheim. Entweder sind wir in der heiligen Stadt, wo die Vorhöfe des Tempels bequem zur Hand sind, oder in dem von der Welt abgelegenen Nazareth, oder an den blauen Fluthen, die den Strand des stillen Genesareth bespülen. Aber zuweilen müssen wir nach Aegypten hinabziehen, um das heilsame Korn der Trübsal zu kaufen, die beste Nahrung für unsere Seelen. Zuweilen müssen wir dahin fliehen vor dem Angesichte der Menschen, oder den Umtrieben der Teufel. Die Lehre nun ist, daß wir, was und wo wir immer sein mögen, stets Jesum bei uns haben. Keine Zeit ist für Ihn unbequem, kein Ort ungelegen. Es gibt keine Finsterniß, ohne daß Er das Licht ist, kein Licht, ohne daß Er das beste Licht ist. Ach, daß eine Wahrheit, deren Erinnerung so süß ist, so leicht vergessen werden sollte! Doch wer vergißt sie nicht? Wer ist, der sie nicht immer vergäße? Konnte Maria Ihn vergessen, da sie Ihn auf ihren Armen trug? Warum sollten wir es? Warum soll-

ten wir uns einem solchen Begleiter entziehen? Wie können wir Ihm so nahe sein und uns doch so selten zu Ihm
wenden? Es gibt viele schwere Lasten, die der Gedanke der
Ihn leichter machen würde. Es gibt eine eigenwillige
Freiheit, die uns selbst mißfällt und eine Niedergeschlagenheit zurückläßt, die leicht gefangen genommen werden würde,
wenn wir fühlten, daß Er seine Arme um unsern Nacken
schlänge. Es gibt Frost und Kälte im Herzen, die wir
nicht fühlen würden, wenn Er sich warm an dasselbe anschmiegte. Es gibt eine Einsamkeit, die der Versuchung
winkt, zu kommen und ihre Wüste zu bevölkern, welche
die Gesellschaft Jesu in ein unschuldiges Gespräch, in Sang
und Freudigkeit verwandeln würde. Es ist leicht, Jesum
zu verlassen, wenn wir Ihn an unserer Seite über den
Sand hinlaufen lassen und seine Gegenwart vergessen.
Aber wenn wir Ihn auf unsern Armen tragen, wie die
Liebe und Maria es thun, so erfordert es viel schlimmen
Muth, unsere Bürde auf den Sand niederzulegen und absichtlich davonzugehen. Er ist immer bei uns und Er ist
bei uns immer als ein Kind, theils, damit die Bürde
leichter sein möchte, theils, damit die Liebe leichter käme,
theils, weil seine Kleinheit für unsere eigene sich besser
schickt. Es gibt nur Ein wahres Symbol der christlichen
Seele. Wir dürfen es dem Auge unseres Geistes nie anders vorstellen. In der Dunkelheit und im Lichte, am
theuern Jordan, oder am finstern Nile ist es wahrhaft
und immerdar eine Madonna mit dem Kinde.

Dies ist der zweite Schmerz, die Flucht nach Aegypten. Wer war demselben nicht von seiner Kindheit an
innig ergeben? Mit wie vielen frühen frommen Vorstellungen ist er nicht verwoben? Er war für uns ein Vorbild des Lebens. Er war eine Poesie mit Gebet verbunden, ein Gebet, dessen Wahrheit durch seine Poesie erhöht
wurde. Ach, dieses Geheimniß weckt vergangene Jahre

und auch vergangene Thränen wieder auf; denn es scheint, jene zu erwecken, die schon längst todt sind. Kindliche Erinnerungen, frühe Anfänge, für die Gott Sorge getragen, Blüthen, die Früchte trugen in der Gnade, eine göttliche Liebe, zuweilen verdunkelt, aber nie verloren, und deutliche Fortschritte, die wir in der Kenntniß Jesu machten, — alle diese Dinge, über denen das sanfte Licht einer unschuldigen Kindheit schwebt, gehen herzerfreuend aus diesem schönen Geheimnisse Jesu und Mariens hervor. Zeiten kehren zurück, wo es in der Ferne scheint, als ob Er und wir damals nur Eins gewesen wären, und seine Mutter und unsere eigene fließen unvermerkt in Eine Gestalt zusammen und sprechen mit der nämlichen freundlichen Stimme. Der Sonnenuntergang ist da in der Wüste; das große Gestirn des Tags blitzt noch am Rande des Horizonts und sein Licht spiegelt sich in Josephs Augen. Da ist ferner Jesus schlafend in seiner Mutter Schooß und droben leuchtet der volle Mond und in seinem Lichte glizert der Brunnen, die Palme flüstert leise und der Nachtwind weht schwer über den gelben Sand hin. Aber die Todten kommen nicht wieder zurück. Es waren einst Figuren in dem Gemälde, die jetzt nicht mehr da sind. Die Jahre berauben uns, während sie vorbei fließen. Nach einander verlassen uns Menschen und Dinge; Gott allein verläßt uns nie.

Viertes Kapitel.

Der dritte Schmerz. Der Knabe Jesus geht drei Tage lang verloren.

Die Mutter ohne das Kind! Dies ist in der That eine Veränderung, die mit den Leiden Unserer göttlichen Mutter vorgeht. Bethlehem hatte seine Schmerzen und Nazareth hatte noch mehr, und auf dem Kalvarienberg

stieg die Fluth derselben am höchsten. Aber an allen diesen Orten war die Mutter bei ihrem Kinde, und hatte
deßhalb Licht sogar in der Finsterniß. In diesem dritten
Schmerze, als der Knabe Jesus drei Tage lang verloren
ging, war es nicht so. Wenn wir Unsere gebenedeite Mutter mit Rücksicht auf ihre Gnaden darstellen wollen, wie
z. B. die unbefleckte Empfängniß, so malen wir sie ohne
ihr Kind, himmelwärts blickend, wie um zu zeigen, daß
sie ein Geschöpf war, auf welches der Himmel seine Gnaden in Strömen herab goß. Wenn wir sie sehen wollen,
wie sie uns beisteht als die Mutter, durch deren Hände
der Sohn seine Gnaden uns zukommen lassen will, so
stellen wir sie auch dar ohne ihr Kind, ihre Augen zur
Erde niedergeschlagen, während ihre Hände Licht und er-
frischende Kühlung über die Welt ausgießen. Es gibt aber
zwei Darstellungen von ihr in der heiligen Schrift, auf
welchen sie auch ohne das Kind erscheint und die mit keiner von diesen beiden etwas zu schaffen haben. Die eine
ist ihr dritter Schmerz, als sie voll Betrübniß Jerusalem
durchsuchte, um Jesus zu entdecken. Und die andere ist
ihr siebenter Schmerz, als sie beim Eintritte der Nacht
vom Grabe im Garten nach der großen Stadt zurückkehrte
und ihre begrabene Liebe zurück ließ in seiner Felsenkam-
mer. So vermischen sich die Züge der Passion immer
mehr mit denen der Kindheit, namentlich in diesem dritten
Schmerz, der sowol von Seiten Jesu als Mariens eines
der größten Geheimnisse der dreiunddreißig Jahre ist. Wir
jedoch beschäftigen uns bloß damit, sofern es die Leiden
Mariens betrifft.

Das ruhige Leben zu Nazareth wurde nur durch die
Pflichten der Religion unterbrochen, welche immer neue
Segnungen über das heilige Haus brachten und seine Ruhe
vermehrten. Nach dem Gesetze mußten die Juden dreimal
im Jahre nach Jerusalem hinaufgehen, um Gott anzu-

beten, wenn sie nicht gesetzlich verhindert waren; einmal
am Passah, dem Feste der ungesäuerten Brode, das zur
Erinnerung an den Auszug aus Aegypten eingesetzt war
und unserm Ostern entspricht. Dies war das allergrößte
Fest; das andere Mal am Feste der Wochen, was unser
Pfingsten war; das dritte Mal am Laubhüttenfest, dem
Feste der Fröhlichkeit und Dankbarkeit, das gefeiert werden
mußte, wenn sie die Früchte des Feldes und des Wein-
stocks eingesammelt hatten. Zu allen diesen Festen ging
Joseph jährlich hinauf. Die Frauen waren durch dieses
Gesetz nicht gebunden, und einige beschauliche Heilige haben
gesagt, daß, während Joseph dreimal des Jahres nach
Jerusalem hinaufging, Maria nur einmal des Jahres hin-
ging, am Passah, dem Feste der ungesäuerten Brode.
Fünf Jahre waren nun verflossen seit der Rückkehr aus
Aegypten und Jesus war zwölf Jahre alt. In jenem
Jahre ging Er, wie das Evangelium erzählt, zum Passahfeste nach Jerusalem hinauf mit Maria und Joseph und
nach der Sage ging Er zu Fuß. In der Seele von allen
Dreien konnte nur Ein Gedanke sein. Es ist wahrscheinlich, daß der heilige Joseph von den Geheimnissen der Passion ebenso gut wußte, als Unsere gebenedeite Mutter, und
Johanna Maria vom Kreuze sagt uns, daß es ihr geoffenbart wurde, daß er vor seinem Tode alle Peinen der Passion in einem Grade empfinden durfte, der ihm angemessen
war, gerade wie wir von andern Heiligen lesen, von denen
es einigen gestattet wurde, an irgend einem Geheimniß
desselben Theil zu nehmen, und andern, sie alle durchzumachen. Wie daher sein letztes Passahfest immer Unserm
Herrn vorschwebte, so wurde es weder von Maria noch
von Joseph jemals vergessen. Insbesondere schwebte es
ihnen lebhaft vor, wenn sie jährlich nach Jerusalem hin-
aufzogen. Wenn sie ihres Weges dahinwandelten über
Berg und Thal, auf der weißen Straße, die sich wie ein

Faden über die grünen Anhöhen hinzog, so stieg der Kalvarienberg mit seinen drei Kreuzen immer zum Himmel empor, als das wahre Ziel, dem sie zustrebten. Aber alle Dinge waren Unserer göttlichen Mutter nicht immer klar. Wie Unser Herr zu Zeiten vor ihren Augen verschleierte, was in seinem heiligen Herzen vorging, so war ihr zuweilen die Zukunft nicht gegenwärtig, noch verstand sie das ganze Geheimniß der Gegenwart. Sie hing an Jesus in allen Stücken, und es war ihre Freude, daß alles sein war und nichts ihr eigen. Denn was ist das Geschöpf anders, als die Leere, welche der Schöpfer ausfüllt? So ahnete nach seinem Willen Unsere gebenedeite Mutter wenig, daß, während sein Kalvarienberg noch Jahre entfernt war, der ihrige in der Nähe stand.

Wie wuchs ihre Liebe zu Jesus auf ihrer Reise nach Jerusalem! Der Gedanke an sein bitteres Leiden in ihrem Herzen vereinigte sich mit dem Anblick des zwölfjährigen Knaben vor ihren äußern Augen, und die Liebe in ihr schwoll höher auf. Jeden Augenblick schien Er ihr so unendlich kostbarer, als den Augenblick vorher, daß sie dachte, sie fange erst jetzt an, Ihn recht zu lieben und doch rückte der nächste Moment jene Liebe auch ferner. Sie wußte wol, sie hatte es schon längst erkannt, daß sie Ihn nie so lieben könnte, wie Er geliebt zu werden verdiente. Tausend Marien, was unserm Geiste als etwas größeres erscheint, denn alle möglichen Schöpfungen, hätten Ihn nicht würdig lieben können. Es lag auch etwas in dem Schöpfer als Knabe, was mehr war denn der Schöpfer als Kind. Die Sprachlosigkeit, die Hilflosigkeit der Kindheit, der sichtbare handgreifliche Widerspruch zwischen jenem Zustande und seinen ewigen Vollkommenheiten stempelte sie vollständiger zu einem Geheimnisse. Die menschliche Natur war ruhig, passiv und die göttliche Natur unter ihr verborgen. Die Handlungen, die man sah, waren die bloß mechani-

schen Handlungen des menschlichen Lebens. Sie gingen
aus seiner natürlichen Triebkraft hervor. Die Wirkungen
der vollkommenen Vernunft, vollkommen mit allen ihren
unaussprechlichen Vollkommenheiten vom ersten Augenblicke
der Empfängniß an, waren unsichtbar. Es war augenscheinlich, daß es ein Geheimniß war, und in gewissem
Sinne sind die Dinge weniger geheimnißvoll, wenn sie sich
offen als Geheimnisse ankündigen. Aber im Knabenalter
war mehr von dem menschlichen Willen sichtbar. Es zeigte
sich vielleicht ein besonderer menschlicher Charakter. Der
Geist gab dem Gesichte einen erkennbaren Ausdruck. Der
Gang, die Art, die Hände zu gebrauchen, und viele andere Dinge geben dem Knabenalter einen bestimmtern Charakter, als das Kind ihn hat. Dem Herzen einer Mutter
bleibt keines dieser Dinge unbekannt. Sie sind die Nahrung der mütterlichen Liebe, gerade wenn die anfangende
Unabhängigkeit des Knabenalters für sie eine Prüfung ist
nach der süßen Abhängigkeit der Kindheit. Wir dürfen
übrigens nicht vergessen, was alle diese Dinge in Jesus
waren, um richtig zu beurtheilen, was sie für Unsere göttliche Mutter waren. Wer kann zweifeln, daß eine geistige
Schönheit aus allem hervorleuchtete, was Er that, daß
eine himmlische Anmuth alles durchduftete, die mit jeder
Stunde das Herz der Mutter durch neue Ueberraschungen
fesselte? Aber vor allem stellten diese Dinge die göttliche
Natur wunderbar heraus. Es scheint ein Widerspruch,
dies zu sagen, aber wenn wir darüber nachdenken, müssen
wir einsehen, daß, je mehr der menschliche Wille sich offenbarte, je mehr die niedere Natur sich entwickelte, ebenso
auch kraft der hypostatischen Einigung die Herrlichkeit der
göttlichen Person sich enthüllt haben muß. Als das Geheimniß noch in der Stille der Kindheit verborgen lag,
wurde sie wie in einem Heiligthume angebetet, aber als
sie sich bewegte, sprach, wirkte und einen Willen äußerte

in zahllosen täglichen Akten und Bewegungen des Lebens, ging sie gleichsam aus ihrem Heiligthum hervor und stellte sich den Menschen dar. Sie leuchtete aus seinen Augen, sie sprach aus den Tönen seiner melodischen Stimme, sie verrieth sich in seinem Gange; sie ließ seine Finger träufeln „von den köstlichsten Myrrhen". Sein ganzes äußeres Leben war Licht und Wohlgeruch, als seine Kindheit vorüber war und der Tag seines Knabenalters anbrach und die Schatten sich entfernten. Den ganzen Tag über war Er thätig und seine Handlungen trugen den Stempel oder den Geruch des menschlichen Willens einer göttlichen Person an sich und floßen daher „wie der Brunnen des Gartens, wie der Quell des lebendigen Wassers, der starken Laufes vom Libanon herabrinnt". Konnte es also wunderbar sein, wenn Maria, als sie die Thore Jerusalems in jenem zwölften Jahre erreichte, weniger im Stande war als je, ohne Jesus zu sein, und wenn sie fühlte, daß es für ihr Herz immer unmöglicher wäre, fern von dem seinigen zu leben?

Sie erreichten Jerusalem vor dem Beginne der sieben Tage des ungesäuerten Brodes, und während jener Zeit verrichteten sie ihre Andachten im Tempel, besuchten die Armen und die Kranken und vollbrachten die übrigen üblichen Werke der Barmherzigkeit. Es wäre unmöglich, die übernatürlichen Wunder aufzuzählen, die in der Woche des ungesäuerten Brodes zum Throne der allerheiligsten Dreifaltigkeit von jenem irdischen Dreiblatte aufstiegen. Wer möchte irgend einen Heiligen mit dem heiligen Joseph zu vergleichen wagen? In was für einer erstaunlichen Vereinigung mit Gott, in welchen Flammen heroischer Liebe, in welchen Tiefen der Selbsterniedrigung weilte nicht der Schatten des ewigen Vaters, immer durch den Schatten, den er warf, jene erstaunliche Majestät und anbetungswürdige Person ehrend, deren Stellvertreter er war! Ganze

Generationen von hebräischen Heiligen waren jene Tempelstufen hinaufgestiegen und hatten süßere Opfer des Gebets und des Lobes dargebracht, als alle wohlriechende Spezereien, die seit Jahrhunderten vor Ihm verbrannt worden waren. Allein, was war ihre Anbetung mit einander in Vergleich mit einem einzigen Gebete Mariens, mit einem einzigen ihrer Lobgesänge, mit einer einzigen Wiederholung ihres Magnifikat? Aber als Maria und Joseph beisammen im Tempel knieten, wurde alle erschaffene Heiligkeit, wie sie an Engeln und Heiligen hervorleuchtet, weit übertroffen. Mancher gute Greis mochte damals an David's Tage denken und an den Schwung der erhabenen Andacht, die aus seinen herrlichen Psalmen sprach, und er mochte beinahe weinen bei dem Gedanken, wie entartet die neueren Zeiten waren im Vergleich mit jenen, und die neueren Andächtigen neben jenen großen Propheten und Sängern des alten Israel. Sie dachten nicht im Traume an die unvergleichliche Glorie jener Herzen Joseph's und Mariens. Aber wie tief wird das Geheimniß, da zwischen Joseph und Maria der ewige Gott niederkniet, Er mit dem unaussprechbaren Namen, gerade jetzt zwölf Jahre alt, zwölf menschliche Jahre nach dem Umlauf der Jahreszeiten und den ab- und zunehmenden Monden gezählt! Giengen wohl die Gesänge im Himmel fort, als das Wort, das Fleisch geworden, auf Erden betete? Bedeckten sich nicht alle Engel mit ihren Schwingen und schwiegen ehrfurchtsvoll still, während das Gebet des dem Vater gleichen Sohnes zum Throne aufstieg und die armselige Anbetung der Geschöpfe weithin in unsichtbare Schatten stellte? Und Maria und Joseph hörten auf, zum Throne im Himmel zu beten, oder zur Gegenwart des Allerheiligsten hinter dem Vorhange des Tempels, aber in Verzückung auf den Knien liegend, beteten sie den Ewigen an, der zwischen ihnen kniete und bekannten in stummer Danksagung die

furchtbare Gottheit des Knaben, deſſen Worte ihre Seelen
beinahe unvermerkt ihren irdiſchen Gezelten entwanden.
Wurde je ein Tempel durch eine ſolche Weihe geheiligt?
War es nicht ſeltſam, daß die Erde im Raume fortrollte
wie ſonſt, und die Sonne aufging und leuchtete und nichts
ſagte, und daß der Mond hinter den Hügeln emporſtieg
und ſein Silberlicht über die ganze Landſchaft ergoß bis
hinab zu dem entgegengeſetzten Horizonte, ohne auch nur
ein Lächeln des Bewußtſeins? War es nicht ſeltſamer,
daß Jeruſalem nicht inſtinktmäßig fühlte, daß ihm etwas
Wunderbareres begegnet war, als David's Triumphe, oder
der glänzende Hof Salomo's? Ein Sohn David's, größer
als Salomo, älter als die Zeiten Abraham's, befand ſich
unter den Volksſchaaren, einer, der den Tempel zerſtören
und in drei Tagen wieder aufbauen konnte. Ein zwölf-
jähriger Knabe, ſchön auszuſchauen, aber für Jeruſalem
nur, wie einer von den vielen Knaben, die manche Mütter
zu dem Feſte in ſeine alten Mauern und in ſein geſchicht-
lich berühmtes Heiligthum gebracht hatten.

Indeſſen nahm die Woche des ungeſäuerten Brodes
ein Ende. Schaaren von Leuten hatten ſich wie gewöhn=
lich in der heiligen Stadt zuſammengedrängt, wie heutzu=
tage in Rom zur öſterlichen Zeit. Jeder Stamm hatte
ſeine Anbeter geſendet. Sie waren aus den ſüdlichſten
Dörfern Simeon's gekommen, oder aus dem Looſe Ruben's
jenſeits der Berge von Abarim, oder aus Manaſſe's jenſeits des Fluſſes, oder aus den Küſten von Aſer, oder aus
den Gegenden, wo der Libanon auf Naphtali herabſchaut.
Nach dem Herkommen wurden die Volksſchaaren in ein=
zelne Haufen abgezählt, wie ſie Jeruſalem zu verſchiedenen
Zeiten verließen, die Männer mit einander und die Frauen
mit einander. Sie zogen am Nachmittage ab, die Männer durch ein Thor, die Frauen durch ein anderes, um ſich
an dem Haltplatze der erſten Nacht wieder zu vereinigen.

Daburch wurde Unordnung vermieden. Die Stadt ent-
leerte sich ohne Auftritte, die sich für eine so festliche Zeit
nicht wohl geeignet hätten, und namentlich nach den religiösen Uebungen der verflossenen Woche unerwünscht gewesen wären. Auch wurden die Wege nicht alle auf einmal überfüllt, sondern die gewaltige Volksmenge floß ruhig
und in Ordnung aus einander. So kam es, daß Maria
und Joseph während der ersten Tagreise getrennt waren,
welche eigentlich nur die Reise eines Nachmittags war.
So bot sich auch Unserm Herrn eine Gelegenheit, sich unbemerkt von ihnen zu trennen. Als daher die Frauen,
zu deren Karavane Maria gehörte, an ihrem Thore ge-
mustert wurden, war Jesus nicht da. Aber Kinder
konnten entweder mit dem Vater oder der Mutter gehen.
Er war daher ohne Zweifel bei Joseph. Maria ver-
mißte Ihn, aber der Gedanke war so süß, wie Er unterdessen Joseph's Herz mit Freude und Liebe erfüllte. Sie
mußte Ihn bei Zeiten entbehren lernen; denn der Tag
sollte kommen, wo Er ihr genommen werden würde. Ach,
er war gekommen, ein anderer Tag, den sie nicht vermuthet
hatte, und Er war fort. Sie setzte ihre Reise weiter fort
und, wie uns die Offenbarungen der Heiligen sagen, was
wir auch nach den gewöhnlichen Anordnungen Gottes erwarten könnten, erfüllte der heilige Geist ihre Seele mit
ungewöhnlicher Süßigkeit, der gewöhnliche Vorbote ungewöhnlicher Trübsal. Ihre Gedanken wurden sanft von
der Abwesenheit Jesu abgelenkt, und während sie in Gott
versunken war, wandelte sie ihren Weg dahin, alle Fragen
nur mechanisch beantwortend. Ihre Seele sollte wieder
gestählt werden in dem Feuerofen der göttlichen Liebe, damit sie die Prüfung, die kommen sollte, erstehen könnte.

Die Abendschatten waren auf die Erde gefallen, ehe
die zwei Gesellschaften der Männer und Frauen an dem
gewohnten Haltplatze zusammentrafen. Joseph wartete auf

Maria, aber Jesus war nicht bei ihm. Mariens Herz
brach beinahe in ihr, ehe sie sprechen konnte. Joseph
wußte nichts. Seine Demuth würde sich verwundert haben,
wenn Jesus eher ihn als seine Mutter begleitet hätte. Er
hatte geglaubt, Er sei bei Maria und war daher nicht
beunruhigt gewesen. Das Geräusch, das durch das Halt-
machen verursacht wurde, durch das Geschrei der Menge,
durch die Vorbereitungen zur Abendmahlzeit, durch das
Abladen und Tränken der Lastthiere, verhallte nach und
nach. Sie fühlten sich plötzlich allein, allein inmitten der
Menge, einsamer als zwei Herzen je gewesen, seitdem die
Sonne über Adam und Eva unterging, die Berge des
Paradieses vergoldend, das ihnen nun für immer verschlossen war. Joseph war vor Schmerz zur Erde gebeugt.
Das Licht ging aus in Mariens Seele und eine schreck-
lichere geistige Trostlosigkeit erfolgte, als irgend ein Heiliger jemals empfunden. Was konnte das bedeuten? Jesus
war fort. Diesen Gedanken ihr vorzustellen, war härter
für sie, als das Geheimniß der Menschwerdung gewesen
war. Wenn das Weltall in seinem Laufe innegehalten
hätte, es würde sie weniger in Erstaunen gesetzt haben.
Wenn die Posaunen des letzten Gerichtes geblasen hätten,
ihr Herz würde nicht so gezagt haben als jetzt. Sie frag-
ten unter ihren Verwandten und Bekannten, ob Er bei
ihnen sei, da viele derselben den Knaben außerordentlich
lieb hatten, mit einer Sehnsucht des Herzens, welche diejenigen nicht begreifen konnten, die sie fühlten. Sie frag-
ten, aber Maria wußte, daß alles umsonst sein würde.
Sie kannte Ihn zu gut, um nicht zu wissen, daß Er, wenn
Er in der Gesellschaft gewesen wäre, sich schon längst an
sie angeschlossen hätte. Kein so gewöhnliches Ereigniß
hätte die Verbindung zwischen ihrem Herzen und dem
seinigen unterbrechen dürfen. Sie fühlte, daß die Tiefe
ihres Elends nicht so gering sein sollte. Ein Abgrund

hatte sich geöffnet und ein kalter Wind brach daraus hervor, der jedes Heiligthum in ihrer Seele erstarren machte.
Sie stellten ihre Nachforschungen an, aber nur, um nach
einander verneinende Antworten zu erhalten, die nach dem
verschiedenen Grade der Theilnahme, welche jede Antwort
begleitete, verschieden waren. Ihre Nachforschungen endigten erst mit der Tiefe der Nacht. Die Sonne war auf
der einen Hälfte der Erdkugel unter- und auf der andern
aufgegangen, aber die Tausende von Meilen der Finsterniß bedeckten nicht, noch beleuchteten die Tausende von
Meilen des Lichtes zwei Herzen in so tiefem Jammer, wie
Joseph's und ihr eigenes. Es gab viele Leiden auf Erden
in jener Nacht, aber keines war mit dem ihrigen zu vergleichen. Es hat seitdem viele Nächte gegeben, deren raben-
schwarze Finsterniß von Sternen schön erhellt war, und
viele unglaubliche Leiden, deren trauriges Dunkel nicht ein
einziges Sternlein erleuchtete, aber es gab keine Leiden, wie
die ihrigen. Die Sterne würden nicht geleuchtet haben,
wenn sie Herzen in sich gehabt hätten. Die dunkle Nacht
sollte Blut geweint haben, anstatt Thau, um mit der hilflosen Angst jener denkwürdigen Nacht im Einklange zu
stehen. Als ganz Aegypten von den Katarakten des Nil
bis zum Delta hinab um Mitternacht plötzlich von dem
schrecklichen Wehklagen um die Erstgeburt erschallte, und
der Fluß wie im Schrecken davoneilte vor den unerträglichen Klagetönen menschlichen Wehs, da war der Jammer
nicht so groß, als er in jener Stunde auf dem einzigen
Herzen Mariens lastete.

In der Stille der finstern Nacht machten Maria und
Joseph allein den Weg zurück zur heiligen Stadt. Ihre
Füße waren wund und müde. Ach, ihre Herzen waren
noch wunder und müder. Die Finsterniß in Mariens Geist
war tiefer als die Finsterniß, die auf den Hügeln lagerte.
Selbst, wenn der Ostermond nicht schiene, würden sie den

weißen Schimmer des Weges sehen, aber kein Weg aus
diesem Kummer schimmerte in ihrem Herzen. War es
nicht alles, zwar kein Traum, aber doch etwas Vorübergehendes gewesen? Sollte sie Jesum nicht mehr sehen?
Hatte Er seine gewohnte Erleuchtung für immer ihrem
Herzen entzogen, nun für immer jenes sein schönes Herz
verschleiert, wo in den letzten zwölf Jahren die Vorhänge
gelüftet gewesen waren, und sie alle seine Mysterien gesehen, alle seine Geheimnisse gelesen, fast beständig in seinem Leben gelebt hatte? War sie Seiner unwürdig? Sie
wußte, daß sie es war. Hatte Er sie deßhalb verlassen?
Das sah Ihm nicht ähnlich. Aber sie sah die Dinge
nicht, wie vorher und es konnte so sein. War Er zu
seinem Vater zurückgegangen und ließ die Welt unerlöst,
die nichts von Ihm wollte? Nein, das war unmöglich.
Er hatte den Preis ihrer unbefleckten Empfängniß noch
nicht bezahlt. Tyrannen schlummern selten. Hatte Archelaus
seine Gelegenheit erspäht und Ihn ergriffen? Herodes
konnte seinem Sohne diese Aufgabe als ein Vermächtniß
der Staatsklugheit hinterlassen haben. Hatte sie vielleicht
die Zeit des Kalvarienberges falsch verstanden und sollte
sie jetzt kommen? Hing der Knabe in jenem Augenblicke
in der Finsterniß auf irgend einer Anhöhe außerhalb der
Thore am Kreuze? Ach, die verwirrende Seelenangst dieser ungewöhnlichen Finsterniß! Sie hat die ganze Passion
vorher in ihrem Geiste gesehen. Wie ging dieselbe vor
sich? War sie nicht dabei? Sie kann sich nicht erinnern.
Innerhalb ist nichts als Finsterniß, die alles bedeckt. Ist
Er wirklich ohne sie gestorben, hat sein Blut vergossen und
sie war nicht dabei? Ist Er absichtlich in den Tod gegangen, ohne es ihr zu sagen aus Schonung? O nein, eine
so grausame Schonung würde der innigen Verbindung
ihrer Herzen entgegen gewesen sein. Aber diese Trennung
ohne ein Wort, und dann diese innere Finsterniß, in die

Er ihre Seele einhüllt, wie läßt sich dies mit jener Verbindung ihrer Herzen vereinigen? Ach, es gibt also keine Gewißheit, auf die sie sich verlassen kann, als die Gewißheit, daß Er Gott ist. Gerade dieser Kummer beweist ihr, daß sie aus dem, was vorhergegangen, nicht schließen soll. Die Vergangenheit prophezeite, wie es scheint, nicht nothwendig die Zukunft. Sie nicht zu verstehen, — das ist ein solches Leiden. Plötzliche Finsterniß nach einem Uebermaße von Licht wirkt wie ein Schlag. Ihre Seele will sehen, aber die Augen derselben sind verbunden. Eine verwirrende Blindheit ist über sie gekommen. Es ist ihr jetzt nichts übrig gelassen, als das, was nie aus den Tiefen ihrer Seele verrückt wurde, — die Gabe des Friedens. O wie stiegen die Wasser der Bitterkeit aus den endlosen Höhlen jenes Friedens empor, — die unterirdische Bitterkeit, die — wer weiß es nicht, der sie einmal empfunden? — ihren Geschmack für's ganze Leben zurückläßt.

Vielleicht war Er in die Wüste gegangen, um sich an jenes Wunder eremitischer Heiligkeit anzuschließen, an den Knaben Johannes, den Sohn des Zacharias, der später der Täufer genannt werden sollte. Er erstand sein jahrelanges Noviziat in jenem zarten Alter mitten unter den wilden Thieren, einsam, von Hunger geplagt, die Beute der Hitze und Kälte, des Windes und der Nässe, und bereitete sich auf seine Sendung vor, die darin bestand, der Predigt Jesu voranzulaufen. Ist ihr Knabe fort, um sich ihm anzuschließen, um an jenem Noviziate Theil zu nehmen? Sie hätte erkannt, daß es nicht so war, wenn sie hätte sehen können, wie gewöhnlich. Aber es war das Elend ihrer innern Finsterniß, daß sie Jesum nicht mehr zu verstehen schien. Es war das einzige Licht, das sie bedurfte. Wäre die ganze übrige Welt für sie finster gewesen, sie hätte die Bürde leicht ertragen können, aber Jesum nicht verstehen, war ein mannigfaches Martyrthum,

wovon sie nie geträumt. Verloren aber nicht die meisten
Mütter etwas davon, wenn ihre Kinder, die jetzt neuen
Prüfungen ausgesetzt und in einer Sphäre sind, wo sie
keine Erfahrung haben und die alte Einheit mit dem Mut-
terherzen am meisten bedürfen, ihr kindliches Vertrauen
verwachsen und tief in ihrem eigenen Herzen leben und
Geheimnisse auf ihrer Stirne geschrieben tragen? Es gibt
Herzen, für welche dies eine heftige Pein ist, aber dieselbe
ist nicht zu vergleichen mit dem Weh Mariens, als der
Knabe von Nazareth zuerst anfing, dem Kindlein von
Bethlehem nicht gleich zu sehen. Vielleicht war Er nach
Bethlehem gegangen, um sein eigenes Heiligthum zu besuchen; aber konnte Er da etwas zu schaffen haben, was
mit der Erlösung der Welt im Zusammenhange stand?
Und wenn Er nur gegangen wäre, weil Er gerne ging,
sah Ihm das gleich? Maria war verwirrt. Vor kurzem
würde sie mit der größten Zuversicht Nein geantwortet
haben. Nun aber war sie nicht so gewiß, und sogar ihre
Demuth machte sie weniger sicher, als ihre Finsterniß an
sich selber gethan hätte. All dies sah Ihm so unähnlich!
Er konnte jetzt etwas thun, und was Er immer that, mußte
natürlich heilig sein; aber Er konnte etwas thun, soweit
ihr Verständniß Seiner reichte. Allein, wenn Er nur aus
frommer Lust fortgegangen wäre, so würde seine Freude
um so größer gewesen sein, wenn sie bei Ihm gewesen
wären. Abgesehen davon, würde Er aus Vergnügen fortgegangen sein, ohne es ihnen zu sagen, da Er wußte, wie
schmerzlich die Pein, Ihn zu vermissen, für sie sein würde?
Maria konnte nicht gewiß mit einem Nein antworten;
denn warum that Er, was Er gethan? Warum verursachte
Er überhaupt diese Pein? Hat Er sich selbst für mündig
erklärt? Aber Er ist erst zwölf Jahre alt! Wenn Er es
ferner gethan hätte, würde Er nicht gesprochen haben? Sie
kann es nicht sagen, sie weiß nichts, nur, daß Er Gott ist.

Ihr verwundetes Herz muß knien und bluten und bluten
und knien. Sie ist gekreuzigt in der Finsterniß, wie Er
es eines Tages sein wird. Er hat sie verlassen, wie sein
Vater dereinst Ihn verlassen wird. Gehe weiter, müde,
unglückliche, verlassene Mutter! Die ersten Strahlen der
Sonne vergolden eben die Thürme Sions; dahin schleppe
diese unerklärbare Last des Kummers, du wunderbare Tochter des Allerhöchsten!

Wo ist unterdessen Unser Herr? In Jerusalem.
Davon, was Er hier that, wissen wir etwas. Die heilige
Schrift erzählt uns den seltsamsten Theil davon; die Offenbarungen der Heiligen enthüllen, was wir als wahrscheinlich geahnet hätten. Er betete lange und inbrünstig
im Tempel. Er ging in die Versammlung der Schriftgelehrten und Aeltesten und hört da, wie sie sich bemühen,
den Aussprüchen der alten Propheten entgegen zu treten,
und wie sie einen ruhmreichen, kriegerischen, triumphirenden Staatsmann aus dem Messias machen, welcher die
politische Befreiung seines unterdrückten Volkes bewirken
wird. Hier sieht Er das große Hinderniß für die Aufnahme seiner Lehre und für das Geheimniß der Menschwerdung. Dieses muß entfernt werden. Diejenigen wenigstens, die Ohren haben, zu hören, sollen die Wahrheit
hören dürfen. Es ist das Werk seines himmlischen Vaters.
Deßhalb drängt Er sich bescheiden vor, wie um Fragen
zu stellen. Seine Anmuth gewinnt aller Herzen. Die
ernsthaftesten Schriftgelehrten hängen an seinen Lippen.
Er stellt ruhig seine Einwürfe auf, läßt wunderbare Deu-
tungen der tiefen Weissagungen vernehmen, bringt sie dahin, einzusehen, daß ihre eigene Ansicht nicht haltbar ist,
und entlockt ihnen die geistige Wahrheit, wie wenn Er sie
selbst als die Lehre empfinge und ihnen nicht selber eine
neue Weisheit eingöße. Wie viele Herzen bereitete Er so
für sich selber vor, zu wie vielen apostolischen Berufungen

mag Er nicht damals mittelbar den Grund gelegt haben! Als Petrus Tausende bei einer Predigt bekehrte, als er tausend Seelen jeder der drei göttlichen Personen dar- brachte, da er zum erstenmale predigte, wie viel von dem Werke mag bereits gethan gewesen sein durch die Lehre, die aus den Fragen des Knaben von Nazareth geflossen war? In diesen drei Tagen hatte Unser Herr, wie wir von einigen Heiligen erfahren, sein Brod von Thür zu Thür gebettelt, so daß Er sogar eine größere Armuth üben mochte, als die war, welche Ihn zu Nazareth drückte. Da- von hatte Er den Armen Almosen gegeben. Er hatte auch die Reichen besucht, gemeine Dienste für sie verrichtet, freundliche Worte zu ihnen gesprochen und sie zu Gott hingezogen. Bei Nacht hatte Er auf dem bloßen Boden unter den Mauern der Häuser geschlafen. Die Erde wenig- stens konnte dem nicht wohl ein Bett versagen, der sie aus dem Nichts hervorgerufen. So sorgte der Schöpfer aller Dinge, der diese Zeit über ohne die Pflege seiner Mutter gelassen war, für sich selbst in seiner eigenen Welt, als ein Bettelknabe im Alter von zwölf Jahren. Ach, auf wie viele Schatten des Lebens streute nicht Unser gött- licher Lehrmeister die Weihe dessen, was Er selbst ausge- standen! Wir können nicht zweifeln, daß Maria und Joseph, als sie am Morgen in Jerusalem einzogen, zuerst in den Tempel gingen, um Gottes Segen für jene Last des Kum- mers zu suchen, der sie zu Boden drückte. Auch waren sie nicht ohne Hoffnung, Jesum daselbst zu finden. Den ganzen Tag über wanderten sie mühsam in den Straßen Jerusalems umher. Maria prüfte die Vorübergehenden mit forschendem Auge, wie sie es nie vorher gethan, aber Jesus war nirgends zu sehen. Ueberall stellten sie Nach- forschungen an. Einige horchten geduldig, aber kalt zu, andere verdrießlich und wie wenn es ihnen lästig fiele; an- dere ferner waren freundlich und theilnehmend, aber sie hatten keinen Trost zu geben. Eine Frau verlangte von ihr, sie solle ihren Knaben beschreiben, und wie getreu that es Maria! Aber vergebens. Das Weib hatte einen Knaben gesehen, aber keinen solchen Knaben, wie jenen. Sie hätte nie einen solchen vergessen können, wenn sie je das Glück gehabt hätte, ihn zu sehen. Andere erhöhten ihre Hoffnungen, die ebenso bald wieder sinken sollten. Als Mariens Kummer auf der Spitze war, suchte eine ganze Welt von guten Rathschlägen ihr Leid zu lindern, machte aber die Last nicht leichter. Warum suchte sie Ihn nicht hier? Warum suchte sie Ihn nicht dort? Die guten Seelen! Sie hatte Ihn schon überall gesucht. Sie hatte Ihn ge- sucht, wie Mütter Kinder suchen, die sie vermissen, und bei einer solchen Nachforschung werden nicht viele Orte übersehen. Eine andere Frau hatte einem Knaben Al- mosen gegeben, welcher der Beschreibung nicht unähnlich sah, und dessen liebenswürdiges Betragen einen Eindruck auf sie gemacht hatte. Aber sie konnte nichts weiter sagen. Dennoch war es ein Schimmer von Licht für Maria. Es gab gewiß nicht zwei Knaben in der Welt, die ihrer Be- schreibung entsprechen würden. Eine andere Frau hatte, als sie am Morgen ihr Haus öffnete, einen Knaben auf dem Boden liegen sehen unter der Dachrinne. Sie sah ihn nur einen Augenblick, aber er war blondhaarig und schön. Ein anderer hatte einen Knaben gesehen, welcher der Beschreibung nicht unähnlich war, als er gerade ein Stück Brod zwischen zwei Bettlern auf der Straße theilte, aber er hatte nicht Acht gegeben, welchen Weg er ein- schlug. Er war also gestern in Jerusalem gewesen, wenn Er nicht heute noch da war. Aber ein Anderer hatte Ihn an jenem Morgen neben einer Kranken erblickt. Hier war mehr Licht. Man konnte Maria zeigen, wo die Kranke wohnte. Sie besuchte sie und sprach mit ihr, sie hörte, wie die arme Dulderin das einnehmende Betragen des

Knaben beschrieb, seine Stimme, seine Augen, seine heiligen
Worte, die ihr die Thränen in die Augen gelockt, und
das seltsame Gefühl der Gegenwart Gottes, das Er in
ihrer Seele zurückgelassen. Mariens Herz brannte, sie
sog begierig jedes Wort ein. Es war Jesus; es konnte
sonst niemand sein. Aber woher war er gekommen, wohin gegangen? Die Kranke konnte es nicht sagen, sie wußte
nichts; er war gekommen und gegangen. Während Er
bei ihr war, war sie so sehr von Ihm eingenommen, daß
sie nicht daran dachte, Fragen an Ihn zu stellen. Die
Sonne neigte sich und ging unter und die Schatten fielen,
und die Ruhe der Nacht kam über das geräuschvolle Jerusalem, aber Jesus war nicht gefunden. Es war ein müh-
seliger Tag gewesen. Weder Maria noch Joseph hatten
den ganzen Tag ihr Fasten unterbrochen. Sie waren von
Hunger geplagt um des Kindes willen. Ein gebrochenes
Herz bedarf weniger, als andere Schlaf und Speise. Die
Nacht außerhalb war finster, aber die Nacht in Mariens
Seele noch finsterer.

Ob es nach drei vollen Tagen war, in welchen Maria
in dieser Finsterniß gleichsam begraben lag, oder ob es am
dritten Morgen war, gewiß ist, daß Maria und Joseph
zum Tempel hinaufgingen, um ihren Kummer wieder vor
dem Herrn niederzulegen. Sie traten durch das östliche
Thor hinein. Ganz nahe bei diesem Thore aber befand
sich eine geräumige Halle, eine Art Akademie, in welcher
die Ausleger des Gesetzes saßen, Fragen beantworteten
und Zweifel lösten und durch Disputationen entschieden.
Der heilige Paulus spricht von diesem Orte in seiner Ver-
theidigung vor Felix, wo er sagt, daß man Ihn im Tempel mit niemand streitend fand. Hier auch zu Gamaliel's
Füßen lernte der große Heidenapostel die Ueberlieferungen
des Gesetzes kennen. An dem Eingange in diese Akademie
mußten Joseph und Maria vorübergehen. Es war kein

passender Platz für sie, einzutreten; aber das Ohr der Mutter hatte einen Ton vernommen, an dem sie sich unmöglich täuschen konnte. Es ist die Stimme Jesu. Sie gehen hinein. Die Schriftgelehrten blicken auf Ihn mit einer Mischung von Ehrfurcht und Freude. Nie vorher war ein solcher Lehrer in jener Akademie gewesen. Joseph und Maria wunderten sich auch. Sie hatte nie vorher ganz jenen Ton der Stimme gehört, nie vorher jenes Licht in seinem Auge gesehen. Ihre Seele betete an in seiner Gegenwart. Aber sie hatte Recht über jenen Knaben, der die weisen Aeltesten des Volkes in Erstaunen setzte. Sie wäre gerne vor Ihm niedergekniet, aber sie mußte, daß es nicht der Platz, noch die Zeit dazu war. Allein sie trat vor und sagte zu Ihm: Sohn, warum hast du uns das gethan? Siehe, dein Vater und ich haben dich mit Schmerzen gesucht. Er konnte das sehen, ohne daß sie es sagte. Er konnte die Verheerungen wahrnehmen, welche der Kummer auf ihrem Gesichte angerichtet hatte. Er konnte es hören in ihrer schwachen und zitternden Stimme; Er konnte es sehen in der Schwäche, welche die Röthe der Freude auf ihrem Gesichte beinahe überwand. Aber Er hatte nicht nöthig, es zu sehen und zu hören. Er war nie ferne von ihr gewesen, sondern die ganze Zeit über in ihrem Herzen gelegen. Er hatte ihr gerade jenes Maß von körperlicher Stärke und himmlischer Gnade zugemessen, das sie nöthig hatte, damit sie es aushalten konnte. Sein eigenes Herz war mit dem ihrigen gekreuzigt worden. Aber das Geheimniß war nicht vorüber. Er sagte zu ihnen: Warum habt ihr mich gesucht? Wußtet ihr nicht, daß ich in dem sein muß, was meines Vaters ist? Er zog Simeon's Schwert heraus und stieß es in sein eigenes Herz. Warum hatte Maria Ihn gesucht? O denket an Bethlehem, an die Wüste, an Aegypten und Nazareth! Warum hatte sie Ihn gesucht? Die arme Mutter! Konnte sie etwas anderes thun, als

Ihn suchen? Wie hätte sie ohne Ihn leben können? Es gab tausend Gründe, warum sie Ihn gesucht hatte. Erkennt Er ihre Rechte nicht an? Ist Er im Begriffe, sie ihr zu nehmen, und gerade in der Freude, Ihn wieder zu finden? Rechte! Sie waren seine eigene Gabe, die Er zurücknehmen konnte, wenn Er wollte. Aber sein Fleisch, sein Blut, sein schlagendes Herz, — war dies nicht in gewissem Sinne ihr eigen? Nein, vielmehr das Ihrige war Sein. Aber das Recht, Ihn zu lieben, kann das der Schöpfer dem Geschöpfe nehmen? Nein, jenes Recht ist unveräußerlich. Die Schöpfung müßte wieder in das Nichts zurücksinken, ehe jenes Recht verscherzt werden könnte. Wenn Er sich jetzt von ihr an jenem östlichen Thore des Tempels trennen sollte, welches ein Sinnbild von ihr selbst war, so wird sie Ihn dennoch lieben, wie zuvor, und nicht bloß, wie zuvor, sondern tausendmal mehr. Jener Blick des Auges, jener Ton der Stimme, als Er unter den Schriftgelehrten saß, — sie sind ihr tief in die Seele gedrungen. Für sie waren es vollkommene Offenbarungen Gottes.

Ist die Finsterniß vergangen? O nein! Für den Augenblick hat Er sie durch seine Worte noch dichter gemacht. Sie verstanden das Wort nicht, das Er zu ihnen gesprochen hatte. Aber Er ist nicht im Begriffe, sie zu verlassen. Er that in Jerusalem, was das Geschäft seines himmlischen Vaters betraf. Dasselbe Geschäft führt Ihn nun nach Nazareth zurück. Und Er, um so liebenswürdiger und sie um so heiliger und Joseph Gott näher als jemals und ähnlicher dem Schatten des ewigen Vaters seit der letzten Finsterniß kehrten nach Nazareth zurück, wo Maria achtzehn Jahre ununterbrochen, die jährlichen Besuche zu Jerusalem eingerechnet, seine heiligmachende Gegenwart genießen, und wo es durch seine Arbeit in der Werkstätte offenbar werden soll, daß das Geschäft seines

himmlischen Vaters und seines irdischen Vaters nur Eines
war. Jene vollen achtzehn Jahre, — für Maria waren
sie wie der Anblick des schönen freien Oceans nach Er-
klimmung der finstern Berge. „Und Er ging mit ihnen
hinab und kam nach Nazareth und war ihnen unterthan
und seine Mutter behielt alle diese Worte in ihrem Herzen.“

Als wir das Geheimniß dieses dritten Schmerzes
beschrieben, ist schon vieles von seinen Eigenthümlichkeiten
gesagt worden. Demungeachtet müssen wir jetzt bei seinen
Merkmalen länger verweilen. Zuvörderst war er der größte
von allen ihren Schmerzen. Dies kam theils daher, weil
er eine Trennung von Jesus in sich schloß und theils von
einer Vereinigung anderer Umstände, die wir jetzt betrachten müssen. Wir lesen im Leben der gottseligen Benvenuta von Bojano, einer Dominikanerin, daß sie, während
sie an der Krankheit litt, die ihr viele Jahre nicht gestat-
tete, niederzuliegen, sondern sie zwang, auf einem Stuhle
sitzen zu bleiben, anfing, den Kummer Unserer lieben Frau
in den drei Tagen zu betrachten, da sie den Knaben Jesus
verloren hatte. Sie wünschte, an jener Trübsal Theil zu
nehmen, insofern sie sich selbst ihr ganzes Leben an Leiden
gewöhnt, dieselben gesucht, die Krankheit gewünscht hatte,
und vor jeder Freude geflohen war. Sie betete daher
inbrünstig zu Unserem Herrn und seiner Mutter, ihr die
Gnade zu gewähren, den Schmerz Unserer göttlichen Mutter in sich selbst zu empfinden. Und siehe! eine heilige
und ehrwürdige Frau erschien ihr mit einem schönen und
anmuthigen Kinde, das im Zimmer herumzulaufen anfing
und sich dabei ganz dicht an seine Mutter hielt. Sein
Anblick und das Gespräch mit ihm flößte ihr eine höhere
Seligkeit ein, aber als sie Ihn anzurühren suchte, entzog
Er sich ihr, und Er und seine Mutter verschwanden plötzlich. Darauf nahm ein heftiger Schmerz Besitz von ihrer
Seele, der beständig zunahm und sie so tief betrübte, daß

sie in nichts einen Trost fand, und daß es schien, als ob
ihr Seele und Leib auseinander gerissen würden. Sie
war daher genöthigt, Unsere liebe Frau zur Hilfe anzurufen; denn sie konnte es nicht länger aushalten. Am
Ende der drei Tage erschien ihr unsere göttliche Mutter
mit ihrem Sohne auf dem Arme und sagte: „Du hast
verlangt, jenen Schmerz zu kosten, den ich in dem Verluste
Jesu litt, und es ist nur ein Vorgeschmack, den du gehabt
hast. Aber verlange nicht wieder solche Dinge, weil deine
Schwäche unter einer so schweren Trübsal nicht leben könnte.“
Der siebente Schmerz, das Begräbniß Jesu, kommt allein
diesem dritten Schmerze an Heftigkeit nahe. Aber aus
manchen Gründen war er weniger heftig. Sie beide schlos-
sen eine Trennung von Jesus in sich, aber bei dem Begräbniß wußte sie, daß Er nicht mehr leiden konnte. Sie
verstand das Geheimniß, sie triumphirte über die Vollendung des großen Werkes der Welterlösung. Sie konnte
die Stunden bis zum Augenblicke der Auferstehung zählen.
In diesem dritten Schmerze hatte sie Jesum verloren
und sie wußte nicht warum, noch wo Er war oder
was Er leiden mochte. Sie war in eine dichte, geistige
Finsterniß versunken und Gott schien sie ganz verlassen zu
haben. Daher stieg die Qual ihres Herzens nie zu einer
unerträglicheren Höhe als in diesen drei Tagen, nicht einmal unter den Schrecken der Passion. — Der Verlust
Jesu würde unter allen Umständen ein fürchterlicher Schmerz
gewesen sein, den wir bei unserer geringen Gnade und
noch geringeren Liebe unmöglich ganz angemessen würdigen
können. Wir müssen Mariens Herz haben, um Mariens
Kummer zu fühlen. Aber der eigenthümliche Umstand,
der den Verlust Jesu in jenen drei Tagen so fürchterlich
machte, war die Finsterniß, in die ihre Seele wie in eine
Grube geworfen wurde. Sie, die bisher lauter Licht gewesen, war nun lauter Finsterniß. Sie wußte nicht, was

Gott mit ihr anfangen wollte. Sie hatte zu handeln und konnte die Umstände nicht verstehen, unter denen sie handeln sollte. Es war nicht bloß der Kontrast mit der Vergangenheit, was die Gegenwart so hart zu ertragen machte. Die Nacht, die über sie gekommen, war an sich selbst unerträgliche Seelenangst. Sie hatte sich immer auf Jesus gestützt; sie wußte nie, bis jetzt, wie sehr sie sich auf Ihn gestützt hatte. Und Er hatte sich entzogen. Sie sah nicht in die Zukunft hinein; die Vergangenheit war ganz verdunkelt und gab kein Licht und die Gegenwart war voll Verwirrung, von schwerem Herzeleid und Bitterkeit des Geistes begleitet. Die Schwester Maria von Agreda sagt, daß selbst die Engel ihre Gespräche mit ihr zurückhielten, um ihr kein Licht zu geben über den Verlust Jesu. Es kann natürlich kein Zweifel obwalten, daß diese Finsterniß Mariens eine göttliche Wirkung war. Wir finden eine Aehnlichkeit damit in jenen unbeschreiblichen innern Trübsalen, die einige der größten Heiligen ausgestanden haben, wobei wir uns stets erinnern müssen, daß, wenn sie den Heiligen als Läuterung des Geistes gesandt wurden, diese Trübsal für ihr unbeflecktes Herz gleichsam nur eine andere wunderbare Heiligung sein konnte, die zu den schon vorangegangenen hinzukam. Denn in ihrem Geiste war nichts zu läutern. Das Werk, das in den Heiligen lange Jahre brauchte, konnte in der Seele unserer göttlichen Mutter in drei Tagen vollendet sein, nicht nur wegen ihrer Vollkommenheiten, die es der Gnade möglich machten, schneller und ohne den Schatten eines Hindernisses zu wirken, sondern auch, weil die göttlichen Wirkungen in der Seele kaum eine Zeit zu bedürfen scheinen. Wer weiß nicht, wie in Träumen, bei Unglücksfällen, in Augenblicken großen Leidens die Zeit fast wunderbar zusammengedrängt scheint? Die langen Jahre des früheren Lebens ziehen in deutlich erkennbarer Reihe vor der Seele vorüber, die mit

Einsicht über jedes derselben Bemerkungen zu machen scheint, und doch hat der ganze Proceß nur die Zeit eingenommen, die ein Blitzstrahl braucht. In derselben Weise haben wir Erscheinungen von Seelen aus dem Fegfeuer, die sich über die langen Jahre beklagen, in welchen sie ihre Freunde in den Flammen gelassen ohne eine Messe oder eine Für- bitte, wenn die Sonne des Tags, an dem sie starben, noch nicht untergegangen ist. Wir werden in dem Glauben unterrichtet, daß das besondere Gericht, welches uns am Ende des Lebens erwartet, nur einen Augenblick dauern wird. Eine einzige Handlung ferner wird zuweilen schei- nen, das Werk von Jahren zu thun, selbst hinsichtlich der Bildung von Gewohnheiten. Dies ist namentlich der Fall bei heroischen Handlungen, wie z. B. Abraham's Opfer war. Das Nämliche kann bei der Profeßablegung eines Religiosen vorkommen. Etwas damit Verwandtes mag in der besondern Gnade der verschiedenen Sakramente liegen. Gibt es Jemand aus uns, der sich nicht erinnert, wunder- bar schnelle Wirkungen der Gnade erfahren zu haben, die kaum die Aufeinanderfolge der Zeit zu erfordern schienen, so augenblicklich waren sie, und doch war es eine wahrhaf- tige Aufeinanderfolge verschiedener Stufen. So mag in der vollkommenen Seele Mariens, die durch die Gnade und Verbindung mit Gott bereits auf einer so erhabenen Höhe stand, diese göttliche Finsterniß der drei Tage die erstaun- lichsten Wirkungen hervorgebracht haben, die wir nicht be- schreiben können, indem wir einsehen, daß ihre Höhe schon vorher unsern Gesichtskreis weit überstieg. Diese Dunkel- heit ist eine Eigenheit des dritten Schmerzes, woran kein anderes Leiden unserer gebenedeiten Mutter im geringsten Theil nimmt.

Es ist für uns nicht möglich, mit einiger Gewißheit zu sagen, wann diese Finsterniß aufhörte. Aber wir wä- ren geneigt, die Thatsache nicht darauf zu beziehen, daß

Maria die Worte Jesu in der Akademie des Tempels nicht
verstand. Dies möchten wir eher als eine besondere Eigenthümlichkeit dieses dritten Schmerzes ansehen, die andere
Ursachen hat, und als einen Beweis von dem Eindrucke
welchen dieses Leiden auf ihre Natur gemacht hatte. Die
Finsterniß kann sich allerdings gleich bei dem ersten Anblicke Jesu nach und nach verzogen haben. Wir möchten
jedoch die Muthmaßung wagen, daß sie in dem Augenblicke
ganz verging, als sie Ihn gefunden, während einige Folgen davon zurückblieben. Es mag auch sein, daß die Schwäche
und Müdigkeit, die sie kaum gefühlt hatte, weil die Finsterniß und der Kummer alle ihre Gefühle in Anspruch
nahmen, jetzt auf sie einwirkten und gerade durch diesen
plötzlichen Uebergang von der Trauer zur Freude an den
Tag kamen, gerade wie wir von einigen Heiligen lesen,
wenn lange Verzückungen vorüber sind. Die Gottesgelehrten haben verschiedene Gründe angeführt, warum Unsere
göttliche Mutter die Worte Jesu nicht verstand. Rupert
ist der Ansicht, sie habe dieselben verstanden, aber aus
Demuth sich benommen, wie wenn es nicht der Fall wäre;
allein diese Ansicht befriedigt nicht, weil sie sich mit den
unmittelbaren Worten des Evangeliums schwer vereinbaren
läßt. Unser Stapleton schreibt es dem Uebermaß ihrer
Freude zu, als sie Jesum fand, was auf ihren Geist so
sehr einwirkte, daß sie seine Worte nicht verstehen konnte,
gerade wie aus einer entgegengesetzten Ursache, nämlich
durch das Uebermaß des Kummers die Apostel später nicht
verstehen konnten, was Unser Herr über seinen Tod sagte.
Allein Unsere gebenedeite Mutter und die Apostel lassen
sich nicht wohl zusammenstellen, und die Folgerung ließe
sich nicht wohl annehmen, außer auf eine Autorität hin,
insofern dadurch die Ruhe der seligsten Jungfrau als erschüttert dargestellt würde und ihr vollkommen freier Gebrauch der Vernunft eine Weile als gestört und zwar

geftört, während Er fprach, deffen Stimme die Winde und
das Meer ftillen konnte. Dionyfius, der Karthäufer, be-
fchränkt ihre Unwiffenheit. Er fagt, fie wußte, daß Jefus
nicht von Jofeph, fondern von feinem himmlifchen Vater
fprach, daß Er auf das Werk anfpielte, weßhalb Er in die
Welt gekommen, und daß Er nach der menfchlichen Natur,
die Er angenommen, immer mit jenem einzigen Werke
befchäftigt fein mußte, daß aber die Umftände der Zeit,
des Ortes und die Art und Weife ihr noch nicht geoffenbart worden waren. Während diefe Annahme für Unfere
gebenedeite Mutter ehrenvoller ift, als die Stapletons, geht
fie von der Anficht aus, daß die dreiundbreißig Jahre und
das Leiden Unferes Herrn ihr allmählig durch aufeinander-
folgende Offenbarungen klar wurden. Wir haben durchaus angenommen, daß fie alles oder beinahe alles vom
Anfange an wußte, welche letztere Hypothefe mehr mit
den Vifionen und Offenbarungen der befchaulichen Heiligen
übereinftimmt. Suarez ftellt zwei Vermuthungen auf. Er behauptet, daß Maria verftand, daß Jefus von feinem himmlifchen
Vater fpreche, aber daß fie die Einzelheiten nicht genau
wußte, weßhalb Er Jofeph und fie felbft verlaffen hatte.
Oder ferner, fie war nicht ganz gewiß, ob Unfer Herr
damit fagen wollte, Er beabfichtige die Zeit zu befchleuni-
gen, wo Er fich der Welt offenbaren werde, was fonft nicht
vor feinem dreißigften Jahre eintreten würde. Es war
daher, wie er hinzufügt, „keine privative Unwiffenheit" in
ihr, fondern fie wußte nur einige Einzelheiten nicht, die
zur Vollkommenheit ihres Wiffens nicht nothwendig waren.
Allein wenn dies der Fall wäre, fo wären wir mehr geneigt, es der Fortdauer jener göttlichen Finfterniß zuzu-
fchreiben, womit Gott fie heimgefucht. Der heilige Aelred
und Andere beftehen darauf, daß die Worte durch die rhe-
torifche Figur der Synekdoche zu erklären feien, und fo

bloß den heiligen Joseph angehen und nicht Maria, gerade wie der heilige Evangelist sagt, daß die beiden Schächer am Kreuze Gott lästerten, während nach einigen Auslegern es eigentlich nur Einer that. So verstand nach dem heiligen Aelred Maria die Worte und nahm sie zu Herzen, um sie später den Aposteln mittheilen zu können. Allein man kann darauf antworten, es sei nicht gewiß, daß nur Einer der Schächer lästerte. Im Gegentheil ist es die gewöhnlichere Meinung, daß es beide thaten. Ueberdies scheint die Auslegung des heiligen Aelred sich mit den Worten des Evangeliums eine Freiheit herauszunehmen, die sich nicht wohl rechtfertigen ließe, ohne viel mehr Zeugnisse aus der Tradition. Andere glauben, die Worte „sie verstanden nicht" beziehen sich auf die Zuhörer in der Akademie und durchaus nicht auf Maria und den heiligen Joseph. Aber diese Ansicht empfiehlt sich nicht. Der Verstand der Gläubigen hat in der Stelle immer etwas Schwieriges und Geheimnißvolles gefunden, was nicht der Fall gewesen sein würde, wenn jene Auslegung sich von selbst dargeboten hätte oder natürlich gewesen wäre. Novatus meint, daß Maria durch eine besondere Zulassung Gottes nicht auf einmal die Worte verstand, die Jesus gesprochen, sondern daß sie allmählig zu ihrem Verständnisse kam, indem sie dieselben in ihrem Herzen erwog. Er findet diese Auslegung den Worten des Evangeliums ganz angemessen und entdeckt etwas dem Vorgange in ihrer Seele Aehnliches in der Art und Weise, wie die Heiligen, welche die Gabe der Weissagung besaßen, oft nicht durch ein unmittelbares prophetisches Licht die Zukunft voraussahen, sondern indem sie ein Licht mit einem andern verglichen, und so aus der Vergleichung neue Folgerungen zogen. Allein es ist nicht recht deutlich, was mit dieser Annahme gewonnen wird. Niemand wird wohl leugnen, daß Unsere göttliche Mutter alle Gaben besaß, welche die Heiligen hatten. Aber warum

sollten wir willkührlich annehmen, daß irgendwelche Unvollkommenheiten, die die Ausübung dieser Gaben in den Heiligen begleiteten, ihr angeklebt haben sollten, außer jenen,
die ihr als einem Geschöpfe nothwendig zukamen?

Wir wollen es wagen, den vielen Muthmaßungen,
welche die Theologen über den Gegenstand aufgestellt haben,
noch eine andere hinzuzufügen. Man kann annehmen, daß
jedes Wachsthum an Heiligkeit in Unserer gebenedeiten
Mutter von einer verhältnißmäßigen Zunahme ihres Wissens begleitet war. Bei einer vollkommenen Natur, wie
die ihrige, die durch die Sünde nicht gefallen war, lassen
sich die zwei Processe nicht leicht abgesondert denken. Bei
einem, der gesündigt hat, kann die Herzenshärtigkeit in
Graden entfernt werden, die mit der Entfernung der Finsterniß des Geistes gar nicht im Verhältnisse stehen. Licht
und Liebe, obwol stets in Wechselbeziehung, sind es doch
bei Sündern nicht in der vollkommenen Weise, wie es bei
den Schuldlosen der Fall ist. Wir muthmaßen daher,
daß die mystische Finsterniß, die Gott als eine geistliche
Prüfung sandte, um sich über die Seele Mariens auszubreiten, so heroische Akte der Liebe und Vereinigung mit
Gott veranlaßte, daß sie dadurch zu unermeßlichen Höhen
der Heiligkeit erhoben wurde, weit über jene hohen Berg-
spitzen hinaus, auf denen sie vorher gestanden war. Wir
nehmen an, daß ein größerer Unterschied übernatürlicher
Art zwischen der Maria stattfand, die das Tempelthor am
Ende der Woche des ungesäuerten Brodes verließ, und
der Maria, die an dem Morgen, da sie Jesum fand, in
dasselbe eintrat, als jemals zwischen einem Heiligen in
seiner frommen Jugend und demselben Heiligen in seinem
weit heiligmäßigern hohen Alter stattgefunden hat. Es
konnte in Maria keine Umwälzungen geben, weil nichts
zu zerstören, nichts umzustürzen war. Alles, was geschehen
konnte, war eine Vermehruug der schon in ihr vorhandenen

Gnaden. Allein die Vermehrungen konnten so unermeßlich sein oder so schnell aufeinander gehäuft oder so augenblicklich übertragen werden, daß sie eine Aenderung hervor-
brachten, die wir in jedem Falle, nur nicht bei ihr, eine
Umwälzung nennen würden. Dies ist gewiß, was die
Theologen meinen, wenn sie von ihrer ersten Heiligung,
von ihrer zweiten, von ihrer dritten Heiligung u. s. w.
sprechen. Sie wollen damit nicht läugnen, daß sie immer
Verdienste sammelte und so stets an Gnade zunahm, sondern sie wollen damit sagen, daß die unbefleckte Empfängniß, die Menschwerdung, die Herabkunft des heiligen Geistes oder ihr Tod, so zu sagen, schöpferische Epochen in
ihrer Heiligung waren, die nicht den Gesetzen des gewöhnlichen Wachsthums folgten. Wir möchten die innere Finsterniß, die in jenen drei Tagen über Maria kam, als eine
Epoche dieser Art ansehen.

Aber wie hat dies Bezug darauf, daß sie die Worte
Jesu nicht verstand? Wir müssen hier für eine Weile die
höchsten Regionen der mystischen Theologie besteigen. Es
gibt ein so hohes Wissen, daß es an Unwissenheit angränzt,
da nämlich, wo das Menschliche das Göttliche berührt.
Es liegt auf einer unaussprechlichen Höhe, die aber nicht
unnahbar ist, weil einige wenige Heilige und die Seraphim sie erreicht haben. Maria erreichte vielleicht eine
größere Höhe. Es gibt Grenzen, wie sie für Geschöpfe
möglich sind. Unsere göttliche Mutter erreichte die äußerste
jener Grenzen und blickte hinaus nach dem göttlichen Abgrunde, der jenseits lag. Hier ist die Finsterniß das Uebermaß des Lichtes und die Wissenschaft Unwissenheit, nicht
nur weil die Sprache keine Gefäße hat, um ihre Defini-
tionen zu fassen, der Gedanke keine Formen, um seine
Ideen auszudrücken, sondern auch weil die Augen der
Seele geschlossen sind und Gott erreicht ist. Was der
Geist sieht, ist, daß er nicht erkennt, daß er nicht erkennen

kann, daß sein Licht eine wunderbare, undeutliche Klarheit
ist, daß die Erkenntniß sich in Liebe aufgelöst hat und die
Liebe verborgen im Genusse lebt. Dieselben Worte werden Geistern auf verschiedener Bildungsstufe verschiedene
Ideen geben. Wenn wir sagen, der Mond geht um die
Erde, so versteht uns der Landmann, aber der wissenschaft-
lich gebildete Mann versteht es anders, weil sein Verstand
umfassender ist. Ein Engel könnte es noch anders verstehen. So wurden die Worte, die Unser Herr im Tempel sprach, von den Schriftgelehrten nicht verstanden, weil
sie nicht wußten, wer sein Vater oder was sein Geschäft
war, oder warum sein Vater Ihn nicht suchen sollte, weil
Er sich entfernt hatte, um seines Vaters Werk zu thun.
Der heilige Joseph verstand sie nicht; denn, obgleich er ohne
Zweifel wußte, daß Jesus von seinem himmlischen Vater
und von der Erlösung der Welt sprach, die seines Vaters
Geschäft war, so wußte er doch nicht, welchen Theil jenes
Werkes Jesus meinte, noch warum es ein Grund war,
weßhalb er sie verlassen haben sollte, ohne etwas zu sagen.
Maria verstand sie nicht, weil jedes Wort aus einem unbegreiflichen Abgrunde der göttlichen Weisheit zu ihr emporstieg, das Werk der Menschwerdung weit in die ewigen
Rathschlüsse des göttlichen Geistes hineinführte, ihren Gesichtskreis unermeßlich erweiterte, aber ohne ihr bestimmte Bilder zu geben, und sie enger in den Kreis der göttlichen
Weisheit hineinzog, bis sie beinahe berührte, was sie sah,
und so zu sehen aufhörte. So wurde sie auf jenen äußersten Punkt der Erkenntniß erhoben, wo eine göttliche Unwissenheit die Vollendung des creatürlichen Wissens ist.
Es waren gerade die Worte selbst, die ihr Verständniß
verhinderten, weil sie dieselbe in eine Region hineinführ-
ten, wo das Verstehen in etwas Besseres übergegangen ist
in Folge der Nähe Gottes. Es war die vorangehende
Finsterniß, die das Leben ihrer Seele zu dem Punkte hin-

aufgeführt hatte, wo diese göttliche Unwissenheit möglich war. Dies ist mit aller Bescheidenheit die Muthmaßung, die wir wagen möchten, um diese Schwierigkeit zu erklären. Unsere gebenedeite Mutter weiß, wie viel Unwissenheit und Thorheit sie enthalten mag, aber sie wird eine Muthmaßung nicht verschmähen, deren Beweggrund die Liebe ist und deren Endzweck ihre größere Ehre.

Es gibt noch eine andere Eigenheit dieses Schmerzes, die mit den geheimnißvollen Zügen desselben, welche schon erwähnt wurden, vollkommen im Einklange steht. Der erste Schmerz wurde ihr von Simeon aufgelegt und der zweite von Joseph, dieser von Jesus selbst, ohne irgend eine Dazwischenkunft von Geschöpfen. Es ist sehr wichtig, sich bei Betrachtung des dritten Schmerzes daran zu erinnern. Von einem Gesichtspunkte aus machte ihn dies leichter zu ertragen, aber von einem andern Gesichtspunkte war es schwerer. Es gab mehr, was sie mit der Ertragung des Schmerzes aussöhnte, weil in der Pein selbst auch mehr zu leiden war. Was Gott selbst zu thun sich herabläßt, wird nicht nur besser gethan, als das Geschöpf es thun kann, sondern es wird ganz anders gethan. Es ist nicht bloß wirksamer in Hervorbringung von Resultaten, sondern die Resultate sind auch von anderer Art und tragen einen andern Stempel an sich. Sogar seine Worte, wenn Er sie selbst zur Seele spricht, sind substantiel und schöpferisch und bewirken, was sie äußern, und bewirken es durch die einfache Aeußerung. Daher liegt etwas äußerst Furchtbares in der unmittelbaren Einwirkung des Schöpfers auf die Seele des Geschöpfes. Es ist eine göttliche Berührung, die auf uns drückt ohne irgend ein Medium, und sich nicht einmal in das Fleisch einhüllt, das zu der Seele gehört, die sie berührt; es ist eine tief gehende geistliche Wirkung, welcher keine andere zu vergleichen ist. Daher ist die unmittelbare Einwirkung Gottes auf die Seelen

der Heiligen unausfprechlich mehr heiligend als die Verfolgungen der Gefchöpfe oder die Pein der Abtödtungen
oder der Druck der Vorfehung Gottes, wie fich äußerlich in der Welt zeigt. Sie hat auch das nämliche Cha-
rakteriftifche, das der höchften Klaffe von Wundern eigen
ift, daß fie in ihren Wirkungen augenblicklich ift. Wenn
daher die Abficht der unmittelbaren Einwirkung Gottes
darin befteht, Leiden zu verurfachen, fo muß fie ihren Zweck
in einer Weife erreichen, woran wir nur mit Zittern denken können. Es ift fürchterlich, ein erfchaffenes Ding zu
betrachten, das durch die Allmacht aus dem Nichts hervorgerufen wurde zu keinem andern Zwecke, als um Qual zu
bereiten. Dahin gehört z. B. das Feuer der Hölle und
die geheimnißvolle Wirkfamkeit jenes Feuers auf körperlofe
Seelen, fowol in der Hölle als im Fegfeuer. Wer kann
daran denken, ohne zu fchaudern? Es erfüllt keinen wohlthätigen Dienft. Es gibt keine mittelbaren Folgen, in
die fein Wefen übergeht und wo es gleichfam ruht. Es
wurde zur Qual gefchaffen. Es ift kein Element, das fich
zu einem andern Zwecke verwenden ließe. Es hat einen
Zweck, dem es treu bleibt und von dem es in alle Ewigkeit nie abweichen wird. Vervielfältiget, vertiefet, erweitert und verdichtet die Maffe, auf die es zu wirken hat,
— immer ift es bereit, auf jene Maffe einzuwirken, ununterbrochen, ungefchwächt. Es weiß, was es zu thun
hat, und thut es mit fürchterlicher Wahrheit, mit unfehl-
barem Erfolge. Dennoch ift dies Feuer nur eine fekundäre
Urfache. Was muß die Berührung Gottes felbft fein,
zumal eine Berührung, die aus Liebe dahin gerichtet ift,
Pein zu verurfachen? Ach, in den drei Tagen, da der
Knabe Jefus verloren ging, vereinigte fich ein mannigfaches
Martyrthum in einem einzigen! Wir find nicht werth,
es zu fchildern oder zu begreifen. Die Gefchöpfe follen
bei Seite ftehen oder vielmehr auf den Knien in der Nähe

liegen, während Gott thut, was Er will, mit der Seele seiner Mutter. Dennoch hat die Schöpfung etwas damit zu schaffen; denn die natürliche Mutter wurde in ihrem Herzen durch den Sohn gekreuzigt, den sie geboren. Seine beiden Naturen hatten sie erfaßt, um ihr Leiden zu verursachen. Die Schönheit seines Antlitzes, das Licht in seinen Augen, die Reize seines menschlichen Herzens folterten sie mit Angst, wenn sie an ihren Verlust dachte, während Er als Gott sie mit jenen entsetzlichen innern Prüfungen heimsuchte, die, wie wir gesehen, den Haupttheil des dritten Schmerzes ausmachten. Es ist unnütz, hier von einem Meere von Leiden zu sprechen, das Wort Unendlichkeit würde unsere Unfähigkeit, überhaupt davon zu reden, besser ausdrücken.

Wenn Maria nach und nach ihre rechte Stelle in unserm Geiste einnimmt, dann haben manche Dinge in ihr eine andere Bedeutung, als jene, die sie in einem der Heiligen haben würden. Die Idee von Maria, welche die Evangelien, wie die katholische Theologie sie auslegt, unserm Geiste beibringen, ist nicht bloß eine intellectuelle Ansicht. Obwol sie in einem Sinne eine theologische Schlußfolgerung ist, ist sie doch vielmehr, als dies. Sie ist ein Produkt des Glaubens und der Liebe, das wir uns nach und nach durch Gebetsgewohnheiten angeeignet haben. Daher herrscht über der Kenntniß der evangelischen Geheimnisse in der Seele des frommen Gläubigen eine instinctartige, fast unmittelbare Wahrnehmung und Vorstellung von Jesus und Maria, die ihre eigenen Gewißheiten, ihre eigenen Begriffe und Analogien hat. Es ist wahr, daß der individuelle Geist diesen Dingen eine Färbung und einen Zusammenhang gibt; allein wenn in den verschiedenen populären Schriften, in dem Geiste der Andachten, in den Betrachtungen der Heiligen und in anderer Weise solche Ideen eine Art von Allgemeinheit erlangen, werden sie die

allgemein herrſchende Meinung der Gläubigen und drücken
die wahre katholiſche Idee aus. Die Pflege richtiger In-
ſtincte in Betreff Unſeres Herrn und ſeiner Mutter iſt
augenſcheinlich ein Gegenſtand großer Wichtigkeit, wegen
ſeines nothwendigen Zuſammenhanges mit der Heiligkeit und
wegen des Einfluſſes, den er auf unſere Anbetung des
allerheiligſten Sakraments, auf verſchiedene andere Andachten und auf den Geiſt ausübt, in welchem wir die großen
Feſte der Kirche beobachten. Wenn wir nun einen klaren
und feſten Begriff in unſerm Geiſte von Maria haben,
ſo werden gewiſſe Dinge, die wir hören oder leſen, uns
in Erſtaunen ſetzen und uns als unwahrſcheinlich auffallen.
Wenn ſie nicht auf der Autorität des Glaubens beruhen,
ſondern bloß die Anſicht eines Predigers oder die Lehre
eines Buches oder die Anſchauung eines einzigen Heiligen
ſind, ſo legen wir ſie als unpaſſend bei Seite, weil wir
mehr Vertrauen haben, — und zwar mit Recht — auf
jene Anſicht von Maria, die ein Theil unſeres geiſtlichen
Lebens geworden iſt. Wir verwerfen ſie nicht, weichen
vielleicht nicht einmal gern davon ab, aber wir legen ſie
einfach bei Seite. Allein wenn das, was uns auffällt,
die Gutheißung der Kirche hat, dann müſſen wir entweder
die Idee in unſerm Geiſte verbeſſern oder wir müſſen erwarten, eine tiefe und ungewöhnliche Bedeutung in dem
zu finden, was uns in Erſtaunen ſetzt. Nun gibt es aber
ein paar ſolche Dinge in dieſem dritten Schmerze, und dieſe
müſſen unter ſeine Eigenthümlichkeiten gerechnet werden.

Zuvörderſt fällt es uns an Unſerer göttlichen Mutter
als unwahrſcheinlich auf, daß ſie ihrem Schmerze erlaubt
haben ſollte, ihr irgendwelche äußere Zeichen des Kummers
abzudringen. Sie ſtellte ihren Schmerz nicht bloß in ihrem äußern Benehmen dar, ſondern ſagte Jeſus, daß Joſeph
und ſie ſelbſt Ihn mit Schmerzen geſucht hätten. Sie
ſagte es Ihm beinahe vorwurfsvoll. Nun aber haben die

Heiligen die größten Leiden in einem vollkommenen, heroischen und übernatürlichen Stillschweigen ertragen. Dies war stets ihr charakteristisches Merkmal. Sie wünschten, daß niemand als Gott ihre Leiden kennen möchte. Stand Maria irgend einem der Heiligen in dieser Gabe des Stillschweigens nach? Im Gegentheil, ihr Stillschweigen war eine ihrer merkwürdigsten Gnaden. Die Tradition sagt, daß die Drei in dem heiligen Hause zu Nazareth kaum miteinander sprachen. Die süßen himmlischen Unterredungen, die wir uns vielleicht als einen Haupttheil des Lebens der heiligen Familie vorgestellt haben, bestehen in unserer Einbildungskraft, und fanden nicht wirklich statt. Daselbst herrschte eine tiefere Stille, als in einer Karmeliterwüste oder in einem Karthäuser-Hause, wo die Alpenwinde in den Gängen seufzen und die Fensterflügel schütteln, und sonst alles still ist, wie das Grab. Der Worte Jesu waren sehr wenige. Dies war der Grund, warum Maria sie zu Herzen nahm, weil sie wie Edelsteine, ebenso selten als kostbar waren. Wenn wir darüber nachdenken, werden wir einsehen, daß es nicht wol anders sein konnte. Gott ist sehr schweigsam. Soweit es Maria betrifft, stimmt die evangelische Erzählung vollkommen mit der Tradition überein. Es ist zum Erstaunen, wie wenige Worte von ihr daselbst aufgezeichnet sind. In der Bewegung oder stillstehend erscheint sie daselbst wie eine schöne Bildsäule, deren Schönheit ihre einzige Sprache ist. Dies ist so auffallend, daß einige beschauliche Seelen annahmen, sie habe in ihrer Demuth den Evangelisten befohlen, alles zu unterdrücken, was sie betraf und für die Lehre in Betreff Unseres Herrn nicht absolut nothwendig war. Der heilige Johannes, der am meisten bei ihr war, sagt beinahe nichts über sie, und der heilige Markus erwähnt sie nur einmal und dann bloß mittelbar. Wir können nicht daran zweifeln, daß kein Heiliger jemals das Stillschweigen so übte, wie sie. Ihr Stillschweigen gegenüber dem heiligen Joseph ist ein wunderbarer Beweis hievon. Aber wie sollte sie anders sein, als stillschweigend? Ein Geschöpf, das so lange mit dem Schöpfer gelebt, konnte nicht viel sprechen. Ihr Herz mußte voll, ihre Seele mußte stille sein. Sie war zwölf lange Jahre bei ihm gewesen; lange Jahre, sofern es die Bildung von Gewohnheiten betrifft, obwol sie ihr wie die Verzückung eines Heiligen verflossen waren, voll schmerzlicher Liebe. Sie hatte Ihn in ihren Armen getragen, sie hatte Ihn im Schlafe bewacht, sie hatte Ihm Speise gegeben, sie hatte Ihm in die Augen geblickt. Er hatte ihr beständig sein Herz entschleiert. So hatte sie seine Wege kennen gelernt. Alle Arten von göttlichen Aehnlichkeiten waren auf ihre Seele übertragen worden. Wir wissen, wie schweigsam Gott ist. Zwischen dem Schöpfer und dem Geschöpfe, in solchen Verhältnissen, wie Er und Maria zu einander standen, mußte Stillschweigen mehr eine Sprache sein, als Worte. Was konnten Worte thun, was konnten sie sagen? Sie konnten das Gewicht der Gedanken der Mutter nicht tragen, vielweniger des Sohnes. Es muß eine Anstrengung gewesen sein, zu sprechen, eine Herablassung, ein Herabkommen vom Berge, von ihrer Seite sowol, als von der seinigen. Und warum herabkommen? Der heilige Joseph hatte es nicht nöthig. Auch er weilte hoch oben unter jenen Bergen des Stillschweigens, zu hoch für eine Stimme zum Erreichen, beinahe zu hoch für das schwächste Echo der Erde, um da zu erschallen. Er bedurfte nicht wie die Volksmenge des Unterrichtes vom grünen Hügel aus, oder auf der Ebene oder am Strande des Binnensee's. Selbst in den Tagen seines Lehramtes, welches „die Zeit zu sprechen" war, wie das verborgene Leben „die Zeit, Stillschweigen zu beobachten", war Unser Herr sehr schweigsam. Wie merkwürdig wird darauf angespielt am Schluße des Evangeliums des heiligen Johannes, welcher der Schüler des heiligen Herzens war! Der Text selbst klingt, wie wenn es weniger eine Uebertreibung wäre, wenn er von Worten spräche, anstatt von Werken. „Es ist auch noch vieles andere, was Jesus gethan hat; wollte man dieses einzeln aufschreiben, so glaube ich, würde die Welt die Bücher nicht fassen, die zu schreiben wären." Sprach er von den dreiundbreißig Jahren, oder wollte er sein Evangelium endigen, wie er es begonnen, mit den ewigen Thaten des Wortes?

Aber ist es dann nicht um so überraschender, daß Maria sich diese äußere, beinahe vorwurfsvolle Darstellung ihres Kummers gestattet haben sollte? Es ist allerdings höchst geheimnißvoll. Wir wissen aus dem Buche Job, was für eine kühne Klage, was für eine scheinbar kecke Vertraulichkeit und Liebe Gott seinen Geschöpfen erlaubt. Er scheint sogar ein Vergnügen daran zu haben und eine Anbetung in der wahrhaften Aeußerung dessen zu finden, was aus den Tiefen der Natur heraufkommt, die Er selbst geschaffen. Dies ist der Trost des Trauernden, wenn er an Gott denkt. Aber nichts von all dem wird sich auf Maria anwenden lassen. War es ein heroischer Akt der Demuth, wodurch sie Josephs Kummer ausdrückte und sich mit Ihm vereinigte? Es mag gewesen sein, und würde ihr ähnlich sehen. Allein es ist eine so tiefe Wahrhaftigkeit in den Worten des Evangeliums, daß wir die stricte Bedeutung derselben durch dergleichen Auslegungen nicht gerne lockern möchten, wenn uns nicht augenscheinlich die Noth dazu zwingt. Wir haben nur wenige ihrer Worte, und wünschten lieber, jene wenigen sagten etwas über sie selbst. Sollte es uns einen Begriff geben von dem ausgesuchten Leiden dieses Schmerzes, ohne irgend ein Bedürfniß oder eine Befriedigung ihrer eigenen Person zu verrathen, als sie die Klage vorbrachte? Das Evangelium thut das bisweilen, und einmal, da Unser Herr betete und eine Stimme vom Himmel kam, sagte Er zu seinen Jüngern, daß Er um ihretwillen seinen Vater gebeten habe, Ihn zu verherrlichen. Allein diese Auslegung leidet an derselben Schwierigkeit, wie die letztere. Es lag allerdings Demuth in den Worten der allerseligsten Jungfrau, allein dieselbe bestand darin, daß sie den großen, aber bei weitem geringeren Schmerz Josephs mit ihrem eigenen paarte. Die Worte offenbaren uns in der That die Heftigkeit ihrer Trübsal, aber gerade durch ihre eigene Wahrhaftigkeit und in ihrer buchstäblichen Bedeutung. Es war das Uebermaß ihrer Seelenangst, das ihr, nicht in der Aufregung eines plötzlichen Ausbruchs des Gefühls, sondern bei aller Ruhe und ununterbrochenen Selbstbeherrschung, jene wunderbaren Worte auspreßte. Auch lag keine Unvollkommenheit darin. Die Idee einer Unvollkommenheit kommt nur mit der Idee eines Mißverhältnisses. Wir beklagen uns wegen unserer Schwäche. Unser Leiden steht nicht im Verhältnisse zu unserer Stärke und so äußern wir ohne einen Schatten von Tadelswürdigkeit eine Klage, und unsere Klage ist eine fehlerlose Unvollkommenheit. Die Heiligen leiden und beklagen sich nicht, weil ihre innere Stärke im Verhältniß steht zu ihrem Leiden, und ihr Stillschweigen ist eine Vollkommenheit; aber es gibt noch eine höhere Stufe. Sprechen in der äußersten Noth, ist die nothwendige letzte Zuflucht des Geschöpfes zum Schöpfer. Klage den Geschöpfen gegenüber ist Klage, aber Klage Gott gegenüber ist Anbetung. Die Leiden der Heiligen sind nie von gleichem Umfange gewesen, wie die Möglichkeiten ihrer Naturen. Wir setzen voraus, daß Mariens Leiden in diesem Schmerze so gewesen ist. Es ging nicht nur über die Macht, sondern über das Recht des Stillschweigens hinaus. Es trieb ihre Natur zu ihrer äußersten Grenze der Ausdauer, so herrlich und anbetungswürdig jene Natur war. Es verlangte von ihr das, was ihr angemessen war,

15 *

die letzte Zuflucht des Geschöpfes zum Schöpfer, die vollkommene Ausschüttung des Herzens vor demselben. Die Vollkommenheit Unsers Herrn nach seiner menschlichen Natur erreichte in einem Worte ihren Gipfel. Sein Schweigen war allerdings eine höchst anbetungswürdige Vollkommenheit, aber es war eine höhere Höhe, als Er in jenen Ruf ausbrach: „Mein Gott, mein Gott, warum hast du mich verlassen." Damals hatte sein Leiden seine ganze Menschheit durchdrungen und gleichsam überschattet. So kam es, daß Unsere theuerste Mutter ihr Leiden am Ende der Kindheit Jesu hatte, und ihr Mitleiden zugleich mit seinem Leiden am Ende des Lehramtes Unsers Herrn. Die Finsterniß dieses dritten Schmerzes war das Gethsemane; der Verlust Jesu war die Kreuzigung ihrer Seele; ihre Klage war ihr Ruf am Kreuze, gerade, als die Marter des Kreuzes zu Ende ging. Es war mit ihr jetzt, wie es mit Ihm später sein sollte.

Es ist noch etwas anderes, was uns in diesem dritten Schmerze an Unserer göttlichen Mutter als unwahrscheinlich auffällt, daß sie es nämlich wagt, Unsern Herrn um die Gründe seines Betragens zu fragen. Mitten in ihrer Liebe zu Jesus war seine Gottheit stets der Gedanke, der immer in ihrer Seele vorherrschte, die Erinnerung, die nie einschlief, der Glaube, der ihr Leben, die Thatsache, die ihre Anbetung war. Ja, die Größe ihrer Liebe entsprang gerade hieraus. Es scheint höchst wahrscheinlich, daß Unser Herr ihr wirklich seine göttliche Natur gezeigt hatte. Aber jedenfalls sah sie dieselbe immer durch den Glauben. Sie sah sie vor allen Dingen unaufhörlich in Ihm. Daher möchte es unmöglich scheinen, daß sie Ihn fragen konnte. Ihre Demuth und ihr Einsicht sollten es ihr gleichmäßig verbieten. Sie hatte einen einzigen Augenblick ein Frage gestellt, gerade vor ihrer Einwilligung in die Menschwerdung; aber sie war an einen Engel gerichtet, nicht an Gott.

Und überdies waren jene Tage vorüber. Wie kommt es
also, daß sie Ihn auf diese Weise aufzufordern scheint und
zwar öffentlich, sich darüber, was Er gethan, zu erklären
und zu rechtfertigen? In allen Evangelien sind ihre Worte
ohne Gleichen. Sie stehen für sich selbst da und laden
zur Kenntnißnahme ein, sind aber doch voll Geheimniß.
Ihr Geist wurde durch die innere Finsterniß ihrer Seele
nicht beunruhigt. Er war nie dadurch beunruhigt worden.
Beunruhigung ist nicht das rechte Wort. Ueberdies war
die Finsterniß beim ersten Anblicke Jesu vergangen. Nicht
in der Aufregung der Freude, die in jenem Augenblicke
ihre ganze Seele durchdrang, sprach sie, ohne zu wissen,
was sie sagte, wie Petrus auf Tabor, als er davon redete,
drei Hütten zu bauen. Weder Freud noch Leid brachte
ihre Ruhe jemals im Geringsten aus dem Gleichgewichte.
Es gab nie einen Widerstreit in ihr; derselbe würde ihr
unbeflecktes Herz entweiht haben. Auch fühlte sie nicht
gerade das Bedürfniß, zu wissen. Ihr Wissen war so
unermeßlich, daß es durchaus keinen Zuwachs wünschte,
insofern wenigstens, als es ein bloßes Wissen war und
nicht die beseligende Begleitung einer stets zunehmenden
Liebe. Ihr Wissen war ein solches, wie es ihrer Höhe
als Mutter Gottes angemessen war. Sie wußte nicht nur
alles, was ihr gebührte, nicht nur alles, was für sie angemessen war, sondern alles, was ihre Vollkommenheiten
innerhalb der Grenzen eines Geschöpfes vervollkommnen
konnte. Alles in ihr hatte seine Grenzen. Alles war unermeßlich, aber es war auch beschränkt. Ihre Schönheit
bestand in ihren Grenzen. Sie blieb ein Geschöpf. Daher war ihr Wissen vollkommen, indem sie nichts Unvollkommenes an sich hatte, als die unvermeidliche Unvollkommenheit alles Erschaffenen. Gott allein ist unbegrenzbar,
Gott allein allwissend, Gott allein absolut vollkommen.
Warum also fragte sie Jesum so? Wir müssen in aller

aufgeführt hatte, wo diese göttliche Unwissenheit möglich war. Dies ist mit aller Bescheidenheit die Muthmaßung, die wir wagen möchten, um diese Schwierigkeit zu erklären. Unsere gebenedeite Mutter weiß, wie viel Unwissenheit und Thorheit sie enthalten mag, aber sie wird eine Muthmaßung nicht verschmähen, deren Beweggrund die Liebe ist und deren Endzweck ihre größere Ehre.

Es gibt noch eine andere Eigenheit dieses Schmerzes, die mit den geheimnißvollen Zügen desselben, welche schon erwähnt wurden, vollkommen im Einklange steht. Der erste Schmerz wurde ihr von Simeon aufgelegt und der zweite von Joseph, dieser von Jesus selbst, ohne irgend eine Dazwischenkunft von Geschöpfen. Es ist sehr wichtig, sich bei Betrachtung des dritten Schmerzes daran zu erinnern. Von einem Gesichtspunkte aus machte ihn dies leichter zu ertragen, aber von einem andern Gesichtspunkte war es schwerer. Es gab mehr, was sie mit der Ertragung des Schmerzes aussöhnte, weil in der Pein selbst auch mehr zu leiden war. Was Gott selbst zu thun sich herabläßt, wird nicht nur besser gethan, als das Geschöpf es thun kann, sondern es wird ganz anders gethan. Es ist nicht bloß wirksamer in Hervorbringung von Resultaten, sondern die Resultate sind auch von anderer Art und tragen einen andern Stempel an sich. Sogar seine Worte, wenn Er sie selbst zur Seele spricht, sind substantiel und schöpferisch und bewirken, was sie äußern, und bewirken es durch die einfache Aeußerung. Daher liegt etwas äußerst Furchtbares in der unmittelbaren Einwirkung des Schöpfers auf die Seele des Geschöpfes. Es ist eine göttliche Berührung, die auf uns drückt ohne irgend ein Medium, und sich nicht einmal in das Fleisch einhüllt, das zu der Seele gehört, die sie berührt; es ist eine tief gehende geistliche Wirkung, welcher keine andere zu vergleichen ist. Daher ist die unmittelbare Einwirkung Gottes auf die Seelen

der Heiligen unaussprechlich mehr heiligend als die Verfolgungen der Geschöpfe oder die Pein der Abtödtungen
oder der Druck der Vorsehung Gottes, wie sich äußerlich in der Welt zeigt. Sie hat auch das nämliche Charakteristische, das der höchsten Klasse von Wundern eigen
ist, daß sie in ihren Wirkungen augenblicklich ist. Wenn
daher die Absicht der unmittelbaren Einwirkung Gottes
darin besteht, Leiden zu verursachen, so muß sie ihren Zweck
in einer Weise erreichen, woran wir nur mit Zittern denken können. Es ist fürchterlich, ein erschaffenes Ding zu
betrachten, das durch die Allmacht aus dem Nichts hervorgerufen wurde zu keinem andern Zwecke, als um Qual zu
bereiten. Dahin gehört z. B. das Feuer der Hölle und
die geheimnißvolle Wirksamkeit jenes Feuers auf körperlose
Seelen, sowol in der Hölle als im Fegfeuer. Wer kann
daran denken, ohne zu schaudern? Es erfüllt keinen wohlthätigen Dienst. Es gibt keine mittelbaren Folgen, in
die sein Wesen übergeht und wo es gleichsam ruht. Es
wurde zur Qual geschaffen. Es ist kein Element, das sich
zu einem andern Zwecke verwenden ließe. Es hat einen
Zweck, dem es treu bleibt und von dem es in alle Ewigkeit nie abweichen wird. Vervielfältiget, vertieft, erweitert und verdichtet die Masse, auf die es zu wirken hat,
— immer ist es bereit, auf jene Masse einzuwirken, ununterbrochen, ungeschwächt. Es weiß, was es zu thun
hat, und thut es mit fürchterlicher Wahrheit, mit unfehl-
barem Erfolge. Dennoch ist dies Feuer nur eine sekundäre
Ursache. Was muß die Berührung Gottes selbst sein,
zumal eine Berührung, die aus Liebe dahin gerichtet ist,
Pein zu verursachen? Ach, in den drei Tagen, da der
Knabe Jesus verloren ging, vereinigte sich ein mannigfaches
Martyrthum in einem einzigen! Wir sind nicht werth,
es zu schildern oder zu begreifen. Die Geschöpfe sollen
bei Seite stehen oder vielmehr auf den Knien in der Nähe

liegen, während Gott thut, was Er will, mit der Seele seiner Mutter. Dennoch hat die Schöpfung etwas damit zu schaffen; denn die natürliche Mutter wurde in ihrem Herzen durch den Sohn gekreuzigt, den sie geboren. Seine beiden Naturen hatten sie erfaßt, um ihr Leiden zu verursachen. Die Schönheit seines Antlitzes, das Licht in seinen Augen, die Reize seines menschlichen Herzens folterten sie mit Angst, wenn sie an ihren Verlust dachte, während Er als Gott sie mit jenen entsetzlichen innern Prüfungen heimsuchte, die, wie wir gesehen, den Haupttheil des dritten Schmerzes ausmachten. Es ist unnütz, hier von einem Meere von Leiden zu sprechen, das Wort Unendlichkeit würde unsere Unfähigkeit, überhaupt davon zu reden, besser ausdrücken.

Wenn Maria nach und nach ihre rechte Stelle in unserm Geiste einnimmt, dann haben manche Dinge in ihr eine andere Bedeutung, als jene, die sie in einem der Heiligen haben würden. Die Idee von Maria, welche die Evangelien, wie die katholische Theologie sie auslegt, unserm Geiste beibringen, ist nicht bloß eine intellectuelle Ansicht. Obwol sie in einem Sinne eine theologische Schlußfolgerung ist, ist sie doch vielmehr, als dies. Sie ist ein Produkt des Glaubens und der Liebe, das wir uns nach und nach durch Gebetsgewohnheiten angeeignet haben. Daher herrscht über der Kenntniß der evangelischen Geheimnisse in der Seele des frommen Gläubigen eine instinctartige, fast unmittelbare Wahrnehmung und Vorstellung von Jesus und Maria, die ihre eigenen Gewißheiten, ihre eigenen Begriffe und Analogien hat. Es ist wahr, daß der individuelle Geist diesen Dingen eine Färbung und einen Zusammenhang gibt; allein wenn in den verschiedenen populären Schriften, in dem Geiste der Andachten, in den Betrachtungen der Heiligen und in anderer Weise solche Ideen eine Art von Allgemeinheit erlangen, werden sie die allgemein herrschende Meinung der Gläubigen und drücken die wahre katholische Idee aus. Die Pflege richtiger Instincte in Betreff Unseres Herrn und seiner Mutter ist augenscheinlich ein Gegenstand großer Wichtigkeit, wegen seines nothwendigen Zusammenhanges mit der Heiligkeit und wegen des Einflusses, den er auf unsere Anbetung des allerheiligsten Sakraments, auf verschiedene andere Andachten und auf den Geist ausübt, in welchem wir die großen Feste der Kirche beobachten. Wenn wir nun einen klaren und festen Begriff in unserm Geiste von Maria haben, so werden gewisse Dinge, die wir hören oder lesen, uns in Erstaunen setzen und uns als unwahrscheinlich auffallen. Wenn sie nicht auf der Autorität des Glaubens beruhen, sondern bloß die Ansicht eines Predigers oder die Lehre eines Buches oder die Anschauung eines einzigen Heiligen sind, so legen wir sie als unpassend bei Seite, weil wir mehr Vertrauen haben, — und zwar mit Recht — auf jene Ansicht von Maria, die ein Theil unseres geistlichen Lebens geworden ist. Wir verwerfen sie nicht, weichen vielleicht nicht einmal gern davon ab, aber wir legen sie einfach bei Seite. Allein wenn das, was uns auffällt, die Gutheißung der Kirche hat, dann müssen wir entweder die Idee in unserm Geiste verbessern oder wir müssen erwarten, eine tiefe und ungewöhnliche Bedeutung in dem zu finden, was uns in Erstaunen setzt. Nun gibt es aber ein paar solche Dinge in diesem dritten Schmerze, und diese müssen unter seine Eigenthümlichkeiten gerechnet werden.

Zuvörderst fällt es uns an Unserer göttlichen Mutter als unwahrscheinlich auf, daß sie ihrem Schmerze erlaubt haben sollte, ihr irgendwelche äußere Zeichen des Kummers abzudringen. Sie stellte ihren Schmerz nicht bloß in ihrem äußern Benehmen dar, sondern sagte Jesus, daß Joseph und sie selbst Ihn mit Schmerzen gesucht hätten. Sie sagte es Ihm beinahe vorwurfsvoll. Nun aber haben die

Heiligen die größten Leiden in einem vollkommenen, heroischen und übernatürlichen Stillschweigen ertragen. Dies
war stets ihr charakteristisches Merkmal. Sie wünschten,
daß niemand als Gott ihre Leiden kennen möchte. Stand
Maria irgend einem der Heiligen in dieser Gabe des Stillschweigens nach? Im Gegentheil, ihr Stillschweigen war
eine ihrer merkwürdigsten Gnaden. Die Tradition sagt,
daß die Drei in dem heiligen Hause zu Nazareth kaum
miteinander sprachen. Die süßen himmlischen Unterredungen, die wir uns vielleicht als einen Haupttheil des Lebens
der heiligen Familie vorgestellt haben, bestehen in unserer
Einbildungskraft, und fanden nicht wirklich statt. Daselbst
herrschte eine tiefere Stille, als in einer Karmeliterwüste
oder in einem Karthäuser-Hause, wo die Alpenwinde in
den Gängen seufzen und die Fensterflügel schütteln, und
sonst alles still ist, wie das Grab. Der Worte Jesu
waren sehr wenige. Dies war der Grund, warum Maria
sie zu Herzen nahm, weil sie wie Edelsteine, ebenso selten
als kostbar waren. Wenn wir darüber nachdenken, werden
wir einsehen, daß es nicht wol anders sein konnte. Gott
ist sehr schweigsam. Soweit es Maria betrifft, stimmt
die evangelische Erzählung vollkommen mit der Tradition
überein. Es ist zum Erstaunen, wie wenige Worte von
ihr daselbst aufgezeichnet sind. In der Bewegung oder
stillstehend erscheint sie daselbst wie eine schöne Bildsäule,
deren Schönheit ihre einzige Sprache ist. Dies ist so auffallend, daß einige beschauliche Seelen annahmen, sie habe
in ihrer Demuth den Evangelisten befohlen, alles zu unterdrücken, was sie betraf und für die Lehre in Betreff Unseres Herrn nicht absolut nothwendig war. Der heilige Johannes, der am meisten bei ihr war, sagt beinahe nichts
über sie, und der heilige Markus erwähnt sie nur einmal und
dann bloß mittelbar. Wir können nicht daran zweifeln,
daß kein Heiliger jemals das Stillschweigen so übte, wie

fie. Ihr Stillschweigen gegenüber dem heiligen Joseph ist
ein wunderbarer Beweis hievon. Aber wie sollte sie anders sein, als stillschweigend? Ein Geschöpf, das so lange
mit dem Schöpfer gelebt, konnte nicht viel sprechen. Ihr
Herz mußte voll, ihre Seele mußte stille sein. Sie war
zwölf lange Jahre bei ihm gewesen; lange Jahre, sofern
es die Bildung von Gewohnheiten betrifft, obwol sie ihr
wie die Verzückung eines Heiligen verflossen waren, voll
schmerzlicher Liebe. Sie hatte Ihn in ihren Armen getragen, sie hatte Ihn im Schlafe bewacht, sie hatte Ihm Speise
gegeben, sie hatte Ihm in die Augen geblickt. Er hatte
ihr beständig sein Herz entschleiert. So hatte sie seine
Wege kennen gelernt. Alle Arten von göttlichen Aehnlichkeiten waren auf ihre Seele übertragen worden. Wir
wissen, wie schweigsam Gott ist. Zwischen dem Schöpfer
und dem Geschöpfe, in solchen Verhältnissen, wie Er und
Maria zu einander standen, mußte Stillschweigen mehr
eine Sprache sein, als Worte. Was konnten Worte thun,
was konnten sie sagen? Sie konnten das Gewicht der
Gedanken der Mutter nicht tragen, vielweniger des Sohnes. Es muß eine Anstrengung gewesen sein, zu sprechen,
eine Herablassung, ein Herabkommen vom Berge, von
ihrer Seite sowol, als von der seinigen. Und warum
herabkommen? Der heilige Joseph hatte es nicht nöthig.
Auch er weilte hoch oben unter jenen Bergen des Stillschweigens, zu hoch für eine Stimme zum Erreichen, beinahe zu hoch für das schwächste Echo der Erde, um da
zu erschallen. Er bedurfte nicht wie die Volksmenge des
Unterrichtes vom grünen Hügel aus, oder auf der Ebene
oder am Strande des Binnensee's. Selbst in den Tagen
seines Lehramtes, welches „die Zeit zu sprechen" war, wie
das verborgene Leben „die Zeit, Stillschweigen zu beobachten", war Unser Herr sehr schweigsam. Wie merkwürdig wird darauf angespielt am Schluße des Evangeliums

des heiligen Johannes, welcher der Schüler des heiligen Herzens war! Der Text selbst klingt, wie wenn es weniger eine Uebertreibung wäre, wenn er von Worten spräche, anstatt von Werken. „Es ist auch noch vieles andere, was Jesus gethan hat; wollte man dieses einzeln aufschreiben, so glaube ich, würde die Welt die Bücher nicht fassen, die zu schreiben wären." Sprach er von den breiundbreißig Jahren, oder wollte er sein Evangelium endigen, wie er es begonnen, mit den ewigen Thaten des Wortes?

Aber ist es dann nicht um so überraschender, daß Maria sich diese äußere, beinahe vorwurfsvolle Darstellung ihres Kummers gestattet haben sollte? Es ist allerdings höchst geheimnißvoll. Wir wissen aus dem Buche Job, was für eine kühne Klage, was für eine scheinbar kecke Vertraulichkeit und Liebe Gott seinen Geschöpfen erlaubt. Er scheint sogar ein Vergnügen daran zu haben und eine Anbetung in der wahrhaften Aeußerung dessen zu finden, was aus den Tiefen der Natur heraufkommt, die Er selbst geschaffen. Dies ist der Trost des Trauernden, wenn er an Gott denkt. Aber nichts von all dem wird sich auf Maria anwenden lassen. War es ein heroischer Akt der Demuth, wodurch sie Josephs Kummer ausdrückte und sich mit Ihm vereinigte? Es mag gewesen sein, und würde ihr ähnlich sehen. Allein es ist eine so tiefe Wahrhaftigkeit in den Worten des Evangeliums, daß wir die stricte Bedeutung derselben durch dergleichen Auslegungen nicht gerne lockern möchten, wenn uns nicht augenscheinlich die Noth dazu zwingt. Wir haben nur wenige ihrer Worte, und wünschten lieber, jene wenigen sagten etwas über sie selbst. Sollte es uns einen Begriff geben von dem ausgesuchten Leiden dieses Schmerzes, ohne irgend ein Bedürfniß oder eine Befriedigung ihrer eigenen Person zu verrathen, als sie die Klage vorbrachte? Das Evangelium thut das bisweilen, und einmal, da Unser Herr betete und eine Stimme vom Himmel kam, sagte Er zu seinen Jüngern, daß Er um ihretwillen seinen Vater gebeten habe, Ihn zu verherrlichen. Allein diese Auslegung leidet an derselben Schwierigkeit, wie die letztere. Es lag allerdings Demuth in den Worten der allerseligsten Jungfrau, allein dieselbe bestand darin, daß sie den großen, aber bei weitem geringeren Schmerz Josephs mit ihrem eigenen paarte. Die Worte offenbaren uns in der That die Heftigkeit ihrer Trübsal, aber gerade durch ihre eigene Wahrhaftigkeit und in ihrer buchstäblichen Bedeutung. Es war das Uebermaß ihrer Seelenangst, das ihr, nicht in der Aufregung eines plötzlichen Ausbruchs des Gefühls, sondern bei aller Ruhe und ununterbrochenen Selbstbeherrschung, jene wunderbaren Worte auspreßte. Auch lag keine Unvollkommenheit darin. Die Idee einer Unvollkommenheit kommt nur mit der Idee eines Mißverhältnisses. Wir beklagen uns wegen unserer Schwäche. Unser Leiden steht nicht im Verhältnisse zu unserer Stärke und so äußern wir ohne einen Schatten von Tadelswürdigkeit eine Klage, und unsere Klage ist eine fehlerlose Unvollkommenheit. Die Heiligen leiden und beklagen sich nicht, weil ihre innere Stärke im Verhältniß steht zu ihrem Leiden, und ihr Stillschweigen ist eine Vollkommenheit; aber es gibt noch eine höhere Stufe. Sprechen in der äußersten Noth, ist die nothwendige letzte Zuflucht des Geschöpfes zum Schöpfer. Klage den Geschöpfen gegenüber ist Klage, aber Klage Gott gegenüber ist Anbetung. Die Leiden der Heiligen sind nie von gleichem Umfange gewesen, wie die Möglichkeiten ihrer Naturen. Wir setzen voraus, daß Mariens Leiden in diesem Schmerze so gewesen ist. Es ging nicht nur über die Macht, sondern über das Recht des Stillschweigens hinaus. Es trieb ihre Natur zu ihrer äußersten Grenze der Ausdauer, so herrlich und anbetungswürdig jene Natur war. Es verlangte von ihr das, was ihr angemessen war,

die letzte Zuflucht des Geschöpfes zum Schöpfer, die voll-
kommene Ausschüttung des Herzens vor demselben. Die
Vollkommenheit Unsers Herrn nach seiner menschlichen
Natur erreichte in einem Worte ihren Gipfel. Sein
Schweigen war allerdings eine höchst anbetungswürdige
Vollkommenheit, aber es war eine höhere Höhe, als Er
in jenen Ruf ausbrach: „Mein Gott, mein Gott, warum
hast du mich verlassen." Damals hatte sein Leiden seine
ganze Menschheit durchdrungen und gleichsam überschattet.
So kam es, daß Unsere theuerste Mutter ihr Leiden am
Ende der Kindheit Jesu hatte, und ihr Mitleiden zugleich
mit seinem Leiden am Ende des Lehramtes Unsers Herrn.
Die Finsterniß dieses dritten Schmerzes war das Gethsemane; der Verlust Jesu war die Kreuzigung ihrer Seele;
ihre Klage war ihr Ruf am Kreuze, gerade, als die Marter des Kreuzes zu Ende ging. Es war mit ihr jetzt, wie
es mit Ihm später sein sollte.

Es ist noch etwas anderes, was uns in diesem dritten
Schmerze an Unserer göttlichen Mutter als unwahrscheinlich auffällt, daß sie es nämlich wagt, Unsern Herrn um
die Gründe seines Betragens zu fragen. Mitten in ihrer
Liebe zu Jesus war seine Gottheit stets der Gedanke, der
immer in ihrer Seele vorherrschte, die Erinnerung, die nie
einschlief, der Glaube, der ihr Leben, die Thatsache, die
ihre Anbetung war. Ja, die Größe ihrer Liebe entsprang
gerade hieraus. Es scheint höchst wahrscheinlich, daß Unser
Herr ihr wirklich seine göttliche Natur gezeigt hatte. Aber
jedenfalls sah sie dieselbe immer durch den Glauben. Sie
sah sie vor allen Dingen unaufhörlich in Ihm. Daher
möchte es unmöglich scheinen, daß sie Ihn fragen konnte.
Ihre Demuth und ihr Einsicht sollten es ihr gleichmäßig
verbieten. Sie hatte einen einzigen Augenblick ein Frage
gestellt, gerade vor ihrer Einwilligung in die Menschwerdung; aber sie war an einen Engel gerichtet, nicht an Gott.

Und überdies waren jene Tage vorüber. Wie kommt es also, daß sie Ihn auf diese Weise aufzufordern scheint und zwar öffentlich, sich darüber, was Er gethan, zu erklären und zu rechtfertigen? In allen Evangelien sind ihre Worte ohne Gleichen. Sie stehen für sich selbst da und laden zur Kenntnißnahme ein, sind aber doch voll Geheimniß. Ihr Geist wurde durch die innere Finsterniß ihrer Seele nicht beunruhigt. Er war nie dadurch beunruhigt worden. Beunruhigung ist nicht das rechte Wort. Ueberdies war die Finsterniß beim ersten Anblicke Jesu vergangen. Nicht in der Aufregung der Freude, die in jenem Augenblicke ihre ganze Seele durchdrang, sprach sie, ohne zu wissen, was sie sagte, wie Petrus auf Tabor, als er davon redete, drei Hütten zu bauen. Weder Freud noch Leid brachte ihre Ruhe jemals im Geringsten aus dem Gleichgewichte. Es gab nie einen Widerstreit in ihr; derselbe würde ihr unbeflecktes Herz entweiht haben. Auch fühlte sie nicht gerade das Bedürfniß, zu wissen. Ihr Wissen war so unermeßlich, daß es durchaus keinen Zuwachs wünschte, insofern wenigstens, als es ein bloßes Wissen war und nicht die beseligende Begleitung einer stets zunehmenden Liebe. Ihr Wissen war ein solches, wie es ihrer Höhe als Mutter Gottes angemessen war. Sie mußte nicht nur alles, was ihr gebührte, nicht nur alles, was für sie angemessen war, sondern alles, was ihre Vollkommenheiten innerhalb der Grenzen eines Geschöpfes vervollkommnen konnte. Alles in ihr hatte seine Grenzen. Alles war unermeßlich, aber es war auch beschränkt. Ihre Schönheit bestand in ihren Grenzen. Sie blieb ein Geschöpf. Daher war ihr Wissen vollkommen, indem sie nichts Unvollkommenes an sich hatte, als die unvermeidliche Unvollkommenheit alles Erschaffenen. Gott allein ist unbegrenzbar, Gott allein allwissend, Gott allein absolut vollkommen. Warum also fragte sie Jesum so? Wir müssen in aller

Ehrfurcht eine Muthmaßung wagen. Es geschah durch einen Antrieb des heiligen Geistes, durch eine Anziehung von Jesus selbst, durch einen Willen von Ihm, den sie in seinem heiligen Herzen las. Sie war gerade zu einer neuen Höhe von Heiligkeit erhoben, sie war enger zu Gott hingezogen worden. Die Zeit der Kühnheit folgt großen Gnaden, gerade wie die Zeit großer Gnaden auf große Trübsale folgt. Das Himmlische des Geistes nimmt die Form einer anbetenden Vertraulichkeit an, wenn es in eine wirkliche Berührung mit Gott tritt. Wir sehen dies an den Heiligen. Aber was wird das entsprechende Phänomen in der Heiligkeit Mariens sein? Jesus lud sie ein, Ansprüche auf Ihn zu machen, ihre Rechte über Ihn zu behaupten, ihre Gewalt über Ihn auszuüben und all dies öffentlich vor den Schriftgelehrten. So wollte Er feierlich verkünden, daß sie seine Mutter ist, und sie vor allen ehren, während die, welche es hörten, die Tragweite jener königlichen Verkündigung wenig verstanden. Gerade wie es eine ungeheuere Gnade in dem heiligen Joseph erforderte, um seine Demuth zu vermögen, seinen Gott zu erziehen und Ihm zu befehlen, so erforderte es nun eine unermeßliche Gnade in Maria auf diese Weise ihre Rechte über Jesus zu behaupten. Aber sie that es mit derselben ruhigen Einfalt, womit sie in die Menschwerdung eingewilligt hatte, und in jenem Augenblicke stand sie noch einmal auf einem andern Berge, höher als derjenige, der einen Augenblick vorher das Fußgestell ihrer wunderbaren Gnade gewesen. Die Glorie des Gehorsams, der Triumph der Demuth, die Herrlichkeit der Anbetung, — all dies lag in der kühnen Frage der gebenedeiten Mutter.

Es muß auch als eine Eigenheit dieses Schmerzes erwähnt werden, daß er eines der Hauptleiden Unsers Herrn war. Im siebenzehnten Jahrhunderte befand sich eine Nonne aus dem Orden der Heimsuchung zu Turin,

die in einem Zustande der ungewöhnlichsten Vereinigung
mit Unserm Herrn lebte. Ihr Name war Johanna Be-
nigna Goyos. Sie hatte eine besondere Andacht zu der
heiligen Menschheit Jesu und die eigenthümliche Form
ihres geistlichen Lebens bestand in der Aufopferung aller
ihrer Handlungen an den ewigen Vater in Vereinigung
mit jenen Jesu. Es war ihr geoffenbart worden, daß
dies die besondere Andacht Mariens und Joseph's auf Erden
war, „eine liebreiche Erfindung", wie sie es nannte, wodurch sie unermeßliche Gnaden gewonnen hatten. Wenn
sie in ihrem Geiste die verschiedenen Geheimnisse der dreiunddreißig Jahre Unsers Herrn durchging, so fühlte sie
sich übernatürlich angezogen, ihre Seele mit Ihm in dem
Geheimnisse des Schmerzes zu vereinigen, als Er drei Tage
lang verloren ging. Dies wurde ihre innere Beschäftigung, bis es zuletzt Unserm Herrn gefiel, ihr einige der
Geheimnisse seines heiligen Herzens darüber zu offenbaren. Er sagte ihr, daß es Ihm mehr Leiden gekostet
habe, als alle übrigen Peinen seines Lebens. Denn damals sah Er in dem Kummer seiner Mutter, den die
Trennung verursachte, allen jenen Kummer eingeschlossen,
der ihr Martyrthum sein sollte auf dem Kalvarienberge,
und Er sagte, daß, gleichwie ihr Leib und ihre Seele daselbst durch den tödtlichen Kummer geschieden worden wären,
wenn Er sie nicht durch seine Allmacht zusammengehalten
hätte, ebenso in dem Schmerze jener drei Tage seine all-
mächtige Liebe Maria und Joseph mit Ihm vereinigt gehalten habe, und daß die Grausamkeit der Pein so groß
war, daß sie ohne diesen geheimen Beistand dieselbe nicht
überlebt hätten. Er setzte überdies hinzu, daß ihr Schmerz
einfach unbegreiflich war, und daß niemand ihn verstehen
konnte, als Er selbst. Lasset uns darüber nachdenken,
ohne zu wagen, etwas hinzuzufügen.

Die Höhen der mystischen Theologie, auf welche dieser

Schmerz uns geführt hat, dürfen uns jedoch einige andere
Erwägungen nicht übersehen lassen, die unserm eigenen
Standpunkte näher kommen. Es ist nicht nothwendig, in
göttlichen Dingen sich um eine Steigerung umzusehen.
Kleine Dinge schrumpfen neben großen nicht zusammen,
wenn man die Gegenwart Gottes in beiden erblickt. Wir
können daher folgende Eigenthümlichkeit des Schmerzes in
jenen drei Tagen bemerken. Er setzte, wenn wir so sagen
dürfen, Maria besser in den Stand, das Elend derjenigen
zu verstehen, die im Zustande der Sünde sind. Sie sollte
die Mutter der Barmherzigkeit und die Zuflucht der Sün=
der sein. Sie sollte sie lieben, wie nie eine Mutter ein
fehlerloses Kind geliebt. Sie sollte ein durch die Liebe
so befestigtes Heiligthum sein, daß die Allmacht selbst ihm
kaum die der Gerechtigkeit gebührenden Opfer entreißen
könnte. Es war also für sie nicht genug, eine wunder=
bare Vision der Sünde vor sich zu haben.. Sie mußte
wissen, wie es denen war, die leider gesündigt hatten.
Aber wie sollte dies geschehen? Was hatte die Sünde mit
ihr zu schaffen? Sie sollte sie kinderlos machen und ihr zu=
gleich Schaaren von Kindern geben. Ihr Schatten war
vom Anfange an auf die Freude ihres Herzens gefallen,
auf die lebendige Freude außerhalb ihrer, die sich im Hause
zu Nazareth herumbewegte, und auf die Freude in ihr,
die ihr Leben war. Sonst hatte in ihr die Sünde nichts
zu thun. Sie fand nie einen Eingang daselbst. Der
Rathschluß, in welchem sie vorgesehen wurde, betraf nicht
sie. Sie wurde vorher im Rath Gottes beschlossen. Sie
kann die Bosheit der Sünde deutlich genug sehen, wenn
sie auf Jesus blickt und weiß, daß sie Ihn erschlagen wird.
Aber wie soll sie die Gefühle der armen Sünder ahnen,
und ihre eigene Seele noch unverletzt bewahren? Es geschieht
mittelst dieses dritten Schmerzes. Die Sünde ist der Ver=
lust Jesu. Sie kennt nun das Elend hievon. Die Sünde

ist der Verlust Jesu, wenn wir Ihn einmal besessen haben. Sie weiß das auch; denn gerade hierin lag der Stachel des Schmerzes. Die Ungewißheit, deren Beute sie war, während die übernatürliche Finsterniß auf ihrer Seele lastete, und die sie zweifeln ließ, ob ihre Unwürdigkeit Jesum von ihr abgestoßen habe, gab ihr wenigstens einen annähernden Begriff von dem Elende eines Menschen, der die Gnade verscherzt und Unsern Herrn aus eigener Schuld verloren hat. Wenigstens setzte es sie in den Stand, die Art der Pein kennen zu lernen. Aber Jesum verlieren, nachdem man Ihn einmal besessen, und den Verlust nicht fühlen, ja sogar wirklich gleichgültig dagegen sein, ihn anerkennen, und sich doch darum nicht bekümmern, — dies enthüllte ihr nach dem, was sie empfunden, auf die kläglichste Weise die traurigste Unglückseligkeit, die grausigste Noth des unglücklichen Sünders. Hinfort wird sie, wenn sie die Sünde nach dem Kalvarienberge ermißt, ihre Liebe zu den Sündern nach dem Schmerze des Verlustes Jesu in jenen drei Tagen ermessen. Und haben wir nicht bereits gesagt, daß es der größte von ihnen allen war?

Allein dieser Schmerz hat noch eine andere Eigenthümlichkeit. Er that, was man vorher nie hätte erwarten können. Er entwickelte im Herzen Mariens eine neue Liebe zu Jesus, die Liebe dessen, was wir verloren und betrauert und dann wieder zurückerhalten haben. Die Liebe kennt keine größere Weihe, als diese. Es ist eine Blume, die ganz gewöhnlich auf menschlichen Leiden wächst, aber sie ist überaus schön in allen ihren Abarten. Schon manche Mütter haben sich über die Betten ihrer sterbenden Kinder gebeugt, wie wenn ihr Herz zerspringen wollte. Sie würden Gottes Hand nicht zurückhalten, selbst wenn sie könnten. Ihr Wille ist mit dem seinigen verbunden. Aber ihre Herzen! Ach, gerade diese Gleichförmigkeit ihres Willens treibt alles Leid schnell dem Herzen zu! Die Blume

welkt. Sie sehen sie vor ihren Augen Stunde um Stunde
welker werden. Die menschliche Geschicklichkeit hat erklärt,
daß keine Hoffnung mehr sei. Es ist unnütz, zu einer
Mutter von keiner Hoffnung zu sprechen. Es ist eine
Sprache, die sie nicht versteht. Die Bitterkeit des Todes
ist in ihrer Seele, aber sie hofft. Sie hat ihr Opfer
Gott dargebracht, aber sie hofft dennoch. Niemand sonst
hofft, aber sie. Die Hoffnung hält ihr Herz zusammen.
Aber eine Veränderung geht mit dem Gesichte ihres Kindes vor; es scheint immer mehr einzufallen. Sie möchte
beinahe ihr Opfer zurückrufen, aber sie thut es nicht. Sie
ist Gottes Tochter ebenso, wie ihres Kindes Mutter. Sie
sieht es zurücksinken und die Augen schließen und seine
kleine Last drückt das Kissen etwas tiefer hinein. Ist es
der Tod? Im Herzen der Mutter war er es, und die
Hoffnung ging und die Welt wich unter ihren Füßen und
es war nicht der Erdboden, der sie aufrecht hielt, sondern
der Arm ihres himmlischen Vaters. Aber für das Kind
ist es nicht der Tod. Es ist Schlaf, es ist Hoffnung.
Einige Tage, — und matt, stille, ganz blaß liegt das Kind
in ihrem Schooße, schwach in ihr Auge lächelnd; es könnte
sprechen, aber es darf nicht. Das Schweigen jenes Lächelns
ist für das Mutterherz so süße Musik! Aber liebt sie ihr
Kind, wie sie vorher that? O nein! Es ist eine neue Liebe.
Sie ist jetzt zweimal seine Mutter, weil ihr himmlischer
Vater es ihr zweimal geschenkt. Manche aus uns sind
für ihre Mütter zweimal Kinder gewesen und Maria muß
nun zweimal für uns Mutter sein; denn die irdische ist
.heimgegangen. Arme irdische Mutter, was bist du in
Vergleich mit Maria? Was ist dein Kind im Vergleich
mit Jesus? Wir haben keine Erfahrung, um damit die
neue Liebe jener gebenedeiten Mutter für den Sohn zu
erreichen, welchen der himmlische Vater ihr nun zum zwei-
tenmal gegeben hatte. Wir haben unsere kleinen Leitern

aufgestellt, die Vergleichungen unserer süßesten Liebe, aber wir können nicht bis zur Spitze hinaufsteigen. Wahrhaftig, wenn Maria manche Kreuze in diesem Schmerze hatte, so ging sie auch mit vielen Kronen daraus hervor, und eine neue Weise, Jesum zu lieben, war die allerbeste.

Dies waren die Eigenthümlichkeiten des Schmerzes in jenen drei Tagen. Möge Unsere theuerste Mutter unsern Versuch verzeihen, die Tiefen jenes Leidens zu ergründen, die Unser Herr selbst für unergründbar erklärt hat! Sie versprach, „daß diejenigen, welche sie erläutern, das ewige Leben besitzen sollen". Der liebevolle Versuch wird deshalb nicht ganz ohne Belohnung bleiben. Aber wir müssen uns jetzt von den Eigenthümlichkeiten des Geheimnisses zu den Gemüthsstimmungen wenden, mit welchen sie litt. Die Hauptstimmung, die in dem ganzen Schmerze andauerte, war eine Mischung von Sehnsucht, verbunden mit Ergebung in die Trennung. Dieses Gefühl zu verstehen, ist für uns unmöglich. Es konnte nur einmal in der Schöpfung vorkommen und bei einem einzigen Geschöpfe, bei der auserwählten Mutter Gottes. Sie sehnte sich nach Jesus, weil sie seine Mutter war. Sie sehnte sich nach seiner fühlbaren Gegenwart, nach seiner sichtbaren Schönheit. Sie sehnte sich um so inniger darnach, weil ihre Gedanken nicht gewohnt waren, den ewigen Gott von dem Kinde zu trennen. Warum sollte sie ihre Andacht hemmen, oder ihrer Anbetung die Einfachheit nehmen, indem sie in Gedanken trennte, was Gott durch ein so festes Band, wie die hypostatische Vereinigung war, verbunden hatte? Aber während sie mit solcher Inbrunst sich sehnte, that sie es mit vollkommener Gleichförmigkeit mit dem Willen Gottes. Sie übte die schwere Tugend der Losschälung von allem Irdischen in der heldenmüthigsten Weise, und sie trennte sich los mit gebrochenem Herzen, nicht kalt. Aber nach Gott selbst, nach der göttlichen Natur Jesu

sehnte sie sich ohne Unterlaß. Es ist eine Lostrennung
von den Geschöpfen, und die Trennung von den geschaffenen Gaben Gottes ist eine noch höhere Tugend. Aber
Lostrennung von Gott ist etwas Entsetzliches, das nur der
Unbußfertigkeit und der Hölle eigen ist. Gleich nach Maria
und Joseph, — vielleicht sollten wir auch Johannes den
Täufer nennen — liebte der heilige Petrus wahrscheinlich
Unsern Herrn mehr, als irgend ein anderes Geschöpf,
selbst die von Liebe flammenden Seraphim nicht ausgenommen, und nach ihm der heilige Johannes, der Jünger,
den Jesus liebte. Allein es lag etwas in der Liebe der
Apostel, so tief, inbrünstig und glorreich sie sein mochte,
was nicht ganz vollkommen war. Einige irdische Schlacken
klebten ihr an. „Es war gut, daß Er wegging." Es
war nothwendig zu ihrer vollständigen Heiligung, daß seine
theuere fühlbare Gegenwart ihnen entzogen würde. Nun
aber reinigen die Gnadenwirkungen von Unvollkommenheiten, nicht bloß indem sie dieselben aus der Seele vertreiben, sondern ihre Stelle mit einer großen Gabe, oder einer
eigenthümlichen Gegenwart Gottes ausfüllen. Diese Gabe,
die sie hinterlassen und wodurch sie eine Reinigung der
Seele bewirken, läßt sich ganz gut von der reinigenden
Wirkung trennen, obwol sie thatsächlich in den Heiligen
immer neben einander laufen. An Unserer göttlichen Mutter war nichts zu reinigen. Sie hatte keine bloß natürliche Zärtlichkeit für Jesus, die nicht bereits in der übernatürlichen aufgegangen und dadurch geheiligt war. Nichts
Irdisches, nichts Unwürdiges klebte ihrer Liebe zu Ihm
an. Aber die Entziehung seiner fühlbaren Gegenwart
konnte ihr die nämliche Gabe verleihen, die sie den Aposteln
verlieh, ohne die reinigende Kraft, welche sie nicht bedurfte.
Und sie konnte ihr diese Gabe in einem viel höheren
Grade verleihen, als die ihrige war, wegen ihrer hohen
Würde. Da sie also in dem dritten Schmerze eine neue

Liebe zu Jesus gefunden hatte, so konnte die Gnade derselben darin bestehen, ihre ganze Liebe zu Unserm Herrn
unermeßlich höher, näher zu seinem Werthe zu erheben,
welchem sie im besten Falle unendlich ungleich bleiben mußte.
Allein so ist es mit vielen Gnaden Unserer göttlichen
Mutter. Sie strahlen über die pfadlose Wüste des Unendlichen hin. Sie können die andere Seite nie erreichen:
denn es hat keine. Dennoch führen sie näher zu Gott.

Wir haben bereits eine andere ihrer Gemüthsstimmungen erwähnt, nämlich ihre äußerste Demuth im Tempel.
In der That entlockte jeder Augenblick jener drei Tage
ihr die erstaunlichsten Akte der Demuth. Ihre Ruhe mitten in jener verwirrenden Finsterniß, die wie tiefe Nacht
über ihre Seele herabkam und sie doch nicht außer Fas-
sung brachte, war die Wirkung ihrer tiefen Demuth. Der
Zweifel, ob Jesus sie nicht wegen ihrer Unwürdigkeit verlassen habe, war auch die Folge jenes Gefühls der Niedrigkeit, das, indem es übertrieben böse von sich denkt, der
göttlichen Wahrhaftigkeit nahe kommt. Aber vor allem
wurde ihre Demuth geprüft und feierte einen Triumph
in der öffentlichen Behauptung ihrer Rechte auf Jesus,
dem sie so gerne zu Füßen gefallen wäre und den sie als
die zweite Person der allerheiligsten Dreifaltigkeit hätte
anbeten mögen; ein Akt, welchen sie, wie uns Maria von
Agreda erzählt, verrichtete, sobald sie außerhalb der Thore
Jerusalems und aus dem Gesichte der Leute war. Auch
ihr Stillschweigen, als seine Antwort kam, die eigentlich
keine Antwort auf ihre Frage war, sondern wie ein Vorwurf klang, der aus dem Munde eines Knaben von zwölf
Jahren um so seltsamer war, war die Fortdauer der nämlichen wunderbaren Demuth. All dies sieht Unserer theuersten Mutter gleich; all dies ist, was wir von ihr erwarten
und an ihr erkennen. Das Bild wird uns wieder vertraut. Wir athmen freier, als vor kurzem, wo wir jene

hohen Hügel hinanstrebten, die für solche, wie wir sind, nicht bestimmt waren. Maria setzt uns dennoch in Erstaunen. Es gibt süße Ueberraschungen in ihren gewöhnlichsten Gnaden, weil ihre Schönheit so erhaben und doch zugleich so lieblich ist. Sie steht weit über uns, aber sie scheint nicht so. Sie lockt uns an und scheint erreichbar. Wenigstens zieht sie uns zu sich hin und ist der beste Weg für uns, um darauf zu wandeln. Wie sonderbar ist es, daß Gott finden immer demüthigt, sogar während es entzückt und erhebt! Demuth ist der Wohlgeruch Gottes. Sie ist der süße Duft, den Er zurückläßt, der sich selbst nicht demüthigen kann, weil Er Gott ist. Sie ist der Geruch, das Mal, das Merkzeichen, welches der Schöpfer auf dem Geschöpfe zurückläßt, wenn Er einen Augenblick einen Druck auf dasselbe ausgeübt hat. Es muß ein Gesetz der Gnadenwelt sein, weil wir es in Maria, in den Heiligen und in der schwächsten, beinahe kaum bemerkbaren Weise in uns selber finden. Vielleicht ist es etwas von Gott unzertrennliches. Wir erkennen daran den Allerhöchsten, den Unmittheilbaren im alten Testamente. Wir erkennen daran Jesus im neuen Bunde. Die Glorie der Demuth ist in der menschlichen Natur Unsers Herrn, auf welcher der geheimnißvolle Druck der göttlichen Natur immerdar ruhte. Dieser unvermeidliche Wohlgeruch, den Gott zurückläßt, verhindert, daß seine Fußstapfen uns ganz verborgen sind. „Es ist die Myrrhe und der Zimmt und die Kassia aus seinen elfenbeinernen Häusern." Maria hat Ihn nun gefunden und sich niedergelegt, um in dem niedrigsten blumenreichsten Thale der Demuth zu ruhen, und der Wohlgeruch Gottes hat ihre Gewande durchduftet.

Eine andere Tugend Unserer gebenedeiten Mutter in diesem Schmerze war die Ergebung, wodurch sie gleichsam in einer einzigen Ausdauer so vielfache Leiden, die darin enthalten waren, vereinfachte. Es gibt keine Stimmung der Seele, keine Gabe, keine Gnade, um Mißgeschick zu ertragen, die sich überhaupt mit der Einfalt vergleichen ließe. Sie bringt die Einfalt des Herzens und Auges mit sich. Sie wird nicht in Erstaunen gesetzt, sie ist nicht voreilig und zerstreut sich nicht mit vielen Dingen. Sie hat, ihr unbewußt, eine gewisse Besonnenheit an sich, die in Zeiten des Kummers sehr dienlich ist. Das Vergessen seiner selbst ist zugleich die schwierigste und die nothwendigste Lehre, die wir im Unglück zu lernen haben, und Einfalt ist bereits der halbe Weg dazu. Ueberdies stärkt sie unsern Glauben, indem sie unser Auge sanft auf Gott gerichtet hält. Sie ist nach ihrer eigenen Natur zu sehr im Besitze ihrer selbst, um unvermerkt von jenen schlauen Versuchungen eingenommen zu werden, die uns im Leiden anfallen und uns unter dem Vorwande der Klugheit oder eines größern Gutes hinterlistig von Gott ablenken, um in den Geschöpfen zu ruhen. Die Einfalt bildet einen Lichtring um sich, selbst in der Dunkelheit, wie der Mond durch den Nebel hindurchscheint. Wenn nicht genug Licht da ist, um dabei zu wandeln, so ist wenigstens genug vorhanden, um uns gegen Ueberfälle zu schützen. So war die Einfalt Unserer theuern Mutter beschaffen. Sie hatte mit einer fürchterlichen Mannigfaltigkeit von Schmerzen zu kämpfen. Zuerst mit dem tiefen Leiden, das an sich selbst eine verwirrende Zerstreuung ist. Es scheint unsere Natur in viele Stücke zu zertheilen und in jedem einzelnen davon zu leben und zu schmerzen. Dazu kam sodann die körperliche Pein, die aus innerm Grame entsprang und auch aus Ermüdung, Hunger und Mangel an Ruhe. Niedersitzen und sterben würde leicht gewesen sein, wenn es recht gewesen wäre. Aber sie hatte zu wirken, zu denken, zu planen, zu überlegen und thätig zu sein und Thätigkeit war beinahe unerträglich in einer solchen Lage. Aber Gott wählte gerade jenen Moment, um sie auf übernatür-

liche Weise mit innern Prüfungen heimzusuchen. Sie war
in der Finsterniß. Eine plötzliche Veränderung schien über
das Leben ihrer Seele gekommen zu sein. Sie kämpfte
nicht mit einem einzigen Uebel, sondern mit vielen, nicht
mit einem Uebel, von dem sie wußte, wo es zu finden,
oder wie ihm zu trotzen sei, sondern mit Ungewißheiten,
Vermuthungen, mit Argwohn, mit quälender Erwartung,
mit ungewohntem Nichtwissen und einer sie täuschenden
Finsterniß, die ihren Gedanken entgegentrat, wenn sie sich
hinauswagten, und dieselben wieder zurückschlug. Alles
dies lastete auf ihr zu einer und derselben Zeit. Dennoch
war ihr Wille stets ruhiger, als ein See an einem windstillen Sommertage. Er lag im Schooße des göttlichen
Willens, wie der See im Schooße seines grünen Thales
liegt. Er regte sich nie. Keine Bewegung, kein unüber-
legter Hauch des Eigenwillens kräuselte im geringsten die
Silberfläche des Wassers. Dies kam von ihrer schlichten
Einfalt her. Diese wirkte viele Wunder in ihren drei-
undsechzig Jahren, aber den Moment der Menschwerdung
ausgenommen wirkte sie nie ein Wunder, das der liebenden Stille ihres Herzens in jenen drei Tagen des Verlustes gleichkam. Es schien, natürlich konnte es nur ein
Schein sein, wie wenn sie durch den Verlust des Sohnes
tiefer in den Schooß des Vaters hinabgesunken wäre.

Obwol sich dieser Schmerz größtentheils auf den hohen
Hügeln hält, die nicht für uns gehören, so ist er dennoch
so voll von Lehren für uns, daß es schwer ist, eine Aus-
wahl zu treffen. Er lehrt uns zuvörderst, daß der Verlust Jesu, so kurz er auch sein mag, das größte aller Uebel
ist. Dies war sogar für Unsere göttliche Mutter beinahe
unerträglich, und Jesus ist für uns nicht nothwendiger,
als für sie, weil Er für alle Geschöpfe absolut nothwendig
ist; nur ist Er für uns eine drückendere Nothwendigkeit
wegen unserer Sünde. Die Größe von Mariens Leiden

ist für uns ein sichtbares Maß der Größe des Uebels.
Und doch, wie wenig fühlen wir das! Wie glücklich können Menschen sein, wenn sie gleich Jesum verloren haben!
Oft sind sie sich ihres Verlustes fast nicht bewußt, noch
öfter gleichgültig dagegen, wenn sie es wissen. Wir sollten
meinen, der Verlust Jesus sei an sich selbst ein so fürchterliches Uebel, daß nichts dasselbe erschweren könnte, und
doch ist unser Mangel an Einsicht in die Größe des Verlustes ein Beweis von einem noch tieferen Elend. Es ist
in der That traurig, wenn die Stimme der Welt in unsern Ohren lieblicher klingt, als die Stimme Unsers Herrn.
Es ist gerade das Elend, die Hassenswürdigkeit der Welt,
daß sie Jesus nicht hat. Er gehört ihr nicht an, Er weigerte sich, für sie zu beten, Er sprach es laut aus, daß
Freundschaft mit ihr von unserer Seite eine einfache Kriegs-
erklärung gegen Ihn selbst sei. Es thut unserm Herzen
weh, auf die Welt hinauszuschauen und zu sehen, daß sie
keinen Theil an Ihm hat. Es ist wie der trostlose, traurige Anblick unfruchtbarer Moor- oder Sumpffelder. Kein
Sonnenschein kann sie vergolden. Sie sehen düster aus
am heitersten Tage, ja, sie sind am häßlichsten, wenn die
Sonne darauf scheint. So ist es mit der Welt, weil sie
Jesum nicht hat. So wird es mit uns in dem Maße,
als wir Freund mit der Welt, oder auch nur im Frieden
mit ihr sind. Er und sie sind unerträglich. Fürchten
wir uns nicht? Vergnügen, Lustbarkeit, Mode, Luxus, —
dürfen wir auch nur in Gedanken diese Dinge in das Herz
Jesu legen? Würde Er lächeln, wenn weltliche Dinge gesagt werden? Würde Er wünschen, den Leuten um Ihn
zu gefallen, die sich gar keine Mühe geben, seinem Vater
zu gefallen? Würde Er suchen, in Gesellschaft beliebt zu
sein mit denjenigen, denen das einzige Interesse, das Er
hat, nicht am Herzen liegt, gut zu stehen, von seinen
Grundsätzen abzusehen, nicht bloß durch Stillschweigen und

Zurückhaltung, sondern damit sie andere nicht beunruhigen und jenen geschmeidigen, geselligen Verkehr nicht stören, der die Stelle der christlichen Liebe einnimmt? Ach, die Sünde ist böse; das Uebermaß des Vergnügens ist böse; Gott den zweiten Platz geben, ist böse; den Reichthum anbeten ist böse; unsere christlichen Gefühle verhärten, so daß man allmählig an weltliche Nichtigkeiten und lieblose Unterhaltung gewöhnt wird, ist böse. Aber dies sind wenigstens Uebel, die keine Maske tragen. Wir wissen, woran wir sind. Wir geben Jesus auf mit der vollen Einsicht in das Opfer, das wir bringen. Wir wählen unsere Partei, unser Loos und wissen es. Aber zu gefallen wünschen, — dies ist die Gefahr für eine Person, die sich dem geistlichen Leben widmen will. Gänzliche Trennung von Christus ist bereits schon in dem Gedanken enthalten. Was ist es, dem wir zu gefallen wünschen? Der Welt, die der Feind Jesu ist. Wem wünschen wir zu gefallen? Jenen, die sich nicht darum bekümmern, Gott zu gefallen, und an denen Jesus kein Gefallen findet. Worin wünschen wir zu gefallen? In Dingen, Gesprächen und Bestrebungen, die keine Beziehung auf Gott haben, keinen Wohlgeruch Christi, keine Tendenz zur Religion. Wann wünschen wir zu gefallen? Zu Zeiten, wo wir am wenigsten für Christus thun, wo Gebet, Glaube, Hoffnung und Liebe und der dauernde Schmerz wegen der Sünde am ungelegensten sein würden. Wo wünschen wir zu gefallen? An Versammlungsorten, wo weniger von Gott Zeugniß abgelegt wird als sonstwo, wo jeder Umstand, jede Nebensache das Bild der Welt auf uns zurückspiegelt. Dennoch sehen wir nichts Böses darin. Wir verlangen ein geschmeidiges, glattes, unanstößiges Betragen, eine diskrete Zurückhaltung vor Gott. Er sagte, daß Er und der Mammon nicht beisammen sein könnten. Aber bis auf einen gewissen Grad wollen wir Ihn dazu zwingen. Er soll wenigstens

Frieden mit der Welt halten und lernen, sich neben ihr in seiner eigenen Sphäre zu bewegen, ohne einen Eingriff in sie zu machen. Schrecklich! liegt nicht schon die Hölle in dem bloßen Versuche? Doch wie wenig ahnen die Menschen das! Es ist, wie wenn etwas Schädliches in die Luft einströmt, das anfangs die Lungen nicht angreift, aber die Lichter brennen düster, dann gehen sie eines nach dem andern aus und wir sind in der Finsterniß gelassen, unfähig, zu entrinnen, weil Schlafsucht und Erstickungsanfälle bereits bei uns begonnen haben. Mit andern Worten, die erhabenen Grundsätze erniedrigen sich allmählig, oder werden für besondere Gelegenheiten aufbewahrt, z. B. für die Fasten, oder die Gesellschaft eines Priesters. Wir fangen dann an, außerordentlich empfindlich zu werden für das Belästigende, das für uns aus dem Verkehre mit strengen Christen entspringt, die sich keine Blöße geben, wir erklären sie für unklug, und damit sind wir mit ihnen fertig zu unserm großen Troste. Wir preisen sie dann mehr als je, weil wir durch jenen Vorbehalt dessen losgeworden sind, was uns an ihnen ärgerte, und wir schläfern die zurückbleibende Unbehaglichkeit des Gewissens durch diese größere Bereitwilligkeit des Lobes ein, das wir zuerst werthlos gemacht haben, indem wir ihm ein Gegengewicht anhiengen. Sodann wird es uns allmählig klar, daß es eine Pflicht sei, mit der Welt gut zu stehen, sogar um Gottes willen. Dies geht dann in Freundschaft mit der Welt über. Hierauf zeigen sich allmählig Symptome, daß wir zwei ganz verschiedene Leben führen, aber wir selbst sehen diese Symptome nicht. Unbehagliche Gefühle steigen in uns auf, die uns unser Vertrauen auf gewisse Personen, auf gewisse Dinge, auf gewisse Bücher und Unterhaltungen nehmen. Wir ermuntern uns selbst und stellen eine Untersuchung an über die Wahrheit, daß man gefällig und nicht anstößig sein und sich mit der Welt gut stellen soll. Diese Ansicht tröstet uns, und wir haben wieder ganz Recht. Sofort fangen Gottes Segnungen, seine geistlichen Segnungen ganz allmählig und beinahe unvermerkt an, sich von uns, von unsern Kindern, von unserm Hause, von unserm Herzen und von allem, was uns umgibt, zu entfernen, gleichsam zu verdünsten. Aber die Glückssonne scheint so klar, wir sehen den Nebel der Ausdünstung nicht von der Erde aufsteigen und sich in den Himmel zurückziehen. Vielleicht werden wir nie wieder zur Wahrheit erwachen. Zu gefallen suchen, ist ein einschläferndes Ding. So treiben wir auf dem Strome der Welt fort, ohne jemals zu ahnen, wie weit derselbe uns von Gott wegführt. Wir können sterben, ohne es zu wissen. Wir werden es nachher erfahren, sogleich nachher.

So können wir Jesum auf drei Arten verlieren. Wir können plötzlich mit Ihm brechen durch die Sünde. Wir können uns ruhig und anständig von Ihm zurückziehen, indem wir bekennen, daß die Reize der Welt größer sind, als die seinigen. Wir können uns langsam und in unbemerkbaren Graden von Ihm entfernen, während unser Gesicht immer auf Ihn gerichtet ist, wie wir uns vor der Person des Königs zurückziehen; und all dies kommt daher, weil Er nicht unser festes Princip ist, sondern das Verlangen, der Welt zu gefallen. Wenn wir Ihn aber auf eine dieser drei Arten verloren haben, nämlich durch die Sünde, durch die Weltlichkeit und die Liebe zu gefallen, und Er erweckt uns wieder durch seine Gnade, was haben wir dann zu thun? Dieser dritte Schmerz lehrt es uns. Es muß ein Schmerz für uns sein. Wir müssen nach Ihm suchen, den wir verloren. Er erlaubt uns vielleicht nicht, Ihn sogleich zu finden; wahrscheinlich will Er nicht; aber wir müssen alles übrige aufschieben, um unser Suchen fortzusetzen. Andere Dinge müssen diesem untergeordnet sein, sie müssen warten oder nachgeben. Allein

übereilen dürfen wir uns nicht bei diesem Suchen. Wir
dürfen nicht eilig laufen, wir müssen gehen. Wir werden
Ihn verfehlen, wenn wir eilig laufen. Wir dürfen keine
gewaltsame Dinge thun, nicht einmal uns selbst, obwol
wir sie reichlich verdienen. Es ist keine Zeit, neue Bußübungen aufzunehmen. Der Verlust Jesu ist Buße genug, nun da wir die Entdeckung davon gemacht haben.
Wir müssen milde sein und das Leiden wird uns milde
machen. Daher muß unser Suchen auch ein schmerzhaftes sein, wie es bei Maria war. Wir müssen Jesus mit
Thränen suchen, mit Thränen, aber nicht mit lautem
Weinen, mit einem gebrochenen Herzen, aber auch mit
einem ruhigen Herzen. Wir müssen Ihn auch am rechten
Orte suchen, in Jerusalem, im Tempel, d. h. in der
Kirche, in den Sakramenten und im Gebete. Er ist nie
unter unsern Verwandten; Er verbirgt sich nie in dem
sanften Schooße des Familienlebens. Dies ist ein hartes
Wort, aber dieser Schmerz sagt es. All dies sind die
Bedingungen eines erfolgreichen Suchens. So suchte
Maria Ihn, so fand sie Ihn. Wir müssen guten Muthes
sein. Für Alles gibt es ein Heilmittel. Selbst der weltliche Sinn ist heilbar, obwol er unter unsern Krankheiten
beinahe am unheilbarsten ist. Wenn unser ganzes Leben
nur ein Verlangen war, zu gefallen, wenn jedem Gedanken, jedem Worte, jeder Handlung, jedem Blicke und jeder
Unterlassung jenes Gift zu Grunde lag, so dürfen wir
doch nicht niedergeschlagen sein. Die Gewohnheit zu ändern, ist zu schwer. Wir wollen den Gegenstand ändern;
er soll Jesus sein, anstatt der Welt. Wer hat je Leute
gekannt, inniger Gott ergeben, als es manche sind, die
einst offenbar alles für die Welt waren, ja, die wie es
scheinen möchte um so inniger Ihm ergeben sind, je offenbarer sie der Welt anhiengen?

Wir müssen jedoch, so lehrt uns ferner dieser Schmerz,

auf unserer Hut sein, gegen eine Versuchung, die uns wahrscheinlich bei unserer Nachforschung anfallen wird. Wir verlieren bald das Gefühl der Schuld in dem Gefühle, daß wir anfangen, wieder gut zu sein. Es hängt dies mit der Oberflächlichkeit unserer Natur zusammen. Wir werden nicht weit auf unserm Wege, Jesum zu suchen, gekommen sein, so werden wir uns geneigt fühlen, den Verlust desselben nicht so sehr unserer eigenen Schuld zuzuschreiben, als irgend einer geheimnißvollen übernatürlichen Prüfung, die Gott uns eben sendet und deren Ankunft an sich selber ein Anzeichen unserer Güte ist. Wir fühlen, daß unsere Herzen sich schmerzlich nach Unserm Herrn sehnen. Sie können gewiß nicht dieselben Herzen sein, die, wie wir noch vor kurzem glaubten, ohne Ihn zufrieden lebten. Der Wechsel des Gefühls war nicht plötzlich oder auffallend. Daher kann er nicht neu sein. So schließen wir. Ach, die Wahrheit ist, unsere eigene Wandelbarkeit ist so groß, daß sie sogar uns selbst unglaublich erscheint, außer in dem Momente der Aenderung, wo wir sie mit unsern Augen sehen. Wir dürfen keine großartigen Ansichten von übernatürlichen Züchtigungen hegen. Sie sind selten und nicht für solche Leute, wie wir sind. Die Sache ist einfach; wir haben gesündigt und werden nun dafür gestraft. Es ist unsere Strafe, daß wir Ihn suchen müssen, der einst bei uns weilte und uns nur mit Widerstreben verließ. Wir dürfen überzeugt sein, daß alles an uns ganz gewöhnlich ist. Wir haben Jesum verloren, nicht in einer mystischen Finsterniß der Seele, sondern in der Schwäche eines weltlich gesinnten Herzens; wir werden Ihn finden nicht in einer Vision, oder in einer ausgezeichneten innern Gnadenwirkung, sondern in der Wiederaufnahme unserer alten Gebete, in dem häufigen Besuch der alten Sakramente. Hier täuscht der Böse so Manche. Sie schauen sich nach einer auffallenderen Erscheinung Unsers Herrn um, als sie früher hatten. So kommen sie Ihm nahe, kennen Ihn nicht und gehen an Ihm vorüber. Es ist nicht oft der Fall, daß die Menschen sich zurückwenden beim Suchen. Wenn es aber diese Seelen nicht thun, kann da nicht jedermann sehen, daß sie eine Wüste vor sich haben, in der sie sterben können, die sie aber sicherlich nie durchwandern werden? Maria hätte ihren Verlust Jesu für eine übernatürliche Prüfung halten können und sie würde richtig geurtheilt haben; aber sie dachte, es sei ihr eigener Fehler, und kam so der Wahrheit weit näher.

Es gibt allerdings einen Verlust Jesu, der nicht ganz unsere Schuld ist, der halb Prüfung, halb Strafe ist. Es ist nicht so sehr ein Verlust Seiner, als eine Verschleierung seines Angesichtes. Wir glauben nur, wir haben Ihn verloren, weil wir Ihn nicht sehen. Dies begegnet uns immer wieder in unserm geistlichen Leben, und wenn wir aufmerksam Acht geben, werden wir gewiß die Wirksamkeit eines Gesetzes in diesem wiederholten Verschwinden entdecken. Wir werden die Umstände kennen lernen, unter welchen es vorkommt, die seine Dauer regeln und die sein Wiedererscheinen begleiten; denn Er thut nichts, außer mit Ordnung, nach Maß und Gewicht, und dies um so mehr, wenn es möglich wäre, in der Welt der Seelen, als in der materiellen Welt. Gott hat sein eigenes Verfahren mit jedem einzelnen aus uns, und es ist von Wichtigkeit, daß wir sein Verfahren mit uns selber kennen lernen. Aber bei allem ist sein Verfahren ein System. Es hat seine Gesetze und seine Perioden und ist gerade so regelmäßig in seinen Abweichungen und so pünktlich in seinen Katastrophen, als es sich in seinem friedlichen Verlaufe und in seiner Einförmigkeit zeigt. Es gibt vielleicht keine unfehlbare Methode, zu erkennen, wann dieses Verschwinden Jesu unser eigener Fehler ist. Vielleicht ist es immer in gewissem Maße unsere eigene Schuld. Wenn es nur eine Prüfung wäre, so würde es aufhören, eine sehr wirksame zu sein, sobald wir gewiß wären, daß es nur eine Prüfung war und kein Fehler von uns. Selbst dann dürfen wir uns nicht passiv verhalten, selbst dann müssen wir Schmerz empfinden, selbst dann müssen wir suchen. Wir dürfen nicht auf Ihn warten, daß Er zu uns zurückkommt, wir müssen gehen und ausfindig machen, wo Er ist. Aber bis wir Ihn finden, dürfen wir nicht nach Trost suchen, weder bei unsern Führern, noch bei uns selbst, am allerwenigsten bei dem Mitgefühl der Geschöpfe oder bei irdischen Genüssen; Er ist unser einzig wahrer Trost. Es wäre das traurigste, wenn wir durch etwas anderes getröstet würden, als durch das Finden von Ihm! Alles dies lehrt uns der dritte Schmerz; denn er spiegelt auf seiner Oberfläche, ohne durch die tiefen Dinge unter derselben getrübt zu werden, alle Verhältnisse der Seele zu ihrem Herrn und Heiland ab.

Es liegt beinahe etwas selbstsüchtiges in den Gefühlen, womit wir uns von dem Todbette wegwenden, wenn das grausige Werk vorüber ist. Es tritt ein Gefühl der Stille und der Ruhe ein, das für den Augenblick gleichsam ein Genuß für uns selbst scheint. Allein es ist nicht so, oder nicht mehr, als es für unsere Natur unvermeidlich ist. Es war eine Seelenpein, einen, den wir liebten, so erschreck- lich leiden zu sehen, ihn zu beobachten, wie er mit dem finstern Feinde rang und außer Stand zu sein, ihm anders zu helfen als durch Gebete, die zu verrichten wir zu zer- streut waren; nur tröstete uns, daß der uneigennützige Wille des Trauernden selbst Gebet ist vor Gott. So viel hing an dem Kampfe, solche Interessen waren auf der Wage! Wir fühlten uns krank beim Gedanken daran, aber noch kränker, in jener entsetzlichen Stunde die Wagschale bald oben und bald unten zu sehen. Nun ist alles vor-

über, so weit wir sehen können, glücklich vorüber in alle
Ewigkeit. Sein Leib ist harmlos, seine Seele von Gott
angenommen. Da ist nichts, was unsere Liebe zu ihm
beunruhigen könnte, weil es nichts gibt, um ihn zu betrüben und zu plagen. Es ist ein schöner Wechsel für ihn
und ein tröstlicher Wechsel für uns. Unsere Herzen sind
zum Ueberfließen voll und so erweitert, wie es zu einer
wahren Ruhe gehört. So sind unsere Gefühle, während
wir Jesus und Maria auf der Schwelle des Hauses von
Nazareth wieder beisammen sehen, die beiden Herzen wie
Eines, an der Küste jener weiten und ruhigen See von
achtzehn Jahren, in welchen sie sich nicht mehr trennen
sollen. Mariens Herz ist noch gebrochen. Es muß immer
gebrochen sein; aber es schlägt inwendig ein anderes Herz,
das sie Jahre lang nicht wieder verlassen wird, und eine
ruhige, gedankenvolle Abendhelle umfließt ihr Leiden, ganz
ungleich der Finsterniß und der Wanderung und der Müdigkeit in den drei Tagen des Verlustes. Sie hat Jesum
wieder zurückerhalten. Das ist Friede für uns wie für
sie. Wahrhaftig, sie ist jetzt um ihre Freude zu beneiden,
sogar mitten unter ihren zahlreichen Leiden.

Fünftes Kapitel.

Der vierte Schmerz. Jesus begegnet Maria mit dem Kreuze.

Wir sind seit dem letzten Schmerze in eine neue Welt
eingetreten. Bethlehem und Nazareth haben wir hinter
uns gelassen. Wir haben den Scenen der heiligen Kindheit, des Knabenalters und des verborgenen Lebens Lebe-
wol gesagt. Das dreijährige Lehramt ist vorüber. Es
sind nun einundzwanzig Jahre, seitdem der Knabe Jesus
drei Tage lang verloren ging. Das unbefleckte Herz Mariens hat seitdem eine ganze Welt von Geheimnissen durch-

wandert, stets in übernatürlicher Freude, aber auch stets mit dem lebenslangen Leide, das auf ihrer Seele liegt. Hinfort bleiben wir in Jerusalem, welches der Schauplatz ihrer letzten vier Schmerzen ist, wie es auch die Scene von zwei der drei vorhergehenden war. Wir sind an dem Morgen des Charfreitags angelangt, wo sie Jesus mit dem Kreuze begegnet, was als ihr vierter Schmerz gerechnet wird.

Allein, um das Geheimniß richtig zu verstehen, müssen wir einen Rückblick nehmen auf die letzten einundzwanzig Jahre. Mit Maria geht eine beständige Aenderung vor, obwol nur in einer einzigen Richtung. Ihr Leben ist ein endloses Aufsteigen himmelwärts. Sie nimmt immer an Heiligkeit zu, weil sie immer an Liebe zunimmt. Sie nimmt stets an Liebe zu, weil Jesus stets an Schönheit zunimmt. So fand jeder Schmerz sie zugleich weniger vorbereitet und besser vorbereitet: weniger vorbereitet, weil sie Jesus mehr liebte und weil sie in Ihm litt, — mehr vorbereitet, weil eine stärkere Heiligkeit schwerere Kreuze tragen kann. Wir sahen früher, wie die Zunahme ihrer Liebe von der Rückkehr aus Aegypten an bis zu ihrem Eintritt in die Thore Jerusalems, als sie am zwölften Passahfeste Unseres Herrn hinaufgingen, ihre Fähigkeiten zu leiden vermehrt hatte. Daher ist nun das Wunder von Heiligkeit, das wir mit ihrem wiedergefundenen Jesus im Hause zu Nazareth verließen, ganz verschieden von jenem Herzen, welches wir jetzt auf dem Kreuzwege begleiten sollen. Dieser vierte Schmerz kam an sich selbst dem dritten nicht gleich, aber er traf größere Fähigkeiten zu leiden an.

Die Schönheit des irdischen Paradieses, das Gott mit eigener Hand pflanzte und wohin Er in der Stunde der Abendkühle kam, um mit seinen unschuldigen Geschöpfen zu wandeln, war ein dürftiger Schatten von der Liebenswürdigkeit des heiligen Hauses in den achtzehn Jahren des verborgenen Lebens. Wir können die Geheimnisse gar nicht ahnen, die in jenem himmlischen Kloster vor sich gingen. Der Worte waren wenige, aber in achtzehn Jahren waren sie, was wir, nach unserer menschlichen Weise, zahllos nennen würden. Selbst das Stillschweigen war eine Quelle der Gnade. Es fielen tausende von Handlungen vor, von denen jede einzelne einen so unendlichen Werth hatte, daß sie die Welt hätte erlösen können. In jenen achtzehn Jahren verherrlichte ein unermeßliches Universum Gott bei Tag und Nacht. Die Schönheit der unbetretenen Himmel, von ihren majestätischen Gesetzen beherrscht, die unermeßlichen, unbevölkerten Himmelskörper, mit den Entwicklungsstufen ihrer leblosen Materie, oder mit ihren scheinbar unendlichen Epochen unvernünftigen Lebens, die Erde mit allen ihren Bewohnern, die Anbeter des wahren Gottes mitten unter der Finsterniß ihrer übrigen Regionen, die auserwählten Blumen der hingeschiedenen Geschlechter in Abrahams Schooß in der Vorhölle der Altväter, die kleinen Kinder, ein dichtes Gedränge von Geistern, in ihrem eigenen Aufenthaltsorte unter der Oberfläche der Erde, die Seelen, die inmitten der Flammen des Fegfeuers anbeteten, — sie alle erhöhten, wie in einem Wettstreite der ganzen Schöpfung die Glorie des Allerhöchsten. Die weite Schöpfung der Engel zumal, die die unermeßbaren Räume des Himmels bevölkern, sandten zu Gott, zu dem Gott, den sie klar mit den Augen ihres Geistes schauten, eine Anbetung der vollkommensten Art immerdar hinauf. Aber die ganze Schöpfung war wie nichts gegen das heilige Haus von Nazareth. Eine einzige Stunde jenes Lebens überwog Jahrhunderte von allem übrigen Leben, und überwog es nicht nur der Vergleichung nach, sondern einfach unendlich. Hier war der Mittelpunkt aller geistigen oder materiellen Schöpfung, in dem beinahe abgelegensten Städtchen jenes unbekannten Galiläa. Warum sollte da der Mittelpunkt sein? Wer sieht nicht ein, daß Gottes Mittelpunkte in allen Dingen der Berechnung menschlicher Wissenschaft spotten?

In einem gewissen Sinne schien auch Maria das Centrum dieses Mittelpunkts der ganzen Schöpfung zu sein. Denn wenn Jesus der Mittelpunkt für Joseph und sie selbst war und für die zahllosen Schaaren bewundernder und anbetender Engel, die Ihn umgaben, so schien es, als ob sie der Mittelpunkt Jesu wäre, der noch höher stand. Er war gekommen, um eine ganze Welt zu erlösen und hatte sich nur dreiunddreißig Jahre zu dem Riesenwerke bestimmt. Zwölf waren Maria geschenkt worden. Einige Hirten waren vor Ihm gekniet, drei Könige aus dem Morgenlande hatten seine Füße geküßt, Simeon hatte Ihn in den Armen gehalten, Anna Ihn gesegnet, einige ägyptische Ungläubige hatten sich über Ihn verwundert, die Stadtleute von Nazareth hielten Ihn für kein gewöhnliches Kind. Sonst wußte die Welt nichts von Ihm. Er war eines von den vielen Kindern Galiläas. Er hatte sich Maria geschenkt. Die zwölf Jahre verflossen und endigten mit dem seltsamsten Geheimnisse des Kummers. Es schien, als ob es eine Art von Einweihung für Maria wäre in erhabene Regionen namloser Heiligkeit. Mit jenem Geheimnisse beginnt eine Periode von achtzehn Jahren, in welcher Unser Herr sich ausschließlich Maria und Joseph zu widmen scheint. Es ist, als ob Er ihr Novizenmeister wäre und sie in einem langen Noviziate, um auf dem Kalvarienberge Profeß abzulegen. Es konnte keine Zeitverschwendung sein, es konnte nicht außer Verhältniß stehen zu dem Werke seines öffentlichen Lehramtes oder zu dem Leiden seiner Passion. Es stand im Einklange mit seiner Weisheit, die unendlich war. Gerade wie das dreijährige Lehramt die Zeit der Juden war, und die Passion unsere Zeit, so waren die achtzehn Jahre die Zeit Mariens.

Wäre es nicht eine hoffnungslose Aufgabe, irgend Berechnungen anzustellen, um jener Summe von Liebe nahe
zu kommen, welche diese Jahre in Mariens Herzen her-
vorbrachten? Die geistige Schönheit der menschlichen Seele
Jesu, die Ansteckung seines himmlischen Beispiels, der Reiz
aller seiner Handlungen, die Wirksamkeit seiner übermenschlichen Worte, der Anblick seines entschleierten Herzens, die
von Zeit zu Zeit gewährten Visionen seiner göttlichen Natur und der Person des Wortes waren ebenso viele Quellen substantieller Gnade, die allstündlich in Mariens Seele
einströmte. Ohne besondern Beistand hätte sie in solcher
Nähe bei Ihm nicht leben können, sie würde einen so über-
englischen Proceß der Heiligung nicht überlebt haben; ihr
Leben hätte nicht mit ihrer Liebe zusammenleben können.
Wenn es etwas wie einen Stillstand, wenn wir so sagen
dürfen, in dem Adlerfluge ihrer Seele gab, der immer
aufwärts und aufwärts gerichtet war, so war es damals,
als sie Jesum seine Liebe an Joseph hängen und mit neuen
und unvergleichlichen Gnaden jene Seele schmücken sah,
die bereits an Größe alle Heiligen übertraf. Achtzehn
Jahre in Verbindung mit Gott, und wissen, daß Er Gott
ist, achtzehn Jahre den Schöpfer des Weltall's hören,
sehen, berühren und von Ihm berührt werden und Ihn
leiten! Ist es für die Sprache möglich, die Geheimnisse
einer solchen Epoche zu entschleiern? Welche von den Gaben Gottes ist von uns, seinen Geschöpfen, am meisten
nachzuahmen? Es klingt seltsam, wenn ich es sage: Es
ist seine Heiligkeit. So spricht sich Unser Herr selbst aus.
Wir sollen vollkommen sein, wie Gott vollkommen ist. Das
Produkt also von allen diesen achtzehn Jahren in Mariens
Seele war Heiligkeit und wenn Heiligkeit auch Liebe. Aber
durch welche Mittel, in welcher Weise, durch was für eine
Eingießung von Gaben, mit welcher beschleunigten Schnelligkeit, — welcher Sterbliche kann auch nur davon träu-

men, als sie selbst, Maria und Joseph, auf deren Seelen
Gott so wie auf einem Ruheplätzchen lag? Wenn die Liebe
nur den Menschen und den Engeln gehörte, so würden
wir ihr einen andern Namen zu geben haben, als sie die
Höhe erreichte, wie in Maria. Aber Gott selbst ist die
Liebe. So haben wir eine Unendlichkeit, uns darin zu
bewegen und können Mariens Heiligkeit den Namen Liebe
geben, ohne Furcht, ihr die Krone ihrer höchsten Vorzüge
zu rauben. Allein wenn Unsere gebenedeite Mutter sich
vor achtzehn Jahren am Thore von Jerusalem von Jesus
nur mit Schmerzen trennen konnte, wie wird diese neue
Welt von zehntausend verschiedenen Arten der Liebe zu
Ihm, die sie in ihrem Herzen trägt, ihr erlauben, sich jetzt
von Ihm zu trennen? Dies ist der einzige Sinn, in welchem jeder Schmerz seinen Vorgänger übertrifft, daß er
nämlich mehr Liebe zu quälen hat, und daher mehr Macht,
Pein zu verursachen. So viele Gewalt hatte er, daß die
Allmacht beistehen muß, um das Leben in jenem theuern
Herzen zurückzuhalten, das Ihm theuerer ist, als alle üb-
rige Welt.

Die achtzehn Jahre gehen zu Ende und das dreijährige Lehramt beginnt. Es ist nicht klar, in welchem Maße
die gebenedeite Jungfrau während seines öffentlichen Lehramtes bei Jesus war. Höchst wahrscheinlich war sie nie
lange von Ihm getrennt, aber die heilige Schrift liefert
uns kein entscheidendes Zeugniß über diesen Punkt und
beschauliche Heilige haben über den Gegenstand verschiedene
Ansichten gehabt. Es scheint sehr wahrscheinlich, daß es
keine wirkliche Trennung vom Ihm war. Wenn sie Ihm
während seiner Passion folgen durfte, so können wir kaum
annehmen, daß sie während seines Lehramtes jemals weit
von Ihm entfernt war. Er begann sein Wunder auf ihre
Fürbitte zu Kana in Galiläa, und wenn sie bei einer einzigen Gelegenheit im Evangelium auftritt, und Ihn gleich-

sam mit den Rechten einer Mutter sucht, so könute der Ton der Erzählung uns auf die Vermuthung führen, einerseits daß sie nicht beständig bei Ihm war, und anderseits daß sie, obgleich es nichts gewöhnliches bei ihr war, zu Zeiten mit Ihm zusammenzukommen, es dennoch bei Gelegenheiten that. Unter was immer für Umständen es geschehen mochte, ob im Geiste oder durch die Offenbarungen der Engel oder durch irgendwelchen menschlichen Kanal, wir können nicht umhin, anzunehmen, daß sie von allen seinen Aussprüchen und Thaten während jener drei Jahre Kenntniß hatte. Die Worte ihres Sohnes können nicht wol das gemeinsame und leicht zugängliche Eigenthum von uns allen sein, ohne daß sie auch Theil daran hatte, und in ihnen ein Mittel ihrer weitern Heiligung fand.

Für Maria war das dreijährige Lehramt wie eine neue Offenbarung Jesu. Sie sah Ihn von vielen Gesichtspunkten aus, von denen sie Ihn früher nie betrachtet hatte. Jede Veränderung an Ihm, so scheinbar unbedeutend sie sein mochte, konnte eigentlich nicht unbedeutend sein und war bewunderungswürdig, voll Schönheit, voll Anmuth. Sie war frische Nahrung für ihre Liebe und brachte einen Wechsel in der Liebe hervor, die sie dem Mutterherzen entlockte. In der Kindheit hatte sie Ihn gleichsam im Stillleben gesehen, himmlische Geheimnisse ausstrahlend, wie der Quell Wasser sprudelt mit scheinbarer Passivität, obwol nicht unbewußt. Im Knabenalter hatten die Wunder seiner Thätigkeit sich entwickelt. Ihr Herz wurde von Neuem von seiner Anmuth eingenommen. Aber Er befand sich bei jenen, die Er kannte, denen Er sich anvertraute, die Er unaussprechlich liebte. Er war zugleich der Untergebene und der Obere im heiligen Hause. Allein sein Lehramt war beinahe eine größere Veränderung auf sein verborgenes Leben, als sein verborgenes Leben auf seine

Kindheit gewesen war. Er hatte nun in der Welt eine
Rolle zu spielen, Gott zu sein, ohne jedoch ungewöhnlich
zu scheinen, sich zahllosen neuen Stellungen anzupassen,
sich an verschiedene Klassen von Zuhörern zu wenden. Bald
brachte Er die Berufungen seiner Apostel sanft zur Reife,
bald beherrschte Er die Volksschaaren, bald sänftigte Er
den Schmerz oder wies die Sünde zurecht. Nun entrollte
er die heiligen Schriften und entfaltete den verborgenen
Sinn seiner tiefen Parabeln wenigen Auserwählten, nun
entging er ruhig und mit stets bereiter Weisheit den Fall-
stricken seiner Feinde, die Ihn in seinen Reden zu fangen
versuchten. Jeder Tag brachte seine Veränderungen, seine
mannigfaltigen Stellungen. Jede Seite seiner menschlichen
Natur wurde an's Licht gestellt, endlose Gnaden wurden
hervorgelockt. Es war wie drei Jahre einer himmlischen
Musik; steigend und fallend, wechselnd und in einander
fließend, das Herz stillend und erhebend, entwickelte sie ihre
schönen Töne immerdar. Es war eine unbeschreibliche
Verbindung von Lieblichkeit und Macht, von Weisheit und
Einfalt, von Herablassung und Heiligkeit, von Menschlichem
und Göttlichem. Es gab nichts, keinen Zug, keinen Ton,
keine Gebärde, keinen Blick in dem Betragen des Schöpfers, der Fleisch geworden, und konnte nichts geben, das
nicht an sich selbst sogleich eine Offenbarung für Maria
und in einem geringern Grade auch für die Engel war,
und zugleich eine unergründbare Tiefe, die sein Auge
allein ergründen konnte. Die Zeit dieser drei Jahre war
schöner als die Kindheit, wundervoller als das verborgene
Leben. Ihre Wirkungen auf Maria müssen erstaunlich
gewesen sein.

Wir werden niemals einer wahren Ansicht von ihr
nahe kommen, wenn wir dem dreijährigen Lehramte nicht
seinen gebührenden Platz in dem erstaunlichen Processe
ihrer Heiligung anweisen. Die Epochen ihrer Heiligung

waren wunderbarer, als die Tage der Schöpfung, und sind
ebenso deutlich bezeichnet. Die unbefleckte Empfängniß mit
ihren fünfzehn Jahren zunehmender Verdienste war der
erste Tag. Die Menschwerdung mit den zwölf Jahren
der Kindheit nahm den zweiten ein. Der Verlust des Knaben Jesus in den drei Tagen nebst den achtzehn Jahren
des verborgenen Lebens füllte den dritten aus. Das dreijährige Lehramt umfaßte den vierten. Die Passion war
der fünfte. Die vierzig Tage nach der Auferstehung nebst
der Herabkunft des heiligen Geistes nahmen den sechsten
ein. Dann kam der siebente, der Sabbath Unsers Herrn,
als Er in den Himmel aufgefahren war und sich zur Rechten seines Vaters setzte, indem Er die große Welt der
Heiligkeit Mariens fünfzehn Jahre sich entwickeln ließ, aber
wie es bei der materiellen Welt der Fall ist, nicht ohne
seine unaufhörliche Einwirkung und wachsame Vorsehung
und wirkliche Gegenwart, aber ohne daß seine Hände daran
arbeiteten, wie sie es früher thaten. Dann kommt ihr
Ende, ihr glorreicher Tod, ihr süßes Urtheil, ihre glück-
selige Auferstehung und seine zweite Ankunft mit seinen Engeln, um sie in den Himmel aufzunehmen. Wir können
die Gnaden Unserer gebenedeiten Mutter nie richtig schätzen,
wenn wir diese sieben Tage ihrer geistigen Genesis zertheilen und trennen.

Wir müssen daher das dreijährige Lehramt als eine
ganz eigenthümliche Zeit betrachten, in welcher unter dem
Einflusse der anbetungswürdigen Veränderungen Jesu ihre
Liebe immer zunahm, wie sie vielleicht nie vorher zugenommen hatte. Es scheint nicht richtig, von einer neuen Breite
und Tiefe und Höhe jener Liebe zu reden, die schon längst
alles Maß, sogar das der Engel überstieg. Seit Jahren
war ihre Liebe so nah zu Gott aufgestiegen, daß der starke
Glanz seiner Nähe ihre Umrisse und Verhältnisse für unsere schwachen Augen trübte. Demungeachtet müssen wir

so sprechen, und wissen kaum, was wir meinen. Maria
erreichte Bethanien an dem Donnerstage der heiligen Woche,
indem sie Jesus mit einer Liebe umfaßte, welche die Liebe
weit übertraf, die sie für Ihn hatte, als die achtzehn Jahre
des verborgenen Lebens zum Schlusse gekommen waren.
Der heilige Joseph war geschieden, und obwol ihre Liebe zu
ihm, so glühend sie war, ihre Liebe zu Jesus keineswegs
ablenkte, sondern vielmehr eine Abart davon und eine Erhöhung derselben war, so vermehrte dennoch in gewissem
Sinne, wie es bei allen Veränderungen mit ihr war, sein
Tod ihre Liebe zu Unserem Herrn. Die Apostel waren
an Joseph's Stelle getreten. Sie kannte alle die geheimen
Absichten der Gnade, die Unser Herr mit jedem von ihnen
hatte. Sie durchblickte sein Verfahren mit ihnen nach der
Verschiedenheit ihrer Berufungen, ihrer Gaben und Charaktere. Es war ein Vorbild für sie, die dereinst die
Königin jener Apostel sein sollte. Ihre Liebe zu ihnen
vermehrte auch gewissermaßen ihre Liebe zu Jesus. Wie
in ihren übrigen Perioden, so war in dieser alles, was
Jesus that, ein neuer Born der Liebe in ihrem Herzen.
Seine Reden, seine Parabeln, sein geheimer Unterricht,
seine Abtödtungen, seine Gebete, seine Thränen, seine
Wunder, seine Reisen, seine Müdigkeit, sein Hunger, sein
Durst, die Widersprüche, die sich gegen ihn erhoben, —
alles und jedes war eine unerschöpfliche Tiefe der Liebe.
So war es bis zum Vorabende der Passion. Alle diese
unberechenbare Vermehrung der Liebe war von unserm
Gesichtspunkte eine entsprechend erhöhte Fähigkeit zu lei-
den. So kommt das Ende des Lehramtes heran, und die
Fähigkeiten ihres Herzens sind wundervoller als jemals.

Wir scheinen von dem Schmerze, der uns zur Betrachtung vorliegt, abgekommen zu sein, aber es ist eigentlich nicht so. Die sieben Schmerzen sind nicht sieben besondere Geheimnisse, noch können wir sie verstehen, wenn

wir sie in dieser Weise betrachten. Sie haben eine eigene Einheit und wenn wir sie von jener Einheit trennen, so verfehlen wir ihre Bedeutung. Sie umfassen das Ganze der dreiunddreißig Jahre. Jeder derselben hängt nach seiner Wahrheit, nach seiner Tiefe, nach seiner Innigkeit, nach seinem besonderen Charakter von einem gewissen Theil jener Jahre ab, der davon unzertrennlich ist. Jesus wird immer schöner. Die Gnade steigt in diesem Verhältnisse in Mariens Seele. Das Wachsthum an Gnade ist Wachsthum an Liebe. Sie erreicht einen gewissen Punkt, der Gott bekannt, von Ihm festgesetzt und fähig ist, eine gewisse Last zu tragen, einen bestimmten Grad von erhebendem und heiligendem Leiden auszuhalten, und bei jenem Punkte kommt wie durch die Wirkung eines Gesetzes einer der Schmerzen, nimmt die Gnade und Liebe der vorhergehenden Zeiten auf, z. B. Jahre in der Kindheit, Tage in der schnell vorübergehenden Passion, verdichtet sie zur ächtesten und erhabensten Heiligkeit und fliegt mit der Seele der Mutter hinweg, wie wenn sie die Stärke aller Engel hätte, und versetzt sie auf eine neue Höhe in weiter Ferne von dem Orte, wo sie früher war. So ist jeder Schmerz für sie eine besondere Heiligung, eine Erneuerung, eine Umwandlung, ein anderer Grad göttlicher Vereinigung. Dann beginnt der Proceß wieder, Gnade und Liebe häufen sich noch einmal mit einer Schnelligkeit und Größe, die zu ihrer neuen Höhe im Verhältnisse steht, bis sie wiederum nach den Rathschlüssen Gottes den Punkt erreichen, wo ein anderer Schmerz kommt, um sein herrliches Werk zu verrichten. Auf diese Weise haben wir auch zwei Vergleichungspunkte, womit wir die Schmerzen einander gegenüber stellen können. Zuerst sind sie an sich selbst verschieden. Jeder hat sein eigenthümliches Uebermaß, wie die Leiden Unsers Herrn in der Passion, und so hat jeder seine eigene Vollkommenheit und seinen

17*

eigenen Vorrang. Sie sind alle gleichmäßig vollkommen,
aber es ist eine verschiedene und eigene Vollkommenheit.
Die Art des Uebermaßes in dem einen kann schmerzlicher
sein, als die Art des Uebermaßes im andern. So kommt
es, daß wir den dritten Schmerz den größten nennen.
In diesem Sinne steigen sie nicht nach Graden, indem
jeder seinen Vorgänger übertrifft und so in einem Punkte
den Gipfel erreicht; allein es gibt noch einen andern Sinn,
in welchem sie es thun. Jeder Schmerz, wie er kommt,
trifft eine größere Liebe an und auch eine Liebe, die mehr
gelitten hat, und deßhalb eine größere Fähigkeit zu leiden.
In diesem Sinne ist jeder schlimmer als sein Vorgänger,
und sie steigen immerfort in der schrecklichen Macht, Leiden zu verursachen, bis zum letzten, bis zum Begräbnisse
Jesu, bis die Möglichkeiten des Wehes erschöpft scheinen,
bis die Quellen des heiligenden Leidens, die in der Menschwerdung enthalten waren, von dem einzigen, unbefleckten
Herzen der Mutter des incarnirten Wortes eingesogen und
so versiegt sind. Dies ist die Einheit der Schmerzen und
jeder Schmerz bedeutet eigentlich nicht, was er an sich selbst
scheint, sondern was er in der Reihe und Ordnung der
dreiundbreißig Jahre ist.

Man kann sagen, daß die Passion am Donnerstage
in der heiligen Woche im Hause des Lazarus zu Bethanien beginne. Maria eröffnete, wie sich erwarten ließ, die
lange Reihe von Leiden, große Epochen dem Inhalte nach,
obwol kurz nach der Zeit. Jesus war am Palmsonntag
in Jerusalem eingezogen, in der Bescheidenheit seines wohlbekannten Triumphes. Er hatte jenen Tag mit Lehren im
Tempel zugebracht und auch den folgenden Montag und
Dienstag, kehrte aber Nachts nach Bethanien zurück, da
niemand in Jerusalem den Muth hatte, Ihm Gastfreund-
schaft zu bieten, weil die herrschende Partei über Ihn auf-
gebracht war wegen der erst kürzlich erfolgten Auferstehung

des Lazarus, und niemand von jenen, die am Sonntage Hosianna geschrieen hatten, hatte den Muth, einzeln hervorzutreten und so das rachsüchtige Auge der Hohenpriester auf sich zu ziehen. Den Mittwoch brachte Er, wie man annimmt, im Gebete auf dem Oelberge zu und sah die Auserwählten aller Zeiten der Reihe nach vor Ihm vorbeiziehen, während Er für jeden besonders betete. Judas brachte unterdessen das Geschäft seines Verrathes mit den Oberpriestern und Hauptleuten in Ordnung.

Man glaubt auch, daß Unser göttlicher Erlöser den Mittwoch Nachts außer dem Hause in der Einsamkeit des Berges mit Gebet zubrachte. Am Donnerstage Morgens ging Er nach Bethanien, um seiner Mutter Lebewohl zu sagen und ihre Einwilligung zu seinem Leiden zu erhalten, wie Er es früher bei seiner Menschwerdung gethan hatte. Nicht als ob es im ersteren Falle nothwendig gewesen wäre, wie es im letzteren war, sondern es war für die Vollkommenheit seiner kindlichen Gehorsames passend und angemessen. Die Schwester Maria von Agreda beschreibt in ihren Offenbarungen die rührende Scene, wie Jesus vor seiner Mutter kniete und sie um ihren Segen bat; wie sie sich weigerte, ihren Gott zu segnen und auf ihre Kniee niederfiel und Ihn anbetete als ihren Schöpfer; wie Er darauf bestand, wie sie beide auf ihren Knieen blieben und wie endlich sie Ihn segnete und Er sie. Wer kann zweifeln, daß Er auch seine geliebte Magdalena, die erste und begnadigtste aller Töchter Mariens, mit einem besonderen Segen bereicherte? Er ging sodann nach Jerusalem, wohin seine Mutter Ihm folgte, zugleich mit Magdalena, damit sie das heilige Sakrament empfangen möchte. Das letzte Abendmahl, die erste Messe, fand in jener Nacht statt, Unsers Herrn erstes unblutiges Opfer, auf welches am Morgen jenes schreckliche blutige folgen sollte.

Durch eine wunderbare Gnade wohnt sie im Geiste

der Todesangst im Garten bei, sieht das Herz Unseres
Herrn ganz entschleiert und fühlt in sich und nach ihrem
Maße eine entsprechende Todesangst. Sie sieht den Ver-
rath Judas vollbracht, ungeachtet ihrer inbrünstigen Gebete
für jene unglückliche Seele. Dann fällt der Vorhang; die
Vision wird trübe; sie wird eine Weile der bangen Ungewißheit überlassen. Mit der muthigen, sanften Magdalena
geht sie auf die Straßen hinaus und versucht Einlaß zu
erhalten in das Haus Annas' und Kaiphas', wird aber
zurückgewiesen, wie vor dreiunddreißig Jahren zu Bethlehem.
Sie hört die Stimme Jesu, sie hört auch den Schlag, der
ihrem Geliebten gegeben wird. Jesus wird über die Nacht
in den Kerker gelegt und der heilige Johannes kommt und
führt Unsere gebenedeite Mutter heim nach dem Hause, in
welchem das letzte Abendmahl gehalten worden war. Bei
allen Gräueln des Morgens ist sie anwesend. Sie hört
den Schall der Geißelung und sieht Ihn an der Säule und
das Volk ringsum mit seinem Blut bespritzt. Sie hört die
sanften Klagen, das fast unhörbare Seufzen ihres makellosen Lammes; sie hört es und die Allmacht befiehlt ihr,
dennoch zu leben. Im Geiste, wenn nicht in leiblicher
Gegenwart, sah sie die Wachen des Herodes den Ewigen
verspotten. Sie sah die Schergen in der Wachtstube die
grausame Krönung des allmächtigen Königs feiern; sie sah
die Augen des Allsehenden verbunden und den Auswurf
des Volkes zum Spotte vor Ihm die Kniee beugen, der
eines Tages ihr ewiges Urtheil verkünden wird. Sie
blickte hinauf zu den Stufen der Gerichtshalle des Pilatus
und sah, schön in seiner Entstellung, Ihn, der ein Wurm
war und kein Mensch, so hatten sie Ihn mit Füßen getreten, Ihn zersetzt und Ihm beinahe die menschliche Gestalt genommen durch ihre Grausamkeiten. Sie hörte den
Pilatus sagen: Sehet den Menschen! und wahrlich, es
war nothwendig, daß Jemand bezeugte, daß Derjenige ein

Mensch war, welcher, wenn Er nur ein Mensch gewesen wäre, die Zermalmung mit der Weinkelter nie hätte überleben können, welche der dreifache Druck seines Vaters, der bösen Geister und der Menschen Ihm verursacht hatte. Dann erhob sich auf dem von Menschen gedrängt vollen Platze jenes wilde Geheul gotteslästerlicher Verwerfung durch sein Volk, das noch in unsern Ohren klingt, noch in der Geschichte wiederhallt, sogar noch in jenem ruhigen Himmel droben im Ohre der Mutter tönt, die es in all' der wilden wirklichen Schrecklichkeit hörte. Nun führt Magdalena sie heim, wohin Johannes nach der Nachricht vom Urtheile kommen soll, wenn es gefällt ist.

Ruhig, fast kalt scheinen wir diese Dinge zu sagen. Ach viele Worte sind nicht nöthig. Ueberdies, was für Worte könnten es sein? Für Mariens Herz, für Mariens Heiligkeit, für Mariens Schmerz war jede Minute jener Stunden länger als Jahrhunderte miteinander. Jedes besondere Geheimniß, jeder Schlag der Geißlung, jedes Bruchstück einer Handlung oder eines Leidens, das wir von der Masse lostrennen können, war weit, weit mehr von Werth und Bedeutung, als wenn mit jedem Augenblicke ein neues Universum mit seiner ganzen unermeßlichen Sternenwelt aus dem Nichts hervorgerufen und mit schönern Wesen, als die Engel sind, bevölkert worden wäre. Es ist wie wenn der Lauf der ganzen Natur und die Zeit beschleunigt würden, und alle Dinge aufgefordert wären, die Schnelligkeit des Gedankens anzunehmen und wie der Blitz dem Ende zuzueilen, das Gott bestimmte. Aehnlich dem Schrecklichen einer riesenmäßigen Maschinerie für ein Kind, ist für unsere Augen der Anblick der Heiligkeit Unserer göttlichen Mutter, wie sie sich gleich einem kolossalen Himmelskörper in fürchterlicher Schnelligkeit durch die Finsterniß und die Gotteslästerung und das Blut hindurch ihren Weg bahnt. Kann ihre Seele dieselbe sein, die erst gestern Nachmittag Bethanien verließ? Der Heilige in seiner strahlenden Glorie und der klagende Kranke mit blassem Angesicht auf seinem Todbette sind nicht weiter von einander entfernt, als die Mutter von gestern und die Mutter von heute verschieden ist, aber doch erkennbar die nämliche. Sie hat den Punkt des vierten Schmerzes erreicht. Sie ist jetzt bereit, Jesus mit dem Kreuze zu begegnen.

Der heilige Johannes kehrt endlich nach Hause zurück mit der Kunde von dem Urtheil und mit andern Nachrichten. Unsere theuerste Mutter mit gebrochenem Herzen, aber dennoch in ihrer Ruhe wie vom göttlichen Lichte strahlend, bereitet sich, das Haus mit Magdalena und dem Apostel zu verlassen. Der letztere wird bei seiner Kenntniß der Stadt sie nach dem Ende einer Straße führen, wo sie Jesus auf seinem Wege nach dem Kalvarienberge begegnen kann. Aber hat sie Stärke für eine solche Begegnung? Nicht aus sich selbst; aber sie hat solche Stärke, Ihm zu begegnen, wie Er hat, auf jenem Wege zu wandeln. Denn sie hat Ihn selber in ihr, die unverzehrten Gestalten des allerheiligsten Sakramentes. Nur mit Jesus können wir, ein jeder aus uns, Jesus begegnen. So war es bei ihr. Wir nehmen Ihn bei der Wegzehrung und gehen sodann hin, um Ihm als unserm Richter zu begegnen. Sie nahm Ihn in einem seltsamen Sinne, als Wegzehrung und ging, Ihm als Verurtheilten zu begegnen und auf seinem Wege zum Tode. Es war jenes unverzehrte heilige Sakrament, das sie durch das übermenschliche Leid der letzten zwölf oder fünfzehn Stunden hindurchgetragen hatte. Wenn jene wunderbare Muthmaßung wahr ist, — wir glauben aber das Gegentheil — daß in dem Momente, als die Gestalten des heiligen Sakraments in Ihm verzehrt waren, Unser Herr ausrief: Mein Gott, mein Gott, warum hast du mich verlassen, dann können wir die Stärke richtig schätzen, welche jenes süße Sakrament ihr jetzt darbot.

Ueberall sind die Straßen gedrängt voll von Menschen, die wie eine Fluth dem Kalvarienberge zuströmen. Herolde blasen an den Ecken der Straßen ihre schrillen Trompeten und verkündigen dem Volke das Urtheil. Maria zieht ihren Schleier um sich. Johannes und Magdalena stützen ihre gebrochenen Herzen auf das ihrige, denn sie sind schwach und matt. Was für ein Weg für eine Mutter! Sie beachtet kaum die Straßen, aber mit ihren Schatten wecken sie in ihrer Seele dunkle Erinnerungen an das Passahfest vor einundzwanzig Jahren und an die drei bittern Tage, die darauf folgten. Sie hat ihren Platz eingenommen, still und schweigend. Sie zittert nicht einmal. Einige Thränen fließen wie unwillkührlich aus ihren Augen. Aber ihre Wangen sind roth? Ja, — ihre Thränen waren Blut. Der Zug wird sichtbar; das hohe Roß des Centurio zeigt sich zuerst und zieht voran. Die Trompete tönt mit klagenden Klängen. Die Frauen schauen von dem Fenstergitter oben herab. Sie sieht die Schächer, die Kreuze, alles — und doch nur Eines, Ihn selbst. Wie Er nahe kommt, wird der Friede ihres Herzens immer tiefer. Es konnte nicht anders sein, Gott nahte heran und der Friede ging vor Ihm her. Nie war eine Mutterliebe auf solchem Throne gesessen, wie jener in Mariens Herzen war. Der Schmerz war unaussprechlich. Gott, der die Zahl des Sandes am Meere kennt, weiß es. Nun ist Jesus zu ihr herangekommen. Er hält einen Augenblick; Er erhebt die eine Hand, die frei ist, und wischt das Blut aus seinen Augen. Etwa, um sie zu sehen? Nein, vielmehr damit sie Ihn sehe, seinen Blick der Trauer, seinen Blick der Liebe. Sie tritt heran, Ihn zu umarmen. Die Soldaten stoßen sie rauh zurück. O Erbarmen! Und sie ist seine Mutter! Einen Augenblick

wankte sie vor dem Stoße zurück, und dann, während ihre
Augen auf die seinigen, seine Augen auf die ihrigen gerichtet sind, eine so innige Umarmung, ein solcher Erguß
der Liebe, ein so überströmender Schmerz! Hat Er weniger Stärke als sie? Sehet! Er wankt, wird überwältigt
von der Bürde des schweren Kreuzes, und fällt mit einem
dumpfen Schalle auf die Straße, ähnlich dem Klange fallenden Holzes. Sie sieht es. Der Gott Himmels und
der Erde liegt auf dem Boden. Männer umgeben Ihn
wie Schlächter ein gefallenes Thier; sie treten Ihn mit
den Füßen, schlagen Ihn, stoßen schreckliche Flüche über
Ihn aus und ziehen Ihn wieder auf mit grausamer Wild-
heit. Es ist sein dritter Fall. Sie sieht es. Es ist Ihr
Kindlein von Bethlehem. Sie ist hilflos und kann nicht
näher kommen. Die Allmacht hielt ihr Herz zusammen.
In einem Frieden, wie ihn der Verstand des Menschen
nicht begreifen kann, folgte sie langsam dem Kalvarienberge
zu. Magdalena und Johannes neben ihr sind selbst von
Kummer niedergedrückt, aber es ist ihnen, wie wenn eine
Gnade von ihrem blauen Mantel ausginge, und sie auch
fähig machte, mit gebrochenem Herzen zu leben. Der
vierte Schmerz ist vollbracht, aber ach! wir sehen nur die
Außenseite der Dinge.

Obwol dieser Schmerz nur eine Stufe in der Passion
zu sein scheint, so hat er dennoch stark markirte besondere
Züge an sich. Der Umstand, daß er von der Kirche zu
einem der sieben Schmerzen Mariens auserwählt wurde,
läßt schließen, daß er eine eigene Bedeutung hat. Für
Unsere gebenedeite Mutter war er die wirkliche Ankunft
eines lange gefürchteten Uebels. Er war die Erfüllung
einer Vision, die Jahre lang im Wachen und Schlafen
ihr vorgeschwebt war. Es ist der erste ihrer Schmerzen,
welchem die Geheimnisse der Kindheit Jesu Platz machen,
und welcher zu dem zweiten Kreise ihrer Leiden gehört,

zu denen der Paſſion. Es iſt ein beſonderer Schmerz
mit der Ankunft eines Unglücks verbunden, das wir lange
erwartet haben. Es gibt etwas, auf was die äußerſte
Vorbereitung nicht vorbereitet iſt. Wir haben uns vorher
alles vorgeſtellt. Wir haben verſucht, gerade die Stelle
zu fühlen, wo, wie wir glaubten, der Schlag hinfallen
werde, um dieſelbe zum voraus abzuhärten. Wir ſtellten
die Umſtände alle rings um das Leiden herum, gerade in
der Ordnung und Lage, die uns beliebt. Wir haben wiederholt überdacht, was wir denken, was wir ſagen, was
wir thun wollten. Wir übten die Stellung ein, in welcher
wir den Schlag zu empfangen beabſichtigten. Wir haben
an alles gedacht, alles vorgeſehen. Wir ſind feſt darauf
gefaßt. Das Unglück ſteht vor uns wie ein Bild und
obwol es kein geringes Leiden war, uns daſſelbe vorher
vorzuſtellen, ſo hat doch die Vertrautheit damit unſerm
Schmerze den Stachel beinahe genommen, ehe er kommt.
Und dann kommt er. O der grauſamen Launenhaftigkeit
des Uebels! Es hat nicht eine einzige unſerer vielen
Rubriken beobachtet. Es kam auf dem unrechten Wege,
zur unrechten Stunde, mit der unrechten Waffe, traf uns
am unrechten Orte und hatte keine Aehnlichkeit, nicht einmal eine entfernte Familienähnlichkeit mit dem eingebil-
deten Leiden, auf das wir uns vorbereitet hatten. Es
überfiel uns unvermerkt, und brachte uns ganz außer Faſ-
ſung. Wir fühlen uns dadurch beinahe mehr verletzt, als
durch das Uebel ſelbſt.

Ueberdies macht die Anſpannung des Geiſtes und
Leibes, die wir anwandten, um auszuhalten, uns beſonders empfänglich für den Schmerz und unfähig, ihn halb
ſo heldenmüthig zu ertragen, als wir entſchloſſen waren.
Es gibt viele Menſchen, die der Strafe und dem Tode
muthig entgegen gehen können, wenn ſie zur beſtimmten
Stunde kommen, aber, wenn ſie aufgeſchoben werden, dann

nehmen die Kräfte der Seele, die sich für die Gelegenheit zusammengezogen hatten, ab und zerstreuen sich und werden oft weibisch weich. Und dennoch sind für uns gewöhnliche Sterbliche, wie der Dichter richtig gesagt hat, alle Dinge weniger furchtbar, als sie scheinen, während bei den Leiden Unserer gebenedeiten Mutter die Wirklichkeit die größten Erwartungen weit übertraf. Sie erfüllte im höchsten Grade die grausamen Schmerzen, die vorhergesehen waren, und brachte gleichfalls manche mit sich, wie als Zeugen ihrer Gegenwart, auf welche nicht einmal die klarste Voraussicht, die ihr gewährt war, hatte rechnen können. Das Leiden, das dreiunddreißig Jahre lang die Königin über alle übrigen gespielt hatte, hatte sie endlich in den Straßen Jerusalems getroffen. Es kam, um sein Werk für Gott zu thun, und that es, wie Gottes Werkzeuge immer, überreichlich.

Selbst bei Unserer göttlichen Mutter ist ein großer Unterschied zwischem dem Anblicke und der Voraussicht, zwischen der Wirklichkeit und der Einbildung. Mit der Wirklichkeit tritt eine Lebendigkeit ein, die nie vorhergesehen werden konnte. Die Art, wie die Umstände gruppirt sind, ist unerwartet. Jenes Medium der Zeit, das vorher zwischen der Seele und der Erfüllung ihrer Leides vorhanden war, und es weniger schwer und schmerzlich in seinem Drucke machte, ist zurückgezogen. Ueberdies zeigt sich ein Leben, eine Individualität bei der wirklichen Berührung mit dem Unglücke, die jedem Mißgeschicke an sich selbst eigen, davon unzertrennlich sind und von keinem andern Leiden getheilt werden. Dies kann man die Persönlichkeit des Leidens nennen. Ach, wir alle kennen das wohl, ein jeder in seinem Maße. Manchmal hat es uns auf's äußerste getrieben; es ist immer der unerträgliche Theil dessen, was wir zu tragen haben. Man braucht nicht lange gelebt zu haben, um aus eigener Erfahrung

sagen zu können, daß das Leiden nie das gleiche ist; Aehnlichkeiten gibt es wohl, aber nicht ganz die nämlichen Leiden. Wir haben nie zwei Leiden gehabt, die einander
gleich waren. Jedes hatte seinen eigenen Charakter, und
gerade mit diesem Charakter that es uns am wehsten. So
war es bei Unserer theuersten Mutter. Ihre Leiden, so-
lange sie in ihrer Seele ungeboren lagen, waren hart zu
tragen, aber als sie aus ihrer Seele zum Leben hervor-
traten und mit Simeon's Schwert ihr Herz entzwei theilten, da waren es ganz andere Dinge, so verschieden wie
das Wachen vom Schlafen ist, oder das Leben vom Tode.

Eine andere Erschwerung ihres Kummers in diesem
Schmerze war die Erkenntniß, daß der Anblick von ihr
die Leiden Unsers Herrn erhöhte. In dem vorhergehenden Schmerze war Er gleichsam ihr Scharfrichter gewesen,
jetzt war sie der seinige. Was war am schwersten zu
tragen? Gibt es eine liebende Mutter, die nicht lieber
von ihrem Sohne Schmerz empfangen, als ihm denselben
verursachen möchte? Was muß dies Gefühl in Maria
gewesen sein, die alle Mütter in der Zärtlichkeit und Hingebung ihrer tiefen Liebe so weit übertraf? Was muß es
für sie gewesen sein, deren Sohn Gott war? Jede Mißhandlung, die Ihm angethan wurde, jeder Streich, der
auf sein heiliges Fleisch fiel, war für sie eine Marter ohne
Gleichen gewesen. Sie wurde von Entsetzen durchdrungen,
wenn sie an die Grausamkeit und den Frevel dachte, dessen
alle, Priester, Richter, Soldaten, Henker und Volk, sich
schuldig machten, die an diesen Gräueln Theil genommen
hatten. Und siehe! sie selbst war eine aus dieser Zahl.
Sie erhöhte seine Last, sie vermehrte um mehr als die
Hälfte das Gewicht jenes schweren Kreuzes, das Er nun
trug. Der Anblick ihres Gesichtes an der Ecke jener
Straße war tausendmal schmerzhafter gewesen, als die
schreckliche Geißlung an der Säule. Ihr Angesicht hatte

Ihn bei seinem dritten Falle auf den Boden niedergeworfen. Was für einen Namen können wir einem Schmerze
geben, wie dieser war? Die Jahrbücher menschlichen Elendes liefern uns keinen Fall, der sich würdig damit vergleichen ließe. Einige haben von der Begegnung zwischen
Sir Thomas More und seiner Tochter in den Straßen
Londons gesprochen. Aber was ist das Resultat dieser
Anspielung? Die Schönheit und das Pathos wird nur
aus jener rührenden englischen Scene herausgenommen,
ohne daß man die Höhe des Schmerzes erreicht, von dem
wir sprechen, oder man erreicht sie nur, um ihn herabzuwür-
digen. Es war ein Theil der Nothwendigkeit, die Maria
auferlegt wurde. Sie sollte der Henker ihres Sohnes sein,
und nach der Pein, die sie verursachte, der grausamste von
ihnen allen. Dieser vierte Schmerz war die erste Ausübung ihres schrecklichen Amtes. Es war neu für sie;
denn sie hatte Ihm nie vorher Schmerz verursacht. Aber
es war der Wille Gottes, jener Wille, der allzeit süß ist
in seiner äußersten Bitterkeit, allzeit liebenswürdig, wenn
Fleisch und Blut und Seele vor der Umarmung zurückbeben, womit er sie umschlingt. Es war jener Wille, der
dem Zuge nach dem Kalvarienberge voranging, jener Wille,
der auf dem Kalvarienberge wie eine lichtvolle Wolke wartete, jener Wille, der eine Dornenkrone war um die Stirne
Jesu und ein Kreuz auf seinen Schultern und ein Schwert
im Herzen seiner Mutter, und das Herz der Mutter ein
Schwert in dem seinigen. Hatte jemals ein Heiliger sich
einem solchen göttlichen Willen gleichförmig zu machen,
wie Maria? Hatte jemals ein Heiliger eine solche Gleichförmigkeit mit jedem göttlichen Willen, dem er begegnete?
Sie zieht den Kalvarienberg hinauf in muthiger Ruhe,
um das Kindlein von Bethlehem erschlagen zu helfen.

Es war auch noch ein anderer Kummer in diesem
Schmerze, der neu für sie war und in ihrem Herzen in

einem unvergleichlichen Grade die heftige Pein verursachte,
welche der Anblick einer gottlosen Frevelthat den Heiligen
verursacht. Sie sah Ihn in den Händen anderer, die Ihn
berühren und Ihm nahe kommen konnten, während sie
ferne gehalten wurde. Wie sehnte sie sich, das Blut mit
ihrem Schleier von seinem Gesichte zu wischen, sein ver-
wirrtes Haar zu ordnen, mit der leisesten Berührung jene
grausame Krone zu entfernen, das Kreuz von seinen Schultern zu heben, und zu sehen, ob ihr gebrochenes Herz ihr
nicht übernatürliche Stärke verleihen würde, es für Ihn
zu tragen! Ach, es gab zahllose Dienste, zu welchen jenes
theure Opfer für unsere Sünden die Hand einer Mutter
bedurfte! Und denket an die Fülle der Rechte, die sie über
Ihn hatte, mehr als irgend eine Mutter über einen Sohn,
seitdem die Welt begann. Er hatte dieselben selbst anerkannt. Er hatte bewirkt, daß sie dieselben offen im Tempel behauptete. Allein diese Menschen wußten nicht mehr
von der Mutter Gottes, als arme Häretiker wissen. Ueberdies würden sie, die ihren Sohn mit Füßen getreten hatten, sich wenig um ihre Rechte bekümmert haben. In
Bethlehem und Aegypten war es ihre Freude gewesen,
Ihn bei der Verrichtung ihrer mütterlichen Pflichten zu
berühren. Ihre Liebe war so hoch gestiegen, daß sie sich
nur in athemloser Ehrerbietigkeit Luft machen konnte, und
die Berührung seines heiligen Leibes durchbebte ihre Seele
mit stiller Ehrfurcht. Heilige frohlockten am Altare mit
dem allerheiligsten Sakramente in ihren Händen, bis sie
sich von der Prädella in die Luft erhoben und hin- und
herschwankten, wie ein Zweig im Sommer, in den Zuckun-
gen ihrer Extase. Wie vielmal müssen wir jene Freude
vervielfältigen, um die Mariens zu erreichen? Sie hatte
nur deßhalb Joseph die Umarmungen ihres Kindes nicht
mißgönnt, weil sie ihn mit dem heiligsten Entzücken ehelicher Zuneigung liebte und ihre Liebe am besten befriedigte,

indem sie ihm Jesus abwechselnd überließ. Die Neuheit hatte nie abgenommen. Die Freude war durch den Genuß nie schwächer geworden, die Ehrerbietigkeit wurde nur größer durch die Gewohnheit. Der Gedanke daran kam ihr nun zurück und die Wogen des Kummers schlugen an ihr Herz, wie wenn sie es hätten wegschwemmen wollen. Sie hatte gesehen, wie die schmutzigen Hände des Henkers seinen Nacken und seine Schulter anfaßten. Sie hatte gesehen, wie der kothige Fuß irgend eines sündhaften Soldaten sein zersetztes Fleisch mit Füßen trat. Sie hatte gesehen, wie man mit dem hölzernen Kreuze grausam an sein heiliges Haupt stieß und die Stacheln der Dornen noch weiter hineintrieb. Die heilige Katharina von Genua mußte von Gott unterstützt werden, damit sie nicht starb, als Er ihr in einer Vision die wirkliche Bosheit einer läßlichen Sünde zeigte. Was dann, wenn sie mit ihren geistig geöffneten Augen die Bosheit schaute, welche das allerheiligste Sakrament in den Gassen der Straßen mit Füßen treten kann! Die Liebe eines ganzen christlichen Landes wird sich einmüthig erheben, um für einen Frevel an dem allerheiligsten Sakramente Genugthuung zu leisten. Die, welche gegen ihre eigenen Sünden nur zu gleichgültig gewesen sind, werden sich dann mit Fasten abtödten und ihren leiblichen Genüssen durch reichliche Almosen Abbruch thun. Es ist der Instinkt der Glaubenstreue und der Liebe, welcher in Wirklichkeit, obwol der Anschein dagegen sein mag, jedem gläubigen Herzen zu Grunde liegt. Wirklich ist das Gefühl des Frevels am Göttlichen einem leiblichen Schmerze ähnlich. Es ist, wie wenn wir selbst grausam behandelt würden. Heilige Leute, sowol aus dem Ordensstande als Laien, haben ihr Leben Gott aufgeopfert zur Sühne für einen gottlosen Frevel, und sich gefreut, wenn Er sich würdigte, das Opfer anzunehmen. Für das heilige Sakrament zu sterben, würde ein süßes und auch glorreiches Ende sein, aber süßer als glorreich, weil es unsere Liebe so sehr befriedigen würde. Aber der Frevel an jenem Tage — in den Straßen Jerusalems! Mariens Leiden ist einfach undenkbar. Sie würde tausendmal gestorben sein, um Genugthuung zu leisten. Aber ach, theuerste Mutter, du mußt leben, was für dich weit schlimmer ist, als der Tod, und dein Leben muß deine Sühne sein! Alle Uebel, die andere im Tode finden, findest du im Leben und noch viel mehr. Für dich wäre es eine ebenso große Freude, als alle deine sieben Schmerzen miteinander ein Leiden waren, wenn du die dritte Stunde an jenem Freitag Nachmittags nicht überleben dürftest. Aber es ist eine Schranke zwischen dir und dem Tode, — eine ganze Allmacht. So mußt du zufrieden sein, wie du immer bist, und den in Gnaden angenommenen Schächer beneiden und um unsertwillen dich darein ergeben, noch länger zu leben.

In diesem Schmerze kehrte ferner eines der ärgsten Leiden der Flucht nach Aegypten wieder, nur war es jetzt in einem höhern Grade, als damals. Es war der Schrecken. Wir betrachten Maria immer als ein Wesen, das ganz nahe bei Gott steht, obwol sie unendlich von Ihm entfernt ist, wie das Geschöpf es nothwendig sein muß, wenn es Ihm auch am nächsten steht. Es ist eine Gute gewohnheit, weil es die Wahrheit ist. Aber wir dürfen nicht vergessen, daß ihr Herz immer im höchsten Grade weiblich war. Denket euch die Masse wilder Gesichter, in die sie in jenen von Menschen gedrängt vollen Straßen blickte. Wilde Thiere in der Wüste würden weniger furchtbar gewesen sein. Jede Leidenschaft leuchtete aus jenen wilden Augen, die noch entsetzlicher wurden durch den Ausdruck der menschlichen Intelligenz, womit sich der unmenschliche stiere Blick diabolischer Besessenheit mischte. Eine Menge von Männern mit den Frauen, vielleicht auch den Kindern dürstet nach Blut, heult darnach, wie nur ein wahn-

finniger Pöbel heulen kann. Es war ein wahrer Ausbruch
der Hölle, jene ihre Stimme, ein Gemisch der entsetzlichsten
Töne, der Wuth, des Hasses, des Mordes, der Gotteslästerung, der Verwünschung und jenes quälenden Feuers
in ihren eigenen Herzen, welches jene Leidenschaften wild
entflammt hatten. Der Anblick und die Töne durchschau-
erten sie mit entsetzlicher Furcht. Sie war allein, unbe-
schützt, unbegleitet. Denn sie war die Begleiterin für
Johannes und Magdalena, nicht sie für ihre Person. O
wie viel leichter war die Einsamkeit der Wüste und ihr unsichtbarer Schrecken zu ertragen als dieser Aufstand einer
Menge besessener Menschen! Sie berühren sie, sie sprechen
mit ihr, sie stoßen sie hin und her. Sichtbar durch ihren
blauen Mantel schwimmt sie auf den Fluthen jenes wogenden
Gedränges wie ein Stück eines zertrümmerten Schiffes auf
den finstern vom Sturme gepeitschten Wassern. Und sie ist
von Jesus getrennt, während Er im Begriffe steht, in den
Wogen jenes sturmbewegten Volkes unterzugehen. Sie kann
keine Hand ausstrecken, um Ihn zu retten. Die Mutter der
Makkabäer blickte muthig auf das fürchterliche und grausame
Gepränge der legalen Ungerechtigkeit, die sie kinderlos machen
sollte, und ihr Name lebt mit Recht in der heiligen Geschichte und noch mehr in den Herzen der Christen. Aber
jene Gesichter und jenes Geschrei, — nie sah, nie hörte die
Erde etwas so Schreckliches; die vom Teufel rasend gemachten Geschöpfe heulen über ihren Gott, der in ihrer Gewalt
ist! Und für Maria hatte dies eine solche Wirklichkeit,
eine solche Bedeutung wie es sonst für Niemanden haben
konnte. Wahrlich, das Leiden der Furcht wurde nie tiefer
von einem Geschöpfe empfunden als von ihr an jenem
Freitag, und die vielen bittern Kelche, die sie in der vorhergehenden Nacht und jenen ganzen Morgen getrunken
hatte, machten sie nach dem gewöhnlichen Laufe der Dinge
weniger fähig, diesen gewaltsamen Anfall des Schreckens

zu ertragen. Ihre Furcht bezog sich nicht so fast auf sich
selbst als auf Ihn. Die Erkenntniß, daß Er Gott war,
erhöhte bloß ihren Schrecken. Gerade dies machte, daß
das Entsetzliche des Auftrittes von keinem andern übertroffen wurde, den die Welt je erfahren hatte oder wieder
erfahren könnte. Der Tag des Gerichts wird weniger
schrecklich sein als der Charfreitag war. Ja die Schrecklichkeit des Charfreitags wird das Gepränge des letzten Gerichtes so erträglich, so ruhig, so lieblich machen. O Mutter! jener Tag wird dir den Schrecken von heute vergelten; denn du wirst deinen Sohn in all' der milden Hoheit
seiner menschlichen Glorie erblicken mit jenen strahlenden
Wunden, die den ganzen Kreis der erstaunten Erde beleuch-
ten werden, und du wirst von dem Thale Josaphat zurückkehren mit einer Familie von andern Söhnen, die nur nach
Millionen gezählt werden können, um dein ewiger Besitz
im Himmel zu sein, den nur die schrecklichen Geheimnisse
dieses großen Charfreitags für dich gewonnen haben.

Wie wir schon sagten, es gehörte zu der Vollkommenheit des Herzens Mariens, daß der eine Bestandtheil
ihres Leidens den andern nicht verschlang oder aufhob.
Sie fühlte jeden derselben so vollständig, als ob es das
ganze Leiden wäre. Er nahm sie vollkommen in Besitz.
Jeder Zug war gleichsam das ganze, das volle Gesicht
eines jeden Schmerzes, der in ihr Herz hineinblickte, wie
wenn er allein das vollständige Geheimniß ausdrückte.
Daher tödtete ihr Schrecken keinen andern der peinlichen
Umstände dieses vierten Schmerzes. Wie er ihren Frieden nicht störte, so trübte er ihre Gefühle nicht oder
stumpfte ihre Empfänglichkeit ab. Dies ist stets einer der
Charakterzüge der Leiden Mariens, der sich mit nichts an-
derem vergleichen läßt. So war es jetzt ein erhöhter
Schmerz für sie, daß, den heiligen Johannes ausgenommen,
die Apostel ihrem Meister nicht bis zu seinem Ende folg-

18 *

ten. Die Gnaden eines jeden von ihnen kamen ihr in's
Gedächtniß. Sie erwog die Eigenthümlichkeiten der Berufung eines jeden und alle die zarte, edelmüthige Nachsicht von Seiten Jesu, für welche sie Zeugniß gab.
Sie sah die Worte der ewigen Weisheit in jenen drei
Jahren in ihre Seele einströmen durch die Mittheilung der
erhabensten Wahrheiten, der rührendsten, liebreichsten Er-
mahnungen. Sie sah, wie die Allmacht sich in ihre Hände
gelegt hatte in der Gabe der Wunder. Sie hatten gleich
ihr, nur wenigere Jahre, sich an der schönen Anmuth Jesu
geweidet. Sie kannten den wunderbaren Ausdruck seines
ehrwürdigen Gesichtes. Die Töne seiner Stimme waren
ihnen vertraut. Die Berührung seiner Hände, der Blick
seines Auges, selbst die Bedeutung seines liebenden Schweigens, alles war ihnen bekannt. Sie waren in den Kreis
seiner Reize hineingezogen worden. Es war für sie eine
neue Geburt, ein neues Leben, ein Himmel schon auf Erden gewesen. Um die Worte Unsers Herrn zu gebrauchen, sie waren in ihren Mutterleib zurückgekehrt und von
Maria von neuem geboren worden, sie waren Brüder Jesu,
ähnliche Bilder Jesu. Sie wußte, daß nächst der Würde,
die Mutter Gottes zu sein, die Welt keinen so hohen Beruf haben konnte, als den, Apostel des Wortes zu sein.
Die ewige Weisheit war auf die Erde gekommen, und von
allen ihren Millionen sollte er nur zwölf auswählen, die
seine Geheimnisse erfahren, die über Ihn nachdenken, Ihn
verewigen, seine Kräfte in fleischernen Gefäßen enthalten
und das Werk vollenden sollten, das er begonnen. Sie
waren mehr als Engel; denn keine Engel brachten der
Menschheit jemals solche Botschaften, wenn wir die geheime Verkündigung ausnehmen, die Gabriel der göttlichen
Mutter brachte. Sie waren Könige, wie keiner zuvor
lebte; denn sie sollten nicht nur die ganze Erde erobern,
sondern ihre Richterstühle sind im Himmel rings um den

Seinigen aufgestellt. Kein Blut der Martyrer war kostbarer in den Augen ihres Meisters als das ihrige. Keine
Kirchenlehrer haben jemals ihre Wissenschaft erreicht. Keine
Jungfrauen sind ihrer Reinheit gleich gekommen, mochte
es die Reinheit der Unschuld oder die Reinheit der Buße
sein. Keine Bekenner haben jemals so viel bekannt oder
bekannten es muthiger. Keine Bischöfe gebrauchten die
Schlüsselgewalt freigebiger, verständiger, tadelloser als sie.
Kein Papst will sich nach dem Namen des heiligen Petrus
nennen lassen, weil keiner sonst die Tiara der Welt so
ruhmreich oder so sanftmüthig getragen, wie er. Und diese
andern Christusse, glänzend von Gaben, bereichert mit
Gnaden, die auserwählten Seelen der weiten Welt, das
neue Paradies, das Gott gepflanzt, — wo waren sie jetzt?
Petrus befand sich in seinem Verstecke auf dem Oelberge
und weinte bitterlich über seinen Fall. Er ging auf den
Kalvarienberg nur im Herzen seines Meisters und Mariens. Seine Liebe war nicht der ihrigen gleich. Er
konnte den Anblick der Leiden desjenigen nicht ertragen,
den er weit mehr liebte als die andern Ihn liebten. Selbst
die reumüthige Scham über seinen Fall machte ihn weniger
fähig, ein so großes Leiden zu ertragen. Die übrigen
waren verborgen. Sie waren von Gethsemane geflohen
und zerstreut, die Beute des Kummers, der Ungewißheit
und des Mitleides, indem die Stärke der Liebe zweifelhaft
mit der Muthlosigkeit der Verzweiflung kämpfte. Sie
haben Jesus verlassen, um die Kelter allein zu treten.
Wenn Er auferstanden ist, wird Er ihnen mit der alten
Liebe begegnen, mit mehr als der alten Liebe, denn sie
werden kein Wort des Vorwurfs aus seinem süßen Munde
hören, und keinen Blick des Vorwurfs in dem Auge der
verlassenen Mutter sehen. Nur Johannes ist da, eher
angezogen durch die Liebe seines Erlösers, als gedrängt
durch seine eigene Liebe zu Jesus.

Durch die Abwesenheit der Apostel wurde das Leiden Mariens bedeutend erschwert. Sie war für sie eine
dreifache Wunde. Sie verwundete sie in ihrer Liebe zu
Jesus. Sie wußte wie tief die Wunde war, die dadurch
seinem heiligen Herzen geschlagen wurde. Sie sah, wie
ihr Geliebter weit mehr als durch die grausame Geißlung
und Krönung durch diese grausame Verlassenheit Seiner
von denjenigen gequält wurde, die Er mehr geliebt hatte
als die übrigen Menschen. Sie konnte den Schmerz beinahe ergründen, der Ihm dadurch verursacht wurde. Ueberdies stand ihre Liebe zu Ihm ein grausames Martyrthum
aus, da sie Ihn so verlassen sah und zwar von denjenigen,
deren Pflicht schon sie auf den Kalvarienberg hätte führen,
und die ebenso Zeugen von seiner Kreuzigung hätten sein
sollen, wie von seiner Auferstehung. Es lag etwas Uner-
wartetes darin, obwol es vorhergesehen wurde. So ist es
immer mit der Undankbarkeit. Sie ist ein Messer mit
so scharfer Schneide, daß wir zusammenfahren müssen,
wenn es uns trifft, so lang und bitter man sie voraussah.
Wir verzeihen Menschen vieles, die, wenn auch mit Unrecht, glauben, daß sie die Opfer der Undankbarkeit gewesen sind, und so anerkennen wir die Heftigkeit des Schmerzes. Aber es verwundete sie auch in ihr selbst. Ihre eigene
Liebe zu den Aposteln machte, daß sie die Liebe derselben zu
ihr hoch anschlug. Es war wahre Liebe, es war innige Liebe.
Sie wußte das. Warum war dann Johannes allein bei ihr
in jener Begegnung mit ihrem kreuzbeladenen Sohne, in jener
traurigen Pilgerfahrt nach dem Kalvarienberg? Ein gebrochenes Herz wie das ihrige konnte keine Liebe missen, die ihr
mit Recht gehörte, und wenn die Liebe Jesu zu ihr in ihrer
Seele eher Bitterkeit als Trost bewirkte, so konnte sie um
so weniger eine solche Liebe entbehren, die bloß Freude, Ruhe,
Trost für sie sein mußte. Aber sie darf das nicht erwarten.
An ihr ist es, zu trösten, nicht getröstet zu werden. Ihr

Sohn kam, um zu dienen, nicht um bedient zu werden. Sie muß an demselben erhabenen Amte theilnehmen. Sie muß ihr eigenes Herz des Trostes entleeren, und ihn ganz auf die übrigen ausgießen, und darf für sich selbst nur behalten, was nicht bloß besonders ihr eigen, sondern was sonst niemand aufzunehmen fähig ist, — die unermeßliche Last ihres Leidens. Es wäre für sie etwas leichter gewesen, den Kalvarienberg zu ersteigen, umgeben von den Aposteln. Und bennoch war sie um ihretwillen zufrieden, Johannes allein zu haben, zufrieden, den andern den Anblick dessen zu ersparen, was sie so überwältigen würde. Aber ihre Abwesenheit schlug ihrem Herzen bennoch eine dritte Wunde in ihrer Liebe, die sie selbst zu den Aposteln hegte. Die Schwäche derselben war ein grausamer Schmerz für ihre Liebe, und doch wetteiferte derselbe mit dem Schmerze, daß sie so viel leiden sollten, als gerade ihre Schwäche voraussehen ließ. Sie grämte sich auch, weil es sie einst so kümmern würde, daß sie nicht bis an's Ende bei Jesus geblieben waren. Sie trauerte gleichfalls, weil sie badurch so viel verloren, daß sie von jenen entsetzlichen Geheimnissen nicht Zeugen waren, was sie erst später einsehen würden. Es gab keine Art von Leiden im Herzen von irgend einem derselben, die sie nicht in ihr eigenes aufnahm. Denn sie waren bei ihr an die Stelle Joseph's getreten und sie goß über sie die Liebe aus, die sie über ihn ergossen hatte. Er war in ihren drei ersten Schmerzen bei ihr gewesen: warum waren sie von ihrem vierten abwesend? Und ein Strom wunderbarer Liebe zu ihrem abgeschiedenen Ehegatten brach vergebens aus den Quellen ihres Herzens hervor, als sie sich selbst die Frage stellte. O wie wunderbar sind die Erfindungen des Leidens, welche die Liebe in dem Herzen verursacht!

Aber Judas war beinahe ein Schmerz für sich allein. Wir erfahren aus den Offenbarungen der Heiligen, wie

sie im Gebete gekämpft hatte für jene unglückliche Seele.
Sie hatte alle Arten von Güte an ihm verschwendet, wie
wenn er ihr mehr gewesen wäre, als Petrus oder Johannes. Sie hatte mit unaussprechlichen Schrecken die Stufen beobachtet, auf denen er allmählich zur Vollendung
seines Verrathes geführt worden war. Sie hatte gesehen,
wie sehr das Herz Jesu zurückschrack vor dieser grausamen
Sünde, und wie viele Geißlungen nöthig gewesen wären,
um die Summe der Pein voll zu machen, die der einzige
Kuß des Verräthers seinen heiligen Lippen eingebrannt
hatte. Eine Weile schien es, als ob Judas ihr sogar
mehr gewesen wäre, als Jesus, so hatte sie sich in jener
schrecklichen Zeit damit beschäftigt, den fallenden Apostel
zu retten, und jene entsetzliche Sünde zu verhindern. Ueberdies konnte niemand so wahrhaft als sie selbst die Unermeßlichkeit jener Sünde erkennen und die ganze Region
der schönen Glorie Gottes, die dadurch verwüstet wurde.
Sie sah das in dem Herzen Jesu. Es war, als ob sie
ein Augenzeuge von dem Falle Luzifers gewesen wäre von
den Himmelshöhen bis hinab zu der unbegreiflichen Tiefe
jenes Abgrunds, der jetzt sein unglücklicher und verfluchter
Aufenthalt ist. So schrecklich der Gedanke war, daß ein
Apostel ihren Sohn verrathen könnte, so schien es doch
noch beleidigender für seine Ehre, daß Judas, wenn er sich
gleich mit einem so schwarzen Verbrechen beflecken sollte,
auch an der Barmherzigkeit und der unendlichen Liebe seines Meisters verzweifeln sollte. Sie hatte eine Seele
verloren. Sie hatte einen aus ihrer kleinen Gesellschaft
verloren. Jesus war nicht der erste Sohn, den sie verlieren sollte. Jene große apostolische Seele, ausgestattet
mit Gaben wie ein ganzes Reich der Engel, gekrönt mit
dem Glanze des schönsten Berufes auf Erden, geheiligt
durch die besondere Wahl und die verschwenderische Liebe
Jesu war in dem fürchterlichsten Schiffbruche untergegan-

gen. Selbst Maria hatte einige Dinge zu lernen. Dies war ihre erste Lehre, die sie in Bezug auf den Verlust von Seelen erfuhr. Wenn wir mehr den Heiligen ähnlich wären, so würden wir etwas davon erkennen, was dies bedeutete. Die Passion begann mit dem Verluste der Seele eines Apostels und endigte mit der Rettung der Seele eines armen verworfenen Diebes. So sind die Wege, auf welchen Gott seine Ausgleichungen vornimmt.

Aber wir haben jetzt zu den Leiden des Geistes und Herzens noch physische Schrecken hinzuzufügen. Sie beginnen in diesem Schmerze und gehören zu den auffallendsten Zügen desselben. Es gibt wenige die jemals ein Buch über die Passion gelesen haben, aus welchem sie nicht etwas ausgelassen wünschten. Dies kommt nicht von der Schwäche ihres Glaubens her, sondern von dem wählerischen Wesen eines natürlichen Geschmackes, der durch die übernatürliche Liebe noch nicht vollständig verfeinert ist, deren einzigen Gegenstand der heilige Paulus so bedeutsam in zwei theilt, — Jesus Christus und Ihn den Gekreuzigten. Wahrhaft reumüthige Liebe würde nicht zurückbeben vor der Betrachtung jener schrecklichen Wirklichkeiten, die der Sohn Gottes für uns auszustehen sich herabließ, und in deren Gräuel unsere eigenen Sünden Ihn hineintrieben. Wenn die Anbetung die Sentimentalität nicht verschlingen oder sie mit einem neuen Charakter bekleiden kann, dann ist es ein Zeichen, daß es uns an einer wahren Einsicht in die Sünde fehlt sowie an einer wahren Liebe zu Unserm Herrn. Es steht nicht gut mit einer Seele, wenn sie ihr inneres Auge von der Kreuzigung abwendet und es auf den geheimen geistigen Kampf von Gethsemane richtet, weil die drei Stunden des einen frei sind von den fürchterlichen Gräßlichkeiten der drei Stunden der andern. Die Ehrerbietigkeit wird uns nicht erlauben, entweder mit der Passion Unseres Herrn oder mit den

Schmerzen Unserer gebenedeiten Mutter so zu verfahren. Ihr gebrochenes Herz wurde nur mit physischen Schrecken überladen. Dies machte einen Theil ihrer Heiligung aus. Sie bahnte sich ihren Weg durch sie alle hindurch an jenem Tage, indem sie ihre Natur, die davor zurückbebte, stählte. Sie hätte nicht um die Welt einen einzigen davon missen mögen.

Es war etwas Entsetzliches für eine Mutter, die Straßen auf dem Blute ihres Sohnes zu durchwandeln. Es war fürchterlich, ihre Füße mit dem kostbaren Blute zu röthen, während der Verlust Judas noch frisch in ihrer betrübten Seele lebte. Sie sah die dunkelrothe Spur, die Jesus zurückließ. Die Volksmenge vermischte das Blut mit dem Kothe, wodurch es eine schmutzige Farbe erhielt. Es klebte an ihren Schuhen und an ihren Kleidern. Sie schleppten es die Staffeln ihrer Häuser hinauf. Es bespritzte die Füße von dem Pferde des römischen Hauptmanns. Niemand kümmerte sich darum. Kein Herz wurde gerührt. Niemand ahnete das himmlische Geheimniß, auf welches die Engel in stillem Erstaunen herabschauten. Auch Maria mußte darauf treten. Welches Leiden, beinahe buchstäblich sein eigenes Herz mit Füßen zu treten! Sie muß auf das treten, was sie anbetete. Was den Straßenkoth färbte, was die Pflastersteine bespritzte, was halb naß und halb trocken an den Kleidern des Volkes hing, war hypostatisch mit der Gottheit vereint. Es verdiente die vollste, göttliche Anbetung. Maria betete es bei jedem Schritte an. Es gab keinen Ort, der mit jenem dunkeln Roth gefärbt war, kein Kleid, das in jener Nacht mit jenen Flecken daran in einen Kleiderschrank gelegt wurde, über welches nicht Schaaren von Engeln sich anbetend neigten und dablieben, um es bis zu dem Augenblicke der Auferstehung zu bewachen. Wahrlich, dies ist ein unaussprechliches Weh, über welches das Herz sich nur stillschweigend verbreiten sollte.

In diesem Schmerze Mariens müssen wir auch besonders bemerken, was schon früher angeführt wurde, nämlich die Verbindung des Abscheus vor der Sünde mit heftiger Seelenpein wegen des Unglücks der Sünder. Sie
sah einige, welche Unsern Herrn mißhandelten oder Ihm
nachschimpften in der vollkommensten Unwissenheit, ohne
auch nur eine Ahnung von dem entsetzlichen Werke zu haben,
womit sie beschäftigt waren. Sie waren verstockte Sünder, durch Frevelthaten verhärtet, die beinahe sündigten,
wie sie die Luft einathmeten oder ihre Glieder bewegten.
Alle Unwissenheit in Betreff Gottes war für sie ein Schmerz,
jetzt besonders, da die Seelen anfingen, ihr zu gehören.
Allein die Unwissenheit eines ausgedorrten Gewissens war
ein Kummer, zu tief für Thränen, eine Erscheinung, von
der sie gewünscht hätte, daß sie auf Gottes Erdboden nicht
vorkäme. Wie finster war es, wie hoffnungslos! Eben-
jetzt blickte die ewige Wahrheit ihm in's Gesicht und ach,
blendete es nur! Es gab ferner andere, deren Bosheit
wissentlicher war, die mit Bewußtsein jede böse Leidenschaft
befriedigten, vielleicht den Haß gegen die Reinigkeit, oder
den Ingrimm der Unwahrhaftigkeit gegen die Wahrheit,
oder den Neid, welchen die Sanftmuth stets erregt, wenn
sie wahrhaft himmlisch und heldenmüthig ist, oder politische
Rache oder den lang genährten Groll gegen einen, der sie
getadelt hatte, oder die bloße Liebe zur Grausamkeit, und
die Aufregung menschlicher Wuth, die der Blutdurst in
Menschen, wie in wilden Thieren verursacht. Alles dies
sah sie. Sie bebte bei dem Schrecken der Vision. Sie
war im Innersten getroffen durch den Gedanken an Ihn,
den sanften schuldlosen Einen, gegen den all dies gerichtet
war. Sie wurde auch von dem schärfsten Schmerze durchbohrt durch die Liebe zu den Sündern selbst. Sie hätte
nicht Feuer vom Himmel herabrufen mögen, wie Jakobus
und Johannes es über das samaritanische Städtchen thun

wollten. Sie flehte nicht um die Gerichte Gottes. Sie
hätte mit aller Macht ihrer heiligsten Fürbitten die Ankunft eines Würgengels abzuwenden gesucht. Sie muß
jene Seelen haben. Sie hat Judas verloren. Sie verlangt
Trost. In jene finstern Seelen soll das Licht des Glaubens ausgegossen werden. Ueber jene blutbefleckten Seelen
soll mehr Blut, mehr von dem nämlichen Blut fließen,
aber es soll in den sanftesten, befruchtenden Absolutionen
geschehen. Auf jenen lästernden Zungen soll das allerheiligste Sakrament liegen. Sie will in Schmerzen mit ihnen
schwanger gehen, bis sie wieder in Christus geboren sind.
So geht sie den Kalvarienberg hinauf mit einer Aufgabe,
die vor ihr liegt. Betrachtet wol ihr Herz! Sie wird
das Werk vollenden. Es gibt wenige Dinge, welche die
Heiligkeit menschlichen Leidens nicht ausführen kann. Gott
scheint sie wie eine Macht zu behandeln, die Ihm fast
gleich ist. Aber hier in Unserer gebenedeiten Mutter,
welche Heiligkeit! welches Leiden!

Sodann erhob sich, wie wenn gerade der Contrast das
Bild hervorgerufen hätte, vor ihr die lebhafteste Vision der
schönen Kindheit Jesu. Allerdings war vom Anfange an
ihr Leben durch ein fortdauerndes Leiden getrübt worden.
Dennoch, wie friedvoll und wie süß schienen die alten Tage
zu Nazareth und selbst die kühlen Abendlüfte am Ufer des
fernen Nil im Vergleich mit der Gewaltthätigkeit, dem
Lärm und dem Blutvergießen dieser fürchterlichen Passion.
Damals hatte sie, als sie ihre Arme um Ihn schlang, zugleich ihr Leid und ihre Liebe an ihren Busen gedrückt.
Sie hatte stille Zwiegespräche mit Ihm gehalten, Er gehörte
nur ihr an; denn Joseph war in Wahrheit ihr zweites
Ich. Nun hatte sie Ihn hingegeben, nicht bloß in Gedanken, nicht in der Ruhe einer heroischen Absicht, sondern
in Wirklichkeit. Er war nicht bloß in den Händen anderer, sondern Er war den ihrigen entrissen. Jedermann

konnte Ihm nahe kommen, nur nicht sie selbst. Sie allein
hatte ihre Rechte verloren. Jede Handlung der heiligen
Kindheit trat vor sie hin und fand ihren bittern Contrast
in der Scene, die damals in den Straßen Jerusalems
aufgeführt wurde. Sie dachte daran, wie sie Ihn gewa-
schen, Ihn gekleidet, Ihm Nahrung gegeben, Ihn in den
Schlaf gewiegt hatte, und wie sie vor Ihm niederkniete
und Ihn anbetete, wenn Er im Schlafe lag, obwol sie
wußte, daß Er sie auch dann sehen konnte. Jedes dieser
Dinge fand mit fürchterlicher Genauigkeit seinen Gegen-
satz im Kreuzweg. Erde und Blut und schändliches Anspeien entstellte sein Angesicht und Hände und Füße. Sein
Haar, von welchem ganze Hände voll ausgerauft worden
waren, war zusammengeballt, verwirrt und in Unordnung.
Sein Unterkleid klebte schmerzlich an dem halb geronnenen
Blute seiner Wunden. Ach, wo waren jene Bäder seiner
Kindheit und die ehrerbietigen Dienste seiner liebenden
Mutter! Wir werden im sechsten Schmerze wieder darauf
zu sprechen kommen, und wie verändert sind dann die
Umstände! Sie haben einmal seine Kleider von den Wunden gerissen und sie frisch blutend gemacht. Sie werden
es wieder thun auf dem Gipfel des Kalvarienbergs. So
hatte sie Ihn nicht entkleidet in dem ruhigen Heiligthume
zu Nazareth. Er hatte keine Nahrung gehabt, als die
Sünden der Menschen und ein wahres Festmahl der Schmach
seit dem vorigen Abend. Er war ermattet von Mangel
an Schlaf, aber jetzt wird Er nie wieder schlafen. Sie
dachte an die Thränen, die in der Stille seine Wangen
herabliefen in den Tagen seiner Kindheit. Warum sollten
sie nicht die Welt erlöst und alle Sünden hinweggewaschen
haben, da ihr Werth unendlich war? O, wie geschäftig
war die Erinnerung in jener Stunde mit ihren Vergleichungen und ihren Gegensätzen, und es gab nicht einen einzigen, der nicht das Elend der Gegenwart erhöhte. Konnte

sie eine bloße Sterbliche sein, um den Kalvarienberg zu besteigen mit einem Willen, der sich so ruhig dem Willen Gottes anschmiegte, mit einem in Stücke gebrochenen Herzen, aus dessen Rissen aber nicht ein einziger Hauch ihres vollen Friedens entweichen durfte? Ja, sie war sterblich, aber sie war auch die Mutter des Ewigen, und liebende Herzen allein wissen, wie jene zwei Dinge einander widersprechen und doch zugleich wahr sind.

Dies war der vierte Schmerz. Wir wollen nun die Gemüthsstimmungen betrachten, in welchen sie ihn aushielt. Zuerst finden wir die unverminderte Hochherzigkeit des Opfers, das sie gebracht hatte. Unter den vielen Gedanken, die in allen ihren Leiden durch ihre Seele zogen, lag ihr Wille still. So vollständig war sie vom Haupt bis zu den Füßen in Heiligkeit gekleidet, daß es ihr nicht im geringsten einfiel, daran zu denken, daß die Last erleichtert oder die Schmerzen gemildert, oder die Umstände erträglicher angeordnet werden möchten. Wenn wir uns Gott überlassen haben, so haben wir uns zu mehr überlassen, als wir wissen. Johannes hatte nicht auf die langen Jahre mühseligen Wartens im Exile des Lebens gerechnet, als er sagte, er könne den Kelch seines Meisters trinken. So ist es mit uns allen. Wir finden, daß, was Gott wirklich von uns fordert, mehr ist, als wir zu versprechen schienen. Je mehr er uns liebt, um so mehr verlangt Er von uns. Er behandelt uns, wie wenn wir hochherziger gesinnt wären, als wir sind, und durch seine Gnade macht Er uns so. Unsere göttliche Mutter wußte mehr von der Länge und Breite und Tiefe ihres Opfers, als sonst Jemand. Dies machte gerade ihr lebenslanges Leiden viel wirklicher und heftiger, als die bloße Voraussicht eines Propheten oder eines Heiligen. Demungeachtet stellte sogar sie wahrscheinlich sich nicht alles wirklich vor, obwol sie alles wußte. Vermuthlich konnte sie jenen lang-

samen Druck, welchen der Verlauf der Zeit auf ein betrübtes Herz legt, nicht ganz so, wie er war. in eine Vision
zusammendrängen, so durchsichtig klar sie auch sein mochte.
So war in seiner Gesammtheit, in der Anordnung seiner
Umstände, in der Verbindung seiner Eigenthümlichkeiten,
in ihrem vereinigten Drucke und in den langen Jahren
ihrer Ausdauer, sowie was die wirklichen Eindrücke der
Sinne betrifft, ihr Leiden nicht mehr, als sie zu versprechen meinte, weil sie alles zu versprechen meinte, weil sie
sich für ein ganzes Brandopfer des Herrn hielt; aber es
mochte dennoch mehr sein, als sie sich in dem Augenblicke
wirklich vorstellte, wo sie das Versprechen gab. Sie war
ein Geschöpf. Wir müssen uns daran erinnern, weil die
Größe ihrer Heiligkeit uns dies so oft beinahe vergessen
läßt. Der heilige Dionysius sagte, daß er sie schwerlich als
ein bloßes Geschöpf erkannt haben würde, wenn man es
ihm nicht gesagt hätte.

Diese Erwägung macht aber die sich stets gleiche Hochherzigkeit ihres Opfers noch wunderbarer. Wenn sie auch
in keinem ihrer Leiden überrascht wurde, so fühlte sie doch
neue Dinge über sich kommen. Sie sank in immer tiefere
Tiefen, als ihr geoffenbart worden war. Der wirkliche
Schrecken der Gegenwart schloß etwas von dem Lichte aus,
das ihr die Abgründe hinab geleuchtet hatte, als sie dieselben nur im geistigen Leiden erforschte. Dennoch setzte
sie ihren Weg in Ruhe fort. Gott war für all dies willkommen, willkommen für noch mehr, wenn seine Allmacht
es passend fände, ihr Herz zu stählen, um eine stärkere
Hitze zu ertragen. Sie hatte einmal laut ausgerufen. Es
war ein furchtbarer Moment, im großen Tempel der Nation vor den Schriftgelehrten ihres Volkes. Aber ihr
Schöpfer selbst hatte ihr den Ruf abgedrungen, theils wie
Er sehnlichst verlangte, sie mit einer andern Welt von
Gnaden zu beladen, und theils weil Er es gerne hörte,

indem Er sich dadurch so wunderbar angebetet sah. Job heiligte sich durch die Geduld seiner Klagen. So niedrig wir sind, wie leicht scheint die Tugend Job's nachzuahmen neben Mariens edelmüthiger Ausdauer! Sogar große Heilige fingen zu sinken an, wenn man sie aufforderte, wie Petrus auf den Fluthen zu laufen. Was uns selbst betrifft, wie hart ist es, sogar in unsern kleinen Leiden, sich treu an Gott zu halten, und sich nicht auf die Seite zu wenden, niederzuliegen und unser Haupt auf dem Schooße von Geschöpfen ruhen zu lassen und sie zu bitten, Tröstungen in unser Ohr zu flüstern, als eine kurze Erholung von dem Drucke der Nähe Gottes! Was ist unsere Beharrlichkeit im besten Falle anders, als ein Gefecht im Rückzuge zwischen der Gnade und der Zeit, welches zu gewinnen Zufall ist? Denn es scheint ein Zufall, den letzten Schlag geführt zu haben, wenn die Lebensuhr abgelaufen ist. Sind aber nicht jene Heiligen die nachsichtigsten gegen andere, die am strengsten gegen sich selbst gewesen sind? Sind nicht stets die Unabgetödteten die Tadelsüchtigen? Lassen sich nicht immer diejenigen am tiefsten herab, die von den größten Höhen herabzusteigen haben? So wird Maria eine desto bessere Mutter für uns sein in dem Staube, in dem wir kriechen, erschrocken, zurückbebend und verzweifelnd wegen der Erhabenheit jener ihrer Hochherzigkeit, die immer über den Wolken ist, immer mit dem ewigen Sonnenscheine auf ihrer Stirne.

Wir müssen auch die feste Hand beachten, die Unsere gebenedeite Mutter auf ihren Kummer legte. Mitten unter dem Gedränge des Volkes schien sie gleichsam unempfindlich zu sein. Keine Gebärde oder Bewegung verrieth die leiseste innerste Aufregung. Als man sie von Jesus zurückstieß und auf grausame Weise die Umarmung der Mutter und des Sohnes verhinderte, zeigte sich keine Ungeduld in ihrem Benehmen, keine Empfindlichkeit auf ihrem Gesichte, keine Klage ging über ihre Lippen. Sie besaß ihre Seele vollkommen. Die Bewegungen der Seligen in der sichtbaren Gegenwart Gottes im Himmel könnten nicht geregelter sein, als die ihrigen waren. Der heilige Ambrosius hat sich ausführlich über diesen ihren Vorzug ausgesprochen. Dennoch dürfen wir uns Unsere gebenedeite Mutter nicht als eine kalte, anmuthige Bildsäule denken, die nie von ihrem Fußgestell herabstieg, weil sie himmlischer Marmor war, und nicht Fleisch und Blut. Bildsäulen haben keine gebrochenen Herzen. Diese ruhige Unverwüstlichkeit ihres Betragens entsprang aus ihrer erhabenen Heiligkeit, die selbst in nicht geringem Grade aus der Heftigkeit ihres Leidens hervorging. Das Uebermaß ihres Leidens verwandelte sich in ein Uebermaß von Ruhe, welches nur deßhalb übermenschlich schien, weil, was vollständig und vollkommen und ausschließlich menschlich ist, nirgends als in ihr erblickt wird. Dies ist das Bild, das wir uns immer von Unserer gebenedeiten Mutter entwerfen müssen. Sie ist ein Weib, ein wahres Weib, aber nicht bloß ein Weib. Wir werden sie in unserm Geiste traurig herabwürdigen, wenn wir wegen der Leichtigkeit oder um des Effektes willen es wagen, das weibliche Element mehr zu übertreiben, als wir es in den Evangelien finden. Es ist leicht, das Bild Jesu zu verzerren. Wenn manche von seinem Mitleide gegen die Sünder sprechen, verbreiten sie oft eine Sentimentalität über die Erzählung, die weit entfernt ist von dem ruhigen, gelassenen Tone der heiligen Schrift. Sie glauben, sie bringen Ihn uns näher, wenn sie Ihn uns selbst so ähnlich machen, als die Lehre der Kirche es ihnen gestattet, und unterdessen höhlen sie eine unübersteigliche Kluft aus zwischen Ihm und uns und entfernen Ihn viele Meilen weit von uns. Leider ist dieses erniedrigende Verfahren noch leichter bei Maria, denn sie hat keine Gottheit, um sie am Ende zu retten. Eine bloß weibliche Maria ist nicht die Maria der Bibel. Auch ist sie nicht ein bloßer Schatten Unseres Herrn oder ihre Geheimnisse eine Wiederholung der seinigen. Wenn wir irgend eine Gleichheit, sogar eine verhältnißmäßige, zwischen ihr und Unserem Herrn herzustellen versuchen, so erniedrigen wir Ihn nur, ohne sie wirklich zu erheben. Sie hatte nicht zwei Naturen. Ihre Person war nicht göttlich; sie war nicht der Erlöser der Welt; sie war nicht in unsere Sünden gekleidet; der Zorn des Vaters ruhte nie unmittelbar auf ihr; ihre Unschuld war nicht seine Sündlosigkeit; ihr Mitleiden war nicht sein Leiden, ihre Aufnahme nicht seine Himmelfahrt. Sie steht für sich selbst da, sie hat ihre eigene Bedeutung, sie ist eine besondere Größe in Gottes Schöpfung, sie ist ohne Gleichen. Jesus läßt sich nicht mit ihr vergleichen, noch sie mit ihm. Sie füllt den Raum einer gewaltigen Welt im Universum Gottes aus, aber der Raum, den sie ausfüllt, ist nicht der Raum der heiligen Menschheit Jesu, nicht einmal demselben ähnlich. Sie ist Maria. Sie ist die Mutter Gottes, nahe bei Gott, aber doch jeder Zoll ein Geschöpf, sündlos, aber doch ganz menschlich, menschlich der Person nach, und nicht göttlich, — nach der Natur nur menschlich und nicht auch göttlich. Diejenigen, welche sie als einen schwachen Schattenriß Unseres Herrn darstellen, indem sie das Geschlecht ändern und die Wirklichkeiten erniedrigen, verstehen die wahre Größe Mariens so wenig, als sie die eigenthümliche Erhabenheit der Menschwerdung verstehen. So kommt es, daß wir, wenn wir, um ihre Leiden mit grelleren Farben zu malen, übertreiben, was an ihr weiblich ist, dasselbe Resultat erlangen, wie diejenigen welche darauf bestehen, in ihr alle möglichen ungleichen Gleichheiten mit ihrem Sohne zu finden; wir erhalten nämlich nicht nur eine unwürdige, sondern auch eine unwahre Ansicht von ihr. Sie ist dem unsichtbaren Gotte mehr ähnlich, als dem incarnirten Gotte. Sie läßt sich damit, was rein göttlich ist, genauer vergleichen, als damit, was menschlich und göttlich zugleich ist. Sie ist ein Geschöpf, bekleidet mit der ewigen Sonne, wie der heilige Johannes sie in der Apokalypse sah, die vollkommenste, geschaffene Kopie des Schöpfers. Wie die hypostatische Vereinigung den Schöpfer und das Geschöpf buchstäblich zusammenbindet, so ist Maria, das göttliche, vollkommene, reine Geschöpf, der Nacken, welcher den ganzen Körper der Geschöpfe mit ihrem göttlichen incarnirten Haupte verbindet. Sie hat ihren eigenen Platz im System der Schöpfung und ihre eigene Bedeutung. Sie ist niemand gleich, niemand ist ihr gleich. Am ähnlichsten ist sie dem unbegreiflichen Schöpfer.

Von den drei Elementen also, in welche die Idee Mariens sich in unserm Geiste auflöst, nämlich das weibliche Element, das Element der hypostatischen Vereinigung und das göttliche Element, ist es dieses letztere, das die übrigen zu beherrschen scheint, während alle drei so innig mit einander verbunden sind, daß wir keines davon ablösen können, ohne die Wahrheit zu verletzen.

Wir dürfen auch nicht unterlassen, hier die Vereinigung der Leiden Mariens mit denen Unseres Herrn zu erwähnen. Wir haben schon früher davon gesprochen, aber ein neuer und sehr bedeutsamer Zug dieser ihrer Gemüthsstimmung stellt sich uns im vierten Schmerze dar. Es ist uns eine so gnadenreiche Einheit zwischen Unserm Herrn und uns selbst, zwischen dem Erlöser und den Erlösten gewährt, daß wir nicht bloß in der Einbildung oder in Folge des Glaubens unsere Leiden mit den seinigen vereinigen und sie so für das ewige Leben verdienstlich machen können. Es ist hauptsächlich die vollkommenere Erreichung dieser Verbindung, was die Heiligen von uns unterscheidet. Einige Gottesgelehrte haben behauptet, daß der große Un-

19*

terschieb zwischen dem Dienste der Seligen im Himmel und dem Dienste der Auserwählten auf Erden darin bestehe, daß auf Erden die Seele sich mit Gott vereinige durch die Uebung von mancherlei Tugenden, während im Himmel Jesus Christus die einzige Tugend der Seligen ist, das Band, das sie mit dem Vater verknüpft. Einige Heilige durften in gewissem Maße und vermöge einer ganz besondern Gabe schon auf Erden diesen himmlischen Vorzug genießen, und waren auf eine ungewöhnliche Weise mit dem Geiste Jesu bekleidet. Der Kardinal de Berülle soll sogar die Gabe gehabt haben, diesen Geist in einem niedern Grade den Seelen mitzutheilen, die er leitete. Natürlich besaß kein Heiliger, und auch alle Heilige mit einander nicht, jemals den Geist Jesu in so hohem Grade als seine gebenedeite Mutter. Daher litt sie in allen ihren Schmerzen in der unaussprechlichsten Vereinigung mit ihm. Allein in diesem Schmerze scheinen die unsichtbaren Wirklichkeiten des geistlichen Lebens auf die Oberfläche zu kommen und in äußere Thatsachen, in die Thätlichkeiten des äußern sinnlichen Lebens überzugehen. Ihr Leiden und das seinige wurde beinahe ununterscheidbar Eines, in der That sowol als im Gefühle, in der Wirklichkeit wie im Glauben, in der Ausdauer wie in der Liebe. Sein Leiden machte sie leiden. In der Art, wie Er litt, litt sie. Seine Gemüthsstimmungen waren die ihrigen, ja, sie litt eher in Ihm als in ihr selbst. Gerade seine Leiden waren ihre Leiden; nur als die seinigen waren sie die ihrigen. Ihre Leiden machten Ihn leiden; sie waren seine ärgsten Leiden. Er litt in ihr wie sie in Ihm. Sie tauschten die Herzen aus, oder lebten eines im Herzen des andern auf dem ganzen Wege nach dem Kalvarienberge. Sie schien ihre Persönlichkeit abgelegt zu haben und für Jesus eine zweite vermehrte Fähigkeit zu leiden, geworden zu sein. Nie war eine Verbindung vollständiger, nie war das in-

nere mystische Leben der Seele und das äußere gegenwärtige Leben greifbarer Thatsachen früher so identisch. Wir
haben keine Worte, um die Verbindung auszudrücken, die
nicht zugleich die Mutter mit dem Sohne verwechseln und
so der Lehre und dem Glauben unangemessen und unwahr
sein würden.

Als wir von den Eigenthümlichkeiten dieses Schmerzes sprachen, haben wir bereits gesehen, wie der Abscheu
vor der Sünde in der Seele Unserer göttlichen Mutter
sich mit der unaussprechlichsten Zärtlichkeit gegen die Sünder verband. Allein bei unsern Betrachtungen dürfen wir
nicht vergessen, ihr unter ihren Gemüthsstimmungen ihren
geeigneten Platz anzuweisen. Es geschah nur zur Bequemlichkeit der Meditation, daß wir zwei Dinge durchaus
besonders behandelten, die in Wirklichkeit nie getrennt sind,
nämlich die Eigenheiten eines jeden Schmerzes und die
Gemüthsstimmungen Mariens in demselben. Sie beide
wachsen an demselben Stengel und sind oft die nämlichen
Blüthen mit verschiedenen Namen.

Es war noch eine andere Gemüthsstimmung Unserer
gebenedeiten Mutter in diesem Schmerze, die eine Wirkung ihrer ausgezeichneten Heiligkeit war. In der Tiefe
des Leidens, das schwer auf ihr lag und, wie man hätte
meinen können, mit einer Menge von Gestalten angefüllt
war, sah sie in dem Mittelpunkte ihrer Seele nichts, als
Gott allein. In jenem Lichte verschwanden alle sekundären
Ursachen; sie gingen unter in dem einzigen Anblicke der
ersten Ursache. Da war kein Pilatus, kein Herodes, kein
Annas, kein Kaiphas, sondern nur Gott mit seinem unwiderstehlichen süßen Willen, der Ihm entströmte und jeden
Winkel ausfüllte, wo sonst vielleicht ein menschliches Werkzeug sichtbar gewesen wäre. Wenn überhaupt sekundäre
Ursachen da waren, so standen sie weit im Hintergrunde
mit dem sanften goldenen Glanze der barmherzigen Ab-

sichten Gottes über ihnen, oder sonst hinter dem Nebel, welchen sein Licht und seine Wärme immer aufsteigen lassen, wenn sie voll auf die Erde fallen. Nach dieser erhabenen Einheit des Schauens streben die Heiligen beständig und sie erreichen sie mitten unter den vielen Wundern ihrer Heiligkeit kaum am Ende eines langen Lebens voll asceti- scher Uebungen und übernatürlicher Prüfungen. Es war dies eine Gnade, womit Maria begonnen und die sie im- mer geübt hatte, und in diesem vierten Schmerze erfuhr sie eine besondere Prüfung, weil das Leiden viel mehr von einem äußern Leben an sich hatte und durch eine weit größere Menge von äußern Mitteln und Umständen her- vorgebracht wurde, als es bei irgend einem der übrigen Schmerzen der Fall gewesen war. Wenn alle Uebungen aller Tugenden an ihr heroisch waren, so gab es manche Zeiten, wo sie über das Heroische hinausgingen und Gott ähnlich waren. So zeigte sich nun in diesem einzigen An- blicke von Gott allein ein Schatten seiner gebenedeiten und ewigen Beschäftigung mit sich selbst, die Ihm eigen ist, der keinen Endzweck haben kann als sein eigenes, anbetungs- würdiges Wesen. Was Wunder, daß soviel Süßigkeit, soviel Milde, soviel Geduld, soviel Gleichförmigkeit, soviel zarte Liebe zu den Sündern, ein so unerklärbarer Erguß der Liebe auf Jesus aus einer Gnade hervorging, die ihre Wurzel so tief unten und so hoch oben auf dem Berge Gottes selbst hatte!

Dieser vierte Schmerz gibt uns auch manche Lehren für uns selbst. Alle die Schmerzen haben uns durch selt- same Wirklichkeiten hindurchgeführt; denn es ist die Weise des Leidens, vor allen übrigen Dingen im menschlichen Leben, sogar mehr als die Liebe, die Dinge, die rings um dasselbe liegen, besonders fest und gediegen zu machen. Aber in diesem Schmerze werden unsere Wirklichkeiten noch realer; sie gewinnen eine neue Realität, weil sie integrirende Theile jenes letzten, schauerlichen Dramas sind, in welchem die Erlösung der Welt vollbracht wurde durch eine unberechenbare Summe von Pein und Schmach und Leiden. Die drei Quellen der heiligen Menschheit Jesu wurden trocken gelegt durch die Forderungen der erbarmungsreichsten Gerechtigkeit für die Sünden der Menschen. In seinem Leibe wurde der Abgrund der Pein erschöpft, in seinem Geiste alle Möglichkeiten der Schmach, in seiner Seele die Tiefe intellektueller und moralischer Leiden. Wir sahen Mariens Leiden beinahe in die seinigen übergehen und die seinigen zu ihr zurückkehren. Haben wir keinen Theil an dieser Wirklichkeit? Ja, einen, woraus die heißen Quellen der Andacht immer fließen sollten. Wir selbst waren ein Theil der Schmerzen Unserer Mutter, weil wir ein wirklicher Theil der Passion Unseres Erlösers waren. So hören sie auf, bloße Gegenstände der Geschichte für uns zu sein. Sie sind nicht bloße Andachten, die uns anziehen, weil sie so rührend sind. Sie sind nicht bloß ein schönes Pathos der heiligen Schrift, das bei jeder Wendung die lieblichen Geheimnisse der Menschwerdung erhöht, und dem, was unsern Glauben bereits entzündet und unsere Liebe bezaubert, ein frisches Interesse verleiht. Wir selbst sind ein Theil derselben, wir machten uns in ihnen fühlbar, wir waren damals Werkzeuge und sind jetzt nicht bloße Zuschauer. Die Schuld hängt uns an, und das Leiden, das aus der Schuld und Schande hervorgeht, ist etwas anderes, als das, welches aus freiwilligem, innigem Mitleid herkommt. Es wirkt anders auf unsern Verkehr mit Unserer gebenedeiten Mutter ein, es ändert unsere Stellung, es macht unsere Andacht zu einem Theil unserer Buße, anstatt eine freie Empfindung unserer eigenen religiösen Wahl oder frommen Laune zu sein. Es gibt einige Andachten, zu welchen uns der Geschmack führen kann, während wir anbeten, aber dies ist eine, wobei

die Gerechtigkeit betheiligt ist und das Pflichtgefühl. Die
Liebe, welcher verziehen ist, weiß, was sie zu thun hat.
Die theure Magdalena steht auf immer in der Kirche da,
um uns zu sagen, daß wir, denen viel verziehen worden
ist, viel lieben müssen. Wir waren grausam gegen Unsere
Mutter und als wir sie verwundet hatten und die Waffe
noch in unserer Hand war, drückte sie uns an ihren Busen.
Ungerührt übten wir Unbild um Unbild an ihr aus, und
sie bezahlte uns dafür mit Liebe, mit neuer Liebe immer
fort, mit Liebe für jede grausame Unbild. Siebenmal
gingen wir in ihr Herz ein, um sie zu verwunden. Siebenmal nahmen wir Theil an ihren Hauptgeheimnissen des
Kummers. Siebenmal wandten wir uns gegen sie, während sie uns liebte, wie nie eine Mutter zuvor geliebt.
Aber siebenzigmal siebenmal würde kaum die Summe der
Gnaden ausdrücken, die sie für unsere unfruchtbaren und
undankbaren Seelen erlangt hat. Ach, wenn wir ihr in
jenen Tagen die Schmerzen wirklich vermehrten, ist es
nicht das Mindeste, was wir thun können, daß wir ihre
Schmerzen jetzt wirklich mitfühlen?

Jeden Morgen des Lebens beginnen wir von neuem.
Wir gehen aus unserm Hause, um einem neuen Tage zu
begegnen auf seinem Wege zur Ewigkeit. Er hat uns
viel zu sagen und wir ihm, und bei Sonnenuntergang
überbringt er Gott seinen Bericht, und sein Wort wird
geglaubt und seine Botschaft eingetragen bis zum Gerichts-
tage. Wäre es nicht ein unfruchtbarer Tag, an dem wir
Unserm Herrn nicht begegneten? Denn ist nicht dies die
eigentliche Bedeutung unsers Lebens? Wenn der Tag für
die Sonne bestimmt ist, um zu scheinen, so ist es nur
ein halber Tag, oder vielmehr es ist Nacht, wenn nur
die materielle Sonne scheinen soll und die Sonne der Gerechtigkeit nicht auch über uns aufgeht und uns Heil bringt
auf ihren Schwingen. Wir gehen aus, um Jesus bei

jeder Handlung des Tages zu begegnen; aber wir brauchen
diesen vierten Schmerz, um uns zu ermahnen, daß wir
selten erwarten dürfen, ihm anders zu begegnen, als mit
einem Kreuze und zwar mit einem neuen. Wenn wir in
Leiden sind, kommt Er selbst näher und geht mit uns, wie
Er mit den Jüngern auf dem Wege nach Emaus ging.
Dies ist das Vorrecht des Leidens. Es ist eine Anziehung
Unseres theuersten Herrn, welcher Er selten widerstehen
kann. Vorausgesetzt, wir suchen keinen andern Trost, so
kommt Er uns sicherlich nahe und tröstet uns selber. Ach,
wenn manche unbedachtsame Seelen die Gnaden nur kennen würden, die sie verlieren, wenn sie ihren Kummer
ihren Nebenmenschen erzählen und sich von ihnen trösten
lassen, wie sehr würden sich die Heiligen in der Kirche
Gottes vermehren! Wir lesen das Leben heiliger Personen
und wundern uns, wie sie eine so innige Verbindung mit
Gott erreicht haben können, ahnen aber dabei gar nicht,
daß wir Leiden genug hatten, um uns noch weiter zu bringen als jene kamen; nur wollten wir nicht auf Jesus
warten, und wenn wir Ihm nicht das erste Wort lassen,
so mag Er vielleicht seine Engel senden, um uns Trost
zu bringen, aber Er selbst wird nicht kommen. Allein,
wenn wir den Anfang machen, wenn wir selbst ausgehen,
um Ihm zu begegnen, und wir thun es durch unsere Versprechungen im Gebete, durch unsere offene Uebung des
Erbarmens, durch unsern geistlichen Beruf, durch unser
Ordensgelübde, durch die Werke der Barmherzigkeit, denen
wir uns nun schon lange gewidmet haben, dann begegnen
wir Ihm immer mit dem Kreuze. Warum sind wir also
erstaunt, wenn Kreuze kommen? Wenn es so oft geschah,
sehen wir nicht ein, daß es ein Gesetz ist, ein Gesetz des
Reiches der Gnade, und daß wir, wenn wir es nicht bemerken, die Hälfte seines Segens verlieren, indem uns
die Bereitwilligkeit des Gehorsams abgeht? Wir legen uns

in die Arme Unferes himmlischen Baters, ohne zu wissen, was kommen soll, nur daß viel kommen soll, mehr als wir ohne Ihn tragen könnten; lasset uns nun stille liegen, da wir hier sind, und uns nicht hinreißen, das Opfer zurückzuziehen, das wir einmal gebracht haben. Was für einem Kreuze wir heute begegnen werden, das wissen wir nicht; zuweilen können wir es nicht ahnen. Aber wir wissen, daß wir, wenn wir Jesus begegnen, einem Kreuze begegnen werden, und der Abend wird uns mit der Bürde auf unserm Rücken finden. Lasset uns nur diese unveränderliche Eigenthümlichkeit dieser göttlichen Begegnungen nicht vergessen, und dann werden wir, wenn wir behutsam sind, Versprechungen zu machen, auch fest sein, unsere Entschlüsse zu halten.

Manche Menschen begegnen Ihm und wenden sich ab; manche sehen Ihn von weitem und schlagen einen andern Weg ein. Einige kommen nahe heran und springen an der Seite den Abgrund hinab, wie wenn Er ein Engel der Vernichtung wäre, der den Weg versperrt. Einige gehen vorüber und stellen sich, als ob sie Ihn nicht kennen. Er ist heute kreuzbeladen auf tausend Wegen der Erde gewandelt, hat aber wenige aufrichtige Begrüßungen empfangen. Der Glaube und die Liebe machten manche zu furchtsam, an Ihm vorbeizugehen, oder Ihn zu vermeiden, aber sie stritten mit Ihm über das Kreuz und weinten laut, wenn Er darauf bestand. Einige folgen in der Verdrießlichkeit knechtischen Gehorsams und schleppen ihr Kreuz und es stößt an die Steine und thut ihnen um so weher und sie fallen, aber ihr Fall hat nichts gemein mit seinem dreimaligen Fall auf dem alten Kreuzwege. Wenige knien nieder mit der Heiterkeit einer freudigen Ueberraschung, küssen seine Füße, nehmen das Kreuz von seinem Rücken und tragen es fast spielend auf der Schulter, indem sie neben Ihm hergehen, Psalmen mit Ihm singen und lächeln, wenn sie unter der Last wanken. Aber ach, wie schön geht solchen die Sonne an jenem Tage unter! Sie zwingen Ihn, indem sie sagen: „Bleibe bei uns, denn es will Abend werden und der Tag hat sich geneigt. Und Er geht mit ihnen." Dies ist's, was wir thun sollten. Können wir es thun? Nein, aber wir können es versuchen und dann wird Er es in uns vollbringen. Aber Er begegnet uns mit dem Kreuze. Dies schließt viel in sich. Es schließt in sich, daß wir von unserm eigenen Wege zurückkehren müssen und daß all der Weg, den wir gingen, bis wir Ihm begegneten, nur eine Verschwendung von Kräften und ein fruchtloses Wandern war. Wir können unsere Kreuze nur Einen Weg tragen, und der führt dem Himmel zu. Sie halten unser Gesicht nach dieser Richtung hin. Sie treiben uns den Hügel hinauf; den Hügel hinab würden sie uns zu Boden werfen, schwer auf uns fallen und uns tödten. Alle Gesichter der Kreuzträger sind nach Einem Wege hin gewendet. Das Ende, das bestimmt ist, in die Erde hinein zu gehen, ist nach der Erde gerichtet; das Kreuz des Kreuzes schaut über unsere Schultern in den Himmel hinein und richtet sich dahin, so unstätig wir sein mögen, wie die Magnetnadel immer in zitternder Bewegung dennoch treu dem Pole sich zuwendet. Darum lasset uns unsere Gelegenheit nicht verlieren, sondern sogleich unser Kreuz aufnehmen, uns umwenden und Ihm folgen; denn nur so werden wir mit der Prozession der Prädestinirten zusammentreffen.

Allein dieser Schmerz sagt uns noch mehr. Er lehrt uns, daß lange Ruhe der Boden ist, dem große Kreuze gegenüber stehen. Ungewöhnliche Kreuze folgen auf ungewöhnliche Ruhe. Je größer der Friede jetzt, um so größer alsbald das Kreuz. Dies ist eine jener Lehren, die jedermann weiß, woran sich aber niemand erinnert. Von dreiunddreißig Jahren verfloßen einundzwanzig zwischen dem

letzten Schmerze und der Passion. Wie oft geschieht uns
selbst das nämliche! Theils gibt uns Gott eine Zeit zum
Athemholen, daß wir unsere vergangenen Gnaden am besten
benützen, dadurch neue Kräfte gewinnen und uns zu höhern
Thaten sammeln können. Theils erfordern die vergangenen Gnaden, in welchen Weissagungen und Vorbereitungen
noch künftiger Gnaden liegen, Zeit, um sich zu entwickeln
und sich in der Seele fest zu gründen. Theils auch kommt
das Kreuz am Ende dieser ruhigen Zeiten, um ihre Gnaden zu befestigen, um den dauernden Besitz derselben für
die Seele zu erlangen und sie mit dem Kreuze zu krönen,
welches der einzige Lohn diesseits des Grabes ist. Eine
Gnade, nicht zusammengepreßt, unbefestigt und ungezeitigt
durch Leiden, scheint kaum noch unser Eigenthum zu sein,
sondern ein vorübergehendes Ding, das gut angelegt werden kann, oder auch nicht. Im besten Falle ist es nur
ein Einkommen und kein Kapital. Die Läuterung des
Schmerzes ist der letzte Proceß der Gnade. Nachher wird
sie zur Glorie durch den bloßen Besitz. Wer vergißt, daß
das Kreuz kommt, vergeudet seine Ruhe. Er verfehlt die
Zwecke, zu welchen die Ruhe ihm gesandt wurde und macht
sich weniger fähig, das Kreuz zu tragen, wenn es kommt,
als er gewesen sein würde, wenn er sich darauf vorbereitet
hätte. In diesen langen Zeiten der Ruhe werden die
meisten jener ernsten Fehler im geistlichen Leben begangen,
welche Folgen haben, die beinahe nicht wieder gut zu machen
sind. Zuweilen glauben wir, wir haben die Höhe unserer
beabsichtigten Gnade erreicht und deßhalb beharren wir
darauf, uns daran zu halten, trotz den Eingebungen zu
höhern Dingen, indem wir diesen widerstehen, wie wenn
sie Versuchungen zum Bösen wären, keine Anziehungen
zum Guten. Wir können so den ganzen Plan unserer
Heiligung verderben. Zuweilen bilden wir uns ein, unsere
Ruhe entspringe aus Trägheit, Müdigkeit und Mangel

letzten Schmerze und der Paſſion. Wie oft geſchieht uns
ſelbſt das nämliche! Theils gibt uns Gott eine Zeit zum
Athemholen, daß wir unſere vergangenen Gnaden am beſten
benützen, dadurch neue Kräfte gewinnen und uns zu höhern
Thaten ſammeln können. Theils erfordern die vergange=
nen Gnaden, in welchen Weiſſagungen und Vorbereitungen
noch künftiger Gnaden liegen, Zeit, um ſich zu entwickeln
und ſich in der Seele feſt zu gründen. Theils auch kommt
das Kreuz am Ende dieſer ruhigen Zeiten, um ihre Gna=
den zu befeſtigen, um den dauernden Beſitz derſelben für
die Seele zu erlangen und ſie mit dem Kreuze zu krönen,
welches der einzige Lohn dieſſeits des Grabes iſt. Eine
Gnade, nicht zuſammengepreßt, unbefeſtigt und ungezeitigt
durch Leiden, ſcheint kaum noch unſer Eigenthum zu ſein,
ſondern ein vorübergehendes Ding, das gut angelegt wer=
den kann, oder auch nicht. Im beſten Falle iſt es nur
ein Einkommen und kein Kapital. Die Läuterung des
Schmerzes iſt der letzte Proceß der Gnade. Nachher wird
ſie zur Glorie durch den bloßen Beſitz. Wer vergißt, daß
das Kreuz kommt, vergeudet ſeine Ruhe. Er verfehlt die
Zwecke, zu welchen die Ruhe ihm geſandt wurde und macht
ſich weniger fähig, das Kreuz zu tragen, wenn es kommt,
als er geweſen ſein würde, wenn er ſich darauf vorbereitet
hätte. In dieſen langen Zeiten der Ruhe werden die
meiſten jener ernſten Fehler im geiſtlichen Leben begangen,
welche Folgen haben, die beinahe nicht wieder gut zu machen
ſind. Zuweilen glauben wir, wir haben die Höhe unſerer
beabſichtigten Gnade erreicht und deßhalb beharren wir
darauf, uns daran zu halten, trotz den Eingebungen zu
höhern Dingen, indem wir dieſen widerſtehen, wie wenn
ſie Verſuchungen zum Böſen wären, keine Anziehungen
zum Guten. Wir können ſo den ganzen Plan unſerer
Heiligung verderben. Zuweilen bilden wir uns ein, unſere
Ruhe entſpringe aus Trägheit, Müdigkeit und Mangel

an Inbrunst. Wir übersehen die Wirkungen der Gnade,
die in unserer Seele unter der Oberfläche der scheinbaren Ruhe vor sich gehen und arbeiten uns mit einer
verderblichen Anstrengung aus der Grube heraus, in die
wir hineinlaufen sollten, und wählen ein geistliches Leben
nach unserm eigenen Muster und Schnitte. Es ist weniger unsicher, in Zeiten des Wachsthums, der Trübsal und
Veränderung ohne geistliche Leitung zu sein, als in diesen
langen Zeiten eines verhältnißmäßig ungetrübten Friedens.
Es könnte keine Lauigkeit, kein Selbstvertrauen, kein Zu-
rückfallen, kein müßiges Zögern eintreten, wenn wir uns
nur erinnerten, daß die scheinbare Ruhe bloß die Stille
vor der Ankunft eines größern Kreuzes war. Es würde
sodann für uns zugleich eine Periode der Ruhe in Gott
sein und doch einer feurigen, behenden, thätigen Vorbereitung für eine neue und andere Offenbarung Seiner, die,
wie wir wissen, auf uns, wie ein Sturm, hereinbrechen
und eine ernste Prüfung unseres Werthes sein wird.

Dieser Schmerz bereitet uns auch auf eine andere
Prüfung vor, die keineswegs selten ist in der Erfahrung
des Kreuzträgers. Wir scheinen nie die tröstende Gegenwart und die freundlichen Worte Unseres Herrn mehr zu
bedürfen, als wenn Er uns eben mit einem andern Kreuze
beladen hat. Die Natur seufzt unter der Bürde und wird
schwach. Wenn in demselben Augenblicke unser übernatürliches Leben auch ein Kreuz für uns wird, wie werden
wir es ertragen? Dennoch gibt es wenige aus uns, die
nicht diesen Zusammenstoß eines äußern mit einem innern
Kreuze erfahren haben. Wir begegnen Jesus. Er gibt
uns unser neues Kreuz, ohne ein Wort zu sagen, sogar
wie es scheint, ohne einen Segen. Oft sagt der Ausdruck
seines Gesichtes nichts. Wir sind Dienern ähnlich, einem
Herrn gegenüber. Wir haben einfach seinen Willen zu
thun, ohne eine weitere Anweisung, als ein Zeichen. Kein

Vertrauen wird uns mitgetheilt, keine freundlichen Worte
der Ermuthigung werden gesprochen. Wir haben kein
Pfand, daß Er mit uns zufrieden oder unzufrieden ist,
kein Pfand, daß wir Ihm einen Dienst thun, wenn wir
dieses neue Kreuz annehmen; kein Pfand, daß Er anders
ist, als gleichgültig, ob wir es tragen oder nicht. Wir
haben einfach den materiellen Gehorsam zu leisten. Er
könnte uns nicht anders behandeln, wenn wir bloße Ma-
schinen wären. Wenn dann diese kalte, trockene Ceremonie,
uns das neue Kreuz aufzulegen, vollzogen ist, so geht Er
zuweilen an unserer Seite, ohne uns anzusehen, oder ein
einziges Wort zu sprechen, wie wenn wir Sklaven wären,
die seine Bürde für Ihn tragen, und unter seiner Auf-
sicht. Entweder ist Er mit seinen eigenen Gedanken beschäftigt, oder Er sieht ein, daß alles, was einer Gesprächig-
keit gleichkäme, uns aufblasen und machen würde, daß
wir uns selbst vergessen. Aber zuweilen ist die Prüfung
schlimmer als diese. Er übergibt uns seine Last und wandelt dann wie ein Mann ohne Bürde leicht weiter mit
einem schnelleren Schritte, als wir folgen können, beladen
wie wir sind. Wir können nicht mit Ihm Schritt halten.
Wir wissen nicht, ob Er uns versuchen wollte, dies zu
thun. Vielleicht beabsichtigte Er, daß wir zurückbleiben
sollten an unserm geeigneten Platze als Untergebene. Vielleicht würde Er es als eine Freiheit ansehen, wenn wir
versuchten, Ihn zu überholen. Auf der andern Seite kann
Er denken, es fehle uns sowol an Fleiß als an Hochach-
tung, wenn wir zu weit dahinten bleiben. Dann kommt
Er uns aus dem Gesichte und hat uns nicht gesagt, welchen Weg wir einschlagen sollen und wir kommen an einen
Kreuzweg und sind in Verlegenheit. Ueberdies thut Er,
wie ein gewandter Oberer, dies alles so natürlich und mit
einer so anscheinenden Gleichgültigkeit, daß wir nicht darauf kommen können, ob es gemeint ist, uns zu prüfen

ober ob es Gleichgültigkeit ist, Mißfallen oder Mißachtung. Es kommt zudem gerade in dem Augenblicke, wo
Er uns mehr Geschäft zu thun gegeben hat, und schwerere
Lasten zu tragen. So begegnete Ihm Maria; die Begegnung war stillschweigend; Er ging weiter und kam ihr aus
dem Gesichte, bis sie sich wieder auf dem Kalvarienberge
begegneten. Es ist kein Schritt auf diesem Wege, den
wir nicht zuweilen zu machen haben. Es ist eine besondere Prüfung, für die keine Vorbereitung möglich ist, als
die Liebe. Je mehr wir Jesus lieben, um so mehr Zutrauen werden wir auf seine Liebe zu uns empfinden, und
während unsere Demuth durch kein Zeichen von Gleichgültigkeit überrascht werden wird, da unsere Niederträchtig-
keit etwas weit Aergeres als dieses verdient hat, so wird
unsere Liebe uns in den Stand setzen, mit ruhiger Heiterkeit in unserm Leiden weiter zu gehen, überzeugt, daß die
Liebe seines Herzens und der Blick seines Angesichtes ganz
verschiedene Dinge ausdrücken.

Wir müssen auch vorbereitet sein, zu finden, daß ein
Kreuz zu einem andern führt und kleine Kreuze zu großen.
Meistentheils kommen Kreuze nicht einzeln. Sie begegnen
einander in unsern Seelen wie zu einer bestimmten Zeit
und auf eine vorhergehende Verabredung. Manchmal, besonders nach Zeiten langer Ruhe und scheinbarer Unthä-
tigkeit der Gnade gehen wir plötzlich in eine Region von
Kreuzen über, gerade wie die Erde zu gewissen Zeiten des
Jahres eine Region von Sternschnuppen durchwandelt. Dann
folgen die Kreuze rasch auf einander, jetzt eines, dann zwei
zusammen, dann zwei oder drei auf einmal, so daß wir
kaum aufrecht stehen können. Zuweilen schlägt ein Sturm
von Kreuzen gerade in unser Gesicht wie ein heftiger Hagel
und tobt so erbarmungslos, daß wir kaum einen Weg zu-
rücklegen können oder wenigstens haben wir ganz das traurige Gefühl, keinen zurückzulegen. Zuweilen kommen sie

über uns von hinten, und wenn wir sorglos dahinwandeln, stolpern wir und fallen und ach! wer weiß nicht, daß ein Fall mit einem Kreuze auf unsern Schultern, obwol er um so verzeihlicher scheint, uns immer weit empfindlicher verletzt, als ein Fall ohne ein solches? Dies ist das grausamste Gesetz des geistlichen Lebens.

Manche Menschen haben ein einziges, lebenslanges Kreuz zu tragen, und andere Kreuze scheinen nicht hinzuzukommen. Aber selbst dann ist es fast dasselbe, wie wenn es neue Kreuze wären; denn die Bürde ist nicht gleich. Manchmal ist der Weg rauher, manchmal der Tag heißer; zuweilen sind wir selbst unwohl und furchtsam und schwach; zuweilen wird auch das Kreuz durch eine Art von Wunder, ohne Ursache, soweit wir urtheilen können, weit schwerer und drückt uns wund, wie es vorher nie that, und da der Grund verborgen ist, so ist auch das Heilmittel verborgen. Dieses lebenslange Kreuz, selbst wenn es ganz gleichförmig und von andern Kreuzen nicht begleitet ist, ist unter allen Prüfungen am härtesten zu tragen. Es ist so viel Veränderlichkeit in unserer Natur, daß sogar eine Veränderung der Strafe vom Scharfen zum Schärferen wirklich eine Erleichterung ist. Die Freude über den Wechsel ist für unsere menschliche Natur ein größeres Gut, als die vermehrte Strenge der Pein ein Uebel ist. Das Fürchterliche für die Natur ist, an eine beharrliche Gleichförmigkeit gebunden zu 'sein. Darauf beruht der verborgene Heroismus der Gelübde. Wer hat keine Erleichterung gefühlt in der Krankheit, wenn der Schmerz von einem Gliede auf ein anderes überging? So ist es, und noch mehr, mit den Leiden der Seele. Wer ein einziges Kreuz Jahre lang trägt und trägt es bis zum Grabe, muß entweder einer der verborgenen Heiligen Gottes sein, oder muß sich in einem niedrigen Zustand befinden, der so nahe an die Lauigkeit grenzt, als es mit der Rettung seiner Seele sich verträgt.

Aber zuweilen bleibt das eine, lebenslange Kreuz immer auf unsern Schultern, nur als das bleibende Fundament eines wahren Gebäudes von Kreuzen, welches Gott immerfort aufbaut und niederreißt und wieder aufbaut auf dem alten, dauernden Kreuze, ohne dasselbe jemals zu ändern. Es gibt einige Seelen, mit welchen Gott immerfort Versuche zu machen scheint, und nichts als Versuche zu machen bis an's Ende; aber es ist ein wirkliches Werk. Dies vereinigt die zwei Leiden der Gleichförmigkeit und der Abwechslung mit einander. Alle Epochen des Lebens stellen sich verschieden dar durch die vorübergehende Anhäufung von Kreuzen, während das bleibende Kreuz der tiefe Grundton des ganzen Lebens ist. Solche Menschen durchwandern die Welt nicht bloß als Merkwürdigkeiten, die zu bewundern sind, sondern als lebendige Quellen der Andacht für alle, die sie sehen. Es sind mächtige Menschen; denn den geheimen Fürbitten solcher Seelen verdanken wir alle geistlichen Erneuerungen auf Erden. Nicht selten tragen sie eine Zeit lang die ganze Kirche auf der Spitze ihres Kreuzes. Sie sind Denkmäler der Liebe Gottes; denn in ihnen sehen wir in vollster Offenbarung die große Wahrheit, die auch in ihrem Maße von dem Niedrigsten aus uns wahr ist, daß das Kreuz nie bloß eine Züchtigung ist, sondern immer auch eine Belohnung, und daß die Fülle der Liebe Gottes für jede geschaffene Seele nach der Fülle ihrer Kreuze zu bemessen ist.

Es ist noch eine weitere Lehre aus diesem Schmerze zu ziehen. Jesus und Maria gehen beide Einen Weg; konnte es ein anderer Weg sein, als der Weg zum Himmel? Dennoch führte der Weg, den sie wandelten, über den Kalvarienberg. Daraus schließen wir, daß niemands Gesicht zum Himmel gerichtet ist, wenn es nicht nach dem Kalvarienberge sieht. Im Leben, ob wir es wissen oder nicht, gehen wir stets einem Leiden entgegen. Bei der

nächſten Wendung des Weges ſteht ein unvorhergeſehener
Todesfall von irgend einem, den wir lieben, oder es löſt
ſich ein Zirkel auf, an welchen, wie es ſcheint, unſer Daſein gebunden war, oder es trifft uns ein Ungemach, auf
das wir nie rechneten. Wir beabſichtigen etwas nächſten
Sommer und der Gedanke an das gute und erfreuliche
Werk, das wir dann thun ſollen, erfüllt uns mit Freude;
aber ein Krankenbett lauert auf dem Wege, und die Sonne
des Sommers wird nur auf unſere unnütze und klagende
Wiedergeneſung ſcheinen. Die langen Winternächte ſollen
uns an einer Beſchäftigung finden, die wir nur mit Bedauern ſo lange aufgeſchoben haben, weil ſie ſo gut, ſo
voll der Ehre Gottes, ſo voll von unſerer eigenen Heiligung iſt. Allein ehe der kürzeſte Tag gekommen iſt, hat
das ganze Leben ſich verändert. Die Umſtände ſind anders
geworden. Das Gute würde nicht mehr gut ſein, oder
die Mittel, es zu thun, ſind unſern Händen entſchlüpft.
Der Verluſt der Gelegenheit iſt ein Unglück für uns; der
Aufſchub, durch welchen wir ſie verloren, iſt ein noch größeres. Das Gute, welches jetzt gethan werden kann, kann
ſpäter nie gethan werden. Wenn es morgen gut ſein wird,
dann ſeid überzeugt, daß es heute nicht gut iſt. Gott
ändert die Dinge, wenn Er die Zeiten ändert. Dies iſt
der Grund, warum unpünktliche Leute, die alles auf den
Morgen verſchieben, nie heilig, ſelten theilnehmend, immer
ſelbſtſüchtig ſind. So entrinnt das Leben und wir bereiten unſere eigenen Leiden durch den Mangel an Bereitheit. Andacht bedeutet nur Eines in der Theologie, und
dieſes Eine iſt die Bereitheit.

Zuweilen jedoch ſehen wir das Leiden, dem wir entgegen gehen. Vielleicht iſt dies der gewöhnlichſte Fall von
den beiden. Wir wiſſen, daß eine Krankheit zu einer beſondern Zeit des Jahres beinahe gewiß zurückkehren wird.
Oder wir haben ein unvermeidliches Geſchäft zu thun und

die Erfahrung der Vergangenheit versichert uns, daß das
Leiden, das daraus entstehen wird, ebenso unvermeidlich
ist, als das Geschäft selbst. Oder wir neigen uns voll
Schmerz über eine Schwester oder ein Kind hin, an welchem die Auszehrung heimlich nagt. Ein Verlust, dessen
Gedanken wir nicht ertragen können, bedroht uns so beständig. Es kann im nächsten Frühling sein, oder es kann
im nächsten Frühling über's Jahr sein. Oder es kann
sein, wenn die Blätter dieses Jahr fallen, oder wenn sie
von heut über zwei Jahre fallen. Oder ein scharfer Frost
kann die Blume diesen Winter knicken oder das Blutgefäß
kann heute Nacht im Schlafe brechen. Ein Sohn hat
vielleicht seine ganze Männlichkeit einer betagten Mutter
gewidmet, die Wittwe ist, oder eine Tochter hängt so an
einem leidenden Vater, daß sie sich nie in ihrem ganzen
Leben von dem Herde ihrer Kindheit trennen konnte. In
beiden Fällen haben der Sohn und die Tochter ein unvermeidliches Leiden vor sich, unvermeidlich, wenn sie selbst
am Leben bleiben, unvermeidlich im Laufe der Natur. Es
ist nur ein Werk der Zeit und keiner langen Zeit. In
den meisten Fällen sind diese vorhergesehenen Leiden mehr
heiligend, als die unvorhergesehenen. Das Leben wird
sanfter unter dem Schatten, himmlischer während der Finsterniß der Erde. Es stimmt besser zu den gewöhnlichen
Gesetzen der Gnade, und ist ein minder gefährlicher Proceß, als die schrecklichen Ueberraschungen, wodurch Heilige
gebildet werden, wie das Geld gemünzt wird, — durch
einen einzigen verzweifelten Schlag, durch einen einzigen
scharfen Druck, wenn das Feuer glüht. O glücklich diejenigen, wenn sie es nur wüßten, welche ein sichtbares Leiden immer auf sich warten haben, ein wenig weiter auf
dem Wege! So ist der Pfad von bei weitem den meisten
Prädestinirten immer besetzt gewesen.

Auf diese Art enthält der vierte Schmerz die ganze

Wiffenfchaft und das ganze Geheimniß des Kreuztragens.
Dies ift die Weisheit, die wir aus dem Gemälde lernen,
während wir Maria in den Straßen des graufamen Jeru-
falems betrachten. Das Auge ihrer Seele fieht den blond-
haarigen Knaben im Tempel, den fie vor mehr als zwan-
zig Jahren fuchte, während ihr leibliches Auge auf den
blaffen, blutenden und mit Koth befleckten Mann gerichtet
ift, der unter dem Schalle der Trompete und unter einer
Fluth von Verwünfchungen feinem Richtplatze entgegenzieht.
Und follen wir, die Ihm jenes fchwere Kreuz zu tragen
gaben und es noch mehr belafteten, nachdem wir es Ihm
gegeben hätten, wie wenn unfere Graufamkeit noch nicht
befriedigt wäre, — follen wir uns weigern, die füßen,
gnadefpendenden Kreuze zu tragen, die Er uns aufbindet,
und die zudem fo klein find, wie wir es felbft bekennen
müffen, wenn wir fie eine Weile getragen haben? O nein!
Laffet uns jetzt thun, was Maria damals that, — wir
wollen auf Ihn blicken, der auf dem Wege vor uns ift,
und fehen, wie die Schönheit des heiligen Herzens mit
fanfter Majeftät und voll anziehender Liebe auf dem kum-
merbleichen entftellten Angefichte ruht.

Sechstes Kapitel.
Der fünfte Schmerz. Die Kreuzigung.

Die Welt ift ein Geheimniß. Leben, Zeit, Tod,
Zweifel, Gutes und Böfes und die Ungewißheit, die an
unferm ewigen Loofe hängt, find lauter Geheimniffe. Sie
liegen zu Zeiten brennend auf dem Herzen. Aber das
Krucifir ift die Bedeutung derfelben, die Löfung von ihnen
allen. Es ftellt die Frage und beantwortet fie auch. Es
ift die Löfung aller Räthfel, die Gewißheit aller Zweifel
und der Mittelpunkt alles Glaubens, die Quelle aller Hoffnungen, das Sinnbild aller Liebe. Es offenbart den Menfchen

sich selbst und Gott dem Menschen. Es hält der Zeit ein Licht hin, daß sie in die Ewigkeit hineinblicken und wieder ermuthigt werden kann. Es ist ein lieblicher Anblick für uns in den Zeiten der Freude; denn es macht die Freude zart, ohne sie zu mißbilligen, und erhebt sie, ohne ihr Zwang anzuthun. Im Leiden kommt kein Anblick ihm gleich. Es entlockt Thränen und macht, daß sie schneller fließen und so sanft, daß sie süßer werden, als das Lächeln der Freude. Es gibt Licht in der Finsterniß und das Schweigen seiner Predigt ist immer beredt und der Tod ist Leben im Angesichte jenes feierlichen Ernstes des ewigen Lebens. Das Krucifix ist immer dasselbe, verändert aber immer seinen Ausdruck, so daß es für uns in allen unsern Gemüthsstimmungen gerade das ist, was wir am meisten bedürfen und was zu haben für uns am besten ist. Kein Wunder, wenn die Heiligen in solchem Entzücken befriedigter Liebe an ihrem Krucifixe hingen. Aber Maria ist ein Theil von der Wirklichkeit dieses Sinnbildes. Die Mutter und der Apostel stehen gleichsam durch alle Zeiten hindurch am Fuße des Krucifixes, selbst Sinnbilder des großen Geheimnisses, der einzig wahren Religion dessen, was Gott für die Welt gethan, die Er schuf. Wie wir nicht an das Kind zu Bethlehem denken können ohne seine Mutter, so läßt das Evangelium uns auch den Mann auf dem Kalvarienberg nicht darstellen ohne seine Mutter. Jesus und Maria waren immer eins; aber eine besondere Vereinigung fand zwischen ihnen statt auf dem Kalvarienberge. Zu dieser Vereinigung kommen wir nun, zu Mariens fünftem Schmerz, der Kreuzigung.

Der Kreuzweg war geendigt und der Gipfel des Berges ein wenig vor der Mittagsstunde erreicht. Wenn die Tradition die Wahrheit sagt, so war es schon damals ein denkwürdiger Platz, ganz geeignet, ein Heiligthum der Welt zu sein; denn es sollte der Ort sein, wo Adam's Grab lag, wo er ruhte, als die Barmherzigkeit Gottes seine neunhundert Jahre heldenmüthiger Buße annahm und beschloß. Dicht dabei lag die Stadt David's, die vielmehr die Stadt Gottes war, der Mittelpunkt so vieler wunderbaren Geschichten, der Gegenstand so vieler rührenden göttlichen Liebe. Das Schauspiel, welches jetzt hier aufgeführt werden sollte, wird der königlichen Stadt die Krone rauben, aber nur, um mit einer weit herrlicheren Krone von Licht und Hoffnung, von Wahrheit und Schönheit jede Stadt der Welt zu krönen, wo Christus der Gekreuzigte gepredigt und das allerheiligste Sakrament aufbewahrt werden sollte. Es war nur eine kleine Weile, eine Stunde vielleicht seit dem letzten Schmerze, so daß nur vier Stunden verstrichen sind zwischen dem vierten Schmerze und der Vollendung des fünften. Aber im Leiden und in der Heiligung ist es eine längere Epoche als die achtzehn Jahre von Nazareth. In nichts ist es mehr wahr, als in unserer Heiligung, daß bei Gott tausend Jahre nur wie ein Tag sind. Diese Stunden waren mit so göttlichen Geheimnissen, mit so ergreifenden Thatsachen erfüllt, daß der Verlauf der Zeit kaum ein Element ist in den Leiden der Seele Mariens. Sie kommt zu der Kreuzigung, ein größeres Wunder der Gnade und des Leidens, als vor einer Stunde, wo sie dem kreuzbeladenen Jesus an der Ecke der Straße begegnete.

Sie haben Ihm seine Kleider abgezogen, und seine menschliche Natur schrack unaussprechlich zurück vor der Schande dieser Entblößung. Für seine Mutter war die Schmach an sich selbst eine Marter und der entschleierte Anblick des Herzens ihres Sohnes war dabei ein entsetzlicher Schmerz für sie, den Worte nicht schildern können. Sie haben Ihn auf das Kreuz gelegt, ein härteres Bett, als die Krippe zu Bethlehem, in welcher Er zuerst lag. Er gibt sich in ihre Hände mit solcher Willigkeit wie ein müdes Kind, das seine Mutter sanft zu seiner Ruhe vorbereitet. Es schien, und es war wirklich so, wie wenn es mehr sein eigener Wille wäre als der ihrige, der erfüllt wurde. Schön in seiner Entstaltung, ehrwürdig in seiner Schmach liegt der ewige Gott auf dem Kreuze, die Augen milde zum Himmel gerichtet. Nie war Er Maria anbetungswürdiger vorgekommen, nie schien Er ihr offenbarer Gott als nun, da Er ausgestreckt dalag, ein machtloses, aber williges Opfer, und sie betete Ihn mit der tiefsten Ehrfurcht an. Die Henker strecken nun seinen rechten Arm und die Hand auf das Kreuz aus. Sie setzen den rauhen Nagel an die innere Fläche seiner Hand, an die Hand, aus welcher die Gnaden der Welt fließen, und der erste dumpfe Schall des Hammers wird in der Stille gehört. Das Zittern unendlicher Pein fährt über seine heiligen Glieder hin, ohne jedoch den sanften Ausdruck seiner Augen zu verbannen. Nun folgt Schlag auf Schlag mit schwachem Wiederhalle. Magdalena und Johannes halten ihre Ohren zu; denn der Schall ist unerträglich, ärger als wenn der eiserne Hammer auf ihr lebendiges Herz fiele. Maria hört es alles. Der Hammer fällt auf ihr lebendes Herz; denn ihre Liebe war schon längst sich selbst abgestorben und lebte nur in Ihm. Sie blickte aufwärts zum Himmel, sie konnte nicht sprechen; Worte würden nichts gesagt haben. Der Vater allein verstand das Opfer jenes nun sovielmal gebrochenen Herzens. Für sie war die Annagelung nicht eine einzige Handlung; jeder Schlag des Hammers war ein besonderes Martyrium. Der Hammer spielte auf ihrem Herzen, wie die Hand des Musikers abwechselnd die Tasten seines Instrumentes berührt.

Die rechte Hand ist an das Kreuz genagelt. Die linke will nicht reichen. Entweder haben sie sich in dem Loche verrechnet, das sie gebohrt haben, um den Durchgang des Nagel zu erleichtern, oder hat sich der Leib sonst

durch den Schmerz zusammengezogen. Fürchterlich war
die Scene, die jetzt folgte, wie die Heiligen in ihren Offenbarungen sie uns beschreiben. Die Henker zogen an
dem linken Arm mit aller Macht; dennoch wollte er nicht
reichen. Sie knieten auf seine Rippen, die man deutlich
krachen hörte, obwol sie unter dem gewaltsamen Drucke
nicht brachen, und indem sie seinen Arm ausrenkten, ge-
lang es ihnen, die Hand an die rechte Stelle zu bringen.
Nicht mehr als ein sanfter Seufzer konnte Jesus ausge-
preßt werden, und der milde Ausdruck seiner Augen blieb
immer derselbe. Aber für Maria, — welche Phantasie
kann sich den Schrecken jenes Anblicks und jener Töne
für sie ausmalen? Ach, es lag in ihnen mehr Schmerz,
als es brauchte, um alle die Heiligen zu bilden, die seitdem von der Kirche auf die Altäre gestellt worden sind.
Wieder beginnen die dumpfen Schläge des Hammers; ihre
Töne wechseln, je nachdem es Fleisch und Muskel war,
oder das harte Holz, durch welches der Nagel seinen grausamen Weg nahm. Seine Beine werden auch gewaltsam
ausgestreckt; ein Fuß wird über den andern gelegt, jene
Füße, die so oft wund und müde wurden auf der Wanderung nach den Seelen, und durch die feste Masse bebender Muskeln wird der Nagel hindurchgetrieben, langsam
und mit unaussprechlichem Schmerze wegen der Unstätig-
keit der Füße in jener Lage. Es ist unnütz, von der Mutter zu sprechen, vergebens, sie zu bemitleiden. Unser
Mitleid kann nirgends ausreichen im Vergleich mit dem
fürchterlichen Uebermaß ihres Leidens. Aber Gott hielt
sein Geschöpf aufrecht und sie lebte fort.

Nun wird das Kreuz vom Boden erhoben und Jesus
liegt darauf mit dem nämlichen milden Ausdrucke seiner
Augen. Es wird nahe zu der Höhlung hingetragen, die
sie gegraben haben, um den Fuß des Kreuzes aufzunehmen.
Sie befestigen sodann Stricke daran und indem sie es an

den Rand der Höhlung bringen, fangen sie an mittelst der Stricke es senkrecht aufzurichten. Als es beinahe gerade aufgerichtet ist, schieben sie den Fuß des Kreuzes allmählig über den Rand der Höhlung, bis es mit einem heftigen Rückpralle hineinfällt, welcher jedes Bein verrenkt und den Leib beinahe aus den Nägeln reißt. In der That sprechen einige beschauliche Heilige von einem Seile, das so grausam fest um die Mitte seines Leibes gebunden war, daß es wirklich im Fleische verborgen war, um zu verhindern, daß sich sein Leib vom Kreuze ablöste. So übertrifft ein Schrecken den andern und durchschauert gleich den Schwingungen eines Erdbebens alle übernatürlichen Fähigkeiten des Leidens, die wie Abgründe in dem zerrissenen Mutterherzen liegen. Wir wollen ihren Schmerz mit keinem andern vergleichen; er steht allein für sich da. Wir können ihn betrachten und darüber weinen in Liebe, — in Liebe, die auch ein Leiden ist; aber wir wagen nicht, denselben zu erklären. Schmerzhafte Mutter! gepriesen sei die allerheiligste Dreifaltigkeit für die Wunder der Gnade, die sie an dir in jener schrecklichen Stunde gewirkt hat! Die Erde erbebte in ihrem Innersten. Leblose Dinge schauderten, wie wenn sie Verstand hätten. Die Felsen, nicht bloß in der Nähe, sondern die entlegensten Küsten des Mittelmeeres entlang spalteten sich und der mystische Schleier des Tempels riß entzwei durch den Aufruhr der Erde, wie wenn eine Hand es gethan hätte. In jenem Augenblicke, so sagt uns eine Offenbarung, ging von den Vorhöfen des Tempels ein langer klagender Trompetenschall aus, um die Darbringung des mittäglichen Opfers anzuzeigen, und die, welche die Trompeten bliesen, wußten nicht, daß sie an jenem Tage im Himmel ertönten, wie die Mittagstrompeten nie vorher erklangen. Finsterniß fing an, sich über die Erde auszubreiten; denn der Trabant der Erde mochte wol die materielle Sonne verdunkeln, als die Erde

selbst so die Sonne der Gerechtigkeit verdunkelte, das ewige
Licht des Vaters! Die Thiere suchten einen Zufluchtsort,
wo sie sich verbergen könnten. Die Gesänge der Vögel
verstummten in den untenliegenden Gärten. Entsetzen kam
über die Seelen der Menschen und die Anfänge der Gnade
drangen wie die ersten schwachen Strahlen der Morgen-
dämmerung aus jener geheimwirkenden Finsterniß in manche
Herzen. Ein Augenblick war ein Jahrhundert, als die
Menschen von solchen Geheimnissen umgeben wurden.

Die erste von den drei Stunden beginnt, die den drei
Tagen so ähnlich waren, als sie ihren verlornen Knaben
suchte. In der Finsterniß ist sie ganz nahe zu dem Kreuze
gekommen; denn andere entfernten sich, als der panische
Schrecken sie gleichzeitig befiel. Es ist ein Glaube unter
den Juden, auf welchen diese Furcht sich leicht gründen
kann. Aber die Henker sind verhärtet und die römischen
Soldaten waren nicht gewohnt, in der Finsterniß zu zittern.
Nahe bei dem Kreuze würfeln sie bei dem schimmernden
Lichte um seine Kleider. Ihre rohen Worte und groben
Späße durchbohrten das Herz der Mutter; denn, wie wir
schon sagten, es gehörte zu ihrer Vollkommenheit, daß ihrem
Kummer nichts entging. Alles machte auf sie Eindruck;
alles machte seine eigene Wunde und beschäftigte sie, als
ob es das einzige Leiden wäre, der ausschließlich erschwerende Umstand. Sie sah jene Kleider, jene Reliquien, die
kostbarer waren als alle Schätze der Welt, in den Händen
von elenden Sündern, die sich frevelhaft damit bekleiden
würden. Dreißig Jahre waren sie mit Unserem Herrn gewachsen und nicht abgenützt worden durch den Gebrauch,
indem sich jenes Wunder erneuerte, das Moses im fünften
Buche erwähnt, „daß in den vierzig Jahren des Lebens
in der Wüste die Kleider der Juden nicht abgenützt, noch
die Schuhe ihrer Füße durch das Alter aufgerieben wurden." Nun sollten Sünder sie tragen und sie in unbe-

kannte Höhlen der Trunkenheit und des Lasters schleppen.
Allein was war dies anders, als ein Vorbild? Die ganze
unreine Welt sollte sich in die Gerechtigkeit ihres Sohnes
kleiden. Sünder sollten seine Tugenden tragen, durch seine
Verdienste Verdienste sammeln, in seinen Genugthuungen
genugthun und nach Lust aus den Quellen seines kostbaren
Blutes schöpfen. Wie Jakob in Esau's Kleidung gesegnet
worden war, so sollte die ganze Menschheit in den Kleidern ihres ältern Bruders gesegnet werden.

Den ungenähten Rock hatte sie selbst für Ihn gewirkt.
Die Einheit seiner Kirche wurde dadurch vorgebildet. Sie
sah, wie sie das Loos darüber warfen. Sie merkte, wem
er zugefallen war. Eine ihrer ersten liebenden Pflichten
gegen die Kirche wird sein, denselben als eine Reliquie
für die Gläubigen wieder zu gewinnen. Sodann stieg die
Geschichte der Kirche vor ihr auf. Jede Spaltung, die
jemals den mystischen Leib ihres Sohnes treffen sollte, war
wie ein neuer Riß in ihrem leidenden Herzen. Jede Irr-
lehre, jede Streitigkeit, jede unziemliche Sünde gegen die
Einheit stellte sich ihr mit dem tiefsten Schmerze dar, während auf Golgatha das lebendige Opfer wirklich dargebracht
und die Einheit seiner Kirche um einen so schrecklichen
Preis erkauft wurde. Alle diese Bitterkeit erfüllte ihre
Seele, ohne sie einen einzigen Augenblick von Jesus abzu-
ziehen. Wie heilige Päpste mit Herzen, gebrochen von
den Unbilden und Drangsalen der Kirche, ganz von ihnen
eingenommen worden sind, aber ohne einen Augenblick ihre
innere Vereinigung mit Jesus zu verlieren, so war es jetzt
noch vielmehr bei seiner Mutter der Fall. Auf dem Kalvarienberg empfand sie all dies mit einem besondern Gefühle,
wie wir in der Fasten und in der Passionszeit und in der
Andacht zur Passion Unseres Herrn die Kirche mit so
fühlbarer Hingebung lieben lernen.

Frische Quellen des Kummers eröffneten sich für sie,

als man den Titel an's Kreuz heftete. Er war von Pilatus gekommen, und es wurde eine Leiter am Kreuze aufgestellt, um den Titel über dem Haupte Unseres Erlösers
anzunageln. Jeder Hammerschlag war eine unaussprechliche Qual für Ihn, eine Qual, die auch in dem Herzen
der Mutter eine fürchterliches Echo fand. Auch vergrößerte
und erhöhte der Titel selbst ihr Leiden. Der Anblick des
heiligen Namens, der hier zum Hohne für alle Welt
prangte, des Namens, der ihr süßer war, als alle Musik,
wohlriechender, als alle Wohlgerüche, — dies war an sich
selbst ein Schmerz. Auch der Name Nazareth, wie brachte
er die Vergangenheit zurück und umringte das Kreuz in
jener finstern Luft mit schönen Erinnerungen und wunderbaren Contrasten! Ueberall in der Passion machten Bethlehem und Nazareth sich fühlbar und sichtbar und hörbar
und entlockten den unerschöpflichen Tiefen des Mutterherzens immer neue Schmerzen. Wenn Er ein König war,
so war es ein seltsamer Thron, auf den sein Volk Ihn
gesetzt hatte. Warum erkannten sie Ihn nicht als ihren
König an? Warum warteten sie auf einen römischen Fremdling, um es ihnen wie zum Spotte zu sagen? Warum
ließen sie Ihn nicht in ihren Herzen regieren? Ach, armes
Volk! Wie viel glücklicher würde es für dasselbe sein, wie
viele Sünden würden verhindert, wie viele Seelen gerettet, wie viele Ehre für Gott gewonnen werden! König der
Juden! Ach, daß es so wäre! Dennoch war es wirklich
so. Aber ein verworfener, verleugneter, abgesetzter, zum
Tode geführter König! Was für eine Last lag auf ihrem
Herzen in jenem Augenblicke! Es war die Last des selbst-
herbeigerufenen Fluches, die jenes arme königsmörderische
Volk zu Boden drücken sollte. Sie hätte alle ihre sieben
Schmerzen noch einmal ertragen mögen, um jenen Fluch
zu tilgen, und es wieder zu dem vielgeliebten Volke des
Gottes Abraham's, Isaak's und Jakob's zu machen. Es war

zu spät. Sie hatten ihren Tag gehabt. Sie hatten das Maß ihrer Gottlosigkeit erfüllt. Es stieg an jenem Morgen bis zum Rande, und daß sie Mariens Herz brachen, war ein Theil ihrer Missethat. Aber wenigstens über ihr Herz wurde Jesus als König anerkannt und herrschte da unumschränkt. So war es auch bei der theuern Magdalena und dem liebeglühenden Johannes, und während sie daran dachte, blickte sie auf dieselben mit einer wahren Glorie unendlicher Liebe. Bricht etwa Jesus die Herzen, über die Er herrscht, oder kommt Er aus eigener Wahl, um in gebrochenen Herzen zu regieren? Als ihr aber der Gedanke kam, was es hieß, Jesum zum König zu haben, der Gedanke an die unbestrittene Herrschaft, die Er durch seine Gnade über ihr sündloses Herz ausübte, an die Größe jenes Herzens, das durch seine Güte das gewaltige Reich der Engel oder die vielen Vollkommenheiten der Heiligen weit übertraf und an die endlose Herrschaft, die Er in jenem ihren schönen „elfenbeinernen Palaste" haben würde, der Ihn so freudig machte, da brach ihre Liebe von neuem über Ihn aus, wie wenn die Dämme des Oceans nachgegeben hätten und die Länder mit seinen Wogen überfluthet würden, und jeder Erguß der Liebe war zu gleicher Zeit ein unendlicher Erguß des Schmerzes.

Sie hatte genug Beschäftigung in sich selbst; aber der Schmerz erweitert große Herzen, gerade wie er kleine zusammenzieht. Sie hatte die Räuber zu Söhnen angenommen. Sie war begierig nach Kindern. Sie fühlte damals den Werth derselben ebenso, wie wir den Werth eines Freundes erkennen, wenn wir im Begriff stehen, ihn zu verlieren. Sein todtes Gesicht blickt es in uns hinein und bedeutet mehr, als sein lebendiger Ausdruck. Sie rang im Gebete um jene zwei Uebelthäter und Gott verlieh ihr, das Werk der Gnade in dem Herzen des einen von ihnen beginnen zu sehen. Befriedigt sie dies? Ja,

sie fühlt jene eigenthümliche Befriedigung, die aus erhör-
tem Gebete kommt, d. h. sie wurde begieriger in Folge
dessen, was sie erlangt hatte; sie rechnete dies nur für
einen Anfang. Sie bat, sie flehte. Man hätte glauben mögen, ein solches Gebet zu solcher Zeit fände keinen
Widerstand. Es ist nicht der Himmel, der widersteht.
Gnaden kommen von oben herab, wie Flüge von Engeln,
zu dem Herzen des unbußfertigen Schächers. Sie um-
flatterten ihn. Sie sangen um Einlaß, sie warteten, sie
pickten gleichsam an dem fleischernen Herzen. Sie machten es bluten, vor Schmerz, Schrecken und Gewissensbissen. Aber es war sein eigener Herr. Es wollte nicht
aufmachen. So nahe bei Jesus und doch verloren sein!
Das mochte Maria selbst unglaublich vorkommen, und dennoch war es so. Die Verstocktheit des Schächers nahm
es mit ihrer Güte auf und gewann die Oberhand. Maria kann von keinem Herzen Königin sein, wo Jesus nicht
bereits König ist. Aber ach, was für ein unaussprechlicher
Schmerz war für sie diese Unbußfertigkeit! Sein Gesicht
ist so nahe dem Angesichte Jesu, die Seufzer des makellosen Opfers dringen in sein Ohr, wie das Stillschweigen
in den Bergen herrscht, selbst der Odem des Gottes, der
Fleisch geworden, erreicht ihn, das kostbare Blut ist rings
um ihn ausgegossen, gleich einem Ueberfluß von unnützem
Wasser, wie wenn die Menschen nichts damit anzufangen
wüßten, — und mitten unter all' dem verdammt zu sein,
die brennenden, erstickenden Schmerzen jener Kreuzigung
mit dem ewigen Feuer zu vertauschen, durch seinen eigenen
Willen von der Seite des gekreuzigten Jesus losgetrennt
und im nächsten Augenblicke ein Theil der hoffnungslosen
Hölle zu werden! Maria sah seine Ewigkeit vorher; mit
einem Blicke überschaute sie sein ganzes schreckliches Loos.
Da stieg ein Seufzer aus ihrem Herzen auf über den
Verlust dieses armen unglücklichen Sohnes, und dieser

Seufzer schloß Schmerz genug in sich, um die beleidigte Majestät Gottes zu versöhnen, aber nicht genug, um des Sünders Herz zu erweichen.

Dies waren die äußeren, oder möchten wir lieber sagen, die amtlichen Beschäftigungen Mariens während der ersten Stunde am Kreuze. Ihre innerste und dennoch auch äußere Beschäftigung war das, was ober ihr war, was sie in der Finsterniß überschattete und was sie sogar lebhafter fühlte, als wenn sie es klar gesehen hätte, — Jesus hängend am Kreuze! Wie unsere Schutzengel immer bei uns sind, mit tausend unsichtbaren Liebesdiensten beschäftigt, und doch dabei Gott sehen und in diese einzige beseligende Anschauung versunken sind, so war es mit Maria auf dem Kalvarienberge. Während sie ein aufmerksamer Zeuge und Zuhörer der Männer schien, die Unseres Herrn Kleider unter sich theilten, und sah und hörte, wie man den Titel an das Kreuz nagelte, oder während sie mit der Bekehrung der Schächer beschäftigt schien, that sie alle jene Dinge, wie die Heiligen sie in Verzückung thun, mit vollkommener Aufmerksamkeit und fehlerloser Genauigkeit, und war dennoch weit hineingezogen in die Gegenwart Gottes und verborgen in seinem Lichte. Eine ganze Stunde verstrich. Jesus schwieg. Sein Blut glühte wie Feuer vor Schmerz. Sein Leib fing an, vom Kreuze herabzuhängen, wie wenn die Nägel ihn kaum halten könnten. Das Blut träufelte unterdessen an dem Kreuzesstamme herab. Er wurde immer blässer und blässer. Jeder Augenblick jenes Todeskampfes war ein Akt der Anbetung, der Gottes selber vollkommen würdig war. Er unterhielt eine unaussprechliche Gemeinschaft mit dem Vater. Geheimnisse, die alle Geheimnisse übertrafen, welche jemals auf Erden vorgegangen waren, gingen nun in seinem Herzen vor, das abwechselnd von den Schmerzen zusammengezogen und erweitert wurde, die zu entsetzlich für die Menschheit waren, um sie ohne

wunderbare Stütze zu ertragen. Es hatte eine göttliche
Stütze, aber der göttliche Trost wurde sorgfältig ferne gehalten. Das Innere jenes Herzens war dem inwendigen
Auge der Mutter klar enthüllt, und ihr Herz nahm an
seinen Leiden Theil. Auch sie bedurfte ein Wunder, um
ihr Leben zu verlängern, und das Wunder wurde gewirkt,
aber mit der nämlichen Eigenthümlichkeit; denn auch von
ihr wurde aller Trost ferne gehalten. So ging eine Stunde
vorüber und die Gnade hatte viele Welten von Heiligkeit
erschaffen, als die beladenen Minuten eine nach der andern
langsam hingingen, dann immer langsamer, wie die Schläge
einer Glocke um Mitternacht, wenn wir krank sind, fühlbar langsamer schlagen, um uns unser ungeduldiges Horchen vorzuwerfen.

Die zweite Stunde begann. Die Finsterniß wurde
dichter und wenigere Personen umstanden das Kreuz. Das
Würfeln ist nun vorbei und das Annageln des Titels an
das Kreuz macht keinen Lärm mehr. Alles war so stille
wie ein Heiligthum. Dann sprach Jesus. Es schien, wie
wenn Er ein geheimes Gespräch mit dem Vater gehalten
hätte und an einen Punkt gekommen wäre, wo Er das
Stillschweigen nicht länger halten konnte. Es klang, wie
wenn Er für die Sünder gesprochen und der Vater gesagt
hätte, daß die Sünde seiner Kreuzigung zu groß sei, um
vergeben zu werden. Für unsere menschlichen Ohren hat
das Wort jene Bedeutung. Es kam gewiß aus einer Tiefe,
aus etwas, was vorher vorgegangen war, entweder aus
seinen eigenen Gedanken oder aus der Heftigkeit seiner
Pein oder aus einem Gespräch mit dem Vater. Vater,
vergib ihnen; denn sie wissen nicht, was sie thun! Schönes, unendliches Gebet, wahr von allen Sünden und von
allen Sündern in ewige Zeiten! Sie wissen nicht, was
sie thun. Niemand weiß, was er thut, wenn er sündigt.
Wie schön ist ferner das Gebet, da es uns die charakteristische

Neigung Unsers Herrn offenbart! Wenn Er das Stillschweigen bricht, so geschieht es nicht wegen seiner Mutter
oder den Aposteln oder um jener liebenden verlassenen
Magdalena ein Wort des Trostes zuzusprechen, die Er so
zärtlich liebte. Es geschieht für die Sünder, für die
schlimmsten derselben, für seine persönlichen Feinde, für
jene, die Ihn kreuzigten, für jene, die Ihm in den Straßen
nachgeheult und Ihn mit der äußersten Schmach über-
häuft hatten. Es ist, wie wenn Er zu Nazareth seine
Mutter mehr als alle übrige Welt zu lieben schien. Aber
nun auf dem Kalvarienberge, als sein Leiden die innerste
Wesenheit und die letzten Enthüllungen seines heiligsten
Herzens an's Licht gebracht hatte, fand es sich, daß seine
erste Neigung den Sündern zugewendet war. Wurde Maria durch diesen Schein verletzt? War es ein frischer
Schmerz, daß Er nicht zuerst an sie gedacht hatte? O nein!
Maria kannte nichts von Selbstsucht auf dem Kalvarienberge; dieselbe hätte hier nicht leben können. Hätte ihr
Herz in demselben Augenblicke mit Unserem Herrn ausgerufen, es würde das nämliche Gebet gesprochen und sich
in gleichen Worten dessen entladen haben, wovon sie übervoll war. Aber das Wort rief neue Fluthen des Leidens
hervor. Schon der Ton seiner Stimme über ihr schmolz
ihr das Herz in der Brust. Das Wunder seines Stillschweigens ohne Klage war jetzt rührender, da er gesprochen hatte. Der Kummer schien seine Grenzen erreicht zu
haben, aber es war nicht der Fall. Jenes Wort riß die
Mauern nieder, legte eine ganze Welt von möglichen Leiden ihrem Herzen offen dar, und goß die Wasser über
dasselbe aus in einer unwiderstehlichen Fluth. Der wohlbekannte Ton durchdrang sie wie ein Speer. Selbst die
Schönheit des Wortes war Schmerz für sie. Ist es nicht
oft so, daß Worte auf dem Todbette gesprochen, das Herz
zerreißen, weil sie so schön sind, so unbegreiflich voll von

Liebe? Mariens gebrochenes Herz erweiterte sich und nahm die ganze Welt in sich auf und badete sie in Thränen der Liebe. Für sie war jenes Wort wie eine schöpferische Welt. Es machte die Mutter Gottes auch zur Mutter der Barmherzigkeit. Schneller als der Lichtstrahl, hatte, als jenes Wort gesprochen wurde, die Barmherzigkeit Mariens einen Mantel von Licht um die Erdkugel geschlungen, der ihre rauhen Stellen verschönerte und Glanz gab in der Dunkelheit, während unglaubliche Leiden sich gleichweit erstreckten, wie ihre unberechenbare Liebe.

Die Worte Jesu am Kreuze hätten beinahe ein Schmerz für sich selbst sein können. Sie waren an sich selbst rührender als alle Worte, die je auf Erden gesprochen worden sind. Die unvergleichliche Schönheit der Seele Unsres Herrn erfüllt jedes einzelne derselben, und doch wie verschieden! Die Anmuth seiner Gottheit ist in ihnen verborgen, und von einem Jahrhundert zum andern hat sie die beschaulichen Seelen entzückt, die Ihn am besten lieben. Wenn sogar uns selbst diese Worte bei unsern Betrachtungen beständig neue Schönheiten darstellen, was müssen sie für die Heiligen sein, und was waren sie erst für seine gebenedeite Mutter? Für sie war jedes derselben eine Theologie, die das Herz entzückte, während sie den Verstand erleuchtete. Sie wußte, daß es seine letzten sein würden. Im Leben waren sie nur wenige gewesen, und jetzt wird Er in weniger als zwei Stunden sieben aussprechen, auf welche die Welt horchen und die sie bewundern wird bis an's Ende der Zeit. Für sie standen sie nicht vereinzelt da. Sie riefen andere unvergessene Worte in's Gedächtniß zurück; es gab keine vergessenen. Sie legte sie durch andere aus und andere wieder durch diese und so stellten sie mannigfache neue Bedeutungen dar. Ueberdies sah sie das Innere, woraus sie kamen und sie waren deßhalb tiefer für sie. Aber die wachsende Schön-

heit Jesu war beständig eine immer reichere Quelle des
Leidens gewesen in allen den dreiunddreißig Jahren, und
es war nicht wahrscheinlich, daß jenes Gesetz auf dem
Kalvarienberge aufgehoben werden würde.. Und lag nicht
etwas vollkommen Furchtbares sogar für Mariens Auge
in der Art, wie seine göttliche Schönheit alles beherrschte,
und in jener Finsterniß hervorzuglänzen anfing? Es schien,
wie wenn die Gottheit sich selbst mitten unter den Trümmern seiner heiligsten Menschheit bloß legen wollte, wie
seine Gebeine sich durch sein Fleisch hindurch zeigten. Es
war unaussprechlich. Maria hob ihre ganze Seele zu ihrer
äußersten Höhe empor, um den Punkt der Anbetung zu
erreichen, die Ihm gebührte, und mußte anerkennen, daß
es nicht in ihrer Macht liege. Ihre Anbetung sank hinab
zur innigsten Liebe und ihre Liebe zog sich unter dem fro-
stigen Schatten zu einem heftigen Leiden zusammen, das
seine Pein überall unerträglich fühlbar machte, während
die leisen Schwingungen seiner klaren milden Stimme ihre
innerste Seele durchwogten.

Der Gedanke, welcher dem Herzen Unseres Herrn am
nächsten lag, wenn wir in aller Ehrerbietung so von Ihm
sprechen dürfen, war die Ehre seines Vaters. Wir können
kaum zweifeln, daß nach dieser unter den Neigungen der
geschaffenen Natur, die Er anzunehmen sich herabgelassen
hatte, die Liebe zu seiner unbefleckten Mutter obenan stund.
Unter seinen sieben Worten wird Eines sein, ein Wort,
das auf seine Lossprechung des Schächers auf Mariens
Fürbitte erfolgte, ein doppeltes Wort, sowol an sie, als
über sie. Auch dies wird wie eine schöpferische Welt sein,
schöpferisch für Maria, noch mehr für seine Kirche. Er
sprach aus einer unergründbaren Liebe, und dennoch mit
einer geheimnißvollen Verhüllung, die geeignet war, den
Kummer seiner Mutter noch zu erhöhen. Er nennt sie
„Weib", wie wenn Er bereits den Charakter eines Sohnes

21 *

abgelegt hätte. Er setzt Johannes an seine Stelle und
scheint endlich auf Johannes sein eigenes Recht zu übertragen, Maria Mutter zu nennen. Wie viel lag darin,
Unsere gebenedeite Mutter mit neuer Trübsal zu erfüllen!
Sie kannte wohl die Bedeutung des Geheimnisses. Sie
sah ein, daß sie durch diese scheinbare Uebertragung feierlich in ihr Amt als zweite Eva, als die Mutter der ganzen Menschheit eingesetzt war. Sie wußte, daß Jesus sie
jetzt noch inniger zu sich hingezogen, sie Ihm mehr als je
ähnlich, und ihre Vereinigung vollständiger gemacht hatte.
Die beiden Beziehungen einer Mutter und eines Sohnes
waren nicht länger zwei, sie verschmolzen in eine einzige.
Sie wußte, daß Er sie nie mehr geliebt, als jetzt, und ihr
nie einen handgreiflichern Beweis seiner Liebe gegeben
hatte, wovon es jedoch keines Beweises bedurfte. Aber
jeder neue Beweis seiner Liebe war für sie ein neues Leid;
denn es rief mehr Liebe in ihr hervor, und mit mehr
Liebe wie gewöhnlich, mehr Leid.

Aber was für eine seltsame Ankündigung war für sie
die Erklärung, daß sie die Mutter der Menschen sein sollte,
im Vergleich mit der Verkündigung ihrer göttlichen Mutterschaft! Die Stunde der Mitternacht, das stille Gemach,
das verzückte Gebet, die demüthige Bereitwilligkeit der Einwilligung, das schnelle Wunder des anbetungswürdigen
Geheimnisses — alles dies wurde jetzt vertauscht mit dem
Gipfel des Kalvarienberges in dem trüben Lichte der Sonnenfinsterniß, und ihr Sohn hängt blutend am Kreuze!
Ach was für eine unendliche Freude begleitete die erste
Mutterschaft, was für ein unerträglicher Schmerz die zweite!
Während jedoch Gott seinen Engel sandte, um die erste
Ankündigung zu machen, ließ Er sich selber mit seiner süßen
menschlichen Stimme zu der zweiten herab. Aber in Ma-
riens Seele herrschte die nämliche Ruhe, in ihrem Willen
die nämliche Freudigkeit ergebener Einwilligung. Wenn

wir im tiefen Leibe sind, scheint jede Handlung, die wir
verrichten müssen, unsern Kummer aufzuregen und zu vermehren. Sogar die Bewegungen des Leibes stören die
Stille der Seele. Eine Unterbrechung, ein äußeres Geräusch, die Scene, welcher das erhobene Auge begegnet, —
sie reichen hin, um die Dämme zu durchbrechen und die
Maße bittern Wassers noch einmal über die Seele auszu-
gießen. Als daher Mariens ganze Natur aufstand, um
diesem Worte Jesu zu begegnen, sich zu der Einwilligung
anschickte, die sie gab, und sie wie gewaltsam von Jesus
zu Johannes wendete, da war es, wie wenn der ganze
Schmerz der Kreuzigung neues Leben, frische Thätigkeit,
eine heftigere Bitterkeit, eine größere Macht der Betrübniß erhielte. Während der Gedanke an Ihn der schrecklichste aller ihrer Gedanken war, war er auch der erträg-
lichste. Sie fühlte am meisten, wenn andere Gedanken
die Stelle von jenem einnahmen. Wer hat dies nicht in
Zeiten der Trauer empfunden? Er, den wir verloren, ist
unser schrecklichster Gedanke — dennoch ist es etwas besänf-
tigendes, beruhigendes, an ihn zu denken. Der Gedanke
hält uns in unserm Kummer aufrecht. Aber an andere
Leute, an andere Dinge zu denken, das bringt eine Unruhe, eine reizbare Unzufriedenheit, eine ungelegene Zerstreuung mit sich, die unsern Kummer unerträglich macht.
So machte nun Jesus in der Seele Mariens den Gedanken an die Sünder vorherrschend. Er wandte ihre Gedanken von Ihm zu der Kirche, zu seinen Feinden, seinen
Verfolgern, seinen Mördern. Er nahm sie so zu sagen
aus dem lieblichen Kreise ihrer Mutterschaft heraus und
versetzte sie in den neuen Mittelpunkt ihres Amtes und
ihrer Beziehung zu der Menschheit. Denn sogar während
Er zu ihr und von ihr sprach, schienen eher die Sünder,
als sie selbst in seinem Herzen die Oberhand zu haben.
Das Leiden von all dem war unermeßlich, heftiger als

jedes andere Weh, das jener schmerzenreiche Morgen ihr gebracht. So verstrich die zweite Stunde am Kreuze, ein Jahrhundert von Wundern, die Jahrhunderte von englischer Wissenschaft und seraphischer Beschaulichkeit nicht hinläng- lich ergründen können. Jesus lebte noch, das Blut floß noch, der Leib wurde noch blässer in der Dunkelheit; — ringsum herrschte Stillschweigen, außer wenn seine schönen Worte leicht in der Luft hinzitterten; sie schienen aber die Finsterniß und die Stille nur zu erhöhen.

Die dritte Stunde begann, die dritte Epoche, in wel- cher dieser lange Schmerz an der erhabenen Welt des Her- zens Mariens arbeitete. Sein erstes Wort in dieser letz- ten Stunde war für unsere theuerste Mutter betrübender, als Simeon's Schwert. Er sagte: ich dürste. Wohl mochte Ihn dürsten; denn seit dem gesegneten Kelche seines eige- nen Blutes am vorigen Abend, war nichts an seine Lip- pen gekommen, als der Geschmack von Wein und Galle, der Druck des mit Essig gefüllten Schwammes und sein eigenes Blut, das hinein geträufelt war. Indessen brann- ten die Nägel wie Feuer an seinen Händen und Füßen. Seine Glieder vom Haupt bis zu den Füßen waren von den Riemen der grausamen Geißlung zerfetzt; unzählige Dornen stacken wie Flammenspitzen in seinem Schädel und sein Gehirn brannte von der unerträglichen Entzündung. Tropfen um Tropfen seines Blutes war Ihm entzogen worden nebst aller Feuchtigkeit seines Leibes, und die Quel- len im Herzen waren auf dem Punkte, zu versiegen. Wahr- lich, wir dürfen wohl glauben, daß nie ein Durst dem sei- nigen gleich kam. Keine schiffbrüchigen Dulder verzehrte jemals ein Durst, der heftiger brannte, und Zunge, Lip- pen und Schlund waren bei ihnen nicht ausgetrockneter, als bei Ihm. Dennoch wissen wir, daß jene einzige Mar- ter bei starken Männern hingereicht hat, um ihnen die Vernunft zu rauben und daß es wenige Todesarten gibt,

die entsetzlicher sind, als der Tod in Folge des Durstes.
Wir können nicht zweifeln, daß Unser Herr in einem Grade
Durst litt, daß ohne ein Wunder der Tod hätte kommen
müssen. Wie fürchterlich muß der Druck jenes physischen
Leidens gewesen sein, das jenen stillen Dulder zu seinem
Ausrufe zwang! Wenn es je ein Wunder war, daß Maria in all ihrem Weh kein Zeichen von weiblicher Schwäche
von sich gab, keine Ohnmacht, kein Seufzen, kein Weinen,
keine wilde Gebärde des Jammers, der sich nicht beherrschen kann, so war es jetzt ein doppeltes Wunder. Nicht
nur war dieser Ausruf Jesu der herzzerreißendste Kummer
für sie, sondern es kam noch jene Last hinzu, die der
menschliche Kummer nie tragen kann und ein Kummer der
Mutter am allerwenigsten, nämlich das Gefühl der Ohnmacht, das Leiden derjenigen zu lindern, die wir lieben.
Sie blickte in sein sterbendes Antlitz mit einem Gesichte,
auf welchem der Tod beinahe ebenso tief eingegraben war,
wie auf dem seinigen. Sie sah seine ausgedorrten, ge-
schwollenen, bebenden Lippen von jener Blässe des letzten
Todeskampfes überzogen, welche keiner andern Blässe ähnlich ist. Aber sie konnte nicht hinauf langen, nicht einmal
um mit ihrem Schleier das geronnene Blut abzuwischen.
Es war vergeblich, und sie mußte es, die grausamen Männer anzurufen, die auf dem Berge zerstreut waren. Um
einen Becher kalten Wassers für jene Lippen, — welche
neue Scenen des Leidens hätte sie mit Freuden durchgemacht! Aber es durfte nicht sein. Sie erinnerte sich, wie
Er einmal in das kalte funkelnde Wasser des Jakobsbrun-
nen hinabgeblickt und in seiner Ermüdung und in seinem
Durst nach einem einzigen Schlucke jenes Elementes verlangt hatte, das Er selbst geschaffen, und wie Er damals
Durst und Müdigkeit in seinem liebevollen Eifer vergaß,
jenes arme samaritanische Weib zu bekehren. Aber nun,
— und es war ein überwältigender Gedanke, — war das

Waſſer ebenſo fern von den Lippen des ſterbenden Erlöſers, wie von denen des reichen Praſſers in dem ewigen
Feuer, aus welchem er auch nur um einen einzigen Tropfen gefleht hatte. Nein! Ihr theuerſter Sohn muß es
tragen. Er hat zuletzt über ſeine phyſiſchen Qualen ge-
klagt; aber wozu diente es, als das Herz ſeiner Mutter
noch einmal zu brechen und die Liebe und Anbetung zahl-
loſer Seelen in allen Zeitaltern ſeiner Kirche hervorzu-
rufen? Ihm brachte es keine Erleichterung; unſertwegen
klagte Er, damit ſogar um den Preis von mehr Leiden für
Maria wir einen weitern Beweggrund haben möchten, Unſern gekreuzigten Bruder zu lieben.

Allein dies war nicht der einzige Durſt, welchen jenes
Wort bedeuten ſollte. Seine Seele dürſtete ebenſo brennend
nach Seelen, wie ſein Leib nach dem Waſſer des Brunnens.
Er überdachte alle kommenden Zeiten und ſehnte ſich,
die Schaaren der Erlöſten zu vermehren. Ach, wir können
die Qual ſeines phyſiſchen Durſtes annähernd ermeſſen,
aber wir haben nicht einmal einen Schatten, wodurch wir
die Wirklichkeit jener Qual in ſeiner Seele ahnen können.
Wie die Liebe, welche der Schöpfer zu den Geſchöpfen hat,
die Er aus dem Nichts hervorrief, keiner andern Liebe der
Engel oder der Menſchen ähnlich iſt, wie ihre Art ohne
Gleichen und ihr Grad ein Uebermaß iſt, das unſer Ver-
ſtand nicht begreifen kann, ſo verhält es ſich auch mit der
geiſtlichen Liebe der Seelen in der Seele des Welterlöſers.
Die rettende Liebe hat nichts Aehnliches, ebenſo wie die
ſchöpferiſche Liebe. Wie alle Arten irdiſcher Liebe nur
Funken der ſchöpferiſchen Liebe ſind, ſo ſind alle apoſto-
liſchen Triebe, aller Miſſionseifer, alle Bereitwilligkeit
des Martyrthums, alle fürbittenden Bußen und alle be-
ſchaulichen Fürbitten nur kleine Funken jener rettenden
Liebe, von welcher der Kalvarienberg das Sinnbild und die
Wirklichkeit zugleich iſt. Die Qual dieſes Durſtes war

unvergleichlich heftiger, als die des andern Durstes. Maria
sah es und kaum hatte sie es gesehen, so versetzte schon der
Anblick sie gleichsam in eine neue unerforschte Welt des
Leidens. Sie sah, daß dieser Durst beinahe ebenso wenig
befriedigt werden würde, wie der andere. Sie sah, wie
Jesus in jenem Augenblicke in seiner Seele die endlose
Procession von Menschen schaute, täglich ununterbrochen
von einem Morgen zum andern, die den Charakter der
Taufe und das Siegel seines kostbaren Blutes mit sich in
die Hölle nahmen. Sehet! sogar jetzt, während der Erlöser vor Durst sterben will, will der unbußfertige Schächer Ihm nicht einmal seine einzige befleckte Seele zu trinken geben. So sollte es immer fortgehen. Maria sah
das alles. Warum hatte Er jemals Nazareth verlassen?
Hatte Er diese ganze Welt unnöthigen Leidens durchwandert, nur um am Ende einen so geringen Erfolg zu haben? War Gottes Ehre eher der Zweck des Kalvarienbergs, als die Erlösung des Menschen? Ja, und doch auch
Nein! Maria, wie Jesus selbst, murrte nicht über eine
einzige Pein, über einen einzigen Geißelstreich, über einen
letzten Tropfen Blutes, der aus seiner gekrönten Stirne
träufelte. Auch sie dürstete nach Seelen, wie Er, und ihr
Herz sank in ihr, als sie sah, daß Er sich nicht satt trinken sollte. Ach, wir armen elenden Kinder! Wie viel von
unsern Seelen haben wir zurückbehalten, was die Mutter
und den Sohn an jenem Tage in etwas getröstet haben
würde!

Allein Jesus hatte noch in einen tiefern Abgrund seines Leidens hinabzugehen, als jeder war, den Er bisher
durchmessen hatte. In jene Tiefe mußte auch Maria hinabsteigen. Nicht blos für uns war das Wort, das Er jetzt
aussprechen sollte; es geht über uns hinaus, es kommt wie
ein geheimnißvoller ferner Schrei aus den Tiefen geistlichen
Leidens, welchem sogar die mystische Theologie keinen

Namen geben kann. Es ist: Gott verlassen von Gott, das
Geschöpf verworfen von dem Schöpfer, obwol mit Ihm
durch eine hypostatische Vereinigung verbunden, die heilige
Menschheit Jesu verlassen von der göttlichen Natur, an
die sie unzertrennlich geknüpft ist; eine menschliche Natur,
personenlos gelassen, weil die göttliche Person, die sich nie
zurückziehen kann, sich zurückgezogen hat, die zweite Person der heiligen Dreifaltigkeit verlassen von den beiden
andern! Was sind dies für schreckliche Worte? Wir wissen,
sie sind unmöglich. Allein wenn wir die Verlassenheit Jesu
mit Worten geben, so sind dies die unmöglichen Ausdrücke,
in die wir uns verwickeln. Mein Gott, mein Gott, warum hast Du mich verlassen? Gab es jemals einen wahreren Ausruf eines Geschöpfes? dennoch war Er, Der das
Wort sprach, selbst der Schöpfer. Nicht blos für uns
konnte also ein solches Wort gesprochen werden; es wurde
Ihm gerade durch den Geist der Anbetung in seiner äußersten Qual abgepreßt. Einige haben die Vermuthung aufgestellt, daß in jenem Augenblicke die bisher unverzehrte
Gestalt des heiligen Sakramentes verzehrt, und daß so
jene geheimnißvolle Verbindung Seiner mit Ihm selbst
zurückgezogen wurde. Allein diese Ansicht empfiehlt sich
uns nicht. Wie sollte Er Trost und Stärke schöpfen aus
seinem sakramentalen Fleisch und Blut, während Er beides, Fleisch und Blut, unerhörten Martern aussetzte?
Wie überhaupt Trost schöpfen, während Er geflissentlich
alle Dinge, die Ihn umgaben, sogar das Herz seiner Mutter zu neuen Werkzeugen der Marter machte? Wie sollte
seine göttliche Natur im heiligen Sakramente eine Süßigkeit und eine Erquickung für Ihn sein, deren Verlust Ihm
einen solchen Schrei auspreßte, während Er sogar in der
hypostatischen Vereinigung, die eine unvergleichlich innigere
Verbindung war, als die des heiligen Sakramentes, die
Stützen seiner göttlichen Natur seiner menschlichen entzog,

ausgenommen die einzige Mittheilung seiner Allmacht, die Ihn in den Stand setzen sollte, zu leben, damit Er mehr leiden könnte? Das Gefühl der Gläubigen, jener Instinkt, der so selten irrt, deutet ohne Zögern auf den ewigen Vater hin, als auf die Ursache jenes Leidens und als angeredet in jenem Worte.

Gibt es aber eine Grausamkeit in Gott? Nein, die unendliche Gerechtigkeit ist ebenso weit entfernt von Grausamkeit, als es die unendliche Liebe sein kann. Dennoch war es der Vater, Er, der alle Freundlichkeit, alle Milde, alle Nachsicht, alle Sanftmuth, alle Geduld, alle Väterlichkeit im Himmel und auf Erden darstellt, welcher jenen Augenblick der heftigsten Pein wählte, als der Sturm erschaffener Leiden anfing, minder erbarmungslos zu toben, weil er jetzt beinahe erschöpft war, um von neuem mit einer entsetzlichen innern Kreuzigung den Sohn seines eigenen endlosen Wohlgefallens zu kreuzigen. Mit einer Anstrengung, die alle Gnade, welche je gegeben wurde, unaussprechlich überstieg, die Gnade Jesu ausgenommen, hob Maria ihr Herz zu dem Vater empor, vereinigte ihren Willen mit seinem Willen in dieser grausamen Noth und verließ in einem gewissen Sinne ebenso wie Er ihren Vielgeliebten. Sie gab den Sohn dem Vater hin; sie opferte die Liebe der Mutter der Pflicht der Tochter; sie anerkannte nur den Schöpfer als das letzte Ziel des Geschöpfes. Sie hatte dies gleich anfangs in ihrem ersten Schmerze gethan bei der Darstellung Jesu im Tempel, und es war jetzt vollendet. O Mutter, wie weit hatte jenes Verlangen, die Ehre Gottes zu fördern, dein königliches Herz geführt! Sie sah Jesus verlassen. Sie hörte den Ausruf seiner frisch gekreuzigten Seele, die durch diese neue Erfindung der Gerechtigkeit seines Vaters im Innersten erschüttert ward. Und sie wünschte es nicht anders. Sie würde Ihn verlassen haben, wenn es der Wille des Vaters war, und

es war sein Wille. Deshalb würde sie von ganzer Seele
mit der vorbehaltlosesten, freiwilligsten Einwilligung Ihn
verlassen haben. Sie würde in diesem Augenblicke von
dem Gipfel des Kalvarienbergs herabsteigen, wenn der Vater es ihr gebot. Aber ihre Liebe erhob sich wie verzweifelt, um dieser äußersten Forderung zu begegnen. Niemand würde geträumt haben, daß eine menschliche Seele
so viel Liebe fassen könnte, als sie in jenem Augenblicke
über Jesus ausgoß. War ihr Herz unendlich, unerschöpflich? Es schien wirklich so. Denn in jener Stunde vereinigte, vervielfältigte und übertraf es alle Liebe der dreiunddreißig Jahre und ergoß sie in seine Seele, wie wenn
es mit sich selbst die unermeßliche Leere ausfüllen wollte,
welche das Verlassensein vom Vater daselbst verursacht
hatte. Alles ging aus ihr hinaus, nur nicht die schreckliche Bitterkeit ihres Martyrthums. Leiden, reines, lauteres, scharfes, feuriges Leiden war Fleisch und Blut und
Bein und Seele und alles für sie. Alles übrige war
in das Herz Jesu eingegangen, welches hierauf eine Fluth
von Liebe über sie ausgoß, die sie mit einem neuen Meere
entsetzlichen Schmerzes erfüllte. Und durch ein einziges
Wunder lebten sie noch beide.

Nun, gebenedeite Mutter, da du auf so unglaublichen
Höhen irdischer Entsagung stehst, mag das Ende kommen.
Alles war vollendet; hauptsächlich die Schöpfung. Sie
hatte eine Heimath gefunden am Grabe des ersten Adam
unter dem Kreuze des zweiten. Der Vater hatte Ihn
verlassen. Er muß zu dem Vater gehen; es ist unmöglich, daß sie getrennt sein sollen. Die Geschöpfe hatten
gethan, was sie konnten. Sie hatten bis an den Rand
den Leidenskelch des Erlösers gefüllt, und Er hatte mit
erbarmungswürdiger Liebe denselben bis auf die Hefe ausgetrunken. Aber es war noch Eine geschaffene Strafe
übrig, geschaffen vielmehr durch das Geschöpf als den Schö-

pfer, geſchaffen hauptſächlich durch ein Weib. Es war die
Strafe des Todes, das älteſt=geborne Kind der erſten Eva.
Konnte aber der Tod ſeinen Scepter ausſtrecken über das
ewig lebende Leben? Konnte Eva Gott ſtrafen? Sollte
Er das bittere Vermächtniß des ſüßen Paradieſes erben?
Wie konnte das ſein? Wie konnte Er ſterben? Was
konnte der Tod für Ihn ſein? Mariens Herz muß zu der
Höhe dieſer ſchrecklichen Stunde erhoben werden. So hoch
ſie iſt, ſo muß ſie doch noch höher erhoben werden, bis zu
dem Punkte dieſes göttlichſten Geheimniſſes. Die dreiund=
breißig Jahre gehen zu Ende. Eine neue Epoche in der
Weltgeſchichte ſoll ſich eröffnen. Die herrlichſte aller ihrer
Epochen neigt ſich zum Schluſſe. Was ſoll der Tod für
Ihn bedeuten? Ach wir können auch fragen, was ſoll das
Leben für ſie ſein, wenn Er geſtorben iſt? Was wird
Maria ſelbſt ſein ohne Jeſus? Sie blickte nicht hinauf,
aber ſie mußte, daß ſein Auge jetzt auf ihr ruhte. Was
für eine ſeltſame Macht liegt in den Augen des Sterben=
den, daß ſie oft die abgewandten Geſichter umwenden und
ſie an ſich ziehen, damit die Liebe den letzten Blick der
Liebe ſehen kann? Sein Auge ruhte auf dem nämlichen
Gegenſtande, auf welchem es in dem Momente ruhte, da
Er geboren ward, als Er plötzlich auf einem Theile ihres
Gewandes auf dem Boden lag, während ſie im Gebete
kniete, und als Er lächelte und ſeine Händlein aufhob,
um in ihre Arme genommen und an ihren Buſen gedrückt
zu werden. Seine Arme ſind jetzt anders erhoben und
laden uns ein, zu ihnen hinanzuſteigen wie zärtliche Kin=
der, und zu ſehen, was die Umarmung der Liebe des Er=
löſers bedeute. Sie fühlte ſein Auge und blickte auf in
ſein Angeſicht. Nie ſahen zwei ſolche Antlitze einander an
und ſprachen eine ſo unausſprechliche Liebe aus. Der Va=
ter hielt Maria in ſeinen Armen aufrecht, damit ſie nicht
unterging unter der Laſt der Liebe, und der laute Ruf

ging aus von der Hügelspitze, Mariens Seele in stilles
Leid versenkend. Und das Haupt neigte sich zu ihr herab,
das Auge schloß sich und die Seele ging an ihr vorbei
wie ein Blitz und sank in die Erde, — und es erhob sich
ein Wind und störte die Finsterniß, und die Sonne trat
klar hervor aus dem Schatten des Mondes und die Dächer der Stadt schimmerten weiß, die Vögel begannen zu
singen, aber nur wie wenn sie halb ermuthigt wären, und
Maria stand unter dem Kreuz, — eine kindlose Mutter!
Die dritte Stunde war vorüber.

Dies war der fünfte Schmerz mit seinen schöpferischen
Perioden von Heiligkeit und Leiden. Sie war die ganze
Stunde hindurch gestanden, trotz dem gestrigen Leidenskampfe, trotz der schlaflosen Nacht und dem langen Morgen mit seinen vielen schrecklichen Erscheinungen, und die
Schrift bemerkt sorgfältig ihre Stellung, wie wenn dies
Wunder der Ausdauer an sich selbst eine Offenbarung von
der Größe des Herzens der Mutter wäre. Es ist gleichsam
ein Lohn für ihren Schmerz, daß wir Christus den Gekreuzigten nicht predigen können, wenn Maria nicht sichtbar ist. Es ist etwas anderes, was wir predigen, nicht
dieses, wenn sie nicht dabei steht. Und nun steht sie auf
dem Kalvarienberg allein. Es ist drei Uhr Nachmittags, an dem entsetzlichsten Tage, den die Welt jemals
sehen wird.

Etwas bleibt noch zu sagen übrig von den Eigenthümlichkeiten dieses Schmerzes, ungeachtet schon so vieles
in der Erzählung zum voraus davon erwähnt worden ist.
Vor allen Dingen hat die Kreuzigung diese Eigenthümlichkeit, daß sie die ursprüngliche Quelle aller übrigen Schmerzen war, den dritten ausgenommen. Dieser steht für sich
allein da. Er ist Maria's eigene Kreuzigung, ihr Gethsemane und ihr Kalvarienberg. Aber die beiden Schmerzen, die aus der Kindheit Jesu entsprangen, und die vier,

welche die Paſſion darſtellen, haben die Kreuzigung zum
Mittelpunkte. Der Verluſt des Knaben in den drei Tagen gehört nicht der Kindheit an, und der Schatten der
Paſſion iſt nicht mehr über dieſelbe geworfen als über das
ganze Leben Mariens. Es war der Akt Jeſu ſelber, welcher ſcheinbar eine beſondere Beziehung auf ſeine Mutter
hatte. Der dritte Schmerz, der den achtzehn Jahren zu
Nazareth vorangeht, war für ihre Leiden, was die achtzehn
Jahre für ihr Leben im allgemeinen waren, etwas zwiſchen
Jeſus und ihr ſelbſt, ein Geheimniß einer andern Sphäre
als jene, wo beide, Er und ſie, in der Erfüllung der Welt-
erlöſung betheiligt waren. Aber das Schwert in Simeon's
Weiſſagung war die Kreuzigung. Die Flucht nach Aegypten ſollte die Grauſamkeit des Herodes verhindern, dem
Augenblicke des Todes Unſeres Erlöſers zuvorzukommen.
Die Begegnung mit dem Kreuze war der Weg nach dem
Kalvarienberg. Die Abnahme vom Kreuze und das Begräbniß waren Leiden, die naturgemäß aus der Kreuzigung
floſſen und in ununterbrochenem Zuſammenhang damit
ſtanden. Die Kreuzigung war deshalb die Verwirklichung
ihres lebenslangen Schmerzes. Die Quelle war erreicht.
Sie hatte dieſelbe bis zum Kalvarienberg hinauf verfolgt.
Was übrig blieb, war das unnütze Waſſer oder vielmehr
das Waſſer und Blut, welches vom Berge herabfloß und
an der Schwelle des Gartengrabens hineinſank. Verglichen
mit der Kreuzigung waren die andern Schmerzen, der dritte
immer ausgenommen, beinahe Erleichterungen und Zerſtreuungen, welche auf die bleibenden Tiefen ihres unergründbaren Wehes einwirkten. Die Kreuzigung war ein
Leiden für ſich allein, ohne Namen oder Aehnlichkeit. Sie war
der Mittelpunkt des Syſtems ihrer Schmerzen, während
die Unabhängigkeit ihres dritten Schmerzes das Daſein
jener ungeheuren Welt bezeugt, die Maria in ihrem eigenen Ich war, — eine beſondere Schöpfung, glänzender als

diese unsere Welt, und Jesu viel theurer. Sie ist ein geheimnißvoller Himmelskörper, der diesem andern Systeme sichtbar werden durfte, wo wir sind, — eine Enthüllung jener ganzen Welt von Erscheinungen, die unsern Augen in den achtzehn Jahren verborgen ist, in welchen Jesus sich ihr widmete. Sie stellt sich der unbefleckten Empfäng= niß, der Menschwerdung und der Aufnahme in den Him= mel an die Seite, die alle zu Mariens Welt gehören und statt gefunden haben würden, wenn die Sünde nicht ge= wesen wäre, obwol sie anders statt gefunden hätten, als sie statt fanden. Allein jener dritte Schmerz zeigt, wie die gefallene sündhafte Welt und die Nothwendigkeit einer leidensfähigen Menschwerdung auf ihre Welt einwirkte, wie auf die seinige, und auf die Charakterzüge der Mut= terschaft wie auf die der Menschwerdung Einfluß übte. Es gibt gewiß wenige Geheimnisse im Evangelium, die wir weniger verstehen, als den Verlust Jesu in den drei Tagen.

Eine andere Eigenthümlichkeit der Kreuzigung ist die Länge der Zeit, während welcher die Fluth des Leidens auf ihrem höchsten Punkte blieb, ohne ein Zeichen der Ab= nahme. Die Geheimnisse, welche die drei Stunden aus= füllten, scheinen für uns zu verschiedenartig, um sie, we= nigstens bis wir zur Verlassenheit vom Vater kommen, als vom kleinern zum größern in einer Stufenfolge auf= steigend zu betrachten. Es sind eher besondere Erhebungen von ungleicher Höhe, die wie eine Bergkette mit einander in Verbindung stehen. Allein die niedrigste derselben war so unermeßlich hoch, daß sie in ihrer Seele den unermeß= lichsten Schmerz hervorbrachte. Die Todesangst ist mo= mentan. Die Länge von einigen der schrecklichsten Ope= rationen, welche den menschlichen Körper foltern können, übersteigt selten eine Viertelstunde. In menschlichen Stra= fen, die nicht tödten sollen, hält die Hand der Wissenschaft Wache über den Puls des Leidenden. Aber für Maria

war die Kreuzigung drei Stunden, drei lange Stunden
tödtlichen Leidens, das hundert Arten und Gestalten von
Martern in sich begriff, von denen jede einzelne an sich
selbst unerträglich war, über die Größe menschlicher Ausdauer hinausging, wenn sie nicht durch ein Wunder gestützt worden wäre, und sich jene ganze lange Zeit auf jener übermenschlichen Höhe hielt. Wenn der Schmerz
kommt, wünschen wir niederzuliegen, wofern nicht Wahnsinn und Delirium zugleich mitkommen, oder wir sind gezwungen herumzulaufen, uns zu krümmen und zu ächzen.
Maria stand die ganze traurige Zeit über aufrecht auf
ihren Füßen, ohne sich auf jemand zu stützen und kaum
ein hörbarer Seufzer begleitete ihre stillen Thränen. Es
ist schwierig, diesen Gedanken zu fassen. Wir können ihn
nur fassen im Gebete, nicht durch Hören oder Lesen.

Es war auch eine Eigenheit der Kreuzigung, daß sie
eine heldenmüthige Probe ihres unvergleichlichen Glaubens
war. Beinahe der Glaube der ganzen Welt war in ihr,
als sie mit Johannes und Magdalena am Fuße des Kreuzes stand. Es gab kaum ein Theilchen ihres Glaubens,
das nicht in jener entsetzlichen Scene auf's äußerste geprüft wurde. Im natürlichen Sinne war die Gottheit
Unsers Herrn nie so verdunkelt; im übernatürlichen Sinne
war sie nie so offenbar. Konnte es möglich sein, daß das
inkarnirte Wort solcher Schmach ohne Gleichen unterworfen würde? Sollte das Licht in Ihm nie ein einziges Mal
hervorbrechen? Sollte die Weisheit des Vaters mit gottes-
lästerlichem Hohne in einen weißen Sack gehüllt und in
schmachvoller Hülflosigkeit durch die possenreißenden Wachen
eines blutschänderischen Königs herumgestoßen werden?
Gab es nicht einen Punkt, oder gab es nicht vielmehr
manche Punkte in der Passion, wo die Grenze dessen, was
angemessen und ehrwürdig, überschritten wurde? Selbst
in der zurückhaltenden Erzählung der Evangelien, wie viele

...ge gibt es da, bei welchen der Geist nicht verweilen
kann, ohne sich ebenso zurückgestoßen als erstaunt zu fühlen! Stellen sie sogar nach dieser langen Zeit unsern
Glauben nicht gerade durch ihr Entsetzen auf die Probe,
machen sie nicht durch ihre mörderische Grausamkeit, daß
uns das Blut kalt durch die Adern rinnt und unsere Andacht sich versucht fühlt, sich krank und mit Ekel von
der Betrachtung der schändlichen Gräuel zurückzuziehen,
wodurch unsere eigenen geheimen Sünden und Schandthaten
mit einer so öffentlichen Schmach so liebevoll gesühnt wurden? Ist nicht die Andacht zu dem Leiden Unseres Herrn
bis auf diesen Tag der Prüfstein schwachen Glaubens,
lauwarmer Liebe und gegen sich selbst nachsichtiger Buße?
Und Maria, weit zarter und delikater als wir, sah alle
diese ekelhaften Dinge mit ihren Augen und verstand das
Entsetzliche derselben in ihrer Seele, wie wir es nie verstehen können. Denket, wie groß ihr Glaube war!

Die göttlichen Vollkommenheiten erlitten auch eine
seltsame Verdunkelung in der Passion. Die Sünde triumphirte, die Gerechtigkeit wurde verurtheilt, die Heiligkeit
sogar von dem Allerheiligsten verlassen. Die Vorsehung
schien sich zurückgezogen zu haben, gleichsam gezwungen.
Gott wurde mit Füßen getreten und die Geschöpfe hatten die
Schöpfung für sich selbst, ja noch mehr, sie hatten den
Schöpfer in ihrer Gewalt. Es gab keine göttliche Dazwischenkunft, gerade wo sie am nothwendigsten und natürlichsten schien. Wenn die Menschen damals ihren eigenen
Weg haben konnten, so konnten sie ihn wahrhaftig immer
haben. Einmal schien Gott passiv, das anderemal grausam. Ach, es erforderte eine englische Theologie, um die
Vorsehung jenes Tages mit den Eigenschaften des Allerhöchsten zu vereinigen! Sodann mochten die Engel selbst
eine Prüfung für ihren Glauben sein. Gab es solche
Wesen, wie die Engel sind? Sie hatte sie so oft gesehen,

daß sie nicht daran zweifeln konnte. Sie hatte den heiligen Michael erst in der Nacht vorher gesehen, wie er sich anbetend neben Jesus in seiner Todesangst neigte, ein glorreiches Wesen, ganz geeignet für jene sonderbare ausnahmsweise Mission, den Sohn Gottes in seinen untröstlichen Leiden zu trösten. Aber wo war ihr Eifer für das Wort, das Fleisch geworden, jene erhabene Gnade, durch die sie alle in ihrer endlichen Beharrlichkeit befestigt worden waren? Wo waren die doppelschneidigen Schwerter der Cherubim, die den Eingang in das Eden vor allen bewachten, nur nicht vor Henoch und Elias? Ach es waren Legionen von ihnen, die vorwärts drängten, aber wie eine Sturmwolle, die ihren Weg gegen den Wind zu nehmen sucht, immer zurückgeschlagen wurden, brennend vor Eifer und mit schwierigem Gehorsam vor dem sanften abmahnenden Auge Jesu sich zurückwendend. Wer hätte ferner glauben können, wenn er die Schönheit Jesu sah und die Tiefe seines Gebetes ergründete, wie nur Maria die eine sehen oder die andere ergründen konnte, daß die göttliche Gnade wirkliche Macht habe, menschliche Herzen zu bekehren? Er war gerade die Schönheit der Heiligkeit. Während seines Leidens zogen die Menschen selbst jeden Schleier hinweg, welchen Demuth und Zurückhaltung über seine Heiligkeit hängen konnte. Seine Demuth, seine Sanftmuth, seine Geduld, seine Bescheidenheit, sie alle standen enthüllt da im vollsten Lichte und wurden offen und heldenmüthig mitten unter den gräßlichsten Mißhandlungen geübt. Und dennoch wurden die Menschen nicht für Ihn gewonnen! Da waren die Wachen, die in der Nacht vorher in dem Garten rückwärts gefallen waren; da waren jene, die Ihm während der Geißlung am nächsten standen, die mit Ihm sprachen, wie z. B. Pilatus, jene, die Ihn zu Herodes geführt und dann wieder zurückgebracht hatten. Da war der unbußfertige Schächer dicht an seiner Seite. Gnaden gingen jeden Augenblick von Ihm aus. Sein wirksames Gebet war unaufhörlich. Mariens Fürbitte selbst war emsig beschäftigt. Aber als die Sonne am Freitag unterging, was für eine geringe sichtbare Erndte hatte alle jene Gnade in ihre Scheunen gesammelt! Nie wandelte jemand so nach dem Glauben, nach dem einfachen nackten Glauben, wie Maria an jenem Tage. In ihrem einzigen Herzen war Glaube genug, um eine ganze Welt zu retten.

Eine andere Eigenthümlichkeit dieses fünften Schmerzes finden wir in den sieben Worten, die Unser Herr vom Kreuze sprach. Sie durchbohrten Mariens Herz wie sieben scharfe Pfeile und reichten in Tiefen der menschlichen Seele, die unsere Leiden nie erreichen. Es war nicht bloß die wohlbekannte Stimme ihres sterbenden Sohnes, verbunden mit Erinnerungen, die unendlich erhöht wurden durch die Umstände, unter welchen sie die Stille unterbrach; es war nicht bloß die außerordentliche Schönheit der Worte selbst, die, wie es zuweilen bei Menschen im Tode der Fall ist, eine unerwartete, innere Schönheit der Seele enthüllten; sie weckten nicht bloß, wie die Musik der Poesie in einer verwandten Seele, die Erinnerungen an andere seiner Worte in ihr wach, erleuchteten viele Geheimnisse in ihrer Seele und spielten auf den mannigfachen Tasten und Stimmen ihrer wunderbaren Liebe, indem sie ihr sagten, was sie uns nicht sagen und was wir nicht einmal ahnen können; sondern es waren die Worte Gottes, Worte, wie sie in dem Briefe an die Hebräer ausgesprochen sind, „lebendig und wirksam, und schärfer als jedes zweischneidige Schwert, durchdringend, bis daß sie Seele und Geist, auch Mark und Bein scheiden, und die Gedanken und Gesinnungen des Herzens richtend*).“ So war ihre Wirkung

---

*) IV, 12.

auf das Herz Mariens. Sie durchdrangen sie, wie der
Stoß einer Trompete alle Gänge unsers Gehörs zu durchdringen scheint, und mit ihrer behenden Schnelligkeit trugen sie den Kummer in die engsten Falten ihres Herzens
hinein, wohin er sonst nicht hätte reichen können. Sie war
die gebrochene Ceder, die getheilte Feuerflamme, die er-
schütterte Wüste von Cades im 28. Psalm. „Die Stimme
des Herrn ist über den Wassern, der Gott der Herrlichkeit
donnert; der Herr ist über vielen Wassern. Die Stimme
des Herrn kommt in der Kraft, die Stimme des Herrn
in der Herrlichkeit. Die Stimme des Herrn zerschmettert
die Cedern, zerschmettert die Cedern des Libanon. Die
Stimme des Herrn zertheilet die Feuerflammen. Die
Stimme des Herrn erschüttert die Wüste und der Herr
beweget die Wüste Cades."

Wir haben bereits von der Aehnlichkeit zwischen der
Kreuzigung und Mariä Verkündigung gesprochen, was eine
andere Eigenthümlichkeit des fünften Schmerzes ist. Sie
wurde unsere Mutter, gerade als sie Jesum verlor. Es
war gleichsam ein ceremonieller Schluß der dreiundbreißig
Jahre, die sie mit Ihm in der innigsten Gemeinschaft zugebracht hatte, und zu gleicher Zeit eine feierliche Eröffnung jenes Lebens Mariens in der Kirche, welchem jede
getaufte Seele mehr Segnungen verdankt, als sie ahnet.
Im dritten Schmerze hatte Er zu ihr mit anscheinender
Rauhheit gesprochen, wie wenn ihr Amt als Mutter jetzt
durch die Sendung verdunkelt wäre, die sein ewiger Vater
Ihm anvertraut hatte. In diesem fünften Schmerze geht
ihre göttliche Mutterschaft gleichsam darin unter, daß sie
die Mutter der Menschen wird. Vielleicht waren keine
zwei Worte, die Er jemals zu ihr sprach, geheimnißvoller
als das im Tempel und jetzt dies eine am Kreuze, oder
verursachten tiefern Kummer in ihrer Seele. Sie sind
einander ähnlich. Bei einer solchen Liebe zu den Seelen,

es war sein Wille. Deshalb würde sie von ganzer Seele mit der vorbehaltlosesten, freiwilligsten Einwilligung Ihn verlassen haben. Sie würde in diesem Augenblicke von dem Gipfel des Kalvarienbergs herabsteigen, wenn der Vater es ihr gebot. Aber ihre Liebe erhob sich wie verzweifelt, um dieser äußersten Forderung zu begegnen. Niemand würde geträumt haben, daß eine menschliche Seele so viel Liebe fassen könnte, als sie in jenem Augenblicke über Jesus ausgoß. War ihr Herz unendlich, unerschöpflich? Es schien wirklich so. Denn in jener Stunde vereinigte, vervielfältigte und übertraf es alle Liebe der dreiunddreißig Jahre und ergoß sie in seine Seele, wie wenn es mit sich selbst die unermeßliche Leere ausfüllen wollte, welche das Verlassensein vom Vater daselbst verursacht hatte. Alles ging aus ihr hinaus, nur nicht die schreckliche Bitterkeit ihres Martyrthums. Leiden, reines, lauteres, scharfes, feuriges Leiden war Fleisch und Blut und Bein und Seele und alles für sie. Alles übrige war in das Herz Jesu eingegangen, welches hierauf eine Fluth von Liebe über sie ausgoß, die sie mit einem neuen Meere entsetzlichen Schmerzes erfüllte. Und durch ein einziges Wunder lebten sie noch beide.

Nun, gebenedeite Mutter, da du auf so unglaublichen Höhen irdischer Entsagung stehst, mag das Ende kommen. Alles war vollendet; hauptsächlich die Schöpfung. Sie hatte eine Heimath gefunden am Grabe des ersten Adam unter dem Kreuze des zweiten. Der Vater hatte Ihn verlassen. Er muß zu dem Vater gehen; es ist unmöglich, daß sie getrennt sein sollen. Die Geschöpfe hatten gethan, was sie konnten. Sie hatten bis an den Rand den Leidenskelch des Erlösers gefüllt, und Er hatte mit erbarmungswürdiger Liebe denselben bis auf die Hefe ausgetrunken. Aber es war noch Eine geschaffene Strafe übrig, geschaffen vielmehr durch das Geschöpf als den Schöpfer, geschaffen hauptsächlich durch ein Weib. Es war die Strafe des Todes, das ältest-geborne Kind der ersten Eva. Konnte aber der Tod seinen Scepter ausstrecken über das ewig lebende Leben? Konnte Eva Gott strafen? Sollte Er das bittere Vermächtniß des süßen Paradieses erben? Wie konnte das sein? Wie konnte Er sterben? Was konnte der Tod für Ihn sein? Mariens Herz muß zu der Höhe dieser schrecklichen Stunde erhoben werden. So hoch sie ist, so muß sie doch noch höher erhoben werden, bis zu dem Punkte dieses göttlichsten Geheimnisses. Die dreiund-dreißig Jahre gehen zu Ende. Eine neue Epoche in der Weltgeschichte soll sich eröffnen. Die herrlichste aller ihrer Epochen neigt sich zum Schlusse. Was soll der Tod für Ihn bedeuten? Ach wir können auch fragen, was soll das Leben für sie sein, wenn Er gestorben ist? Was wird Maria selbst sein ohne Jesus? Sie blickte nicht hinauf, aber sie wußte, daß sein Auge jetzt auf ihr ruhte. Was für eine seltsame Macht liegt in den Augen des Sterben-den, daß sie oft die abgewandten Gesichter umwenden und sie an sich ziehen, damit die Liebe den letzten Blick der Liebe sehen kann? Sein Auge ruhte auf dem nämlichen Gegenstande, auf welchem es in dem Momente ruhte, da Er geboren ward, als Er plötzlich auf einem Theile ihres Gewandes auf dem Boden lag, während sie im Gebete kniete, und als Er lächelte und seine Händlein aufhob, um in ihre Arme genommen und an ihren Busen gedrückt zu werden. Seine Arme sind jetzt anders erhoben und laden uns ein, zu ihnen hinanzusteigen wie zärtliche Kin-der, und zu sehen, was die Umarmung der Liebe des Er-lösers bedeute. Sie fühlte sein Auge und blickte auf in sein Angesicht. Nie sahen zwei solche Antlitze einander an und sprachen eine so unaussprechliche Liebe aus. Der Va-ter hielt Maria in seinen Armen aufrecht, damit sie nicht unterging unter der Last der Liebe, und der laute Ruf

ging aus von der Hügelspitze, Mariens Seele in stilles
Leid versenkend. Und das Haupt neigte sich zu ihr herab,
das Auge schloß sich und die Seele ging an ihr vorbei
wie ein Blitz und sank in die Erde, — und es erhob sich
ein Wind und störte die Finsterniß, und die Sonne trat
klar hervor aus dem Schatten des Mondes und die Dächer der Stadt schimmerten weiß, die Vögel begannen zu
singen, aber nur wie wenn sie halb ermuthigt wären, und
Maria stand unter dem Kreuz, — eine kindlose Mutter!
Die dritte Stunde war vorüber.

Dies war der fünfte Schmerz mit seinen schöpferischen
Perioden von Heiligkeit und Leiden. Sie war die ganze
Stunde hindurch gestanden, trotz dem gestrigen Leidenskampfe, trotz der schlaflosen Nacht und dem langen Morgen mit seinen vielen schrecklichen Erscheinungen, und die
Schrift bemerkt sorgfältig ihre Stellung, wie wenn dies
Wunder der Ausdauer an sich selbst eine Offenbarung von
der Größe des Herzens der Mutter wäre. Es ist gleichsam
ein Lohn für ihren Schmerz, daß wir Christus den Gekreuzigten nicht predigen können, wenn Maria nicht sichtbar ist. Es ist etwas anderes, was wir predigen, nicht
dieses, wenn sie nicht dabei steht. Und nun steht sie auf
dem Kalvarienberg allein. Es ist drei Uhr Nachmittags, an dem entsetzlichsten Tage, den die Welt jemals
sehen wird.

Etwas bleibt noch zu sagen übrig von den Eigenthümlichkeiten dieses Schmerzes, ungeachtet schon so vieles
in der Erzählung zum voraus davon erwähnt worden ist.
Vor allen Dingen hat die Kreuzigung diese Eigenthümlichkeit, daß sie die ursprüngliche Quelle aller übrigen Schmerzen war, den dritten ausgenommen. Dieser steht für sich
allein da. Er ist Maria's eigene Kreuzigung, ihr Gethsemane und ihr Kalvarienberg. Aber die beiden Schmerzen, die aus der Kindheit Jesu entsprangen, und die vier,

welche die Paffion darstellen, haben die Kreuzigung zum
Mittelpunkte. Der Verlust des Knaben in den drei Tagen gehört nicht der Kindheit an, und der Schatten der
Paffion ist nicht mehr über dieselbe geworfen als über das
ganze Leben Mariens. Es war der Akt Jesu selber, welcher scheinbar eine besondere Beziehung auf seine Mutter
hatte. Der dritte Schmerz, der den achtzehn Jahren zu
Nazareth vorangeht, war für ihre Leiden, was die achtzehn
Jahre für ihr Leben im allgemeinen waren, etwas zwischen
Jesus und ihr selbst, ein Geheimniß einer andern Sphäre
als jene, wo beide, Er und sie, in der Erfüllung der Welterlösung betheiligt waren. Aber das Schwert in Simeon's
Weissagung war die Kreuzigung. Die Flucht nach Aegypten sollte die Grausamkeit des Herodes verhindern, dem
Augenblicke des Todes Unseres Erlösers zuvorzukommen.
Die Begegnung mit dem Kreuze war der Weg nach dem
Kalvarienberg. Die Abnahme vom Kreuze und das Begräbniß waren Leiden, die naturgemäß aus der Kreuzigung
floffen und in ununterbrochenem Zusammenhang damit
standen. Die Kreuzigung war deshalb die Verwirklichung
ihres lebenslangen Schmerzes. Die Quelle war erreicht.
Sie hatte dieselbe bis zum Kalvarienberg hinauf verfolgt.
Was übrig blieb, war das unnütze Waffer oder vielmehr
das Waffer und Blut, welches vom Berge herabfloß und
an der Schwelle des Gartengrabens hineinsank. Verglichen
mit der Kreuzigung waren die andern Schmerzen, der dritte
immer ausgenommen, beinahe Erleichterungen und Zerstreuungen, welche auf die bleibenden Tiefen ihres unergründbaren Wehes einwirkten. Die Kreuzigung war ein
Leiden für sich allein, ohne Namen oder Aehnlichkeit. Sie war
der Mittelpunkt des Systems ihrer Schmerzen, während
die Unabhängigkeit ihres dritten Schmerzes das Dasein
jener ungeheuren Welt bezeugt, die Maria in ihrem eigenen Ich war, — eine besondere Schöpfung, glänzender als

diese unsere Welt, und Jesu viel theurer. Sie ist ein
geheimnißvoller Himmelskörper, der diesem andern Systeme
sichtbar werden durfte, wo wir sind, — eine Enthüllung
jener ganzen Welt von Erscheinungen, die unsern Augen
in den achtzehn Jahren verborgen ist, in welchen Jesus
sich ihr widmete. Sie stellt sich der unbefleckten Empfängniß, der Menschwerdung und der Aufnahme in den Himmel an die Seite, die alle zu Mariens Welt gehören und
statt gefunden haben würden, wenn die Sünde nicht gewesen wäre, obwol sie anders statt gefunden hätten, als
sie statt fanden. Allein jener dritte Schmerz zeigt, wie
die gefallene sündhafte Welt und die Nothwendigkeit einer
leidensfähigen Menschwerdung auf ihre Welt einwirkte,
wie auf die seinige, und auf die Charakterzüge der Mutterschaft wie auf die der Menschwerdung Einfluß übte.
Es gibt gewiß wenige Geheimnisse im Evangelium, die wir
weniger verstehen, als den Verlust Jesu in den drei Tagen.

Eine andere Eigenthümlichkeit der Kreuzigung ist die
Länge der Zeit, während welcher die Fluth des Leidens
auf ihrem höchsten Punkte blieb, ohne ein Zeichen der Abnahme. Die Geheimnisse, welche die drei Stunden aus-
füllten, scheinen für uns zu verschiedenartig, um sie, wenigstens bis wir zur Verlassenheit vom Vater kommen,
als vom kleinern zum größern in einer Stufenfolge auf-
steigend zu betrachten. Es sind eher besondere Erhebungen
von ungleicher Höhe, die wie eine Bergkette mit einander
in Verbindung stehen. Allein die niedrigste derselben war
so unermeßlich hoch, daß sie in ihrer Seele den unermeß-
lichsten Schmerz hervorbrachte. Die Todesangst ist mo-
mentan. Die Länge von einigen der schrecklichsten Ope-
rationen, welche den menschlichen Körper foltern können,
übersteigt selten eine Viertelstunde. In menschlichen Strafen, die nicht tödten sollen, hält die Hand der Wissenschaft
Wache über den Puls des Leidenden. Aber für Maria

war die Kreuzigung drei Stunden, drei lange Stunden
tödtlichen Leidens, das hundert Arten und Gestalten von
Martern in sich begriff, von denen jede einzelne an sich
selbst unerträglich war, über die Größe menschlicher Ausdauer hinausging, wenn sie nicht durch ein Wunder gestützt worden wäre, und sich jene ganze lange Zeit auf jener übermenschlichen Höhe hielt. Wenn der Schmerz
kommt, wünschen wir niederzuliegen, wofern nicht Wahnsinn und Delirium zugleich mitkommen, oder wir sind gezwungen herumzulaufen, uns zu krümmen und zu ächzen.
Maria stand die ganze traurige Zeit über aufrecht auf
ihren Füßen, ohne sich auf jemand zu stützen und kaum
ein hörbarer Seufzer begleitete ihre stillen Thränen. Es
ist schwierig, diesen Gedanken zu fassen. Wir können ihn
nur fassen im Gebete, nicht durch Hören oder Lesen.

Es war auch eine Eigenheit der Kreuzigung, daß sie
eine heldenmüthige Probe ihres unvergleichlichen Glaubens
war. Beinahe der Glaube der ganzen Welt war in ihr,
als sie mit Johannes und Magdalena am Fuße des Kreuzes stand. Es gab kaum ein Theilchen ihres Glaubens,
das nicht in jener entsetzlichen Scene auf's äußerste geprüft wurde. Im natürlichen Sinne war die Gottheit
Unsers Herrn nie so verdunkelt; im übernatürlichen Sinne
war sie nie so offenbar. Konnte es möglich sein, daß das
inkarnirte Wort solcher Schmach ohne Gleichen unterworfen würde? Sollte das Licht in Ihm nie ein einziges Mal
hervorbrechen? Sollte die Weisheit des Vaters mit gottes-
lästerlichem Hohne in einen weißen Sack gehüllt und in
schmachvoller Hülflosigkeit durch die possenreißenden Wachen
eines blutschänderischen Königs herumgestoßen werden?
Gab es nicht einen Punkt, oder gab es nicht vielmehr
manche Punkte in der Passion, wo die Grenze dessen, was
angemessen und ehrwürdig, überschritten wurde? Selbst
in der zurückhaltenden Erzählung der Evangelien, wie viele

Dinge gibt es da, bei welchen der Geist nicht verweilen kann, ohne sich ebenso zurückgestoßen als erstaunt zu fühlen! Stellen sie sogar nach dieser langen Zeit unsern Glauben nicht gerade durch ihr Entsetzen auf die Probe, machen sie nicht durch ihre mörderische Grausamkeit, daß uns das Blut kalt durch die Adern rinnt und unsere Andacht sich versucht fühlt, sich krank und mit Ekel von der Betrachtung der schändlichen Gräuel zurückzuziehen, wodurch unsere eigenen geheimen Sünden und Schandthaten mit einer so öffentlichen Schmach so liebevoll gesühnt wurden? Ist nicht die Andacht zu dem Leiden Unseres Herrn bis auf diesen Tag der Prüfstein schwachen Glaubens, lauwarmer Liebe und gegen sich selbst nachsichtiger Buße? Und Maria, weit zarter und delikater als wir, sah alle diese ekelhaften Dinge mit ihren Augen und verstand das Entsetzliche derselben in ihrer Seele, wie wir es nie verstehen können. Denket, wie groß ihr Glaube war!

Die göttlichen Vollkommenheiten erlitten auch eine seltsame Verdunkelung in der Passion. Die Sünde triumphirte, die Gerechtigkeit wurde verurtheilt, die Heiligkeit sogar von dem Allerheiligsten verlassen. Die Vorsehung schien sich zurückgezogen zu haben, gleichsam gezwungen. Gott wurde mit Füßen getreten und die Geschöpfe hatten die Schöpfung für sich selbst, ja noch mehr, sie hatten den Schöpfer in ihrer Gewalt. Es gab keine göttliche Dazwischenkunft, gerade wo sie am nothwendigsten und natürlichsten schien. Wenn die Menschen damals ihren eigenen Weg haben konnten, so konnten sie ihn wahrhaftig immer haben. Einmal schien Gott passiv, das anderemal grausam. Ach, es erforderte eine englische Theologie, um die Vorsehung jenes Tages mit den Eigenschaften des Allerhöchsten zu vereinigen! Sodann mochten die Engel selbst eine Prüfung für ihren Glauben sein. Gab es solche Wesen, wie die Engel sind? Sie hatte sie so oft gesehen, daß sie nicht daran zweifeln konnte. Sie hatte den heiligen Michael erst in der Nacht vorher gesehen, wie er sich anbetend neben Jesus in seiner Todesangst neigte, ein glorreiches Wesen, ganz geeignet für jene sonderbare ausnahmsweise Mission, den Sohn Gottes in seinen untröstlichen Leiden zu trösten. Aber wo war ihr Eifer für das Wort, das Fleisch geworden, jene erhabene Gnade, durch die sie alle in ihrer endlichen Beharrlichkeit befestigt worden waren? Wo waren die doppelschneidigen Schwerter der Cherubim, die den Eingang in das Eden vor allen bewachten, nur nicht vor Henoch und Elias? Ach es waren Legionen von ihnen, die vorwärts drängten, aber wie eine Sturmwolke, die ihren Weg gegen den Wind zu nehmen sucht, immer zurückgeschlagen wurden, brennend vor Eifer und mit schwierigem Gehorsam vor dem sanften abmahnenden Auge Jesu sich zurückwendend. Wer hätte ferner glauben können, wenn er die Schönheit Jesu sah und die Tiefe seines Gebetes ergründete, wie nur Maria die eine sehen oder die andere ergründen konnte, daß die göttliche Gnade wirkliche Macht habe, menschliche Herzen zu bekehren? Er war gerade die Schönheit der Heiligkeit. Während seines Leidens zogen die Menschen selbst jeden Schleier hinweg, welchen Demuth und Zurückhaltung über seine Heiligkeit hängen konnte. Seine Demuth, seine Sanftmuth, seine Geduld, seine Bescheidenheit, sie alle standen enthüllt da im vollsten Lichte und wurden offen und heldenmüthig mitten unter den gräßlichsten Mißhandlungen geübt. Und dennoch wurden die Menschen nicht für Ihn gewonnen! Da waren die Wachen, die in der Nacht vorher in dem Garten rückwärts gefallen waren; da waren jene, die Ihm während der Geißlung am nächsten standen, die mit Ihm sprachen, wie z. B. Pilatus, jene, die Ihn zu Herodes geführt und dann wieder zurückgebracht hatten. Da war der unbußfertige Schächer dicht

22*

an seiner Seite. Gnaben gingen jeden Augenblick von Ihm aus. Sein wirksames Gebet war unaufhörlich. Mariens Fürbitte selbst war emsig beschäftigt. Aber als die Sonne am Freitag unterging, was für eine geringe sichtbare Ernbte hatte alle jene Gnade in ihre Scheunen gesammelt! Nie wandelte jemand so nach dem Glauben, nach dem einfachen nackten Glauben, wie Maria an jenem Tage. In ihrem einzigen Herzen war Glaube genug, um eine ganze Welt zu retten.

Eine andere Eigenthümlichkeit dieses fünften Schmerzes finden wir in den sieben Worten, die Unser Herr vom Kreuze sprach. Sie durchbohrten Mariens Herz wie sieben scharfe Pfeile und reichten in Tiefen der menschlichen Seele, die unsere Leiden nie erreichen. Es war nicht bloß die wohlbekannte Stimme ihres sterbenden Sohnes, verbunden mit Erinnerungen, die unendlich erhöht wurden durch die Umstände, unter welchen sie die Stille unterbrach; es war nicht bloß die außerordentliche Schönheit der Worte selbst, die, wie es zuweilen bei Menschen im Tode der Fall ist, eine unerwartete, innere Schönheit der Seele enthüllten; sie weckten nicht bloß, wie die Musik der Poesie in einer verwandten Seele, die Erinnerungen an andere seiner Worte in ihr wach, erleuchteten viele Geheimnisse in ihrer Seele und spielten auf den mannigfachen Tasten und Stimmen ihrer wunderbaren Liebe, indem sie ihr sagten, was sie uns nicht sagen und was wir nicht einmal ahnen können; sondern es waren die Worte Gottes, Worte, wie sie in dem Briefe an die Hebräer ausgesprochen sind, „lebendig und wirksam, und schärfer als jedes zweischneidige Schwert, durchdringend, bis daß sie Seele und Geist, auch Mark und Bein scheiden, und die Gedanken und Gesinnungen des Herzens richtend*).“ So war ihre Wirkung

---

*) IV, 12.

auf das Herz Mariens. Sie durchdrangen sie, wie der
Stoß einer Trompete alle Gänge unsers Gehörs zu durchdringen scheint, und mit ihrer behenden Schnelligkeit trugen sie den Kummer in die engsten Falten ihres Herzens
hinein, wohin er sonst nicht hätte reichen können. Sie war
die gebrochene Ceder, die getheilte Feuerflamme, die er-
schütterte Wüste von Cades im 28. Psalm. „Die Stimme
des Herrn ist über den Wassern, der Gott der Herrlichkeit
donnert; der Herr ist über vielen Wassern. Die Stimme
des Herrn kommt in der Kraft, die Stimme des Herrn
in der Herrlichkeit. Die Stimme des Herrn zerschmettert
die Cedern, zerschmettert die Cedern des Libanon. Die
Stimme des Herrn zertheilet die Feuerflammen. Die
Stimme des Herrn erschüttert die Wüste und der Herr
beweget die Wüste Cades.“

Wir haben bereits von der Aehnlichkeit zwischen der
Kreuzigung und Mariä Verkündigung gesprochen, was eine
andere Eigenthümlichkeit des fünften Schmerzes ist. Sie
wurde unsere Mutter, gerade als sie Jesum verlor. Es
war gleichsam ein ceremonieller Schluß der dreiundbreißig
Jahre, die sie mit Ihm in der innigsten Gemeinschaft zugebracht hatte, und zu gleicher Zeit eine feierliche Eröffnung jenes Lebens Mariens in der Kirche, welchem jede
getaufte Seele mehr Segnungen verdankt, als sie ahnet.
Im dritten Schmerze hatte Er zu ihr mit anscheinender
Rauhheit gesprochen, wie wenn ihr Amt als Mutter jetzt
durch die Sendung verdunkelt wäre, die sein ewiger Vater
Ihm anvertraut hatte. In diesem fünften Schmerze geht
ihre göttliche Mutterschaft gleichsam darin unter, daß sie
die Mutter der Menschen wird. Vielleicht waren keine
zwei Worte, die Er jemals zu ihr sprach, geheimnißvoller
als das im Tempel und jetzt dies eine am Kreuze, oder
verursachten tiefern Kummer in ihrer Seele. Sie sind
einander ähnlich. Bei einer solchen Liebe zu den Seelen,

die Maria hatte, und die unendlich erhöht wurde durch die Ereignisse gerade jenes Tages, brachte der Umstand, daß sie Mutter der Sünder wurde, eine ungeheure Vermehrung des Leidens mit sich. Die Schaaren von Menschen, die damals ohne Hirten über die weite Erde umherirrten, die von Jahrhundert zu Jahrhundert zunehmenden Schaaren der Menschen, alle diese nahm sie in ihr Herz auf. Dabei hatte sie die übernatürlichste Erleuchtung in Betreff der Bosheit der Sünde, die schärffte Einsicht in das bemitleidenswürdige und hilflose Elend der Sünder, die klarste Voraussicht des erfolgreichen Widerstandes, welchen ihr freier Wille gegen die Gnade erheben würde, und die Schrecken ihrer ewigen Verbannung mitten unter der Finsterniß und den Flammen der Strafe wußte sie am besten zu würdigen. Das Wort Unseres Herrn bewirkte, was es sagte. Es machte sie daher zur Mutter der Menschen nicht bloß durch eine äußere feierliche Verkündigung, sondern wirklich in ihrem Herzen. Er eröffnete da neue Quellen unerschöpflicher Liebe. Er machte, daß sie die Menschen liebte, wie Er sie liebte, so weit ihr Herz dem seinigen nahe kommen konnte. Er vervielfältigte sich gleichsam in den Seelen von millionenmal Millionen Menschen, und gab ihr Liebe genug für alle. Und welche Liebe! So beständig, so feurig, so beredt, so weit erhaben über alle irdische mütterliche Liebe sowol an Zärtlichkeit als an Beharrlichkeit! Und was war diese neue Liebe anders als eine neue Macht des Leidens? Wir können Mariens Schmerz bei der Kreuzigung unter keinen Umständen richtig verstehen, einfach deshalb, weil er über unsern Begriff hinausgeht; aber wir werden jene angemessenen Vorstellungen, die wir erreichen können, gänzlich verfehlen, wenn wir nicht im Gedächtnisse behalten, daß sie Unsere Mutter wurde am Fuße des Kreuzes nicht bloß durch eine Erklärung ihrer Bestimmung dazu, sondern durch eine wahrhaftige Schöpfung des göttlichen Wortes, das in jenem Augenblicke ihr gebrochenes Herz erweiterte und es mit neuen, reichen Liebesquellen ausstattete und dadurch ihren Schmerz unermeßlich erhöhte. Sie war wirklich mit uns in Mutterwehen als wir zur Geburt kamen. Die Bitterkeit des Fluches Eva's erfüllte ihre makellose Seele unaussprechlich in jener Stunde unserer geistlichen Geburt.

Wir dürfen nicht vergessen, auch unter die Eigenthümlichkeiten dieses Schmerzes das zu rechnen, was er mit dem vierten Schmerze gemeinsam hat und wodurch er in so auffallendem Contraste zu dem sechsten steht, ich meine die Unmöglichkeit, Jesu zu erreichen, um ihre mütterlichen Pflichten gegen Ihn auszuüben. So veränderlich kann das Leiden im Menschenherzen sein, daß gerade das, was ihr Schmerz bringen wird durch seine volle Gegenwart bei der Abnahme vom Kreuze, für sie hier ein Leiden ist durch seine Abwesenheit. Die haben wenig, zu wenig zu ihrem eignen Besten getrauert, die nicht schon längst diesen Widerspruch verstehen lernten. Es ist hart für eine Mutter, sich ruhig zu verhalten am Todbette ihres Sohnes. Der Kummer muß etwas zu thun haben. Die Bedürfnisse des Leidenden sind köstliche Erleichterungen für den Trauernden. Die Kissen müssen wieder zurecht gelegt, die Haare aus den Augen gestrichen, die Tropfen des Todesschweißes von der klebrigen Stirn gewischt, die blutlosen Lippen beständig befeuchtet werden; die blasse Hand muß sanft gerieben, der Vorhang zurückgeschlagen werden, um mehr Luft zu verschaffen; die schwachen Augen müssen vor dem Lichte geschützt, die Bettdecken bei Seite geschoben werden, damit der Kranke besser athmen kann. Selbst wenn es offenbar ist, daß die sanfteste Berührung, der zärtlichste dieser Liebesdienste eine neue Pein für den Leidenden ist, so kann doch die Hand der Mutter sich kaum zurückhalten;

denn ihr Herz ist in jedem Finger. Sich ruhig verhalten ist für ihre Seele ein trostloser Zustand. Sie glaubt, nicht die Geschicklichkeit oder die Erfahrung der Pflegerin diktire ihr ihre Anweisungen, sondern ihre Hartherzigkeit, weil sie nicht die Mutter jenes schönen Knaben ist, und daher empört sie sich in ihrem Herzen gegen ihre Anordnung, wenn auch die Wahrscheinlichkeit, grausam zu sein, in der That ihre Hände zurückhält. Gewiß muß jener Schaum vom Munde weggewischt werden; gewiß muß ihn jene lange Haarlocke belästigen, die über sein Haupt hereinhängt und sein Gesicht hindert; gewiß sollte in jene eisige Hand das Blut auf die sanfteste Weise wieder zurückgebracht werden. Sie vergißt, daß das Auge gläsern ist und nicht mehr sieht, daß das Blut zum Herzen zurückgekehrt ist und selbst die Hand der Mutter es nicht wieder zurückbeschwören kann. So sitzt sie da still klagend, ihr Schmerz ganz zusammengedrängt in ihrer erzwungenen Ruhe. Denket also, was Maria litt in jenen drei langen Stunden unter dem Kreuze! War jemals ein Todtenbett so hart, so unbequem, wie jenes roh zugehauene Holz? War je eine Lage des Leibes qualvoller, als an Nägeln in den Händen zu hangen, die in dem Maße abwärts zogen, als die Last des ersterbenden Leibes sich immer fühlbarer machte? Wo war das Kissen für sein Haupt? Wenn es an dem Titel oder dem Kreuze auszuruhen suchte, so stieß die Dornenkrone es wieder zurück; wenn es auf seine Brust herabsank, konnte es dieselbe nicht ganz erreichen und sein Gewicht wollte den Leib aus den Nägeln reißen. Langsam rannen Ströme Bluts an seinem verwundeten Leibe hinab, und als Er sie fühlte, zitterte Er von der schmerzlichsten Aufregung. Seine Augen wurden von dem flüssigen oder halb geronnenen Blut belästigt. Sein Mund, bebend vor Durst, war auch mit Blut zusammengeklebt, welches sein Athem immer weniger zu

befeuchten schien. Es war kein Glied, das nicht die zarte
Hand der Mutter anrief, und sie konnte nicht so weit
reichen. Es gab unzählige Schmerzen, welche ihre Berührung gelindert hätte. O Mütter! habt ihr einen Namen,
den wir jener unerträglichen Sehnsucht geben könnten,
welche Maria hatte, jene Haare glatt zu streichen, jene Augen zu reinigen, jene theuern Lippen zu befeuchten, die gerade so schöne Worte gesprochen hatten, jenes heilige Haupt
auf ihrem Arme ruhen zu lassen, das fieberhafte Pochen
jener Hände zu stillen, und eine Zeit lang die Sohlen jener zerquetschten und zerfleischten Füße zu halten? Es
war ihr nicht vergönnt, und dennoch stand sie ruhig da, bewegungslos wie eine Bildsäule nicht voll Gleichgültigkeit oder
voll Erstaunen und Bewunderung, sondern in jener Stellung anbetender Trauer, die einem Geschöpfe mit gebrochenem Herzen angemessen war, das sich von den Armen des
ewigen Vaters umschlungen fühlte, der es aufrecht hielt,
um zu leben, zu lieben, zu dulden und zu schweigen.

Wir müssen uns auch erinnern, daß die Verlassenheit
Jesu von seinem Vater etwas für sie war, was sie für
uns nicht sein kann. In religiösen Geheimnissen sind wir
beständig genöthigt, Worte für Dinge zu nehmen. Wir
sprechen von der ewigen Zeugung des Sohnes und von
dem ewigen Ausgehen des heiligen Geistes, aber wir können die Weisheit, den Glanz, die Liebe, die Zärtlichkeit,
das Pathos, wenn wir so sagen dürfen, nicht begreifen,
welches jene Alte des göttlichen Lebens einschließen. Demgemäß rufen die Worte nicht eine für uns verständliche
Mannigfaltigkeit von Gefühlen, Empfindungen und Gemüthsbewegungen hervor; wir begegnen ihnen durch einen
einfachen Akt anbetender Liebe. Dennoch bedeuten sie
mehr für den Theologen, als für den ungebildeten Christen, mehr für den Heiligen, als für den Theologen, mehr
für die Seligen im Himmel, als für die Heiligen auf

Erden. Aber gemäß unserer Erkenntniß sollte auch unsere
Liebe sein, und im Himmel ist es so. Während also die
Verlassenheit Jesu am Kreuze unsern Geist mit einem heiligen Schauder erfüllt, sehen wir nur unklar in dieselbe
hinein. Wir sehen eher, daß es ein Geheimniß ist, als
worin das Geheimniß besteht. Es ist oft gerade die Un-
deutlichkeit göttlicher Dinge, was uns in den Stand setzt,
sie auszuhalten. Wer könnte leben, wenn er wirklich em-
pfände, was die Hölle ist, und daß jeden Augenblick unzählige Seelen da eingehen zu ihrer entsetzlichsten Strafe?
Wir riechen an einer süßduftenden Blume, und gerade jetzt
ist eine Seele verdammt worden. Wir warten mit zitternder Liebe auf die Erhebung der heiligen Hostie und
des Kelches, und unterdessen haben sich die Thore jenes
feurigen Kerkers hinter manchen Seelen geschlossen. Wir
legen uns nieder auf das Gras und blicken auf zu den
weißen Wolken, die am blauen Himmel hinziehen, wie
wenn der Aether Wellen hätte, und die die Sonne mit
ihren schneeweißen Gestalten bedecken, und unterdessen ist
die Hölle unter jenem Grase, innerhalb des meßbaren Dia-
meters der Erde, voll Leben, voll Menschen; ihre brausen-
den Flammen und zahllosen Töne des Leidens dämpft der
Boden, welcher die festverschlossene Erbrinde bedeckt.

Was für ein Leiden würde dies sein, wenn unser
Geist seine Wirklichkeit begreifen könnte! Ja wenn wir es
mit dem vollen Eindrucke der Wirklichkeit empfänden, wie
wir es zuweilen einen Augenblick thun, wir könnten nicht
viele Stunden überleben, wenn wir auch nicht auf der
Stelle sterben würden. Denn wenn die Schuld einer
einzigen läßlichen Sünde, die Gott seiner Heiligen zeigte,
die unmittelbare Trennung des Leibes von der Seele bewirkt haben würde, wenn Er sie nicht durch eine wunderbare Dazwischenkunft unterstützt hätte, was muß der Anblick der zahllosen Gräuel der Hölle sein, und dazu noch

die Häßlichkeit der ewigen Unbußfertigkeit und der unaussprechliche Schrecken ihrer Strafen? So verstand diese
Verlassenheit Unseres Herrn niemand, wie es Maria that.
Die ganze wunderbare Theologie, die darin lag, war ihr
vielleicht klar; wenigstens sah sie darin, was sonst niemand,
nicht einmal ein Engel sehen konnte. Während sie daher
in ihr eine Mannigfaltigkeit der lebhaftesten Gemüthsbewegungen und der empfindlichsten Affekte hervorrief, versenkte sie auch dieselbe in neues Leiden, indem dadurch auf
einmal die Passion Jesu in eine andere und fürchterlichere
Sphäre übertragen wurde.

Die Allgemeinheit ihres Leidens ist auch eine Eigenthümlichkeit des fünften Schmerzes, und in dieser Hinsicht
war er gleichsam ein Schatten der Passion. Wer kann die
mannigfachen Peinen zählen, welche jene drei Stunden
enthielten? Was für ein Theil ihrer sündlosen Natur
empfand nicht ein eigenes Leiden? Es gab keinen Flecken,
auf den ein Schmerz gelegt werden konnte, ohne daß die
Hand Gottes einen solchen darauf legte. Sie war so vollständig untergetaucht in Kummer, wie ein Fisch in der
großen tiefen See. Gerade die Allgegenwart Gottes, die
sie rings umgab, war für sie eine Allgegenwart des Leidens. Wie das Feuer, das die Sünde bestraft, so entsetzlich wirksam ist, weil Gott seine Natur zur Strafe bestimmte, so waren die übernatürlichen Schmerzen Unserer
gebenedeiten Mutter auf dem Kalvarienberge fürchterlich
eindringend, weil sie bestimmt waren, das Leiden auf die
äußerste Grenze zu treiben, die das Geschöpf ertragen
konnte, damit so ihre Heiligkeit, ihre Verdienste und ihre
Erhöhung die aller übrigen Geschöpfe miteinander übertreffen könnten, die erschaffene Natur ihres Sohnes ausgenommen. Es gab keinen einzigen Zugang der Sinne,
in welchen der Schmerz nicht eindrang, wie Meereswellen
zur Zeit der Fluth in einen schmalen Golf. Es gab keine

Kraft ihrer Seele, die nicht beleuchtet, oder vielmehr ausgebrannt wurde von einem Lichte, das die Natur verletzte
und ihr Pein verursachte. Ihre Neigungen waren grausam geopfert worden am Fuße jenes Altars auf dem Kalvarienberge, eine nach der andern, und der eifrige Priester
hatte sein Opfer nicht gespart. Ihr Wille wurde hinauf-
getrieben zu der Höhe der unerhörtesten Einwilligungen,
welche die Gerechtigkeit Gottes von ihr verlangt hatte.
Ihre Seele wurde gekreuzigt; ihr Leib war die Beute
ihres geistigen Todeskampfes; ihre Füße waren müde vom
Stehen, ihre Hände naß von seinem Blut, ihre Augen
mit ihrem eigenen angefüllt. „Wie hat der Herr die Tochter Sions mit Dunkelheit bedeckt! Sie weinet des Nachts
ohne Aufhören, und ihre Thränen laufen ihr über die
Wangen; keiner von allen ihren Lieben tröstet sie. Aus
der Höhe sandte er Feuer in meine Gebeine und züchtigte
mich; breitete ein Netz aus meinen Füßen, und kehrte mich
rücklings, nahm mir allen Trost und zehrte mich auf durch
Trauer den ganzen Tag. Weggenommen hat der Herr
alle meine Herrlichen aus meiner Mitte, ausgerufen ein
Fest wider mich, meine Auserlesenen zu vertilgen; die
Kelter trat der Herr über der Jungfrau, der Tochter Juda's. Darum weine ich und meine Augen geben Wasser;
denn der Tröster, der mich wieder belebt, ist fern von mir;
umgekommen sind meine Kinder, weil der Feind übermochte.
Mein Herz wendet sich um in mir selbst; denn ich bin des
Bittern voll; draußen mordet das Schwert und daheim
desgleichen der Tod. O ihr alle, die ihr vorübergehet am
Wege, gebet Acht und schauet, ob ein Schmerz gleich sei
meinem Schmerze; denn der Herr hat Weinlese an mir
gehalten, wie Er beschlossen am Tage seines grimmigen
Zornes!" ¹)

---

¹) Klaglieder 1.

Endlich war es ihr unmöglich, mit Ihm zu sterben. Manchmal wäre der einzig wahre Trost des Trauernden, mit dem Todten zu sterben. Ein einziges Herz war das Licht des Lebens, das beständige Licht langer Jahre unter wechselvollen Schicksalen, glänzend am blauen Himmel des Glücks, noch glänzender in den dunkeln Wolken des Unglücks. Jetzt ist jenes Licht durch den Tod ausgelöscht. Warum sollten wir noch länger leben? Was für eine Bedeutung kann hinfort das Leben für uns haben? Jenes kalte Herz war das Ziel aller unsrer Hoffnungen. Dahin blickte jede Aussicht. Wir schätzten keine Vergangenheit, wo jenes Herz nicht war; wir sahen keine Zukunft, worin es nicht seine Rolle spielte. Alle unsre Plane endigten hier. Das Gewicht unsrer Erwartungen sammelte sich in diesem einzigen Punkte, und nun hat er nachgegeben und wir fallen, wir wissen nicht wohin. Ach dieser Verlust ist wahrhaft das Ende des Lebens, weit wahrhafter als die bloß physische Trennung der Seele und des Leibes. Die Apostel, namentlich der feurige leidenschaftliche Thomas, wünschte hinzugehen und mit Lazarus zu sterben, bloß deshalb, weil Jesus ihn so liebte. O gewiß, wir alle können uns an Tage erinnern, die das Ende der Welt für uns waren, an Tage, auf die unmöglich ein Morgen folgen zu können schien. Wir sahen ein Todtenbett vor uns, beladen mit einer traurigen Last. Es war für uns das Ende der Zeit, die Grenze der Welt, die Schwelle der Ewigkeit. Schon lange war es erwartet worden und dennoch könnten Worte nicht schildern, wie grausam unerwartet es endlich kam. Es war ein Ende von so vielem, — so vieles wurde so grausam geendet. Es war ebenso fürchterlich, keine Aussicht zu haben, als es ist, keine Hoffnung zu haben, und deshalb sehnten wir uns, uns niederzulegen und zu sterben auf demselben Bette und in demselben Grabe begraben zu werden, obwol es seltsam schien,

daß Jemand dahinten bleiben sollte, uns zu beerdigen, so
vollständig schien es ein allgemeines Ende. Dies ist der
äußerste Grab menschlichen Kummers. Der Schmerz
Unsrer göttlichen Mutter war etwas anderes als dies. Das
Ende der dreiundbreißig Jahre glich keinem andern Ende.
Ihr Sohn war Gott; darin liegt alles. Denket nun an
das unaussprechliche Elend, daß das Leben der Mutter
fortdauern sollte, als Er geschieden war. Es erträgt keine
Auslegung; es kann nicht erklärt werden. Aber wir können es fühlen, wir können es sehen mit einem Lichte, das
über die Region hinausreicht, wo der Gedanke die Dinge
erfassen kann, was jene wirkliche Trennung Jesu und
Mariens war, die Auflösung jener Verbindung, welche
das göttliche Geheimniß der Welt gewesen war in allen
jenen wunderbaren und wundervollen Jahren! Wer von
uns kann sagen, wem der Schmerz ähnlich ist, wenn er
über den Punkt hinausging, auf welchem er uns tödten
würde, und wir nur durch ein Wunder leben? So war
der Kummer Unsrer Mutter, als Unser Herr seine Seele
in die Hände seines Vaters übergab.

Wir wenden uns nun von den Eigenthümlichkeiten
des fünften Schmerzes zu den Gemüthsstimmungen, mit
welchen Unsre gebenedeite Mutter denselben aushielt. Allein
die Aufgabe, dieselben zu beschreiben, ist unmöglich. Wir
lesen das Leben der Heiligen, und sehen in jedem derselben
eine besondere innere Heiligkeit. Bald ist sie von jener
aller übrigen verschieden, bald dem Geiste eines andern
Heiligen verwandt, bald, obgleich nicht oft, läßt sie sich in
zahlreiche Klassen gruppiren. Manche von den Gnaden,
von denen wir lesen, haben keine Namen in der Liste der
Tugenden ihrer verwandten Gemüthsstimmungen. Wir
verwundern uns, während wir lesen; wir werden geblendet durch die Lichter, die sich beständig zeigen in den Schönheiten der Heiligen, in splendoribus sanctorum. Dennoch

wissen wir, daß, was wir sehen, wie nichts ist im Vergleich mit dem, was wir nicht sehen. Wie die Königin des Südens von Salomo sagte, nicht die Hälfte ist gesagt. Alles, was auf die Oberfläche kommt, ist eine bloße Anzeige der Tiefen, die unten sind, und läßt uns kaum die innere Schönheit ahnen, die das Auge Gottes in der heiligmäßigen Seele erblickt. Aber wenn dies bei den Heiligen der Fall ist, wie viel mehr bei Maria! Es wird ausdrücklich von ihr gesagt, daß die Schönheit der Königstochter ganz innerlich ist, und wenn Unser Herr im hohen Liede ihre Liebenswürdigkeit beschreibt, so fügt Er noch zweimal hinzu: „Außer dem, was innen verborgen liegt." Es ist daher unmöglich, würdig von der innern Schönheit Mariens zu sprechen. In dem Maße als wir jeden Schmerz betrachteten, wurde es schwieriger, von ihren Gemüthsstimmungen zu reden. Wir sind genöthigt, gewöhnliche Worte für Dinge zu gebrauchen, die einzig in ihrer Art und nur mit dem, was gewöhnlich ist, weitläufig verwandt sind. Die Wirklichkeiten steigen immer höher und höher über die Worte hinaus, bis diese letztern uns beinahe irre führen, anstatt den Gegenstand zu erläutern, und wir haben die nämlichen Worte für Gemüthsstimmungen zu wiederholen, die in dem Uebergange von einem Schmerze zu andern verschieden geworden sind sowol durch die Neuheit ihrer Uebung als durch den erhöhten Glanz ihres Heroismus. So ist die Tiefe und Größe des innern Lebens der seligsten Jungfrau an sich selbst hinreichend, um zu verhindern, demselben volle Gerechtigkeit widerfahren zu lassen. Maria ist eine jener göttlichen Erscheinungen, die plötzlich in ihrer Fülle vor uns aufgehen und wie die beseligende Anschauung Gottes im Himmel erregt sie Hunger in dem Beschauer, sogar während sie seine Seele unaussprechlich ersättiget. Allein es gibt noch einen andern Grund dieser Schwierigkeit, der sich namentlich auf ihre Schmerzen bezieht. Es ist die begriffene Wirklichkeit der Gegenwart. Wir müssen erklären, was wir meinen. Es begegnet uns in Leid oder Freud kaum jemals, daß wir die Gegenwart auf einmal vollständig in uns aufnehmen. Wir empfinden unsre Leiden und unsre Freuden gleichsam stückweise; wir finden beständig neue Züge an ihnen und Eigenthümlichkeiten, die uns anfangs nicht auffielen. In allem, was uns begegnet, ist immer weit mehr enthalten als es ausdrückte. Dies ist, was wir meinen, wenn wir von einem zunehmenden Leiden sprechen. Es ist nicht das Leiden, das zunimmt, sondern unsre eigne Einsicht in dasselbe. Es gehört zur Unvollkommenheit unsers Geistes, daß dieser Proceß nur nach und nach sich vollzieht. Alles, was die Jahre allmählig entfalten und uns fühlbar machen, lag in dem vorübergehenden Akte, mochte es ein Todesfall sein oder sonst ein Unglück; nur waren wir nicht im Stande, es auf einmal zu erfassen. Daher kommt es, daß wir oft heldenmüthiger im Leiden zu sein scheinen als wir eigentlich sind. Wir tragen nicht mehr von unsrer Bürde als was wir sehen und wir sehen nur einen Theil davon. Unser himmlischer Vater läßt sie allmählig auf uns nieder, indem er die Last zwischen seiner Hand und unsern Schultern theilt, bis die Uebung uns in den Stand setzt, den vollen Druck zu tragen, ohne zermalmt zu werden. Wir übergeben uns Ihm, indem wir uns zu dem verpflichten, was darin enthalten ist, während unsre Augen auf das gerichtet sind, was sich äußerlich sehen läßt. Unser Versuch gelingt, nicht so fast durch unsern eigenen Muth als durch seine Gnade. Es geschieht sogar zuweilen, daß wir einen Freund verlieren, dessen Tod uns nur mäßig angreift. Wie dem sein mag, das Licht des Lebens wird nicht auf die Lücke geworfen, die er durch sein Scheiden machte. Jahre vergehen und die Umstände ändern sich. Auf einmal oder

nach und nach vermissen wir ihn, wir können nicht ohne
ihn sein; er ist ein Bedürfniß, daß gerade in diesem besondern Augenblick ersetzt werden muß und nicht ersetzt
werden kann. Der Verlust ist unwiderruflich und wird
nun schnell unerträglich. Es scheint, wie wenn etwas,
was durchgemacht werden sollte, nicht durchgemacht werden
kann, bloß deßhalb, weil er der Theil unseres Lebens war,
den wir bedürfen, um es durchzumachen, und nun ist er
nicht hier. Einen falschen, grausamen, verdächtigen Freund
verlieren wir, ehe er stirbt; aber wir vermissen ihn nie;
es stellt sich nie heraus, daß er gewünscht wird. Wir
finden, daß er in Wirklichkeit immer außerhalb unseres
Lebens stand und unsere Seele vergißt ihn mit einem gewissen traurigen Troste, daß wir mit ihm fertig sind, und
mit dem frommen tröstlichen Gefühle, daß am Ende keine
Liebe jemals verschwendet ist, die zu irgend einer Zeit oder
für irgend einen Gegenstand mit Gott verbunden war.
Aber mit einem wahren Freunde ist es nicht so. Sein
Verlust geht nie vorüber, er erscheint beständig wieder und
stimmt unsere Herzen so sonderbar weich, wie wenn sein
Geist dieselben jeden Augenblick berührte. Alles dies kommt
daher, weil die Gegenwart zu sehr mit Wirklichkeiten erfüllt ist, so daß wir sie nicht auf einmal in unsere Seele
aufnehmen können. So sind wir immer mit dem Leben
zurück und verstehen uns und andere und vor allem Gott
erst, wenn es zu spät ist. Wir können mit der Gegenwart nicht gleichen Schritt halten, sowol um sie ganz zu
verstehen, als zu empfinden. Wir können mit ihr nur
Schritt halten durch eine geistliche Behendigkeit, die uns
antreibt, zu handeln, zu leiden und vor allem uns selbst
bloß zu stellen auf das Geheiß der Instinkte der Gnade.
So kommt es, daß die Leiden meistens weniger hart zu
tragen sind, als sie scheinen; denn wir tragen sie beinahe
unbewußt und grabweise. Bei Maria war es aber nicht

so der Fall. Sie nahm die Gegenwart vollständig in sich auf; sie begriff dieselbe in der Ruhe ihres umfassenden Geistes. Ein Leiden offenbarte sich ihr in seiner Vollständigkeit und drückte so mit all seiner Last auf einmal auf ihre Seele. Daher sind ihre Leiden größer, als sie scheinen. Sie wachsen auf uns, aber sie wuchsen nicht auf ihr. Daran müssen wir uns recht sehr erinnern, wenn wir von ihren Gemüthsstimmungen in ihren Leiden sprechen. Ihre Ausdauer war von anderer Art, als die unsrige, weil sie die Gegenwart vollständig und wirklich durchlebte, und daher müssen ihre Gemüthsstimmungen, während die Armuth der Sprache uns zwingt, sie mit denselben Namen zu nennen, in etwas ganz anderes vergrößert und vermehrt werden, als was sie vorher waren.

Nachdem wir dieses vorausgeschickt haben, müssen wir zuerst, wie wir es bei den andern Schmerzen zu thun hatten, die Ruhe Unserer gebenedeiten Mutter betrachten. Wenn wir die mannigfachen Schrecken der Kreuzigung durchgehen und die verschiedenen Angriffe des Kummers sehen, deren Mittelpunkt ihre Seele war, so will es scheinen, als ob die Ruhe gerade jene Gnade wäre, deren Uebung unmöglich war. Wenn wir nicht wüßten, daß Gott der ewige Frieden ist, so würden wir an einer Heiligkeit, die zu einer solchen Zeit in der tiefsten Ruhe blieb, etwas beinahe Unschickliches sehen, was mit der Scene, die aufgeführt wird, nicht übereinstimmt. Bei uns ist Tiefe des Gefühls meistens von Aufregung begleitet, was es für uns schwer macht, die Verbindung des lebhaftesten Schmerzes und der zartesten Empfindlichkeit mit einer Ruhe zu begreifen, die aussieht, wie wenn sie gefühllos wäre. Unter den Menschen ist Ruhe im Leiden nur ein Zeichen von Unempfindlichkeit. Der Friede Mariens gleicht jenem Gottes; er wird nicht gestört mitten unter dem Lärm von zehntausend Welten. Er wird nicht getrübt durch die schreckliche Empörung der Sünde und ist ganz im Besitze seiner selbst bei dem reichlichsten Erguße inniger und brennender Liebe. Nichts enthüllt uns erstaunlicher ihre Vereinigung mit Gott, als diese ununterbrochene Ruhe. Wo Gott ist, da kann keine Unruhe sein, und es gab nicht eine verborgene Falte im Herzen Unserer göttlichen Mutter, wo Gott nicht war und über die er nicht die unumschränkteste Herrschaft führte. Während daher Schrecken auf Schrecken folgte, war keine Verwunderung, kein Erstaunen, keine Verwirrung in ihrer Seele. Während das Geheimniß des seltsamsten, des tiefsten Leidens sich entfaltete, schienen sogar die Rathschlüsse Gottes sein auserwähltes Geschöpf nicht zu überraschen. In was für einer dauernden Gegenwart Gottes muß ihre Seele geweilt haben! Wie muß jede Kraft des Geistes gewöhnt gewesen sein, sich mit den Wegen Gottes zu vereinigen, als sie ihnen begegnete, und mit einer solchen Bereitwilligkeit, die nicht zweifelte, mit einer so unerschrockenen Würde! In welcher Unterwürfigkeit unter die augenblickliche Herrschaft der Gnade muß jede Neigung gewesen sein, eine Unterwürfigkeit, die ihre Freiheit so vermehrte, daß dadurch ihre Kräfte zu lieben und zu leiden tausendmal erhöht wurden! Da war keine Anstrengung, kein Kampf, kein Stillstand, kein Zeichen, daß ihr inneres Leben den Druck äußerer Umstände empfand. Das Geschöpf hielt gleichen Schritt mit dem Schöpfer, und die Engel erstaunten über die göttliche Ruhe ihrer schönen Abhängigkeit.

Aus dieser Ruhe entsprang ihr stillschweigender Muth. Wir müssen uns erinnern, daß, obgleich ihr Ueberleben eines so großen Leidens wunderbar war, ihre Ausdauer des Leidens nicht ein Wunder, sondern eine Gnade war. Ihr Leben wurde durch die Hand Gottes in ihr zurückgehalten, aber sie empfing bei ihrer Ausdauer keine solche Stütze, daß dadurch die Vollkommenheit ihres Verdienstes einen einzigen Augenblick gestört worden wäre. Es war ein solcher Starkmuth, wie der glorreichste Geist im Chore der Throne ihn nicht erreichen konnte. Es war ein Muth, dessen Stillschweigen zugleich die Strenge seiner Prüfung und den Ernst seiner Hochherzigkeit bezeugte. Das Stillschweigen selbst war ein anderer Beweis von Mariens erstaunlicher Vereinigung mit Gott. Denn diejenigen, welche viel mit Ihm umgehen, verlieren ihre Gewohnheiten zu sprechen und erlangen dafür Gewohnheiten, auf übernatürliche Dinge zu lauschen. Sie sprach nicht, weil sie in Gott ruhte. Sie sammelte sich nicht einmal, um zu tragen oder ihren Muth für den Kampf vorzubereiten. Sie nahm die Bürde auf, wie sie war. Sie beschleunigte weder ihren Schritt, noch blieb sie zurück. Wie konnte eine so ruhige Entschlossenheit zu gleicher Zeit so stark sein? Dies ist die Frage, die unser beschränkter Begriff von der Heiligkeit zu stellen versucht ist. Die Antwort darauf ist leicht; ihre Stärke bestand gerade in ihrer Ruhe. Allein wenn wir die Worte verstehen, begreifen wir auch die Sache? Ergründen wir die Stimmung der Seele Mariens, in welcher diese Größe der Stärke mit dieser kindlichen Einfalt einer Ruhe, die sich über nichts verwundert, vermählt war?

Von ihrer Ruhe gehen wir zu ihrem stillschweigenden Muthe über, von ihrem stillschweigenden Muthe zu ihrer Hochherzigkeit. Sie sind wie geräumige Hallen in ihrer Seele, wo wir kaum zu flüstern wagen dürfen, damit wir nicht das Echo wach rufen und wo wir ohne zu fragen, die wundervollen Trophäen betrachten, die an den Wänden hängen. Ein Geschöpf hat Gott nur Einen Willen zu geben und wenn es ihn unwiderruflich gegeben hat, was für ein weiteres Opfer bleibt dann noch übrig? Alle Hochherzigkeit ist also nur ein Beharren auf der ersten erhabenen Hochherzigkeit, und wenn die Beharrlichkeit etwas

Größeres ist, als der Akt oder die Stimmung, in der wir beharren, so ist sie es nur in ihrer Vollständigkeit und nicht auf jeder ihrer besonderen Stufen. Dennoch schien es, wie wenn Maria Willen ohne Ende Gott zu geben hätte und wie wenn sie so schnell kämen, als er sie hervorrufen konnte. Der göttliche Wille prüfte sie überall, und überall fand er die vollkommenste Gleichförmigkeit. Da war kein Mangel, kein Zögern, nichts Ungleiches. Eine Anstrengung fand allerdings statt; wie soll das Geschöpf sich nicht anstrengen, das mit Gott gleichen Schritt zu halten hat, besonders wenn seine furchtbare Gerechtigkeit seine Wagenräder durch das rothe Meer der Passion hindurchtreibt? Allein es war eine Anstrengung voll himmlischen Friedens, voll der gnadenreichsten Anbetung. Wenn Gott schneller ging, so ging sie auch schneller. Ihr Wille ging wirklich in dem Maße bereitwilliger in seinen Willen ein, als er mehr von ihr verlangte. Ihr Seele schien unerschöpflicher zu werden, je mehr sie erschöpft wurde, gleich den Seelen der Seligen, die ohne Ende lieben, ohne Ende anbeten, während sie immer tiefer und tiefer in die Anschauung der allerheiligsten Dreifaltigkeit versinken.

Aber gerade der Gedanke an diese Unmöglichkeiten, Mariens Großherzigkeit zu begreifen, führt uns von ihren Gemüthsstimmungen zu den Lehren, welche dieser fünfte Schmerz uns gibt. Der letzte Schmerz lehrte uns, wie wir unsere Kreuze tragen sollen; dieser lehrt uns neben denselben aufrecht zu stehen. Wir dürfen das Kreuz nicht verlassen. Wir dürfen nicht vom Kalvarienberge herabkommen, bis wir gekreuzigt sind, und dann ist das Kreuz und wir selbst unzertrennlich geworden. Aber der Kalvarienberg ist ein großer Platz für die Ungeduld. Manche haben den Muth, den Hügel hinaufzugehen und tragen dabei ihr Kreuz mit anständiger Mannhaftigkeit auf der Schulter; aber wenn sie droben sind, legen sie ihr Kreuz auf den Boden und gehen wieder in die Stadt hinab, um das übrige Fest mit dem Volke zu halten. Einigen werden die Kleider ausgezogen und dann verlassen sie den Berg, indem sie sich nicht annageln lassen wollen. Einige werden angenagelt, aber sie machen sich los vor der Aufrichtung des Kreuzes. Einige stehen die Erschütterung der Aufrichtung aus und dann kommen sie vom Kreuze herab, ehe die drei Stunden aus sind, einige in der ersten Stunde, andere in der zweiten, andere leider sogar, wenn die dritte Stunde zu Ende geht. Ach, die Welt ist mit Ausreißern vom Kalvarienberge so erfüllt, daß politische oder verachtende Gnade sich keine Mühe zu geben scheint, dieselben festzunehmen. Denn die Gnade kreuzigt niemand gegen seinen Willen. Sie überläßt diese Arbeit der Welt, und verrätherisch und tyrannisch vollzieht die Welt dieselbe. Die Menschen scheinen zu glauben, daß, wenn man die frische Luft auf der Spitze des Kalvarienberges nur eine halbe Minute athme, dies auf sie einwirke wie ein Zauber. Die Kreuzigung werde, wie sie meinen, gleich dem Untertauchen in die kalte See, je kürzer sie sei, eine um so gesündere Wärme erregen und eine um so fühlbarere Gegenwirkung haben; aber leider ist es nicht so. Das Leiden ist ein langsamer Arbeitsmann, und die Kreuzigung ein langes Geschäft. Ein Baum schlägt in einem neuen Boden schneller Wurzel, als das Kreuz in einem neuen Herzen. Aber all dies ist der raschen, ungeduldigen Natur keineswegs angenehm. Bei ihr soll die Heiligung vor sich gehen wie eine Operation, die zwar peinlich, aber bald vorüber ist. Sie kann nicht warten, bis sie in Gestalt einer allmähligen Heilung kommt. Aber wer hat jemals versucht, das eigene Ich in irgend einem seiner geringsten Gebiete zu tödten und hat sich nicht beinahe verzweiflungsvoll über seine erstaunliche und ärgerliche Lebenskraft wundern müssen? Wie viele große Seelen gibt es, die den

Weg der Heiligkeit weit gewandert sind, ehe sie das persönliche Gefühl und die verwundete Empfindlichkeit aus
dem Gesichte verlieren? O nur die Gnade, daß wir unsere drei vollen Stunden auf dem Gipfel des Kalvarienberges bleiben! Kann es einen traurigeren Anblick auf
Erden geben, als jenen, der uns sagt, wie oft und wie
leicht große Höhen im Himmel verfehlt werden? Ich meine
jene halbgekreuzigten Seelen, denen wir in allen Gesellschaften begegnen, die so sonderbar am unrechten Orte
sind, so traurige Denkmäler der Ungeduld, der Natur und
der Eifersucht der Gnade.

Gott ist sehr genau in seinen Forderungen. Die
Ihn lieben, können das sagen, ohne Ihn weniger zu lieben; ja für sie ist schon der Gedanke ein höherer Grad der
Liebe. Er ist nicht damit zufrieden, daß wir unsere drei
vollen Stunden auf dem Kalvarienberge bleiben. Wenn
wir nicht an unser Kreuz genagelt werden, so müssen wir
neben demselben aufrecht stehen. Wir dürfen uns nicht
niedersetzen, nicht niederlegen, nicht an unser Kreuz anlehnen, als ob gerade das zu unserer Stütze bestimmt wäre,
was da nur auf die Kreuzigung wartet. In der That,
und dies ist bezeichnend genug, ist das Knien nicht so gut
als das Stehen. Wir gehen dahin, um zu leiden und
nicht um anzubeten. Unser Leiden wird sich in Anbetung
verwandeln. Wir sollen nicht unser Kreuz anbeten oder
schöne Worte darüber sagen, oder uns in sentimentale
Stellungen vor demselben versetzen. Wir sollen das Gewöhnliche thun, nämlich bei dem Kreuze aufrecht stehen,
was die Stellung der Menschen ist. Stehen ist das, was
das Ceremoniell des Kalvarienberges vorschreibt. Was für
ein trauriger Anblick bietet sich uns hier wieder dar! Es
ist gut, wenn wir selbst darin keine Rolle spielen. Es gibt
Seelen, deren Kreuzweg viel verspricht, und die dennoch
auf dem Gipfel des Kalvarienberges alles verderben. Viel-

leicht wenn sie sogleich gekreuzigt worden wären, so wäre
es gut gegangen; aber das war nicht Gottes Wille. Das
Warten hat sie entmannt. Ihr Muth ist allmälig ver-
flogen unter den häßlichen Todtenschädeln, die das verwelkte
Gras des Berges bedeckten. Sie haben sich niedergesetzt,
weil die Zögerung zu lange dauerte. Oder sie sind niedergekniet, um zu beten, daß das Kreuz an ihnen vorübergehen möchte. Die thörichten Seelen! Dies gehört nach
Gethsemane, nicht auf den Kalvarienberg. Wir dürfen
unsere Anfänge nicht dahin setzen, wo unser Ende sein
sollte. Oder die Vorbereitungen erschrecken sie, das Graben der Höhlung für den Fuß des Kreuzes, das Ausmes-
sen der Breite von einer Hand zur andern, das so gleichgültig geschieht, und dennoch eine Sache ist, wo die geringste
Fahrlässigkeit unendliche Qual bereiten kann, das Spitzen
jener stumpfen Nägel, und dann jenes grausame unnöthige
Schwingen des Hammers. Manche schaudern vor der
Entkleidung in der kalten Luft, und müssen beinahe mit
Gewalt entkleidet werden. Manche werden erschreckt durch
die Sonnenfinsterniß, welche die Gesichter der Freunde und
die Tröstungen der Geschöpfe verbirgt. Manche schreien
hinaus und springen auf, wenn das kalte Eisen die innere
Fläche der ersten Hand berührt. Die meisten verläßt dann
der Muth. Ist es nicht besser, vom Kalvarienberg herab-
zugehen und unsere Feigheit ehrlich zu bekennen, als sich
auf dem Gipfel jenes heiligen Hügels so schwach zu benehmen? O nein, es ist weit besser zu bleiben. Besser ist
eine Kreuzigung mit Widerstreben, als gar keine. Lasset
uns aufrecht stehen, wenn wir können; wo nicht, so wollen wir uns, wie wenn wir vor Angst gestorben wären,
gleich einem Stück Holz herumrollen und mit Gewalt oder
in Bewußtlosigkeit annageln lassen. Nur gekreuzigt lasset
uns werden, — mit Würde, wenn es sein kann, aber lieber ohne Würde, als gar nicht.

Warum sinkt so vielen der Muth? weil sie nicht stillschweigen. Die Ausdauer hängt viel vom Stillschweigen
ab. Die Kraft entweicht mit den Worten. Nur mit
Hülfe der Gnade des Stillschweigens tragen die Heiligen
so schwere Kreuze. Ein Kreuz, für welches wir Theilnahme
empfangen haben, ist weit schwerer, als es vorher war;
oder es kann sein, daß die Theilnahme uns entnerote, so
daß die Wucht größer scheint und die Wunde auf unserer
Schulter schmerzhafter. Das Stillschweigen ist die eigentliche Atmosphäre des Kreuzes und das Geheimhalten sein
natürliches Klima. Die besten Kreuze sind geheime, und
unter jenen, die nicht geheim sind, können wir stille schweigen. In der That erzeugt das Stillschweigen eine gewisse
Heimlichkeit, sogar wenn sie öffentlich bekannt sind. Denn
wenigstens können wir verbergen, wie viel wir leiden, wenn
wir nicht die Thatsache ganz verbergen können, daß wir
leiden. Wir können verhehlen, wie oft wir beinahe auf
dem Punkte stehen, unter unserer Bürde zu sinken. Wir
können jene besondern Eigenthümlichkeiten der Leiden für
uns behalten, die bei weitem ihre schärfsten Spitzen sind,
und die Theilnahme anderer mehr nähren, als größere
Dinge. Auf die eine oder andere Weise entweiht die
menschliche Theilnahme die Wirkungen der Gnade. Sie
mischt ein erniedrigendes Element in das, was göttlich ist. Der heilige Geist entzieht sich ihrer Gesellschaft, weil sie „von der Erde, irdisch ist". Der Tröster gibt seine besten Tröstungen nur jenen, die sich von
der Erde nicht trösten lassen. Die, welche die Geschöpfe
zuerst suchen, müssen sich mit den Geschöpfen begnügen;
denn sie werden Gott später nicht finden, wenn sie Ihn
noch so sehr suchen. Die, welchen Gott selbst nicht genügt,
sondern welche nebst Ihm noch tröstende Geschöpfe haben
müssen, werden ihren traurigen Irrthum niemals einsehen;
denn für sie wird Gott nie jene Schätze öffnen, die ihnen

zeigen werden, wie verschieden Er von den Geschöpfen ist. Aber all dies ist hart für die Natur. Die Natur athmete noch nie frei auf der Spitze des Kalvarienberges. Den Menschen ist es nicht bequem auf den Bergeshöhen. Sie ruhen nicht leicht daselbst, außer um die Pracht der Aussicht zu bewundern, weil das Athmen so schwer ist. Es ist sehr hart, allen Trost von uns zu weisen. Die Theilnahme scheint oft gerade das zu sein, was unsern Schmerz erträglich macht. Wohlan denn! Wir wollen einen Schritt weiter hinabgehen; wir wollen die Theilnahme nicht wegwerfen, aber auch nicht darum bitten. Sie möge uns finden, ohne daß wir sie suchen. Wie der Weltlauf ist, werden wir nicht sehr gefährden, was in unsern Leiden göttlich ist, wenn wir uns in Betreff der Theilnahme bloß passiv verhalten. Aber auch dieses passive Verhalten ist schwer. Wie sollte es nicht schwer sein, da es einen Theil unserer Kreuzigung ausmacht? Es ist die härteste Lehre des Kalvarienberges. Lasset uns dieselbe annehmen, obschon wir sie fürchten, und nicht niedergeschlagen werden, weil wir sie fürchten. Wer hat jemals etwas Gutes verrichtet, was zu thun er nicht zuerst gefürchtet? Was ist auf Erden zu thun der Mühe werth, das nicht auch der Furcht werth wäre?

Es liegt aber ein wahrer Trost, der zwar tief verborgen, aber doch nahe bei der Hand ist, in dieser Abweisung menschlichen Trostes. In der Finsterniß der Natur empfinden wir lebhaft die Nähe Jesu. In der Abwesenheit der Geschöpfe werden wir fühlbar von den Armen des Schöpfers aufrecht gehalten. Die Geschöpfe bringen Dunkelheit mit sich, wo sie immer eindringen. Sie sind uns stets im Wege, halten die Gnaden auf, betrügen uns um geistige Tröstungen, machen uns schlaff und reizbar. Sie erfüllen unsere Sinne so, daß die innern Sinne unserer Seele nicht wirken können. Wie oft wünschen wir,

daß unſer Leben göttlicher ſein möchte! Aber es iſt in
der That viel göttlicher, als wir glauben. Das Leiden
offenbart uns dies. Es umgibt uns wie ein Schleier.
Nach und nach verengert ſich unſer Geſichtskreis und unſere große Welt wird eine kleine Welt. Zuerſt verſchwin-
det ein Gegenſtand, dann ein anderer; wir werden immer
weniger zerſtreut; unſer inneres Leben iſt mehr erweckt,
unſere Seele wird ſtark. Nun hat die Linie der Finſterniß Jeruſalem ſelbſt berührt. Sogar die Tröſtungen der
geiſtlichen Stadt ſind verſchwunden. Die Helme der römi-
ſchen Soldaten fangen das Licht einen Augenblick auf über
der Höhe der Wolke, wie wenn ſie auf einem finſtern
Strome hinweg ſegelten. Das Grün des Berges wird
ſchwarz. Einen Augenblick blendet es uns; dann tritt
allmälig die weiße Geſtalt Jeſu aus der düſtern Dunkelheit hervor. Wir fühlen das warme Blut an unſern Händen, während wir das Kreuz umſpannen. Es iſt keine
Erſcheinung, es iſt Leben. Wir ſind bei Gott, bei unſerm
Schöpfer, bei unſerm Erlöſer. Er iſt ganz unſer eigen;
durch die Entfernung der Geſchöpfe iſt Er es geworden;
aber Er iſt nicht gekommen, Er war immer da, immer in
unſerer Seele, nur wurde Er durch den falſchen Schimmer
der Geſchöpfe verdunkelt. Er erſcheint im Dunkel, wie
die Sterne. Der blaſſe Mond des Mittags zieht uns nicht
an durch ſeine Schönheit; er bezaubert uns nur in der
Nacht; ebenſo bedeckt die Finſterniß eines geiſtlichen Kalvarienbergs unſere Seelen mit dem milden Glanze unſeres
ſchönen Erlöſers.

Allein die Eröffnung unſeres geiſtigen Geſichtes iſt
nicht die einzige Operation, welche die Sinne unſerer Seele
auf dem Kalvarienberge aushalten müſſen. Alle Seelen
ſind harthörig, was die Töne aus der unſichtbaren Welt
betrifft. Das innere Ohr wird auf dem Kalvarienberg
geöffnet. Die Töne Jeruſalems ziehen zu uns hinauf durch

die Finſterniß, und vielleicht auch die Töne der Arbeit in den nahen Gärten; aber ſie erheben ſich eher wie Mahnungen, als wie Zerſtreuungen. Sie kommen zu uns ſanft und undeutlich und ſtören nicht die Stille unſerer Ausdauer oder das leiſe Flüſtern des Gebets. Am allerwenigſten ſchwächen ſie die Klarheit der Worte unſers Erlöſers, wenn Er zu ſprechen ſich herabläßt. In der Tiefe unten, wie betäubte uns da die Welt durch ihr lärmendes Geräuſch und ermüdete unſern Geiſt mit ihren mannigfachen Tönen! Wir wußten, daß Jeſus an unſerer Seite war, und doch konnten wir uns nicht mit Ihm unterhalten. Es war, wie wenn wir zu horchen verſuchten, während die lärmenden Räder durch die Straßen raſſeln, wo das Horchen nichts weiter iſt, als eine erfolgloſe Anſtrengung oder ein wirres Mißverſtehen. Das bloße Geräuſch, das die Welt auf ihrem Gange macht, erſchreckt uns ſo, daß es unſere Füße auf dem Wege nach dem Himmel aufhält. Nur auf dem Kalvarienberge iſt die Erde genugſam überwunden, daß man mit dem Himmel muſiciren kann; denn nur da wird Gott deutlich gehört, während die tief untenliegende Welt wie ein Wind flüſtert, — ein Ton, der nie disharmoniſch iſt, weil es eher die Begleitung eines Tones iſt, als ein Ton ſelbſt.

Wir ſehen nur zwei Dinge auf dem Kalvarienberg, Jeſus und Maria, und aus jedem ſchöpfen wir eine Lehre; eine über unſern eigenen Tod und eine über den Tod anderer. Jeſus will uns lehren, wie wir ſterben ſollen. Wenn Er in ſeiner großen Stunde ſeine Mutter bei ſich haben wollte, wie ſollen wir es wagen, ohne ſie zu ſterben? In allen Dingen müſſen wir Jeſus nachahmen, wenn es gleich in einer Sphäre iſt, die ſo unendlich unter Ihm liegt. Aber am allermeiſten iſt es für uns von Wichtigkeit, Ihn in ſeinem Tode nachzuahmen. Wenn es gut geweſen wäre, ſo hätte Er ihr gerne jene fürchterliche Scene

erspart, wenn sie gleich vielleicht ihre Abwesenheit für eine
grausame Gnade gehalten hätte. Hier an jenem Todbette
wurde sie unsere Mutter. Es gibt gewiß nicht einen aus
uns, in dessen Mund der Glaube nicht öfters des Tags
jenes allgemeine Gebet legt, das Gebet des Papstes und
des Bauern, des Gelehrten und des Schülers, des Reichen und des Armen, des Religiosen und des Laien, daß
die Mutter Gottes uns in der Todesstunde beistehen möge.
Allein wir müssen diese Bitte in alle unsere Gebete einschließen. Wir wollen Gott, ohne daß wir es Ihm vor-
schreiben, oder auch nur wünschen, die Zeit und den Ort
und die Art des Todes überlassen; nur möge er nicht ein
unversehener Tod sein und vor allen Dingen nicht un-
versehen mit Maria. Die Todesstunde ist eine durstige
Zeit und erschöpft große Gnaden. Unvermuthete Abgründe
öffnen sich plötzlich in der Seele und verschlingen vergangene Jahre, alte Gewohnheiten und tausend andere Dinge,
die wir dann nicht wohl entbehren können. Der Teufel
behält sich seine schlimmsten Waffen auf die Letzt vor. Es
ist wirklich schrecklich, nicht zweimal sterben zu können,
damit die Neuheit des Falles uns das erstemal nicht über-
wältige, — und es ist ein entsetzliches Wagniß. Große
Sakramente sind für jene Stunde bestimmt, aber nicht
größer, als sie nöthig sind. Beobachtet einen Sterbenden!
Sehet, wie schnell die Absolutionen in seine trockene Seele
hineinsinken, wie der Sommerregen in den gespaltenen Boden! Und dennoch schwankt in seinen Augen der Kampf
noch immer unentschieden hin und her. Wir wollen Maria haben. Mag sie sichtbar oder unsichtbar da sein, mag
sie sprechen und wirken oder wirken, ohne zu sprechen, —
es soll eine alte Uebereinkunft, ein unverbrüchliches Gelübde
sein, daß sie gegenwärtig sein soll, um für uns einen so
schwierigen und dennoch unaussprechlich wichtigen Akt zu
leiten. Es ist der Mühe werth, ein ganzes Leben mit der

Bitte darum zuzubringen, wenn wir nur den Gegenstand unserer Bitte endlich erlangen. Was ist ein gutes Leben werth, wenn es nicht mit einem guten Tode gekrönt wird? Dennoch ist ein gutes Leben das nächste, was wir thun können, um einen guten Tod zu erlangen. Es hat vielleicht verhältnißmäßig wenig gute Sterbestunden gegeben, die nicht am Ende eines guten Lebens gekommen sind, und jene wenigen, so sagt die ganze gläubige Welt, wurden durch Maria herbeigeführt. Aber ein gutes Leben bringt sie am allerwahrscheinlichsten in jener Stunde an unser Todtenbett. Ein kreuztragendes Leben begegnet immer Maria. Bei Kreuzigungen ist sie wie von Berufswegen gegenwärtig. Da Jesus nicht ohne sie sterben wollte, so wird sie uns um so mehr lieben, wenn wir uns weigern, es zu thun. So lange die Todesangst sein mochte, so beunruhigt im Geiste die arme scheidende Seele war, selig vor allen Todten sind jene, deren Augen Maria selbst geschlossen hat!

Dies ist die Lehre, die uns Jesus über unsern eigenen Tod gibt. Wir schöpfen noch eine aus Maria über den Tod anderer, daß nämlich das Gebet für die Sterbenden eine Andacht ist, welche Maria lieb hat und die ihrem Herzen ungemein angenehm ist. Es gibt keinen Augenblick des Tages oder der Nacht, wo der Tod nicht seine Aerndte hält. Es gibt Personen, wie wir oder besser als wir, und deren Freunde sie mit Grund mehr liebten, als die unsrigen uns je geliebt haben, die jetzt in ihrer Todesnoth sind und bei denen es in der Wage steht, ob sie Gott ewig schauen werden. Kann irgend ein Aufruf an unsere christliche Liebe rührender und beredter sein, als dieser? Wenn wir an alles denken, was Maria für jede dieser Seelen gethan, die unaufhörlich und jeden Augenblick ihr ewiges Loos im Tode entscheiden; wenn wir uns an die lange Reihe von Gnaden erinnern, die sie jeder derselben brachte, und folglich an die Sehnsucht ihres mütter-

lichen Herzens nach ihrer endlichen Beharrlichkeit und
ewigen Seligkeit, dann können wir uns einen Begriff davon machen, wie angenehm ihr diese Andacht ist. Das
Todbett ist ein besonderer Wirkungskreis von ihr. Sie
scheint eine ganz eigene Gerichtsbarkeit darüber auszuüben.
Hier wirkt sie so sichtbar im Vereine mit Jesus an der
Erlösung der Menschheit mit; aber sie will, daß auch wir
mit ihr mitwirken sollen. Sie möchte gern unsere Herzen
zu dem ihrigen hinziehen, unsere Gebete mit den ihrigen
vereinen. Ist sie nicht die Eine Mutter von uns allen?
Sind nicht die Sterbenden unsere Brüder und unsere
Schwestern in der süßen Mutterschaft Mariens? Die
ganze Familie ist betheiligt. Wir dürfen uns nicht kalt
entfernen; wir müssen im Geiste bei jedem Sterbenden in
der ganzen Welt gegenwärtig sein, beim Tode von Irrgläubigen und Heiden wie von Christen; denn auch sie
sind unsere Brüder und Schwestern, sie haben Seelen,
die Ewigkeit steht bei ihnen auf dem Spiele, und Maria
hat ein Interesse an ihnen. Ihre Ewigkeit schwebt in
mehr als doppelter Gefahr. Wie viel mehr müssen diejenigen Gebete bedürfen, die keine Sakramente haben?
Wie viel finsterer muß ihre Schlußscene sein, wo das volle
Licht des Glaubens nicht scheint? Wie viel ernster müssen
die Gebete sein, wenn nicht gewöhnliche Gnade, sondern
ein Wunder der Gnade für sie erlangt werden muß? Ach
sie wollen keine unserer andern Gaben haben; wenigstens
sollen sie dann und zwar wider ihren Willen unsere Gebete haben. Wir müssen uns ferner erinnern, daß auch
wir sterben müssen. Wir werden eines Tags in derselben
Noth daliegen und dieselben Gebete der christlichen Liebe
unaussprechlich bedürfen. Mit dem Maße, womit wir
andern messen, wird auch uns wieder gemessen werden.
Dies ist die göttliche Regel der Vergeltung. Nichts wird
uns ein sanfteres Todbett verschaffen, als eine lebenslange

tägliche Andacht für jene, die täglich sterben. Maria stand ihrem Sohne im Tode auf manche geheimnißvolle Weise bei. Nach seinem Willen und zur Befriedigung ihrer eigenen mütterlichen Liebe ist sie nun am Todbette von vielen Millionen gestanden. Sie hat jetzt große Erfahrung, wenn wir so sprechen dürfen, und ist wunderbar bewandert in der Wissenschaft der letzten Stunde. Lasset uns durch andächtige Gebete, durch fromme Uebungen, durch häufige Schußgebetlein, durch die Gebräuche, welche die Kirche mit Abläßen verbunden hat, für uns ein freudiges und sanftes Ende erlangen, indem wir Maria überall hin an das Todbett folgen, das sie besucht!

Dies sind die Lehren, die wir aus dem fünften Schmerze ziehen. Die Kreuzigung kann nie richtig verstanden werden ohne Maria, weil sie ohne sie nicht wahrhaft dargestellt wird. Was für ein Gemälde ist das Hochamt der Welterlösung, dargebracht von Jesus dem ewigen Vater, während die zahllosen Engel die Zuhörer und die Zuschauer sind! Wenn die Hostie erhoben wird, erzittert der ganze Leib der leblosen Natur vor anbetender Furcht, und die Erde verfinstert sich, was eine Rubrik sein soll, die in der Gegenwart Jesu für alle Zeiten zu beobachten ist. Aber was ist Marias Antheil? Ihr unbeflecktes Herz ist der lebendige Altarstein, auf welchem das Opfer dargebracht wird; es ist der Hostienteller, und die Schläge ihres gebrochenen Herzens sind die Responsorien der Liturgie; es ist das Rauchfaß, in welchem der Glaube der Welt, die Hoffnung der Welt, die Liebe und Anbetung der Welt wie Weihrauch verbrannt werden vor dem erschlagenen Lamme, das hinwegnimmt die Sünden der Welt, und endlich ist das nämliche unbefleckte Herz der Chor, der mehr als englische Chor jener furchtbaren Messe; denn sang nicht das Stillschweigen ihrer schönen Leiden unaussprechliche stumme Gesänge in das entzückte Ohr der blutenden Hostie?

Siebentes Kapitel.

Der sechste Schmerz. Die Abnahme vom Kreuze.

Die Dunkelheit der Sonnenfinsterniß war vergangen, und die wahren Schatten des Abends fingen an sich auszubreiten. Das Kreuz stand bloß da auf dem Kalvarienberge, von dem Lichte beschienen, welches die untergehende Sonne am abendlichen Himmel zurückgelassen hatte. Das Schauspiel des Tages war vorüber, — die Schaaren der Menschen aus der Stadt waren alle heimgegangen und die Richtung ihrer Gedanken war anderswohin gewendet. Einige Personen bewegten sich auf dem Gipfel des Berges, die bei der Abnahme Jesu vom Kreuze beschäftigt waren oder Specereien aus der Stadt brachten, um Ihn einzubalsamiren. Maria saß am Fuße des Kreuzes mit dem todten Leibe ihres Sohnes auf dem Schooße. Ist Bethlehem zu dir zurückgekommen, meine Mutter, und die Tage der schönen Kindheit?

Es gibt viele Abarten der menschlichen Leiden, und es ist schwierig, sie mit einander zu vergleichen, weil jedes Leiden seine Eigenthümlichkeit hat und jede Eigenthümlichkeit ein besonderes, hervorstechendes Leiden, woran kein anderer Schmerz Theil hat. So kann es leicht geschehen, daß ein Leiden, welches an sich selbst geringer scheint, als ein anderes, in Wirklichkeit größer ist wegen der Zeit, zu welcher es kommt oder wegen der Umstände, unter welchen es auftritt, oder wegen der Stellung, die es in einer Reihe von andern Leiden einnimmt. Dies ist der Fall bei dem sechsten Schmerze, der Abnahme vom Kreuze. Es ist der Schmerz eines vollendeten Leidens, und unterscheidet sich in dieser Hinsicht von der Spannung einer peinlichen Erwartung oder von dem wirklichen Kampfe mit einem ge genwärtigen Unglück, das gerade in Erfüllung geht. Dieser Unterschied kann uns nach unseren eigenen Erfahrungen nicht unbekannt sein. Wenn wir im Akte des Leidens sind, sind wir uns der Anstrengungen nicht vollkommen bewußt, die wir machen. Unsere ganze Natur erhebt sich, um dem zu begegnen, was wir auszuhalten haben. Fähigkeiten, Schmerz zu ertragen, von denen wir bisher keine Ahnung hatten, offenbaren sich. Vielleicht auch haben wir einen größeren Grad von übernatürlichem Beistande als nachher. Aber wenn der Druck erleichtert wird, wenn der Streit vorüber ist, dann werden wir uns der Erschöpfung bewußt, welche das Leiden an unsern Kräften verursacht hat. Die Müdigkeit des Leidens, wie körperliche Ermüdung, kommt, wenn alles vorüber ist. Wir werden gleichsam steif und unser Herz fängt an, empfindlicher zu schmerzen in der scheinbaren Ruhe, die auf das Unglück folgt. Die Reaktion macht sich durch eine besondere Niedergeschlagenheit fühlbar, die beinahe härter zu ertragen ist, als wirkliches Leiden, nicht so fast deßhalb, weil sie innerlich größer ist, als das wirkliche Leiden, sondern weil sie nach demselben kommt, und da sie selbst die Folge der Erschöpfung unserer Kraft der Ausdauer ist, so hat sie nichts, worauf sie sich stützen kann.

Es geschieht auch meistens, daß durch eine gnädige Grausamkeit der Vorsehung unsere gewöhnlichen Pflichten oder sogar zuweilen neue Pflichten, welchen unser Leiden den Ursprung gegeben, sich vor uns darstellen und unsere Thatkraft und Aufmerksamkeit erfordern. Aber während dies oft die Reaktion des Leidens hindert, zu weit zu gehen, ist es auch an sich selbst schwer zu ertragen. Wir bedürfen selten mehr der Gnade als in diesem Augenblicke, wo wir die Pflichten unseres Standes wieder aufnehmen sollen nach einer Unterbrechung durch ein mehr als gewöhnliches Leiden. Es ist, wie wenn wir das Leben von

neuem anfangen müßten, in einer unvortheilhaften Lage.
Wir haben vielleicht mehr zu thun, wenn wir weniger im
Stande sind es zu thun. Wir haben unsere Kraft, Kummer zu ertragen, aufgebraucht und gerade wenn die Grausamkeit unseres Elendes vorübergehen will, kommen neue
Pflichten, die entweder durch den Kontrast oder durch die
Erinnerungen die alten Wunden frisch aufreißen, und wie
sollten wir das aushalten? Ueberdies scheint ein außer-
ordentliches Leiden, selbst wenn es nur kurze Zeit dauert,
eine besondere Macht zu haben, Gewohnheiten zu zerstören.
Sogar schwere Dinge sind für uns leicht, weil wir daran
gewöhnt sind; aber nach einem heftigen Leiden scheint alles
neu und fremd. Wir haben unsere alte Leichtigkeit verloren. Die Dinge haben ihre Stelle in unserem Geiste
verändert. Leichte Dinge sind nun hart, gerade wegen
dieser Neuheit. Aber das Leben ist unerbittlich; es muß
fortgehen, und unter den alten Gesetzen, wie eine grausame Maschine, die nicht fühlen und deßhalb keine Zugeständnisse machen kann. Nun tritt vielleicht eine größere
Prüfung unseres Lebens ein, als während wir die Schläge
aushielten, welche das Unglück uns versetzte. Dies ist die
Bedeutung des sechsten Schmerzes, dies der Platz, den er
in den Leiden Unserer theuersten Mutter einnimmt. Denket
an die Kreuzigung und an alles, was sie in sich schloß;
ist nicht die Reaktion, die darauf folgte, wahrscheinlich etwas, das wir gar nicht recht begreifen können? So
unermeßlich die Heiligkeit ihres unbefleckten Herzens ist,
das Leiden kann doch noch zu thun finden und kann das
Gebäude höher bauen, sowie verschönern, was bereits gebaut ist.

Die Seele Jesu ging in die Erde am Fuße des
Kreuzes und stieg in die Vorhölle der Altväter hinab.
Maria war noch am Fuße des Kreuzes. Sie begriff in
seiner Vollständigkeit das unermeßliche Geheimniß der

24*

Trennung jenes Leibes und jener Seele, — den Tod des
Sohnes Gottes. Die Seele hat sie verlassen, aber sie
hat den Leib noch. Im nächsten Schmerze wird auch die=
ser gehen und dann wird die Mutter ganz allein sein.
Meistens ist es nicht die Weise Gottes, sich ganz auf ein=
mal zu entziehen. Er schont die Schwäche der Seele und
entzieht sich ihr beinahe unvermerkt nach besondern Gunst=
bezeigungen und einer innigeren Vereinigung, wie der
Wohlgeruch sich allmählig aus einem Geschirre verflüchtigt,
wo er aufbewahrt worden ist. Die beiden Schächer sind
noch in ihrem Todeskampfe dicht bei dem todten Leibe
Jesu. Für den einen derselben ist er wie die tröstliche
Gegenwart des heiligen Sakramentes, die wir alle im
Kummer so gut kennen, weil sie jedem andern Gefühle
unähnlich ist. Für den andern gibt es jetzt keinen Trost.
Es ist noch Zeit für ihn; Maria betet noch; denn sie hört
nicht auf, so lange die zärtlichste Hoffnung noch einen An=
halt hat, an den sie sich anklammern kann. Der leben=
dige Jesus ist nicht so weit entfernt, daß Er ihn nicht hö=
ren kann, wenn er ruft. Aber er hat seine Wahl getrof=
fen und bleibt dabei. Das Leben, das noch in ihm ist,
entheiligt jeden Augenblick den Kalvarienberg.

Die Kreuzigung ist ein langsamer Tod und schließt
viele Arten der Pein in sich. Unter diese ist zu rechnen
das Zerbrechen der Gebeine der Dulder, entweder, um die
bereits zugefügte Marter zu erhöhen, da nun ihre Dauer
für die Diener der rächenden Gerechtigkeit langweilig und
ohne Interesse geworden ist, oder um mit einer Art von
grausamer Barmherzigkeit ihr Ende zu beschleunigen. Die
Henker nähern sich daher dem Gipfel des Kalvarienberges,
um so die Strafe der drei zu vollenden, die sie gekreuzigt
hatten. Sie sind mit einem so starken Hammer oder einer
schweren Eisenstange bewaffnet, von solchem Gewichte, daß
die Glieder durch den Schlag schnell zerbrochen werden

können. Es war ein fürchterlicher Ton für Maria, das dumpfe Krachen des Fleisches und der Gebeine zu hören, und das schmerzliche Geschrei der elenden Dulder, von denen der eine zumal der Sohn ihrer zweiten Mutterschaft war, der Erstgeborne ihrer Gebete. Aber Worte können den Schmerz nicht schildern, womit sie sah, wie sie sich dem Leibe Jesu näherten. Die Erde trug nichts halb so Geheiligtes. So todt er war, so war er doch mit der Gottheit verbunden, und deßhalb zu den vollsten Ehren göttlicher Anbetung berechtigt. Eine einzige rohe Berüh= rung desselben war ein entsetzlicher Gottesfrevel; aber die Glieder zerquetschen, die Gebeine zerbrechen, war sogar für den Gedanken eine zu entsetzliche Entweihung, um da= bei länger zu verweilen. Der Gedanke war ein tiefer Kummer für ihr religiöses Gefühl. Aber ihre Liebe, war nicht auch diese betheiligt? Es ist wahr, das Leben war verschwunden; allein war die leblose Form weniger ein Gegenstand ihrer Liebe, da nun das schöne Leben daraus entwichen war? Lasset die Herzen derjenigen, die schon ihre Todten betrauert haben, die Antwort darauf geben. Nie ergießt sich die Liebe mit einer sanfteren Betrübniß über Augen, die von Leben strahlen, als über jene, die im Tode geschlossen sind. Für das Auge der Liebe ist das blasse Angesicht doppelt schön geworden. Die Reize längst verflossener Jahre sind darüber hingezogen. Die Tiefe seiner Ruhe hat einen eigenen Zauber. Die zusammen= gepreßten Lippen sprechen mit einer eigenen stummen Be= redsamkeit. Der kalte Leib hat zwei Ansprüche der Liebe zu befriedigen; seinen eigenen Anspruch und den der Seele, und er befriedigt sie wohl. Für die zärtliche Liebe ist er wirklich die Person selbst, die wir lieben. So haben Müt= ter über Söhne geweint, von deren Liebkosung die Würde der Mannheit sie ferne hielt; aber nun sind die alten Zeiten zurückgekommen und die Vertraulichkeiten der Kind=

heit mit mehr als ihrer paſſiven Hilfloſigkeit ſind zurückgekehrt, und vielleicht auch das alte kindliche Ausſehen, und
der Kummer weidet ſich an der Schönheit des Todten, der
wie eine Marmorſtatue daliegt. Wer kennt dies nicht?
Aber wenn wir, gewöhnliche Leidtragende, deren Kummer
ſobald zerſtreut wird, alles dies ſo tief empfinden können,
was muß die unausſprechliche Liebe Maria's für den Leib
ihres Sohnes geweſen ſein, ihres Sohnes, der auch Gott
war? Sie ſprach nicht; ihre Stimme unterbrach nicht die
Stille, miſchte ſich nicht mit den Seufzern der ſterbenden
Schächer; aber die Stille ihres Gebetes war laut im
Himmel. Die rohen Männer ſahen, daß Jeſus todt war
und ſtanden von ihrem Vorhaben ab. „Dieſe Dinge ge-
ſchahen, damit die Schriftſtelle erfüllt würde: „Ihr ſollet
kein Bein an Ihm zerbrechen."

Aber es war auch noch eine andere Schriftſtelle zu
erfüllen: „Sie ſollen ſchauen, wen ſie durchbohrt haben."
Maria's Gebet ſollte die erſte Schriftſtelle erfüllen, aber
ohne daß dem Mutterherzen irgend ein Kummer erſpart
würde. Es ſoll das Wort Gottes erfüllen, aber den gott-
loſen Frevel nicht verhüten. Wahrlich dieſe zweite Schriftſtelle wird eines der Schwerter Simeon's ſein. War es
Zweifel an dem wirklichen Tode Unſeres Herrn, oder ge-
ſchah es in dem bloßen Muthwillen der Gewalt, die ſich
in ſolchen Zeiten und an ſolchen Orten wenig zu zeigen
pflegte, — einer der Soldaten trat heran und ſtieß ſeinen
Speer in die rechte Seite unſeres Herrn mitten durch ſeinen Leib und durch ſein heiliges Herz hindurch, und ſo-
gleich floß aus der Wunde Blut und Waſſer hervor, von
welchem einiges auf die Glieder des reumüthigen Schächers
geſpritzt ſein ſoll, gleichſam als äußere Taufe oder ſicht-
bare Abſolution, während die innere Gnade ihr himm-
liſches Werk bereits vollzogen hatte. Es wäre zu lang
ſchildern, von wie vieler rührenden Liebe dieſe Wunde

im Herzen Unseres Erlösers das Vorbild und Symbol
war. Sie ist die süße Betrachtung zahlreicher Heiligen
gewesen. Der Speer hat eine Heimath, eine Zuflucht,
eine Klause in jenem verwundeten Herzen eröffnet, in welchem Seelen zu allen Zeiten und namentlich in diesen
letztern Tagen sich in allen ihren Sorgen und Trübsalen
niedergelassen, sich in dem Elend ihrer Verbannung erneuert und sich vor dem Streite der Zungen und vor der
bösen Welt verborgen haben. Es ist gerade der Ruhm
der Andacht zum kostbaren Blute, daß diese Wunde des
heiligen Herzens beweist, daß Unser theuerster Herr jeden
Tropfen seines Blutes für uns vergoß. Für uns ist daher aus diesen und vielen andern Gründen die Durchbohrung seines Herzens eine unserer größten geistlichen Tröstungen; allein wir haben sie hier als einen der größten
Schmerzen Mariens zu betrachten.

Es liegt etwas in dem Gedanken des todten Leibes
Unseres Herrn, was den Geist überschattet und die Seele
in tiefster Ehrfurcht niederbeugt. Er hing da am Kreuze
im Lichte des Märznachmittags, blaß, mit Streifen dunkeln Bluts ganz überronnen und von fast zahllosen Wunden entstellt. Es gab auf Erden keinen so geheiligten Gegenstand als diesen, er war der göttlichsten Ehre würdig,
Schaaren unsichtbarer Engel beteten ringsum an; dennoch
während er anbetungswürdig war, war er auch hilflos.
Es war, wie wenn das heilige Sakrament auf einer Bergspitze gelassen worden wäre, über welche eine Straße für
die Menschen führte. Dieser Gegenstand göttlicher Anbetung war das Eigenthum der Stadtbehörden, die gerade
die unaussprechliche Sünde der Kreuzigung vollbracht hatten. Eigentlich stand es in der Macht der gemeinen Henker, mit ihm anzufangen, was sie wollten; sie durften
überzeugt sein, daß ihnen keine Schmach, die sie ihm zufügen konnten, vorgeworfen werden würde. Es war etwas

Fürchterliches, daß ein so heiliger Gegenstand in solcher
Unsicherheit, in solcher Nähe des Bösen gelassen, wahrscheinlich einer entsetzlichen Verunglimpfung ausgesetzt sein
sollte. Die Mutter war da, ihr Herz voll Anbetung, aber
hilflos wie der Leib selbst. Würde sie bitten, ihr Bitten
würde nur neuen Frevel herbeiführen, nur die bübische
Natur derjenigen reizen, mit welchen sie zu thun hatte.
Da hing er am Kreuze, Jedermanns Eigenthum, nur nicht
das ihrige, aus deren Blut der heilige Geist ihn gebildet.
Zwei elende Verbrecher rangen mit dem Tode auf beiden
Seiten. Die Stadt hielt unten einen Feiertag und bereitete sich vor, ihre Sabbathruhe zu beginnen. Jener Opferleib hatte seinen Sabbath bereits begonnen. Seine Pein
hatte aufgehört und er ruhte nun. Die Henker gehen
heim. Die römischen Soldaten reiten den Berg auf und
ab. Die Ueberbleibsel der Hinrichtung müssen weggeräumt
werden, ehe der Sabbath beginnt. Jener Leib gehört nicht
dem Kreuze, er gehört einem himmlischen Throne an zur
rechten Hand des ewigen Vaters. Niemand ist hier, der
dies weiß, als die schweigende Mutter, und sie schweigt,
weil sie kein Recht hat zu reden und weil ihr Sprechen
schaden würde. O wie oft in der Welt erschreckt uns
Gott durch diese scheinbare Verlassenheit von Ihm und von
allem, was Er am theuersten hält! Und es scheint, als
ob gerade die Stärke unserer Liebe es wäre, was unsern
Glauben so schwach machte. Wir fürchten am meisten für
das, was wir am zärtlichsten lieben.

Die Liebe Gottes bringt viele neue Instinkte in das
Herz. So himmlisch und edel sie sind, so haben sie doch
keine Aehnlichkeit damit, was die Menschen die feinere und
mehr heroische Entwickelung des Charakters nennen. Ein
geistliches Auge ist nothwendig, um sie richtig zu würdigen.
Sie sind den Produkten der Erde so unähnlich, daß sie
erwarten müssen, auf Erden nur Verdacht, Mißverständniß

und Abneigung zu begegnen. Es ist nicht leicht, sie vom Standpunkte der Controverse aus zu vertheidigen; denn unsere Controverse ist genöthigt, damit zu beginnen, die Frage zum Satze zu machen, d. h. das Unerwiesene als erwiesen vorauszusetzen, sonst würde sie nicht im Stande sein, dieselbe auch nur festzustellen. Die Grundsätze der Welt haben ihren Kurs in der Welt, die Grundsätze des Evangeliums aber nicht. Daher hat die Welt ihren eigenen Weg. Sie schwatzt uns nieder, sie stellt uns vor Gerichtshöfe, wo unsere Verurtheilung zum Voraus gesichert ist; sie beruft sich auf Principien, die für die meisten Menschen Grundwahrheiten sind, aber für uns häretische Sätze. Deßhalb nimmt ihr Auditorium mit ihr Partei gegen uns. Wir sind Fremdlinge und müssen es büßen, daß wir es sind. Wenn wir mißverstanden werden, so hatten wir kein Recht, auf etwas anderes zu rechnen, da wir ja außer unserer Heimath sind. Wir sind dazu da, verlacht zu werden. Im Himmel wird man uns verstehen. Wehe jenen leichten Christen, welche die Welt verstehen kann und dulden wird, weil sie sieht, daß sie eine Gesinnung haben, mit welcher sich unterhandeln läßt!

Die Liebe der Seelen ist einer dieser Instinkte, welche die Liebe Jesu in unsere Herzen bringt. Der Welt ist sie Proselytismus, der bloße Wunsch, eine Partei zu vermehren, eine der selbstsüchtigen Entwickelungen des Parteigeistes. Das eine Mal wird ihr der Flecken einer laxen Moralität angehängt, das andere Mal der Vorwurf pharisäischer Strenge. Denn was die Welt am allerwenigsten in der Religion zu vermuthen scheint, ist Consequenz. Allein die Liebe zu den Seelen, so apostolisch sie ist, ist stets der Liebe zu Gott untergeordnet. Wir lieben die Seelen wegen Jesus und nicht Jesus wegen den Seelen. Daher gibt es Zeiten und Orte, wo wir von diesem Instinkte göttlicher Liebe zu einem andern übergehen, von der Liebe zu

den Seelen zum Haffe gegen den Irrglauben. Diefer letztere erregt befonders Anftoß bei der Welt. So fehr ift
er dem Geift der Welt entgegengefetzt, daß fogar in gutgläubigen Herzen jeder Ueberreft der Weltlichkeit fich in
Waffen gegen diefen Haß des Irrglaubens erhebt, die fanf-
teften Charaktere verbittert und manches glorreiche Werk
der Gnade befleckt. Mancher Convertite, in deffen Seele
Gott große Dinge bewirkt haben würde, fteigt in's Grab,
und hat fein geiftliches Ziel verfehlt, weil er den Irrglauben nicht haffen wollte. Das Herz, welches den geringften
Argwohn gegen den Haß der Härefie empfindet, ift noch
nicht belehrt. Gott ift noch weit davon entfernt, eine ungetheilte Herrfchaft über daffelbe auszuüben. Die Pfade
einer höheren Heiligkeit find ihm durchaus verfchloffen.
Nach dem Urtheile der Welt und weltlicher Chriften ift
diefer Haß des Irrglaubens übertrieben, bitter, der Mäßigung entgegen, unklug, unvernünftig, zu weit gehend, bigot, intolerant, engherzig, einfältig und unmoralifch. Was
können wir fagen, um denfelben zu vertheidigen? Nichts,
was fie verftehen können. Wir würden daher beffer thun,
zu fchweigen. Wenn wir Gott verftehen, und Er verfteht
uns, fo ift es nicht fo gar hart, durch das Leben zu gehen,
verdächtigt, mißverftanden und unbeliebt. Die milde eigen-
finnige Meinung fanfter aber kurzfichtiger guter Leute wird
auch die Anficht der Welt fefthalten und uns verurtheilen;
denn folche furchtfame gute Leute haben einen fanft aus-
fehenden Eigenfinn an fich, der weit von Gott entfernt ift,
und die Inftinkte ihrer chriftlichen Liebe find mehr denen
zugewandt, die weniger für Gott find, während ihre Furcht-
famkeit kühn genug ift zu einem harten Urtheile. Es gibt
Bekehrungen, wo drei Viertel des Herzens außerhalb der
Kirche ftehen bleiben und nur Ein Viertel hineingeht, und
die Härefie kann nur von einem ungetheilten Herzen gehaßt werden. Aber wenn es auch hart ift, fo muß es doch

ertragen werden. Ein Mensch kann nicht wohl den vollen
Gebrauch seiner Sinne haben, welcher der Welt, dem Feinde
Gottes, beweisen will, daß ein gründlicher katholischer
Haß der Häresie die richtige Verfassung des Geistes ist.
Wir könnten ebenso gut einen Blinden zwingen, über die
Farben zu urtheilen. Die göttliche Liebe führt uns in
einen andern Kreis des Lebens, der Motive und Grundsätze, die nicht nur nicht die der Welt sind, sondern in geradem Widerspruch damit. Von einem weltlichen Gesichtspunkte aus sind die Krater im Monde Dinge, die sich
leichter erklären, als wir Christen mit unsern übernatürlichen Instinkten. Von dem Hasse gegen die Häresie gehen
wir zu einem andern dieser Instinkte über, zu dem Abscheu vor der Gottlosigkeit. Der Kummer, welcher durch
profane Worte verursacht wird, scheint der Welt nur eine
übertriebene Sentimentalität. Der Bußgeist der Genugthuung, welcher die ganze Kirche durchdringt, ist von ihrem
Stundpunkte aus ein Aberglaube oder eine Unwirklichkeit.
Die vollkommene Betrübniß, die eine unheilige Berührung
des heiligen Sakramentes den Dienern Gottes verursacht,
reizt die Welt entweder zum Aerger oder zum Spotte. Die
Menschen sehen es entweder als ganz abgeschmackt an oder
jedenfalls als übertrieben, und wenn sie sonst Beweise von
unserem gesunden Menschenverstande haben, so sind sie geneigt, unsern Kummer einer bloßen Heuchelei zuzuschreiben.
Schon der Umstand, daß sie nicht glauben, wie wir glauben, entfernt uns noch weiter außer den Bereich ihrer
nachsichtsvollen Beurtheilung. Wenn sie nicht an die Existenz der uns heiligen Dinge glauben, wie sollen sie die
Ueberschwenglichkeiten einer Seele beurtheilen, welcher jene
heiligen Dinge weit theurer sind, als sie selbst?

Es ist aber wichtig, alles dieses im Gedächtnisse zu
behalten, während wir den sechsten Schmerz betrachten.
Mariens Herz war, wie noch nie das Herz eines Heiligen,

genwärtigen Unglück, das gerade in Erfüllung geht. Dieser Unterschied kann uns nach unseren eigenen Erfahrungen nicht unbekannt sein. Wenn wir im Akte des Leidens sind, sind wir uns der Anstrengungen nicht vollkommen bewußt, die wir machen. Unsere ganze Natur erhebt sich, um dem zu begegnen, was wir auszuhalten haben. Fähigkeiten, Schmerz zu ertragen, von denen wir bisher keine Ahnung hatten, offenbaren sich. Vielleicht auch haben wir einen größeren Grad von übernatürlichem Beistande als nachher. Aber wenn der Druck erleichtert wird, wenn der Streit vorüber ist, dann werden wir uns der Erschöpfung bewußt, welche das Leiden an unsern Kräften verursacht hat. Die Müdigkeit des Leidens, wie körperliche Ermüdung, kommt, wenn alles vorüber ist. Wir werden gleichsam steif und unser Herz fängt an, empfindlicher zu schmerzen in der scheinbaren Ruhe, die auf das Unglück folgt. Die Reaktion macht sich durch eine besondere Niedergeschlagenheit fühlbar, die beinahe härter zu ertragen ist, als wirkliches Leiden, nicht so fast deßhalb, weil sie innerlich größer ist, als das wirkliche Leiden, sondern weil sie nach demselben kommt, und da sie selbst die Folge der Erschöpfung unserer Kraft der Ausdauer ist, so hat sie nichts, worauf sie sich stützen kann.

Es geschieht auch meistens, daß durch eine gnädige Grausamkeit der Vorsehung unsere gewöhnlichen Pflichten oder sogar zuweilen neue Pflichten, welchen unser Leiden den Ursprung gegeben, sich vor uns darstellen und unsere Thatkraft und Aufmerksamkeit erfordern. Aber während dies oft die Reaktion des Leidens hindert, zu weit zu gehen, ist es auch an sich selbst schwer zu ertragen. Wir bedürfen selten mehr der Gnade als in diesem Augenblicke, wo wir die Pflichten unseres Standes wieder aufnehmen sollen nach einer Unterbrechung durch ein mehr als gewöhnliches Leiden. Es ist, wie wenn wir das Leben von

neuem anfangen müßten, in einer unvortheilhaften Lage.
Wir haben vielleicht mehr zu thun, wenn wir weniger im
Stande sind es zu thun. Wir haben unsere Kraft, Kummer zu ertragen, aufgebraucht und gerade wenn die Grausamkeit unseres Elendes vorübergehen will, kommen neue
Pflichten, die entweder durch den Kontrast oder durch die
Erinnerungen die alten Wunden frisch aufreißen, und wie
sollten wir das aushalten? Ueberdies scheint ein außer-
ordentliches Leiden, selbst wenn es nur kurze Zeit dauert,
eine besondere Macht zu haben, Gewohnheiten zu zerstören.
Sogar schwere Dinge sind für uns leicht, weil wir daran
gewöhnt sind; aber nach einem heftigen Leiden scheint alles
neu und fremd. Wir haben unsere alte Leichtigkeit verloren. Die Dinge haben ihre Stelle in unserem Geiste
verändert. Leichte Dinge sind nun hart, gerade wegen
dieser Neuheit. Aber das Leben ist unerbittlich; es muß
fortgehen, und unter den alten Gesetzen, wie eine grausame Maschine, die nicht fühlen und deßhalb keine Zugeständnisse machen kann. Nun tritt vielleicht eine größere
Prüfung unseres Lebens ein, als während wir die Schläge
aushielten, welche das Unglück uns versetzte. Dies ist die
Bedeutung des sechsten Schmerzes, dies der Platz, den er
in den Leiden Unserer theuersten Mutter einnimmt. Denket
an die Kreuzigung und an alles, was sie in sich schloß;
ist nicht die Reaktion, die darauf folgte, wahrscheinlich etwas, das wir gar nicht recht begreifen können? So
unermeßlich die Heiligkeit ihres unbefleckten Herzens ist,
das Leiden kann doch noch zu thun finden und kann das
Gebäude höher bauen, sowie verschönern, was bereits gebaut ist.

Die Seele Jesu ging in die Erde am Fuße des
Kreuzes und stieg in die Vorhölle der Altväter hinab.
Maria war noch am Fuße des Kreuzes. Sie begriff in
seiner Vollständigkeit das unermeßliche Geheimniß der

Trennung jenes Leibes und jener Seele, — den Tod des
Sohnes Gottes. Die Seele hat sie verlassen, aber sie
hat den Leib noch. Im nächsten Schmerze wird auch dieser gehen und dann wird die Mutter ganz allein sein.
Meistens ist es nicht die Weise Gottes, sich ganz auf einmal zu entziehen. Er schont die Schwäche der Seele und
entzieht sich ihr beinahe unvermerkt nach besondern Gunst-
bezeigungen und einer innigeren Vereinigung, wie der
Wohlgeruch sich allmählig aus einem Geschirre verflüchtigt,
wo er aufbewahrt worden ist. Die beiden Schächer sind
noch in ihrem Todeskampfe dicht bei dem todten Leibe
Jesu. Für den einen derselben ist er wie die tröstliche
Gegenwart des heiligen Sakramentes, die wir alle im
Kummer so gut kennen, weil sie jedem andern Gefühle
unähnlich ist. Für den andern gibt es jetzt keinen Trost.
Es ist noch Zeit für ihn; Maria betet noch; denn sie hört
nicht auf, so lange die zärtlichste Hoffnung noch einen An-
halt hat, an den sie sich anklammern kann. Der lebendige Jesus ist nicht so weit entfernt, daß Er ihn nicht hören kann, wenn er ruft. Aber er hat seine Wahl getroffen und bleibt dabei. Das Leben, das noch in ihm ist,
entheiligt jeden Augenblick den Kalvarienberg.

Die Kreuzigung ist ein langsamer Tod und schließt
viele Arten der Pein in sich. Unter diese ist zu rechnen
das Zerbrechen der Gebeine der Dulder, entweder, um die
bereits zugefügte Marter zu erhöhen, da nun ihre Dauer
für die Diener der rächenden Gerechtigkeit langweilig und
ohne Interesse geworden ist, oder um mit einer Art von
grausamer Barmherzigkeit ihr Ende zu beschleunigen. Die
Henker nähern sich daher dem Gipfel des Kalvarienberges,
um so die Strafe der drei zu vollenden, die sie gekreuzigt
hatten. Sie sind mit einem so starken Hammer oder einer
schweren Eisenstange bewaffnet, von solchem Gewichte, daß
die Glieder durch den Schlag schnell zerbrochen werden

können. Es war ein fürchterlicher Ton für Maria, das
dumpfe Krachen des Fleisches und der Gebeine zu hören,
und das schmerzliche Geschrei der elenden Dulder, von
denen der eine zumal der Sohn ihrer zweiten Mutterschaft
war, der Erstgeborne ihrer Gebete. Aber Worte können
den Schmerz nicht schildern, womit sie sah, wie sie sich
dem Leibe Jesu näherten. Die Erde trug nichts halb so
Geheiligtes. So todt er war, so war er doch mit der
Gottheit verbunden, und deßhalb zu den vollsten Ehren
göttlicher Anbetung berechtigt. Eine einzige rohe Berührung desselben war ein entsetzlicher Gottesfrevel; aber die
Glieder zerquetschen, die Gebeine zerbrechen, war sogar
für den Gedanken eine zu entsetzliche Entweihung, um dabei länger zu verweilen. Der Gedanke war ein tiefer
Kummer für ihr religiöses Gefühl. Aber ihre Liebe, war
nicht auch diese betheiligt? Es ist wahr, das Leben war
verschwunden; allein war die leblose Form weniger ein
Gegenstand ihrer Liebe, da nun das schöne Leben daraus
entwichen war? Lasset die Herzen derjenigen, die schon
ihre Todten betrauert haben, die Antwort darauf geben.
Nie ergießt sich die Liebe mit einer sanfteren Betrübniß
über Augen, die von Leben strahlen, als über jene, die im
Tode geschlossen sind. Für das Auge der Liebe ist das
blasse Angesicht doppelt schön geworden. Die Reize längst
verflossener Jahre sind darüber hingezogen. Die Tiefe
seiner Ruhe hat einen eigenen Zauber. Die zusammengepreßten Lippen sprechen mit einer eigenen stummen Be-
redsamkeit. Der kalte Leib hat zwei Ansprüche der Liebe
zu befriedigen; seinen eigenen Anspruch und den der Seele,
und er befriedigt sie wohl. Für die zärtliche Liebe ist er
wirklich die Person selbst, die wir lieben. So haben Mütter über Söhne geweint, von deren Liebkosung die Würde
der Mannheit sie ferne hielt; aber nun sind die alten
Zeiten zurückgekommen und die Vertraulichkeiten der Kind-

heit mit mehr als ihrer paſſiven Hilfloſigkeit ſind zurückgekehrt, und vielleicht auch das alte kindliche Ausſehen, und
der Kummer weidet ſich an der Schönheit des Todten, der
wie eine Marmorſtatue daliegt. Wer kennt dies nicht?
Aber wenn wir, gewöhnliche Leidtragende, deren Kummer
ſobald zerſtreut wird, alles dies ſo tief empfinden können,
was muß die unausſprechliche Liebe Maria's für den Leib
ihres Sohnes geweſen ſein, ihres Sohnes, der auch Gott
war? Sie ſprach nicht; ihre Stimme unterbrach nicht die
Stille, miſchte ſich nicht mit den Seufzern der ſterbenden
Schächer; aber die Stille ihres Gebetes war laut im
Himmel. Die rohen Männer ſahen, daß Jeſus todt war
und ſtanden von ihrem Vorhaben ab. „Dieſe Dinge ge-
ſchahen, damit die Schriftſtelle erfüllt würde: „Ihr ſollet
kein Bein an Ihm zerbrechen."

Aber es war auch noch eine andere Schriftſtelle zu
erfüllen: „Sie ſollen ſchauen, wen ſie durchbohrt haben."
Maria's Gebet ſollte die erſte Schriftſtelle erfüllen, aber
ohne daß dem Mutterherzen irgend ein Kummer erſpart
würde. Es ſoll das Wort Gottes erfüllen, aber den gott-
loſen Frevel nicht verhüten. Wahrlich dieſe zweite Schriftſtelle wird eines der Schwerter Simeon's ſein. War es
Zweifel an dem wirklichen Tode Unſeres Herrn, oder ge-
ſchah es in dem bloßen Muthwillen der Gewalt, die ſich
in ſolchen Zeiten und an ſolchen Orten wenig zu zeigen
pflegte, — einer der Soldaten trat heran und ſtieß ſeinen
Speer in die rechte Seite unſeres Herrn mitten durch ſeinen Leib und durch ſein heiliges Herz hindurch, und ſo-
gleich floß aus der Wunde Blut und Waſſer hervor, von
welchem einiges auf die Glieder des reumüthigen Schächers
geſpritzt ſein ſoll, gleichſam als äußere Taufe oder ſicht-
bare Abſolution, während die innere Gnade ihr himm-
liſches Werk bereits vollzogen hatte. Es wäre zu lang
zu ſchildern, von wie vieler rührenden Liebe dieſe Wunde

im Herzen Unseres Erlösers das Vorbild und Symbol
war. Sie ist die süße Betrachtung zahlreicher Heiligen
gewesen. Der Speer hat eine Heimath, eine Zuflucht,
eine Klause in jenem verwundeten Herzen eröffnet, in welchem Seelen zu allen Zeiten und namentlich in diesen
letztern Tagen sich in allen ihren Sorgen und Trübsalen
niedergelassen, sich in dem Elend ihrer Verbannung erneuert und sich vor dem Streite der Zungen und vor der
bösen Welt verborgen haben. Es ist gerade der Ruhm
der Andacht zum kostbaren Blute, daß diese Wunde des
heiligen Herzens beweist, daß Unser theuerster Herr jeden
Tropfen seines Blutes für uns vergoß. Für uns ist daher aus diesen und vielen andern Gründen die Durchbohrung seines Herzens eine unserer größten geistlichen Tröstungen; allein wir haben sie hier als einen der größten
Schmerzen Mariens zu betrachten.

Es liegt etwas in dem Gedanken des todten Leibes
Unseres Herrn, was den Geist überschattet und die Seele
in tiefster Ehrfurcht niederbeugt. Er hing da am Kreuze
im Lichte des Märznachmittags, blaß, mit Streifen dunkeln Bluts ganz überronnen und von fast zahllosen Wunden entstellt. Es gab auf Erden keinen so geheiligten Gegenstand als diesen, er war der göttlichsten Ehre würdig,
Schaaren unsichtbarer Engel beteten ringsum an; dennoch
während er anbetungswürdig war, war er auch hilflos.
Es war, wie wenn das heilige Sakrament auf einer Bergspitze gelassen worden wäre, über welche eine Straße für
die Menschen führte. Dieser Gegenstand göttlicher Anbetung war das Eigenthum der Stadtbehörden, die gerade
die unaussprechliche Sünde der Kreuzigung vollbracht hatten. Eigentlich stand es in der Macht der gemeinen Henker, mit ihm anzufangen, was sie wollten; sie durften
überzeugt sein, daß ihnen keine Schmach, die sie ihm zufügen konnten, vorgeworfen werden würde. Es war etwas

Fürchterliches, daß ein so heiliger Gegenstand in solcher Unsicherheit, in solcher Nähe des Bösen gelassen, wahrscheinlich einer entsetzlichen Verunglimpfung ausgesetzt sein sollte. Die Mutter war da, ihr Herz voll Anbetung, aber hilflos wie der Leib selbst. Würde sie bitten, ihr Bitten würde nur neuen Frevel herbeiführen, nur die bübische Natur derjenigen reizen, mit welchen sie zu thun hatte. Da hing er am Kreuze, Jedermanns Eigenthum, nur nicht das ihrige, aus deren Blut der heilige Geist ihn gebildet. Zwei elende Verbrecher rangen mit dem Tode auf beiden Seiten. Die Stadt hielt unten einen Feiertag und bereitete sich vor, ihre Sabbathruhe zu beginnen. Jener Opferleib hatte seinen Sabbath bereits begonnen. Seine Pein hatte aufgehört und er ruhte nun. Die Henker gehen heim. Die römischen Soldaten reiten den Berg auf und ab. Die Ueberbleibsel der Hinrichtung müssen weggeräumt werden, ehe der Sabbath beginnt. Jener Leib gehört nicht dem Kreuze, er gehört einem himmlischen Throne an zur rechten Hand des ewigen Vaters. Niemand ist hier, der dies weiß, als die schweigende Mutter, und sie schweigt, weil sie kein Recht hat zu reden und weil ihr Sprechen schaden würde. O wie oft in der Welt erschreckt uns Gott durch diese scheinbare Verlassenheit von Ihm und von allem, was Er am theuersten hält! Und es scheint, als ob gerade die Stärke unserer Liebe es wäre, was unsern Glauben so schwach machte. Wir fürchten am meisten für das, was wir am zärtlichsten lieben.

Die Liebe Gottes bringt viele neue Instinkte in das Herz. So himmlisch und edel sie sind, so haben sie doch keine Aehnlichkeit damit, was die Menschen die feinere und mehr heroische Entwickelung des Charakters nennen. Ein geistliches Auge ist nothwendig, um sie richtig zu würdigen. Sie sind den Produkten der Erde so unähnlich, daß sie erwarten müssen, auf Erden nur Verdacht, Mißverständniß und Abneigung zu begegnen. Es ist nicht leicht, sie vom Standpunkte der Controverse aus zu vertheidigen; denn unsere Controverse ist genöthigt, damit zu beginnen, die Frage zum Satze zu machen, d. h. das Unerwiesene als erwiesen vorauszusetzen, sonst würde sie nicht im Stande sein, dieselbe auch nur festzustellen. Die Grundsätze der Welt haben ihren Kurs in der Welt, die Grundsätze des Evangeliums aber nicht. Daher hat die Welt ihren eigenen Weg. Sie schwatzt uns nieder, sie stellt uns vor Gerichtshöfe, wo unsere Verurtheilung zum Voraus gesichert ist; sie beruft sich auf Principien, die für die meisten Menschen Grundwahrheiten sind, aber für uns häretische Sätze. Deßhalb nimmt ihr Auditorium mit ihr Partei gegen uns. Wir sind Fremdlinge und müssen es büßen, daß wir es sind. Wenn wir mißverstanden werden, so hatten wir kein Recht, auf etwas anderes zu rechnen, da wir ja außer unserer Heimath sind. Wir sind dazu da, verlacht zu werden. Im Himmel wird man uns verstehen. Wehe jenen leichten Christen, welche die Welt verstehen kann und dulden wird, weil sie sieht, daß sie eine Gesinnung haben, mit welcher sich unterhandeln läßt!

Die Liebe der Seelen ist einer dieser Instinkte, welche die Liebe Jesu in unsere Herzen bringt. Der Welt ist sie Proselytismus, der bloße Wunsch, eine Partei zu vermehren, eine der selbstsüchtigen Entwicklungen des Parteigeistes. Das eine Mal wird ihr der Flecken einer laxen Moralität angehängt, das andere Mal der Vorwurf pharisäischer Strenge. Denn was die Welt am allerwenigsten in der Religion zu vermuthen scheint, ist Consequenz. Allein die Liebe zu den Seelen, so apostolisch sie ist, ist stets der Liebe zu Gott untergeordnet. Wir lieben die Seelen wegen Jesus und nicht Jesus wegen den Seelen. Daher gibt es Zeiten und Orte, wo wir von diesem Instinkte göttlicher Liebe zu einem andern übergehen, von der Liebe zu den Seelen zum Haſſe gegen den Irrglauben. Dieſer letztere erregt beſonders Anſtoß bei der Welt. So ſehr iſt er dem Geiſt der Welt entgegengeſetzt, daß ſogar in gutgläubigen Herzen jeder Ueberreſt der Weltlichkeit ſich in Waffen gegen dieſen Haß des Irrglaubens erhebt, die ſanfteſten Charaktere verbittert und manches glorreiche Werk der Gnade befleckt. Mancher Convertite, in deſſen Seele Gott große Dinge bewirkt haben würde, ſteigt in's Grab, und hat ſein geiſtliches Ziel verfehlt, weil er den Irrglauben nicht haſſen wollte. Das Herz, welches den geringſten Argwohn gegen den Haß der Häreſie empfindet, iſt noch nicht bekehrt. Gott iſt noch weit davon entfernt, eine ungetheilte Herrſchaft über daſſelbe auszuüben. Die Pfade einer höheren Heiligkeit ſind ihm durchaus verſchloſſen. Nach dem Urtheile der Welt und weltlicher Chriſten iſt dieſer Haß des Irrglaubens übertrieben, bitter, der Mäßigung entgegen, unklug, unvernünftig, zu weit gehend, bigot, intolerant, engherzig, einfältig und unmoraliſch. Was können wir ſagen, um denſelben zu vertheidigen? Nichts, was ſie verſtehen können. Wir würden daher beſſer thun, zu ſchweigen. Wenn wir Gott verſtehen, und Er verſteht uns, ſo iſt es nicht ſo gar hart, durch das Leben zu gehen, verdächtigt, mißverſtanden und unbeliebt. Die milde eigenſinnige Meinung ſanfter aber kurzſichtiger guter Leute wird auch die Anſicht der Welt feſthalten und uns verurtheilen; denn ſolche furchtſame gute Leute haben einen ſanft ausſehenden Eigenſinn an ſich, der weit von Gott entfernt iſt, und die Inſtinkte ihrer chriſtlichen Liebe ſind mehr denen zugewandt, die weniger für Gott ſind, während ihre Furchtſamkeit kühn genug iſt zu einem harten Urtheile. Es gibt Belehrungen, wo drei Viertel des Herzens außerhalb der Kirche ſtehen bleiben und nur Ein Viertel hineingeht, und die Häreſie kann nur von einem ungetheilten Herzen gehaßt werden. Aber wenn es auch hart iſt, ſo muß es doch ertragen werden. Ein Mensch kann nicht wohl den vollen Gebrauch seiner Sinne haben, welcher der Welt, dem Feinde Gottes, beweisen will, daß ein gründlicher katholischer Haß der Häresie die richtige Verfassung des Geistes ist. Wir könnten ebenso gut einen Blinden zwingen, über die Farben zu urtheilen. Die göttliche Liebe führt uns in einen andern Kreis des Lebens, der Motive und Grundsätze, die nicht nur nicht die der Welt sind, sondern in geradem Widerspruch damit. Von einem weltlichen Gesichtspunkte aus sind die Krater im Monde Dinge, die sich leichter erklären, als wir Christen mit unsern übernatürlichen Instinkten. Von dem Hasse gegen die Häresie gehen wir zu einem andern dieser Instinkte über, zu dem Abscheu vor der Gottlosigkeit. Der Kummer, welcher durch profane Worte verursacht wird, scheint der Welt nur eine übertriebene Sentimentalität. Der Bußgeist der Genugthuung, welcher die ganze Kirche durchdringt, ist von ihrem Standpunkte aus ein Aberglaube oder eine Unwirklichkeit. Die vollkommene Betrübniß, die eine unheilige Berührung des heiligen Sakramentes den Dienern Gottes verursacht, reizt die Welt entweder zum Aerger oder zum Spotte. Die Menschen sehen es entweder als ganz abgeschmackt an oder jedenfalls als übertrieben, und wenn sie sonst Beweise von unserem gesunden Menschenverstande haben, so sind sie geneigt, unsern Kummer einer bloßen Heuchelei zuzuschreiben. Schon der Umstand, daß sie nicht glauben, wie wir glauben, entfernt uns noch weiter außer den Bereich ihrer nachsichtsvollen Beurtheilung. Wenn sie nicht an die Existenz der uns heiligen Dinge glauben, wie sollen sie die Ueberschwenglichkeiten einer Seele beurtheilen, welcher jene heiligen Dinge weit theurer sind, als sie selbst?

Es ist aber wichtig, alles dieses im Gedächtnisse zu behalten, während wir den sechsten Schmerz betrachten. Mariens Herz war, wie noch nie das Herz eines Heiligen,

mit dieſen drei Inſtinkten in Betreff der Seelen, der Häreſie und der Gottloſigkeit ausgeſtattet. Sie waren in
ihrem Herzen drei große Abgründe der Gnade, aus welchen ſich beſtändig neue Fähigkeiten zu leiden entwickelten.
Gewöhnlich geſprochen, ermüdet uns die Paſſion. Es iſt
eine ermüdende Andacht und iſt nothwendig ſo wegen der
Spannung der Seele, die ſie verurſacht ſowol durch ihre
Gräuel als die tiefe Anbetung, die ſie uns jeden Augenblick entlockt. Wenn daher Unſer Herr ſtirbt, ſo überkommt uns ein Gefühl der Ruhe. Einen Augenblick ſind
wir verſucht zu glauben, daß die Schmerzen Mariens hier
hätten endigen ſollen, und daß der ſechſte Schmerz und
der ſiebente beinahe unſere eigene Schöpfung ſind, und daß
wir unſere Einbildungskraft in Anſpruch nehmen, um das
Gemälde mit dem erforderlichen dunkeln Schatten des Leidens auszufüllen. Allein dies iſt nur einer der Wege,
auf welchen die Andacht zu den Schmerzen Mariens unſere Andacht zu dem Leiden Chriſti höher und tiefer macht.
Nicht unſere Einbildungskraft ſtrengen wir an, ſondern
unſer geiſtliches Auge. In dieſen zwei letzten Schmerzen
werden wir in feinere und verborgenere Arten des Kummers eingeführt, weil wir mit einer Seele zu thun haben,
die ſogar wunderbarer geworden iſt, als ſie vorher war,
durch die Erhebungen der Leiden, die voran gingen. So
war die Durchbohrung Unſeres Herrn mit dem Speere
für Unſere gebenedeite Mutter der entſetzlichſte Frevel,
den damals der Menſch auf Erden verüben konnte. Ge-
waltſam in das Allerheiligſte des Tempels einbrechen und
ſeine furchtbare Heiligkeit mit allen möglichen heidniſchen
Gräueln beſudeln, wäre wie nichts geweſen im Vergleich mit
dem Frevel an dem anbetungswürdigen Leibe Gottes. Es iſt
umſonſt, daß wir verſuchen, uns zu einer wahren Würdigung dieſer Gräuelthat im Herzen Mariens zu erheben.
Unſerer Liebe zu Gott fehlt es an Tiefe, unſerm Begriff

von göttlichen Dingen an Feinheit. Wir können uns nichts weiter als annähernde Vorstellungen machen, und diese sind schrecklich genug.

Wir haben bereits von Müttern gesprochen, die an dem Todbette ihrer Söhne wachen. Es ist die Gestalt menschlichen Wehes, die uns am natürlichsten einfällt, wenn wir mit Maria auf dem Kalvarienberge sind. Wenn der lange Kampf endlich vorüber ist, und das brechende Herz wenigstens eine Art von Trost in dem Umstande gefunden hat, daß der Gegenstand ihrer Liebe nicht mehr zu leiden hat; wenn dieses nämliche Herz von der schönen todten Gestalt, die vor ihr liegt, ruhig Besitz nahm, wie wenn sie ein Heiligthum wäre, beinahe eine Zuflucht vor dem Kummer selbst, würde nicht die geringste Rohheit, die geringste Unachtsamkeit, die gewöhnlichste Verunehrung des todten Leibes ein neuer und fürchterlicher Schmerz für die Mutter sein? Gibt es eine Mutter auf Erden, die es ertragen könnte, mit ihren eigenen Augen zu sehen, wie die freundliche Hand der Wissenschaft, die sie selbst ange= rufen hat, zu entdecken sucht, in welchem verborgenen Theile des Leibes das geheimnißvolle Uebel sich einnistete, das sie jetzt kinderlos gemacht hat? Wäre es nicht, wie wenn sie einen geheiligten Gegenstand vor ihren Augen entweiht sähe? In der grausen Noth der Pest mit ihrem schnellen Begräbnisse, den rohen Dienern, dem schrecklichen Todtenkarren und der schnellfressenden Kalkgrube, — wie viel schrecklicher würde da die Wunde für das Mutterherz sein. Sie füllt noch die leblose Gestalt mit dem Leben ihrer Liebe aus, und ehe sich ihre Liebe noch satt an ihr gesehen, ehe das rothe Blut Zeit gehabt hat zu gerinnen, oder die Glieder kalt zu werden, wird der Todte, wie wenn er nicht ihr eigen wäre, ihr von einigen grausamen Die= nern, nicht den zartesten ihrer Gattung, entrissen, — denn ihr Amt ist das roheste, roh sogar in der verständigen

herabzieht, die es erregt. — und wird auf den In-
terimenten gemartert zu einem Haufen von andern Opfern
der Pest und so nach einem unehrlichen Grabe, nach einem
Verderbte geführt, wo alles recht werden mag. Und
der höchste Schmerz ist so groß, so weit, daß die Beschreibung so wenig erreichen! Ist es nicht fürchterlich, daran
zu denken? Dennoch ist es wie nichts gegen das Leiden
Unsrer göttlichen Mutter, als der Leib Jesu von dem
Speere durchbohrt wurde. Es ist an sich selbst ein unermeßlich geringeres Leiden und trifft ein Herz, das, wenn
auch sanft und milde und liebevoll, unendlich weniger im
Stande ist zu leiden als Maria es war. Aber es ist eine
Annäherung an Maria's Schmerz und ein Schatten davon.

Wir wollen noch höher hinaufgehen. Ein Heiliger
ist am Altare, überwältigt von der furchtbaren Handlung,
die er eben verrichtet. Das Herz will ihm brechen vor
Liebe zu Gott, zu jenem fleischgewordenen Gott, der auf
dem Corporale vor ihm liegt. Wilde und sündenvolle
Menschen stürmen auf ihn los, sei es in einem Volksaufstande oder aus einer andern Ursache. Er wird in seinen
heiligen Gewändern mit Gewalt weggetrieben, während er
sich an den Altar anklammert, wie ein Thier sich an seine
Jungen anklammert, wenn sie ihm entrissen werden. Er
sieht das Allerheiligste auf den Boden geworfen, das kostbare Blut strömt über die Altarstufen und der Leib und
das Blut werden mit Verachtung und Gotteslästerung unter die Füße der bübischen Frevler getreten. Weil er ein
Heiliger ist, würde der Anblick ihn tödten, wenn nicht Gott
ihn wunderbar unterstützte. Aber die gehäuften Leiden
eines langen Lebens sind nichts gegen dieses. Die Erinnerung an jene Stunde bleibt seiner Seele eingedrückt wie
ein Brandmal; nichts davon wird jemals vergessen werden.
Nicht die außerordentlichsten Bußübungen werden hinreichen, sein sehnsüchtiges Verlangen nach Genugthuung zu

befriedigen. Noch nach Jahren wird er in seinem Gebete
schaudern und die Thränen werden schnell seine Wangen
hinabrinnen, wenn er sich den grenzenlosen Gräuel jener
entsetzlichen Sünder in's Gedächtniß ruft. Es ist eine Art
von Kummer, der allen gewöhnlichen Kummer übersteigt,
ein Kummer in einem Heiligthume, an welchem nur heilige und auserwählte Seelen Theil nehmen können. Dennoch, was ist er gegen Mariens Leiden, als sie den Speer
die todte Seite berühren sah, die dem Leben ähnliche Bewegung, welche der Leib machte, als das Herz durchbohrt wurde, und das pulsähnliche Pochen, womit das
Blut und das Wasser der Lanze folgte, als sie zurückgezogen wurde? So weit der Heilige unter Maria an Heiligkeit steht, so weit steht sein Kummer unter dem ihrigen.
Ein Engel sagte der heiligen Brigitta, daß der Stoß für
sie so fürchterlich war, daß sie augenblicklich gestorben wäre
ohne ein Wunder. Ein Schwert in ihrem eigenen Herzen
würde tausendmal weniger schrecklich gewesen sein.

Es ist sonderbar, wie nahe oft bei großen Sünden
große Gnaden liegen. Longinus hatte in der Unkenntniß
dessen gesündigt, was den Gräuel seiner That besonders
erschwerte. Demungeachtet war es eine grausame Handlung und um so grausamer, wenn er wußte, daß die Mutter dabeistand. Der Muthwille war zumal um so weniger entschuldbar an ihm, auf den, wenn die Legende die
Wahrheit sagt, die Hand Gottes nicht leicht gelegt wurde.
Er soll an einer Augenkrankheit gelitten haben, die ihn
mit gänzlicher Blindheit bedrohte, und es mag der Fall
gewesen sein, daß sein unvollkommenes Gesicht ihn hin-
derte, über den Tod Jesu gewiß zu sein, und daß er deßhalb über seinen Auftrag hinausging und den Leib mit
seiner Lanze durchbohrte. Einige Tropfen Blut fielen auf
sein Angesicht und die Sage erzählt, daß nicht nur die
Krankheit seiner Augen sogleich geheilt und ihm der volle

Gebrauch seines Gesichtes wieder geschenkt wurde, sondern sie spricht auch noch von einem größern Wunder: Das Gesicht seiner Seele wurde hell und klar und er bekannte sogleich die Gottheit Dessen, dessen Leib er so zu beschimpfen gewagt hatte, auf die Gefahr hin, in eigener Person der Mörder Unseres Herrn zu werden. Denn wenn er an seinem Tode zweifelte, so lief er keine geringere Gefahr, als Ihn selbst zu erschlagen. Niemand wird sich wundern, wenn Maria von Agreda sagt, daß, wie bei dem reumüthigen Schächer, so bei Longinus die Gnade der Belehrung eine Gebetserhörung Mariens war. Schon der Umstand, daß er ein Werkzeug gewesen, um ihre Schmerzen zu vermehren, würde ihm einen besondern Anspruch auf ihre Gebete geben.

Eine andere kleine Schaar von Leuten nähert sich jetzt dem Gipfel des Kalvarienbergs und aus ihren gespannten Blicken kann man leicht entnehmen, daß Jesus der Zweck ihrer Ankunft ist. Bedeutet es eine neue Schmach, ein neues Leid für Maria? Es ist ein neues Leid für Maria, aber keine neue Schmach. Es ist Joseph von Arimathea und Nikodemus nebst ihren Dienern. Sie beide waren Jünger Unseres Herrn, aber insgeheim; denn es waren furchtsame Männer. Joseph war ein Rathsherr, ein guter und gerechter Mann, der in den Rath und das Thun der Uebrigen nicht eingewilligt hatte. Nikodemus war ein in den heiligen Schriften bewanderter Mann, derselbe, welcher aus Furcht vor den Juden bei Nacht zu Jesus gekommen war und von ihm die Lehre von der Wiedergeburt empfangen hatte. Joseph war zu Pilatus gegangen, bei welchem er in seiner Eigenschaft als Rathsherr wahrscheinlich Zutritt hatte, und hatte um den Leib Jesu gebeten, der ihm gewährt worden war. Er hatte, wie uns der heilige Matthäus erzählt, eine reine Leinwand bei sich, um den Leib einzuwickeln, und hatte Nikodemus angesprochen, ihn auf den Kalvarienberg zu begleiten. Nikodemus brachte, wie uns der heilige Johannes berichtet, eine Mischung von Myrrhen und Aloe mit, ungefähr hundert Pfund. Sie brachten auch ihre Diener mit, um ihnen beizustehen. Sie näherten sich Unserer göttlichen Mutter mit der tiefsten Ehrerbietung und Theilnahme, sagten ihr, was sie gethan und baten um ihre Erlaubniß, den Leib vom Kreuze abzunehmen. Mit Herzen voll der zärtlichsten Theilnahme an den Schmerzen der unbefleckten Mutter, näherten sie sich dem Kreuze und trafen ihre Vorkehrungen. Sie befestigten die Leiter am Kreuze. Joseph stieg zuerst hinauf und nach ihm Nikodemus. Maria mit Johannes und Magdalena blieben unmittelbar unter ihnen zurück. Es schien, wie wenn eine übernatürliche Gnade von dem anbetungswürdigen Leibe ausginge, sie einhüllte, alle ihre Gedanken durchdränge, ihre Herzen mit göttlicher Liebe entzündete und sie in die tiefste Anbetung versenkte. Die alten Zeiten kehrten wieder in dem Herzen der Mutter ein und die Erinnerung an den andern Joseph, dem es so oft vergönnt gewesen war, die Glieder und das heilige Fleisch des inkarnirten Wortes mit den Händen zu berühren. Es wäre seine Pflicht gewesen, Jesus vom Kreuze abzunehmen; aber er war in seine Ruhe eingegangen, einer, der seinen Namen trug, nahm seine Stelle ein und es war für Maria sowol tröstlich als schmerzhaft, daß es so sein sollte. Der eine Joseph hatte ihm seine Arme gegeben, um darin zu liegen; der andere sollte ihm sein eigenes neues Grabmal geben, um darin zu ruhen, und beide sollten ihn aus ihren Armen in die Mariens überliefern. Es ist sonderbar, wie oft die Furchtsamen unerwartet kühn sind. Diese zwei Jünger, die sich gefürchtet hatten, ihren Meister offen zu bekennen, so lange er lebte, trotzen jetzt der Oeffentlichkeit, während sogar die Apostel in ihrem Verstecke bleiben.

Glücklich die Beiden! Mit welchen süßen Vertraulichkeiten, mit welcher kostbaren Nähe bei Ihm lohnt nicht Jesus ihren frommen Dienst in dieser Stunde im Himmel! Mit sanfter zitternder Hand, wie wenn seine natürliche Furchtsamkeit sich in eine übernatürliche Verehrung umgewandelt hätte, berührt Joseph die Dornenkrone und macht sie zart von dem Haupte los, auf welchem sie befestigt war; er wickelte sie von dem verwirrten Haar los, und ohne daß er sie zu küssen wagt, übergibt er sie dem Nikodemus, der sie dem Johannes reicht, von welchem Maria auf die Kniee sinkend sie mit solcher Andacht empfängt, wie kein Herz, als das ihrige empfinden konnte. Jeder blutbefleckte Dorn schien mit Leben begabt und ging ihr in's Herz, getaucht, wie er war, in das Blut ihres Sohnes und impfte ihr immer tiefer den Geist seines Leidens ein. Wer kann beschreiben, mit welcher ehrfürchtigen Berührung, während der kalte Leib sein Herz mit der Flamme göttlicher Liebe entzündete, Joseph die Nägel losmachte, so daß sie die heiligen Hände und Füße nicht quetschten oder zerrissen, die sie durchbohrt hatten. Es war eine so schwere Aufgabe, daß wir gerne glauben möchten, Engel halfen ihm dabei. Jeder Nagel wurde stillschweigend Maria hinabgereicht. Es waren seltsame Gnaden, die ihr jetzt durch die Hände ihres neuen Sohnes zuflossen; aber am Ende waren sie den Gaben nicht so unähnlich, die Jesus ihr in diesen dreiunddreißig Jahren selbst geschenkt hatte. Nie bis jetzt hatte die Erde eine solche Anbetung voll Herzeleid gesehen, wie die, womit die Mutter sich über jene stummen Reliquien neigte, als sie ihr vom Kreuze herab zukamen, bedeckt, vielleicht noch naß von jenem kostbaren Blute, das sie in seiner ununterbrochenen Verbindung mit der Person des ewigen Wortes anbetete. Aber von was für einem tiefen Leiden war alle diese Anbetung begleitet, was für neue Wunden machten nicht alle diese Werkzeuge der Paffion in ihrem Herzen, was für alte öffneten fie nicht von neuem!

Aber ein größeres Leiden follte noch kommen. Der Leib wurde vom Kreuze losgemacht. Immer dichter fammelten fich um denfelben die Engelfchaaren, während Schauer der Liebe mit exftatifcher Seligkeit ihre großen Geifter durchbebten. Maria kniet auf dem Boden. Ihre Finger find mit Blut befleckt. Sie breitet die reine Leinwand über ihre Arme aus und hält fie hinaus, um ihren Sohn zu empfangen, ihren verlorenen Sohn, der wieder zurückgekommen ift und fo zurückgekommen! Und war er nicht ein verlorner Sohn? War Er nicht vorfätzlich aus ihrem ruhigen Haufe fortgegangen, meilenweit von der Reinheit und Liebe ihres makellofen Herzens? Hatte Er nicht all fein Vermögen an unwürdige und verächtliche Gefellen verfchwendet? War es nicht eine fchwelgerifche Verfchwendung, ein Schwelgen, das achtzehn Jahre dauerte? War Er nicht verfchwenderifch gewefen mit feinem koftbaren Blut, mit feiner Schönheit, mit feiner Unfchuld, mit feinem Leben, feiner Gnade, felbft mit feiner Gottheit? Und nun kam Er fo zu ihr zurück! Kann folch' ein Leiden, folch' eine Anhäufung von vereinigten Schmerzen einen Namen haben? Kann fie die Laft tragen? Welche Laft? des Leidens oder des Leibes? Es ift gleichviel; fie kann fie beide tragen. Von oben wird der Leib langfam herabgelaffen. Sie erinnert fich an die Mitternachtftunde, als der heilige Geift fie zu Nazareth überfchattete. Nun ift es der ewige Sohn, welcher fo fonderbar feine knieende Mutter überfchattet. Jofeph zitterte unter der Laft, obwol Nikodemus ihm half. Vielleicht war es auch nicht bloß die Laft, die ihn zittern machte. Wunderbar muß die Gnade ihn aufrecht gehalten haben, um zu thun, was er that. Nun ift der Leib nieder genug herabgelaffen, daß Johannes das heilige Haupt berühren und es in feine

25*

den Seelen zum Haſſe gegen den Irrglauben. Dieſer letztere erregt beſonders Anſtoß bei der Welt. So ſehr iſt
er dem Geiſt der Welt entgegengeſetzt, daß ſogar in gutgläubigen Herzen jeder Ueberreſt der Weltlichkeit ſich in
Waffen gegen dieſen Haß des Irrglaubens erhebt, die ſanfteſten Charaktere verbittert und manches glorreiche Werk
der Gnade befleckt. Mancher Convertite, in deſſen Seele
Gott große Dinge bewirkt haben würde, ſteigt in's Grab,
und hat ſein geiſtliches Ziel verfehlt, weil er den Irrglauben nicht haſſen wollte. Das Herz, welches den geringſten
Argwohn gegen den Haß der Häreſie empfindet, iſt noch
nicht bekehrt. Gott iſt noch weit davon entfernt, eine ungetheilte Herrſchaft über daſſelbe auszuüben. Die Pfade
einer höheren Heiligkeit ſind ihm durchaus verſchloſſen.
Nach dem Urtheile der Welt und weltlicher Chriſten iſt
dieſer Haß des Irrglaubens übertrieben, bitter, der Mäßigung entgegen, unklug, unvernünftig, zu weit gehend, bigot, intolerant, engherzig, einfältig und unmoraliſch. Was
können wir ſagen, um denſelben zu vertheidigen? Nichts,
was ſie verſtehen können. Wir würden daher beſſer thun,
zu ſchweigen. Wenn wir Gott verſtehen, und Er verſteht
uns, ſo iſt es nicht ſo gar hart, durch das Leben zu gehen,
verdächtigt, mißverſtanden und unbeliebt. Die milde eigenſinnige Meinung ſanfter aber kurzſichtiger guter Leute wird
auch die Anſicht der Welt feſthalten und uns verurtheilen;
denn ſolche furchtſame gute Leute haben einen ſanft ausſehenden Eigenſinn an ſich, der weit von Gott entfernt iſt,
und die Inſtinkte ihrer chriſtlichen Liebe ſind mehr denen
zugewandt, die weniger für Gott ſind, während ihre Furchtſamkeit kühn genug iſt zu einem harten Urtheile. Es gibt
Bekehrungen, wo drei Viertel des Herzens außerhalb der
Kirche ſtehen bleiben und nur Ein Viertel hineingeht, und
die Häreſie kann nur von einem ungetheilten Herzen gehaßt werden. Aber wenn es auch hart iſt, ſo muß es doch

ertragen werden. Ein Mensch kann nicht wohl den vollen
Gebrauch seiner Sinne haben, welcher der Welt, dem Feinde
Gottes, beweisen will, daß ein gründlicher katholischer
Haß der Häresie die richtige Verfassung des Geistes ist.
Wir könnten ebenso gut einen Blinden zwingen, über die
Farben zu urtheilen. Die göttliche Liebe führt uns in
einen andern Kreis des Lebens, der Motive und Grundsätze, die nicht nur nicht die der Welt sind, sondern in geradem Widerspruch damit. Von einem weltlichen Gesichtspunkte aus sind die Krater im Monde Dinge, die sich
leichter erklären, als wir Christen mit unsern übernatürlichen Instinkten. Von dem Hasse gegen die Häresie gehen
wir zu einem andern dieser Instinkte über, zu dem Abscheu vor der Gottlosigkeit. Der Kummer, welcher durch
profane Worte verursacht wird, scheint der Welt nur eine
übertriebene Sentimentalität. Der Bußgeist der Genugthuung, welcher die ganze Kirche durchdringt, ist von ihrem
Standpunkte aus ein Aberglaube oder eine Unwirklichkeit.
Die vollkommene Betrübniß, die eine unheilige Berührung
des heiligen Sakramentes den Dienern Gottes verursacht,
reizt die Welt entweder zum Aerger oder zum Spotte. Die
Menschen sehen es entweder als ganz abgeschmackt an oder
jedenfalls als übertrieben, und wenn sie sonst Beweise von
unserem gesunden Menschenverstande haben, so sind sie geneigt, unsern Kummer einer bloßen Heuchelei zuzuschreiben.
Schon der Umstand, daß sie nicht glauben, wie wir glauben, entfernt uns noch weiter außer den Bereich ihrer
nachsichtsvollen Beurtheilung. Wenn sie nicht an die Existenz der uns heiligen Dinge glauben, wie sollen sie die
Ueberschwenglichkeiten einer Seele beurtheilen, welcher jene
heiligen Dinge weit theurer sind, als sie selbst?

Es ist aber wichtig, alles dieses im Gedächtnisse zu
behalten, während wir den sechsten Schmerz betrachten.
Mariens Herz war, wie noch nie das Herz eines Heiligen,

mit diesen drei Instinkten in Betreff der Seelen, der Häresie und der Gottlosigkeit ausgestattet. Sie waren in ihrem Herzen drei große Abgründe der Gnade, aus welchen sich beständig neue Fähigkeiten zu leiden entwickelten. Gewöhnlich gesprochen, ermüdet uns die Passion. Es ist eine ermüdende Andacht und ist nothwendig so wegen der Spannung der Seele, die sie verursacht sowol durch ihre Gräuel als die tiefe Anbetung, die sie uns jeden Augenblick entlockt. Wenn daher Unser Herr stirbt, so überkommt uns ein Gefühl der Ruhe. Einen Augenblick sind wir versucht zu glauben, daß die Schmerzen Mariens hier hätten endigen sollen, und daß der sechste Schmerz und der siebente beinahe unsere eigene Schöpfung sind, und daß wir unsere Einbildungskraft in Anspruch nehmen, um das Gemälde mit dem erforderlichen dunkeln Schatten des Leidens auszufüllen. Allein dies ist nur einer der Wege, auf welchen die Andacht zu den Schmerzen Mariens unsere Andacht zu dem Leiden Christi höher und tiefer macht. Nicht unsere Einbildungskraft strengen wir an, sondern unser geistliches Auge. In diesen zwei letzten Schmerzen werden wir in feinere und verborgenere Arten des Kummers eingeführt, weil wir mit einer Seele zu thun haben, die sogar wunderbarer geworden ist, als sie vorher war, durch die Erhebungen der Leiden, die voran gingen. So war die Durchbohrung Unseres Herrn mit dem Speere für Unsere gebenedeite Mutter der entsetzlichste Frevel, den damals der Mensch auf Erden verüben konnte. Gewaltsam in das Allerheiligste des Tempels einbrechen und seine furchtbare Heiligkeit mit allen möglichen heidnischen Gräueln besudeln, wäre wie nichts gewesen im Vergleich mit dem Frevel an dem anbetungswürdigen Leibe Gottes. Es ist umsonst, daß wir versuchen, uns zu einer wahren Würdigung dieser Gräuelthat im Herzen Mariens zu erheben. Unserer Liebe zu Gott fehlt es an Tiefe, unserm Begriff von göttlichen Dingen an Feinheit. Wir können uns nichts weiter als annähernde Vorstellungen machen, und diese sind schrecklich genug.

Wir haben bereits von Müttern gesprochen, die an dem Todbette ihrer Söhne wachen. Es ist die Gestalt menschlichen Wehes, die uns am natürlichsten einfällt, wenn wir mit Maria auf dem Kalvarienberge sind. Wenn der lange Kampf endlich vorüber ist, und das brechende Herz wenigstens eine Art von Trost in dem Umstande gefunden hat, daß der Gegenstand ihrer Liebe nicht mehr zu leiden hat; wenn dieses nämliche Herz von der schönen todten Gestalt, die vor ihr liegt, ruhig Besitz nahm, wie wenn sie ein Heiligthum wäre, beinahe eine Zuflucht vor dem Kummer selbst, würde nicht die geringste Rohheit, die geringste Unachtsamkeit, die gewöhnlichste Verunehrung des todten Leibes ein neuer und fürchterlicher Schmerz für die Mutter sein? Gibt es eine Mutter auf Erden, die es ertragen könnte, mit ihren eigenen Augen zu sehen, wie die freundliche Hand der Wissenschaft, die sie selbst angerufen hat, zu entdecken sucht, in welchem verborgenen Theile des Leibes das geheimnißvolle Uebel sich einnistete, das sie jetzt kinderlos gemacht hat? Wäre es nicht, wie wenn sie einen geheiligten Gegenstand vor ihren Augen entweiht sähe? In der grausen Noth der Pest mit ihrem schnellen Begräbnisse, den rohen Dienern, dem schrecklichen Todtenkarren und der schnellfressenden Kalkgrube, — wie viel schrecklicher würde da die Wunde für das Mutterherz sein. Sie füllt noch die leblose Gestalt mit dem Leben ihrer Liebe aus, und ehe sich ihre Liebe noch satt an ihr gesehen, ehe das rothe Blut Zeit gehabt hat zu gerinnen, oder die Glieder kalt zu werden, wird der Todte, wie wenn er nicht ihr eigen wäre, ihr von einigen grausamen Dienern, nicht den zartesten ihrer Gattung, entrissen, — denn ihr Amt ist das roheste, roh sogar in der verständigen

Barmherzigkeit, die es erweist, — und wird auf den Todtenkarren geworfen zu einem Haufen von andern Opfern der Pest und so nach einem unehrbaren Grabe, nach einem Beinhause geführt, wo alles unter einander liegt. Und der frische Schmerz ist so zart, so wund, kann die Berührung so wenig ertragen! Ist es nicht fürchterlich, daran zu denken? Dennoch ist es wie nichts gegen das Leiden Unserer göttlichen Mutter, als der Leib Jesu von dem Speere durchbohrt wurde. Es ist an sich selbst ein unermeßlich geringeres Leiden und trifft ein Herz, das, wenn auch sanft und milde und liebevoll, unendlich weniger im Stande ist zu leiden als Maria es war. Aber es ist eine Annäherung an Maria's Schmerz und ein Schatten davon.

Wir wollen noch höher hinaufgehen. Ein Heiliger ist am Altare, überwältigt von der furchtbaren Handlung, die er eben verrichtet. Das Herz will ihm brechen vor Liebe zu Gott, zu jenem fleischgewordenen Gott, der auf dem Corporale vor ihm liegt. Wilde und sündenvolle Menschen stürmen auf ihn los, sei es in einem Volksaufstande oder aus einer andern Ursache. Er wird in seinen heiligen Gewändern mit Gewalt weggetrieben, während er sich an den Altar anklammert, wie ein Thier sich an seine Jungen anklammert, wenn sie ihm entrissen werden. Er sieht das Allerheiligste auf den Boden geworfen, das kostbare Blut strömt über die Altarstufen und der Leib und das Blut werden mit Verachtung und Gotteslästerung unter die Füße der bübischen Frevler getreten. Weil er ein Heiliger ist, würde der Anblick ihn tödten, wenn nicht Gott ihn wunderbar unterstützte. Aber die gehäuften Leiden eines langen Lebens sind nichts gegen dieses. Die Erinnerung an jene Stunde bleibt seiner Seele eingedrückt wie ein Brandmal; nichts davon wird jemals vergessen werden. Nicht die außerordentlichsten Bußübungen werden hinreichen, sein sehnsüchtiges Verlangen nach Genugthuung zu

befriedigen. Noch nach Jahren wird er in seinem Gebete
schaudern und die Thränen werden schnell seine Wangen
hinabrinnen, wenn er sich den grenzenlosen Gräuel jener
entsetzlichen Sünder in's Gedächtniß ruft. Es ist eine Art
von Kummer, der allen gewöhnlichen Kummer übersteigt,
ein Kummer in einem Heiligthume, an welchem nur heilige und auserwählte Seelen Theil nehmen können. Dennoch, was ist er gegen Mariens Leiden, als sie den Speer
die todte Seite berühren sah, die dem Leben ähnliche Bewegung, welche der Leib machte, als das Herz durchbohrt wurde, und das pulsähnliche Pochen, womit das
Blut und das Wasser der Lanze folgte, als sie zurückgezogen wurde? So weit der Heilige unter Maria an Heiligkeit steht, so weit steht sein Kummer unter dem ihrigen.
Ein Engel sagte der heiligen Brigitta, daß der Stoß für
sie so fürchterlich war, daß sie augenblicklich gestorben wäre
ohne ein Wunder. Ein Schwert in ihrem eigenen Herzen
würde tausendmal weniger schrecklich gewesen sein.

Es ist sonderbar, wie nahe oft bei großen Sünden
große Gnaden liegen. Longinus hatte in der Unkenntniß
dessen gesündigt, was den Gräuel seiner That besonders
erschwerte. Demungeachtet war es eine grausame Handlung und um so grausamer, wenn er wußte, daß die Mutter dabeistand. Der Muthwille war zumal um so weniger entschuldbar an ihm, auf den, wenn die Legende die
Wahrheit sagt, die Hand Gottes nicht leicht gelegt wurde.
Er soll an einer Augenkrankheit gelitten haben, die ihn
mit gänzlicher Blindheit bedrohte, und es mag der Fall
gewesen sein, daß sein unvollkommenes Gesicht ihn hin-
derte, über den Tod Jesu gewiß zu sein, und daß er deßhalb über seinen Auftrag hinausging und den Leib mit
seiner Lanze durchbohrte. Einige Tropfen Blut fielen auf
sein Angesicht und die Sage erzählt, daß nicht nur die
Krankheit seiner Augen sogleich geheilt und ihm der volle

Gebrauch seines Gesichtes wieder geschenkt wurde, sondern sie spricht auch noch von einem größern Wunder: Das Gesicht seiner Seele wurde hell und klar und er bekannte sogleich die Gottheit Dessen, dessen Leib er so zu beschimpfen gewagt hatte, auf die Gefahr hin, in eigener Person der Mörder Unseres Herrn zu werden. Denn wenn er an seinem Tode zweifelte, so lief er keine geringere Gefahr, als Ihn selbst zu erschlagen. Niemand wird sich wundern, wenn Maria von Agreda sagt, daß, wie bei dem reumüthigen Schächer, so bei Longinus die Gnade der Bekehrung eine Gebetserhörung Mariens war. Schon der Umstand, daß er ein Werkzeug gewesen, um ihre Schmerzen zu vermehren, würde ihm einen besondern Anspruch auf ihre Gebete geben.

Eine andere kleine Schaar von Leuten nähert sich jetzt dem Gipfel des Kalvarienbergs und aus ihren gespannten Blicken kann man leicht entnehmen, daß Jesus der Zweck ihrer Ankunft ist. Bedeutet es eine neue Schmach, ein neues Leid für Maria? Es ist ein neues Leid für Maria, aber keine neue Schmach. Es ist Joseph von Arimathea und Nikodemus nebst ihren Dienern. Sie beide waren Jünger Unseres Herrn, aber insgeheim; denn es waren furchtsame Männer. Joseph war ein Rathsherr, ein guter und gerechter Mann, der in den Rath und das Thun der Uebrigen nicht eingewilligt hatte. Nikodemus war ein in den heiligen Schriften bewanderter Mann, derselbe, welcher aus Furcht vor den Juden bei Nacht zu Jesus gekommen war und von ihm die Lehre von der Wiedergeburt empfangen hatte. Joseph war zu Pilatus gegangen, bei welchem er in seiner Eigenschaft als Rathsherr wahrscheinlich Zutritt hatte, und hatte um den Leib Jesu gebeten, der ihm gewährt worden war. Er hatte, wie uns der heilige Matthäus erzählt, eine reine Leinwand bei sich, um den Leib einzuwickeln, und hatte Nikodemus angesprochen, ihn auf den Kalvarienberg zu begleiten. Nikodemus brachte, wie uns der heilige Johannes berichtet, eine Mischung von Myrrhen und Aloe mit, ungefähr hundert Pfund. Sie brachten auch ihre Diener mit, um ihnen beizustehen. Sie näherten sich Unserer göttlichen Mutter mit der tiefsten Ehrerbietung und Theilnahme, sagten ihr, was sie gethan und baten um ihre Erlaubniß, den Leib vom Kreuze abzunehmen. Mit Herzen voll der zärtlichsten Theilnahme an den Schmerzen der unbefleckten Mutter, näherten sie sich dem Kreuze und trafen ihre Vorkehrungen. Sie befestigten die Leiter am Kreuze. Joseph stieg zuerst hinauf und nach ihm Nikodemus. Maria mit Johannes und Magdalena blieben unmittelbar unter ihnen zurück. Es schien, wie wenn eine übernatürliche Gnade von dem anbetungswürdigen Leibe ausginge, sie einhüllte, alle ihre Gedanken durchdränge, ihre Herzen mit göttlicher Liebe entzündete und sie in die tiefste Anbetung versenkte. Die alten Zeiten kehrten wieder in dem Herzen der Mutter ein und die Erinnerung an den andern Joseph, dem es so oft vergönnt gewesen war, die Glieder und das heilige Fleisch des inkarnirten Wortes mit den Händen zu berühren. Es wäre seine Pflicht gewesen, Jesus vom Kreuze abzunehmen; aber er war in seine Ruhe eingegangen, einer, der seinen Namen trug, nahm seine Stelle ein und es war für Maria sowol tröstlich als schmerzhaft, daß es so sein sollte. Der eine Joseph hatte ihm seine Arme gegeben, um darin zu liegen; der andere sollte ihm sein eigenes neues Grabmal geben, um darin zu ruhen, und beide sollten ihn aus ihren Armen in die Mariens überliefern. Es ist sonderbar, wie oft die Furchtsamen unerwartet kühn sind. Diese zwei Jünger, die sich gefürchtet hatten, ihren Meister offen zu bekennen, so lange er lebte, trotzen jetzt der Oeffentlichkeit, während sogar die Apostel in ihrem Verstecke bleiben.

Glücklich die Beiden! Mit welchen süßen Vertraulichkeiten,
mit welcher kostbaren Nähe bei Ihm lohnt nicht Jesus
ihren frommen Dienst in dieser Stunde im Himmel! Mit
sanfter zitternder Hand, wie wenn seine natürliche Furchtsamkeit sich in eine übernatürliche Verehrung umgewandelt
hätte, berührt Joseph die Dornenkrone und macht sie zart
von dem Haupte los, auf welchem sie befestigt war; er
wickelte sie von dem verwirrten Haar los, und ohne daß er
sie zu küssen wagt, übergibt er sie dem Nikodemus, der sie
dem Johannes reicht, von welchem Maria auf die Kniee
sinkend sie mit solcher Andacht empfängt, wie kein Herz,
als das ihrige empfinden konnte. Jeder blutbefleckte Dorn
schien mit Leben begabt und ging ihr in's Herz, getaucht,
wie er war, in das Blut ihres Sohnes und impfte ihr
immer tiefer den Geist seines Leidens ein. Wer kann beschreiben, mit welcher ehrfürchtigen Berührung, während
der kalte Leib sein Herz mit der Flamme göttlicher Liebe
entzündete, Joseph die Nägel losmachte, so daß sie die heiligen Hände und Füße nicht quetschten oder zerrissen,
die sie durchbohrt hatten. Es war eine so schwere Aufgabe, daß wir gerne glauben möchten, Engel halfen ihm
dabei. Jeder Nagel wurde stillschweigend Maria hinabgereicht. Es waren seltsame Gnaden, die ihr jetzt durch
die Hände ihres neuen Sohnes zuflossen; aber am Ende
waren sie den Gaben nicht so unähnlich, die Jesus ihr in
diesen dreiunddreißig Jahren selbst geschenkt hatte. Nie
bis jetzt hatte die Erde eine solche Anbetung voll Herzeleid
gesehen, wie die, womit die Mutter sich über jene stummen Reliquien neigte, als sie ihr vom Kreuze herab zukamen, bedeckt, vielleicht noch naß von jenem kostbaren
Blute, das sie in seiner ununterbrochenen Verbindung mit
der Person des ewigen Wortes anbetete. Aber von was
für einem tiefen Leiden war alle diese Anbetung begleitet,
was für neue Wunden machten nicht alle diese Werkzeuge

der Passion in ihrem Herzen, was für alte öffneten sie
nicht von neuem!

Aber ein größeres Leiden sollte noch kommen. Der
Leib wurde vom Kreuze losgemacht. Immer dichter sam-
melten sich um denselben die Engelschaaren, während Schauer
der Liebe mit exstatischer Seligkeit ihre großen Geister
durchbebten. Maria kniet auf dem Boden. Ihre Finger
sind mit Blut befleckt. Sie breitet die reine Leinwand
über ihre Arme aus und hält sie hinaus, um ihren Sohn
zu empfangen, ihren verlorenen Sohn, der wieder zurückgekommen ist und so zurückgekommen! Und war er nicht
ein verlorner Sohn? War Er nicht vorsätzlich aus ihrem
ruhigen Hause fortgegangen, meilenweit von der Reinheit
und Liebe ihres makellosen Herzens? Hatte Er nicht all
sein Vermögen an unwürdige und verächtliche Gesellen
verschwendet? War es nicht eine schwelgerische Verschwendung, ein Schwelgen, das achtzehn Jahre dauerte? War
Er nicht verschwenderisch gewesen mit seinem kostbaren
Blut, mit seiner Schönheit, mit seiner Unschuld, mit seinem Leben, seiner Gnade, selbst mit seiner Gottheit? Und
nun kam Er so zu ihr zurück! Kann solch' ein Leiden,
solch' eine Anhäufung von vereinigten Schmerzen einen
Namen haben? Kann sie die Last tragen? Welche Last?
des Leidens oder des Leibes? Es ist gleichviel; sie kann
sie beide tragen. Von oben wird der Leib langsam herabgelassen. Sie erinnert sich an die Mitternachtstunde, als
der heilige Geist sie zu Nazareth überschattete. Nun ist
es der ewige Sohn, welcher so sonderbar seine kniende
Mutter überschattet. Joseph zitterte unter der Last, obwol Nikodemus ihm half. Vielleicht war es auch nicht
bloß die Last, die ihn zittern machte. Wunderbar muß
die Gnade ihn aufrecht gehalten haben, um zu thun, was
er that. Nun ist der Leib nieder genug herabgelassen,
daß Johannes das heilige Haupt berühren und es in seine

25*

Arme aufnehmen kann, damit es nicht in seiner hülflosen
Erstarrung herabsinke, und Magdalena hält die Füße. Es
ist ihre alte Stellung. Es ist ihre Stellung nun im Himmel, wo sie unter den höchsten und schönsten Geistern
glänzt, denen durch Buße verziehen ist. Einen einzigen
Augenblick wirft sich Maria voll Schmerz in sprachloser
Anbetung nieder, und im nächsten Augenblick hat sie den
Leib in ihren ausgespannten Armen empfangen. Das Kindlein von Bethlehem ist auf seiner Mutter Schooß zurückgekommen. Was für eine Begegnung! Was für ein
Wiederkommen! Eine Weile bleibt sie knieen, während
Johannes und Magdalena, Joseph und Nikodemus und
die frommen Frauen anbeten. Dann geht sie von der
Stellung des Priesters zu der Stellung der Mutter über.
Sie erhebt sich von ihren Knieen und trägt noch immer
die Last so leicht als damals, da sie mit Ihm nach Aegypten floh, und setzt sich nieder auf das Gras mit Jesus,
ausgestreckt auf ihrem Schooße.

Mit der innigsten Zärtlichkeit ordnet sie seine Haare.
Sie wäscht das Blut nicht ab von seinem Leibe. Es ist
zu kostbar und bald wird Er es ganz bedürfen, ebenso wie
das, welches an den Schuhen der Menschen klebt, an dem
Pflaster Jerusalems und an den Wurzeln der Oelbäume
von Gethsemane. Aber sie schließt jede Wunde, jedes
Mal der Geißlung, jeden Stich der Dornen mit einer
Mischung von Myrrhe und Aloe, welche Nikodemus brachte.
Es gab nicht einen Zug seines heiligen Angesichtes, nicht
ein Mal an seinem heiligen Fleische, das nicht zugleich
ein Schmerz für sie und ein Gegenstand der tiefsten Betrachtungen war. Ihre Seele durchging die Passion an
seinem Leibe, wie Menschen ihre Reisen auf einer Land-
karte verzeichnen. Gerade die Ruhe ihrer Beschäftigung,
die Sammlung ihrer unzerstreuten Gedanken auf Einen
Punkt schien sie in den Stand zu setzen, immer tiefer in

seine Leiden einzugehen und sie mit einer stärkern Bitterkeit als vorher zu bemitleiden. Auf keiner der frühern
Stufen ihres Leidens war die Forderung an sie stärker
gewesen, die gewöhnlichen Geberden und Ausbrüche des
Kummers zu beherrschen, als damals, wo sie im Lichte
jenes Frühlingabends dasaß mit dem Leichname ihres
Sohnes auf dem Schooße, während sie die zahllosen Male
der Schmach und des Leidens einbalsamirte oder zu entfernen suchte, die so tief in ihn eingedrungen waren. Umsonst für sie trillerten die Vögel ihr Abendlied, als die
Last der Sonnenfinsterniß von ihren kleinen fröhlichen Herzen genommen war. Umsonst für sie stiegen die Wohlgerüche der zarten Feigenblätter in die kühle Luft auf und
die Knospen brachen grün hervor und die zarten Schosse
voll Frühlingsanmuth. Ihr Kummer war über den Trost
der Natur hinausgewachsen. Denn ihre Blume war grausam
gebrochen worden, und lag verwelkt da auf ihren Knieen.

Sie verrichtete ihre Aufgabe als einen Akt der Religion mit ernstem Fleiße und zögerte nicht darüber, um
den Kummer zu befriedigen, von dem ihm Herz voll war.
Der todte Leib schien ihr eben so gehorsam, wie das Kindlein in Bethlehem stets gewesen war, gehorsam in allen
Dingen, nur nicht in Einem. Sie sagte der heiligen Brigitta, daß die ausgespannten Arme nicht geschlossen oder
an seine Seite gelegt oder über seine Brust gefaltet werden konnten. Wir sollten eher sagen, sie wollten nicht,
als daß sie nicht geschlossen werden konnten. Er will
jene ausgestreckten Arme nicht aufgeben, welche die ganze
Welt zu seiner Umarmung einzuladen scheinen. Es war
Raum für alle in ihnen, ein Hafen groß genug für die
ganze Schöpfung. Wenn die Erhebung seiner Hände am
Kreuze ein Abendopfer war für den ewigen Vater, so war
die Ausstreckung derselben gleichsam ein sakramentales Zeichen für die Menschen, daß niemand von seiner Einladung

und von seinem Willkomm ausgeschlossen war. Er wollte die Form und Gestalt eines Gekreuzigten mit sich in das Grab nehmen, und Maria verstand es, warum die Arme starr waren und sich dem sanften Zwange widersetzten, den sie anwenden wollte. Er muß in jener Gestalt in das Grabtuch eingewickelt werden, so gut es gehen mag, und predigt noch bis an's Ende seine große, alles umfassende und willkommen heißende Liebe. Maria muß nun ihren letzten Blick auf jenes todte Antlitz werfen. Mütter leben ein ganzes Leben in diesen letzten Blicken. Wer mag schildern, was Mariens Blick ausdrückte? Wer würde überrascht worden sein, wenn die Augen des Todten und seine Lippen sich geöffnet hätten unter dem Feuer jenes durchdringenden Blickes? Mit heldenmüthiger Anstrengung hat sie das Tuch um sein Haupt gewunden und die Leinwand über das süße Angesicht über einander gelegt. Und nun ist sie wirklich ringsum von Finsterniß umgeben. Selbst der todte Leib war ein Licht und eine Stütze gewesen. Sie hat das Licht selbst ausgelöscht. Ihre eigenen Hände haben die Lampe ausgelöscht und sie steht nun da, der dichten Nacht gegenüber. O muthiges Weib! Stunden ekstatischer Beschauung jenes stillsprechenden Antlitzes würden wie Augenblicke vorübergegangen sein. Aber es war eine Zeit für religiöse Anbetung, nicht ihrer Zärtlichkeit nachzuhängen, und sie durchbohrte ihr eigenes Herz mit der nämlichen Hand, womit sie sein Antlitz verbarg. O Maria, du siehst nun jenes Angesicht und trinkst die Fülle von seiner Schönheit und du wirst es immerdar thun und nie ersättiget werden, du glückliche, gebenedeite Mutter!

Wenn wir von der Erzählung des sechsten Schmerzes zu seinen Eigenthümlichkeiten übergehen, so fällt uns gleich anfangs ein Charakterzug auf, der sich ganz durch ihn hindurchzieht. Er umgibt uns beständig mit Bildern der heiligen Kindheit und des heiligen Sakramentes. Die Passion

scheint aus den Augen zu verschwinden, wie wenn sie nur
der Grundstein wäre; der Oberbau ist ganz mit Symbolen
von Bethlehem und dem Altare ausgeschmückt. Es ist
kaum eine Handlung oder Stellung Mariens in dem ganzen Schmerze, die uns nicht sogleich entweder die alten
Tage der Mutter und des Kindes oder die kommenden
Tage des Priesters und der Hostie in's Gedächtniß ruft.
Wenn sie bakniet, um den Leib zu empfangen, und mit
ihm in den Armen knieen bleibt, damit andere anbeten;
wenn sie ihn bedient und ihn mit zarter Ehrfurcht behandelt; wenn die Sorge und Verantwortlichkeit für des Herrn
Leib die Angst ihres Herzens ist und ihr Kummer aus der
Furcht vor Entheiligung entspringt, dann können wir nicht
umhin, uns beständig das heilige Sakrament vorzustellen.
Ihr äußeres Benehmen erscheint gleichsam als das Muster,
nach welchem die Kirche ihre Rubriken für die Messe, den
Segen oder die Procession entworfen hat. Ihr innerer
Charakter erscheint als Ideal jener innern Stimmungen, die
allen guten Priestern eigen sein sollten, kraft ihres Amtes
als Wächter des heiligen Sakramentes. Dasselbe prophetische Vorbild der Anbetung des heiligen Sakraments ist gewissermaßen sichtbar in den Handlungen und Geberden des
Joseph und Nikodemus, des Johannes und der Magdalena. So tritt mit diesem Schmerze eine ganz neue Gattung von Ideen ein. Während er gleichsam nur die Ergänzung der Kreuzigung und von derselben nur durch eine
imaginäre Linie trennbar scheint, finden wir, daß sein
innerer Geist, seine Beispiele, seine Anspielungen, seine
Lehren und Vorbilder einer ganz andern Region angehören,
als derjenigen der Passion. Dies offenbart uns den wirklichen Unterschied, welcher zwischen diesem Schmerze und
den zwei vorangehenden stattfindet. Der mystische Zusammenhang des heiligen Sakramentes mit der heiligen Kindheit Jesu ist an einem andern Orte ausführlich besprochen

worden. ¹) Das heilige Sakrament ist gleichsam die wirkliche Fortsetzung seiner Kindheit zur Erinnerung an sein
Leiden. So scheint es in dem sechsten Schmerze, wie
wenn Unser Herr kaum das Werk seiner Passion vollbracht
hatte, als Er sogleich anfing, jenen Zustand vorzubilden,
in welchem Er für immer bei seiner Kirche bleiben wollte
im Sakramente des Altars. Von jenem Augenblicke an
erhoben sich wieder die alten Bilder Bethlehems, wie wenn
sie eine Zeit lang mit Gewalt niedergehalten worden wären,
und sie kehren bestimmter und deutlicher in der Gestalt
von Vorbedeutungen des heiligen Sakraments zurück. Dies
ist nicht so fast eine besondere Eigenthümlichkeit dieses
Schmerzes, als vielmehr seine wahre Seele und Bedeutung, die durch jeden Zug desselben hindurchgeht, Mariens
Gemüthsstimmungen während desselben ihre Färbung verleiht und den Lehren einen besondern Charakter gibt, die
er uns aufstellt.

Dieser Schmerz hat eine Eigenthümlichkeit, die wir
unmöglich vollkommen verstehen können, die wir aber durchaus nicht vergessen dürfen, weil sie auf die größte Tiefe
des Leidens hinweist, welche dieses Geheimniß in der Seele
Unserer gebenedeiten Mutter erreichte. Es war die Entziehung des Lebens Jesu. Sie selbst mußte vielleicht nicht
eher als jetzt, wie sehr es sie gestützt oder wie viele Dienste
es ihr erwiesen hatte. Dreiunddreißig Jahre lang hatte
sie gelebt, von seinem Leben getragen. Es war ihre Atmosphäre gewesen. Es fand eine Art von Einheit des Lebens
zwischen ihnen Statt. Ihr Herz schlug in seinem Herzen.
Sie sah mit seinen Augen, hörte mit seinen Ohren, sprach
beinahe mit seinen Lippen und dachte mit seinen Gedanken, wie damals, als sie das Magnifikat aus der Fülle
ihres Herzens sang. Mutter und Sohn waren nie vor-

---

¹) Das heilige Sakrament, 2. Buch.

her so in einander aufgegangen. Zwei Leben hatten nie so unzertrennlich Ein Leben geschienen, als diese beiden. Und wie soll eines davon, und zwar das schwächere und geringere jetzt allein dastehen? Die Scheidung des Leibes und der Seele scheint eine minder folgenreiche Trennung, als die Trennung des Lebens Mariens von dem Leben Jesu. Vielleicht geschah es, um diesen geheimnißvollen Mangel des menschlichen Lebens Jesu zu ersetzen, daß die Gestalten des heiligen Sakramentes während ihres übrigen Lebens unversehrt in ihr blieben von einer Kommunion zur andern. Wir haben zuweilen Mütter und Söhne gesehen, die dieser Einheit des Lebens nahe kamen, besonders wenn der Sohn das einzige Kind war und die Mutter eine Wittwe. Es zeigte sich auch in diesen Fällen, wie bei Maria, daß das Leben der Mutter in das des Sohnes hineingezogen wird, nicht das Leben des Sohnes in das der Mutter. Der Anblick einer solchen Mutter und eines solchen Sohnes ist einer der rührendsten, welche die Erde bieten kann; rührend, weil das Verhältniß seine Wurzeln nicht im Sonnenschein irdischen Glückes schlug, sondern in der tiefen Stille häuslichen Kummers. Die Größe seiner Schönheit stand im Verhältnisse zu der feurigen Hitze des Leidens, durch welche die beiden Leben in Eines zusammenschmolzen. Aber wenn wir darauf hinblickten, zitterten wir bei dem Gedanken, wie die unvermeidliche Trennung des Todes ertragen werden würde. Dennoch, was für ein schwacher Schatten Jesu und Mariens sind diese kindlichen und mütterlichen Bande auf Erden!

Um also das unerträgliche Leiden zu verstehen, welches die Entziehung des Lebens Jesu im Herzen Mariens verursachte, müssen wir wissen, was sein Leben für das ihrige beständig war. Allein dies geht über unsere Begriffe hinaus; wir können es nur ahnen und berechnen, und dürfen dann überzeugt sein, daß die Wirklichkeit unsere kühnsten Berechnungen weit übertroffen hat. Aber auch hier helfen uns die Annalen menschlichen Leidens durch Vergleichung. Wer hat nicht Beispiele gekannt von jener Vollkommenheit ehelicher Liebe, wo Gatte und Gattin sich so in einander hineingelebt haben, daß das Leben des einen scheinbar in dem Leben des andern enthalten ist? Jedes hat des andern Sorgen getragen. Herz stützte sich an Herz und sie schlugen miteinander in Einem Pulse. Sie haben sogar die Sinne von einander mit so zärtlicher Liebe geborgt, daß wir zuweilen versucht waren, über solche Einfalt und Abhängigkeit der Liebe zu lächeln. Stimme, Ausdruck, Gebärde, Gang, Benehmen und tausend Kleinigkeiten ohne Namen waren nur die äußere Offenbarung des engen Liebesbandes, das sie innerlich umschlang. Lange Jahre haben Gewohnheiten gebildet, die zu unterbrechen geradezu der Tod scheinen würde. Die mannigfachen Erfahrungen des Lebens mit ihrem Licht und ihrem Schatten, mit ihren Thränen und ihrem Lächeln, ihrem Verluste und ihrem Ersatze, haben jene zwei Herzen noch wirksamer in ein einziges umgewandelt. Die beiden Persönlichkeiten sind in einander geflossen; Gott allein sieht sie klar und deutlich, jedes in seiner eigenen Sphäre des Lobes und Tadels, des Verdienstes und der Schuld. Da kommt der Tod. Es ist keine Macht in der Natur, als der unerbittliche Tod, die es wagen würde, ein so überaus zartes Band zu zerreißen. Und was ist die Folge gewesen? Es ist klar geworden, daß diese Einheit von zwei liebenden Herzen beinahe eine physische Wirklichkeit war. Denn nun, da das eine allein gelassen ist, kann der Lebensstrom des andern kaum fließen; er zieht sich zurück und versiegt allmählig, wie eine Quelle im Sommer. Er genügt sich nicht selber; er kann sich nicht selbst nähren. Die eine Quelle kann nicht das Werk der beiden thun. Der überlebende Theil ist unfähig, dem Leben zu trotzen, sein Geist unterliegt unter der geringsten Last. Nicht nur die eine Hälfte seiner Stärke ist dahin; es ist etwas mehr, als dies. Er ist wirklich so schwach und matt, wie ein Mensch, der zu Tode blutet; aber er ist auch unvollständig. Er hat keine Stirne der gewöhnlichen Fluth des täglichen Lebens darzubieten, und kann sich ihr nicht entgegenstemmen, wenn sie kommt. Gleichviel, wie ruhig das Leben hinfließen mag, es ist zu viel für ihn. Er siecht allmählig dahin und stirbt in ebenso vielen Monden, als der physische Zerfall erfordern mag, und sein Tod ist nicht so fast ein Tod an sich selbst, als ein ergänzender Theil jenes andern Todes. Das Leben der beiden war eins, der Tod ist auch einer. Wer hat nicht schon dieses erlebt? Aber wir trauern nicht darüber. Es ist am besten und vollständigsten, wie es ist. Auch hier haben wir nur einen theilweisen Schatten von der Verbindung Jesu und Mariens; doch hilft es uns, um einzusehen, was für ein überwältigender Schmerz für ihr empfindsames Herz das Aufhören des Lebens Jesu gewesen sein mußte. Es war die tiefste Tiefe, zu welcher der sechste Schmerz hinabreichte.

Eine andere Eigenthümlichkeit dieses Schmerzes ist das Wiedererscheinen der Verantwortlichkeit, die einen so gewichtigen Theil des dritten bildete, aber während des vierten oder fünften nicht zum Vorschein gekommen war. Es ist Mariens Gefühl der Verantwortlichkeit in Betreff seines heiligen Leibes, nun da derselbe hülfloser geworden ist, als er ursprünglich in seiner Kindheit war. Niemand versteht die Anbetungswürdigkeit jenes Leibes, wie sie es thut. Wer soll für ihn sorgen, als sie? Und auch sie ist hülflos. Es ist dasselbe Gefühl, welches die ganze Kirche hinsichtlich des heiligen Sakramentes durchdringt. Wenn es in der Kirche ein Gefühl ängstlicher Sorgfalt ist, so ist es auch ein Gefühl unendlicher Freude. Aber bei Maria war es ein mannigfaches Leiden. Mitten unter Leiden ist

die Verantwortlichkeit selbst ein neues Leiden. Doch ist
es eines der providentiellen Gesetze des Kummers, daß er
fast immer neue Verantwortlichkeiten an's Licht bringt und
gerade wenn wir am wenigsten fähig scheinen, dieselben
zu übernehmen. Der Kummer ist eines jener Dinge,
die sich auf einen einzigen Punkt zusammenziehen, aber
doch nicht vereinfachen, wie es meistens bei Zusammen-
ziehungen der Fall ist. Er ist eher eine Verdunklung des
Geistes, als ein Licht; er gibt uns eher mehr als weniger
zu thun. Ein Mensch im großen Herzleid hat weniger
Muße, als irgend ein anderer Mensch auf Erden. Nichts
verfinstert das Leben so sehr, als das Leiden. Nichts beschleunigt das große Werk der Erfahrung so, wie das Leiden. Nichts stattet unsere Natur mit einem herrlicheren
Zuwachse von Kraft aus. Ein Leben der Freude ist meistens schal und oberflächlich. Wenige heroische Thaten
können aus der Freude des Lebens hervorgehen, wenn es
auch seine sonnigen Tiefen hat, die mit Gott erfüllt sind.
Aber das Leiden bildet die Heiligen und wandelt die schmutzige Erde in den reinsten Himmel um. Dies ist der
Grund, warum Gott im Leiden so schwer auf uns zu drücken scheint. Seine Weisheit macht seine Liebe grausam.
Diese unerträglichen neuen Verantwortlichkeiten, deren
scheinbar ungelegene Ankunft in Zeiten des Kummers so
niederschlagend ist, sind beinahe seine köstlichsten Gaben.
Es tritt vielleicht bei jeder derselben eine Krisis im Leben
ein. Aber die Verantwortlichkeit Mariens für den Leib
Unseres Herrn war auch ein Kummer für sie wegen der
Umstände der Zeit und des Ortes. Gewaltthätigkeit und
Grausamkeit herrschten unumschränkt. Wilde Henker und
rohe Soldaten waren die Könige des Kalvarienberges. Die
Zufälligkeiten der Mißhandlung und Entehrung waren kaum
Zufälligkeiten; nach menschlicher Berechnung waren sie un-
vermeidliche Nothwendigkeiten. Das Zerbrechen der Ge-

beine, der Speer des Longinus, die Eile, alles wegzuräumen für den Beginn des Sabbaths, die Bosheit der Juden, die Art, wie Pilatus sie gedemüthigt hatte, das gewöhnliche Loos der Leiber derjenigen, welche die Gerechtigkeit hingerichtet hatte, die angemessene Lage Golgatha's, wo die Kreuze aufgerichtet waren, der Umstand, daß drei Leiber zur Verfügung waren und nicht bloß ein einziger, — alle diese Dinge waren ebenso viele schreckliche Gefahren, welche die unverletzte Sicherheit jener anbetungswürdigen Hinterlage, die in Mariens Obhut war, jetzt zu laufen hatte. Ueberdies war ihre Verantwortlichkeit in einer dritten Hinsicht ein Kummer wegen dem Gefühl der gänzlichen Hülflosigkeit, das zugleich mit ihr kam. Was konnte sie thun? Wie stand es in ihrer Macht, eine einzige dieser zahlreichen Böses verkündenden Folgen, die auf sie hereinströmten, aufzuhalten oder in einen andern Kanal zu leiten? Und dennoch waren die Folgen eines Mißlingens zu entsetzlich, um betrachtend dabei zu verweilen. Selbst für unsere Gedanken bei ruhiger Meditation liegt beinahe etwas Schrecklicheres in der Idee, daß der todte Leib Jesu in den befleckten Händen jener grausamen Menschen sein sollte, als der lebendige Herr selbst. Wir schaudern bei der Möglichkeit. Was muß also das Leiden des anbetenden Herzens Maria's gewesen sein, welchem diese Schrecken sichtbar waren und drohend bevorstanden, bei dem Gefühle, daß die Obhut ihr gehörte, und bei der Einsicht, daß sie so hülflos war, wie irgend eine Mutter eines verhaßten Verbrechers sein konnte; ja alle Dinge wohl erwogen, sogar noch hülfloser; denn ihre Ansprüche würden Beschimpfung hervorgerufen haben, während die der gewöhnlichen Mutter Mitleid erweckt hätten.

Aus dieser Verantwortlichkeit entsprang ferner das Elend des Schreckens. Es war eine neue Art von Schrecken, die Furcht vor Entweihung. Jedem aufmerksamen

Leser, und die Liebe macht uns alle aufmerksam, muß die
Rolle aufgefallen sein, welche der Schrecken in den Schmerzen Unserer gebenedeiten Mutter spielt. Er ist beinahe
ein allgemeiner, starker Charakterzug derselben. Als wir
von dem zweiten Schmerze handelten, haben wir gesehen,
was für eine gewaltige Erschwerung des Leidens die Furcht
immer ist. Wir wollen nun versuchen, die Muthmaßung
aufzustellen, wie es kommt, daß die Furcht an den Schmerzen Mariens einen so hervorragenden Antheil hat. Erstens
kann es gleichsam eine besondere Prüfung für das gewesen
sein, was ihre besondere Gnade war, nämlich für ihre
Ruhe. Diese Ruhe ist, wie wir bereits gesehen, ein wesentliches Element in dem wahren Begriffe von Maria.
Sie ist vielleicht nicht so sehr eine besondere Gnade, als
das Firmament, das eigentliche Firmament, an welchem
ihre Reinheit, Demuth und Hochherzigkeit glänzen sollte.
In jedem ihrer Leiden — und dieselbe Bemerkung läßt
sich auch auf ihre Freuden anwenden, — war immer etwas,
was ihre Ruhe auf die Probe stellte, von der Verkündigung an bis zur Herabkunft des heiligen Geistes; es war
etwas, was durch seine Plötzlichkeit oder durch seine Heftigkeit, durch sein Entsetzen oder durch seine Freude, oder
durch seinen Druck auf die menschliche Natur aller Erwartung nach ihren innern Frieden stören und einen Augenblick die stille Majestät ihrer königlichen Ruhe außer Fas-
sung bringen und hemmen sollte. Aber die Furcht ist
unter allen Dingen der Ruhe am meisten entgegengesetzt,
und deßhalb mögen jene verschiedene Arten des Schreckens,
die wir in ihren Schmerzen entdeckten, zuweilen in der
Ferne lauernd, zuweilen nahe bei der Hand, jetzt sichtbar
auf der Oberfläche, jetzt in der Tiefe in den geheimen
Falten ihres Herzens wirkend, gesendet worden sein, um
ihre himmlische Ruhe zu prüfen und durch die Prüfung
zu vervollkommnen und zu erhöhen. Zweitens war es

nothwendig, daß eine so unermeßliche Heiligkeit, wie die Unserer gebenedeiten Mutter, durch Prüfungen erprobt werden sollte, die ihrer Größe angemessen waren. Nun aber waren die heftigsten Versuchungen bei ihr unmöglich, weil sie die Gabe der ursprünglichen Gerechtigkeit besaß, während die höchste Empfindsamkeit ihrer schönen und zarten Natur den Schrecken zur schmerzlichsten Prüfung für sie machen mußte, gerade wie Jesus „anfing zu fürchten und traurig zu sein", als die Kreuzigung seiner Seele ihren höchsten Grad erreichte im Garten von Gethsemane. So mag bei ihr der Schrecken die Aufgabe gehabt haben, die Stelle von unzähligen, heftigen und eigenthümlichen Versuchungen zu vertreten, und bei ihr die Zwecke zu erfüllen, die jene andern Dinge nicht versuchen durften wegen ihrer vollkommenen Sündlosigkeit. Dieses konnte, wie wir mit aller Ehrfurcht muthmaßen können, die Ursache sein, warum der Schrecken eine so bedeutende Rolle in den Leiden Unserer Mutter spielte; was aber immer aus der Erklärung werden mag, die Thatsache ist von der Art, daß wir sie nie aus dem Gesichte verlieren dürfen, wenn wir uns einen wahren Begriff davon bilden wollen, was sie litt.

Allein Verantwortlichkeit bringt nicht bloß Furcht mit sich, sondern auch das Gefühl der Einsamkeit. Wir können allein sein in der Welt, ohne zu wissen, wie sehr wir allein sind. Unsere Verwandten haben uns vielleicht verlassen und das Band, das uns mit jenen verknüpft, die uns zunächst umgeben, kann aus einem weit gebrechlicheren Stoffe gebildet sein, als das Blut der Verwandtschaft. Aber wir sind gesund und stark. Das Leben spart uns noch sein Schlimmstes auf. Wir fühlen, daß wir uns so ziemlich selbst genügen. An einem schönen Orte, an einem heitern Tage, in voller Gesundheit ist das Gefühl der Einsamkeit fast nicht mehr als Poesie. Aber das Leiden kommt, nicht um uns unserer häuslichen Welt zu berauben, die

lange unbevölkert da lag, eine düstere, traurige Oede, sondern es kommt, um uns zu zeigen, daß wir beraubt sind,
und macht uns den Kummer allein zu sein fühlbar, allein
vielleicht ohne Kain's Trost, umherwandern zu können.
Wenn dann neue Verantwortlichkeiten zu dem neuen Leiden hinzukommen, so ist das Gefühl unserer Verlassenheit
vollständig. Wir bedürfen jeden Augenblick jemand. Wir
warten, aber sie kommen nicht. Es ist eine Thorheit, zu
warten; die können nicht kommen, welche kommen sollten.
Wir wissen das, dennoch warten wir. Es gibt Stimmen,
welche jetzt zu uns sprechen sollten, berathend wie ehemals,
aber sie sind stumm. Es gab Arme, auf die wir uns zu
stützen pflegten, und wir tasten nach ihnen in der Finsterniß, und sie sind nicht da. Jeden Augenblick klopft ein neues
Bedürfniß an das Grab von etwas, das längst begraben
ist, und das Herz sinkt in uns bei dem hohlen Echo, welches das Pochen weckt. Und alles dieses ist um so schlimmer zu ertragen, weil es so tief unten in den unbevölkerten Höhlen der Seele liegt. Wir sind allein. Die Thatsache ist alt und bekannt, aber das Gefühl ist neu und
schrecklich. In diesem Sinne machte die Einsamkeit einen
Theil des sechsten Schmerzes aus. Es war noch nicht
gänzliche Einsamkeit. Jener Punkt sollte im siebenten
Schmerze erreicht werden, aber er begann in diesem. Als
die Seele Jesu sie verließ, schien ihr die Welt die schrecklichste Einöde. Ihr Gefühl der Verantwortlichkeit für seinen Leib erhöhte dieses Gefühl der Einsamkeit, bis es
schmerzte. Tiefer hinab und mit mehr Seelenangst drang
es zugleich mit ihrem Gefühl der Hülflosigkeit und wurde
noch weiter getrieben, wie mit schnellen durchbringenden
Pfeilen, durch ihre Furcht, es möchte ein Frevel an dem
heiligen Leibe verübt werden. Sie fühlte sich fürchterlich
einsam und hatte sich doch jenen, die sie umgaben, mitzutheilen, um ihr Trost und ihre Stütze zu sein. Wie das

Leben Jesu ihr Leben gewesen war, so war das ihrige jetzt das Leben der Magdalena und des Johannes. Aber sie war nicht ganz allein, sie hatte den Leib noch. So todt er war, so war er doch ein wunderbares Geleite. So todt er war, so glich er doch keinem andern Leibe, denn er war noch mit einer lebendigen und ewigen Person vereinigt. Er war keine solche Reliquie, woran die Liebe sich anklammert und worüber sie weint. Er war eine Heiligkeit zur Anbetung und zur Verehrung. Die Einsamkeit konnte daher noch nicht Verlassenheit sein. Aber so wie sie war, war sie eine Last des Kummers, die keine Seele als Marien's hätte tragen können.

Es war auch ein eigenthümlicher Zug des Leidens in diesem Schmerze, daß er eher in einem Niedersinken, als in einem Leiden bestand. Er folgte unmittelbar auf die erschöpfenden Scenen der Passion; er traf eine Natur, die an sich selbst auf dem Punkte stand, in Folge der qualvollen Strenge ihres Martyrthums zu sterben, und deren wunderbare Stütze sich niemals in der Gestalt einer Erfrischung oder fühlbaren Trostes bemerklich machte. Die Hand, die sie aufrecht hielt, war eine verborgene Stütze, wie jene, welche die göttliche Natur der menschlichen in Unserm Herrn während der Passion darbot. So hatte Maria natürlich jeden Augenblick das Gefühl, wie wenn sie den letzten Grad der Ausdauer erreicht hätte. Das Leiden hatte ihre Seele ganz durchdrungen und der nächste Druck konnte der Tod sein. Sie fühlte in ihrer Seele das unruhige Schmerzen, welches übermäßige Anstrengung im Leibe hervorbringt. Ihr Geist war müde bis zum Tode, nicht im figürlichen Sinne des Wortes, sondern in buchstäblicher Wahrheit. Das Leben war eine fühlbare Bürde geworden, wie wenn es ihr selbst fremd wäre. Sie stützte dasselbe und wurde nicht von demselben gestützt. Diese Erschöpfung war peinlicher, als Schmerz, quälender, als heftiges Leiden gewesen sein würde. Es war ein Zusammensinken nach der Folter, das keine Erleichterung brachte, weil das Aufhören der Pein nicht fühlbar ist, wenn man gänzlich zermalmt ist. Wir haben gleichsam ein neues Wesen erlangt, das fähig ist, in ganz anderer Weise zu leiden. Doch ertrug ihre Ruhe auch diese Prüfung, ohne erschüttert zu werden. Sie wurde nicht stumpf, passiv oder schlaff, wie die Opfer der Grausamkeit zuweilen unter der Folter werden. Sie verrichtete die Pflichten, die ihr oblagen, nicht mit der fieberhaften Anstrengung und ungeduldigen Hast, welche bei der Ermüdung gewöhnlich ist. Es war ein Friede mit gebrochenem Herzen, aber auch sanft, innerlich gesammelt, bedachtsam, unselbstsüchtig, voll Majestät, und er wirkte mit der geräuschlosen Bereitwilligkeit und dem langsamen Fleiße, welcher stets die Gegenwart Jesu in der Seele bekundet. Wie sie bei der Kreuzigung drei Stunden unter dem Kreuze stand, so kniete sie jetzt und hielt die schwere Bürde auf ihren ausgestreckten Armen, mit demselben anständigen und gelassenen Muthe. Nie war eine Seele so niedergebeugt wie Mariens in diesem sechsten Schmerze, nie war eine so aufrecht in ihrer Niedergeschlagenheit. Aber stehen wir nicht kalt und zitternd am Strande eines so eisigen Meeres von Leiden?

In einem solchen Zustande war gütige Theilnahme unzart, nicht nach ihrer Absicht, sondern nach ihrer Wirkung. Als daher Joseph und Nikodemus, Johannes und Magdalena sich ruhig um sie versammelten, während sie den Leib zurecht legte und einbalsamirte, machte gerade ihr theilnehmendes Wesen den Verlust des Mitleidens Jesu fühlbar. Als sie unter dem Kreuze stand, hatte sie nicht an sich selbst gedacht. Sie bemitleidete Ihn, sie erwog nur das Leiden, das ihr Leiden für Ihn war, nicht das Mitleiden gegen sie, welches ihr Schmerz in seiner Seele verursachte. Aber nun entdeckte sie, was für eine große Stütze

jenes Mitleiden unterdessen für sie gewesen war. Wie bei
allen göttlichen Wirkungen sah sie es nun deutlicher ein,
da es vorüber war. Und unzählige Erinnerungen stiegen
in ihr auf, die ebenso viel Freud als Leid erweckten. Er
war geschieden, der allein ihr Herz verstehen konnte. Er
selbst hatte sie mit Kummer überladen durch die stillschweigende Vergleichung zwischen Ihm und Johannes, als Er
ihr den Apostel an seiner Statt zum Sohne gegeben hatte.
Die sanfte Milde, die freundliche Zärtlichkeit liebenden Leidens und kindlichen Mitleidens, die Johannes zeigte, weckte,
während sie ihr Herz mit Liebe zu seiner jungfräulichen
Seele erfüllte, wider ihren Willen Erinnerungen auf und
rief Vergleichungen hervor, die sie mit Trauer erfüllten
und mit jenem schmerzhaften Gefühle, das in uns Sehnsucht ist, das aber in ihr dieses Gefühl nicht sein konnte,
weil in der heiligsten Sehnsucht etwas liegt, das sich mit
dem Willen Gottes nicht ganz zusammenreimt. Ueberdies
spiegelte sich die Vergangenheit in allen jenen theilnehmen-
den Gesichtern, die sie umgaben. Johannes war an der
Stelle Jesu, und er war Ihm auch ähnlich, wie wahre
Freunde immer ihren Freunden sind. Jesus spiegelte sich
in den Augen der schmerzhaften begeisterten Magdalena,
und Maria sah Ihn daselbst. Niemand konnte so hoch an
Gnade stehen, als jene seraphische Büßerin, ohne sogar in
den Gesichtszügen dem Bräutigam der Seelen zu gleichen.
Joseph war in dem von Arimathäa wieder zum Leben
gekommen und stand da, wo Joseph so oft gestanden war,
dicht bei dem Schooße, auf welchem Jesus lag, und wie
Joseph blickte er Ihn an, und nicht sie. Auch Nikodemus
mit seinen Myrrhen und seiner Aloe hatte die Opfergabe
der drei Könige erneuert, nicht mehr als Vorbedeutung,
sondern da die Specereien für seine Begräbniß benöthigt
waren. Und während Maria Ihn selbst einbalsamirte,
vergaß sie nicht, wie Magdalena seine Füße bereits gesalbt

26 *

hatte „auf den Tag seines Begräbnisses". Und mitten
unter ihnen war der todte Jesus. Eine wahre Wolke von
schmerzhaften Erinnerungen stieg von der Gruppe auf und
hüllte die Seele Mariens in traurige Schatten ein.

Es zeigte sich in der That eine ruhige, innere
Stärke an diesem Schmerze, die einem Zustande der
Niedergeschlagenheit angemessen war und mit der mehr
thätigen und veränderlichen Ertragung von vielen der frühern Leiden sichtbar contrastirte. Es war der erste Schmerz,
welcher in einem unterirdischen Kanale unter allen übrigen
fortgelaufen war, und welcher jetzt wieder auf die Oberfläche trat, mit seiner lebenslänglichen Last des Leidens,
ruhig, unzerstreut und innerlich gesammelt. Diese Niedergeschlagenheit ist gleichsam jenes alte lebenslange Leiden,
das zu seiner natürlichen Hochfluth gestiegen war und einen
Augenblick stille stand, ehe es abnahm. Es hatte alle die
dreiunddreißig Jahre in sich. Es verband die Kindheit mit
der Passion und verknüpfte in schöner Ordnung Bethlehem
und den Kalvarienberg mit einander, das Leben, welches
Jesus auf Erden in seinem sichtbaren Fleische lebte, mit
seinem Leben, das Er nun in dem unsichtbaren Fleisch
und Blut seines anbetungswürdigen Satramentes führt.
Ja, die Kindheit und die Passion sind beide wirklich in
jener Scene gegenwärtig, für das Auge sichtbar, für die
Hand greifbar, in dem einen göttlichen Geheimnisse jenes
auf dem Mutterschooß liegenden Leibes mit einander verbunden. Die Passion war auf jene Glieder geschrieben,
eingegraben oder vielmehr tief eingemeißelt. Jede Sünde
hat ihre eigene Genugthuung grausam da eingeschrieben.
Vom Haupte bis zu den Füßen, von den Füßen bis zum
Haupte wand sich da der Kreuzweg auf und ab. Jede
Station hatte ihr Merkmal hinterlassen, ihr fürchterliches
Denkzeichen, ihre kennbare Wunde. Jedes Geheimniß war
hier dargestellt. Und Mariens liebeglühende Betrachtungen

hatte „auf den Tag seines Begräbniſſes". Und mitten unter ihnen war der todte Jeſus. Eine wahre Wolke von ſchmerzhaften Erinnerungen ſtieg von der Gruppe auf und hüllte die Seele Mariens in traurige Schatten ein.

Es zeigte ſich in der That eine ruhige, innere Stärke an dieſem Schmerze, die einem Zuſtande der Niedergeſchlagenheit angemeſſen war und mit der mehr thätigen und veränderlichen Ertragung von vielen der frühern Leiden ſichtbar contraſtirte. Es war der erſte Schmerz, welcher in einem unterirbiſchen Kanale unter allen übrigen fortgelaufen war, und welcher jetzt wieder auf die Ober-fläche trat, mit ſeiner lebenslänglichen Laſt des Leidens, ruhig, unzerſtreut und innerlich geſammelt. Dieſe Nieder-geſchlagenheit iſt gleichſam jenes alte lebenslange Leiden, das zu ſeiner natürlichen Hochfluth geſtiegen war und einen Augenblick ſtille ſtand, ehe es abnahm. Es hatte alle die dreiundbreißig Jahre in ſich. Es verband die Kindheit mit der Paſſion und verknüpfte in ſchöner Ordnung Bethlehem und den Kalvarienberg mit einander, das Leben, welches Jeſus auf Erden in ſeinem ſichtbaren Fleiſche lebte, mit ſeinem Leben, das Er nun in dem unſichtbaren Fleiſch und Blut ſeines anbetungswürdigen Sakramentes führt. Ja, die Kindheit und die Paſſion ſind beide wirklich in jener Scene gegenwärtig, für das Auge ſichtbar, für die Hand greifbar, in dem einen göttlichen Geheimniſſe jenes auf dem Mutterſchooß liegenden Leibes mit einander ver-bunden. Die Paſſion war auf jene Glieder geſchrieben, eingegraben oder vielmehr tief eingemeißelt. Jede Sünde hat ihre eigene Genugthuung grauſam da eingeſchrieben. Vom Haupte bis zu den Füßen, von den Füßen bis zum Haupte wand ſich da der Kreuzweg auf und ab. Jede Station hatte ihr Merkmal hinterlaſſen, ihr fürchterliches Denkzeichen, ihre kennbare Wunde. Jedes Geheimniß war hier dargeſtellt. Und Mariens liebeglühende Betrachtungen füllten jedes Merkmal mit Leben aus, legten in jede Wunde eine klägliche Stimme und entzündeten in ihrem verwundeten und blutenden Herzen jenes Feuer menschlicher Grausamkeit noch einmal, welches gerade durch seine Heftigkeit abgebrannt war, noch ehe der Tod das Opfer seinem Bereiche entzogen hatte. Aber die Kindheit war ebenso da. Das Kind war auf den Knieen seiner Mutter. Jener andere Joseph stand dabei. Jene mütterlichen Dienste waren lauter solche, wie sie einem Kinde angemessen waren, das in seiner Hülflosigkeit nicht klagen kann. Es zeigte sich die alte Anmuth der mütterlichen Sorgfalt, während sie seine Haare ordnete, seine Glieder streichelte und Ihn wieder in seine letzten Windeln einwickelte. Ihr Leiden war nun das Gegentheil der alten Freuden; ja es war vielleicht die Fortsetzung und Ergänzung der alten Leiden. In Bethlehem, in Aegypten, zu Nazareth hatte sie diese Stunde lange vorausgesehen, und nun war sie gekommen. Sie befand sich in unergründbaren Tiefen des Weh's, wo das Auge sie kaum erreichen kann, aber es ist sichtbar dieselbe Mutter, unzweifelhaft dasselbe Kind. Dies ist ihr Lohn für die alte mütterliche Pflege. Seltsamer Lohn! Aber es ist so Gottes Wille, und sie versteht ihn wohl. Ach, uns läßt die Schönheit des Leidens beinahe absehen von seiner Bitterkeit!

Dies waren die Eigenthümlichkeiten des sechsten Schmerzes. Unter die Stimmungen der Seele Mariens in der Ertragung desselben müssen wir vor allem rechnen die ruhige Klarheit, womit sie den Willen Gottes sah und ihm durch die Dunkelheit ihres Leidens hindurch folgte. Wenn man dem Kummer nachhängt, wird der Blick des Glaubens getrübt. Weil wir der Zärtlichkeit der Natur nachgeben, sind wir so blöde, den Willen Gottes zu erkennen, und so stumpfsinnig, seine Bedeutung zu erklären. Wenn ein Trauernder in seiner Trübsal Gottes Wege unerforsch-

lich nennt, so ist es die Folge einer verzeihlichen Verdü-
sterung seines Glaubenslichtes; verzeihlich, weil wir so
schwach sind und niemand unsere Schwäche so gut kennt
als Gott. Gottes Wege sind meistens unerforschlich in
der Freude, unerforschlich vor allem uns, die wir wissen,
was wir sind und was wir verdienen. Aber sie sind selten unerforschlich im Leiden. Das Leiden ist die Zeit,
wo Gott sich am deutlichsten zeigt. Nie sind die Wolken,
die seinen Thron umhüllen, so weit zurückgeschlagen, als
sie es dann sind. Ein Kummer, ruhig betrachtet, ist gewöhnlich eine Offenbarung. Wie kann er der geringsten
Selbstkenntniß ein Geheimniß sein? Wir werden immer
von neuem überrascht von den Wundern der Passion, obwol sie uns von Kindheit an bekannt sind; aber Maria
fand nichts Seltsames sogar in der entsetzlichen Wirklichkeit, die ihr gegenwärtig war und die ihr beinahe das Leben nahm. Ihr Auge blickte einzig und allein auf Gottes
Willen, und jener Wille kam stets zur rechten Zeit und
am rechten Orte. Es ist eine besondere Gewohnheit des
Glaubens, zu sehen, was wir die Natürlichkeit des göttlichen Willens nennen können. Dem Glauben erscheint
er immer so angemessen, daß wir nicht zu begreifen vermögen, was sonst passend sich hätte ereignen können, als
gerade das, was sich ereignet hat. Es scheint fast sonderbar, daß wir es nicht zum Voraus prophezeiten. Wir
sehen all dies wunderbar bestätigt in dem Leben von vielen Heiligen, aber nie so wunderbar als in Unserer gebenedeiten Mutter. Der strengste, der ungewöhnlichste, der
scheinbar ungelegenste Wille Gottes findet sie immer vorbereitet, gerade wie wenn es eine durch ein Gesetz vorge-
zeichnete Laufbahn wäre, die sie zum Voraus kannte, so
daß sie nichts zu thun hatte, als in dieselbe einzugehen
wie ein Stern in seinen ihm angewiesenen Himmelsraum.
Dies war der Grund, warum keine Zeit verloren ging,

warum jeder Gnade entsprochen wurde, und zwar mit eb-
lem, bereitwilligem Sinne. Der Wille Gottes war ihre
einzige mystische Theologie; er war ihr kürzester Weg zu
jener Vollkommenheit, für welche die abstruseste, mystische
Theologie keinen Namen finden kann.

Eine andere Gemüthsstimmung, die sich in diesem
Schmerze bewunderungswürdig darstellte, war ihre Vereinigung der Ehrfurcht mit der Vertraulichkeit. Es gibt kein
treueres Anzeichen der Vereinigung mit Gott als dieses,
und es kann nur aus großer Heiligkeit entspringen. Keine
Regeln können dafür aufgestellt werden, gerade wie man
für das wohlanständige Benehmen keine ganz genauen Vor-
schriften geben kann. Es ist ein Instinkt oder was wir
Bildung nennen, oder ein angeborener Zartsinn, welcher
den Menschen befähigt, sich ohne Fehler zu benehmen. So
ist es eine himmlische Bildung, ein Instinkt des heiligen
Geistes, eine Verfeinerung einer hohen und ungewöhnlichen
Gnade, was den Menschen fähig macht, Vertraulichkeit
und Ehrfurcht in seinem Verkehre mit dem Allerhöchsten
zu verbinden. Es kann nicht gelernt werden. Das Aeußerste,
was gelehrt werden kann, ist, eine Vertraulichkeit zu vermeiden, auf die wir in unserem niedern Stande kein Recht
haben. Wir müssen lange mit Gottes Liebe Umgang haben und lange mit unserer eigenen Nichtigkeit vertraut sein,
ehe die ersten Anzeichen dieser köstlichen und schönen Gnade
sich auf der Oberfläche unseres Betragens bemerken lassen.
Aber was für ein Muster hievon ist Unsere gebenedeite
Mutter, während sie den Leib ihres Sohnes einbalsamirt!
Wir können sagen, wie theuer ihr jener Leib ist, wenn sie
gleich keine Gebärde zärtlicher Liebe blicken läßt. Wir können sagen, wie heilig er ihr ist, obschon kein Zeichen von
Anbetung sichtbar ist. Wir könnten beinahe ahnen, daß
es der Leib Gottes war, gerade aus der innern Sammlung ihres Benehmens, so vollständig vereinigt es jene

Vertraulichkeit und Ehrfurcht, die nur einem Gegenstande der Anbetung gehören. Sehet ihr Angesicht, beobachtet ihre Finger, untersuchet ihr Herz, — überall zeigt sich die nämliche Anmuth! Dennoch gibt es wenige Lehren in der Welt der Menschwerdung, die tiefer sind als diese, daß Maria wußte, daß Jesus Gott war, und sich doch getraute, die Rechte mütterlicher Zärtlichkeit gegen Ihn auszuüben, und daß sie mit Ihm als ihrem Sohne dreiunddreißig Jahre in dem innigsten Verkehre vertraulicher Liebe lebte und dennoch nie einen Augenblick vergaß, daß Er Gott war, oder vergaß, was Ihm als Gott gebührte. Aus diesen zwei Wahrheiten allein müssen wir nothgedrungen ein Fußgestell für Unsere Mutter erbauen, dessen Spitze weit über unseren Gesichtskreis hinausreichen wird; und wo wird dann sie sein, die darauf erhoben werden soll?

Wir müssen auch ihren Geist einer eifrigen, genauen und in's Einzelne gehenden Genugthuung beachten. Nicht die Liebe aller möglichen Welten würde hinreichen, um Jesu die geringste Pein, die Er für uns litt, zu vergelten, oder einen einzigen Tropfen des vielen Blutes, das Er für uns vergoß. Als Gott kann die geringste seiner Demüthigungen von uns gar nicht ersetzt werden. Die Heiligen aller Zeiten haben seine Passion außerordentlich geliebt und angebetet und durch übernatürliche Bußübungen und mystische Gleichförmigkeiten ihre furchtbaren Geheimnisse nachgeahmt. Dennoch kam alle ihre Liebe mit einander einer angemessenen Genugthuung für Ihn nicht so nahe, als die Anbetung Mariens, während sie Ihn für das Grab zubereitete. Der nahe Anblick dessen, was Er wirklich ausgestanden hatte, war etwas ganz anderes, als ihre Gegenwart bei der Passion, während die verschiedenen Geheimnisse derselben in einiger Entfernung von ihr vor sich gingen. Dieser Anblick führte sie hinab in die Tiefen der Passion, ganz nahe zu Unserem Herrn selbst, und wohin

kein beschaulicher Geist jemals gedrungen ist. Ihr Wissen
und ihr Mutterherz vereinigten sich, um jene fürchterlichen
Urkunden, die innerhalb und außerhalb seines Leibes, gleich
Ezechiels Buch „voll Klagen, Trauerlieder und Wehe"
geschrieben waren, zu lesen und auszulegen, wie kein Engel oder Heiliger sie lesen oder auslegen konnte. Immer
wie ihre Finger bei dem Einbalsamiren sich bewegten, gingen Akte der Anbetung und der sühnenden Liebe aus der
innern Herrlichkeit ihrer Seele hervor. Sie sah die Zahl,
das Gewicht, die Art und die Erschwerung aller jener
Sünden, die da ihre eigene und besondere Sühnung fanden, und für jede und alle leistete sie die wunderbarste
Genugthuung. Dieser Geist der Genugthuung ist einer
der Instinkte der göttlichen Liebe. Während die Engel
an unserer Seite ihre Dienste wachsamer Liebe verrichten,
hören sie nie auf, Gott zu schauen. So in gleicher Weise
gehen die Diener Gottes in die Welt hinaus, die beleidigte Ehre Gottes suchend, um dafür Genugthuung zu leisten, während sie unterdessen nie jenes dauernde Gefühl
ihrer eigenen Sündhaftigkeit verlieren, welches die Atmosphäre der wahren Demuth ist. Aber Maria hatte kein
Gefühl der Sünde, und ihre Demuth war tiefer gewurzelt,
als sogar die des heiligen Michael, des eifrigsten der Engel, weil er auch der demüthigste war. Die Genugthuungen Mariens bewegten sich daher in einer eigenen Sphäre.
Die Heiligen sühnen in gewissem Grade ihre eigenen
Sünden, während sie die Sünden anderer sühnen; aber
Mariens Genugthuungen waren die Anbetung eines sündlosen Geschöpfes. Wie Christus für uns genug that, weil
wir nicht für uns selbst genug thun konnten, so betete Maria seine Passion für uns ebenso an, wie für sich selbst,
weil wir unfähig sind, es selbst würdig zu thun, und weil
sie Unsere Mutter ist, und durch eine eigene Gabe Unseres Herrn ist, was ihr eigen ist, in einem gewissen und

zwar ganz wahren Sinn auch unfer eigen. Es war keine
Zeit zur Genugthuung bis jetzt. Ihr natürlicher Platz ist
in dem sechsten Schmerze, wo das Werk der Grausamkeit
aufgehört hat und die ungeheure Weltsünde vollbracht ist.
Wo Klagen oder tugendhafte Entrüstung oder laute An-
rufung der göttlichen Gerechtigkeit in andern aufgestiegen
wären, da war Maria in der Stille mit zarter Genugthuung emsig beschäftigt. O es ist eine Freude zu denken, daß, wenn unsere Sünden in den Geißelstreichen und
den Spitzen der Dornenkrone waren, unsere Hände auch
in den Händen Unserer Mutter waren, als sie den Leib
Unseres Erlösers zurecht legte und einsalbte, und jene tiefen, rothen Male, welche die Sünde darauf zurückgelassen
hatte, mit Balsam ausfüllte!

Wir haben bereits von der Beharrlichkeit der Ruhe
Mariens auf den verschiedenen Stufen ihres Martyrthums
gesprochen; aber wir dürfen nicht unterlassen, dieselbe hier
unter den heroischen Eigenschaften aufzuzählen, womit sie
ihren sechsten Schmerz ertrug. Sie ist bei weitem das
wunderbarste an dem innern Leben ihrer Seele, so weit
wir wenigstens in dieselbe hineinblicken dürfen. Sie ist
ein Beweis, nicht so fast eines noch fortgehenden Processes der Heiligung, als davon, daß die Vergöttlichung einer
menschlichen Seele vollendet ist. Sie kommt unter allen
Gnaden der Entsagung erschaffener Unvollkommenheiten
am nächsten. Ungleichheit, Ueberraschung, Veränderlichkeit,
Unbeständigkeit, Zögern, Zweifel, Wanken, Mißlingen, Erstaunen, — dies sind lauter Dinge, die in der irdischen
Sprache die Fehler der Heiligkeit unter den Geschöpfen
genannt werden könnten. Es sind die Eindrücke, welche
die menschliche Schwäche auf dem Werke zurückgelassen hat,
ehe es festgesetzt und verhärtet war. Es sind die Merkmale einer Katastrophe, die an sich selbst ein Merkmal der
Schwäche ist. Von all' diesem ist, so weit wir sehen können,

die unvergleichliche Ruhe Unserer göttlichen Mutter bewahrt geblieben. Ihr scheint ein Theil jenes Friedens Gottes mitgetheilt worden zu sein, der, wie die Schrift sagt, allen Verstand übersteigt und dessen besondere Aufgabe an uns es ist, unsere Herzen und unsern Geist in Jesu Christo zu bewahren. Nichts erklärt so viel von der Größe Unserer gebenedeiten Mutter, als diese himmlische Ruhe. Scheinbare Uebertreibungen finden ihre Stelle, ihre Bedeutung und ihren Zusammenhang, wenn sie in dem Lichte dieser Ruhe gesehen werden. Gnaden, die unmöglich scheinen, wenn man sie an sich selbst betrachtet, lassen sich in dieser Ruhe nieder, werden in ihrem Lichte deutlich erkannt und zu gleicher Zeit durch ihre Schönheit gemildert und natürlich gemacht. Das Herz Jesu allein kann das Räthsel Mariens richtig lösen; allein dieser taubengleiche Friede, dieser fast göttliche friedfertige Geist kommt der Lösung des Räthsels ihrer unendlichen Heiligkeit, so weit wir sie erreichen können, am nächsten. Es ist wie wenn Gott sie mit seiner Eigenschaft der Barmherzigkeit um unsertwillen und mit seiner Eigenschaft des Friedens um ihretwillen bekleidet hätte.

Wir schöpfen zwei Lehren für uns aus diesem sechsten Schmerz. Unsere göttliche Mutter ist für uns zugleich ein Muster der Andacht zu dem heiligen Sakrament und auch ein Muster des Betragens zur Zeit des Kummers. Wir haben bereits gesehen, wie Anspielungen auf das heilige Sakrament in diesem Schmerz uns beständig umgeben. Aus Mariens Betragen können wir jetzt entnehmen, wie unsere Andacht zu jenem furchtbaren Geheimnisse beschaffen sein sollte. Denn der sechste Schmerz wird gleichsam in der Kirche fortgesetzt bis an's Ende der Zeiten. Wie Unser Herr täglich in der heiligen Messe aufgeopfert und das nämliche Opfer des Kalvarienberges ohne Unterlaß, Tag und Nacht auf der ganzen Welt fortgesetzt und

erneuert wird, so gehen Martens Dienste, die sie seinem
stummen, aber anbetungswürdigen Leibe erwies, unaufhörlich fort auf tausenden von christlichen Altären und durch
die Hände von tausenden christlicher Priester. Wie es
aber immer der Fall mit jenen Dingen ist, die wir von
Jesus und Maria haben, so ist das, was für sie die
stärkste Bitterkeit war, für uns Freude, besondere Gnade
und Liebe. Als sie die Krone und die Nägel, wie kostbare Reliquien sanft bei Seite gelegt hatte, mit welcher
tiefen Ehrfurcht kniete sie nieder, um den Leib ihres Sohnes zu empfangen! Es war nicht die Stellung einer Mutter einem Sohne gegenüber, sondern vielmehr des Geschöpfes vor dem Schöpfer. Sie verehrte den Leib mit göttlicher Anbetung. Sie hielt ihn in den Armen, bis die
übrigen ihn auch angebetet hatten. Ihre Rechte als Mutter gingen unter in ihrem Dienste als Geschöpf. Aber
das heilige Sakrament ist der lebendige Jesus, Seele wie
Leib, Gottheit wie Menschheit. So anbetungswürdig sein
todter Leib war wegen seiner ununterbrochenen Verbindung
mit der Person des ewigen Wortes, so verlangt doch das
heilige Sakrament von uns eine ehrfürchtigere, demüthigere, tiefere Anbetung. Wir haben keine Mutterrechte.
Wir leisten nicht wie Joseph von Arimathea Jesus dadurch einen Dienst, daß wir seinen Leib bedienen. Die
Verpflichtung ist ganz auf unserer Seite. Er ist wieder
vom Himmel zu uns herabgekommen. Wir sind nicht zu
dem Kreuze hinaufgegangen, um Ihn abzunehmen. Mit
welcher unermeßlichen Ehrfurcht sollten wir also dieses
göttliche Sakrament anbeten! Unsere Vorbereitung auf
die Kommunion sollte von dem erhabenen Geiste der Anbetung erfüllt sein. Der Akt, Ihn zu empfangen, sollte
ein stiller Akt heiliger Furcht und athemloser Huldigung
sein. Bei unserer Danksagung sollten wir uns in die
Größe seiner Herablassung verlieren, und nicht zu bald

anfangen, um Gnaden zu bitten, bis wir uns vor jenem lebendigen fleischgewordenen Gott niedergeworfen haben, welcher in jenem Augenblicke so wunderbar seine Wohnung in uns aufgeschlagen hat. Wir sollten uns bei der heiligen Messe benehmen, wie wir uns mit unserem gegenwärtigem Glauben und unserer jetzigen Erkenntniß auf dem Kalvarienberge benommen haben würden. Beim Segen und wenn wir vor dem Tabernakel beten, sollte das heilige Sakrament in uns beständig einen Geist unaufhörlicher Anbetung erzeugen, so unaufhörlich, wie jener Ruf, welchen die erstaunten Seraphim und Cherubim beim Anblick der unendlichen Heiligkeit Gottes immerfort hören lassen.

Zu dieser Ehrfurcht muß sich Ruhe gesellen oder vielmehr aus dieser Ehrfurcht wird die Ruhe entspringen. Der Geist der Anbetung ist ein Geist der Ruhe. Wir dürfen uns nicht beunruhigen, um unsere Ehrfurcht zu erhöhen. Wir dürfen unsere Ruhe nicht stören, indem wir Anstrengungen machen. Wir müssen uns sanft unterwerfen, um von der gegenwärtigen Majestät Gottes beherrscht, bezwungen und beruhigt zu werden. Auch dürfen wir nicht in unsere Seelen hineinblicken, um zu sehen, ob wir wirklich anbeten, noch irgend Betrachtungen anstellen über die Processe, die in uns vorgehen. Unter dem Vorwande, unsere Aufmerksamkeit zu erhalten, ist all' dies nur eine Beschäftigung mit uns selbst und eine Abziehung von der Gegenwart Jesu. Daher kommt es, daß so viele Kommunionen so geringe Früchte tragen. Es kommt von dem Mangel an Ruhe. Eine unvorbereitete Kommunion kann nicht wohl eine ruhige sein. Der eigentliche Zweck der Vorbereitung besteht darin, unsere Herzen von den weltlichen Bildern zu reinigen, die sie einnehmen, und die, wenn man sie nicht vorher austreibt, gerade in dem Augenblicke lästige Zerstreuungen werden, wenn die Anbetung

ruhig und allein in uns herrschen sollte. Daher kommt
es auch, daß die beste Vorbereitung auf das heilige Sakrament keineswegs darin besteht, daß wir unsere Gefühle
durch fromme Betrachtungen aufzuregen suchen, um unsere
kalten Herzen zu erwärmen und unsere Inbrunst zur ge-
hörigen Höhe zu erheben. In Wahrheit steht dies nicht
in unserer Macht. Denn die Gluth, oder die scheinbare
Gluth, die wir hervorbringen, ist unnatürlich, weil sie gewaltsam ist, und so hat sie nicht nur ein kurzes Leben,
sondern es folgt auch darauf eine Reaktion, die im Verhältnisse steht zu den Anstrengungen, die wir machten. Ein
schwaches Feuer wird durch den Blasbalg ausgelöscht, und
selbst wenn es zu einer prasselnden Flamme angefacht ist,
brennt es doch lange nachher düster, wenn der künstliche
Luftstrom aufgehört hat zu fließen. Die beste Vorbereitung ist jene, welche eher einen negativen Charakter hat
und darin besteht, uns unserer selbst zu entledigen, so weit
es sein kann — Zerstreuungen zu verbannen, unsere eigene
Noth, Armuth, Richtigkeit und Bosheit uns lebhaft vorzustellen, und so in derselben Stimmung zu Jesus zu
kommen, wie die demüthigen Leidenden im Evangelium zu
ihm kamen, um von ihren Krankheiten geheilt zu werden.
Alles, was in unsern Herzen leer und unbesetzt ist, wird
Er ausfüllen, wenn Er da einzieht. Je mehr daher Raum
für Ihn ist, um so mehr Gnade wird für uns sein. Eine
ruhige Kommunion mit einer nur geringen fühlbaren Inbrunst ist weit tiefer, als eine Kommunion, die uns mit
einer angenehmen Aufregung großer Gedanken durchbebt.
Die Ruhe durchschauert auch das Herz, aber in einer
höhern und mehr übernatürlichen Weise. Die Vorbereitung des Friedens ist der beste Schmuck des Herzens, in
welchem wir das heilige Sakrament verbergen sollen; denn
die Gegenwart Jesu ist selbst Friede und bewirkt größere
Dinge, wo sie bereits den Frieden findet und keine Zeit

zu verlieren hat, um für sich selbst Platz zu machen und die Bilder hinauszutreiben, die sich eingedrungen haben. Aus dem Frieden wird die Liebe hervorgehen, eine so brennende, aber auch so demüthige Liebe, wie sie der An= betung des heiligen Sakramentes angemessen ist. Unsere Ehrfurcht kann anfangs nicht die rechte gewesen sein, wenn nicht Liebe darauf folgt. Wenn Furcht und Scheue sich der Seelen hinsichtlich des heiligen Sakramentes bemäch= tigen, so ist es nicht so sehr der Mangel an Liebe, wor= auf wir sehen müssen, als der Mangel an Ehrfurcht. Die Ehrfurcht erweckt unfehlbar Liebe. Aber die Liebe zum heiligen Sakrament muß ein Produkt des innern Friedens und der geistlichen Ruhe sein. Sehr oft lieben wir weni= ger, als wir lieben würden, wenn wir weniger Anstrengung machten, zu lieben. Unser Glaube sagt uns so überwäl= tigende Dinge von diesem göttlichen Geheimnisse, daß es eine Schande, beinahe eine Sünde scheint, daß wir nicht den ganzen Tag über von fühlbarer Liebe entflammt sind. Jesus selbst, so nahe, so zugänglich, so innig sich mit uns vereinigend, Bethlehem, Nazareth, der Kalvarienberg wirk= lich vor uns, und wir so kalt, so gemessen, so alltäglich! Wahrlich, wir sollten auflodern, wie mit dem Feuer der Seraphim. Es ist wahr; aber dennoch können wir uns nicht selbst zwingen. Es ist besser, unsern Aerger darüber in Selbsthaß und Selbstverachtung zu verwandeln, als eine innere Heftigkeit zu erzeugen suchen, die am Ende ganz etwas anderes ist, als göttliche Liebe. Die Liebe des hei= ligen Sakramentes ist täglich und dauert lebenslang. Es ist daher nicht wahrscheinlich, daß eine solche Liebe stets oder auch nur sehr oft fühlbar sein sollte. Gehen wir an Werktagen zur Messe, wenn es uns nicht geschickt ist? Sind wir pünktlich und ehrerbietig bei unserer täglichen Besuchung des heiligen Sakramentes? Hören wir die Messe mit frommer Aufmerksamkeit? Gehören unsere Vorberei=

tungen auf die Kommunion und unsere Danksagungen nach derselben unter jene Handlungen, die wir als die wichtigsten unseres Lebens ansehen? Geben wir Geschäfte, Vergnügen, Besuche, Studien und dergleichen auf oder unterbrechen wir sie wenigstens, um zum Segen zu gehen, wenn es in unserer Macht steht? Dies sind bessere Beweise einer Gott angenehmen Liebe des heiligen Sakramentes, als die wärmsten Entzückungen der glühendsten Liebe in unsern Herzen. Beharrlichkeit ist die wahre göttliche Gluth in unsern Herzen.

Aus der Liebe muß die Vertraulichkeit hervorgehen. Da aber die Liebe selbst aus Ehrfurcht entspringt, so muß die Vertraulichkeit einen besondern unverkennbaren Charakter haben. Sie darf nichts von Dreistigkeit, Anmaßung, Unachtsamkeit, Gleichgültigkeit oder gar von Frechheit an sich haben. Sie setzt einen Geist voraus, der an die göttlichen Heimsuchungen gewohnt ist und deßhalb nicht unvermuthet von ihnen überrascht oder beunruhigt oder aufgeregt wird, oder die Schicklichkeit vergißt. Manche Geistliche sind wohl bewandert in der lieblichen Wissenschaft der Rubriken und des Rituals der Kirche, so daß sie, wenn man sie plötzlich auffordert, an einer großen Funktion Theil zu nehmen, nicht verwirrt oder vergeßlich werden. Sie wissen, was sie zu thun haben, und sie füllen ihre Stelle natürlich aus. Sie sind Theile eines Ganzen und machen auf keiner Seite eine Störung durch Unwissenheit oder Uebereilung. Sie sind langsam und doch gleich bereit, ruhig und doch eifrig theilnehmend, würdevoll und doch schüchtern. Ihr größtes Lob ist, daß sie die Ceremonien auf eine so natürliche und unaffektirte Weise durchmachen, daß man meistens nicht bemerkt, wie gut sie ihre Stelle ausgefüllt haben und wie sehr sie in den Rubriken der Funktion daheim sind. Dies ist ein Beispiel von geistlicher Vertraulichkeit. Sie ist mit Gott vertraut nicht in dem Sinne, daß sie sich eine unanständige Freiheit herausnimmt, sondern in dem Sinne, daß sie ihre Stellung einsieht, Ihn mit den gebührenden Ehren aufnimmt, ruhig und mit Ueberlegung das ganze Cermoniell erfüllt, welches seine Gegenwart erfordert, und so das eigene Ich vergißt, weil es nicht nöthig ist, sich daran zu erinnern, und daß sie mit Ehrfurcht, Liebe und Ruhe einzig mit Ihm beschäftigt ist. Dies ist der wahre Begriff von heiliger Vertraulichkeit, und wenn wir erwägen, wie häufig und gewöhnlich die Messe, die Kommunion, der Segen und die Besuchung des Allerheiligsten sind, so werden wir sogleich einsehen, was für ein wesentliches Element sie ist in unserer Andacht zum heiligen Sakrament. Maria war nur einmal bei der Abnahme vom Kreuze, und doch mit welch' schöner Vertraulichkeit verrichtete sie alle ihre Dienste an dem heiligen Leibe, wie wenn es tägliche Vorkommnisse wären unter den mütterlichen Pflichten Bethlehems und Nazareths!

Endlich muß ein beständiger Geist der Genugthuung unsere ganze Andacht beherrschen, einer Genugthuung, welche das unmittelbare Produkt der Vertraulichkeit ist, oder welche vielmehr die liebende Vertraulichkeit selbst ist und auf der Ehrfurcht beruht, aus welcher alle unsere Andacht entspringt. Der frommen Seele stellt sich Gott beständig als einer dar, der seine Rechte nicht erlangt hat. Er wird mit allen Umständen, welche die Ungerechtigkeit erhöhen, beleidigt und mißhandelt. Es gibt keine Zeit, wo die Liebe sich aus den tiefsten und reinsten Quellen des Herzens mit mehr Hingebung ergießt, als wenn dem Gegenstand unserer Liebe Unrecht geschehen ist. Schon der Gedanke ist so Mitleid erregend, daß er neue Liebe erzeugt, solche Liebe, wie wir sie nie vorher empfanden; und der Geist der Selbstaufopferung schlägt in ihr wie ein Herz. Es ist nicht mehr eine bloße Freude für uns

allein, ein Genuß der Empfindung, ein romanhaftes Gefühl, das, während es den Gegenstand unserer Liebe
umgab, auch keinen geringen Glanz auf uns selbst zurück-
warf. Die Selbstsucht ist in der Liebe mehr daheim als
in jeder andern Neigung des Herzens. Es ist dies eine
demüthigende und unpoetische Wahrheit, aber dennoch eine
Wahrheit. Nun aber umgibt die Lage, wo dem Gegenstande unsrer Liebe Unrecht geschieht, denselben mit einer
Art von Heiligkeit. Die Zuneigung nimmt etwas von der
Natur der Anbetung an, und dann kann die Selbstsucht
nicht länger leben, weil die Anbetung mit ihrem Wesen
sich nicht verträgt. Daher kommt es, daß die Liebe der
Genugthuung eine reine, unselbstsüchtige und uneigennützige
Liebe ist. Allein dies ist nicht alles. Jesus stellt sich uns
nicht nur beständig als einen dar, welcher leidend ist, weil
er um seine Rechte betrogen wird, sondern auch als einen,
der auf eine geheimnißvolle Weise von unserem Mitleid
abhängt, Ihn zu trösten, und von unserer Genugthuung,
um seine Verluste gut zu machen. Dies erhöht die Zärtlichkeit unserer Liebe zehnmal mehr, und die Selbstsucht
kehrt wieder, aber nur in der Gestalt des Opfers, der
Hochherzigkeit, der Wirksamkeit, des Leidens und der Hingebung. Der Geist der Genugthuung ist ein schöner Geist,
ein Geist menschlicher Schönheit, geeignet, um die Menschheit Unseres theuersten Herrn zu bedienen. Es ist der
wahre Schooß Mariens in unsern Seelen, auf welchem
das heilige Sakrament immer liegen sollte als auf dem
reinen, weißen Korporale unserer uneigennützigsten Liebe.

So sollte unsere Andacht zu dem heiligen Sakrament
beschaffen sein, wie sie uns von Unserer Mutter gelehrt
wird, während sie den Leib Jesu auf der Spitze des Kalvarienbergs bedient. Sie sollte aus Ehrfurcht, Ruhe, Liebe,
Vertraulichkeit und Genugthuung bestehen, die in dieser
Ordnung aus einander entspringen, und in der übernatür-

lichen Logik eines von Andacht erfüllten Geistes miteinander zusammenhängen.

Aber Maria ist auch unser Vorbild des Betragens im Kummer. Der Kummer kann entweder die feste Grundlage sein, auf welcher ein hohes, übernatürliches Gebäude der Heiligkeit aufgeführt werden soll, oder er kann die erbärmlichste und schalste aller menschlichen Gemüthsbewegungen sein, eine bloß plumpe Erfindung der Selbstsucht, die selbstsüchtigste aller Arten der Liebe; denn es kann nicht wohl ein Zweifel obwalten, daß der Kummer eine Art von Liebe ist. So können die höchsten und zu gleicher Zeit die niedrigsten Dinge durch den Kummer angezeigt sein. Der Grund des Unterschiedes ist in der Art zu finden, wie wir ihn ertragen. Der Kummer ist ein Ding, das sich schwer behandeln läßt. Es gibt keine Zeit, wo unsere Mitwirkung mit der Gnade mehr Thätigkeit, mehr Wachsamkeit oder mehr Selbstverläugnung erfordert, als in Zeiten der Trübsal. Wenn wir einmal anfangen, unserm Kummer nachzuhängen, so wird ein großes Werk Gottes vereitelt. Alles, was sich in der Welt begibt, begibt sich mit Beziehung auf unsere Seele. Aber das Leiden ist das Werkzeug, womit Gott die Bildsäule vollendet und sie mit ihrem schönen Ausdrucke beseelt. Es ist traurig für uns, wenn wir das Geschäft in unsere eigene Hand nehmen. Wenn Gott sich herabläßt, sein Werk wieder aufzunehmen und uns nachzufolgen, wenn wir fertig sind, so muß Er uns wieder mit Leiden verunstalten, ehe wir noch einmal in die Lage kommen, daß Er sein gnadenreiches Werk von neuem beginnen kann. Nun aber haben wir alle eine große Versuchung, und je weichherziger wir sind, um so größer ist unsere Versuchung, dem Kummer nachzuhängen, wie wenn er ein köstlicher Genuß wäre. Ausharren, fest an Gott halten, unsere Pflicht thun, unser Unglück in einem höhern Sinne auffassen, unser Kreuz tragen, himmelan

streben, dies sind lauter ermübende Dinge. Sie verursachen in uns das Gefühl, wie wenn wir uns eine steile
Anhöhe hinaufplagen. Wir empfinden alle Ermüdung des
Hinaufsteigens, ohne die Befriedigung, zu sehen, daß wir
höher hinaufkommen; denn wir scheinen überhaupt keinen
Weg zurückzulegen. Wenn wir dagegen unserm Kummer
nachhängen, wenn wir die stets bereite Fluth erquicklicher
Thränen sogleich einlassen, wenn wir uns beklagen, namentlich wenn wir in unsere Klagen eine Aber der Religion
gleich einer Aber der Poesie hineinbringen, dann haben
wir die erleichternde Empfindung, daß es den Hügel hinab-
geht. In Wahrheit ist dies der irdischste Proceß, den ein
Herz durchmachen kann. Deßhalb sollte ein weichherziger
Mensch vor dem Kummer ebenso auf der Hut sein, wie
ein unmäßiger Mensch vor dem Weine. Es liegt ein Zauber darin, der leicht sein Verderben werden kann. Was
die Versuchung gefährlicher macht, ist der Umstand, daß
die Welt diesem Nachhängen des Kummers Beifall klatscht,
wie wenn es eine moralische Liebenswürdigkeit wäre, und
daß sie die Zurückhaltung mit scheelen Augen ansieht, wie
wenn sie Härte und Unempfindlichkeit wäre, und der Kälte
und Gleichgültigkeit verdächtigt zu werden, ist fast mehr,
als ein weichherziger Mensch ertragen kann. Es ist nicht
nöthig, uns physischen Zwang anzuthun, um Thränen zu
verhindern. Die Anstrengung wird uns krank machen, ohne
dem Leib oder der Seele einen Nutzen zu bringen. Gott
sieht es nicht ungern, wenn seine Geschöpfe weinen. Sogar
wir Geschöpfe lieben es, diejenigen zuweilen weinen zu
sehen, die wir lieben. Alles, was das Beispiel Unserer
göttlichen Mutter anrathet, ist Mäßigung. Wir dürfen
unsere Herzen erleichtern. Es wird uns weniger selbstsüchtig machen; aber wir dürfen unsern Kummer nicht
nähren, nicht wieder anfachen und ihm nachhängen. Denn
dann ist unser Leiden eine selbstsüchtige und üppige Erbich-

tung, ein Boden, auf welchem der heilige Geist nicht graben will; denn Er weiß, daß da unterhalb kein Gold ist.

Auch begnügt sich die Befriedigung des Kummers
nicht, bei dem bloßen Genuffe der Empfindung stehen zu
bleiben; sie geht weiter und stiftet wirklich Böses. Sie
treibt uns an, uns der Pflichten zu entbinden, die wir zu
thun haben. Es scheint hart, zu arbeiten, wenn wir bekümmert sind, aber gerade diese Härte macht die Arbeit
so himmlisch. Wir glauben, der Kummer mache uns zu
privilegirten Personen, und vergessen dabei, daß unsere
Privilegien nur ein Zuwachs unserer Verantwortlichkeiten
sind. Die faffen ihre Verantwortlichkeiten am tiefsten und
wahrsten auf, welche sie gewöhnlich als Privilegien ansehen. Die weltlichen Geschäfte dürfen wegen unserm Kummer nicht aufhören. Wir sind bloß Einheiten in einer
Vielheit. Wir müssen den vollen Umschwung von West
nach Ost mitmachen mit unsern Nebenmenschen. Wir
müssen dem Leben begegnen, wie es uns begegnet; wir
müssen Freud und Leid nehmen, wie sie kommen; sie kommen meist beide miteinander; beide sind zugleich geschäftig, beide rastlos, beide unwichtig; aber beide liegen auf
unserm Weg zu dem Einzigen, was von Wichtigkeit ist,
und das ist Gott. Das Gefühl der eigenen Wichtigkeit
ist der nagende Wurm, welcher das christliche Leiden verderbt. Wir dürfen nicht zu viel aus uns selbst machen,
und doch ist es gerade das, was die einfältigen Tröstungen
der Welt bei jenen zu thun versuchen, die von Kummer
erfüllt sind. Dispensationen erniedrigen immer, aber nichts
erniedrigen sie so sehr als Leiden und Kummer. Unser
Kummer ist ein Theil des Laufes der Welt, weil er ein
Theil unseres Weges zu Gott ist. Es ist ein Fortgehen,
nicht ein Stillstehen, eine Beschleunigung der Lebenszeit,
wo man die Uhr nicht ablaufen und stillstehen lassen darf.
Denn die große Uhr geht, während die unsrige steht, so

erneuert wird, so gehen Mariens Dienste, die sie seinem stummen, aber anbetungswürdigen Leibe erwies, unaufhörlich fort auf tausenden von christlichen Altären und durch die Hände von tausenden christlicher Priester. Wie es aber immer der Fall mit jenen Dingen ist, die wir von Jesus und Maria haben, so ist das, was für sie die stärkste Bitterkeit war, für uns Freude, besondere Gnade und Liebe. Als sie die Krone und die Nägel, wie kostbare Reliquien sanft bei Seite gelegt hatte, mit welcher tiefen Ehrfurcht kniete sie nieder, um den Leib ihres Sohnes zu empfangen! Es war nicht die Stellung einer Mutter einem Sohne gegenüber, sondern vielmehr des Geschöpfes vor dem Schöpfer. Sie verehrte den Leib mit göttlicher Anbetung. Sie hielt ihn in den Armen, bis die übrigen ihn auch angebetet hatten. Ihre Rechte als Mutter gingen unter in ihrem Dienste als Geschöpf. Aber das heilige Sakrament ist der lebendige Jesus, Seele wie Leib, Gottheit wie Menschheit. So anbetungswürdig sein todter Leib war wegen seiner ununterbrochenen Verbindung mit der Person des ewigen Wortes, so verlangt doch das heilige Sakrament von uns eine ehrfürchtigere, demüthigere, tiefere Anbetung. Wir haben keine Mutterrechte. Wir leisten nicht wie Joseph von Arimathea Jesus dadurch einen Dienst, daß wir seinen Leib bedienen. Die Verpflichtung ist ganz auf unserer Seite. Er ist wieder vom Himmel zu uns herabgekommen. Wir sind nicht zu dem Kreuze hinaufgegangen, um Ihn abzunehmen. Mit welcher unermeßlichen Ehrfurcht sollten wir also dieses göttliche Sakrament anbeten! Unsere Vorbereitung auf die Kommunion sollte von dem erhabenen Geiste der Anbetung erfüllt sein. Der Akt, Ihn zu empfangen, sollte ein stiller Akt heiliger Furcht und athemloser Huldigung sein. Bei unserer Danksagung sollten wir uns in die Größe seiner Herablassung verlieren, und nicht zu bald anfangen, um Gnaden zu bitten, bis wir uns vor jenem lebendigen fleischgewordenen Gott niedergeworfen haben, welcher in jenem Augenblicke so wunderbar seine Wohnung in uns aufgeschlagen hat. Wir sollten uns bei der heiligen Messe benehmen, wie wir uns mit unserem gegenwärtigem Glauben und unserer jetzigen Erkenntniß auf dem Kalvarienberge benommen haben würden. Beim Segen und wenn wir vor dem Tabernakel beten, sollte das heilige Sakrament in uns beständig einen Geist unaufhörlicher Anbetung erzeugen, so unaufhörlich, wie jener Ruf, welchen die erstaunten Seraphim und Cherubim beim Anblick der unendlichen Heiligkeit Gottes immerfort hören lassen.

Zu dieser Ehrfurcht muß sich Ruhe gesellen oder vielmehr aus dieser Ehrfurcht wird die Ruhe entspringen. Der Geist der Anbetung ist ein Geist der Ruhe. Wir dürfen uns nicht beunruhigen, um unsere Ehrfurcht zu erhöhen. Wir dürfen unsere Ruhe nicht stören, indem wir Anstrengungen machen. Wir müssen uns sanft unterwerfen, um von der gegenwärtigen Majestät Gottes beherrscht, bezwungen und beruhigt zu werden. Auch dürfen wir nicht in unsere Seelen hineinblicken, um zu sehen, ob wir wirklich anbeten, noch irgend Betrachtungen anstellen über die Processe, die in uns vorgehen. Unter dem Vorwande, unsere Aufmerksamkeit zu erhalten, ist all' dies nur eine Beschäftigung mit uns selbst und eine Abziehung von der Gegenwart Jesu. Daher kommt es, daß so viele Kommunionen so geringe Früchte tragen. Es kommt von dem Mangel an Ruhe. Eine unvorbereitete Kommunion kann nicht wohl eine ruhige sein. Der eigentliche Zweck der Vorbereitung besteht darin, unsere Herzen von den weltlichen Bildern zu reinigen, die sie einnehmen, und die, wenn man sie nicht vorher austreibt, gerade in dem Augenblicke lästige Zerstreuungen werden, wenn die Anbetung

ruhig und allein in uns herrschen sollte. Daher kommt
es auch, daß die beste Vorbereitung auf das heilige Sakrament keineswegs darin besteht, daß wir unsere Gefühle
durch fromme Betrachtungen aufzuregen suchen, um unsere
kalten Herzen zu erwärmen und unsere Inbrunst zur ge-
hörigen Höhe zu erheben. In Wahrheit steht dies nicht
in unserer Macht. Denn die Gluth, oder die scheinbare
Gluth, die wir hervorbringen, ist unnatürlich, weil sie gewaltsam ist, und so hat sie nicht nur ein kurzes Leben,
sondern es folgt auch darauf eine Reaktion, die im Verhältnisse steht zu den Anstrengungen, die wir machten. Ein
schwaches Feuer wird durch den Blasbalg ausgelöscht, und
selbst wenn es zu einer prasselnden Flamme angefacht ist,
brennt es doch lange nachher düster, wenn der künstliche
Luftstrom aufgehört hat zu fließen. Die beste Vorbereitung ist jene, welche eher einen negativen Charakter hat
und darin besteht, uns unserer selbst zu entledigen, so weit
es sein kann — Zerstreuungen zu verbannen, unsere eigene
Noth, Armuth, Nichtigkeit und Bosheit uns lebhaft vorzustellen, und so in derselben Stimmung zu Jesus zu
kommen, wie die demüthigen Leidenden im Evangelium zu
ihm kamen, um von ihren Krankheiten geheilt zu werden.
Alles, was in unsern Herzen leer und unbesetzt ist, wird
Er ausfüllen, wenn Er da einzieht. Je mehr daher Raum
für Ihn ist, um so mehr Gnade wird für uns sein. Eine
ruhige Kommunion mit einer nur geringen fühlbaren Inbrunst ist weit tiefer, als eine Kommunion, die uns mit
einer angenehmen Aufregung großer Gedanken durchbebt.
Die Ruhe durchschauert auch das Herz, aber in einer
höhern und mehr übernatürlichen Weise. Die Vorbereitung des Friedens ist der beste Schmuck des Herzens, in
welchem wir das heilige Sakrament verbergen sollen; denn
die Gegenwart Jesu ist selbst Friede und bewirkt größere
Dinge, wo sie bereits den Frieden findet und keine Zeit

zu verlieren hat, um für sich selbst Platz zu machen und
die Bilder hinauszutreiben, die sich eingedrungen haben.
Aus dem Frieden wird die Liebe hervorgehen, eine so
brennende, aber auch so demüthige Liebe, wie sie der Anbetung des heiligen Sakramentes angemessen ist. Unsere
Ehrfurcht kann anfangs nicht die rechte gewesen sein, wenn
nicht Liebe darauf folgt. Wenn Furcht und Scheue sich
der Seelen hinsichtlich des heiligen Sakramentes bemächtigen, so ist es nicht so sehr der Mangel an Liebe, worauf wir sehen müssen, als der Mangel an Ehrfurcht. Die
Ehrfurcht erweckt unfehlbar Liebe. Aber die Liebe zum
heiligen Sakrament muß ein Produkt des innern Friedens
und der geistlichen Ruhe sein. Sehr oft lieben wir weniger, als wir lieben würden, wenn wir weniger Anstrengung
machten, zu lieben. Unser Glaube sagt uns so überwältigende Dinge von diesem göttlichen Geheimnisse, daß es
eine Schande, beinahe eine Sünde scheint, daß wir nicht
den ganzen Tag über von fühlbarer Liebe entflammt sind.
Jesus selbst, so nahe, so zugänglich, so innig sich mit uns
vereinigend, Bethlehem, Nazareth, der Kalvarienberg wirklich vor uns, und wir so kalt, so gemessen, so alltäglich!
Wahrlich, wir sollten auflodern, wie mit dem Feuer der
Seraphim. Es ist wahr; aber dennoch können wir uns
nicht selbst zwingen. Es ist besser, unsern Aerger darüber
in Selbsthaß und Selbstverachtung zu verwandeln, als eine
innere Heftigkeit zu erzeugen suchen, die am Ende ganz
etwas anderes ist, als göttliche Liebe. Die Liebe des heiligen Sakramentes ist täglich und dauert lebenslang. Es
ist daher nicht wahrscheinlich, daß eine solche Liebe stets
oder auch nur sehr oft fühlbar sein sollte. Gehen wir
an Werktagen zur Messe, wenn es uns nicht geschickt ist?
Sind wir pünktlich und ehrerbietig bei unserer täglichen
Besuchung des heiligen Sakramentes? Hören wir die Messe
mit frommer Aufmerksamkeit? Gehören unsere Vorberei-

tungen auf die Kommunion und unfere Dankfagungen nach derfelben unter jene Handlungen, die wir als die wichtigften unferes Lebens anfehen? Geben wir Gefchäfte, Vergnügen, Befuche, Studien und dergleichen auf oder unterbrechen wir fie wenigftens, um zum Segen zu gehen, wenn es in unferer Macht fteht? Dies find beffere Beweife einer Gott angenehmen Liebe des heiligen Sakramentes, als die wärmften Entzückungen der glühendften Liebe in unfern Herzen. Beharrlichkeit ift die wahre göttliche Gluth in unfern Herzen.

Aus der Liebe muß die Vertraulichkeit hervorgehen. Da aber die Liebe felbft aus Ehrfurcht entfpringt, fo muß die Vertraulichkeit einen befondern unverkennbaren Charakter haben. Sie darf nichts von Dreiftigkeit, Anmaßung, Unachtfamkeit, Gleichgültigkeit oder gar von Frechheit an fich haben. Sie fetzt einen Geift voraus, der an die göttlichen Heimfuchungen gewohnt ift und deßhalb nicht unvermuthet von ihnen überrafcht oder beunruhigt oder aufgeregt wird, oder die Schicklichkeit vergißt. Manche Geiftliche find wohl bewandert in der lieblichen Wiffenfchaft der Rubriken und des Rituals der Kirche, fo daß fie, wenn man fie plötzlich auffordert, an einer großen Funktion Theil zu nehmen, nicht verwirrt oder vergeßlich werden. Sie wiffen, was fie zu thun haben, und fie füllen ihre Stelle natürlich aus. Sie find Theile eines Ganzen und machen auf keiner Seite eine Störung durch Unwiffenheit oder Uebereilung. Sie find langfam und doch gleich bereit, ruhig und doch eifrig theilnehmend, würdevoll und doch fchüchtern. Ihr größtes Lob ift, daß fie die Ceremonien auf eine fo natürliche und unaffektirte Weife durchmachen, daß man meiftens nicht bemerkt, wie gut fie ihre Stelle ausgefüllt haben und wie fehr fie in den Rubriken der Funktion daheim find. Dies ift ein Beifpiel von geiftlicher Vertraulichkeit. Sie ift mit Gott vertraut

nicht in dem Sinne, daß sie sich eine unanständige Freiheit herausnimmt, sondern in dem Sinne, daß sie ihre
Stellung einsieht, Ihn mit den gebührenden Ehren aufnimmt, ruhig und mit Ueberlegung das ganze Cermoniell
erfüllt, welches seine Gegenwart erfordert, und so das
eigene Ich vergißt, weil es nicht nöthig ist, sich daran zu
erinnern, und daß sie mit Ehrfurcht, Liebe und Ruhe einzig mit Ihm beschäftigt ist. Dies ist der wahre Begriff
von heiliger Vertraulichkeit, und wenn wir erwägen, wie
häufig und gewöhnlich die Messe, die Kommunion, der
Segen und die Besuchung des Allerheiligsten sind, so werden wir sogleich einsehen, was für ein wesentliches Element sie ist in unserer Andacht zum heiligen Sakrament.
Maria war nur einmal bei der Abnahme vom Kreuze,
und doch mit welch' schöner Vertraulichkeit verrichtete sie
alle ihre Dienste an dem heiligen Leibe, wie wenn es tägliche Vorkommnisse wären unter den mütterlichen Pflichten
Bethlehems und Nazareths!

Endlich muß ein beständiger Geist der Genugthuung
unsere ganze Andacht beherrschen, einer Genugthuung,
welche das unmittelbare Produkt der Vertraulichkeit ist,
oder welche vielmehr die liebende Vertraulichkeit selbst ist
und auf der Ehrfurcht beruht, aus welcher alle unsere
Andacht entspringt. Der frommen Seele stellt sich Gott
beständig als einer dar, der seine Rechte nicht erlangt
hat. Er wird mit allen Umständen, welche die Ungerechtigkeit erhöhen, beleidigt und mißhandelt. Es gibt keine
Zeit, wo die Liebe sich aus den tiefsten und reinsten Quellen des Herzens mit mehr Hingebung ergießt, als wenn
dem Gegenstand unserer Liebe Unrecht geschehen ist. Schon
der Gedanke ist so Mitleid erregend, daß er neue Liebe
erzeugt, solche Liebe, wie wir sie nie vorher empfanden;
und der Geist der Selbstaufopferung schlägt in ihr wie
ein Herz. Es ist nicht mehr eine bloße Freude für uns

allein, ein Genuß der Empfindung, ein romanhaftes Gefühl, das, während es den Gegenstand unserer Liebe
umgab, auch keinen geringen Glanz auf uns selbst zurück-
warf. Die Selbstsucht ist in der Liebe mehr daheim als
in jeder andern Neigung des Herzens. Es ist dies eine
demüthigende und unpoetische Wahrheit, aber dennoch eine
Wahrheit. Nun aber umgibt die Lage, wo dem Gegenstande unsrer Liebe Unrecht geschieht, denselben mit einer
Art von Heiligkeit. Die Zuneigung nimmt etwas von der
Natur der Anbetung an, und dann kann die Selbstsucht
nicht länger leben, weil die Anbetung mit ihrem Wesen
sich nicht verträgt. Daher kommt es, daß die Liebe der
Genugthuung eine reine, unselbstsüchtige und uneigennützige
Liebe ist. Allein dies ist nicht alles. Jesus stellt sich uns
nicht nur beständig als einen dar, welcher leidend ist, weil
er um seine Rechte betrogen wird, sondern auch als einen,
der auf eine geheimnißvolle Weise von unserem Mitleid
abhängt, Ihn zu trösten, und von unserer Genugthuung,
um seine Verluste gut zu machen. Dies erhöht die Zärtlichkeit unserer Liebe zehnmal mehr, und die Selbstsucht
kehrt wieder, aber nur in der Gestalt des Opfers, der
Hochherzigkeit, der Wirksamkeit, des Leidens und der Hingebung. Der Geist der Genugthuung ist ein schöner Geist,
ein Geist menschlicher Schönheit, geeignet, um die Menschheit Unseres theuersten Herrn zu bedienen. Es ist der
wahre Schooß Mariens in unsern Seelen, auf welchem
das heilige Sakrament immer liegen sollte als auf dem
reinen, weißen Korporale unserer uneigennützigsten Liebe.

So sollte unsere Andacht zu dem heiligen Sakrament
beschaffen sein, wie sie uns von Unserer Mutter gelehrt
wird, während sie den Leib Jesu auf der Spitze des Kalvarienbergs bedient. Sie sollte aus Ehrfurcht, Ruhe, Liebe,
Vertraulichkeit und Genugthuung bestehen, die in dieser
Ordnung aus einander entspringen, und in der übernatür-

lichen Logik eines von Andacht erfüllten Geistes miteinander zusammenhängen.

Aber Maria ist auch unser Vorbild des Betragens
im Kummer. Der Kummer kann entweder die feste Grundlage sein, auf welcher ein hohes, übernatürliches Gebäude
der Heiligkeit aufgeführt werden soll, oder er kann die
erbärmlichste und schalste aller menschlichen Gemüthsbewegungen sein, eine bloß plumpe Erfindung der Selbstsucht,
die selbstsüchtigste aller Arten der Liebe; denn es kann nicht
wohl ein Zweifel obwalten, daß der Kummer eine Art von
Liebe ist. So können die höchsten und zu gleicher Zeit
die niedrigsten Dinge durch den Kummer angezeigt sein.
Der Grund des Unterschiedes ist in der Art zu finden,
wie wir ihn ertragen. Der Kummer ist ein Ding, das
sich schwer behandeln läßt. Es gibt keine Zeit, wo unsere
Mitwirkung mit der Gnade mehr Thätigkeit, mehr Wachsamkeit oder mehr Selbstverläugnung erfordert, als in
Zeiten der Trübsal. Wenn wir einmal anfangen, unserm
Kummer nachzuhängen, so wird ein großes Werk Gottes
vereitelt. Alles, was sich in der Welt begibt, begibt sich
mit Beziehung auf unsere Seele. Aber das Leiden ist das
Werkzeug, womit Gott die Bildsäule vollendet und sie mit
ihrem schönen Ausdrucke beseelt. Es ist traurig für uns,
wenn wir das Geschäft in unsere eigene Hand nehmen.
Wenn Gott sich herabläßt, sein Werk wieder aufzunehmen
und uns nachzufolgen, wenn wir fertig sind, so muß Er
uns wieder mit Leiden verunstalten, ehe wir noch einmal
in die Lage kommen, daß Er sein gnadenreiches Werk von
neuem beginnen kann. Nun aber haben wir alle eine
große Versuchung, und je weichherziger wir sind, um so
größer ist unsere Versuchung, dem Kummer nachzuhängen,
wie wenn er ein köstlicher Genuß wäre. Ausharren, fest
an Gott halten, unsere Pflicht thun, unser Unglück in einem
höhern Sinne auffassen, unser Kreuz tragen, himmelan

streben, dies sind lauter ermüdende Dinge. Sie verursachen in uns das Gefühl, wie wenn wir uns eine steile
Anhöhe hinaufplagen. Wir empfinden alle Ermüdung des
Hinaufsteigens, ohne die Befriedigung, zu sehen, daß wir
höher hinaufkommen; denn wir scheinen überhaupt keinen
Weg zurückzulegen. Wenn wir dagegen unserm Kummer
nachhängen, wenn wir die stets bereite Fluth erquicklicher
Thränen sogleich einlassen, wenn wir uns beklagen, namentlich wenn wir in unsere Klagen eine Ader der Religion
gleich einer Ader der Poesie hineinbringen, dann haben
wir die erleichternde Empfindung, daß es den Hügel hinab-
geht. In Wahrheit ist dies der irdischste Proceß, den ein
Herz durchmachen kann. Deßhalb sollte ein weichherziger
Mensch vor dem Kummer ebenso auf der Hut sein, wie
ein unmäßiger Mensch vor dem Weine. Es liegt ein Zauber darin, der leicht sein Verderben werden kann. Was
die Versuchung gefährlicher macht, ist der Umstand, daß
die Welt diesem Nachhängen des Kummers Beifall klatscht,
wie wenn es eine moralische Liebenswürdigkeit wäre, und
daß sie die Zurückhaltung mit scheelen Augen ansieht, wie
wenn sie Härte und Unempfindlichkeit wäre, und der Kälte
und Gleichgültigkeit verdächtigt zu werden, ist fast mehr,
als ein weichherziger Mensch ertragen kann. Es ist nicht
nöthig, uns physischen Zwang anzuthun, um Thränen zu
verhindern. Die Anstrengung wird uns krank machen, ohne
dem Leib oder der Seele einen Nutzen zu bringen. Gott
sieht es nicht ungern, wenn seine Geschöpfe weinen. Sogar
wir Geschöpfe lieben es, diejenigen zuweilen weinen zu
sehen, die wir lieben. Alles, was das Beispiel Unserer
göttlichen Mutter anrathet, ist Mäßigung. Wir dürfen
unsere Herzen erleichtern. Es wird uns weniger selbstsüchtig machen; aber wir dürfen unsern Kummer nicht
nähren, nicht wieder anfachen und ihm nachhängen. Denn
dann ist unser Leiden eine selbstsüchtige und üppige Erdich-

tung, ein Boden, auf welchem der heilige Geist nicht graben will; denn Er weiß, daß da unterhalb kein Gold ist.

Auch begnügt sich die Befriedigung des Kummers nicht, bei dem bloßen Genuße der Empfindung stehen zu bleiben; sie geht weiter und stiftet wirklich Böses. Sie treibt uns an, uns der Pflichten zu entbinden, die wir zu thun haben. Es scheint hart, zu arbeiten, wenn wir bekümmert sind, aber gerade diese Härte macht die Arbeit so himmlisch. Wir glauben, der Kummer mache uns zu privilegirten Personen, und vergessen dabei, daß unsere Privilegien nur ein Zuwachs unserer Verantwortlichkeiten sind. Die fassen ihre Verantwortlichkeiten am tiefsten und wahrsten auf, welche sie gewöhnlich als Privilegien ansehen. Die weltlichen Geschäfte dürfen wegen unserm Kummer nicht aufhören. Wir sind bloß Einheiten in einer Vielheit. Wir müssen den vollen Umschwung von West nach Ost mitmachen mit unsern Nebenmenschen. Wir müssen dem Leben begegnen, wie es uns begegnet; wir müssen Freud und Leid nehmen, wie sie kommen; sie kommen meist beide miteinander; beide sind zugleich geschäftig, beide rastlos, beide unwichtig; aber beide liegen auf unserm Weg zu dem Einzigen, was von Wichtigkeit ist, und das ist Gott. Das Gefühl der eigenen Wichtigkeit ist der nagende Wurm, welcher das christliche Leiden verderbt. Wir dürfen nicht zu viel aus uns selbst machen, und doch ist es gerade das, was die einfältigen Tröstungen der Welt bei jenen zu thun versuchen, die von Kummer erfüllt sind. Dispensationen erniedrigen immer, aber nichts erniedrigen sie so sehr als Leiden und Kummer. Unser Kummer ist ein Theil des Laufes der Welt, weil er ein Theil unseres Weges zu Gott ist. Es ist ein Fortgehen, nicht ein Stillstehen, eine Beschleunigung der Lebenszeit, wo man die Uhr nicht ablaufen und stillstehen lassen darf. Denn die große Uhr geht, während die unsrige steht, so daß wir nichts gewinnen, aber viel verlieren. Wir lassen die Vorhänge herab, bestreuen die Straßen, umbinden die Glocken, gehen langsam und treten leise auf, wenn Krankheit im Hause ist, aber wir müssen uns hüten, dies zu thun, wenn Kummer in unserer Seele herrscht. Denn der Kummer ist keineswegs eine Krankheit der Seele; er ist ihre Gesundheit, Kraft und Stärke. Unterlassungssünden mögen leichter zu verzeihen sein in Zeiten des Leidens, aber nichts desto weniger rauben sie unserer Krone ihre Juwelen und halten die gnadenreiche Hand Gottes zurück.

Das Leiden ist ein Heiligthum, so lange die Selbstsucht ferne gehalten wird. Die Selbstsucht entweiht alles. Wenn eine Leidenszeit nicht die Aerndtezeit der Gnade ist, so wird sie sicherlich die Aerndtezeit der Selbstsucht. Wenn wir daher Leute finden, die der Sentimentalität ihres Kummers nachhängen, so dürfen wir beinahe gewiß sein, sie gegen andere rücksichtslos zu finden. Sie sind der Mittelpunkt, um welchen sich alles bewegen soll. Alles soll ihrer Trauer untergeordnet sein. Daher schenken sie den festgesetzten Zeiten keine Aufmerksamkeit. Sie stören die Einrichtungen der Haushaltung. Sie lassen die Diener einen Theil der Last ihres Unglücks tragen. Sie verbreiten eine düstere Atmosphäre um sich. Sie nehmen den Dienst anderer mit Widerwillen an, zuweilen, wie wenn das ihr Recht wäre, weil sie im Kummer sind, zuweilen, wie wenn die Freundlichkeit beinahe eine Aufdringlichkeit wäre, die zu ertragen nur die Höflichkeit sie zwingt. Wenn dies fortgeht, dann kommt, — so schnell ist der Fortschritt des Verderbens, wenn die Selbstsucht das Leiden befleckt hat, — im mittlern oder im hohen Lebensalter die Kindheit wieder auf die Oberfläche herauf und wir haben wieder ihre üble Laune, ihre Verdrießlichkeit, ihren Muthwillen, ihre schnellen Worte, ihre kindischen Widerreden, ihre sich selbst beklagende Thorheit, ihre groß-

sprecherischen Uebertreibungen, ihre Stellungen und Gebär-
den der Verzweiflung; kurz die längst verbannten Geister
der Ammenstube kehren in dem Maße wieder, als das Leiden uns buchstäblich entmannen darf. Wer christlich trau-
ert, bemerkt die geringsten Akte der Aufmerksamkeit anderer
gegen ihn und ist voll Dankbarkeit dafür. Er fühlt mehr
als jemals, daß er nichts verdient und wundert sich über
die gütige Theilnahme, die er empfängt. Er denkt immer
an die andern im Hause, trifft für sie Vorsorge und be-
müht sich, daß die Last seines Kreuzes ihn allein treffen
soll. Er lächelt durch Thränen, entfernt den Kummer
sorgfältig aus dem Tone seiner Stimme und macht andere
beinahe heiter und fröhlich, während sein eigenes Herz
gebrochen ist. Das Leiden eines Heiligen ist nie lästig;
für andere ist es Sanftmuth, Milde, Güte und ein Gegenstand der Schönheit; ein Kreuz ist es nur für ihn selbst.

Wir müssen uns auch hüten, eine Theilnahme von
andern zu verlangen und wo möglich nicht selbst darum
zu bitten. Was ist es werth, wenn sie kommt, wenn wir
sie erbettelt haben? Der kostbare Werth der Theilnahme
liegt darin, daß sie von freien Stücken kommt. Es ist
kein Balsam darin, wenn sie wie eine Taxe bezahlt wird.
Nicht als ob es unrecht wäre, uns nach Theilnahme zu
sehnen, wenn wir kummervoll sind. Wir sprechen nicht
so fast von Recht und Unrecht, als davon, was am besten
und passendsten ist, was Gott am meisten liebt, was unser Leiden um so himmlischer macht. Je mehr Trost von
den Geschöpfen, desto weniger von Gott. Dies ist die
unabänderliche Regel. Gott ist schüchtern; Er liebt es,
in einsame Seelen zu kommen, die nicht von anderer Liebe
erfüllt sind. Dies ist der Grund, warum verwaiste, miß-
handelte, mißverstandene Herzen, Herzen, die mit Fleisch
und Blut, mit der Heimath und dem Grabe von Vater
und Mutter gebrochen haben, die Herzen sind, die er vor

allen liebt. Menschliche Theilnahme ist ein theurer Ein-
lauf, wenn sie auch noch so wenig kostet. Gott wartet
außerhalb, bis unsere Gesellschaft fort ist. Vielleicht kann
Er nicht so lang warten; denn Besuche bei Trauernden
dauern gerne lange, und Er geht weiter, nicht zornig, aber
traurig, und dann, — wie viel haben wir verloren!

Wo die Selbstsucht kommt, da wird sich auch ein affek-
tirtes, unwahres Wesen eindrängen. Dieses zeigt sich oft,
wenn man vor schmerzlichen Dingen zurückbebt, die man
nothwendig oder unvermeidlich sehen und hören muß. Dadurch wird andern oft viel Unbequemlichkeit verursacht und
die edelmüthige Erfüllung ihrer Pflichten im Hause des
Kummers wird weit lästiger und unangenehmer gemacht,
als es nöthig gewesen wäre. Es sind gerade diejenigen,
die in ihrer krankhaften Einbildungskraft schmerzlichen Ein-
drücken des Auges oder Ohres am meisten nachhängen,
welche mit diesem affektirten Ekel vor dem Wesen dessen
zurückbeben, worüber sie auf verkehrte Weise brüten. Nichts
von diesem unwürdigen weibischen Kummer zeigt sich an
jenen, die alles für Gott sind. Solche Menschen suchen
weder, noch vermeiden sie solche Schatten ihres Kummers,
die ihnen in den Weg kommen. Sie sind natürlich, aber
auf übernatürliche Weise, und darin besteht die Vollkommenheit ihrer Trauer. Auch dürfen wir nicht unterlassen,
gegen die Anordnung anderer die größte Folgsamkeit zu
beweisen. Wenn diese gerechte Uneigennützigkeit schwer zu
tragen ist, so ist sie doch ein rechtmäßiger Theil des Opfers,
welches der Kummer mit sich bringt. Der Kummer geht
gern in's Excentrische. Der Zwang der Ausdauer macht
die Leute seltsam launenhaft. Alles dieses müssen wir
zurückhalten, müssen es zu einem Theil unseres Opfers
machen und es Gott darbringen. Wenn unser Leiden
innerlich eine Unze wiegt, so muß ein Pfund Selbstaufopferung ihm zur Seite geben. Wir müssen härter auf

uns selbst drücken, als Gott auf uns drückt. Dies ist die Gesinnung eines königlichen Herzens. Die ganze Theologie des Leidens läßt sich in eine Art von Syllogismus zusammenfassen. Alles ist uns zur Heiligung gegeben und vor allen Dingen das Leiden; aber selbstsüchtiges Leiden ist ungeheiligtes Leiden; deßhalb ist unselbstsüchtige Gesinnung das Produkt, welches die Gnade aus dem Leiden hervorbringt.

Zu allen diesen Rathschlägen müssen wir noch einen andern hinzufügen. Wir dürfen in unserm Kummer an die Unfreundlichkeit oder Vernachläßigung menschlicher Werkzeuge gar nicht denken. Niemand ist daran Schuld, als Gott, und Gott kann kein Fehler treffen; deßhalb ist von Schuld gar nicht die Rede; es ist nur der göttliche Wille. Der Glaube darf sonst nichts sehen, er muß secundäre Ursachen ignoriren. Er nimmt seine Kreuze nur von Jesus und unmittelbar von Ihm. Er sieht, hört, fühlt, er kennt Niemand, als Gott. Die Seele und ihr Vater haben die Welt für sich allein. Ach, was für eine herkulische Kraft der Ausdauer liegt in dieser erhabenen Glaubenseinfalt! Aber dies sind lauter harte Lehren, und der Kummer läßt sich unter allen Dingen am wenigsten belehren, wenn er nicht ganz besonders gelehrig ist. Doch können wir nicht wohl erwarten, daß Mariens Lehren leicht sind, da sie dieselben vom Gipfel des Kalvarienberges aus ertheilt.

Lasset uns sie noch einmal betrachten, wie sie den Leib in das Grabtuch wickelt. Wie ähnlich sieht sie einem Priester, wie ähnlich einer Mutter! Und sind nicht alle Mütter Priester? Denn im rechten Lichte angesehen ist jede Mutterwürde eine Priesterwürde. Ach Maria! deine Mutterwürde war eine solche Priesterwürde, wie die Welt sie nie zuvor gesehen.

Achtes Kapitel.

Der siebente Schmerz. Das Begräbniß Jesu.

Die Schatten des Abends hüllten schnell und stille
jene Mutter ein, die am Fuße des Kreuzes saß mit dem
bedeckten Haupte ihres todten Sohnes auf dem Schooße.
Selbst die Erde ist müde der Last jenes ereignißvollen
Tages. Die Thiere waren ermattet nach dem Schrecken
der Sonnenfinsterniß, deren Dunkel sie für die Nacht gehalten hatten, so daß die wilden Thiere nach ihren Höhlen schlichen, die Vögel nach ihren Nestern eilten und die
Eidechsen in den Rissen der Felsen zur Ruhe gingen. Die
Menschen selbst waren ermattet von der Sünde und dem
Ungestüm ihrer bösen Leidenschaften, während die zerstreuten Wenigen, welche die Kirche bildeten, ermüdet waren
vor Scham, Furcht und Kummer und durch die Unruhe
ihrer mancherlei Gedanken. Die wohlbekannten Töne der
Nacht fangen an, auf das stärkere und häufigere Geräusch
des Tages zu folgen. Ein göttliches Licht leuchtet im
Herzen Mariens, goldener als jene letzten Strahlen der
scheidenden Sonne, jener Sonne, die so froh schien, nach
der Last eines solchen Tages unterzugehen, und sie ruht
einen Augenblick darauf, ehe sie ihre ganze Natur umgür-
tet, um ihrem siebenten und letzten Schmerze zu begegnen.

Es war eine seltsame Stellung für eine Mutter, für
ihre Ruhe gerade den Fuß des grausamen Baumes zu
wählen, an welchem ihr Sohn gestorben und welcher noch
von seinem kostbaren Blute bethauet war. Aber es ist
auch gerade der Ort, wohin mit einem Instinkte, wie ihn
Maria hatte, die Trauernden seit achtzehn Jahrhunderten
gekommen sind, um zu ruhen, und wo sie Frieden fanden,
wenn es in keinem andern Winkel der Erde Frieden gab,
wenigstens für sie. Es ist ein Ort süßen Zaubers, seit-

dem Jesus da hing und seitdem Maria da saß. Hier sind Thränen getrocknet, die, wie es schien, nie aufhören wollten, zu fließen. Hier haben Herzen eingewilligt, zu leben, die vor kurzem noch sehnlichst wünschten, zu sterben. Hier hat die Wittwe einen andern und himmlischen Gatten gefunden. Der Mutter sind hier ihre verlorenen Kinder zurückgestellt worden. Die Waisen sind hieher gekommen in der Finsterniß des Unglücks, und wenn sie aufgehört hatten, zu schluchzen, fanden sie die Arme der neuen Mutter Maria um sie geschlungen. Hier haben Tausende von Herzen entdeckt, wie gut es war, daß sie gebrochen wurden; denn durch den Riß ihres Herzens sahen sie Gott. Als Maria auf jener Hügelspitze saß und den todten Christus auf den Knieen hatte, hinterließ sie allen Geschlechtern ein unerschöpfliches Vermächtniß von Segen, unter der Bedingung, daß wir unsere Wohnung auf dem Kalvarienberge aufschlagen müssen, wenn wir ihn genießen wollen.

Also nicht für sich selbst, sondern für uns saß sie da und ruhte einen Augenblick. Aber die Zeit ist nun gekommen, und sie gibt mit ruhiger Sammlung des Geistes den Jüngern, die sie umgeben, das Zeichen, die Procession zum Grabe zu bilden. Da war Joseph von Arimathea und Nikodemus, Johannes und Magdalena, die frommen Frauen, die zum Kreuz hinaufgekommen waren, einige von den vertrauten Dienern Joseph's und Nikodemus und zu diesen kam jetzt der bekehrte römische Hauptmann, der in dem Augenblicke als Unser Herr starb, bekannt hatte, daß Er der Sohn Gottes sei. Vielleicht mögen auch einige von den Aposteln und andere Jünger zu dieser Zeit um das Kreuz versammelt gewesen sein, wie einige Heilige vermuthet haben. Es schien traurig, eine so liebliche Scene schönen Schmerzes zu unterbrechen, aber es war Zeit, die Schrift zu erfüllen. Mit ruhigem Heroismus, aber nicht

ohne das grausamste Martyrthum gab Maria den Schatz
hin, der auf ihrem Schooße lag. Wer hatte ein Recht,
Ihn anzurühren, als sie selbst? Ach Mutter! Du weißt,
wir haben nun alle dies Recht erworben. Er ist das
Eigenthum der Welt geworden, das Erbe der Sünder,
und du selbst bist die allgemeine Mutter. Was die armen
Heiden vor Alters die Erde nannten, das bist du uns und
noch viel mehr. Aber sie hatte Ihn nach Aegypten getragen; sollte sie Ihn nicht auch zum Grabe tragen? Nein
Mutter! Gott hat dir durch ein Wunder Stärke verliehen, daß du leiden konntest, aber Er will dir nicht Stärke
verleihen, das zu thun, was ein Trost für dein Weh sein
würde. Es ist jener andere Joseph da, der dich mit seinem süßen Blick der Verehrung und Liebe in diesen zwei
letzten Geheimnissen deiner Leiden umgibt. Er und Nikodemus werden die Bürde tragen, während Johannes und
Magdalena an deiner Seite gehen werden.

Die rauhe Welt störte nicht die Stille jener wunderbaren Procession. Die Menge war schon lange von jenem
heiligen Hügel zurückgeströmt, wie ein Meer zur Zeit der
Ebbe. Das Erdbeben hatte manche Herzen ernüchtert,
welche diabolische Besessenheit am Morgen rasend gemacht
hatte. Die gedrängt volle Stadt hatte genug für sich
selbst zu denken, denn es waren auch Processionen in den
Straßen Jerusalems gewesen, seltsame Processionen, solche,
die bewirkten, daß die Menschen ihre Häuser aufsuchten,
ihre Thüren verschlossen, leise sprachen und an Gott dachten. Ein Schatten hing über allen Herzen. Die Todten
waren umhergewandelt. Das Erdbeben hatte die Gräber
geöffnet und ihre Bewohner aufgeweckt und gleich jenen
ungeduldigen Vorbedeutungen, die sich so oft an einem
göttlichen Werke äußern, fand eine Auferstehung statt vor
der Zeit. Die alten Heiligen des Landes, die Verstorbenen
von andern Generationen waren in der Stadt umherge-

gangen und von vielen gesehen worden mit ihren schönen
drohenden Gesichtern, die unaussprechliche Dinge verkün-
digten. Die Erinnerung an den Tag hing wie ein kalter
Stein an den Seelen von vielen; in andern brannte sie
wie ein heißes rastloses Feuer, — der Vorbote der Gnade
der Bekehrung. Manche weinten, noch mehrere waren
traurig und alle waren müde, verdüstert durch einen Schatten, überwältigt von einem göttlichen Schrecken. Die
Hölle hatte am Morgen in dem Volke einen Vulkan entzündet; jetzt war er ausgebrannt und die menschliche Natur
konnte nicht leicht ihre Stelle wieder finden in manchen
von den Herzen, aus welchen sie so entsetzlich vertrieben
worden war. Es war daher keine Unterbrechung von der
Stadt aus zu fürchten. Die Stadt brütete über sich
selber, wie ein trostloser Vogel über seinem beraubten Neste.
Die Trompeten des Titus klangen beinahe in ihren Ohren
und hätten durch prophetisches Lauschen gehört werden können. Armes Jerusalem! Gott liebte dich lange und liebte
dich mit einer geheimnißvollen Zärtlichkeit, aber die Untreue des heutigen Tages hat dein Maß vollgemacht und
dein Gericht ist nun angeordnet und auf dem Wege. Von
der Spitze jenes Hügels, der im Dämmerlichte schwärzlich
erscheint, tragen sie den Leib deines verworfenen Königs
zu seinem Grabe!

Was für entsetzliche Gestalten und Schatten der Geschichte, der Prophezeiung und finsterer göttlicher Rathschlüsse sammeln sich wie wehende Fahnen in der Finsterniß um jene heilige Procession! Ist es mit der Schöpfung
so weit gekommen, daß ein paar gläubige Geschöpfe den
Schöpfer zu einem Grabe im Felsen tragen und daß eine
sterbliche Mutter, die weniger als fünfzig Jahre zählt, die
Hauptleidtragende ist als die wahrhaftige Mutter des Ewigen? Die sanglosen Engel sind ringsum in dichten Reihen
geschaart. Ihre Erkenntniß macht sie beinahe furchtsam,

so überwältigend ist das Geheimniß. Nun sind sie über
Adam's, des ersten Menschen, Grab gezogen, in welchem
das Kreuz aufgerichtet worden war. Die Seele Jesu war
bereits zu Adam gegangen, um ihm die beseligende Anschauung zu verschaffen. Nun betraten seine Nachkömmlinge
sein Grab. Seine Tochter Maria, die zweite Eva, war
vor kurzem da gesessen mit dem zweiten Adam auf dem
Schooße. Die Gebeine und Schädel der Uebelthäter, traurige Zeichen des Falles, bestreuten ihren Pfad, halb begraben in den Büschen verwelkten Grases oder lose da-
liegend auf dem linden Rasen, welchen die Ziegen ab-
geweidet hatten. Sie steigen nun in einen Garten hinab,
in ein anderes Eden, um da einen Baum in den Felsen
zu pflanzen, welcher unvergleichlich besser ist, als alle
Bäume jenes alten Paradieses, besser sogar, als der Lebens-
baum, und welcher in drei Tagen zu einer unvergleichlichen Blüthe ausschlagen sollte. Es war ein Garten, wo
die Weinreben wuchsen und die Oelbäume Fettigkeit träu-
felten. Aber dieser Baum sollte einen Wein geben, der
das Herz des Menschen mehr erfreuen würde, als jeder,
der jemals den Reben in der Kelter entfloß, wäre er auch
von den seltensten Trauben Engaddi's. Er sollte Oel liefern,
wie kein Oelbaum es jemals lieferte, ein Oel, um alle
Wunden zu heilen und um der unerschöpfliche Balsam der
Welt zu sein. Es gab keine Blumen auf Erden, gleich
jener verwelkten auf der Bahre, keine, die sich mit ihr an
Schönheit oder Wohlgeruch vergleichen ließ, keine, die einen
so frühen Frühling haben sollte, als Er, wenn die Sonne
nur noch einmal untergegangen war. So zogen sie dem
Garten zu, während eine ganze Wolke von göttlichen Geheimnissen, von erfüllten Vorbildern und Prophezeiungen,
von vollendeten historischen Thatsachen, auf ihnen ruhte,
als sie dahin zogen. Und über alle war das sanfte Licht
des Ostermondes ausgegossen, der tief unten hing am

weſtlichen Himmel, wie wenn er das Licht wäre, das aus
Mariens Herz hervorging, und das die ganze Scene ſo tief
traurig, ſo traurig ſchön machte.

Langſam zogen ſie hin und in der Stille, ſo leiſe,
wie der Tritt der Mitternacht ſelbſt. Wenn ſie Pſalmen
geſungen hätten, ſo hätte die unruhige Stadt ſie hören
können. Aber was für Pſalmen gab es, die ſie ſingen
konnten? Nicht einmal der begeiſterten Harfe David's hätten
melodiſche Töne entſtrömen können, die für einen ſolchen
Leichengeſang paſſend geweſen wären. Niemand ſprach in
jener ganzen Geſellſchaft. Was ſollten ſie ſagen? Was
für Worte hätten ihre Gedanken ausdrücken können? „Aus
der Fülle des Herzens redet der Mund;" aber es gibt
Zeiten, wo das Herz übervoll iſt und dann kann es nicht
ſprechen. So war es bei dieſer Proceſſion. Ein tieferer
Schatten des Leidens war nie auf Menſchen gefallen, als
die Dunkelheit, die ſich über jene ausgoß, welche jetzt vom
Gipfel des Kalvarienberges nach dem Gartengrabe zogen.
Mariens Herz allein hätte eine ganze Welt mit Kummer
überſchatten können. Menſchliches Leiden iſt nicht unendlich, aber es grenzt daran, und ſie war jetzt bei ſeiner
äußerſten Grenze angelangt. Sie ſollte jetzt von ſich und
aus ihren Händen jenen Leib hingeben, der, wenn auch
todt, ihr mehr war, als das Leben, um ihn in einem
Felſengrabe zu bergen, und römiſche Soldaten ſollten kommen und ihn bewachen. Dann erſt wird ſie auf der höchſten Zinne evangeliſcher Armuth ſtehen, welcher Gott ſo
mächtige Dinge verheißen. Sie wird nur das für ſich behalten, wovon ſie ſich nicht trennen konnte und ſich nicht
getrennt hätte, wenn ſie es konnte, — ein gebrochenes
Herz, ganz untergetaucht in ſolche Waſſer der Bitterkeit,
wie ſie nie vorher ein lebendiges Geſchöpf umſloßen. Nie
würde auf dieſem Planeten wieder Freude geherrſcht haben,
wenn ihr gehäuftes Leiden in kleine Theilchen getheilt und

jedem Kinde Adam's, wenn es in die Welt kommt, mit-
gegeben worden wäre. Die Menschen sehen mit Augen
voll Verwunderung auf abentheuerliche Reisende und auf
die glücklichen Entdecker unbekannter Länder. Betrachtet
jetzt Maria, wie sie den Leichenzug schließt. Jenes Weib
ist ein Geschöpf des Allerhöchsten, erhabener als jeder
Engel im Himmel. Der Thron, der sie erwartet, ist eines
der Wunderwerke des himmlischen Hofes. Sie ist so sündlos, wie der Sonnenstrahl, und ihr Reich dehnt sich über
die ganze Schöpfung aus. Die drei Personen der unzer-
trennlichen Dreieinigkeit werden selbst ihre Krönung voll-
ziehen. Sie hat jetzt all' die unendlichen Reiche des Schmerzes durchforscht. Sie hat die Tiefen eines jeden Herz-
wehes ergründet, das der Mensch kennen lernen kann. Sie
hat unermeßliche Regionen des Leidens durchwandert, die
niemand vor ihr durchwanderte und wohin niemand ihr
folgen kann. Sie war mit dem Worte, das Fleisch geworden, in den Abgründen seiner Passion, welche die Theologie
nie genannt hat, weil nicht einmal Heilige von ihrem Dasein geträumt haben. Sie hat alle Möglichkeiten der menschlichen Seelenangst erschöpft. Ihre Schmerzen haben die
hohe Wissenschaft der Engel überstiegen. Sie sind niemand
bekannt, als Jesus und ihr selbst. In diesem gegenwärtigen Augenblick nähert sie sich dem Ziele dessen, was
beinahe unendlich ist. Die mystische Grenze ist nahe bei
der Hand. Das Aeußerste möglichen Leidens ist wie das
Ende des Raumes unbegreiflich. Noch ein paar Schritte
weiter, und sie wird jenen unbeschreiblichen Punkt des Lebens
erreicht haben. Wer hätte von einem solchen möglichen
Leiden geträumt, als der todte Leib des lebendigen Gottes
für Maria war? Es gibt nur ein einziges Leiden, welches
darüber hinausgeht: Es ist die Trennung von jenem Leibe
und die einsame Rückkehr in die Welt, in solcher Verlassenheit, wie nie ein Geschöpf sie vorher kennen lernte.

Nun ist das Gartengrab erreicht, das neue Eden des zweiten Adam. Es war in den massiven Felsen gehauen und neu. Joseph hatte es für sich selbst bestimmt, aber noch niemand war darin gelegen. Alle Dinge waren passend und voll von eigenthümlichen Bedeutungen. Das Grab dieses neuen Joseph sollte für Ihn sein, was die Arme des andern Joseph früher so oft für Ihn gewesen waren, sein Ruheplatz für eine Weile, wenn Maria sich von ihm trennen mußte. Aber in jenen Tagen hatte es nie solche Trennungen gegeben, wie diese sein sollte. Maria geht mit Joseph in das Grab hinein. Sie wählte seinen Beistand. Ihre Hände ordneten alles an. Wie sanft ließen sie sein Haupt in das Grab hinabsinken! Seine Arme ließen sich vielleicht jetzt an den Leib anschließen, oder vielleicht ruhte Er, wenn Raum da war, sogar im Grabe mit jenen weit ausgestreckten Armen, die bereit sind, eine ganze Welt von Sündern aufzunehmen. Wir wissen nichts Näheres darüber. Sie ordnet und macht das Grabtuch zurecht und legt die Füße zusammen, die in jenen drei Stunden am Kreuze so peinvoll auf einander gelegen waren. Die Werkzeuge der Passion nimmt sie auch und küßt sie und legt sie in das Grab. Es zeigt sich kein unnöthiges Zögern bei jeder Handlung, welches die Schwäche gewöhnlichen Kummers verräth. Alles geschah in Ordnung mit emsiger Sorgfalt und in der Stille. Dann kam vielleicht der letzte Blick. Vielleicht lüftete sie das Tuch, um zu sehen, ob das Bewegen des Leibes die ehrwürdigen Züge nicht entstellt habe. Wie blaß muß er ausgesehen haben bei dem matten Fackellicht innerhalb jenes Felsengrabes! Die Augen waren geschlossen, von denen ein einziger Blick Petrus bekehrt hatte. Die Lippen waren geschlossen, die erst vor kurzem jene sieben wunderbaren Worte am Kreuze sprachen, deren Ton noch nicht in ihren lauschenden Ohren erstorben war. Langsam legte sie das Leichentuch wieder

zurecht und verrichtete auf den Knien ihren letzten Act der
Anbetung jenes todten Leibes. Gewiß hatte nie ein so
entsetzlicher Schmerz, ein so ganz übermenschliches Weh
die Seele eines lebenden Geschöpfes heimgesucht. Es gab
viele letzte Blicke in der Welt. Viele Gräber haben sich
auf Erden geschlossen, die Welten von Hoffnung und Liebe
und oft mehr von dem Leben des Ueberlebenden in sich
bargen, als der Tod dem Geschiedenen geraubt hat; aber
keines ist jemals diesem nahe gekommen. Es steht allein
da, ein Kummer ohne Gleichen, weil sowol sie, die trauerte,
als Er, den sie betrauerte, unvergleichlich waren. Vielleicht gab es in keinem ihrer Schmerzen einen einzigen
Moment, der in Bezug auf gehäuftes und heftiges Weh
diesem an die Seite gestellt werden konnte. Sie war ver-
wittwet und verwaist, wie sonst niemand vor ihr. Sie
sank hinab in Tiefen des Wittwen- und Waisenstandes,
die sich sonst nie jemand geöffnet hatten. Aber was sind
Vater und Mutter und Gatte und Kind gegen einen Gott
im Fleische? Vaterlos, mutterlos, ohne Gatte und ohne
Kind sein, was für ein kleines Maß des Kummers stellen
diese traurigen Worte dar im Vergleich mit dem Leiden,
für welches es kein passendes Wort gibt! Ohne Christus
sein, ist für eine Seele Heidenthum und Hölle. Aber
Maria, seine Mutter, ohne Christus und in der Nacht,
die auf einen solchen Tag folgte, — o dieses Leiden
dehnt sich finster vor uns aus wie die See bei Nacht, und
wir wissen nichts weiter zu sagen.

Alle, die bei dem Begräbniß anwesend waren, beug-
ten vor dem Leibe die Kniee und beteten in tiefer Ehrfurcht an, und dann wandten sie sich weg, wie wenn sie
sich von einem starken Bande losrissen, das sie anzog, und
gingen in der Stille fort. Joseph wälzte, wie uns der
heilige Matthäus erzählt, einen großen Stein an den Eingang des Denkmals und ging dann auch seines Weges.

Maria mit Johannes und Magdalena kehren langsam über
den Gipfel des Kalvarienberges zurück. Sie wird der
Ruhe bedürfen nach dem schrecklichen Leiden jenes Augen-
blicks im Grabe; aber die Ruhe ist noch weit entfernt von
jenem gebrochenen Mutterherzen. Ihre Seele, durch jenen
letzten Angriff des Leidens erschüttert, hat noch eine fürchterliche Prüfung durchzumachen, ehe sie das Haus des Johannes in Jerusalem erreicht. Nachher soll der Schmerz
ihrer Verlassenheit noch drei Tage lang keine Erholung
finden, von diesem Freitag Abends an bis zur Dämmerung
der Sonntagssonne, bis zum Morgenroth der Auferstehung.
Das Kreuz liegt auf ihrem Wege über den Kalvarienberg.
Der traurige Baum ist noch erkennbar in der Dunkelheit,
denn das Licht des niederstehenden Mondes kriecht über
die Erde hin und erleuchtet die Gegenstände von unten;
aber seine Umrisse scheinen größer und stärker als vorher.
Maria ruht eine Weile und fällt dann auf ihre Kniee
nieder, um das blutbefleckte Kreuz anzubeten. Sie küßt
das Holz theils zum Zeichen der Versöhnung mit ihm nach
seiner grausamen, aber segensreichen Dienstleistung an
jenem Tage, und theils, wie wenn es der kostbarste Gegenstand wäre, den sie nun berühren konnte, da der Leib,
welcher daran hing, im Grabe lag, und theils auch zum
Zeichen der Liebe und Anbetung des kostbaren Blutes.
Als sie aufstand, waren ihre Lippen damit befleckt. Furchtbares Siegel der Liebe, welches der Sohn dem Munde
und den Wangen seiner Mutter aufgedrückt hat von jenen
seinen Lippen, „die wie Lilien waren, köstliche Myrrhen
träufelnd!" O Mutter, „deine Wangen sind wie die Rinde
eines Granatapfels, außerdem was in dir verborgen ist!"
O blutbefleckter Mund, der du jener himmlischen Seele eine
Stimme verleihst, wie viel hat sich ereignet, seitdem du jenes wunderbare Magnifikat sangest! Dein Schweigen ist
nun eben so beredt vor Gott wie damals dein Gesang!

Sie wendet sich vom Kreuze. Unter ihr liegt die schuldbeladene Stadt, vergrößert und undeutlich in der trüben Luft. Einige unruhige Lichter schimmern hier und dort und die unregelmäßigen abgebrochenen Laute der Nacht steigen in die Luft auf. Es waren keine Worte des Vorwurfs auf ihren Lippen, kein Blick des Vorwurfs in ihren Augen. Sie überblickte die ganze Stadt von dem prächtigen Tempel bis zu den äußern Thoren derselben. Sie sah das Heer des Titus ihre Mauern belagern und die Mütter, die ihre Kleinen zur Speise erschlugen. Sie sah, wie die alte Vorliebe Gottes sich von seinem Sion entfernte, wie eine goldene Wolke dem Sonnenuntergang unter den Horizont folgt. Sie jammerte über Jerusalem. Nicht eine Woche war verflossen, seitdem Er, den sie soeben begruben, Thränen der zärtlichsten Liebe vergoß über jene auserwählte Stadt des Gottes Abraham's, Isaak's und Jakob's. Wie hatte sie seitdem Buße gethan? Ach, sie hatte Ihn gekreuzigt, der weinte, Ihn, den ihre Kleinen aus ihren reinen Herzen mit Hosanna begrüßten. Armes Jerusalem! Sie wußte, daß es verurtheilt war, aber in ihrem gebrochenen Herzen war Raum für die schuldbeladene Stadt wie für den geschlachteten Sohn. Eine Wolke schöner Geschichten ruht über ihren veröedeten Heiligthümern bis auf diesen Tag, selbst in ihrer Schmach, und Mariens Eintritt in dieselbe in jener Nacht ist nächst den Thränen Jesu eine der rührendsten Erinnerungen an sie. Halb in ihren Trümmern begraben, ist keine Stadt auf Erden dem Herzen des Gläubigen so theuer, eine Stadt, die er einst sicher sehen wird, wenn er hingeht, um seinem Erlöser, den sie erschlug, zu begegnen, welcher dann gekommen ist, um die Stämme der Menschen im Thale Josaphat zu richten, das nahe dabei liegt. Durch das nämliche Thor, durch welches sie am Morgen die Stadt verlassen hatte, kehrte sie in jener Nacht in dieselbe zurück.

Wie die Menschen die Zeit zählen, waren seitdem ungefähr zehn Stunden verflossen; aber in den Absichten Gottes, in den Annalen der Gnade, in der Chronik jenes gebrochenen Herzens, war es eine lange Epoche, länger als die Jahre, die seit den Tagen Abraham's verstrichen waren. Es war jener Freitag, den wir den guten nennen,*) theils um die böse That, die er sah, zu verschleiern, und theils weil aus jener Ungerechtigkeit unendliche Barmherzigkeit uns zu Theil geworden.

Um den Schmerz zu verstehen, welchen Unsere gebenedeite Mutter jetzt zu leiden hatte, müssen wir verschiedene Umstände in Erwägung ziehen. Ihre Seele war zu sehr mit Bitterkeit gesättigt, als daß sie die Pein des Hungers fühlbar empfinden konnte. Sie hatte denselben in den drei Tagen nicht empfunden, als sie den Knaben Jesus verlor; aber ihr langes Fasten wirkte empfindlich auf ihre Leibeskräfte ein. Seit dem vorigen Abende war keine Speise über ihre Lippen gekommen, kein Schlaf hatte ihre Augenlider am Donnerstag Nachts heimgesucht, und es war wenig Hoffnung für sie, zu schlafen, während Jesus im Grabe lag. Ueberdies waren die vierundzwanzig Stunden mit den erstaunlichsten Ereignissen ausgefüllt worden, mit riesigen Geheimnissen, die in kaum bemerkbar schneller Reihe auf einander folgten. Ihre Seele war die ganze Zeit über auf die schrecklichste Folter gespannt gewesen. Ihr Geist, so ungetrübt und umfassend er war, war unaufhörlich und ermüdend angestrengt gewesen, um das aufzufassen, was um sie vorging. Der Schrecken hatte ihre Natur bis in's Innerste erschüttert. Sie war durch die körperliche Ermüdung, so viele Stunden zu stehen, erschöpft. Selbst die Spannung ihrer tiefen Anbetung hatte die Kräfte ihres Lebens geschwächt. Jener

---

*) Der Charfreitag heißt in England Good-Friday.

unbeschreibliche Moment im Grabe war in ihrer Seele
Sonnenfinsterniß und Erdbeben zugleich gewesen. Fastend,
durstend, fußwund, die Augen vor Schlaflosigkeit flimmernd,
die Glieder schmerzend vor Ermüdung, der Geist brennend
von schrecklichen Erinnerungen und noch schrecklicheren Vor-
ahnungen, das Herz in ihr zermalmt und veröbet, —
tritt sie gleich einem zertrümmerten Schiffe, welches die
Stürme übernatürlicher Leiden nicht in die Tiefe versenken
konnten, am Thore Jerusalems eine andere Bahn der grau-
samsten und herzzerreißendsten Trübsal an.

Sie beginnt die Pilgerfahrt des Morgens von neuem
und macht die Stationen des Kreuzes durch von der letzten bis zur ersten, anstatt von der ersten bis zur letzten.
Langsam durchwanderte sie die unerträglichen Scenen des
Morgens. Nicht eine Gebärde war ihrem starken Gedächtnisse an jenem Abend entgangen, wie auch der wachsamen
Angst ihres Auges früher keine entgangen war. Sie hörte
seine leisen, sanften Seufzer, die der Nachtwind zu ihr
trug. Sein schönes, entstelltes Angesicht blickte sie durch
die Finsterniß hindurch an. Hier fiel Er, und ihre Füße
brannten und zitterten, als sie auf der Stelle stand. Sie
wußte, daß sie auf das mit seinem Blut befleckte Pflaster
trat, obwol die Nacht die rothen Spuren vor ihren Augen
verbarg. Da hatte der Cyrenäer sein Kreuz aufgenommen.
Da hatte Er seine sanften Worte, aber Worte des trau-
rigsten Urtheilsspruches zu den Töchtern Jerusalems gesprochen, deren Frauenherzen bei der Grausamkeit, deren
Opfer Er war, in ihnen vor Mitleid schmolzen. Da hatte
Er seine anbetungswürdigen Gesichtszüge dem Tuche eingedrückt, das Veronika Ihm brachte. Da war die Straßen-
ecke, wo Maria selbst Ihm begegnet war. Es scheint schon
viele Jahre. Jene Augen ruhten noch auf ihr, jener Blick
war in ihrer Seele, brennend von einem Liebesfeuer, dessen Gluth eine Marter war für die Schwäche der Sterb-

lichteit. Da war die Wachtstube, wo Er gekrönt wurde, und da die Säule der Geißelung. Sie wußte, was rings um den Fuß derselben lag; dem Auge ihres Geistes wenigstens konnte die Finsterniß es nicht verbergen. Da waren die Stufen der Gerichtshalle des Pilatus, wo Er mit spöttischem Mitleid dem rasenden Volke gezeigt worden war. Die stille Luft schien noch zu tönen von ihrem Rufe: Barabbas! Wahrlich, sein Blut war jetzt auf ihnen und auf ihren Kindern. Es war eine schreckliche Wallfahrt, und ihr Herz blutete in ihr, als sie dieselbe machte. Es ist immer eine große Prüfung für die Liebe, den Schauplatz tiefen Leidens wieder zu besuchen. Selbst wenn die Zeit die Wunde geschlossen hat, ist es eine bittere Pein zum Tragen, bitter, obgleich unsere Liebe uns antreiben mag, daß wir selbst sie suchen. Augen weinen dann, die seit Jahren nicht geweint. Starke Männer schluchzen, wie wenn sie schwache Weiber wären, und schämen sich mit Recht dessen nicht. Herzen werden von neuem gebrochen, welche geduldige, pflichtgetreue Ausdauer zusammengehalten hatte, so gut es gehen mochte. Quellen der Bitterkeit, die lange geschlossen waren und an die wir jetzt beinahe nicht mehr denken, brechen aus der Tiefe hervor und fließen und überfluthen die Seele mit Galle. All' dies findet zumal statt, wenn die Gewohnheit die Schärfe des Kummers abgestumpft hat, so daß sie nicht so tief oder so grausam einschneiden kann, wie vorher. Aber was ist dies im Vergleich mit Mariens verkehrtem Kreuzweg, dem zweiten, den sie an jenem Tage machte? Der besondere Schrecken der Geheimnisse, die unvergleichliche Schärfe des Schmerzes, das zermalmte und gebrochene Herz der Dulderin, ihre heftige körperliche Ermüdung und Mattigkeit und die Grausamkeit der erst verflossenen Passion führen ihr Leiden weit hinaus über die Grenzen aller Vergleichung.

In einem solchen unaussprechlich jammervollen Zustand sahen die Straßen Jerusalems ihre unbekannte Königin in jener Nacht, als sie ihren traurigen Weg zum Hause des Johannes einschlug. Dies war die Heimath, die sie für das Haus zu Nazareth empfangen hatte. Johannes ist jetzt ihr Sohn anstatt Jesus. Er ist der Mann und sie das Weib; aber er muß sich auf sie stützen und nicht sie auf ihn. Er, der in der letzten Nacht sein müdes Haupt auf das heilige Herz Jesu legte, mußte nun, wenigstens im Geiste, seine Ruhe auf dem unbefleckten Herzen der schmerzhaften Mutter finden. Die Thüre schloß sich hinter ihr. Sie war jetzt daheim. Daheim! Wahrlich, das Wort war ein Spott. Es war weniger ihre Heimath, als es die zufällige Höhle für das verwundete Wild des Waldes ist. Wie konnte sie eine Heimath haben, außer da, wo Jesus war? Bethlehem war eine Heimath gewesen und das ferne Heliopolis im fremden Lande, das stille und abgelegene Nazareth und die freie Hügelspitze des Kalvarienbergs und das Innere des Gartengrabes. Sie waren eine Heimath, weil Jesus überall, wo Er war, eine Heimath für sie machte. Als sie das Grab verließ, begann ihre wahre Heimathlosigkeit. Der erste Schritt von jenem traurigen zweiten Eden war der Beginn ihres Exils. Und Johannes Haus zumal, hatte es nicht fürchterliche Erinnerungen, die auf einem gebrochenen Herzen schwer lasten und es mit finstern Gespenstern umgeben mußten? Wer weiß nicht, wie im äußersten Leiden das Auge und der Geist sich, nicht wider unsern Willen, sondern uns ganz unbewußt, mit allen den kleinsten Einzelheiten des Ortes beschäftigen, an welchem wir uns befinden? Die Möbel, der Zustand, in welchem der Ort sich befindet, die Bilder an der Wand, die Form des Fußteppichs, selbst die Falten der Vorhänge, die Linien, welche die Zimmerdecke durchziehen, die Verzierungen des Karnießes, Kleinigkeiten, die

verkrümmt und ungleich oder nicht am rechten Platze sind,
— alles ist unauslöschlich unserer Seele eingeprägt, um
nie vergessen zu werden, und jede Einzelheit, jeder Umriß
kann später eine Quelle finsterer Erinnerungen werden,
die für immer die Bäche unserer Thränen füllen. So
war es mit Maria. In jenem Gemache hatte sie, während ihr Geist in Gethsemane weilte, die drei Stunden
der Todesangst zugebracht, und der Anblick des Gemaches
brachte ihr Alles, lebendig und wirklich und unerträglich,
in's Gedächtniß zurück. Von jenem Gemache aus war sie
mit Johannes und Magdalena fortgegangen, und hatte versucht, Einlaß in das Haus des Hohenpriesters zu erlangen. Nach jenem Gemache war sie zurückgekehrt, als
Jesus für die Nacht in den Kerker geworfen wurde. In
jenem Gemache hatte sie eine solche Nachtwache zugebracht,
wie es keine andere Mutter vermocht hätte, ohne ihre
Vernunft oder ihr Leben auf's Spiel zu setzen. Und nun
war sie wieder dahin zurückgekommen, als das verlassenste
unter allen zahllosen Geschöpfen unsers himmlischen Vaters, und all' dies, weil sie Ihm am nächsten stand und
am meisten von Ihm geliebt ward.

Hier in der stillen Gesellschaft des Johannes und
der Magdalena, welche die Einsamkeit noch erhöhten,
weilte sie mehr als vierundzwanzig Stunden. Ihr Kummer blieb unterdessen auf seiner Höhe, weil niemand ihn
sänftigen konnte als Gott, und seine Zeit war noch nicht
gekommen. Ja, er nahm mehr zu, als sonst. Wie bei
allen göttlichen Werken waren seine Verhältnisse so schön
geordnet, daß er geringer aussah, als er wirklich war.
Seine Größe, die dem Auge verborgen war, offenbarte
sich der Erfahrung. Auch der Sturm nahm in ihrer Seele
zu und wurde dichter, ohne zu blitzen oder zu donnern.
Dennoch war es ein wahrer und fürchterlicher Sturm, der
unsichtbar gerade in dem Mittelpunkte ihrer unerschütter-

lichen Ruhe blitzte, ein eingesperrter Sturm, aber überaus
schmerzhaft und verheerend. Er unterhielt die Stärke und
Lebenskraft ihres Leidens, daß es um so tiefer in jeden
Theil ihres Wesens eindringen konnte. Es ließ sich nieder
in die Tiefen ihrer Seele, füllte jede Leere aus, sog alle
andern Dinge, die es da fand, in sich und wandelte sie in
sich selbst um, so daß ihr Glaube ein Schmerz wurde,
ihre Liebe ein Schmerz und sogar ihre Hoffnung ein
Schmerz. Jede Kraft ihres Geistes war auf der Folter.
Ihre Vernunft war tief leidend. Das Spiel ihrer Einbildungskraft brachte die heftigste Pein. Ihr Gedächtniß
drang in die Tiefen eines jeden ihrer Sinne und erfüllte
sie mit Feuer, Bitterkeit und Schrecken. Ihr Wille, mit
allen diesen geheimnißvollen Schmerzen beladen, hing wie
auf einer Folter in der schmerzlichsten Spannung, aber
dennoch war er ruhig und muthig, ließ keinen Schrei hören, kein Zeichen der Marter blicken, sondern litt alles
friedlich und ruhig für Gott. Es ist auch nicht unmöglich, daß die äußere göttliche Verlassenheit, in welcher sie
sich befand, ihr fürchterliches inneres Gegenstück haben mochte,
wie es in jenen drei Tagen des Verlustes Jesu der Fall
war, von welchem dieser siebente Schmerz in manchen
Hinsichten selbst das Gegenstück ist. Es war eine vollständige Besitznahme des Leidens, eine wunderbare Umwandlung des menschlichen Lebens, das größer und umfassender war, als jedes andere Leben, in eine lebendige Per-
sonification unaussprechlichen Kummers.

Dies war das Geheimniß des siebenten Schmerzes
oder vielmehr jener wenigen Umrisse desselben, welche der
Heimlichkeit des Herzens Mariens entwischen und in den
Bereich unseres beschränkten Gesichtskreises fallen. Wenn
es schwer gewesen ist, die Geschichte dieses Schmerzes zu
erzählen, so wird es noch schwerer sein, die Eigenthümlichkeiten desselben genauer anzugeben. Die größte Eigen-

thümlichkeit dieses Schmerzes bestand darin, daß er der letzte war. Hierin ist gar vieles enthalten. Es kann niemand entgangen sein, daß die Schmerzen Mariens ein göttliches System sind, eine Welt, die von Gesetzen regiert wird, die wir nur theilweise verstehen. Wir haben sie bereits nach verschiedenen Grundsätzen classifizirt, und es schien, als ob wir dadurch Licht gewonnen hätten. Demungeachtet ist unsere Ansicht von denselben keineswegs vollständig; vielleicht kann sie es nie sein. Wir fühlen, wie durch Instinkt oder eine Ahnung, daß in ihnen eine Einheit ist, die wir nicht erfassen konnten, und daß sie in derselben Weise Eins sind, wie die Passion Eins ist, obwol die Methode über unsern Begriff geht. Es zeigen sich dann und wann Lichter, starke Lichter an dunkeln Stellen; aber sie beweisen uns nur, daß wir das Ganze nicht sehen. Wie bei einer Landschaft im Mondschein ist alles bunt unter einander und phantastisch, Schatten und Gegenstände fließen in einander, Höhen und Entfernungen sind falsch; es ist eine Ansicht, die durch ein unzulängliches Medium gesehen wird. Alles ist wirklich und erkennbar, aber es ist die Wirklichkeit einer Vision. Ihre Leiden waren ohne allen Zweifel ein ganz besonderes göttliches Werk. Die Kirche läßt uns darüber nicht im Ungewissen. Nun aber muß das Ende eines göttlichen Werkes seiner Anfänge würdig, mit denselben im Einklange und gleichsam die Krone derselben sein. Daher muß der siebente Schmerz, was immer die besondere Art des Leidens sein mag, das er mit sich brachte, eine angemessene und übereinstimmende Vollendung der übrigen gewesen sein. Wir haben gesehen, was sie waren; was muß also dieser gewesen sein?

Daraus folgt weiter, daß das Leiden des siebenten Schmerzes ein Leiden war ohne Namen, ein Kummer, der nicht classificirt werden kann als zu der Familie irgend eines andern Kummers gehörig. Er bildet für sich selbst eine Klasse. Wenn wir ihm einen Namen geben, so würde es ein willkürlicher sein, weil wir keine Aehnlichkeiten oder Analogien haben, die uns bei der Benennung leiten. Die zahlreichen Aehnlichkeiten, die wir zwischen dem siebenten und dritten Schmerze nachweisen können, reichen hin, um uns zu überzeugen, daß dieser letzte Schmerz eine kolossale Gestalt gehabt haben muß. Wir können nicht sagen, wem das Leiden ähnlich sieht, wenn das Herz mehr leidet, als es für das Leben möglich ist zu ertragen, und wenn das Opfer durch eine ihm fremde Macht am Leben erhalten wird; durch keine Macht, welche die Pein mildert, oder die Fähigkeit der Ausdauer durch Erleichterung und Tröstung erhöht, sondern blos durch die Macht eines Wunders. Wir haben dies schon in ihren früheren Leiden gesehen. Hier nun können wir ebenfalls nicht sagen, was der Kummer ist, wenn er alle wirkliche Erfahrung menschlichen Kummers überstiegen und die einsame Grenze erreicht hat, über welche der Kummer nicht hinausgehen kann. Alle Möglichkeiten sind endlich; die Möglichkeiten des Kummers gehören daher unter die übrigen. Er allein ist wahrhaft unendlich, der nicht eine Möglichkeit ist, sondern ein ewiger, einfacher Akt. Aber was können wir von den äußersten Regionen möglichen Leidens wissen? Wir kennen sie nur als eine geheimnißvolle Stätte, wo die Mutter Gottes war und wo sie sich befand, als sie niederkniete, um ihre letzte Anbetung des Leibes im Grabe zu verrichten. Wir nennen dieses Leiden den siebenten Schmerz und können es nicht anders benennen. Soweit unser Verständniß reicht, war ihr dritter Schmerz ihr größter; aber ihr siebenter Schmerz geht über unsern Begriff sowol der Art als dem Grade nach und war daher in einem andern Sinne ihr größter. Die Umstände, welche das Material des Leidens bildeten, waren ohne Gleichen auf Erden. Sie haben sich nur Einmal zugetragen und

die Wissenschaft des weisesten Engels würde ohne höhern
Beistand nie geträumt haben, daß solche Dinge sich überhaupt im Schooße der Schöpfung Gottes hätten ereignen
können, so reich sie ist an unerwarteten Wundern. Auch
Mariens Herz war ein Werkzeug ohne Gleichen auf Erden, nun da das heilige Herz kalt und bewegungslos im
Grabe lag. Selbst als es noch lebte und schlug, entrückte
es seine Verbindung mit der göttlichen Person aller Vergleichung. Mariens Zustand am Schlusse dieses ungeheuern Systems von Schmerzen, welches sie durchwandert
hatte, war ebenfalls ganz ohne Gleichen sowol in Bezug
auf die Heiligkeit und die Kräfte zu leiden, als in Bezug
auf die wunderbare Erhaltung ihres erschütterten Lebens.
So hat alles an diesem Schmerze nicht seines Gleichen.
Wir können uns in unserm Geiste nur irgend eine namenlose Unermeßlichkeit des Kummers vorstellen, und sagen, es war der siebente Schmerz, welchen Unsere Mutter
ertrug.

Eine andere Eigenthümlichkeit dieses Schmerzes, die
unmittelbar damit, was gesagt worden ist, zusammenhängt,
bestand darin, daß er außer dem Bereich des Trostes lag.
Dies war es, was seine bittern und stürmischen Wogen
unnatürlich in der Luft im Gleichgewichte hielt in jenen
vierundzwanzig Stunden im Hause des Johannes. Er konnte
nicht besänftigt werden; es war nicht in seiner Macht, abzunehmen; er stand über den Gesetzen, nach welchen der Kummer gewöhnlich steigt und fällt. Er hatte nichts zu schaffen mit den Geschöpfen und daher konnten ihm die Geschöpfe keinen Trost bringen. Die Grausamkeit der Menschen und die Wuth der Teufel reichten bis zum Tod am
Kreuze. Im fünften Schmerze fanden sie also ihr Ziel.
Menschliche Einwirkung konnte den siebenten Schmerz nicht
berühren. Sie kämpfte schwach und matt oder wenigstens
vergleichsweise so, im sechsten; sie spiegelte sich da ab, er-

starb aber vor dem siebenten und fehlte ganz in jenem Augenblicke am Grabe. Gleich dem dritten Schmerze war seine Trübsal eine ganz göttliche. Wir können die Verhältnisse eines Leidens, das unmittelbar von Gott kommt und von Ihm aus ein solches Geschöpf trifft, wie Maria, ahnen, wenn wir es mit den Leiden vergleichen, die Menschen oder Teufel zufügen können. Aber hier wissen wir wieder nicht, was es heißt, außer dem Bereich menschlicher Tröstungen zu sein. Die Menschen sagen uns mit der gewöhnlichen Schmeichelei des Trostes oder mit ermahnenden Gemeinplätzen, die erbauen sollen, daß unser Kummer allen menschlichen Trost übersteige; aber in Wirklichkeit ist es nicht so. Die Zeit tröstet uns unvermeidlich, wenn sie auch ihr Werk langsam thut. Freundliche Theilnahme tröstet uns, sogar während sie uns ärgert. Das Leben tröstet uns gerade durch seine ungestümen Zerstreuungen. Aber Maria war sogar noch außer dem Bereiche der Tröstungen, welche nicht bloß gewöhnliche Gnade, sondern jene wunderbare Gnade verleiht, die sie selbst vom Gipfel des Kalvarienberges herabbrachte. Wem ist ein Geschöpf gleich, das über den Tröstungen sowol der Natur als einer unvergleichlichen Gnade steht, und das Gott selbst allein zu trösten vermag durch unmittelbare Vereinigung mit Ihm?

Wir denken an jene, die an den finstern Grenzen der Schöpfung liegen, in ewiger Verbannung von ihrem Vater. Welches Elend ist ihr unaussprechliches und doch unausrottbares Leben! Dennoch wirft die mächtige Wolke einer ewigen Gerechtigkeit etwas Sänftigendes und Erträgliches über ihre endlose Einsamkeit der Pein gerade durch den Umstand, daß sogar diesen schwarzen Geistern dieselbe so unläugbar recht und billig erscheint. Aber Maria war ohne Trost, sogar als sie mehr göttliche Süßigkeiten verdiente als alle Engel und Heiligen mit einander, so daß sie in Bezug auf Leiden jener Art nicht einmal mit den

Verlorenen zu vergleichen ist. Ueberdies ist, wenn wir so sagen dürfen, die Liebe in gewissem Sinne ein mehr energisches Agens als die Gerechtigkeit. Daher muß in einem gewissen Sinne eine untröstliche Verlassenheit, welche die ewige Liebe bereitet, um Leiden aufzulegen, etwas Durchbringenderes und Ueberwältigenderes sein, als eine untröstliche Verlassenheit, welche die ewige Gerechtigkeit zur Strafe für die Sünde bereit hält. Ja, das Blut Jesu dämpft in etwas die Wuth der höllischen Flammen, während gerade jenes Blut die Flammen in Mariens Seele entzündete und sie siebenmal heißer machte, als sie vorher waren, so daß sogar die Trostlosigkeit der Verlorenen sich in ihrem Uebermaß nicht vergleichen läßt mit jener mystischen untröstlichen Trübsal, die Gottes letzte Prüfung des Herzens seiner Mutter war. Sogar Er hatte, wie es schien, keine Prüfungen mehr, wodurch unaussprechliche Heiligkeit befestigt werden konnte.

Allein es gibt noch einige geringere Charakterzüge, die auf der Außenseite dieses siebenten Schmerzes liegen und die wir nicht übergehen dürfen. Wir sahen, daß die Einsamkeit des sechsten Schmerzes noch nicht den Punkt der Verlassenheit erreicht hatte, weil Maria noch den Leib besaß. Sie wurde Verlassenheit, als der große Stein an den Eingang des Denkmals gewälzt wurde und sie sich aus dem Garten seines Begräbnisses entfernte. Dies war der Moment, der uns allen im Kummer wohl bekannt ist. Alles war noch nicht vorüber, wenn der Tod vorüber war. Wir sprachen von der leblosen Gestalt im männlichen oder weiblichen Geschlechte, wie wenn der Leib die eigentliche Persönlichkeit dessen wäre, den wir liebten. Das Haus war nicht vereinsamt, wenigstens nicht ganz vereinsamt, obwol es verdüstert und stille war. Der Todte bevölkerte es noch mit einem Leben, das uns ausschließlich beschäftigte, und erfüllte es mit einem geheimnißvollen Reize.

Es war jetzt ein geheiligtes Haus, früher war es nur ein gewöhnliches gewesen. Ach, wir fanden eine so mannig= faltige Gesellschaft an dem Todten! Sein blasses Ange= sicht war so beredt. Es sprach nicht von der Pein, die so eben vorübergegangen war, noch von der qualvollen Hungerkrankheit oder dem Gifthauche der Pest, sondern es sprach von alten Zeiten, von den Jahren der Kindheit. Es war eine wirkliche Auferstehung von vergangenen Blicken, von beinahe vergessenen Ausdrücken, von der unschuldigen jugendlichen Lieblichkeit des Angesichtes, das über dem Tode blühte, wie die Schneeglöckchen über dem gefrorenen Schnee. Die zusammengepreßten Lippen lächelten uns an. Die geschlossenen Augen blickten uns an, ohne sich zu öffnen. Die Hände mit den blauen Adern waren voll Bedeutung. Es war eine finstere Stunde, als der Sarg sich schloß, aber der Zauber war noch nicht vergangen. Der Augen= blick der Verlassenheit kam noch nicht, als die blauen Wölk= chen des Weihrauches sich hinaufringelten aus dem feuchten Grabe, und als die Erdschollen auf dem Sargdeckel polter= ten und der hohle Ton wie ein furchtbares Echo der Ewig= keit klang. Aber er kam, als der Trauernde seinen ersten Tritt wieder auf die Schwelle seiner Thüre setzte, nach= dem er die Gefährtin seines Lebens oder das Kind seiner Hoffnungen oder die Mutter seines Knabenalters im Grabe zurückgelassen hatte. Dann war das Haus wirklich leer und sein Herz war auch leer und verödet. Wenn wir Maria an unsere Stelle setzen und Jesus an die Stelle der Liebe, die wir verloren, und wenn wir jene weiten Verschiedenheiten uns erlauben, so war Mariens Schmerz ein ähnlicher, als sie sich vom Gartengrabe wegwandte. Dies zu verstehen ist uns möglich, und es gibt finstere Tage in unserer eigenen Vergangenheit, welche die Wahr= heit hievon bezeugen.

Es gibt noch eine andere Eigenthümlichkeit dieses

Schmerzes, die er mit dem sechsten theilt und auf die wir bereits wiederholt anspielten, daß nämlich Maria in demselben von Bildern der heiligen Kindheit umgeben wurde.

. Diese waren eine doppelte Quelle des Leidens, sowol in ihren Contrasten, als in ihren Aehnlichkeiten. Seine Gefangenhaltung im Grabe war für sie ein Bild der neun Monate, die Er in ihrem gebenedeiten Leibe zugebracht hatte. Aber sie hatte Ihn damals selbst über das Hügelland von Judäa hingetragen voll Jubel und Entzücken, während jeder Gedanke ein Magnifikat in ihrer Seele war. Joseph von Arimathea erinnerte sie an den, der unter allen Menschen von dem ewigen Vater auserkoren wurde, um der Nährvater Jesu zu sein. Aber er war hingegangen, um in Frieden zu schlafen, mit seinem Haupte auf dem Busen Jesu, während Joseph von Arimathea die liebliche Traurigkeit jenes ältern Geheimnisses gerade umkehrte. Als sie Jesus in das Grab legte und das Leichentuch ordnete, erinnerte sie sich an die Krippe, in die sie Ihn zu Bethlehem gelegt hatte. Allein zwischen der Krippe und dem Grabe lag die ganze ungeheure Zwischenzeit, die zwischen den Polen christlicher Andacht liegt, zwischen Weihnachten und der Passionszeit. Die beiden Geheimnisse waren so ähnlich und doch so verschieden! Er war jetzt hülfloser, als Er damals war. Was damals der liebenswürdigste Gehorsam war, ist jetzt starre Unempfindlichkeit. Sein Stillschweigen war damals freiwillig. Es ist jetzt auch so, aber mit einer verschiedenen Art des Willens. Er hatte sie damals bemerkt, jetzt bemerkt Er sie nicht. Als Er als Knäblein schlief und seine Augen geschlossen waren, wußte sie, daß Er unterdessen immer dachte, liebte und anbetete, und sein Schlaf war an sich selbst eine reizende Schönheit. Aber nun war das Herz kalt und ohne Bewegung, anbetungswürdig wegen seiner Verbindung mit der Gottheit, aber es schlug nicht

mit bewußter Liebe zu ihr. Sie hatten seit seinem Tode
eine einzige seltsame Vereinigung gehabt. Es war damals,
als sie niedergekniet war, mit Ihm ausgestreckt auf ihren
Armen, und als sie beide mit einander die Figur Eines
Kruzifixes bildeten, und dasselbe weder ganz Jesus war,
der gekreuzigt wurde, noch ganz Maria, sondern Gottes
einziges Opfer aus zwei Leben. Dies war ein Vorbild,
auf welchem ein starkes göttliches Licht ruht und das wir
nie vergessen dürfen. — Dennoch war die Passion ebenso
da, wie die Kindheit. Sie begegneten sich auf jenem Boden. Jener marmorbleiche Leib, mit rothen und blauen
Malen gestriemt, war kein Denkmal von Bethlehem. Die
ganze Passion war ausführlich auf seine Glieder geschrieben, ja noch zu dieser Stunde wird sie im Himmel durch
seine Hände und Füße und durch seine heilige Seite glänzend beleuchtet. Jene Werkzeuge der Passion, jene kostbaren Reliquien, die in das Grab gelegt werden, sprechen
auch nicht von Bethlehem und Nazareth, sondern von Jerusalem und dem Kalvarienberg, von dem Prätorium und
von Golgatha. Andere dürfen Ihn eher berühren, in die
Hand nehmen und tragen, als sie selbst, — dieser schmerzliche Charakterzug der Passion, die im vierten Schmerze
so tief in ihre Seele geschnitten hatte, wurde im sechsten
und siebenten erneuert. Es war eine Art von Zeichen der
Gegenwart der Passion. Aber Zeichen waren nicht wohl
nothwendig, und wenn gegenwärtig, waren sie kaum bemerklich in einem Geheimnisse, das die aromatische Bitterkeit der Passion in allen seinen Beziehungen und in jedem geringsten Zwischenfalle athmete. In der heiligen
Kindheit hatte sie niemand, der sich auf ihre Schwäche
und Müdigkeit stützte; denn sie und Joseph stützten sich
beide auf Jesus, und Ruhe, Friede und Freude sind für
jene, die sich auf Ihn stützen, ein einziger bleibender Genuß.
Aber bei der Passion hatte sie die Kirche in ihrem Herzen

zu tragen. Als Jesus starb, stützte Petrus, der Fels, seinen reumüthigen Glauben und seine Liebe auf die ihrige.
Sie hielt durch ihren sanften Muth Johannes und Magdalena aufrecht. Joseph und Nikodemus würden kaum
die Kraft gehabt haben, den Leib vom Kreuze loszumachen,
wenn sie nicht dagewesen wäre, um sie mit ihrem eigenen
zarten Starkmuthe zu beseelen. Dennoch machte dieses
Anlehnen anderer ihr Herz schmerzen. Es war an sich
selbst ein neues Leiden; es vervielfältigte die Zahl der
theuern Herzen, in welchen sie zu leiden hatte, während
es auch eine Anstrengung ihres eigenen war. Die Passion
erreichte ihre Höhe in Maria, nicht als die Seele Jesu
durch den grünen Rasen am Fuße des Kreuzes hinabsank,
sondern während jenes Schlußmomentes am Grabe.

Hier findet auch der Verlust des Knaben in den drei
Tagen, jenes Geheimniß, welches abgesondert erscheint, etwas ihm Aehnliches. Das Wesen des Leidens ist das
gleiche in beiden Fällen. Es ist der Verlust Jesu. Die
Zeit, welche der Verlust dauert, ist geheimnißvoll die nämliche. Es ist die nämliche Abwesenheit menschlicher Einwirkung und secundärer Ursachen. Die Beschäftigungen
des abwesenden Jesus sind in beiden Fällen nicht unähnlich. Im ersten erleuchtete Er die Lehrer seiner Nation;
im zweiten gab Er den Vätern, den ältern Lehrern seines
Volkes in der Vorhölle das beseligende Licht. Es war ein
Joseph da, um mit Maria am Grabe zu trauern, wie ein
Joseph dagewesen war, um mit ihr im Tempel Schmerz
zu empfinden, und beide Joseph waren die Wahl Gottes
selbst. Die Natur des Leidens war dieselbe in beiden
Fällen, weil es von einer göttlichen Verlassenheit herkam.
Trostlosigkeit war die gleiche Form des Leidens damals und
jetzt. Sie hatte Ihn beide Male an demselben Orte verloren, gerade außerhalb der Thore Jerusalems. Es kann
kaum ein Zweifel sein, daß der Verlust des Knaben Jesus

29 *

in den drei Tagen eine prophetische Vorbedeutung der ge-
genwärtigen Trennung war. Allein eine merkwürdige
Ausnahme stand allen diesen Aehnlichkeiten gegenüber. Die
Finsterniß im siebenten Schmerz entsprang aus der Unmöglichkeit des Trostes; die Finsterniß im dritten war eine
geheimnißvolle Probe der Unwissenheit in übernatürlichen
Dingen. Hier wußte sie alles. Sie hatte die Passion
bis zu ihrem Schlusse mit heldenmüthiger Treue beobachtet.
Sie hatte Ihn selbst einbalsamirt. Sie hatte bei seiner
Grablegung geholfen. Sie wußte, wo Er war, und wie
Er verloren ging, und sie wußte auch von der Auferstehung, die am Ostermorgen kommen sollte. Aber wie nach
den Anordnungen Gottes eine Tiefe der andern ruft, so
ruft ohne Zweifel der dritte Schmerz den siebenten, und
die Echo antworten dem Rufe. Die Stimmen beider sagen uns, daß sie beide Abgründe haben, die wir nicht ergründen können, und daß es außer den tiefen Stellen, in
denen wir uns beinahe verloren haben, noch tiefere gibt,
die wir nicht ahnen.

Allein der siebente Schmerz hatte einen eigenen Vorzug. Die hypostatische Einigung war lange ein Gegenstand
beseligender Betrachtung für Maria gewesen, gerade wie
sie das Werk Gottes war, in welches die Wissenschaft der
Engel am meisten zu schauen gelüstete. Die Vereinigung
des Leibes Unsers Herrn mit seiner Seele und die Vereinigung sowol des Leibes als der Seele mit seiner göttlichen Person als dem ewigen Worte, als der zweiten
Person der allerheiligsten Dreifaltigkeit, war für sie das
Vorbild aller Vereinigung gewesen, das Denkmal der Unveränderlichkeit in den veränderlichen Werken des Schöpfers.
Gleich dem Geheimnisse der heiligen Dreifaltigkeit selbst
war sie ihr wie jenes dreifache Seil vorgekommen, von
welchem die Schrift mit bedeutsamer Mäßigung sagt, daß
„es nicht leicht gebrochen wird". Jetzt fand etwas Aehn-

liches wie ein Bruch darin statt, und schon der Gedanke
an etwas Solches ist zu schrecklich für Worte. Was das
Wort einmal angenommen, das legte es nie ab. Die
hypostatische Einigung konnte möglicher Weise nicht gebrochen werden. Der Leib, die Seele, das Blut am Kreuze,
auf dem Pflaster, an deß Sandalen der Menschen und
an den Kleidern Maria's, alles war, die Auferstehung er-
wartend, mit der Person des göttlichen Wortes vereinigt.
Allein das Fleisch und das Blut wurden getrennt. Das
Blut, kostbar und göttlich, wurde nach allen Richtungen
zerstreut, an Orte, an die man gar nicht dachte, und mit
den schmählichsten Dingen vermischt, wie wenn es nicht
in seiner edelmüthigen, verschwenderischen, weltrettenden
Natur läge, an Einem Orte, wie der Leib, eingeschlossen
und in einem Grabe unthätig zu sein. Seine Farbe sollte
seine Stimme sein und sein stummes Roth sollte, wo es
immer zerstreut sein mochte, herzergreifend predigen. Aber
diese Trennung des Fleisches und Blutes war ein fürchterlicher Eingriff in das Heiligthum jener himmlischen
Verbindung. Doch weit entsetzlicher war die Trennung
des Leibes und der Seele, — jenes alte furchtbare Geheimniß, welches Gott zuerst erfunden als Strafe für die
Sünde. Auch hier, was noch schrecklicher ist, geschah sie
als eine Strafe und zwar als eine Strafe für die Sünde.
In den ersten Augenblicken der Menschwerdung hatte es
keine Aufeinanderfolge gegeben. Die Seele war nicht einen Augenblick vor dem Leibe, noch der Leib vor der
Seele, noch beide einen Augenblick ohne die Gottheit.
Aber die Verbindung, welche im Mutterleibe bewirkt wurde,
wurde im Grabe gebrochen, und Maria leistete Dienste bei
beiden Geheimnissen. Der Schmerz, welchen diese entsetzliche Trennung in Mariens Herzen verursachte, muß
in seiner Pein dem Bruche geglichen haben, welcher ihn
verursachte, und er ist eines von jenen Dingen, die für

sich allein dastehen sollen, weil Gott wollte, daß sie Ge=
heimnisse sein sollten ohne Gleichen in seiner weiten
Schöpfung.

Daher scheint es, daß dieser siebente Schmerz eine
Art Mittelpunkt war oder ein Hafen, in welchem alle die
verschiedenen Linien der Geheimnisse der dreiunddreißig
Jahre zusammenliefen. Bethlehem und der Kalvarienberg,
Nazareth und Jerusalem, die Kindheit und das Leiden
Jesu, das Knabenalter und das Lehramt, sie alle waren
hier vorgestellt. Die Möglichkeiten des Leidens waren er=
schöpft. Simeon's letztes Schwert wird in das Herz der
Mutter gestoßen. Wie niemand das Leiden schildern kann,
das sie ertrug, so kann niemand die Heiligkeit schildern,
die sie erreichte. Der Wahnsinn der Sünde des Menschen
und der Druck der göttlichen Gerechtigkeit hatte den Leib
und die Seele Jesu geschieden. Sie beide vereinigt, konn=
ten nicht mehr thun, und so endigte die Passion. Maria's
Schmerzen waren immer gestiegen, mannigfaltig in ihrer
Grausamkeit, erfinderisch in ihren entsetzlichen Qualen, und
auch bei ihr war die Trennung das letzte. Sie wird von
Jesus getrennt, von seiner Seele zuerst im fünften Schmerze
und von seinem Leibe jetzt. Ihre letzte Trennung ist da=
von, was sie Ihm selbst gab, — sein heiliges Fleisch.
Die Sünde des Menschen und die ewig gebenedeite Grau=
samkeit der göttlichen Liebe haben den Sohn und die Mut=
ter von einander geschieden, obwol dreiunddreißig Jahre
lang ihre Verbindung keiner in der Schöpfung nachgestan=
den war, die hypostatische Einigung ausgenommen. Jesus
war ohne Maria und Maria ohne Jesus, — jene aller=
finsterste Verlassenheit, die der Böse und die Häresie er=
sinnen können, um eine arme zu Grunde gehende Welt
des kostbaren Blutes zu berauben. Ach, ehrwürdiger
Simeon! dein letztes Schwert steckt in der That im Herzen
der Mutter. Du bist nach deiner Bitte im Frieden ge=

schieden. Du erfreueſt dich jetzt im Lichte Jeſu. Doch
iſt dein Friede jenſeits des Grabes nicht glorreicher, als
jener ihr Friede, welchen in dieſen vielen Jahren deine
Prophezeiung in unausſprechliche Bitterkeit verwandelt hat!

Von dieſen Eigenthümlichkeiten des ſiebenten Schmerzes
können wir uns nun zu den Gemüthsſtimmungen wenden,
in welchen Unſere gebenedeite Mutter ihn litt. Es war
der Charakterzug der Heiligkeit Maria's, daß ſie in einer
vollkommenen Mitwirkung mit der Gnade beſtand. Alle
Heiligkeit iſt natürlich einfach eine Mitwirkung mit der
Gnade, allein bei gewöhnlichen Menſchen und ſogar bei
den Heiligen findet häufig ein Fehlſchlagen ſtatt, ein Auf-
und Abwogen, ein Fallen und dann wieder ein Aufſtehen
und folglich eine unvollkommene Mitwirkung mit der Gnade.
Der Eigenwille wendet die Gnade von ihrem rechtmäßigen
Kanale ab und drückt ſeinen eigenen Charakter ſogar ihrer
göttlichen Wirkſamkeit auf. Auch die Sünde läßt ihre Ein-
brücke und Spuren ſogar auf unſerer Heiligkeit zurück. Temperament und Naturell ſind ebenfalls an dem Baue der
Heiligkeit leicht erkennbar, wenn er vollendet iſt. Daher
zeigt ſich etwas Menſchliches, etwas Beſonderes, etwas,
was ſtark nach ihrer natürlichen Neigung und nach ihrem
individuellen Charakter ſchmeckt, an der Heiligkeit der Heiligen. Dadurch unterſcheiden wir einen Heiligen von dem
andern. Es iſt ein Reiz für unſere Andacht, ein Antrieb
uns zu erwecken, ein Muſter zur Nachahmung. Dies
kommt daher, weil ihre Heiligkeit nicht bloß eine Mitwirkung mit der Gnade iſt, ſondern ein Reſultat von
Kämpfen, von Verſuchungen, von Umwälzungen, von
Kataſtrophen und ſogar von unglücklichen Ereigniſſen. Sie
iſt ein göttliches Werk, aber unauflöslich damit vermiſcht,
was menſchlich iſt. Es iſt beinahe eine Schönheit in
unſern Augen, daß es ſo iſt. Die Heiligkeit Maria's
hatte einen ganz andern Charakter. Es war eine ein-

fache, unvermischte, ganz vollendete Umwandlung der Gnade in Heiligkeit, ohne Zögern, gleich wie die frische Gnade kam. Daher ist sie ein ganz göttliches Werk, von einem menschlichen Willen getragen. Die Sünde hat hier keine Spur zurückgelassen. Da ist kein Zeichen von einer Katastrophe, sondern nur die schöne Gleichförmigkeit eines ruhigen, gleichmäßigen Gesetzes, das mit einer Macht, welcher nicht zu widerstehen ist, auf dem glorwürdigsten Schauplatz in unaussprechlicher friedlicher Majestät wirkt. Da zeigt sich keine Vermischung mit dem reinen Golde, und so weit unsere trüben Augen sehen können, nur wenig individueller Charakter. Nicht als ob sie ohne eigenen Charakter wäre; sie hat ohne Zweifel einen sehr markirten, aber er ist zu nahe bei Gott, als daß wir ihn sehen könnten. Er ist verborgen in der Nähe des unerträglichen Lichtes, wie es bei einem Planeten der Fall sein würde, wenn er dicht an den Grenzen der Sonne läge. Diese göttliche Reinheit ihrer Heiligkeit ist es, die, wenn wir reiflich darüber nachdenken, weit wunderbarer ist, als ihre kolossalen Verhältnisse, und die sie beinahe unendlich von den Heiligen unterscheidet.

Eine einzige Gnade von Gott ist ein wunderbares Ding. Manche Gottesgelehrten haben behauptet, daß eine einzige Gnade hinreiche, um einen Heiligen zu machen. Selbst in den gewöhnlichsten Gnaden können wir gemäß der Erfahrung die mannigfaltigsten Fähigkeiten, die unglaublichste Macht der Ausdauer, die außerordentlichste Herrschaft über die Seele entdecken. Es scheint zuweilen, wie wenn eine einzige Gnade manchmal eine Quelle geistlicher Wunder in uns wäre, oder für sich Macht genug hätte, das Steuerruder unseres ganzen Lebens zu wenden, und den ganzen Himmel und die weite Ewigkeit in sich zu enthalten. Ein Heiliger entspricht vielleicht dem tausendsten Theile seiner Gnade, wir um so viel weniger. So weit ist unsere Niedrigkeit, selbst wenn sie sich anstrengt, davon entfernt, die freigebige Größe Gottes zu erreichen. Aber eine Gnade, welcher entsprochen wird, bringt sogleich eine andere Gnade, und diese wieder eine und so fort in einer endlosen Reihe, die an Zahl, an Menge, an Schönheit und Wirksamkeit aufsteigt. Daher erscheint uns die unwiderstehliche Schnelligkeit des Processes der Heiligung beinahe als etwas Fürchterliches. Man kann an die Möglichkeiten der Heiligkeit nicht denken, ohne zu zittern. Die Heiligkeit von Geschöpfen blendet uns, während die Heiligkeit des Schöpfers sich immer weiter von uns zu entfernen scheint, gerade zu der Zeit, wo sie uns in athemloser Anbetung zu sich hinzieht. Allein unsere unvollkommene Mitwirkung vereitelt das Werk. Wir hemmen die Freigebigkeit Gottes, wir verschleudern, verderben und schwächen seine Gnade, sogar wenn wir sie gebrauchen, und wir zögern, wie wenn wir wünschten, sie stehen und verdünsten zu lassen. Wir verlieren so ihre eigenthümliche himmlische Frische, ehe wir das Herz fassen, sie zu gebrauchen. So gleicht, wenn wir mit aller Ehrfurcht so sagen dürfen, Gott mit seiner Gnade in den menschlichen Seelen einem Menschen, dessen Gedanken beredt und schön sind, der aber nicht die Gabe hat zu sprechen, und sie nicht vorbringen kann oder nur stammelnd, was sie sowol verbirgt als ihrer Schönheit beraubt. Er hat kein freies Spiel mit uns. Er kann im besten Falle nur ein ganz untergeordnetes Werk hervorbringen, weil sein Material aus Eigensinn unfähig ist, um etwas Besseres daraus zu machen. Die Gnade war nie so glorreich ungebunden, als sie in Mariens Seele war, außer in der menschlichen Seele Jesu, die über aller Vergleichung steht. In ihrer Seele dehnte sie sich aus, wie wenn sie im Himmel wäre, und entwickelte sich in all' ihrer Pracht ohne Hinderniß. Sie entsprach jeder Gnade im höchsten Grade.

Ihre Gnaden waren riesenmäßig, unermeßlich, sogar wenn man sie mit den Gnaden der Apostel vergleicht, und doch entsprach sie vollkommen ihrem ungeheuern Umfange. Daher brachte jeder Moment des Lebens neue Ströme der Gnade, die Laubwerk, Blüthe und Frucht beinahe in dem Augenblicke waren, wo sie den jungfräulichen Boden ihres unbefleckten Herzens berührt hatten. Tage fügten sich zu Tagen und Jahre zu Jahren und wie eine fabelhafte Maschinerie ging mit überwältigender Kraft, und mit unsichtbarer Schnelligkeit der Proceß der Mitwirkung mit der Gnade und der Heiligung fort, die sich in einer einzigen kurzen Stunde so vervielfältigte, daß sie die Zahlen aller menschlichen Summen überstieg. Ihr Leben bewegte sich ferner mitten unter hohen Geheimnissen, deren jedes an sich eine ganze Welt der Heiligung war. Ihre Seele erfuhr die unbefleckte Empfängniß, die anbetungswürdige Menschwerdung, das verborgene Leben Gottes, die Passion des Leidensunfähigen, die Niederlage des Allmächtigen, Geburt und Wachsthum und Tod des Unveränderlichen und Ewigen, die Leitung eines Gottes, geheimnißvolle Wunder des Schmerzes, die Herabkunft des heiligen Geistes, die Ernennung zur Königin der Apostel und dergleichen. Was für Meere von Gnade mochte nicht ein solches Leben eines übernatürlichen Heroismus verschlingen und in eine Heiligkeit verwandeln, wovon weder ein Engel noch ein Heiliger sich eine Vorstellung machen kann? Kein Wunder, wenn wir immer so unwürdig von Maria sprechen. Es ist eine jener traurigen menschlichen Schwächen, denen wir nie entgehen können; denn alle Sprache ist ihrer so unaussprechlich unwürdig, daß die glühendste Lobpreisung und die kälteste gewöhnlichste Redensart auf Eine Stufe hinabsinken, die weit von den unzugänglichen Bergen ihrer Heiligkeit entfernt ist. Die Liebe allein kann ihren Weg zu ihr hin fühlen, und glücklich der, dessen Liebe zu ihr immer zunimmt. Er genießt schon in der Zeit eine der köstlichsten Freuden der Ewigkeit.

Diese Ansicht von Mariens Heiligkeit, daß sie nämlich ein rein göttliches Werk ist, weil sie einfach Gottes Gnade verwirklicht hat, und zwar verwirklicht im höchsten Grade durch die Mitwirkung, gibt uns nicht nur die wahre Höhe ihrer Heiligkeit und zeigt, daß ihre weltumfassenden Dimensionen nicht durch irgend einen Nebel frommer Uebertreibung vergrößert werden und daß alles, was ein Bernard, Bernardin und die übrigen von ihr gesagt haben, weit unter der Höhe ihrer furchtbaren Größe bleibt, sondern sie erklärt uns auch die Schwierigkeit, die wir haben, uns klare Begriffe von ihren innern Stimmungen zu verschaffen. Erstens sind wir genöthigt, dieselben Worte zu gebrauchen, um die Mitwirkung mit verschiedenen Gnaden auszudrücken. Wir sprechen von ihrer Gleichförmigkeit mit dem Willen Gottes, oder von ihrer Hochherzigkeit, oder von ihrem Starkmuthe, oder von ihrer Verbindung mit Gott, wenn in Folge der veränderten Umstände und der mannigfaltigen Läuterungen der Gnade die Worte zu verschiedenen Zeiten wirklich verschiedene Dinge bedeuten. Wir haben nicht die Schärfe oder die Feinheit des geistlichen Auges, um zwischen diesen Feinheiten der Gnade, zwischen diesen Schattirungen himmlischer Schönheit zu unterscheiden; dennoch wissen wir, daß sie so wirklich sind, daß eine einzige Schattirung von einer einzigen Gnade Mariens eine ganz andere Art von Heiligen hervorbringen würde, als eine andere Schattirung der nämlichen Gnade, und wir wissen auch, daß sie so groß und mächtig sind, daß jede einzelne Schattirung von irgend einer ihrer Gnaden die Seelen von einer Menge Heiliger oder die Geister von einer Hierarchie der Engel mit Glanz und Farbe erfüllen könnte. Allein es ist, wie wenn wir stammelten, wenn wir von den Dingen Gottes reden, und wir müssen sprechen, wenn gleich das, was wir sagen, weit unter dem ist, was wir meinen, und das, was wir meinen, nur ein schwacher Schattenriß von der Wirklichkeit ist, die wir geblendet in dem brennenden Feuer der Majestät Gottes sehen.

Wenn zweitens Mariens Heiligkeit in einer ruhigen, angemessenen, natürlichen Mitwirkung mit der Gnade besteht, so muß diese Mitwirkung ihren Gemüthsstimmungen den Namen und Charakter geben. Wenn aber die Gnaben weit außer unserm Gesichtskreise liegen, wenn ihre Abgründe nicht in unserer Theologie verzeichnet sind (und wer kann das Unergründliche ermessen?), dann muß auch ihre Mitwirkung weit außer unserm Gesichtskreise liegen und damit jene denkbaren Gemüthsstimmungen, die ihre innere Liebenswürdigkeit und Größe ausmachen. Wir können nichts weiter thun, als Vermuthungen wagen und uns Schatten vorstellen, welche jene unsichtbaren Wirklichkeiten vertreten sollen. Wir können nur Berechnungen anstellen und dann Irrthümer zugestehen, gemäß unserer Kenntniß von der höchsten Würde der Mutter Gottes; dann müssen wir die Summe stehen lassen, nicht als eine genaue, sondern als eine bloße Beihülfe, um einen Begriff zu erlangen. In jedem folgenden Schmerze war die Schwierigkeit, von ihren Seelenstimmungen zu sprechen, größer und dennoch konnten wir nicht schweigen, weil ihre Seelenstimmungen die Gnaden ihrer Leiden waren in der Blüthe, die zu Früchten gediegener Heiligkeit wurden. Denn Maria war nicht bloß ein Denkmal von Wundern, an welchem Gott äußere Ehrenzeichen aufhing und unzählige Fahnen und figürliche Sinnbilder und die äußere Beute einer erlösten Welt. Die blendende Glorie außerhalb — und in der That war sie blendend — war wie nichts im Vergleich mit dem, was inwendig war. Maria war ein Geschöpf, ein Weib, eine Mutter, eine Dulderin und durch eine erstaunliche Mitwirkung mit den Gaben Gottes hatte sie dieselben zu ihrem Eigenthum gemacht. Sie sind in diesem Augenblicke nicht bloße Zierden oder Privilegien oder übertragene Dienste oder mitgetheilte Vorrechte oder auch unveräußerliche Juwelen; noch sind sie einfache Attribute oder Vollkommenheiten, die sich auf sie beziehen, oder Herrlichkeiten, die von ihr trennbar sind, oder Wunder, die von ihr gerühmt, oder Verdienste, die ihr zugerechnet werden. Im Himmel sind sie Mariens eigenes Ich, ihr menschliches, mütterliches, charakteristisches, liebendes, ruhiges Selbst; ein Selbst, das in der Glorie ist, wozu es Gott zweimal nach der Natur und nach der Gnade machte. O wie süß ist der Gedanke, daß Unser himmlischer Vater eine solche Tochter hat, die immer zu seinen Füßen liegt, Ihn anbetend mit der kleinen Größe ihrer Liebe!

Von allen den innern Stimmungen der Heiligen ist diejenige, welche uns als die herrlichste auffällt, herrlicher als der Geist des Martyrthums, die Beharrlichkeit auf einem vollständigen Opfer. Beharrlichkeit ist an sich selbst die Gnade, die unter allen dem Geschöpfe am wenigsten gleicht. Es ist, als ob die Unveränderlichkeit des Schöpfers sich wie ein Mantel auf das Geschöpf niedergelassen hätte, der ihm wohl anstände. Es zeigt sich sogleich etwas anmuthigeres in seinen Bewegungen und etwas mehr heroisches in seinem Benehmen, als die schöne Inbrunst zeigte, mit welcher die Seele sich unwiderruflich dem ersten hochherzigen Opfer hingab. Es ist mehr himmlisches in seiner Würde, während sich auch mehr von dem Eigenen des Menschen in dem Muthe der Anstrengung zeigt, die man aushält. Allein die Glorie der Beharrlichkeit nimmt bedeutend zu, wenn sie in einem vollständigen Opfer besteht. Es ist eine Vollständigkeit und Einheit an dem ganzen Werke, die es zu einer Opfergabe zu machen scheint, welche des göttlichen Mitleidens würdig ist. Sonderbar! während manche Seelen unter der Anstrengung ermüden, so lange das Opfer noch unvollständig ist, gibt es nicht wenige, die es entehren, wenn es vollständig ist. Die Natur gibt nach und sucht Ruhe, wenn sie die Anhöhe erreicht hat, die vor ihr lag, und es ist auf Erden selten der Fall, daß nicht etwas Unedles und Unwürdiges an der Ruhe ist. Andere blicken beinahe mit feigem Bedauern darauf zurück, was sie gethan haben; denn es ist selten der Fall, daß irgend ein Opfer streng genommen an sich selbst vollständig ist. Ein Mensch hat sich dadurch zu etwas weiter, zu etwas Höherem verpflichtet. Alle Anstrengungen im geistlichen Leben müssen bis an's Ende ausgehalten werden. Die Schwierigkeit und deßhalb die Kostbarkeit der Beharrlichkeit besteht in ihrer Spannung, die nie nachlassen darf. In dieser Hinsicht ist die Beharrlichkeit eine Gnade, die dem Geschöpfe nicht gleich sieht, eine übernatürliche Aehnlichkeit mit Gott. Andere ferner bereuen die aufgewendeten Anstrengungen oder die gemachten Opfer nicht, aber sie sehen sich sogleich nach ihrem Lohne um. Sie erniedrigen die Erhabenheit dessen, was sie gethan, durch einen Mangel an Uneigennützigkeit. Wir werden nicht beleidigt, wenn kleine Dienste sich nach ihrem Lohne umschauen; aber große Dienste erinnern uns an Gott und sehen nicht so handgreiflich Seiner unwürdig aus und deßhalb beleidigt uns die Erwähnung ihrer Belohnung. So kommt es, daß es auf die eine oder andere Weise wenige Seelen gibt, die nicht in etwas ihr Opfer entstellen und verringern und die himmlische Frische davon wegnehmen. Wenn wir daher irgend Jemand auf seinem vollständigen Opfer beharren sehen mit dem nämlichen Eifer und Starkmuth, mit der nämlichen Hochherzigkeit und Geduld, beinahe vergessend, daß er etwas Großes gethan oder thut, nicht als ob er nicht verstände, was er gethan, sondern weil, wenn alle seine Gedanken auf Gott gerichtet sind, keine mehr übrig sind, um an sich selbst zu denken, dann nennen wir das die herrlichste aller innern Stimmungen, einen Schatten von der Ruhe des unermüdeten Schöpfers, als sein Sabbath auf die Erschaffung der Welt folgte. So war Mariens Seelenstimmung in diesem siebenten Schmerze beschaffen. Es war der Sabbath ihrer Leidenswelt. Wenn wir aber an das Opfer denken, das sie gebracht, an die Vollständigkeit, womit sie es gebracht und dann an ihren ruhigen Muth in jener traurigen Verlassenheit von den Geschöpfen, die ihre einsame Seele umgab, dann können wir begreifen, wie weit es über unsere Macht geht, uns die innere Majestät einer solchen Stimmung wirklich zu vergegenwärtigen, und wie sehr wir sie herabsetzen würden, wenn wir sie mit der entsprechenden Stimmung in den Heiligen zu vergleichen suchten, welcher wir, weil es uns an Worten fehlt, den nämlichen Namen geben müssen. Gott ruhte auf Sich selbst in der Tiefe der unbegrenzten Ewigkeit, als sein trauriger Sabbath kam. Kann ein Geschöpf an einem solchen Sabbath Theil nehmen? Dennoch, womit sollen wir sonst Maria vergleichen in der Ruhe ihrer geendigten Schmerzen?

Eine andere Stimmung ihrer Seele in diesem Schmerze war ihre Losreißung von allen geistlichen Tröstungen und von der Süßigkeit göttlicher Dinge. Wer diese Höhe der Liebe nicht schon auf Erden übt, verliert die Gelegenheit, sie jemals zu üben; denn im Himmel kann es keine solche Liebe geben. Wir sprechen so oft von der Liebe des Leidens, indem wir sie andern und uns empfehlen, daß wir beinahe vergessen, was für eine hohe und seltene Gnade es ist, und wie hastig gewöhnliche Seelen darnach streben. Es gibt in der That wenige, für die eine solche Gnade eine Wirklichkeit ist, und noch wenigere, bei welchen sie daheim ist, oder unter deren andern Gnaden sie einen passenden Platz findet. Dennoch haben Heilige, die solche Leiden liebten, wie sie ihnen von den Geschöpfen auferlegt

werden konnten, vor jenem Leiden zurückbebt, das Gott
unmittelbar der Seele auflegt. Manche, die sich willig
von dem Lichte der Erde trennten, sind zitternd zurückge-
wichen vor der Finsterniß des Himmels, wenn sie auf sie
herabzukommen drohte, und haben sie durch die Kraft ihrer
Gebete abgewendet. Es hat Heilige gegeben, die aus Liebe
zu Gott auf seine geistlichen Süßigkeiten und Tröstungen
verzichten wollten, die es aber nicht ertragen konnten, daß
Er sich selbst auf sie legte, als ein furchtbares Werkzeug
geheimnißvoller Pein. Die umwölkten Einöden göttlicher
Verlassenheit sind von sehr wenigen betreten worden, und
nachdem sie in die Dunkelheit eingegangen, ließen sie uns
meistens wissen, wie weit sie vorangekommen waren durch
die Angstrufe, die ihnen in ihrer Marter wie verwundeten
Adlern entfuhren. Jesus hatte selbst laut aufgeschrieen,
als Er in jenen entsetzlichen Tod hinabsank. Maria durfte
in diesem Schmerze diese gefährliche Hinabfahrt versuchen,
und noch weiter, als sie unter dem Kreuze gethan, an der
Verlassenheit Unsers Herrn Theil nehmen. Wie dieses
Ihn am Ende seiner Passion traf, als das Leiden, das
alle übrigen krönte, gerade da es für die Natur am wenigsten möglich war, es auszuhalten, so traf es sie am Ende
ihres Mitleidens als der höchste Schmerz, nachdem das
Leiden die Natur gleichsam nur wie ein zertrümmertes
Schiff mitten unter den Fluthen der göttlichsten Gnade
zurückgelassen hatte. Die beiden Leiden, das seinige und
das ihrige, endigten in derselben geheimnißvollen göttlichen
Trübsal, wohin wir nicht reichen können, wo aber, wie
wir wissen, unter sprachlosem Weh ein unaussprechliches
schönes Licht aus ihren Seelen emporstieg, das Gott mit
der Vollkommenheit anbetete, wie ein Geschöpf sie darbringen kann, und das wie auf einer mächtigen unwiderstehlichen
Woge die Opfergabe menschlicher Liebe weit hinaustrug

über den höchsten Punkt, welchen die Hochfluth der Intelligenz eines Engels jemals erreichen konnte.

Es gibt auch zwei Erzeugnisse heldenmüthigen Leidens, die wir nicht vergessen dürfen, und die wir sicherlich unter ihre Gemüthsstimmungen in diesem Schmerze rechnen können, nämlich den Geist der Fürbitte und den Geist der Danksagung. Die Produkte der Gnade sind nicht selten die Gegensätze der Natur, wenn sie auch auf dieselben gepfropft sind. Es möchte scheinen, wie wenn die natürliche Folge des Leidens darin bestände, uns selbstsüchtig zu machen, indem es uns gewaltsam mit uns selbst beschäftigt, und unsere ganze Aufmerksamkeit auf unser Leiden richtet. Dennoch wissen wir, daß die eigenthümliche Gnade des Leidens Befreiung von der Selbstsucht ist. Es ist, wie wenn gerade die Menge der Dinge, die wir zu tragen haben, einen weiten Raum in unsern Herzen machte, und da eine der Muße ähnliche Ruhe hervorbrächte, die uns in den Stand setzte, an andere zu denken, und mit der genauesten und vorsichtigsten Erwägung für ihre Bequemlichkeit zu sorgen. Der Geist der Fürbitte bildet einen Theil der unselbstsüchtigen Gesinnung, welche das heiligende Leiden hervorbringt. Unsere Gefälligkeit gegen Andere nimmt namentlich eine religiöse und übernatürliche Form an, weil wir unser Leiden in der Gegenwart Gottes tragen, und weil unser ganzes Wesen dadurch gesänftigt und in tiefere und himmlischere Beziehungen zu Ihm hineingezogen wird. Der Geist der Fürbitte gehört Herzen an, die Opfer sind, freiwillige oder unfreiwillige Opfer der liebenden Gerechtigkeit Gottes. Jeder Christ, der in Leiden ist, ist insofern ein lebendiges Abbild des gekreuzigten Christus, und der Geist der Sühnung bildet ein unvermeidliches Element in seiner Gnade. Ueberdies sind menschliche Agenten in der Regel mehr oder weniger an unsern Leiden betheiligt, meistens nicht ohne böse Absicht, sondern absichtlich, und während unsere Gedanken mit uns selbst beschäftigt sind, sind sie nothwendig auch mit ihnen beschäftigt. So betete Jesus für seine Mörder am Kreuze; so beteten die Martyrer für ihre Henker; so auch ist das Unrecht, das ein Heiliger erfuhr, gewöhnlich der königliche Weg zu seinen köstlichsten Gebeten gewesen. Wer kann daher zweifeln, und namentlich in jenen kritischen Umständen der Welt, und wenn er die Abgründe der Geheimnisse der erlösenden Gnade betrachtet, daß Mariens Seele, je mehr sie mit den Wassern der Bitterkeit getränkt wurde, um so ruhiger und stärker sich über andere ausgoß? Und insofern ihre Gebete ihre Schätze waren, welche die Welt weit mehr bereichern konnten, als sie es selbst ahnete oder glaubte, mußte nothwendig die große Fülle ihrer Liebe sich in der Fürbitte Luft machen, besonders da dieser Geist der Fürbitte zu gleicher Zeit die wirksamste Genugthuung für Jesus war wegen der Unbilden, die Er ausgestanden hatte.

Aber während das geheiligte Leiden das Herz mit Güte gegen andere erfüllt, schmelzt es, um den Lieblings- ausdruck mystischer Schriftsteller zu gebrauchen, dasselbe um so mehr in Liebe gegen Gott, und diese nimmt in dem- selben Geiste des Widerspruchs mit der Natur die Form einer Danksagung an. Nach den natürlichen Grundsätzen sind die Zeiten des Leidens die Zeiten, wo wir Gott am wenigsten zu danken haben, aber für einen erleuchteten Glauben, der zu unterscheiden weiß, sind sie die Zeiten, in welchen wunderbare Segnungen enthalten sind, wunder- bar, sowol der Zahl als der Größe nach. Dennoch ist sogar hier etwas, was tief in der Natur liegt. Wenn uns ein Freund irgendwie verwundet hat, so stellt uns sein verändertes Betragen seine frühere Liebe dar, und die Vergangenheit bricht hinter der gegenwärtigen Wolke in hellem Glanze hervor. So macht in unsern Beziehungen zu Gott das Leiden uns unsere eigene Unwürdigkeit tiefer

empfinden, so daß die Betrachtung vergangener Wohltha-
ten uns mit einem demüthigen Erstaunen erfüllt, deſſen
einzige Stimme bewundernde Lobpreiſung iſt und die Dank-
ſagung glücklicher Thränen. Dies iſt jene Verherrlichung
Gottes im Feuer der Trübſal, was einer der Vorzüge
geprüfter Seelen iſt. Wie wir die aromatiſchen Blätter
der Cypreſſe und des Lorbeers zerquetſchen, um ihnen ihren
Wohlgeruch zu entziehen, ſo drückt Gott unſere Herzen,
bis ſie bluten, damit ſie Ihn mit dem Wohlgeruch ihrer
Dankbarkeit anbeten, und Ihn näher zu ſich hinziehen mit
der neuen Wonne und Liebe, womit ſie ſein Mitleiden und
ſeine Zärtlichkeit beſeelen. Wer kann zweifeln, daß, als
Maria immer tiefer und tiefer in jene erſtaunlichen Abgründe ihrer Schmerzen hinabſank, ihr Magnifikat immer
lauter und tiefer und ſchneller wurde, und mehr Bedeutung hatte in dem entzückten Ohre Gottes?

Endlich betete die Größe ihres Glaubens in der dunkeln Stunde ihres ſiebenten Schmerzes für ſich ſelbſt die
heiligſte Dreifaltigkeit auf das unvergleichlichſte an. Dies
iſt eine andere von den vielen Aehnlichkeiten, die wir zwiſchen dem ſiebenten Schmerze und dem dritten finden, die
Unermeßlichkeit und die Ruhe des Glaubens bei unaus-
ſprechlicher Finſterniß, eines Glaubens, ohne das Licht des
Glaubens, ohne das Gefühl des Glaubens, ohne den Genuß des Glaubens, ohne die immer gegenwärtige Belohnung und Ueberzeugung unſerer ſelbſt, welche der Glaube
gewöhnlich mit ſich bringt. Auch hier iſt der nämliche
Geiſt des Widerſpruchs mit der Natur in ihrem Falle.
Wir glauben an Gott um ſo bereitwilliger, um ſo feſter,
um ſo liebender, je unglaublicher Er ſich uns macht. Er
ſcheint nie mehr gut, als wenn wir am wenigſten Urſache
haben, Ihn für gut zu halten, nie mehr gerecht, als wenn
Er ausſieht, wie wenn Er geradezu ungerecht wäre. Der
Glaube iſt eine Gabe, die unter der Forderung zunimmt,

und er wird um so unerschöpflicher, wenn seine Waffer
losgelassen werden. Er ist an sich selbst eine Anbetung
der Wahrheit Gottes und hierauf beruht vielleicht das
Geheimniß seiner scheinbar unerklärbaren Annehmlichkeit
bei Gott. Je klarer wir daher diese ewige Wahrheit mitten in der blendenden Finsterniß einsehen, um so fester
hängen wir ihr an, trotz dem scheinbaren Beweise des
Gegentheils, und um so weniger haben die Schwierigkeiten
Einfluß auf uns, oder vielmehr, je weniger wir sie als
Schwierigkeiten auffassen, um so mehr Anbetung enthält
unser Glaube. „Obwol Er mich schlägt, so will ich doch
auf Ihn vertrauen," waren die erhabenen Worte Hiob's.
Daraus folgt auch, daß die Ruhe den Glauben erhöht.
Sie ist ein Zeugniß für seine Wirklichkeit und ein Beweis
seiner Herrschaft. Der ruhige Glaube ist die süßeste An-
betung, weil er zu sagen scheint, daß alles im Frieden ist,
weil Gott dabei betheiligt ist. Dabei braucht es keine
Aufregung oder Störung oder irgend eine Art von Unruhe;
Gott ist seine eigene Bürgschaft; alles muß recht sein und
am besten und schönsten, weil es von Ihm kommt. Sein
Wort ist uns theuerer, als Kenntnisse, leichter zu lesen, als
Beweise, und nistet sich tiefer in unser Herz ein, als eine
Ueberzeugung. Dennoch wurde nie der Glaube unter solchen Umständen geübt, wie von Maria in diesem Schmerze,
nie war ein Glaube größer, nie ruhiger. Der Glaube
der ganzen kleinen zerstreuten Kirche war in ihr, und es
ist heutzutage in der ganzen großen, weltumfassenden, streitenden Kirche nicht mehr Glaube, als in jener Nacht in
ihrem einzigen Herzen war.

All dies gibt uns nur einen ganz schwachen Begriff
von der innern Schönheit Unserer göttlichen Mutter bei
der Ertragung dieses siebenten Schmerzes. Unbekannte
Gnaden waren von unbekannten Gemüthsstimmungen begleitet. Die Höhen, die sie erreicht hatte, sind unserer

mystischen Theologie unzugänglich. Gott allein kann sagen, wie schön sie innerlich war und was für neue Verbindungen mit Ihm sie durch diesen letzten Schmerz eingehen durfte. Es ist für uns genug, zu wissen, daß nebst dem Leibe Jesu ihr unbeflecktes Herz in jener Nacht das Wunderbarste auf Erden war.

Der siebente Schmerz enthält auch viele Lehren für uns, die ganz in dem Bereiche derjenigen liegen, die Gott in einer gewöhnlichen Weise zu dienen suchen, während er zu gleicher Zeit, wie alle übrigen Schmerzen Unserer gebenedeiten Mutter, uns auffordert, Ihm mit einer höhern, mehr von der Welt losgerissenen und uneigennützigern Liebe zu dienen, als wir es früher gethan haben. Wir lernen aus der Bereitwilligkeit, womit sie das Grab verließ, um ihr Geschäft zu thun und um in ihrer freudlosen Verlassenheit den Willen Gottes zu erfüllen, wie wir selbst die Pflicht über alle andern Rücksichten stellen, und im Vergleich mit ihr die höchsten geistlichen Tröstungen für nichts achten sollen. Nun aber scheint, wie wenn die Vorsehung es absichtlich so anordnete, die Pflicht oft von dem fühlbaren Genusse Jesu abzuführen. Selbst im gewöhnlichen häuslichen Leben wird die uneigennützige Gesinnung, womit wir tägliche Werke der Barmherzigkeit ausüben, uns dahin bringen, das zu opfern, was einem religiösen Vortheile ähnlich sieht, das, was wir beinahe für einen geistlichen Fortschritt halten, gegen eine Gefälligkeit zu verscherzen, die andere nicht besonders anschlagen und die nur das Ergebniß angeeigneter Höflichkeit ist oder natürlicher Herzensgüte und keineswegs ein Gehorsam gegen ein übernatürliches Gebot der Gnade. Es ist zu allen Zeiten schwer, uns zu überzeugen, daß kein geistlicher Vortheil mit dem Aufgeben unsers eigenen Willens zu vergleichen ist und daß kleine Abtödtungen, die unsere Privatsachen betreffen oder den Gebrauch unserer Zeit und

sogar die Uebungen unserer Andacht, unter die höchsten
Methoden der Heiligung gehören, so lange sie für uns
schmerzhaft sind. Es ist nothwendig hinzuzusetzen, so
lange sie für uns schmerzhaft sind; denn ungleich
andern Abtödtungen hören sie, wenn sie aufhören schmerzhaft zu sein, auch auf, Abtödtungen zu sein, und werden
Symptome davon, daß die Welt den Sieg über uns erlangt hat, und dann ist uns leider keine andere Wahl gelassen, als die scheinbar selbstsüchtige Rohheit derjenigen,
die wirkliche Ursache haben, in Betreff ihrer Seelen in
Furcht zu sein. Wenn die gewöhnlichen Höflichkeiten der
Gesellschaft unsere Zeit und Aufmerksamkeit oft in Anspruch nehmen, und wir ihnen die geistliche Süßigkeit und
Gemeinschaft mit Unserm Herrn scheinbar zum Opfer bringen, so ist die Gewalt, welche die Nächstenliebe rechtmäßig
über uns in dieser Hinsicht ausübt, noch viel gebieterischer.
Leider neigt sich das geistliche Leben zur Selbstsucht hin.
Unsere Natur ist so böse, daß gute Dinge üble Neigungen
erlangen durch ihr Verbindung mit uns, und die besten
Dinge haben die schlimmsten Neigungen. So kann sogar
die Liebe zu Unserm Herrn, wenn nicht Klugheit sie lei-
tet, unserer Liebe zu dem Nächsten hemmend in den Weg
treten, und so am Ende eine unwahre Liebe zu Ihm werden; unwahr, weil bloß sentimental, denn es gibt keine
göttliche Liebe, die nicht zugleich selbst verleugnend ist. Unsere eigenen Wege gegen die anderer aufgeben, unsere Ge-
betszeiten zu Stunden halten, die uns unangenehm sind,
unsere frommen Gewohnheiten nach den Gewohnheiten anderer einrichten; — das ist gewiß ein heikles und gefähr-
liches Verfahren, das große Klugheit bedarf und eine dauernde Furcht vor weltlicher Gesinnung. Demungeachtet
ist es oft ein ganz nothwendiges Mittel der Heiligung,
besonders für jene, deren Pflichten, Gesundheit oder Stellung ihnen nicht erlauben, ein abgetödtetes Büßerleben zu

führen. Der Gebrauch der Zeit, mögen wir nun das
Läſtige der Pünktlichkeit und die Knechtſchaft betrachten,
worin uns regelmäßige Stunden halten, oder mögen wir
auf die unwillkommenen Unterbrechungen und etwas über-
triebenen Forderungen an dieſelbe ſehen, welche die Rück-
ſichtsloſigkeit und Zudringlichkeit anderer herbeiführt, iſt
eine überaus reiche Quelle einer kräftigen und anhal-
tenden Abtödtung für diejenigen, die Gott zu lieben verſuchen mitten unter den unvermeidlichen Thorheiten und
mannigfaltigen Zerſtreuungen der Welt. Es iſt die beſondere Abtödtung der Prieſter. Aber wenn das wohlanſtän-
dige Betragen und die Nächſtenliebe uns erlaubter Weiſe
von dem fühlbaren Genuſſe Jeſu abziehen, ſo wäre es einfach unrecht, die Anſprüche der Pflicht zu mißkennen, uns
zu einem ſolchen Akte der Selbſtverläugnung anzutreiben.
Dennoch iſt dies ein Punkt, in welchem fromme Leute,
namentlich Anfänger, faſt immer fehlen. Es gibt wenige
Haushaltungen, in welchen das geiſtliche Leben mit Unrecht in böſen Ruf gekommen iſt, wo der Irrthum nicht
durch die Unklugheit einer in dieſer Hinſicht ſchlecht gere-
gelten Frömmigkeit verurſacht wurde, und während es zu
hoffen iſt, daß wir auf ſolche Haushaltungen mit einer
ganz gleichgültigen Kälte hinſehen, iſt es nichts deſto weniger traurig, daß das Uebel da iſt, weil es nichts deſto
weniger wahr iſt, daß Unſer Herr dadurch leidet. Anfänger können ſich nicht leicht überzeugen, daß Jeſus irgendwo
mehr gegenwärtig ſein könne, als in den fühlbaren Genüſ-
ſen des Verkehrs mit Ihm. Die mehr vorgerückten Seelen
wiſſen wohl, daß Jeſus, wenn Er nicht empfunden wird,
in vielen Fällen eine größere Gnade iſt, als wenn Er
empfunden wird; aber ſelbſt bei ihnen bleibt die Praxis
hinter der Theorie zurück, weil die Natur ſich auf's äußerſte
gegen alles empört, was die Vorrechte der Sinne beſchränkt.

Wenn Maria keinen Troſt im Hauſe des Johannes

suchte, sondern sich daselbst ihrer Trostlosigkeit bis zum Ostermorgen überließ, scheint es da nicht, wie wenn eine Art von Rechtfertigung für diejenigen darin läge, die ihren Kummer nähren und darüber brüten? Wir müssen unterscheiden. Der Kummer in göttlichen Dingen ist so weit verschieden von dem Kummer, der aus irdischen Verlusten entspringt, daß wir kein Recht haben, ihn von uns wegzulegen oder Trost zu suchen, bis die Impulse der Gnade uns dazu auffordern. Das Leiden einer göttlichen Trübsal ist so verschieden von dem einer gewöhnlichen Trübsal, daß keine Gefahr vorhanden ist, es möchte daraus Sentamentalität oder ein weibisches, selbstsüchtiges Wesen entstehen. Ein göttliches Leiden aushalten, heißt nicht demselben nachhängen, sondern es ist eine fortgesetzte Kreuzigung, während die Ertragung eines gewöhnlichen Leidens bald aufhört, ein Leiden zu sein und zu einer gezierten Selbstwichtigkeit wird, die sich interessant machen will, und in eine Weichlichkeit wollüstiger Schwermuth ausartet. Daher sind Schmerz über die Sünde, Betrübniß wegen der Sünden Anderer, Kummer über die wechselvollen Schicksale der Kirche, Kummer über das Leiden Unseres Herrn oder wehmüthige Theilnahme an den Schmerzen Unserer göttlichen Mutter nicht so fast Ereignisse menschlicher Traurigkeit, die uns befallen, als unmittelbare Gnadenwirkungen, die deßhalb auf verschiedene Endzwecke hinzielen und nach andern Gesetzen wirken. Ein solcher Kummer sollte genährt, seine Erinnerung stets erweckt und sein Schatten, vielleicht mit einem geringen Grade von Gewalt, zurückgehalten werden, wenn er sich entfernen zu wollen scheint. Alles dies ist bei gewöhnlichen Leiden nicht erlaubt. Dennoch müssen wir sogar bei göttlichen Leiden und stets erinnern, daß jede Gnade, die nicht von der Klugheit geleitet wird, eine der höchsten Theologie der Heiligen gänzlich unbekannte Erscheinung ist.

Da es so viele Aehnlichkeiten gibt zwischen dem siebenten Schmerze und dem dritten, so ist es nicht zu verwundern, daß sie uns in gewisser Hinsicht dieselben Lehren geben. Wir lernen aus diesem letzten Schmerze, daß es keine Finsterniß gibt gleich der Finsterniß einer Welt ohne Jesus, wie Mariens Welt war in jener fürchterlichen Nacht. Sie ist schwärzer als die Finsterniß des Kalvarienberges; denn dies ist eine Finsterniß, die ermuthigt, erfrischt und begeistert. Jesus ist da. Er ist das eigentliche Herz jener Finsterniß. Er wird da deutlicher empfunden, als wenn Er gesehen würde. Er wird vernehmlicher gehört, weil alles so finster um Ihn ist, und weil andere Töne bei der Dunkelheit schweigen. Es ist, wie wenn man in der Wolke mit Gott verborgen wäre, wie es geprüfte Seelen oft sind. Es ist wahrhaft eine Finsterniß und bringt die Pein einer Finsterniß mit sich; dennoch gibt es kaum eine liebende Seele auf Erden, welcher eine solche Finsterniß nicht weit willkommener wäre als das Licht. Aber die Finsterniß der Abwesenheit Jesu ist gleichsam eine Theilnahme an der schmerzlichsten Pein der Hölle. Wenn es unsere eigene Schuld ist, dann ist es der größte Kummer; ist es eine Prüfung von Gott, dann ist es das größte Leiden. In beiden Fällen dürfen wir das Licht der Welt uns nicht versuchen lassen, aus der Finsterniß herauszugehen. In einer solchen Dunkelheit zu verweilen, ist allerdings fürchterlich; aber die Folgen, sie eigenwillig zu verlassen, sind noch fürchterlicher. Es ist nicht sicher, hier an Geschöpfe zu denken; wir müssen an Gott allein denken. Diese Finsterniß ist das Heiligthum „Gottes allein," welcher das Motto der Heiligen und aller heiligmäßigen Menschen ist. Wir müssen es nur mit dem Uebernatürlichen halten und es Ihm, der uns hieher brachte, sei es zur Strafe oder aus Liebe, überlassen, uns herauszuholen, wenn es sein Wille

sein wird. Unterdessen sollten wir uns mit den Seelenstimmungen vereinigen, in welchen Maria ihren siebenten
Schmerz ertrug, und dies wird uns in eine engere Verbindung mit Gott bringen.

Noch eine weitere Lehre gibt sie uns. Sie that ihr
Geschäft in der Welt gleichsam mit ihrem ganzen Herzen,
und doch war ihr Herz nicht da, sondern im Grabe bei
Jesus. Dies ist das erhabene Werk, welches das Leiden
für uns alle thut. Es begräbt uns in dem Willen Gottes.
Es begräbt unsere Liebe zugleich mit unserm Leibe im
heiligen Sakrament. Das Leiden ist gleichsam der Missionär des göttlichen Willens. Es ist der Fürst der
Apostel. Die Kirche ist darauf gebaut. Die Pforten der
Hölle werden nichts dagegen vermögen. Unser Herr ist
mit ihr allezeit bis an's Ende. Das Leiden gräbt der
Selbstsucht das Grab und segnet sie ein und brennt Weihrauch darauf und begräbt sie darein, füllt das Grab auf
und macht, daß Blumen darüber wachsen. Das große
Geheimniß der Heiligkeit besteht darin, daß wir nie unsere
Herzen in unserer eigenen Brust haben, sondern daß sie
in dem Herzen Jesu leben und schlagen, und dies kann
selten erreicht werden, außer durch die Wirkung eines geheiligten Leidens. Glücklich daher, wer zu allen Stunden
ein Leiden hat, das ihn heiligt!

Wir haben jetzt Unsere gebenedeite Mutter auf die
Schwelle jener geheimnißvollen fünfzehn Jahre gebracht,
die auf ihre Schmerzen und auf die Himmelfahrt Unseres
Herrn folgten. Sie begann mit fünfzehn Jahren ohne
Ihn und in gleicher Weise endigte sie in fünfzehn Jahren
ohne Ihn; nur daß in den ersten fünfzehn Jahren das
Bild des Messias ihr im Herzen eingegraben war und
der Schatten seiner Ankunft über all' ihrem Wachsthum
an Heiligkeit lag, während Er in den letzten fünfzehn
Jahren körperlich in ihr weilte, in dem unverzehrten

heiligen Sakrament, von einer Kommunion zur andern, und die lebendige Quelle von aller jener namenlosen und unbenkbaren Zunahme an Heiligkeit war, die sich während jener Zeit in ihrer Seele entwickelte. Die Bestimmung der Mutter Gottes war eine Bestimmung unaussprechlicher Leiden, die zugleich die Möglichkeiten der Schmerzen und die Fähigkeiten der Kreatur, sie zu ertragen, erschöpften. Dies ließ sich erwarten, da der Gott, der Fleisch geworden, durch Leiden, durch Schmach und die Passion, die Welt zu erretten kam. Die Schmerzen Unserer gebenedeiten Mutter sind daher unzertrennbar von ihrer göttlichen Mutterschaft. Sie sind nicht Zufälligkeiten in ihrem Leben, eine Art unter vielen Arten, auf welche Gott sie heiligen wollte. Sie waren unvermeidlich für sie als Mutter Gottes, eines Gottes, der Fleisch annahm, um zu leiden und zu sterben. So sind, im rechten Lichte angesehen, Mariens Schmerzen Mariens eigenes Leben. Ihre ersten fünfzehn Jahre, die mit der unbefleckten Empfängniß beginnen, waren eine Vorbereitung auf ihre Schmerzen. Ihre letzten fünfzehn Jahre, die mit der Herabkunft des heiligen Geistes beginnen, waren die Reife ihrer Schmerzen. Während derselben setzte sich ihr Schmerzensmeer, bis es eine klare, tiefe, durchsichtige See der reinsten Liebe wurde, deren letzter Akt, den ruhigen und vollen Besitz von ihrem glorreichen Opfer zu nehmen, die Entrückung ihrer Seele aus ihrem Leibe war, durch den wunderbarsten und schönsten Tod, welchen ein Geschöpf jemals sterben konnte. Ein solches Gebäude von Leiden, wie die göttliche Mutterschaft mit sich bringen sollte, konnte nicht auf weniger breiten und tiefen Grundlagen ruhen, als die unermeßlichen Gnaden ihrer ersten fünfzehn Jahre waren. Was muß erst die Größe der Gnaden gewesen sein, die auf jenes Gebäude kamen, als es vollendet war mit seinen Kuppeln, und Thürmen und

Zinnen! Wir haben uns oft gewundert, was an Maria in Rücksicht auf Heiligung noch geschehen konnte bei der Herabkunft des heiligen Geistes. Was blieb zu thun übrig? In welcher Richtung sollte sie wachsen? Schon die Thatsache des Aufschubs ihrer Himmelfahrt bedeutete etwas, und was konnte sie bedeutet haben, als Zunahme an Heiligkeit, Vermehrung der Gnade? Wenn sie auf der Erde zurückgehalten wurde, um die Kirche in ihrer Kindheit zu pflegen, wie sie das Jesuskind gepflegt hatte, und um selbst ein lebendiges Bethlehem mit dem heiligen Sakramente in ihr beständig zu sein, und ihr Rang als Königin der Apostel, ein äußerer Dienst Bethlehems für die Kindheit der Kirche, so sind noch ungezählte und unberechenbare Vermehrungen der Gnade und des Verdienstes gerade in dem Dienste enthalten, so wie in der Thatsache, daß es Gottes Mutter war, die den Dienst vollzog. Es waren ihre Schmerzen, die sie jener andern neuen Schöpfung der Gnade bei der Herabkunft des heiligen Geistes fähig machten. Seine Gnaden sind absolut unerschöpflich; ihre Fähigkeiten, die Gnade aufzunehmen, sind für unsere beschränkte Fassungskraft wirklich unerschöpflich. Die Gnade, die sie für die göttliche Mutterschaft vorbereitete, bereitete sie auch für ihr, in seiner Art einziges, lebenslanges Martyrthum vor. Ihr Martyrthum bereitete sie für jene unaussprechliche Zunahme an Gnade und Verdienst vor, die in ihren letzten fünfzehn Jahren enthalten war. So sind ihre Schmerzen gleichsam der Mittelpunkt ihrer Heiligkeit. Sie offenbaren uns Maria, wie sie an sich selbst war, mehr als irgend ein anderes ihrer Geheimnisse. Ja, sie sind kaum Geheimnisse zu nennen; sie sind mehr als dies; sie sind ihr Leben, ihr eigenes Ich, ihre Mutterschaft. Sie setzen uns in den Stand, ihre Heiligkeit zu verstehen. Sie verhelfen uns, einzusehen, daß das, was die Gottesgelehrten von der augenblicklichen Anhäufung

ihrer Verdienste sagen, nicht so unglaublich ist, als es
oft jenen scheint, die nicht mit Liebe über Mariens Größe
nachgedacht haben. Es ist nichts an Maria, was in sich
soviel von Mariens Antheil an der Menschwerdung vereinigt, von ihrer eigenthümlichen persönlichen Heiligkeit
und von ihrer Aehnlichkeit mit Gott, als das System
ihrer Schmerzen. Sie sind zugleich die klarste und die
vollkommenste, wie die zärtlichste und rührendste Offenbarung der Mutter Gottes. Wie ihre ersten fünfzehn
Jahre geheim waren, so waren es ihre letzten fünfzehn,
aber über die wunderbaren Gnadenwirkungen, die sie beide
ausfüllen, liegt der Schatten ihrer Schmerzen, der Schatten
einer kommenden Zeit in dem einen Falle, der Schatten
einer berghohen Vergangenheit in dem andern. Wer
Maria kennen lernen will, muß in ihr gebrochenes Herz
eingehen. Es ist „die schmerzhafte Mutter", welche die
unbefleckte Empfängniß auf der einen Seite beleuchtet,
und die herrliche Pracht ihrer Himmelfahrt auf der andern.

Betrachtet noch einmal die große Mutter, wie sie
den Garten des Grabes verläßt. Eva, als sie aus dem
Paradiese ging, war nicht mehr schmerzbeladen und trug
mit ihr in die unbevölkerte Erde hinein ein minder gebrochenes und trostloses Herz. Jenes von Weh erfüllte
Weib ist die Stärke der Kirche, die Königin der Apostel,
die wahre Mutter jener ganzen weiten Welt, über welche der
blaue Mantel der Finsterniß schnell und schweigend niederfällt.
Schlafe fort, müde Welt! schlafe fort unter dem Ostermonde,
und den Sternen, die heller glänzen, wenn er untergeht;
Deiner Mutter Herz schlummert nicht und wacht für Dich!

Neuntes Kapitel.

Das Mitleiden Mariens.

Anfangs standen wir am Ufer von Mariens Schmerzen
und blickten mit Verwunderung auf sie hinaus, wie auf

einen großen Ocean. Wir sonderten sodann nacheinander die sieben Abgründe jenes Oceans, welche die Kirche auswählte und uns vorstellte. Nun betrachten wir ihre Schmerzen noch einmal als einen einzigen; aber sie ergießen ihre Wasser durch die Meerenge des Kalvarienberges in den mächtigern Ocean des kostbaren Blutes. Dieser eigenthümliche Gesichtspunkt heißt das Mitleiden Mariens. Das rechte Verständniß desselben schließt mehrere wichtige theologische Fragen in sich, ist aber höchst nothwendig, um unsere Andacht zu den Schmerzen Mariens zu einer wahren und tiefen zu machen. Es sind nun sieben Fragen für uns zu erwägen: die göttliche Absicht ihres Mitleidens, seine Natur und seine Charakterzüge, was es thatsächlich bewirkte, die Beziehungen, in welchen es zu unserm eigenen Mitleiden mit ihr steht, eine Vergleichung der Passion mit Mariens Mitleiden, der scheinbar größere Schmerz des Mitleidens als des Leidens Christi, und endlich das Maß und der Umfang ihres Mitleidens.

§. 1.

Die göttliche Absicht des Mitleidens Mariens.

Zuerst haben wir also die göttliche Absicht ihres Mitleidens zu betrachten. Es ist sehr in Frage, ob wir je von irgend etwas an den Werken Gottes sagen können, daß es bloß zum Schmucke diene. Es liegt etwas in der Idee eines bloßen Schmuckes, was mit der Wirksamkeit Gottes, mit der Herrlichkeit seiner Einfachheit, mit seiner anbetungswürdigen Realität in Widerspruch scheint. Die Annahme, die Schmerzen Unserer göttlichen Mutter seien nur eine dichterische Ausschmückung, um Rührung hervorzubringen, eine Beigabe zu der Menschwerdung für den frommen Zweck, einige weitere Grade von Liebe zu erwecken, würde noch andere Fragen in sich schließen über den Charakter und die Vollkommenheiten Gottes, über feine Zärtlichkeit gegen feine Geschöpfe und über die gnadenreiche Bedeutung, die in jedem Schmerz und Leiden liegt in der ganzen Schöpfung. Es ist nicht leicht einzusehen, wie Derjenige, der eine solche Ansicht von den Leiden Unserer gebenedeiten Mutter hätte, von dem Vorwurfe der höchsten Unehrbietigkeit oder sogar der verstedten Gotteslästerung freigesprochen werden könnte. Gott hatte gewiß eine Absicht damit. Er hat eine Absicht in allem, was Er anordnet; aber seine Absicht bei einem so auffallenden Zuge der Menschwerdung, als die unaussprechlich schmerzhafte Bestimmung der Mutter Gottes ist, muß der Größe des Geheimnisses selbst und jenes noch größern Geheimnisses angemessen gewesen sein, von welchem sie einen Theil bildet. Es konnte nicht ein einfaches Pathos gewesen sein. Gott konnte nicht eines seiner Geschöpfe gemartert haben, bloß um einen poetischen Glanz auf die tiefen Wahrheiten des Kalvarienberges zu werfen. Auch konnte es nicht bloß eine Lehre für uns gewesen sein. Denn viel von ihrem Mitleiden läßt sich nicht nur nicht von uns nachahmen und wir können es also nicht erreichen, sondern es ist uns auch unbegreiflich und übersteigt daher unsern Verstand. Es ist wahr, wir ziehen Lehren daraus, weil in allem, was Gott thut, eine Lehre enthalten ist; aber dies ist etwas ganz anderes, als daß Gott keine weitere Absicht in einem Geheimniß haben sollte, denn die, eine Lehre für uns zu sein. Auch kann es nicht bloß zu ihrer Heiligung gewesen sein, obwol dies ohne Zweifel Eine große Absicht dabei war. Sie war die Mutter Gottes geworden, ehe ihre Schmerzen anfingen, und sie waren eine Folge ihrer göttlichen Mutterschaft, nicht eine Vorbereitung darauf. Sie heiligten sie, ja sie waren in einem besondern Sinne die Heiligung eines Wesens, das als sündlos nicht geheiligt werden konnte, wie die Heiligen, durch Kämpfe, böse Neigungen, oder innere Versuchungen. Aber es ist schwer, sie überhaupt nachdenkend zu betrachten und zu glauben, daß ihre Absicht hiemit endige. Wir verlangen eine tiefere und göttlichere Absicht, die enger mit dem ganzen Plan der Menschwerdung verknüpft ist, und wir dürfen überzeugt sein, daß eine solche vorhanden ist, wenn wir sie auch nicht entdecken können.

Wenn wir also alle oben erwähnten Ansichten als unwahr und unwürdig und als offenbar im Widerspruch mit den zu erklärenden Erscheinungen verwerfen, dürfen wir auf der andern Seite annehmen, daß das Mitleiden Mariens ein Theil der Erlösung der Welt war, daß die Rettung der Seelen dadurch verdient und daß die Sünde damit gesühnt wurde? Manche ascetische Schriftsteller haben eine Sprache geführt, die so viel als dies zu enthalten scheint. Heilige und Gottesgelehrte haben sich vereinigt, Unsere gebenedeite Mutter Miterlöserin der Welt zu nennen. Es ist keine Frage über die Rechtmäßigkeit, eine solche Sprache zu führen, weil so gewichtige Stimmen dafür sind. Die Frage betrifft ihre Bedeutung. Ist sie bloß die Hyperbel einer Lobrede, die fromme Uebertreibung der Andacht, die unvermeidliche Sprache eines wahren Verständnisses Mariens, welches die gewöhnliche Sprache unangemessen findet, um die ganze Wahrheit auszudrücken? Oder ist sie buchstäblich wahr und knüpft sich daran eine anerkannte theologische Genauigkeit? Dies ist eine Frage, die sich den meisten darbot, wenn es sich um die Verehrung Unserer gebenedeiten Mutter handelte, und es gibt wenige Fragen, auf die mehr vage und ungenügende Antworten gegeben worden sind, als auf diese. Auf der einen Seite scheint es übereilt, von der Sprache, welche Heilige und Lehrer der Kirche gebrauchten, zu behaupten, daß sie eine Uebertreibung und Hyperbel, eine blumenreiche Phraseologie sei, die in Erstaunen setzen soll, aber ohne daß eine wirkliche

Bedeutung darunter verborgen wäre. Auf der andern Seite, wer kann zweifeln, daß Unser Herr der alleinige Erlöser der Welt ist, sein kostbares Blut das einzige Lösegeld für die Sünde, und daß Maria selbst, obwol in einer verschiedenen Weise, die Erlösung ebenso beburfte, wie wir, und sie in einer reichlicheren Menge und auf eine herrlichere Art in dem Geheimnisse der unbefleckten Empfängniß empfing? So weit es die buchstäbliche Bedeutung des Wortes betrifft, möchte es daher scheinen, daß der Ausdruck „Miterlöserin" nicht theologisch wahr sei oder wenigstens die Wahrheit nicht ausdrücke, die er gewiß mit theologischer Genauigkeit enthält. Wir sind getheilt zwischen dem Verlangen, Unsere gebenedeite Mutter zu erhöhen, zwischen der Autorität der Heiligen und Gottesgelehrten und den maßgebenden Anforderungen einer gesunden Theologie. Wir wollen gewiß nicht behaupten, daß die Sprache der Heiligen keine Bedeutung habe oder nicht rathsam sei; und zu gleicher Zeit haben wir keinen Zweifel, daß Maria nicht die Miterlöserin der Welt ist, in dem strengen Sinne einer Erlöserin, in dem Sinne, in welchem Unser Herr der Erlöser der Welt ist; aber sie ist Miterlöserin genau in dem Sinne jenes zusammengesetzten Wortes. Dies sind aber keine Zeiten, wo es wünschenswerth ist, Worte zu gebrauchen, über deren eigentliche Bedeutung wir nicht ganz im Reinen sind. Während es daher in der That für jeden traurig wäre, den Versuch zu machen, Maria eines Titels zu berauben, welchen Heilige und Gottesgelehrte ihr übertragen haben, (denn wir leben in Tagen, wo die Zunahme der Andacht zu Unserer gebenedeiten Mutter die sicherste Vorbedeutung einer bessern Zukunft ist), so ist es doch zugleich für uns von Wichtigkeit, selbst vom Standpunkte der Andacht aus, zu wissen, was wir unter einem Titel verstehen, der gewiß eine wirkliche Wahrheit enthält, und zwar eine Wahrheit, die nicht leicht anders ausgedrückt werden könnte. Die folgenden Schlußfolgerungen können vielleicht als wahr angenommen werden, indem sie die Wahrheit in der Mitte finden und die beiden etwas gewaltsamen Alternativen vermeiden, entweder die Heiligen zu tadeln, oder die Vorzüge Unsers Herrn zu schwächen.

1. Unser Herr ist der einzige Erlöser der Welt im wahren und eigentlichen Sinne des Wortes, und in diesem Sinne theilt kein Geschöpf die Ehre mit Ihm, noch kann man von Ihm, ohne zu freveln, behaupten, daß er Miterlöser sei mit Maria.

2. In einem sekundären untergeordneten Sinne und durch Theilnehmung arbeiten alle Auserwählten mit Unserm Herrn an der Erlösung der Welt.

3. In demselben Sinne, aber in einem Grade, welchem sonst niemand nahe kommt, arbeitete Maria mit ihm an der Erlösung der Welt.

4. Ueberdies und abgesehen von ihren Schmerzen arbeitete sie daran mit in einem Sinne und nach einer Weise, wie kein anderes Geschöpf es that oder vermochte.

5. Ferner arbeitete sie durch ihre Schmerzen an der Erlösung der Welt mit auf eine besondere und eigenthümliche Weise, besonders und eigenthümlich, nicht nur was die Mitwirkung der Auserwählten betrifft, sondern auch was ihr eigene andere Mitwirkung betrifft, unabhängig von den Schmerzen.

Diese fünf Sätze scheinen die ganze Frage in ein ziemlich klares Licht zu stellen. Es scheint nicht nothwendig, etwas über den ersten zu sagen. Es ist Glaubensartikel, daß Unser Herr allein die Welt erlöste. Die Auserwählten arbeiten mit Ihm an diesem Werke als seine Glieder. Sie sind seine Glieder geworden durch die erlösende Gnade, d. h. durch die Anwendung seiner Erlösung allein auf ihre Seelen. Durch seine Verdienste haben sie die Fähigkeit erlangt, Verdienste zu erwerben. Ihre

Werke können genugthun für die Sünden, für die Sünden Anderer sowol als für ihre eigenen durch die Vereinigung mit den seinigen. So ergänzen sie, um die Sprache des heiligen Paulus zu gebrauchen, an ihren Leibern das, was an den Leiden Christi für seinen Leib, welcher die Kirche ist, mangelt.

Auf diese Art geht vermöge der Gemeinschaft der Heiligen in ihrem Haupte, Jesu Christo, das Werk der Erlösung beständig fort durch die Vollführung und Anwendung der Erlösung, die Unser Herr am Kreuze bewirkte. Es ist nicht eine figürliche, und symbolische, sondern eine wirkliche und substantielle Mitwirkung der Auserwählten mit Unserm Erlöser. Es gibt noch einen wahren sekundären Sinn, in welchem die Auserwählten die Rettung der Seelen Anderer verdienen und in welchem sie die Sünde sühnen und ihre Gerichte abwenden. Allein dies geschieht durch Zulassung, durch göttliche Annahme an Kindesstatt, durch Theilnahme und die Unterordnung unter die alleinige und vollständige Erlösung Jesu Christi. Aber die Heiligkeit aller Heiligen miteinander kommt der Heiligkeit Mariens nicht einmal entfernt nahe.

Mariens Verdienste haben eine Art von Unendlichkeit im Vergleiche mit den ihrigen. Ihr Martyrthum und ihre Schmerzen sind wenig mehr als Schatten, wenn man sie neben die ihrigen stellt. So übertrifft sie in dem Sinne, in welchem die Heiligen an der Erlösung mitwirken, dieselben dem Grade nach unermeßlich, so daß ihre Mitwirkung mit Unserm Herrn die ihrige beinahe in Schatten stellt. In dieser Hinsicht könnte man sie Miterlöserin nennen mit einer Wahrheit, die sich weit weniger auf die Heiligen anwenden ließe.

Allein dies ist nicht Alles. Sie arbeitete mit Unserm Herrn an der Erlösung der Welt in einem ganz andern Sinne, in einem Sinne, der von den Heiligen nie mehr als bildlich wahr sein kann. Ihre freie Einwilligung war

nothwendig zur Menschwerdung, so nothwendig wie der
freie Wille für das Verdienst ist nach den Rathschlüssen
Gottes. Sie gab Ihm das reine Blut, aus welchem der
heilige Geist sein Fleisch und Bein und Blut bildete. Sie
trug Ihn in ihrem Leibe neun Monate lang und nährte
Ihn mit ihrer eigenen Substanz. Aus ihr ward er geboren und ihr verdankte er alle jene mütterlichen Dienst-
leistungen, die nach den gewöhnlichen Gesetzen zur Erhaltung seines unschätzbaren Lebens nothwendig waren. Sie
übte über Ihn die Fülle der elterlichen Gewalt aus. Sie
gab ihre Einwilligung zu seiner Passion und wenn sie in
Wirklichkeit ihre Einwilligung nicht zurückhalten konnte,
weil sie bereits in ihrer ursprünglichen Einwilligung zur
Menschwerdung lag, so hielt sie dennoch thatsächlich dieselbe
nicht zurück, und so ging Er auf den Kalvarienberg als ihr
freiwilliges Opfer, das sie dem Vater darbrachte. Dies
aber ist eine Mitwirkung in einem von dem vorigen verschiedenen Sinne, und wenn wir sie mit der eigenthümlichen
Mitwirkung der Heiligen vergleichen, worin Maria selbst
allein sie alle übertraf, so werden wir sehen, daß diese
andere besondere Mitwirkung von ihr unumgänglich nothwendig war zur Erlösung der Welt, wie sie am Kreuze
bewirkt wurde. Seelen konnten ohne die Mitwirkung der
Heiligen gerettet werden. Die Seele des reumüthigen Schächers wurde gerettet durch keine andere Mitwirkung als die
Mariens und wenn es Unser Herr so gewollt hätte, so
hätte sie auch ohne das gerettet werden können. Aber die
Mitwirkung der göttlichen Mutterschaft war unumgänglich
nothwendig. Ohne sie würde Unser Herr nicht geboren
worden sein, wenn und wie Er es wurde; Er hätte nicht
jenen Leib gehabt, um darin zu leiden; die ganze Reihe
der göttlichen Absichten würde auf die Seite gewendet und
entweder vereitelt oder in einen andern Kanal geleitet worden sein. Es geschah durch den freien Willen und die

segensreiche Einwilligung Mariens, daß sie floßen, wie Gott es haben wollte. Bethlehem und Nazareth und der Kalvarienberg gingen aus ihrer Einwilligung hervor, eine Einwilligung, die Gott in keiner Weise erzwang. Allein nicht nur ist die Mitwirkung der Heiligen an sich selbst nicht unumgänglich nothwendig, sondern kein einziger Heiliger ist an sich selbst unerläßlich zu dieser Mitwirkung. Ein anderer Apostel hätte fallen, die Hälfte der Martyrer hätte den Götzen opfern, die Heiligen in jedem Jahrhundert hätten um ein Drittel weniger an der Zahl sein können als sie waren, und dennoch würde die Mitwirkung der Heiligen nicht aufgehoben worden sein, obwol ihre Größe geschmälert worden wäre. Ihr Vorhandensein hängt von der ganzen Körperschaft ab, nicht von den einzelnen Individuen. Kein einzelner Heiliger, der genannt werden kann, wenn es nicht in gewissem Sinne der heilige Petrus wäre, war zu dem Werke nothwendig, so nothwendig, daß ohne ihn das Werk hätte nicht ausgeführt werden können. Aber bei dieser Mitwirkung Mariens war sie selbst unumgänglich nothwendig, sie hing von ihr im Einzelnen ab; ohne sie hätte das Werk nicht vollendet werden können. Endlich war es eine Mitwirkung von einer ganz andern Art als die der Heiligen. Die Mitwirkung dieser war nur die Fortsetzung und Anwendung einer hinreichenden bereits ausgeführten Erlösung, während die ihrige eine zum Vollzug dieser Erlösung nothwendige Bedingung war. Die eine war eine bloße Folge eines Ereignisses, welches die andere wirklich sicherte und welches nur vermitttelst ihrer ein Ereigniß wurde. Daher war sie mehr reell, mehr gegenwärtig, mehr innig und persönlich und hatte etwas von der Natur einer Ursache an sich, was in keiner Weise von der Mitwirkung der Heiligen ausgesagt werden kann. Und alles dieses ist wahr von der Mitwirkung Mariens ohne irgend eine Beziehung auf die Schmerzen überhaupt.

Allein ihre Schmerzen waren an sich selbst eine andere noch eigenthümlichere Mitwirkung. Die Menschwerdung hätte stattfinden können ohne ihre schmerzhaften Geheimnisse. Ja, wenn es keine Sünde gegeben hätte, so würde sie in einem glorreichen und leidensunfähigen Fleische stattgefunden haben und durch die nämliche Mutter mit einer andern Bestimmung, mit der Bestimmung einer eben so wunderbaren und unerklärlichen Freude, als in Wirklichkeit ihre Bestimmung voll Schmerzen war. Die Freuden Mariens sind wie Blitze, die aus einer andern Wolkenschichte der göttlichen Rathschlüsse hervorleuchten, welche nicht ganz von der gegenwärtigen Fügung Gottes überdeckt war. Dies ist ihre Eigenthümlichkeit. Sie sind Zeichen eines im Geiste Gottes vorhandenen Geheimnisses, das aber für uns nicht mehr ist als eine mögliche Welt, oder vielmehr eine Welt, deren Verwirklichung unsere Sünde nicht gestatten würde. So ist es unmöglich, die Schmerzen Mariens von ihrer göttlichen Mutterschaft zu trennen. Sie gehen daraus wie eine Folge hervor, so nothwendig als in den freien göttlichen Rathschlüssen die Menschwerdung der Schmach und des Leidens aus der Nothwendigkeit folgte, die Sünde zu sühnen. Ihre Leiden wurden durch seine Leiden verursacht und waren mit ihnen unauflöslich verbunden. Sie kamen aus derselben Quelle; sie führten in dieselben Tiefen, sie waren mit den nämlichen Umständen verknüpft. Die beiden Leiden waren nur Ein Leiden, das zwei Herzen traf. Ueberdies gab es, wie wir später sehen werden, viele besondere Punkte nicht nur von auffallender Aehnlichkeit, sondern wirkliche Verbindungspunkte zwischen ihren Schmerzen und den seinigen. Dennoch, obwol wir ihre Schmerzen nicht von ihrer Mutterschaft thatsächlich trennen können, ist ihre Mutterschaft doch ganz begreiflich ohne ihre Schmerzen, und ihre besondere Mitwirkung mit Unserm Herrn bei der Welterlösung hängt von andern Dingen ab, als von Schmerzen,

von Dingen, für welche die Schmerzen keineswegs unerläßlich sind. So war in gleicher Weise oder vielmehr als
eine Folge die Mitwirkung ihrer Schmerzen eine ganz
andere Mitwirkung als die ihrer Mutterschaft, und hat
einen eigenen Charakter.

Daher hat Maria drei besondere Rechte auf den Titel
einer Miterlöserin. Sie hat ein Recht darauf erstens
wegen ihrer Mitwirkung mit Unserm Herrn in demselben
Sinne, wie die Heiligen, aber in einem in seiner Art einzigen und im höchsten Grade. Sie hat ein zweites Recht
darauf, das ihr eigen ist wegen der unerläßlichen Mitwirkung ihrer Mutterschaft. Sie hat ein drittes Recht darauf
wegen ihren Schmerzen, aus Gründen, die wir sogleich sehen
werden. Diese zwei letzten Rechte theilt kein anderes Geschöpf mit ihr, noch alle Geschöpfe miteinander. Sie gehören der unvergleichlichen Herrlichkeit der Mutter Gottes an.

Es war unsere Freude, mehr als einmal im Laufe
dieser Untersuchung der Schmerzen Mariens irgend eine
frische Höhe zu ersteigen, von welcher aus sich uns eine
neue Ansicht von ihrer Größe darbot. Wie die großen
Gipfel in den Bergketten der Alpen, der Anden oder des
Himalaya sieht jeder neue Anblick der Herrlichkeit Mariens
großartiger aus als die andern. Es verhält sich in Wahrheit mit ihrer Größe wie mit der Größe einer erhabenen
Gebirgslandschaft. Wir können ihre Erhabenheit nicht in
unserm Geiste mit uns nehmen. Wir sehen sie und wissen
sie zu würdigen, während wir wirklich darauf hinschauen,
aber wenn wir uns abwenden, dann ist das Bild davon
in unserm Geiste geringer als die Wirklichkeit. Wenn wir
daher den Berg wieder sehen, von was für einer Seite
wir auch die Ansicht nehmen, so sieht er größer aus als
vorher, weil er großartiger ist als unsere Erinnerung daran.
Ebenso verhält es sich mit Unserer gebenedeiten Mutter.
Sowie wir aufhören, unser Auge auf ihr im tiefen Nach-

denken ruhen zu laffen, fo ift unfer Begriff von ihr geringer als er fein follte. Wir laffen ihr nie volle Gerechtigkeit widerfahren, außer wenn wir auf fie hinblicken.
Vielleicht ift es fo mit allen den größten Werken Gottes,
wie es mit Gott felbft ift, wie wir wiffen. Daher kommt
es, daß wir fo oft Einwendungen hören gegen Behauptungen über die Herrlichkeit Mariens, die fogar von frommen
Gläubigen kommen. Ihr Auge ruht nicht auf ihr und daher
erfcheint ihnen, was gefagt wird, unglaublich. Ja fie find
um fo mehr überzeugt, daß die Behauptungen übertrieben
find, weil fie das Bild von Maria fo weit überfteigen, das
ihrem Geifte eingeprägt ift. Sie glauben mehr von ihr
und fie glauben es bereitwilliger, wenn ihre Fefte an ihnen
vorüberziehen: denn dann ift ihr Auge auf fie gerichtet und
fie fehen ihre Größe beffer ein. In nichts gleicht fie Gott
mehr, als darin, daß fie fo kennen gelernt werden muß,
um verftanden zu werden, und darin, daß fie vor unfer
Auge gehalten werden muß, weil unfer Gedächtniß nicht
weit genug ift, um ihre gewaltigen Verhältniffe zu faffen,
wenn fie uns aus dem Geficht ift.

Diefe Mitwirkung Unferer gebenedeiten Mutter ift
daher eine andere Höhe, von welcher aus wir eine neue
Anficht von ihrer Herrlichkeit gewinnen. Es ift das er-
habenfte Vorrecht des Gefchöpfes, ein Mitarbeiter mit dem
Schöpfer zu fein, gerade wie es unfere Heimath und Seligkeit fein wird, feinen ewig dauernden Sabbath zu genießen. Aber was ift zu fagen von einem Mitarbeiten
mit Ihm an einem folchen Werke, wie die Welterlöfung
ift, und von einem Mitarbeiten daran mit folcher Wirkfamkeit und Innigkeit, ja von einem Mitarbeiten, das einfach
unerläßlich ift zur Ausführung des Werkes? Was für
einen Begriff gibt uns das von unermeßlicher Heiligkeit!
Was für Gaben und Gnaden fetzt es voraus! Was für eine
wunderbare Vereinigung mit Gott fchließt es nicht in fich!

Es ist, wie wenn Er gerade die Dinge an Ihm auswählen wollte, die am meisten unmittheilbar sind, um ihr in einer überaus geheimnißvollen und doch wirklichen Weise dieselben mitzutheilen. Es ist, als ob Er in jenen Dingen, in welchen Er einzig und allein dasteht, sie so nahe zu sich hinzöge, daß es uns scheinen muß, wie wenn Er nicht einsam wäre, weil sie bei Ihm war. Sehet, wie er sie bereits mit den ewigen Rathschlüssen der Schöpfung verbunden hatte, indem Er sie beinahe zu einer theilweisen Ursache und zu einem theilweisen Muster davon machte. Allein während dies auch ihren Antheil an der Erlösung erklärt, macht es doch ihre Mitwirkung nicht minder wunderbar. Göttliche Werke erscheinen wunderbarer in unsern Augen, wenn wir mehr von ihrem Zusammenhange und ihrer Einheit erkennen. Kein Wunder also, wenn die Heiligen ein Wort zu erfinden suchten, ein kühnes und auffallendes Wort, das eine so unbeschreibliche Größe an einem Geschöpfe ausdrücken sollte, wie sie in dieser dreifachen Mitwirkung Mariens an der Welterlösung enthalten ist. Unser Herr hatte eine erschaffene Natur angenommen, um mittelst ihrer jenes große Werk auszuführen; so schien es, wie wenn die höchste Ehre und die engste Verbindung eines sündlosen Geschöpfes mit Ihm in dem Titel einer Miterlöserin ausgedrückt werden sollte. Es gibt in der That kein einziges anderes Wort, worin die Wahrheit ausgedrückt werden könnte, und so weit von seiner einzigen und hinreichenden Erlösung Mariens Mitwirkung entfernt liegt, so steht doch ihre Mitwirkung allein da und erhaben über alle Mitwirkung der Auserwählten Gottes.

Diesem, wie einigen andern Vorzügen Unserer gebenedeiten Mutter kann nicht volle Gerechtigkeit widerfahren durch die bloße Erwähnung davon. Wir müssen es zu unserm Eigenthume machen durch die Meditation, ehe wir alles verstehen können, was darin enthalten ist. Aber

weder die unbefleckte Empfängniß, noch die Himmelfahrt
Mariens wird uns einen schönern Begriff von ihrer Er=
habenheit geben, als dieser Titel einer Miterlöserin, wenn
wir seine theologische Bedeutung richtig erkannt haben.
Maria ist groß auf allen Seiten und wie unsere Kennt=
niß und unser Urtheil von Gott zunimmt, so wird auch
unsere Kenntniß und unser Urtheil von ihr, seinem auser=
wählten Geschöpfe zunehmen. Niemand denkt unwürdig von
Maria, außer weil er unwürdig von Gott denkt. Die An=
dacht zu den Eigenschaften Gottes ist die beste Schule, um
darin die theologische Lehre von Maria kennen zu lernen,
und der Lohn unsers Studiums Mariens liegt in tausend
neuen Ansichten, die sich uns in den göttlichen Vollkom=
menheiten eröffnen, in welche wir gar nie hätten blicken
können, außer von ihren Höhen aus.

Was ist ferner die Stelle, die das Mitleiden Unserer
göttlichen Mutter in den Absichten Gottes einnimmt? Diese
Erhabenheit einer Mitwirkung beantwortet großentheils die
Frage. Ihre Schmerzen waren nicht nothwendig zur
Welterlösung, aber in den Rathschlüssen Gottes waren sie
davon unzertrennlich. Sie gehören zu dem Ganzen des
göttlichen Planes und verrichten ohne Zweifel manche
Dienste darin, die wir nicht begreifen können und von
denen wir vielleicht nicht einmal eine Ahnung haben. Nach
der Anordnung Gottes gibt es keine Nachlassung der Sün=
den ohne Blutvergießen. Eine einzige Thräne Unsers
Herrn als Kind hatte genug Werth, Demüthigung, Ver=
dienst und Genugthuung in sich, um die Sünden aller
möglichen Welten zu sühnen. Dennoch wurden wir that=
sächlich nicht durch seine Thränen erlöst, sondern einzig
durch sein Blut. Daher war Bethlehem nicht nothwendig
für unsere Erlösung, noch die Anbetung der drei Könige,
oder die Darstellung Jesu im Tempel, oder die Flucht
nach Aegypten, oder die Unterredung mit den Schrift=

gelehrten. Nazareth war nicht nothwendig zu unserer Erlösung mit allen den schönen Geheimnissen jener achtzehn
Jahre des verborgenen Lebens. Das öffentliche Lehramt mit
seinen drei Jahren von Wundern, Parabeln, Predigten, Belehrungen und Berufungen der Apostel war nicht nothwendig
zu unserer Erlösung. Ja, unser Herr hätte als ein Kind leiden oder Er hätte vollkommen erwachsen, wie Adam, kommen und sogleich den Tod erleiden können. Sein Blut
war alles, was absolut nothwendig war. Allein Bethlehem und Nazareth und Galiläa gehörten zu dem Ganzen
des göttlichen Planes. Sie waren nicht bloß übereinstim-
mend damit, schön und bedeutsam und voll Lehre, sondern
es liegen noch tiefere Geheimnisse darin, und eine göttlichere Realität, einfach, weil es so Gottes Plan war.
Alle seine Werke nehmen nach ihrem Maße an seinen
Vollkommenheiten Theil, in was für einem Maße müssen
also die Geheimnisse der drei und dreißig Jahre an seinen
Vollkommenheiten Theil nehmen? Die Schöpfung der
Welt war wie nichts, im Vergleich mit der geistlichen
Kosmosgonie jener drei und dreißig Jahre, außer daß sie
die Wurzel von ihnen war. Niemand wird sich wohl
träumen lassen, die Geheimnisse der heiligen Kindheit Unseres Herrn gering anzuschlagen, weil wir nicht durch
dieselben erlöst wurden. Sie sind ein Theil eines Ganzen, eines göttlichen Ganzen. Wir wissen nicht, was geschehen wäre oder was wir verloren hätten, oder was für
ewige Folgen gekommen wären, wenn sie nicht da gewesen wären. So ist es mit den Schmerzen Unserer göttlichen Mutter. Ihre Mutterschaft war unerläßlich für die
Passion. Ihre Schmerzen scheinen das nicht zu sein; aber
sie waren eine unvermeidliche Folge ihrer Mutterschaft
unter den Umständen des Falles unserer Natur. Sie
nehmen ihren Platz unter den evangelischen Geheimnissen
ein. Sie stehen im gleichen Range mit den Geheimnissen

von Bethlehem und Nazareth, vielleicht nicht nach ihrer innern Wichtigkeit, aber nach dem Verhältniß, in welchem sie zu der Welterlösung stehen. Ja wir können wohl sagen, daß sie sogar nach ihrer innern Wichtigkeit mit einigen Geheimnissen Unseres Herrn verglichen werden könnten. Denn ist es ganz klar, daß seine Geheimnisse und die ihrigen in dieser Weise getrennt werden können? Sind nicht ihre Geheimnisse die seinigen und seine Geheimnisse die ihrigen? Ist nicht die unbefleckte Empfängniß eine Glorie seiner erlösenden Gnade? Ist nicht ihre Reinigung eben so sein Geheimniß wie seine Darstellung im Tempel? Und bei den Schmerzen ist die Verbindung der Mutter und des Sohnes größer, als in irgend einem andern Geheimnisse. Er ist selbst ihr einziger Schmerz, siebenmal wiederholt, siebenmal verändert, siebenmal vergrößert. In unserm Glauben nehmen die Schmerzen Unserer gebenedeiten Mutter einen sehr hohen Rang ein unter den göttlichen Geheimnissen und haben eine höhere Bedeutung, als man gewöhnlich glaubt. Aber jedenfalls sind sie, sofern es ihr Verhältniß zu der Welterlösung betrifft, nicht weiter davon entfernt, als die unblutigen Geheimnisse Jesu und stehen ihr vielleicht näher wegen ihres unmittelbaren Zusammenhangs. Die Wahrheit scheint zu sein, daß alle Geheimnisse Jesu und Mariens im Plane Gottes, wie ein einziges Geheimniß waren. Wir können dasselbe nicht unterbrechen und theilen und die Wichtigkeit seiner verschiedenen Herrlichkeiten klassificiren. Dies ist eine Aufgabe, die unser Wissen übersteigt. Wer kann zweifeln, daß man in Wahrheit sagen kann, daß viele, die jetzt gerettet sind, verloren gegangen wären, ohne Maria's Schmerzen, während dennoch ihre Schmerzen nicht dieselbe Beziehung für uns haben, wie das Leiden Unseres Herrn, sogar in ihrem untergeordneten Grade? Das Ganze der drei und dreißig Jahre, und die Herzen Jesu und Mariens

in allen Geheimniſſen jener Jahre tragen die Farbe der
Paſſion; wo ſind aber außerhalb der Paſſion ſelbſt die
Farben tiefer und die Züge lebensähnlicher, als in den
Schmerzen der Mutter? Mariens Mitleiden war das
Leiden Jeſu, wie es im Herzen ſeiner Mutter gefühlt und
wirklich empfunden wurde.

Iſt dies alſo die ganze Erklärung der Sache, daß
das Leiden Jeſu nothwendig war und das Mitleiden Mariens nicht nothwendig? Wer möchte es wagen, ſo etwas
zu behaupten? Wer möchte ſagen, daß das verborgene
Leben zu Nazareth unnöthig war? Es gibt gewiß einen
ſehr tiefen Sinn, in welchem alle Beſtandtheile eines göttlichen Werkes nothwendig ſind, denn Gott iſt kein ſolcher
Werkmeiſter wie der Menſch. Wenn wir einfach bei der
Lehre ſtehen bleiben ſollen, daß es gerade das Blutvergießen war, wodurch unſere Erlöſung ausgeführt wurde,
gab es dann in der Paſſion ſelbſt nicht viele Dinge, die
keineswegs nothwendig waren, z. B. die Seelenleiden, die
öffentliche Schande, die mannigfaltigen körperlichen Qualen, den Hohn, die Müdigkeit, den Durſt, die Furcht, die
Verlaſſenheit am Kreuze? In jenem Sinne war keines
dieſer Dinge nothwendig zu unſerer Erlöſung. Selbſt
was das Blutvergießen betrifft, ſo würde ein einziger
Tropfen hingereicht haben; warum wurde es alles ver-
goſſen? Warum der Schweiß, die Geißlung, die Krönung,
die gewaltſame Entkleidung, die Durchbohrung nach dem
Tode? Die Verſchwendung des Unendlichen war gewiß
nicht nothwendig in unſerm Sinne jenes Wortes. Nun
aber ſind dies gerade die Geheimniſſe, unter die wir die
Schmerzen Mariens reihen müſſen. Sie gehören der
Klaſſe der ſogenannten unnöthigen Leiden der Paſſion [1])

---

[1]) In Betreff dieſer Leiden ſiehe das zweite Kapitel der Abhandlung des Verfaſſers über die Paſſion, die jetzt zum Drucke
vorbereitet wird.

an; ja ſie waren buchſtäblich die unnöthigen Leiden Un=
ſers Herrn; denn waren nicht ihre Schmerzen bei weitem
die grauſamſten Werkzeuge ſeiner Paſſion? Ihre Mitwir=
kung mit der Paſſion mittelſt ihrer Schmerzen iſt gewiß
nicht ſo unumgänglich nothwendig als die Mitwirkung ihrer
Mutterſchaft; aber dieſelbe erſetzt dies bei weitem durch
die heldenmüthige Ertragung ſolcher Leiden, durch die
immer fließende Quelle des freien Willens und der Be=
reitheit, durch das reine und uneigennützige Leiden und
ſeine unmittelbare Berührung mit dem Kreuze Chriſti, die
es auszeichnet. In ihrer Mutterſchaft hatte ſie Freud wie
Leid und eine Würde ohne Beiſpiel. Ihre Einwilligung
dazu wurde ein für allemal gegeben und die Mitwirkung
ihrer Mutterſchaft mit der Paſſion war eher materiell als
formell. Dieſe zweite Mitwirkung ihrer Schmerzen hatte
mehr von ihr ſelbſt an ſich und mehr Aehnlichkeit mit
ihrem Sohne; es koſtete ſie mehr, und ſchon die Abweſen=
heit der Nothwendigkeit dazu machte das Opfer um ſo
edelmüthiger und wunderbarer. Ihre Mutterſchaft hatte
mit der Menſchwerdung als ſolcher zu thun; ihre Schmer=
zen mit der Menſchwerdung, ſofern ſie auch Erlöſung war.

§. 2.
Die Natur ihres Mitleidens.

Nachdem wir ſo die göttliche Abſicht von Mariens
Mitleiden betrachtet haben, ſo weit es uns möglich war,
können wir jetzt zu unſerer zweiten Frage übergehen, zu der
Natur und den Charakterzügen ihres Mitleidens. Was
verſtehen wir unter dem Worte Mitleiden? Aller Schmerz
über das Leiden Unſeres Herrn iſt Mitleiden mit Ihm.
Die Betrachtungen der Heiligen, ihre ſchmerzhaften Ver=
zückungen, ihre Wundmale und Dornenkronen, die Ein=
drückung der Sinnbilder der Paſſion auf das Fleiſch ihrer
Herzen und die wunderbaren innern Sympathien mit der

Paffion in ihren Seelen find nur eben fo viele Formen des Mitleidens im theologifchen Sinne des Wortes. In gleicher Weife find die Thränen und Gebete und die frommen Betrachtungen gewöhnlicher Chriften, die Bußübungen in der heiligen Woche bei den Welt- und Klofter-Leuten, die häufige Befuchung des Kreuzwegs oder die Theilnahme an andern Andachten zu dem Leiden Unfers Herrn, auch ein Mitleiden in demfelben ftrengen Sinne. Daher möchte es fcheinen, daß alles Leiden, wovon die Paffion die Urfache ift, alles Leiden, welches der Wiederhall der Paffion in unfern Herzen ift, gleichviel, ob diefes Leiden die Form eines Gebets, einer Buße oder barmherziger Werke gegen andere annimmt, das ift, was wir unter Mitleiden verftehen. Es ift ein großer Theil und wahrlich ein unerläßlicher Theil von dem tiefen innern Leben eines jeden Gläubigen. Je heiliger das Herz, in welchem es vorhanden ift, um fo enger ift feine Verbindung mit der belebenden Paffion Unfers Herrn. Die Innigkeit und myftifche Schönheit diefer Verbindung hängen von der Kraft der Gnadenwirkungen ab, von der Stärke des Willens, fich dem Willen Unfers Erlöfers gleichförmig zu machen, von der Abwefenheit aller Sünde und Selbftfucht, was die Vollftändigkeit der Verbindung beeinträchtigen oder die Fortfchritte der Gnade aufhalten würde, und endlich von der Zärtlichkeit des Herzens und der fich felbft vergeffenden exftatifchen Liebe, die fie begleiten. Nun aber ift in allen diefen Hinfichten das Mitleiden Mariens erhaben über alle Vergleichung mit dem Mitleiden der Heiligen, fo weit erhaben, daß wir das Wort Mitleiden von der Theilnehmung Maria's an der Paffion gebrauchen können, und andere und gewöhnlichere Worte gebrauchen für die Vereinigung der Heiligen mit dem Leiden Unferes Herrn.

Wie aber Unfere göttliche Mutter nicht bloß mit Jefus in demfelben Sinne mitwirkte, wie die Heiligen, nur in einem alle übertreffenden Grade, fondern auch noch inniger mit ihm mitwirkte in einer Weise, woran die Heiligen nicht Theil nehmen konnten, so verhält es sich mit ihrem Mitleiden. Es war wirklich gleichzeitig mit der Paſſion und fand ſtatt in Gegenwart der Paſſion. Es iſt in der That merkwürdig, daß alle Schmerzen Unſerer göttlichen Mutter in den drei und dreißig Jahren enthalten ſind. Keiner fiel in die fünfzehn Jahre vorher, keiner in die fünfzehn Jahre nachher. Sie kamen von der Gegenwart Jeſu her; ſie waren die wirkliche Berührung ſeines Herzens mit dem ihrigen. Die wirkliche Gegenwart des Mitleidens Mariens zu der Zeit und an dem Orte der Paſſion gibt ihm eine Verbindung damit, woran kein anderer Schmerz um Unſern Herrn Theil nehmen kann. Es war ein Theil des lebendigen Geheimniſſes ſelbſt; es war nicht das allmählige Reſultat einer langjährigen Meditation. Es war nicht ein Leiden, das in der ruhigen Abgeſchiedenheit des ſtillen Kloſters gefühlt wurde, oder eine fromme Rührung, erweckt durch das bewunderungswürdige Ceremoniell einer gläubigen Kirche. Es kam nicht von der Literatur oder dem Rituale, oder von der Geſchichte, oder von einer Privatoffenbarung, oder vom Myſticismus, oder von der Kunſt und Poeſie her, ſondern davon, was ſie bei der Paſſion wirklich ſah und hörte, in welche ſie verſunken war und von welcher ſie einen Beſtandtheil ausmachte. Das Mitleiden war ein Theil von dem Leben Unſerer gebenedeiten Mutter. Es war eine Reihe von Ereigniſſen, die ihr begegneten, indem äußere Leiden von ihr dieſe innern Wunden machten. Sie hatte beſondere Rechte, wodurch ſie an der Paſſion Theil nehmen durfte. Sie brauchte nicht auf ſie übertragen zu werden durch Gnade oder Liebe, oder Theilnehmung, oder die Macht des Glaubens. Sie gehörte ihr bereits als Mutter an. Sie litt dieſelbe in aller Grauſamkeit und Schmach ihrer Wirklichkeit. Sie war im Volksgedränge, sie wurde darin hin- und hergestoßen und verlacht; sie wurde durch den Lärm zerstreut, ihre innere Ruhe durch den Aufruhr und Schrecken angegriffen. Alles dies ist wahr von ihrem Mitleiden und allein von dem ihrigen.

Ueberdies war ihr Mitleiden ein Theil der Passion Christi in dem Sinne, als es wirklich das Leiden Unseres Herrn vermehrte. Mit Judas und Annas und Kaiphas, mit Pilatus und Herodes, mit den römischen Soldaten und dem jüdischen Pöbel müssen wir Maria unter diejenigen rechnen, die das Herz Unseres Erlösers mit Schmerzen quälten. Die Verlassenheit von seinem Vater ausgenommen, können wir wohl annehmen, daß es keine Pein in seiner ganzen Passion gab, die derjenigen gleich kam, welche der Anblick des gebrochenen Herzens seiner Mutter Ihm verursachte. So war ihr Mitleiden ein Bestandtheil seines Leidens. So schön es war und so ausnehmend heilig, eine wahre Anbetung an sich selbst und eine wirkliche Blume des Himmels, so war es doch für Ihn bloß der heftigste Schmerz. So innig er jede Menschenseele liebte und daher alle Seelen miteinander mit einer brennenden Sehnsucht, wovon wir uns keinen Begriff machen können, so war doch die einzige Seele seiner Mutter für Ihn ein Gegenstand erstaunlicher Liebe, die alles übertraf, was er für alle übrigen Geschöpfe miteinander empfand. Sie wie auf einem finstern Ocean unaussprechlichen Wehes hin- und hergeworfen zu sehen, war daher an sich selbst eine fürchterliche Marter für Ihn; aber jenes Weh wurde von Ihm selbst verursacht; es wurde aus seiner Seele in die ihrige ausgegossen in jedem einzelnen Augenblicke, bei jeder besondern Schmach, Pein, Mißhandlung und Verhöhnung. Er war es, der sie auf die Folter spannte, Er wandte die Werkzeuge ihrer Marter beständig so an, daß sie die Kräfte menschlicher Ausdauer überstieg, Er verdichtete die untröstliche Finsterniß rings um sie her. Er allein

war es, der alles dies that. Ohne Ihn würde sie keine
Schmerzen gehabt haben. Daß sie Ihn mit ihren Armen
umschlang, dies war ihr Leiden. Er war ein grausames
Kreuz mit scharfen Spitzen für das Herz, das Er am
allermeisten liebte. Sodann nahm Er alle die unberechenbare Bitterkeit, die Er aus sich in sie ergossen hatte,
wieder in sich zurück, ohne sie von ihr wegzunehmen. Sie
ging wieder in sein heiliges Herz ein, als eine andere
besondere Passion, als eine andere große Schöpfung des
Leidens für sich allein, und überwältigte Ihn mit einer
wahren Fluth von Schmerzen. So ging ihr Mitleiden
aus dem Leiden Jesu hervor und kehrte wieder dahin zurück, so daß eher eine Gleichförmigkeit zwischen den beiden
stattfand, als eine Verbindung. Ihr Mitleiden war eine
Passion in einer besondern Form. Ihre Worte an die
heilige Brigitta drücken dies aus:[1] „Das Leiden Christi
war mein Leiden, weil sein Herz mein Herz war. Denn wie
Adam und Eva die Welt um einen einzigen Apfel verkauften,
so erlösten mein Sohn und ich die Welt mit Einem Herzen.“

Weil das Mitleiden Mariens gleichzeitig war mit der
Passion und in der That einen Bestandtheil davon bildete, so ging auf dasselbe der Charakter des Opfers und
der Sühnung über, welcher der Passion gehörte, und dies
in einem Grade und in einer Weise, die den Schmerzen
der Heiligen nicht eigen ist. Wie die Passion das Opfer
war, welches Christus am Kreuze darbrachte, so war das
Mitleiden das Opfer Mariens unter dem Kreuze. Es
war ihre Opfergabe, die sie dem ewigen Vater darbrachte.
Es war ein Opfer, dargebracht von einem sündlosen Geschöpfe für die Sünden ihrer Mitgeschöpfe. Ihr Gewinn
war ihr Verlust, die Erleichterung ihrer Herzen war die
Beschwerung des ihrigen, ihre Finsterniß war ihr Licht,

---

[1] Rev. lib. I. c. 35.

ihr Friede war ihr Leiden, ihr Sohn war ihr Opfer, ihr Leben war ihr entsetzliches Marterthum. Ihr Opfer stieg zum Himmel empor zugleich mit dem Opfer Jesu. Sie waren wie zwei Weihrauchkörner auf den brennenden Kohlen Eines Rauchfasses. Mit mannigfaltigem Wohlgeruche stiegen sie auf zum Throne in denselben dünnen Wölkchen blauen Rauches, deutlich verschieden, aber doch ganz unzertrennbar. Als der Schall der Geißlung zum Himmel aufstieg, gingen die unterbrückten Seufzer aus dem brechenden Herzen Mariens mit hinauf. Als das „Barabbas" des Volkes wild am Himmelsgewölbe anschlug, stieg der Schmerz Mariens hinauf, für das Ohr des Vaters wie süße Musik mitten unter dem grausamen Geschrei. Mit den dumpfen Schlägen des Hammers gingen auch die Schläge ihres Herzens hinauf und legten sich nieder am Fuße des Thrones und blieben nicht unbemerkt. Ihre stummen Seufzer flogen aufwärts in gleichem Fluge mit den sieben Worten, die Jesus am Kreuze sprach. Sein lauter Ausruf am Ende wurde zweimal im Himmel gehört, das zweite Mal, als er aus dem Herzen Mariens dort wiederhallte. So war in jenen Stunden der Passion jedes Opfer ein doppeltes; das Opfer Jesu und das Opfer Mariens waren in Eins verbunden. Sie hielten mit einander gleichen Schritt, sie bestanden aus demselben Material, sie waren mit verwandtem Wohlgeruche durchduftet, mit demselben Feuer entzündet und wurden mit verwandten Gesinnungen dargebracht. Daher liegt in Mariens Mitleiden ein eigenthümlicher Charakter des Opfers und der Sühne. Die Welt wurde durch die Passion Unseres Herrn erlöst, aber nie war nach der Anordnung Gottes die Passion Jesu von dem Mitleiden Mariens getrennt. Die beiden Dinge waren ein einziges gleichzeitiges Opfer, das jeden Augenblick, mit den zahlreichen Geheimnissen jener schrecklichen Zeit erfüllt, dem ewigen Vater aus zwei sündlofen Herzen, welche die Herzen des Sohnes und der Mutter waren, dargebracht wurde für die Sünden einer schuldigen Welt, welche auf sie fielen gegen ihre Verdienste, aber nach ihrem eigenen freien Willen. Nie war ein geheiligtes Leiden von Geschöpfen so mit dem welterlöfenden Schmerze Jefu vermengt, als das Mitleiden feiner Mutter.

Ueberdies war das Mitleiden Mariens ein Beispiel für die ganze Kirche. Es ist ein Theil der Lehre der vier Evangelien. Es verrichtet einen Dienst für alle Zeiten der Welt. Es ist eine beständige Quelle der Heiligkeit mitten unter jeder Generation der Gläubigen. Es ist eine lebendige Gnaden ausgießende Macht unter den Kindern Gottes. Es führt wirklich eine Menge von Seelen zu Jesus. Es bricht die Bande der Sünde und der bösen Gewohnheiten. Es schmelzt kalte Herzen und erwärmt die lauen Gefühle der Schläfrigen und Weltlichgesinnten. Es gießt täglich Licht und Zärtlichkeit, den Geist des Gebetes, eine Liebe des Leidens und einen Durst nach Buße in zahllose Seelen aus, zwischen Sonnenaufgang und Untergang und in der ganzen Breite der Welt von Pol zu Pol. Es bildet die Heiligen; es beseelt die religiösen Orden und ist das Vorbild eines besondern geistlichen Lebens für einzelne Seelen. Es steigt zum Himmel empor wie ein unaufhörlicher Engelsgesang. Ueberall in der Kirche ist ein Ton davon. Aus sieben tiefen Stellen hallt es ewig wieder. Zeit und Raum haben nichts damit zu schaffen. Simeon prophezeit noch und wir hören es, und eine lebenslange Betrübniß begleitet sofort unsere Beharrlichkeit in den Wegen der Gnade. Noch flieht Maria mit Jesus nach Aegypten und weilt daselbst, und der Nil fließt vorüber und die Schatten in unseren Seelen sind die Substanzen der Gnade. Noch wandert die kindlose Mutter drei Tage lang umher mit umwölktem Geiste, sucht ihr Kind und findet es endlich im Tempel. Noch begegnet sie Ihm

immer wieder mit dem schweren Kreuze auf den Schultern
und wir begegnen Ihm in ihr. Noch ist sie am Fuße des
Kreuzes und lockt alle ihre Kinder zu ihr hin. Noch ist
sie bei der Abnahme vom Kreuze und beim Begräbnisse,
indem sie immer wieder jene rührenden Geheimnisse in
den neuen Herzen wirkt, welche die Kinder einer jeden
Generation ihr schenken. Daher ist ihr Mitleiden nicht
bloß ihr eigen; es stellte gesetzmäßig und glaubwürdig die
ganze Kirche auf dem Kalvarienberge vor. Sie war bei
der Passion wie von Amtswegen gegenwärtig und in einer
doppelten Eigenschaft, indem sie mit dem Erlöser mitwirkte und die Erlösten darstellte.

Das Mitleiden Unserer göttlichen Mutter kann auch
unter einem zweifachen Gesichtspunkte betrachtet werden,
je nachdem wir Unsern Herrn als Gott betrachten oder
als Mensch. Als Gott wurde seine göttliche Natur durch
die Passion fürchterlich verunehrt. Nicht alle Sünden der
Welt zusammen verletzten die Ehre Gottes so schrecklich
und freventlich, als jene besondere Sünde, aus welcher
Er die Erlösung der Welt wirkte. Nie machte der Unge-
horsam einer rebellischen Schöpfung so tiefen Eindruck auf
die göttliche Ehre oder schien die unumschränkte Herrschaft
Gottes so unaussprechlich zu gefährden. Dies ist eine
Ansicht von der Passion, die wir nie aus dem Gesichte
verlieren dürfen. Es brauchte eine andere Passion, um sie
selbst zu sühnen. Es bedurfte eine zweite Passion, um
Gott für die erste Genugthuung zu leisten. Mariens Mitleiden nimmt diese Stelle ein. Die Sünde brachte eine
doppelte Passion hervor, eine in Jesus und eine in Maria, aber sie brachte sie hervor ohne doppelte Sünde, so
daß ihr Mitleiden keiner Sühnung bedurfte, obwol, wenn
es der Fall gewesen wäre, Sühne genug in der Passion
lag, um für sich selbst und ihr Mitleiden genugzuthun.
Aber sie stand am Fuße des Kreuzes, als die Dienerin

der Ehre Gottes. Ihre Leiden kamen auch; während sie
für Ihn frische Leiden sind, einer vollkommenen Genugthuung, welche Geschöpfe leisten können, am nächsten.
Wir haben in den vorigen Kapiteln gesehen, daß die Genugthuung ein wesentliches Element ist in aller Heiligkeit.
Wenn nun aber die gesammte Heiligkeit aller Apostel,
Martyrer, Bekenner und Jungfrauen in allen Zeiten sich
auf Erden bis zum Tage des Gerichts dem einzigen Werk
gewidmet hätte, für seine Leiden Genugthuung zu leisten
(und im rechten Lichte angesehen ist die ganze Thätigkeit
seiner Kirche wirkliche Genugthuung für die Passion), so
hätte sie am Ende der Welt keine Genugthuung hervorbringen können, so vollständig wie das Mitleiden Mariens.
Es übertraf an wirksamer Heiligkeit jede andere Genugthuung. Es wurde der göttlichen Natur Unsers Herrn
sogleich, ja gleichzeitig mit der Mißhandlung dargebracht,
und war beinahe so umfassend, wie das Uebermaß derselben. Es kam von seiner eigenen Mutter, was es Gott
unvergleichlich angenehm machte. Es war seiner Passion
nach der Art, nach der Methode und dem Grade so angemessen, wie sonst nichts sein konnte. Endlich schöpfte es
seine Wirksamkeit nicht bloß oder so viel aus seinem inneren Werthe, als aus seiner wahren und lebendigen
Vereinigung mit seiner Passion. Mariens Mitleiden war
die Genugthuung, die sie ihrem Sohne als Gott leistete.

Wenn Maria am Fuße des Kreuzes die Dienerin
der Ehre Unseres Herrn als Gott war, so war sie nicht
minder die Dienerin seiner heiligen Menschheit. Von
einem bloß menschlichen Gesichtspunkte aus könnten wir
uns wundern über Mariens Gegenwart auf dem Kalvarienberg. Es war nicht der passende Platz für eine Mutter, das Schaffot ihres Sohnes, und ihr Sohn hätte ihr,
wie wir erwarten könnten, den Schmerz ersparen können.
Aber sie war die Dienerin der Menschwerdung, sie war

feine einzige menschliche Erzeugerin. Sie stellte an sich
selbst den menschlichen Gehorsam dar, unter welchem das
fleischgewordene Wort gelebt hatte, und welcher, wie der
Apostel bemerkt hat, seinen Tod ebenso vollkommen kennzeichnen sollte, als er sich in seinem Leben ausgedrückt
hatte. Er hatte auf ihre Einwilligung gewartet, ehe Er
Fleisch von ihr annahm. Als Er ihr den ärgsten Schmerz
zugefügt hatte, indem Er sie im Alter von zwölf Jahren
verließ, zeigte Er auch in demselben Geheimnisse besonders
seinen Gehorsam gegen sie, indem Er nach Nazareth zurückkehrte und achtzehn Jahre daselbst blieb. Er begann
seine Wunder auf ihre Anregung. Er hatte ihre Erlaubniß zu seinem öffentlichen Lehramte. Er ließ sich herab,
um ihre Erlaubniß und um ihren Segen für sein Leiden
zu bitten. Vielleicht hat sein Herz stillschweigend um die
Erlaubniß gebeten, zu sterben. Vom Anfange an waren
Jesus und Maria nie getrennt gewesen. Es scheint eine
Art von Gesetz der Menschwerdung gewesen zu sein, daß
sie bei einander sein sollten. Ihre Himmelfahrt, ihre Krönung und ihren Thron als Mittlerin können wir nur als
die letzten Beweise der Wirkung dieses Gesetzes betrachten. Nun, da Gott uns die dreiunddreißig Jahre in ihrer
Vollkommenheit als ein Ganzes sehen ließ, begreifen wir,
daß die Abwesenheit Mariens vom Kalvarienberge unsere
Gefühle ebenso sehr beleidigt haben würde, als ihre Abwesenheit von Bethlehem und Nazareth. Sie war die
Dienerin der Menschwerdung; darin liegt alles. Sie hatte
nicht mehr Recht, vom Kalvarienberge herab zu kommen,
als ein Priester haben würde, den Altar mitten unter dem
heiligen Meßopfer zu verlassen. Es wäre eine Unschick-
lichkeit gewesen. Am 25. März hatte sie Ihm sein kostbares Blut gegeben; an einem andern 25. März mußte
sie bei der Vergießung desselben Dienste leisten. Sie muß
den Mann einwickeln, wie sie das Kind in Windeln

gewickelt. Sie, die Ihn bereits in die Krippe gelegt hatte,
muß Ihn in's Grab legen. Sie muß bei dem Ende gegenwärtig sein, wie sie bei dem Beginne gegenwärtig
gewesen war. Es muß eine Ueberschattung des heiligen
Geistes zuletzt statt finden, wie sie anfangs gewesen war.
Wie sie fünfzehn Jahre auf seine Ankunft gewartet hatte,
so muß sie fünfzehn Jahre nach seinem Scheiden warten.
Ihre Priesterschaft bestand in diesem fortgesetzten Dienste
für Ihn. Ihre Mutterschaft war für Ihn nicht bloß ein
Mittel, eine Gelegenheit, ein Werkzeug oder ein Zutritt,
sondern ein dauernder Dienst, unter welchem sein Gehorsam vollendet wurde. Mariens Mutterschaft war ihr Mitleiden zu Bethlehem; Mariens Mitleiden war ihre Mutterschaft auf dem Kalvarienberge.

§. 3.

Die thatsächlichen Wirkungen ihres Mitleidens.

Wir sind nun in der Lage, drittens die thatsächlichen
Wirkungen von Mariens Mitleiden zu untersuchen. Diese
können in drei Klassen getheilt werden, insofern ihr Mitleiden selbst ein Theil der Passion war, insofern es ihr
angemessen war für ihren Dienst in der Kirche, und insofern es ihre Mitwirkung an dem Werke der Erlösung
betraf. Dennoch, obwol diese Dinge als besondere begrif-
fen werden können, sind sie in Wirklichkeit so eng mit
einander verbunden, daß wir, wenn wir sie besonders ab-
theilen, Gefahr laufen, uns zu wiederholen, eine Gefahr,
die wir jedoch um der Klarheit willen wohl wagen dürfen.

Da es ein Theil von der Passion Unseres Herrn
war, so hat Mariens Mitleiden einen Antheil an den
Wirkungen, welche die Passion hervorbrachte, in demselben
Sinne, obwol natürlich in einem weit geringeren Grade,
in welchem seine Verlassenheit vom Vater dazu half, die

Refultate der Paffion hervorzubringen. Dies ift nur eine materielle Mitwirkung; da fie aber eine Thatfache ift, fo bient fie dazu, die Wirklichkeit des Mitleidens zu zeigen und das Vorhandenfein einer Abficht darin als Theil des göttlichen Planes. Seine Wirkungen auf Unfern Herrn waren fo fchrecklich, daß der Ihm dadurch verurfachte Schmerz wahrfcheinlich feinem Leben ein Ende gemacht hätte, wenn feine Gottheit Ihn nicht wunderbar unter-ftützt hätte, um mehr leiden zu können. Unfere göttliche Mutter offenbarte der heiligen Brigitta, daß Jefus, als Er die Bitterkeit ihres Kummers fah, dadurch felbft fo ergriffen wurde, daß Er verhältnißmäßig unempfindlich wurde gegen die Pein aller feiner Wunden wegen der viel größern Pein, welche der Anblick ihres Leidens Ihm ver-urfachte.[1]) Der heilige Bernhard nennt Seine Vifion ihres Kummers „ein unerklärbares Weh, einen unausfprechlichen Austaufch heiliger Liebe". Daher war ihr Mitleiden nicht nur ein innerer Theil der Paffion, fondern es gehörte unter ihre erften und wirkfamften Elemente. Ueberdies reichten nach der Verlaffenheit vom Vater ihre Schmerzen beinahe allein hin, um jenen Durft nach Leiden zu ftillen, welchen die unermeßliche Liebe Jefu noch immer empfand, fogar während Er am Kreuze hing, und dies war an fich felbft einer ihrer merkwürdigften Dienfte. Alles diefes ift ganz klar; demungeachtet laffen wir den Schmerzen Un-ferer Mutter nicht volle Gerechtigkeit widerfahren als gött-lichen Geheimniffen, weil wir fie gewöhnlich ausfchließlich als ihre Schmerzen betrachten und nicht auch als feine Schmerzen und vielleicht waren fie mehr die feinigen, als die ihrigen. Wir haben bereits einen Zweifel ausgedrückt, ob wir, ohne Gefahr ungenau zu fein und mißverftanden zu werden, die Geheimniffe Mariens von denen Unferes

---

[1]) Revel. l. I. c. VI.

Herrn trennen können. Denn der ganze Geist der evangelischen Erzählung, sowie die Thätigkeit dessen, was augenscheinlich ein großes Gesetz der Menschwerdung ist, scheint
Jesus und Maria zusammenzubringen und sie unzertrennlich
zu machen. Wenn wir nun aber ihre Geheimnisse von
den seinigen trennen, oder sie einen Augenblick als geschieden von Ihm ansehen und als ob sie irgend etwas
unabhängig von Ihm besäße, so setzen wir uns einer von
beiden Gefahren aus; entweder erschrecken wir vor der
Sprache und den Ansichten der großen Heiligen und Kirchenlehrer, weil wir in unserm Geiste Maria bereits gewissermaßen zu einer riesenmäßigen Heiligen machten,
während sie die göttliche Mutter, „das mit der Sonne
bekleidete Weib" in der Apokalypse ist, und indem wir sie
für sich allein dastehen sehen, getrauen wir uns nicht, von
ihr die beinahe gottähnlichen Worte zu gebrauchen, die bei
den Heiligen gewöhnlich sind; oder die gewichtige Stimme
der Heiligen überwältigt uns, ihre Sprache zu gebrauchen,
und wir leben uns in ihren Glauben gewaltsam hinein,
ohne ihn zu verstehen. So können wir dazu kommen, Unserer göttlichen Mutter selbst zuzuschreiben, was nur Unserm Herrn gehört. Und auf diese Art stören wir die
Analogie unseres Glaubens, und bringen die Andacht zu
Unserer gebenedeiten Mutter durch das in Mißkredit, was
offenbar eine Uebertreibung ist, sowie eine Schmälerung
der Ehre Unseres Herrn.

In einem gewissen Sinne können die Heiligen für
sich allein dastehen mit ihrem individuellen Charakter; Maria kann das nicht, sie steht Gott zu nahe. Wenn es eine
besondere Art von einer Heiligen gibt, mit einem markirten Charakter und mit einer erkennbaren Individualität,
deren Name Maria ist, und die unter der göttlichen Mutterschaft verborgen und gleichsam auf dem Grunde der
Geheimnisse von Bethlehem, Nazareth und dem Kalva-

rienberge verſteckt iſt, ſo iſt ſie mindeſtens für uns nicht
erkennbar, wegen der Fülle jenes Lichtes der ewigen Sonne,
in das ſie ganz gekleidet iſt. Es ſteht nicht in unſerer
Macht, ſie von der göttlichen Mutterſchaft zu trennen.
Sie kommt nie auf die Oberfläche herauf. Wenn ſie
vorhanden iſt, iſt ſie nur Gott bekannt. Wenn wir ſie
je kennen lernen ſollen, ſo muß es durch das Licht der
beſeligenden Anſchauung geſchehen, und nicht hier oder
jetzt. Für uns muß ſie einfach die Mutter Gottes ſein,
nicht mehr dem Johannes ähnlich, als ſie dem Petrus
ähnlich war, und ohne eine größere Aehnlichkeit mit dem
heiligen Franziskus zu haben, als mit dem heiligen Do-
minikus, mit der heiligen Thereſia als mit der heiligen
Katharina von Siena, mit dem heiligen Philippus als
mit dem heiligen Ignatius. Wir können ſie nicht zugleich
als eine Heilige und als die Mutter Gottes betrachten.
Wenn wir dies verſuchen, ſo wird der eine oder der andere der beiden Charaktere darunter leiden. Das unvermeidliche Reſultat wird ein Herabziehen derſelben von den
Höhen ſein, auf welchen die großen Lehrer der Kirche
ihre Größe zu beſchauen pflegten, eine Größe, die nicht
nur einzig in ihrer Art, ſondern unvergleichlich und unmittheilbar iſt. Sie betrachteten ſie nie als getrennt von
Jeſus. In ihren Augen war ſie mit Ihm enge verbunden, und was ſie beſaß, beſaß ſie in Gemeinſchaft mit
Ihm. Sie war mit ſeinem Lichte erfüllt, bekleidet mit
ſeiner Herrlichkeit und gleichſam gebettet in das Geheimniß der Menſchwerdung. Gerade das, was uns an ihr
in Erſtaunen ſetzt und was den heiligen Dionyſius ſagen
ließ, er habe einen Augenblick gezweifelt, ob ſie nicht ein
Gott ſei, iſt jene Aehnlichkeit mit Gott, die ſie von der
göttlichen Natur ihres Sohnes zu empfangen ſcheint als
Vergeltung für jene menſchliche Natur, die ſie Ihm mittheilte. Dies war für mich immer das Merkwürdigſte an

ihr, — ihre Aehnlichkeit mit dem Worte als Gott, der ihr so ähnlich ist als Mensch. Gerade dieses Vorrecht der göttlichen Mutterschaft scheint sie zuweilen über die Sphäre der Menschwerdung zu erheben und sie in eine so unaussprechliche Nähe zu dem unsichtbaren Gotte zu bringen. Die Heiligen scheinen Maria als eine geschaffene Person und Natur betrachtet zu haben, auf welche der ganze mittheilbare Glanz Gottes selbst gelegt wurde, welchen ein bloßes Geschöpf innerhalb der Grenzen der göttlichen Oekonomie ertragen konnte. Daher sahen sie dieselbe für so vollkommen an, als sie in Gott war, im Schooße seiner göttlichen Herrlichkeit, daß sie sich nicht scheuten, eine Sprache von ihr zu gebrauchen, die unfehlbar von jenen mißverstanden werden muß, die sie unter einem verschiedenen Gesichtspunkte betrachten. Es ist sehr wichtig, dies im Gedächtniß zu behalten. Denn auf den ersten Anblick fühlen diejenigen, welche Unsere göttliche Mutter innig lieben, einen gewissen Schmerz darüber, daß man ihr einen individuellen Charakter scheinbar verweigert, welcher sie auszeichnen und ihr eigen sein sollte. Es scheint sie von ihnen zu entfernen, und so ihre Liebe zu verletzen. Aber ein wenig mehr Nachdenken wird ihnen zeigen, in was für Schwierigkeiten, sowol was die theologische Lehre, als was die Verehrung betrifft, die andere Ansicht sie unfehlbar am Ende verwickeln wird.

Was jedoch die Schmerzen betrifft, so kann darüber kein Zweifel sein, daß sie einfach unverständlich sind, wenn wir Maria in ihnen als von Jesus getrennt, betrachten. Was immer von andern Geheimnissen gesagt werden mag, diese sind ebenso unleugbar die seinigen, wie sie die ihrigen sind. Wir werden nie eine richtige Ansicht von ihnen erlangen, wenn wir sie nicht als Schmerzen in seinem Herzen betrachten, wie als Schmer-

zen in dem ihrigen, und beßhalb als Hülfsmittel, um die
Paſſion zu bewirken, in welcher ſie eine ſehr hervor-
ragende Rolle ſpielten. Mariens Mitleiden war die Art,
in welcher ihre Mutterſchaft mit der Paſſion zuſam-
menhing.

Ihr Mitleiden hatte auch die Wirkung, ihr angemeſſen zu ſein zu ihren Dienſten, als Mutter der Menſchen, als Königin der Barmherzigkeit und Zuflucht der
Sünder. Wie wir im erſten Kapitel ſagten, ſie erlangte
gewiſſermaßen Rechte durch ihre Schmerzen. Sie waren
freimüthige, heldenmüthige Opfer und ſtanden über den
abſolut unerläßlichen Opfern, welche die göttliche Mutterſchaft ihr auflegte. Jeſus war ihr gleichſam dafür
verpflichtet. In ihnen wurde die glorreiche Herrſchaft
über das heilige Herz Jeſu, die ſie noch heute im Himmel ausübt, errungen und ſchlug darin die tiefſten Wurzeln. In ihnen erreichte ihr Identität mit Jeſus, wie
ich beinahe ſagen möchte, ihren höchſten Punkt, ſo daß
ſich ihre Verbindung mit Ihm faſt nicht erkennen läßt.
Auch können wir nicht zweifeln, daß ihre Ertragung eines
ſo fürchterlichen und zugleich ſo mannigfaltigen Leidens
ihr Herz erweiterte und ſie mehr fähig machte, als ſie
ſonſt geweſen wäre, für die Leiden der Menſchheit innige
Theilnahme zu empfinden. Die Heiligen lernen viel aus
der Sünde. Der apoſtoliſche Eifer und die Nächſtenliebe
haben ebenſo ihre Wurzeln in der Erfahrung von der Sünde
als in der reinen Liebe Gottes. Eine ſolche Erfahrung
blieb Unſerer gebenedeiten Mutter abſolut verſchloſſen.
Das Leiden hatte ihr daher zu lehren, was die Sünde
ihr nicht lehren durfte. Keine Einſicht in die Bosheit
der Sünde oder in die Nothwendigkeit der Gnade konnte
ihr jenen Verluſt Jeſu, worin die größte Unglückſeligkeit
der Sünde beſteht, ſo fühlbar machen, als ſie es durch den
Verluſt des Knaben Jeſu in den drei Tagen erfuhr. Ihre

Fürbitte erhält auch eine unermeßliche Macht und wird eindringlicher und wirksamer durch ihre Erfahrung im Leiden und durch die Vereinigung ihrer Leiden mit denen Jesu. Selbst wenn wir ihre Schmerzen bloß als enorme Anhäufungen des Verdienstes betrachten, erhalten sie eine bedeutende Wichtigkeit in Bezug auf ihre Dienste gegen uns. Es kann nicht wohl einen Schatten menschlichen Leidens geben, der ihrem Herzen nicht vertraut ist. Die mannigfaltigen Erfindungen des Kummers sind ihr bekannt. Die Geheimnisse seiner Verbindung mit der Gnade, sowie sein Bestreben, sich mit den unwürdigen Schwächen unserer Natur zu verschwören, sind keine Geheimnisse für sie. Sie, die die Prophetin eines schmerzhaften Geschlechtes sein soll, ist durch ihre eigene Erfahrung die große Lehrerin in der Wissenschaft des Leidens. Ihr Mitleiden gibt auch ihrer Sehnsucht, die Ernte der Passion zu vermehren, eine Stärke, ähnlich dem Uebermaß der Liebe des heiligen Herzens für die Seelen, was sie vielleicht nicht haben konnte ohne dasselbe. In der That waren ihre Schmerzen auf dem Kalvarienberge die wahren Geburtswehen, in welchen alle Menschen als Mariens Kinder geboren wurden, und deßhalb machte ihr Mitleiden sie nicht bloß geeignet, Unsere Mutter zu sein, sondern wir wurden auch wirklich dadurch als ihre Kinder geboren. Gleichwie wir in ihrem Mitleiden ihr geboren wurden, so erlangen wir in ihrem Mitleiden jene weite und tiefe Grundlage, auf welcher unser kindliches Vertrauen aufgebaut werden kann. Wäre Unsere theuerste Mutter nur das glänzende freudige Wunder, das sie mit ihrer unbefleckten Empfängniß, ihrer göttlichen Mutterschaft und ihrer glorreichen Himmelfahrt sein würde, so würden wir ihr nicht so vertrauen, wie wir dem gebrochenen Herzen der Mutter unter dem Kreuze vertrauen. Sie würde weiter von uns entfernt scheinen. Wir würden Gefühle gegen sie hegen, die mit denjenigen verwandt sind, womit wir die Engel betrachten, voll Liebe und Zärtlichkeit und Verehrung, voll Bewunderung und Glückwünschen, voll heiligen Verlangens, mit ihnen vereinigt zu sein. Wir würden nicht fühlen, wie wir jetzt fühlen, daß sie uns gehört, uns nahe und unsere wirkliche Mutter ist. Das Mitleiden gibt unserer Andacht zu der mächtigen Mutter Gottes diesen kindlichen Charakter. Allein dies ist nicht alles. Wie wir in ihrem Mitleiden ihr geboren wurden, wie wir in ihrem Mitleiden unsere Beweggründe zu einem kindlichen Vertrauen auf sie im Leben finden, so erlangten wir in ihrem Mitleiden das Recht, in ihren mütterlichen Armen zu sterben. Denn damals empfing sie das Recht, die Patronin des Todbettes zu sein, weil sie bei dem Todbette Unseres Herrn gegenwärtig war, und der Dienst, den sie uns wie ihm in der Todesstunde erweist, ist ein Theil ihres Amtes, auf welchen die Kirche den tiefsten Nachdruck legt, indem sie denselben im Ave Maria erwähnt. So ist ihr Mitleiden unzertrennlich verbunden mit den mannigfaltigen Diensten der Barmherzigkeit, die Maria auf die Anordnung Gottes für uns verrichtet.

Die dritte Wirkung von Mariens Mitleiden ist ihre Mitwirkung mit Jesus bei der Welterlösung. Wir haben bereits hievon gesprochen, aber etwas mehr bleibt noch zu sagen übrig. Die Mitwirkung Mariens hat besondere Kennzeichen, die wir nicht aus den Augen verlieren dürfen, wenn wir die Frage untersuchen. Es war die Mitwirkung eines sündlosen Geschöpfes mit dem fleischgewordenen Schöpfer an der Erlösung der Welt von der Sünde. Sie hatte keine eigene Sünde und doch litt sie, und litt überdies für die Sünde. Dies unterscheidet sogleich ihre Mitwirkung von jener der Heiligen, die gesündigt hatten, und der Engel, die nicht leiden konnten. Es ist ihr

selbst eigenthümlich. Ueberdies war ihr Mitleiden, wie
wir schon sagten, ein gleichzeitiges und wirklich identisches
Opfer mit dem seinigen, so daß einer der ältern Theologen gesagt hat: „Der Wille Christi und Mariens war
ganz Einer und ihr Opfer Eines; beide brachten Gott
ein gleiches Opfer, Er in dem Blute seines Fleisches
und sie im Blute ihres Herzens" [1]). Daher haben ihre
Genugthuungen einen Platz neben den seinigen im Schatze
der Kirche, was den Genugthuungen der Heiligen nicht
eigen ist. Sie sind mehr Christus gleich, sowie reichlicher
und kostbarer. Wenn wir Unsern Herrn dem Vater
opfern, so opfern wir, was im eigentlichen Sinne nicht
unser Eigenthum ist. Es ist nur unser durch die Kunst-
griffe der Gnade und in Folge der Gemeinschaft der Heiligen. Sie machen es wirklich zu unserm Eigenthum in
einem christlichen Sinne, in einem übernatürlichen Sinne.
Aber Jesus gehörte Maria und war ihr gehorsam in
einem ganz andern Sinne. Sie hatte ein Recht, Ihn
zu opfern, an welchem wir nicht Theil nehmen können.
Während unsere geistlichen Aufopferungen uns nichts kosten,
kostete die ihrige ihr ein gebrochenes Herz. Sie machte
sich selbst arm, um uns zu bereichern. Ueberdies that
sie, indem sie Jesus dem Vater darbrachte, mehr, als
die ganze Schöpfung mit einander thun konnte, um seiner ewig gebenedeiten Majestät, welche die Sünde belei-
bigt hatte, Genugthuung zu leisten. Alle Engel und
alle Heiligen stehen dem unendlich nach, was sie that,
weil ihr Opfer ein unendliches war. Daher leistete es
eine reichliche Genugthuung, eine Genugthuung, die Gottes würdig und Gott gleich war, weil, was sie opferte,
der fleischgewordene Gott war, welcher gleichfalls ihr ge-
horsamer und liebender Sohn war. Als Maria ihr Opfer

---

[1]) Arnold Carnot ap. Novatum I. 380.

gebracht hatte, blieb nicht eine Spur von der Unbild der Sünde auf der Ehre des Schöpfers zurück. Jede Wunde wurde geheilt, jede Leere ausgefüllt, jede Finsterniß erleuchtet, wenn wir es wagen dürfen von einem solchen Geheimnisse menschliche Worte zu gebrauchen, so unangemessen sie nothwendig sein müssen. Ja, dies war nicht alles, — durch Mariens Opfer, das ihr eigen war und das zu bringen sie ein Recht hatte, wurde der Thron Gottes von einer wahren Welt der Glorie umflossen, die Er vielleicht nicht gehabt hätte, wenn die Sünde nie gewesen wäre. Die Sünde wurde gleichsam ein neuer unermeßlicher Stoff, woraus das Opfer Jesu und die Opfergabe Mariens eine neue Welt der Glorie für die Majestät des Allerhöchsten hervorrief, größer als alle materielle Welten. Sogar dies ist noch nicht genug. Maria ging noch tiefer ein in das Opfer, sie wurde ein lebendiger gekreuzigter Theil desselben. Ihre Schmerzen nebst der Verlassenheit vom Vater waren der tiefste, der bitterste und der umfassendste Theil des Leidens Unseres Erlösers, und deßhalb wirkten sie nebst der göttlichen Verlassenheit und der sündhaften Grausamkeit der Menschen dazu mit, Jesum in den Stand zu setzen, dem Vater jene herrliche, mehr als hinreichende Genugthuung darzubringen, die im Opfer am Kreuze lag. Dies waren die wunderbaren Wirkungen ihres Leidens. Wir zittern beinahe, indem wir darüber schreiben, weil wir so wohl wissen, wie wir durch geistliche Blindheit und aus Mangel an einer wahreren Liebe Unserer theuersten Mutter, sie weit unter ihrer wirklichen Herrlichkeit darstellen.

§. 4.

Unser Mitleiden mit ihrem Mitleiden.

Wir haben nun von unserm Mitleiden mit Maria als einer Nachahmung ihres Mitleidens mit Jesus zu sprechen, oder mit andern Worten, von unserm Mitleiden mit ihr, sofern es selbst eine Anbetung Jesu und ein wahres Mitleiden mit Ihm ist. Vor allem ist die An= dacht zu den Schmerzen Unserer gebenedeiten Mutter Un= serm Herrn überaus angenehm. Wir führten im ersten Kapitel seine Offenbarung an die gottselige Veronika von Binasco an, in welcher Er ihr sagte, daß Thränen, über die Leiden seiner Mutter vergossen, in seinen Augen kostbarer seien, als Thränen vergossen zum Andenken an seine eigenen. Wir dürfen dies vielleicht als eine Lehre für uns erklären, was wenigstens an sich selbst wahr zu sein scheint, daß nämlich die Andacht zu den sieben Schmerzen gewissermaßen nothwendig die Andacht zu der Passion Unseres Herrn mit sich bringt, während die Andacht zu der Passion nicht nothwendig die Andacht zu den Schmer= zen Mariens einzuschließen scheint. Die Andacht zu der Passion, in welcher Maria nicht der rechte Platz und die rechte Theilnahme angewiesen sind, ist nicht eine Andacht, die mit der Schrift übereinstimmt, und in manchen Hin= sichten, auf die einzugehen hier nicht der Ort wäre, ver= räth sie eine unvollkommene und unwürdige Ansicht von der Passion selbst. Dennoch ist es nicht ungewöhnlich, dieser theilweisen Andacht zu begegnen, und sie zielt eher dahin, die Andacht zu den Schmerzen Mariens von uns fern zu halten als darauf hinzuleiten. Sie gründet sich auf jenen untheologischen Irrthum, den manche fälschlich für eine theologische Feinheit und für ein Glück in der Controverse halten, nämlich auf eine thörichte Genauig= keit, die Jesus und Maria eifersüchtig auseinander hält, und das eine in die Sphäre des andern nicht eindringen läßt, wie wenn von der Mutter Gottes geringschätzend sprechen, die Wahrheit in den Augen einer ungläubigen Welt anziehender machen würde, für welche die unglaub= liche Erniedrigung Jesu in seinem Sakramente bereits ein weit größerer Stein des Anstoßes ist, als die unglaubliche Erhöhung seiner Mutter. Auf der andern Seite sehen wir, daß die Andacht zu den Schmerzen Mariens als ihre unveränderliche, praktische Folge eine tiefe, zarte, genaue und ehrerbietige Andacht zu der Passion mit sich bringt. Wir dürfen es ferner wagen, in den Worten Unseres Herrn eine liebende Absicht zu lesen, daß Maria für ihr Mitleiden Genugthuung geleistet werde, gerade wie ihr Mitleiden die erhabene Genugthuung für sein Leiden war. Indem Er Heilige und religiöse Orden mit dieser Andacht begeistert und seine mächtige Gnade und seinen wirksamen Segen spendet, um sie zu begleiten, vergilt Er ihr wieder die schöne Genugthuung ihres Mitleidens. Was aber immer die andern Bedeutungen in der Offenbarung an die gottselige Veronika sein mögen, und obwol ihre Hauptbedeutung als Offenbarung, wie es bei allen Privatoffenbarungen der Fall ist, auf sie selbst berechnet war, so beweist sie doch wenigstens so viel, daß die Andacht zu den Schmerzen Mariens in den Augen Unseres Erlösers eine besonders angenehme ist.

Diese Andacht hat auch einen merkwürdigen Zusammenhang mit großer innerer Heiligkeit. Dies wird durch die Erfahrung bewiesen, und man darf sich auch nicht darüber wundern. Denn es ist eine Andacht, die uns natürlich unweltlich gesinnt macht, weil wir in einer Luft des Leidens leben und athmen. Sie stellt uns den wahren Unwerth der weltlichen Freuden dar. Sie ernüchtert unsere Gedanken und hält sie genau auf Jesus gerichtet und zwar auf Ihn den Gekreuzigten. Sie theilt unsern Seelen den Geist des Kreuzes mit, und die beneidenswerthe Gabe der Liebe, vollkommen zu leiden, beginnt oft in einer andächtigen Vertraulichkeit mit den Schmerzen Unserer gebenedeiten Mutter. Mehr als die meisten Andachten strebt sie dahin, dem Geiste eine höhere Richtung zu geben, weil

sie uns in einer Sphäre himmlischer Schönheit hält, deren
Anblick und Wohlgeruch allmählig auf uns selbst übergehen.
Es ist eine Sphäre, wo die wunderbarsten göttlichen
Wirkungen mit den gemeinen Leiden und Schmerzen der
Welt sich vermischen, und so drückt sie jene Vereinigung
der Selbsterniedrigung und der sich selbst vergessenden
Liebe aus, worin alle die größern Gnaden des geistlichen
Lebens wurzeln. Ueberdies sind die vorherrschenden Ideen,
zu welchen sie unsern Geist hinleitet, gerade diejenigen,
die zu allem beharrlichen Streben nach Heiligkeit wesentlich und die besten sind. Denn sie erfüllt uns mit einem
dauernden Schmerz über die Sünde, über die Sünde, die
Mariens Leiden verursachte, über die Sünde, die das
Leiden verursachte, über welches Maria trauerte, über
unsere eigene Sünde, die in jenen beiden Leiden wirklich
gegenwärtig war und einen Einfluß darauf übte, indem
sie die Mutter und den Sohn zugleich beleidigte. Sie
erfüllt uns gleichfalls mit dem beständigen Gefühle der
Bedürftigkeit der Gnade, der absoluten Abhängigkeit von
der Gnade, und jener stets bereiten Gnadenschätze, auf
welchen unser kindliches Vertrauen beruht. Sie ist ganz
mit dem kostbaren Blute befleckt, und so führt sie uns
gerade in die Tiefen des Herzens Unseres Erlösers hinein.
Es gibt keine Seele, welche der Geist der Welt schwerer
anzugreifen findet, als eine solche, die mit den Schmerzen Unserer gebenedeiten Mutter getränkt ist. Es ist
nichts in jener Andacht, womit der Weltgeist sich verbinden könnte; nichts, was dem Geiste und dem Betragen
der Welt verwandt wäre, oder was die Welt zu ihren
eigenen Zwecken verfälschen oder betrügerisch für ihre Absichten verkehren könnte. Ueberdies waren die Herrlichkeiten der Heiligkeit Mariens das Produkt ihrer Schmerzen
und zwar aus dem Material, das in seinem Maße jedem
von uns, ihren Söhnen und Töchtern, gemeinsam ist. Es

ift ſchwer, im Schooße großer Beiſpiele zu leben, ohne
daß ſie Einfluß auf uns üben. Die Lehren, welche die
Schmerzen uns geben, bedürfen wir faſt bei jedem Schritte
im Leben, und ſie ſind gerade den Zeiten am meiſten angemeſſen, wo die Gnade in uns am thätigſten zu ſein
pflegt, und werden uns mit ſo liebevoller Zärtlichkeit, mit
ſo rührender Einfalt und mitten unter ſo zahlloſen Aehnlichkeiten zwiſchen Unſerer ſünbloſen Mutter und uns Sündern ſelbſt mitgetheilt, daß man ſich nicht leicht eine Schule
denken kann, in welcher ſo viel himmliſche Weisheit ſo
anmuthig gelehrt wird, als in dem Mitleiden Mariens.

Außerdem wird dieſe Andacht zu den Schmerzen Mariens von den Theologen unter die Zeichen der Prädeſtination gerechnet. Gewiß iſt ein beſonderer Zug der Gnade
eine ſüße Vorbedeutung unſerer endlichen Beharrlichkeit,
und durch einen beſondern Zug der Gnade widmen wir
uns dieſer Andacht. Vielleicht mag die im erſten Kapitel
angeführte Offenbarung, die Unſer Herr dem heiligen
Evangeliſten Johannes über die vier Gnaden gab, die ſein
heiliger Wille mit dieſer Andacht verbinden wollte, und von
denen die eine die Gabe der vollkommenen Zerknirſchung
vor dem Tode betraf und die andere den Schutz Mariens
in der Todesſtunde, Veranlaſſung geweſen ſein, dieſelbe
unter die Zeichen der Prädeſtination aufzunehmen. Denn
der Schmerz über die Sünde iſt beinahe die Königin der
Gnade, indem er die Gnade und mehr als die Gnade der
Sakramente in ſich ſchließt. Die Zerknirſchung iſt am
nächſten mit der Beharrlichkeit verwandt, und die Verheißung des Beiſtandes Unſerer göttlichen Mutter in der
Todesſtunde iſt nicht weit entfernt von einer Verſicherung
unſeres Heiles. Cartagena ſagt: „Der Menſch kann ſich
als das ſicherſte Zeichen der Prädeſtination den Umſtand
vorſtellen, daß er Mitleiden hatte mit dieſer betrübteſten
Mutter; denn die Alten ſagen uns, es ſei der ſeligſten

Jungfrau von Christus dem Herrn verliehen worden, daß, wer in seinem Geiste ihre mütterlichen Schmerzen erwäge, versichert sein dürfe, jede Gunst zu erlangen, die das Heil seiner Seele betreffe, und namentlich die Gnade einer wahren Buße für seine Sünden vor dem Tode."[1]

Daher ist auch die Andacht zu den Schmerzen Mariens eine der besten Vorbereitungen auf den Tod, nicht nur wegen der bestimmten Gnaden, die ihr in der Todesstunde verheißen sind, sondern auch weil sie den Dienst betrifft, den Unsere liebe Frau Unserem Herrn in der Stunde seines gesegneten Todes erwies. Daher findet eine Uebereinstimmung zwischen dieser Andacht und dem Tode statt. Und was sollte denn das Leben anders sein, als eine Vorbereitung auf den Tod? Und was für Gnaden sollten unsere Demuth mehr anziehen, als jene, die uns ihren Beistand in jener schrecklichen Stunde versprechen? Ach, solche, wie wir sind, dürfen dem Tode nicht mit Triumph entgegen sehen oder auch nur mit Ungeduld. Wir sind keine Heilige; triumphirende Freude würde daher in uns unziemlich sein und die Ungeduld gewiß zu früh. Es ist genug für uns, in unserer Niedrigkeit zufrieden zu sterben und dem muthig entgegen zu sehen, was wir aushalten müssen. Schöne Worte sind leicht und die Liebe ist gar verschwenderisch mit ihnen, wenn wir nicht versucht werden, und wenn uns Gott mit jener innern Süßigkeit überfluthet, die uns eine solche Leichtigkeit im Gebete verleiht. Aber wenn wir versucht werden, dann werden wir stille, und kommt zu unserer Versuchung noch geistliche Trockenheit hinzu, so kommt auch ein klagsüchtiges und verdrießliches Wesen zu unserm Stillschweigen. Wir werden bald niedergeschlagen und ziehen daraus die gute Lehre von unserm eigenen innern Elend und von unserer Hülf-

[1] Ap. Sinischalch. XVI.

lofigfeit. Wenn aber Trockenheit und Versuchung solche
Veränderungen bringen, was wird der Tod bringen? Er
wird eine so unaussprechliche, mit Schrecken und Qual
verknüpfte Nothwendigkeit der Gnade mit sich bringen, daß
es entsetzlich ist, daran zu denken, wenn wir unsere Gedanken ernstlich darauf richten. Was wird dann eine Andacht für uns werth sein, an welche zwei besondere Verheißungen auf dem Todbette geknüpft sind? Gold und Per-
len könnten nicht so viel werth sein. Aber die Andacht
muß eine lebenslängliche Andacht gewesen sein, damit wir
rechtmäßig diese Verheißungen auf dem Todbette ererben.

Es ist unnöthig, von der Autorität der Kirche zu
sprechen, von der Freigebigkeit ihrer Ablässe, von den Beispielen der Heiligen oder von den Aufzeichnungen zahlloser
Bekehrungen, die alle bezeugen, wie mächtig und wie angenehm diese Andacht bei Gott ist. Sie haben bereits unsere Aufmerksamkeit im ersten Kapitel beschäftigt; aber wir
dürfen nicht vergessen, daß Unsere gebenedeite Mutter
einen besondern Anspruch hat auf unsere Andacht zu ihren
Schmerzen. Es ist ein Theil der Pflicht, welche Söhne
gegen ihre Mutter haben, sie in ihren Trübsalen und
Schmerzen zu bemitleiden, von welcher Natur sie auch sein
oder aus welcher Ursache sie entspringen mögen. Aber
unsere Pflicht gegen die Schmerzen Mariens geht noch
viel weiter. Wir waren selbst ein Theil derselben; wir
waren die Ursachen ihres Leidens. Sie litt nicht nur zu
unserm Besten, sondern sie litt wegen unsern Sünden.
Daher gibt es keine Andacht zu ihr, zu welcher wir so
verbunden sind, als zu ihren Schmerzen. Es ist kein Ausdruck unserer Liebe mehr angemessen, ja gebieterischer für
uns, als das Mitleid mit ihrem Mitleiden. Es ist unter
allen Andachten zu ihr diejenige, die das Meiste in sich
schließt. Sie umfaßt die größte Anzahl ihrer Geheimnisse;
sie hält sich am innigsten an sie, wenn sie in der engsten

Verbindung mit Jesus ist. Sie geht am tiefsten hinab
in ihr unbeflecktes Herz. Sie wirft das stärkste Licht auf
die Höhen ihrer göttlichen Mutterschaft und sie ist zugleich
die besondere Andacht zu ihr als Unserer Mutter. Sie
genügt am besten unsern Verpflichtungen gegen sie, während sie unsere Liebe am lebhaftesten entzündet. Sie ist
den Bedürfnissen unserer Niedrigkeit und dem Glanze ihrer
Herrlichkeit zugleich angemessen.

Lasset uns zu ihrer Vollkommenheit als Andacht zu
Maria noch ihre Vollkommenheit hinzufügen als Andacht
zu Jesus, und das Gemälde ist vollständig. Die höchste
Andacht zu Unserm Herrn besteht darin, uns seines Geistes zu bemächtigen, denselben hoch zu schätzen, zu bewill-
kommnen, in ihm zu fühlen, zu handeln und zu leiden.
Je mehr wir alle Dinge in Vereinigung mit Ihm thun
und leiden können, um so vortrefflichere Schüler sind wir
von Ihm. Wir haben Christen zu werden; es ist die Aufgabe der Gnade in der ganzen Welt, die Abbilder und
Aehnlichkeiten des inkarnirten Wortes zu vervielfältigen.
Die Vereinigung mit Jesus ist die kürzeste Definition der
Heiligkeit und eine solche, die sich gleichmäßig auf alle ihre
zahllosen Abarten anwenden läßt. Nun aber ist Maria
unser Vorbild darin. Die besondere Gnade aller Andachten zu Maria ist die Vereinigung mit Jesus. Dies ist's,
was sie alle lehren. Sie lehren es uns nicht bloß, sondern
sie sind das Mittel, wodurch es unseren Seelen als ein
wirklich vorherrschender Geist, als eine substantielle und
umwandelnde Gnade mitgetheilt wird. Sie ist unzertrennlich von Jesus. Ihr Geist ist die größtmögliche Mittheilung des seinigen. Er ist ihre Bedeutung, ihr Beweggrund, ihr Ziel, ihr Leben. Die Thätigkeit Jesu und Mariens ist beinahe Eine Thätigkeit, soweit eine zweifache
Thätigkeit Eine sein kann. Jesus ist unser Vorbild, aber
wir müssen Ihn nachbilden, wie Maria Ihn nachbildete.

Es ist ihr Amt, uns dies zu lehren, unser Muster der
Nachahmung zu sein. Wir müssen alle Dinge thun in
Vereinigung mit Maria, und dann werden wir sie alle am
besten thun in Vereinigung mit Jesus. Aber die Andacht
zu ihren Schmerzen führt uns am unmittelbarsten und am
schnellsten dahin, alle Dinge in Vereinigung mit ihr zu
thun. Denn ihre Leiden waren lebenslange, sie waren
die beständigsten unter allen ihren Gemüthsstimmungen;
sie waren die Stimmungen, in welchen sie sich am innigsten mit Jesus vereinigte und Ihm mit der genauesten
Treue durch die verschiedenen Geheimnisse der dreiundbreißig
Jahre nachfolgte. So kommt es, daß die Andacht zu ihren
Schmerzen uns am unmittelbarsten und am schnellsten da-
hinbringt, alle Dinge in Vereinigung mit Jesus zu thun,
und daher ist sie die höchste Andacht zu Ihm, die Vollkommenheit der Andacht zu Jesus sowie die Vollkommenheit der Andacht zu Maria. Auf diese Weise nimmt unser Mitleiden mit Maria Theil an der Schönheit, an der
Macht und dem Segen ihres Mitleidens mit Jesus, und
ist ein Theil von dem ihrigen, wie es durch das ihrige für
Jesus gewonnen, und durch das ihrige in seine liebende
Umarmung eingeschlossen wird, was die zärtlichste Vereinigung ist, deren wir fähig sind, mit unserm unaussprechlich zärtlichen und liebenden Herrn.

§. 5.
Das Leiden und Mitleiden mit einander
verglichen.

Unser fünfter Punkt war, das Mitleiden Mariens
und das Leiden Unseres Herrn mit einander zu vergleichen.
Aber viel hievon ist bereits mittelbar im Laufe der vorhergehenden Untersuchungen geschehen. Der erste Punkt
der Aehnlichkeit besteht in ihrem innern Charakter. Die
geistigen Leiden der Passion übertrafen bei weitem ihre

körperlichen Martern, nicht bloß weil der Schmerz des
Herzens schwerer zu ertragen ist, als körperliche Pein,
sondern auch weil sie von einer weit entsetzlichern Art
waren und von längerer Dauer. Das innere Leiden, wodurch die Schmach und Schuld der Sünde gesühnt wurde,
war weit schrecklicher, als die Schläge und Wunden und
die mannigfaltigen Gräuel, welche die Grausamkeit der
Sünder an dem Leibe Jesu verüben konnte. Seine innern
Schmerzen waren zahlreicher, mannigfaltiger, heftiger,
brannten tiefer und dauerten länger. Die Verlassenheit
vom Vater und das Gewicht seines gerechten Zornes waren natürlich die unerträglichsten Leiden der Passion, und
sie beide waren innere. An sie müssen wir die Schmerzen
Mariens anreihen; auch sie griffen Ihn hauptsächlich innerlich an. Die Sünde, der dritte seiner Henker, marterte
seine Seele mehr, als seinen Leib. Obwol unsere Aufmerksamkeit natürlich am meisten sich auf sein äußeres Leiden
richtet, so werden wir deßhalb nicht einmal dieses recht
begreifen, wenn wir uns nicht erinnern, daß bei weitem
der größere Theil seiner Passion innerlich war. Die sichtbare Passion war nur die tobende Oberfläche einer unsichtbaren Tiefe. Mariens Mitleiden war auch innerlich, in
ihrem Herzen wie in dem seinigen. Es floß aus den
nämlichen Quellen der Trübsal. Es war durch sein Herz
gegangen, ehe es in das ihrige einging. Zugleich findet
allerdings in dieser Hinsicht ein Contrast statt, wie eine
Aehnlichkeit. Ihr inneres Leiden war natürlich nicht ohne
schmerzhafte Erschöpfung des Leibes, ohne die bitterste Qual
des fleischernen Herzens und ohne ein unerträgliches Feuer
im Gehirne. Ihr Leib litt eben so gut, als ihre Seele.
Er hatte Feuer in sich zu halten und das Feuer brannte
ihn durch und durch. Demungeachtet gab es nichts, was
dem äußern Leiden Unseres Herrn entsprach. Ihr äußeres
Leiden waren die fünfzehn Jahre eines traurigen Exils

auf Erden, was ihr Loos war, als Er in den Himmel
aufgefahren war.

Das Leiden und das Mitleiden können auch darin
mit einander verglichen werden, daß jedes die Ursache des
andern war. Beide waren Ursachen, und beide waren
Wirkungen. Das Leiden Unseres Herrn erfüllte Mariens
Herz bis zum Rande mit Bitterkeit, und das Mitleiden
Unserer göttlichen Mutter war einer der Hauptbestandtheile
im Leiden Unseres Erlösers. Nur war Mariens Mitleiden nicht vom gleichen Umfange mit der Passion als seiner Ursache, während es mit ihr vom gleichen Umfange
war als Wirkung, weil es dieselbe ganz in sich aufnahm,
sich assimilirte und sie gänzlich sich aneignete. Der Inhalt
des Herzens Unserer göttlichen Mutter konnte das Herz
Unseres Herrn nicht füllen, aber das ihrige konnte den
Inhalt des seinigen fassen. Die Mutter kreuzigte den
Sohn und der Sohn, so gekreuzigt Er war, ging und ließ
sich mit allen Werkzeugen seiner Passion in dem Herzen
seiner Mutter nieder und machte es weit genug, indem Er
es brach. Nicht nur war jede Pein der Passion in ihrem
Mitleiden dargestellt; es ist höchst wahrscheinlich, daß sie
wirklich dieselbe ganz empfand, gerade wie sie war, nicht
in all' ihrer unerträglichen Wirklichkeit, aber wenigstens in
einer so schrecklichen Wirklichkeit, wie sie dem Maße ihrer
unermeßlichen Fähigkeiten zu leiden, angemessen war. Die
Heiligen haben das auch empfunden im geringern Grade,
so groß in unsern Augen jener geringere Grad war. Sie
sind unsichtbar stigmatisirt worden und haben in allen Geheimnissen der Passion entsetzliche innere Qualen durchgemacht, wobei oft eine wunderbare Kraft nothwendig war,
um die Trennung des Leibes von der Seele zu verhindern.
Können wir uns denken, daß ihnen dieses innerliche wirkliche Mitleiden gewährt wurde, und daß sie ohne dasselbe
war? Es ist auch noch eine andere Aehnlichkeit zwischen

dem Mitleiden und dem Leiden, daß die Heiligen, gerade
wie sie in mystischer Weise die Leiden Unseres Herrn empfinden durften, ebenso auch mystisch an den Leiden Mariens Theil nehmen durften. Sowol das Mitleiden als
das Leiden sind anerkannte Quellen gewesen, aus welchen
einige der auffallendsten und zugleich glaubwürdigsten Erscheinungen der mystischen Theologie floßen.

§. 6.

Das scheinbare Uebermaß des Mitleidens.

Aber es gibt noch einen andern Punkt der Aehnlichkeit zwischen dem Leiden Jesu und dem Mitleiden Mariens,
den wir nicht übergehen dürfen. Es ist der scheinbar höhere
Grad ihrer Leiden, als der seinigen. Wir sagen der scheinbare, weil niemand, der bei Sinnen ist, es sich träumen
lassen wird, zu behaupten, daß Mariens Leiden denen
Unseres Erlösers gleich kamen. Allein ihr Mitleiden ist,
wie wir schon gesehen haben, ein göttliches Werk, ein göttliches Geheimniß und in sofern diese Aehnlichkeit ein un-
leugbarer Zug davon ist, muß sie absichtlich gewesen sein.
Alles an einem göttlichen Werke ist bemerkenswerth und
wir lernen daraus durch die bloße Beachtung desselben,
selbst wo wir darüber keine Erklärung geben können. In
dem vereinigten Geheimnisse des Mitleidens und des Leidens erfüllten die Mutter und der Sohn einander mit
Betrübniß. Wie nun seine Schönheit die ihrige übertraf,
so übertraf seine Macht, ihr Leiden zu vermehren, ihre
Macht, das seinige zu erhöhen. Es war schrecklicher für
die Mutter, den Sohn am Kreuze verscheiden zu sehen,
als für den Sohn, seine Mutter mit gebrochenem Herzen
am Fuße des Kreuzes zu erblicken. Aber wenn wir uns
erinnern, daß Er Gott war und daß ihre ganze Liebe zu
Ihm war, was sie war, weil Er Gott war, so wird uns

ihr Leiden noch unverhältnißmäßig erscheinen gegen das
seinige, zudem, da sie das schwächere Gefäß und weniger
im Stande war, einen so tiefen Schmerz auszuhalten, wie
den auf dem Kalvarienberge. Wir dürfen auch nicht vergessen, daß der innere Schmerz größer ist, als der äußere
Schmerz, und daß, da sie kein sichtbares Leiden hatte, welches sich mit dem seinigen vergleichen ließ, das Leiden, das
jede äußere Pein und Mißhandlung von Ihm in ihr verursachte, auch innerlich gewesen sein muß. Sein körper-
liches Leiden brachte ein Gegenstück in ihr hervor. Sie
wurde innerlich gegeißelt, innerlich mit Dornen gekrönt,
innerlich der Kleider beraubt, innerlich an's Kreuz genagelt
und starb innerlich. Alles, was an Ihm auswendig war,
mußte in ihr inwendig sein. So hatte auch, als die Passion endigte, das Mitleiden wenigstens drei, vielleicht sechs
Stunden eines mit schrecklichen Geheimnissen erfüllten
Schmerzes durchzumachen. Die Furcht, seine Glieder
möchten gebrochen werden, die Wunde der Lanze, die Abnahme vom Kreuze, das Einbalsamiren, das Begräbniß
und die trostlose Verlassenheit, alle diese Leiden kreuzigten
Mariens von Weh erfülltes Herz, während Er Licht und
Schönheit und Glorie in den Höhlen der Unterwelt verbreitete und durch die Glückwünsche aller Patriarchen, Propheten und Könige der alten Zeit angebetet wurde. Ueberdies
wurde sie zurückgelassen, um fünfzehn Jahre lang zu trauern, und was war jener Aufschub anders, als eine Ver-
längerung alles dessen, was in jedem ihrer sieben Schmerzen in mehr als zweimal sieben Jahren am schwersten zu
tragen war? Die Worte sind leicht niedergeschrieben, aber
was für verborgene Welten einer heldenmüthigen Ausdauer
und eines hoffnungslosen, tiefverwundeten Lebens schließen
sie nicht in sich! Und es war Ein Gedanke bei jener ganzen Scene auf dem Kalvarienberge, den sie allein haben
konnte, und der ihre ganze Seele beherrscht haben muß,

inbem er sie mit einem unglaublichen Haß gegen die Sünde
erfüllte und ein besonderes Licht auf die Passion warf,
das wir nicht leicht begreifen können. Es war das Bewußtsein, daß Jesus in jenem Augenblicke den Preis für
ihre unbefleckte Empfängniß bezahlte, — daß sein Leiden
für ihre Erlösung war, und so sehr für die ihrige, daß
es mehr für sie stattfand, als für die ganze übrige Welt
zusammen. Wer möchte also schildern, wie die Passion
in den Augen Mariens erschien?

§. 7.

Das Maß von Mariens Mitleiden.

Zum Schlusse müssen wir noch einige Worte von dem
Maße und Umfange ihres Mitleidens sagen. Wir haben
ein Gemälde davon entworfen, wie wir es vermochten.
Es ist nicht nur weit unter der Wahrheit, sondern wir
fühlen auch, daß es weit unter dem wirklichen Bilde steht,
das wir in unserm Geiste davon haben. Tausend unaus-
gedrückte Gedanken quälen uns in diesem Augenblicke, aber
die Schwierigkeit besteht darin, dieselben passend auszudrücken. Worte scheinen kein Maß für dieselben zu sein.
Es sind Gedanken der Liebe, und die Liebe spricht nicht,
sie flammt. Ueberdies muß es für alle Dinge Grenzen
geben, nur nicht für die Liebe. Da gibt es keine Grenzen. Die Liebe ist ein ewiges Werk. Die Liebe allein
kann das Mitleiden Mariens ermessen. Denket an die
Leiden Jesu! Sie öffnen sich zu unsern Füßen wie ein
gewaltiger Abgrund. Können wir ihre fürchterlichen Tiefen
ergründen, und schrecken wir nicht vielmehr im Bewußtsein
unserer Nichtigkeit vor einer so hoffnungslosen und so
unüberlegten Aufgabe zurück? Dennoch enthält Mariens
Mitleiden jenen ungeheuern Abgrund und ermißt ihn
wunderbar. Wenn wir von der Schönheit Jesu sprechen,

so haben wir sogleich die Vision eines Meeres ohne Strand, welches kein Horizont begrenzt und über welches die Sonne in demselben Momente auf- und untergeht; die halbe Scheibe, die im Westen hinabgesunken, geht bereits im Osten auf, und die Wasser rollen immer fort und fort. Allein wie die Wasser jener Schönheit sind, so waren die Wasser von Mariens Bitterkeit. Durch ein Wunder, dem des Moses entgegengesetzt, hat das Holz des Kreuzes, das in jene Wasser getaucht wurde, dieselben in Bitterkeit verwandelt. Wenn wir an die Grausamkeit der Menschen in der Passion denken, so ist sie ein Geheimniß, das unserm Verständnisse näher kommt; aber ist nicht jene Nähe beinahe eine unendliche Entfernung? Müssen wir nicht die Theorie diabolischer Besessenheit zu Hilfe nehmen? Selbst dann sind die Gräuel der Passion unglaublich, weil sie fast unbegreiflich sind. Dennoch machten diese Gräuel nur einen Theil von Maria's Mitleiden aus, und wahrhaftig, mit dem Zorne des Vaters und der Schönheit Jesu verglichen, waren sie der geringste Theil davon. Wenn wir an ihre tiefe Liebe zu Jesus denken, so geschieht es nur, um uns an ihrer unendlichen Herrlichkeit zu freuen. Sie geht über die Sphäre unserer Begriffe hinaus. Wir stellen Vergleichungen an mit der Liebe aller Engel und aller Heiligen, wir geben uns imaginären Berechnungen hin, aber wir thun es nur, um uns genügender zu überzeugen, daß sie ganz über unsern Begriff hinaus geht, gerade wie man sich manchmal selbst Gewalt anthut, um sich zu überzeugen, ob man wach ist. Dennoch erreicht der Umfang jener Liebe den Umfang ihres Mitleidens nicht, weil noch eine andere Liebe da ist, auf die es sich wunderbar erstreckt. Es ist die tiefe Liebe Jesu zu ihr. Wer kann sie schildern? Wer kann auch nur bildlich davon sprechen; denn woher soll unser Bild kommen? Dennoch sind die Breite und die Tiefe und die Höhe jener

Liebe Jesu zu seiner Mutter die einzig wahren Dimen=
sionen ihres Mitleidens. Hier haben wir fünf Abgründe,
fünf Maße und Maßstäbe: seine Leiden, seine Schönheit,
die Grausamkeit der Menschen, ihre tiefe Liebe zu Ihm,
seine tiefe Liebe zu ihr. Wir müssen mit ihnen allen un=
ser Möglichstes thun, und wir werden dann eine Ansicht
von dem Mitleiden Unserer gebenedeiten Mutter erlangen,
die für uns ersprießlich und ihr angenehm sein wird, aber
dennoch unter der Wahrheit bleibt. Ein Werk, welches
Jesus und Maria mit einander machten aus dem Zorne
Gottes und der Sünde des Menschen, aus der hyposta=
tischen Einigung und der Sündlosigkeit eines reinen Ge=
schöpfes, muß ein Wunder sein, über welches wir im be=
sten Falle nur stammeln und liebend uns irren können,
und ein solches Werk ist Mariens Mitleiden. Unsere Auf=
gabe ist geendigt, und die Liebe wird unsern Gedanken
eine eigene Wahrheit verleihen, die sie heilsam machen
wird für die Seelen.

Es ist ein schöner und ein furchtbarer Anblick, alle
Leiden der gefallenen Erde in das gebrochene Herz Unserer
Mutter wieder aufgenommen zu sehen. Hat es uns ge=
rührt? Warum gehen wir dann nicht für unser übriges
Leben voll Schrecken vor der Welt und der weltlichen Ge=
sinnung hin und setzen uns zu den Füßen Unserer Mut=
ter und betrachten ihre Schmerzen? Gibt es eine passen=
dere Aufgabe für verlorene Söhne, die zu ihrem himm=
lischen Vater zurückgekommen sind? Das Mitleiden mit
ihr ist bereits Mitleiden mit Jesus, und wir können sa=
gen, daß das Mitleiden mit dem unsichtbaren Schöpfer
selbst das fromme Gefühl ist, von welchem geleitet wir
Ihm am edelmüthigsten dienen, und Ihn uns am zärt=
lichsten vorstellen werden, als Unsern ewigen Vater, —
ewig, weil Er, gebenedeit sei seine Majestät! von aller
Ewigkeit gewesen ist, und ewig, weil wir, gepriesen sei

sein Mitleiden! bei Ihm sein werden in alle Ewigkeit als seine glücklichen Söhne, denen verziehen ist. Wahrlich, Maria legt uns immerfort in den Schooß Gottes und durch eine ihnen eigenthümliche Logik stellen sich alle christlichen Dinge, mögen sie Lehren oder Andachten betreffen, am Ende in jenem einzigen, kurzen, melodischen, alleingenügenden Worte dar — Ewiger Vater!

www.ingramcontent.com/pod-product-compliance
Lightning Source LLC
Chambersburg PA
CBHW021928110726
47901CB00003B/762